À froid

Karin Slaughter

À froid

ÉDITIONS FRANCE LOISIRS

Titre original : A Faint Cold Fear
publié par HarperCollins Publishers, Inc., New York.

Traduit de l'anglais (États-Unis) par Paul Thoreau.

Ce livre est une œuvre de fiction. Les noms, les personnages, les lieux et les événements sont le fruit de l'imagination de l'auteur ou utilisés fictivement. Toute ressemblance avec des personnes réelles, vivantes ou mortes, des événements ou des lieux serait pure coïncidence.

Édition du Club France Loisirs,
avec l'autorisation des Éditions Grasset.

Éditions France Loisirs,
123, boulevard de Grenelle, Paris
www.franceloisirs.com

Le Code de la propriété intellectuelle n'autorisant, aux termes des paragraphes 2 et 3 de l'article L. 122-5, d'une part, que les « copies ou reproductions strictement réservées à l'usage privé du copiste et non destinées à une utilisation collective » et, d'autre part, sous réserve du nom de l'auteur et de la source, que les « analyses et les courtes citations justifiées par le caractère critique, polémique, pédagogique, scientifique ou d'information », toute représentation ou reproduction intégrale ou partielle, faite sans le consentement de l'auteur ou de ses ayants droit ou ayants cause, est illicite (article L. 122-4). Cette représentation ou reproduction, par quelque procédé que ce soit, constituerait donc une contrefaçon sanctionnée par les articles L. 335-2 et suivants du Code de la propriété intellectuelle.

© 2003 by Karin Slaughter. Tous droits réservés.
© Éditions Grasset, 2004, pour la traduction française.
ISBN : 2-7441-7061-5

À VS
En gage d'amour
et d'affection.

Dimanche

1

Sara Linton ne quittait pas des yeux l'entrée du Dairy Queen, suivant du regard sa sœur enceinte, qui en sortait avec, dans chaque main, une coupe de glace à la vanille nappée de chocolat. Lorsque Tessa traversa le parking, le vent se leva, et sa robe violette lui remonta au-dessus des genoux. Elle se démena pour maintenir la robe sans renverser la glace, et Sara l'entendit jurer en s'approchant de la voiture.

Elle essaya de ne pas rire et se pencha pour ouvrir la porte.

— Besoin d'aide ? lui demanda-t-elle.

— Non, fit Tessa, en s'introduisant dans la voiture. Elle s'installa, tendit sa glace à Sara. Et tu peux arrêter de rigoler.

Quand sa sœur se débarrassa de ses sandales et posa ses pieds nus sur le tableau de bord, Sara grimaça. Sa BMW 330i avait moins de deux semaines, et Tessa avait déjà laissé fondre un sac de chocolats Goobers sur la banquette arrière et renversé un Fanta orange sur le tapis de sol, à l'avant. Si elle n'avait pas été enceinte de huit mois, elle l'aurait étranglée.

— Qu'est-ce qui t'a retenue si longtemps ? lui demanda-t-elle.

— Il fallait que je fasse pipi.

— Encore ?

— Non, seulement j'adore fréquenter les toilettes de ce fichu Dairy Queen, lui rétorqua-t-elle d'un ton cassant. Elle s'éventa en agitant sa main juste devant son visage. Seigneur, ce qu'il fait chaud.

Sara resta muette et alluma la climatisation. En tant que médecin, elle savait que sa sœur était simplement victime de ses hormones, mais il lui arrivait parfois de penser que la meilleure solution, pour tous ceux devant croiser son chemin, serait encore de l'enfermer dans une caisse et de ne pas l'ouvrir tant qu'on n'entendrait pas le bébé crier.

— C'était bourré de monde, réussit à ajouter sa sœur, la bouche pleine de nappage chocolat. Enfin, nom de Dieu ! tous ces gens, ils ne devraient pas être plutôt à l'église ou je sais pas où ?

— Mhh, maugréa Sara.

— C'était dégoûtant, il y en avait partout. Regarde-moi ce parking, reprit Tessa, en pointant sa cuiller en l'air. Les gens balancent leurs saletés ici et ils se fichent de savoir qui va devoir les ramasser. Ils se figurent que la fée des ordures va s'en charger, ou quoi.

Sara murmura quelques mots en signe d'acquiescement, mangeant sa glace tandis que Tessa continuait sa litanie, ses remontrances contre tous les gens qui fréquentaient le Dairy Queen, depuis le type qui parlait dans son téléphone portable jusqu'à cette femme qui attendait dans la file depuis dix minutes, incapable de se décider quand elle était arrivée à son tour devant le comptoir. Au bout d'un petit moment, Sara se déconnecta, observa fixement le parking, songeant à la semaine chargée qu'elle avait devant elle.

Depuis plusieurs années, elle avait accepté un poste à temps partiel de médecin légiste du comté pour arriver à racheter les parts de son associé à la Clinique pédiatrique Heartsdale, qui prenait sa retraite. Or, ces derniers temps, son travail à la morgue fichait la pagaille dans son agenda à la clinique. En temps normal, sa mission pour le comté ne lui prenait pas beaucoup de temps, mais, la semaine dernière, un témoignage devant le tribunal l'avait éloignée deux jours de la clinique, et elle allait devoir les rattraper cette semaine à coup d'heures supplémentaires.

Son travail à la morgue débordait donc de plus en plus sur son emploi du temps à la clinique, et elle savait que, d'ici deux ans, elle allait devoir choisir entre les deux. Quand le moment serait venu, ce serait une décision difficile à prendre. Le travail de médecin légiste était un vrai défi, dont Sara avait éprouvé un besoin douloureux treize ans auparavant, en quittant Atlanta et en revenant s'installer à Grant County. Sans les obstacles permanents auxquels la pratique médico-légale ne cessait de la confronter, une partie de son cerveau aurait fini par s'atrophier. En même temps, il y avait quelque chose de réparateur à soigner des enfants, et Sara, qui n'aurait jamais de petit à elle, savait que ce contact lui manquerait. Tous les jours, elle hésitait sur le choix de la meilleure carrière. Généralement, une mauvaise journée dans l'une de ses deux activités suffisait à ce que l'autre lui paraisse idéale.

— Eh, on se réveille, là-dedans ! s'exclama Tessa d'une voix stridente, suffisamment fort pour attirer l'attention de sa sœur. J'ai trente-quatre ans, pas cinquante. À quoi ça rime, un médecin qui sort une réflexion pareille à une femme enceinte ?

Sara dévisagea sa sœur.

— Comment ?

— Tu as entendu ce que je viens de dire ?

Sara tâcha de prendre une mine convaincante.

— Oui. Bien sûr que j'ai entendu.

Tessa se renfrogna.

— Tu étais en train de penser à Jeffrey, hein, c'est ça ?

Sara fut surprise par cette question. Pour une fois, son ex-mari était vraiment le dernier sujet à lui occuper l'esprit.

— Non.

— Sara, ne me mens pas, riposta Tessa. Tout le monde en ville a vu cette fille qui fabrique des enseignes au poste de police, vendredi.

— Elle était en train de mettre des lettrages sur la nouvelle voiture de patrouille, argumenta Sara, tout en sentant ses joues s'échauffer.

Tessa lui lança un regard incrédule.

— Ce n'était pas déjà l'excuse de Jeffrey, la dernière fois ?

Elle ne répondit rien. Elle se rappelait encore ce jour où elle était rentrée tôt du travail, pour découvrir Jeffrey au lit avec la propriétaire de la petite boutique d'enseignes de la ville. Toute la famille Linton avait eu à la fois la surprise et le désagrément de constater que Sara sortait de nouveau avec Jeffrey, et si, en somme, elle partageait leurs sentiments, elle se sentait incapable de rompre définitivement avec lui. Pour tout ce qui concernait Jeffrey, son comportement échappait à toute logique.

— Avec lui, il faut juste que tu fasses attention, la prévint Tessa. Ne le laisse pas trop prendre ses aises.

— Je ne suis pas idiote.

— Parfois, si.

— Eh bien, toi aussi, répliqua Sara et, avant même que ces mots n'aient franchi ses lèvres, elle se sentit bien sotte.

Mis à part le ronronnement de l'air conditionné, le silence régnait dans la voiture. Enfin, Tessa risqua un mot.

— Ah non ! tu aurais mieux fait de me répondre : « C'est celle qui l'dit qui y est. »

Sara avait envie d'en rire, mais elle était trop agacée.
— Tessie, cela ne te regarde pas.
Tessa partit d'un rire tonitruant qui assaillit les oreilles de sa sœur.
— Eh bien, ça, mon chou, ça n'a jamais gêné personne aux entournures. Je suis absolument certaine que Marla Simms était déjà au téléphone avant même que cette petite garce ne soit sortie de sa camionnette.
— Ne parle pas d'elle en ces termes.
Tessa agita de nouveau sa cuiller en l'air.
— Tu veux que je l'appelle comment ? Roulure ?
— Rien, la pria Sara, et elle le pensait. Ne l'appelle pas du tout.
— Ah ! moi, je crois qu'elle mérite quelques mots bien choisis.
— C'est Jeffrey qui m'a trompée. Elle, elle n'a fait que saisir une bonne occasion.
— Tu sais, reprit Tessa, en mon temps, j'en ai saisi pas mal, de bonnes occasions, mais je n'ai jamais couru après un type marié.
Sara ferma les yeux, elle ne désirait qu'une seule chose, que sa sœur se taise. Elle n'avait aucune envie de poursuivre cette conversation.
— Marla a dit à Penny Brock qu'elle avait pris du poids, insista sa sœur.
— Qu'est-ce que tu fabriquais, à parler avec Penny Brock ?
— Un évier bouché dans leur cuisine, précisa-t-elle, en léchant sa cuiller à pleine bouche.
Dès que la rondeur de son ventre lui avait interdit de se glisser dans des espaces exigus, elle avait cessé de travailler à temps plein avec leur père au sein de l'entreprise familiale de

plomberie, mais elle était encore capable d'appliquer une ventouse à un évier.

— D'après Penny, elle est aussi grosse qu'une barrique.

En dépit de ses meilleures intentions, Sara ne put s'empêcher de ressentir un moment de triomphe, aussitôt suivi d'une bouffée de culpabilité à l'idée d'avoir plaisir à apprendre qu'une autre femme épaississait des hanches. Et du cul. D'ailleurs, la conceptrice d'enseignes était déjà un peu trop enrobée à ce niveau-là.

— Je te vois sourire, remarqua Tessa.

Sara souriait, en effet. À force de se retenir et de fermer la bouche, elle en avait mal aux joues.

— C'est horrible.

— Depuis quand ?

— Depuis... Sara laissa sa voix en suspens. Depuis que je me sens comme une idiote.

— Enfin, tu être ce que tu être, comme dirait Popeye. Tessa racla minutieusement son petit pot en carton avec sa cuiller en plastique, en insistant bien. Elle soupira profondément, comme si sa journée venait de tourner au vinaigre. Je peux avoir le reste de la tienne ?

— Non.

— Je suis enceinte ! glapit Tessa.

— Ce n'est pas ma faute.

Tessa se remit à racler son petit pot. Pour ajouter encore au côté désagréable de son geste, elle se gratta la plante du pied contre la saillie incrustée de bois du tableau de bord.

Une pleine minute s'écoula avant que Sara ne sente sa culpabilité de sœur aînée la frapper avec toute la force d'une masse. Elle tenta de la refouler en avalant encore un peu de glace, mais la boule resta coincée dans sa gorge.

— Tiens, espèce de grand bébé. Sara lui tendit son petit pot.

— Merci, lui répondit Tessa d'une voix sucrée. On pourrait peut-être aller s'en chercher d'autres plus tard ? suggéra-t-elle. Seulement, tu veux bien y retourner, toi ? J'ai pas envie qu'ils me prennent pour une grosse truie, et... Elle eut un sourire encore plus sucré, battant des paupières. Le gamin du comptoir, j'aurais pu lui passer un savon.

— Je ne vois absolument pas pourquoi.

Tessa cligna innocemment des yeux.

— Il y a certaines personnes qui sont sensibles, c'est tout.

Sara ouvrit la porte, contente d'avoir une raison de descendre de voiture. Elle était à un mètre de distance, quand Tessa baissa la vitre.

— Je sais, fit Sara. Un supplément de chocolat.

— Ouais, mais attends une minute. Tessa s'arrêta pour lécher de la glace qui avait coulé sur le côté de son téléphone portable, avant de le lui tendre par la fenêtre. C'est Jeffrey.

Sara s'arrêta sur un accotement de gravier, entre un véhicule de patrouille et la voiture de Jeffrey, et elle fronça les sourcils en entendant des cailloux heurter le flanc de sa voiture. La seule raison qui l'avait poussée à troquer son cabriolet deux places contre ce modèle plus grand, c'était d'avoir la place pour installer un siège auto. Entre Tessa et les éléments naturels, la BMW allait devenir une épave avant même l'arrivée du bébé.

— C'est là ? demanda Tessa.

— Ouaip.

Sara tira d'un coup brusque sur le frein à main et regarda droit devant elle, en direction du lit de la rivière à sec. La Géorgie subissait cette sécheresse depuis le milieu des années 1990, et l'immense rivière, dont le cours serpentait à travers la forêt comme un gros reptile paresseux, s'était ratatinée au point de se réduire à un mince filet d'eau. Il n'en restait plus que le lit desséché, craquelé, et le pont de béton qui le surplombait du haut de ses dix mètres paraissait totalement incongru alors que Sara se souvenait encore des gens qui venaient y pêcher.

— Là-bas, c'est le corps ? demanda encore Tessa, en pointant du doigt un groupe d'hommes formant un demi-cercle.

— Probablement, lui répondit sa sœur, tout en s'interrogeant : se trouvait-on sur le terrain de l'université ? Grant County réunissait trois villes : Heartsdale, Madison et Avondale. Heartsdale, qui abritait le Grant Institute of Technology, était le joyau du comté, et tout crime commis sur son territoire n'en paraissait que plus horrible. Quant à un crime survenant sur le campus universitaire proprement dit, ce serait un véritable cauchemar.

— Que s'est-il passé ? Tessa était impatiente de savoir alors même qu'elle ne s'était encore jamais intéressée à cette facette du travail de Sara.

— C'est ce que je suis censée découvrir, lui rappela-t-elle, en tendant la main vers la boîte à gants, pour en sortir son stéthoscope. Il y avait peu de place et sa main reposa contre le bas du ventre de sa sœur. Elle l'y laissa un instant.

— Oh ! Sissy ! souffla Tessa, en agrippant cette main. Je t'aime tellement.

Sara éclata de rire à la vue des larmes dans les yeux de sa petite sœur, mais sans trop comprendre pourquoi, elle sentit elle aussi ses yeux devenir humides.

— Moi aussi, je t'aime, Tessie. Elle serra sa main dans la sienne. Reste dans la voiture. Ce ne sera pas long.

Elle refermait la portière quand elle vit Jeffrey venir à sa rencontre. Ses cheveux noirs étaient peignés soigneusement en arrière, encore un peu mouillés dans la nuque. Il portait un costume gris anthracite, parfaitement coupé, parfaitement repassé, avec son insigne en or de la police, agrafé à la poche de poitrine.

Sara était vêtue d'un pantalon de survêtement qui avait connu des jours meilleurs et d'un t-shirt qui avait renoncé à rester blanc sous l'administration Reagan. Elle portait aussi des baskets sans chaussettes, les lacets desserrés, pour qu'elle puisse les enfiler et les retirer au prix du moins d'effort possible.

— Il ne fallait pas te mettre sur ton trente et un, ironisa Jeffrey, mais elle perçut toute la tension qu'il y avait dans sa voix.

— Qu'est-ce qu'on a ?

— Je n'en suis pas sûr, mais à mon avis il y a quelque chose de louche... Il s'interrompit, en se retournant vers la voiture. Tu as amené Tess ?

— C'était sur son chemin, et elle avait envie de venir...

Sara n'alla pas plus loin, car en réalité il n'y avait pas d'explication, si ce n'est qu'en ce moment, le but de Sara dans l'existence consistait justement à rendre sa sœur heureuse – ou, tout au moins, à l'empêcher de geindre.

Jeffrey comprit la situation.

— J'imagine que ça ne valait pas le coup de se disputer avec elle ?

— Elle a promis de rester dans la voiture, souligna-t-elle, et, juste à cet instant elle entendit la portière claquer dans son dos. Elle se retourna, les deux mains calées sur les hanches, mais Tessa lui faisait déjà signe de laisser tomber.

— J'ai besoin d'y aller, lui lança-t-elle, en désignant une rangée d'arbres à l'écart.

— Elle va rentrer chez elle à pied ? s'étonna Jeffrey.

— Elle va aux toilettes, rectifia Sara, en regardant Tessa remonter la colline, vers la forêt.

Ils la regardèrent tous deux escalader la pente abrupte, les mains croisées sous son ventre, comme si elle portait un panier.

— Tu vas te mettre en pétard, si je rigole quand elle va dégringoler en bas de la pente ? lui demanda-t-il.

Au lieu de répondre à sa question, Sara éclata de rire avec lui.

— Tu penses qu'elle va arriver à se débrouiller, là-haut ? reprit-il.

— Elle va très bien se débrouiller, le rassura-t-elle. Ça ne va pas la tuer de faire un peu d'exercice.

— Tu es sûre ? insista Jeffrey, l'air inquiet.

— Elle se porte très bien, le rassura-t-elle, sachant que Jeffrey, au cours de son existence, n'avait jamais fréquenté bien longtemps les femmes enceintes. Il craignait probablement que Tessa n'entre en travail avant d'avoir atteint les arbres, en haut de la colline. À bien y réfléchir, ça ne serait peut-être pas plus mal.

Sara s'approcha de l'endroit où gisait le cadavre, mais comme Jeffrey Tolliver ne la suivait pas elle s'arrêta. Elle se retourna, attendit, sachant ce qui allait suivre.

— Tu es partie très tôt, ce matin, signala-t-il.

— J'ai pensé que tu avais besoin de dormir. Elle revint sur ses pas et sortit une paire de gants en latex de la poche de sa veste. Qu'est-ce qu'il y a de louche ?

— Je n'étais pas si fatigué que ça, poursuivit-il du même ton suggestif qu'il aurait employé si elle était restée traîner au lit ce matin.

Elle s'affaira avec les gants, réfléchissant à ce qu'elle allait bien pouvoir lui répondre.

— Il fallait que je fasse sortir les chiens.
— Tu aurais pu commencer par les faire rentrer.
Elle lança un regard entendu vers la voiture de patrouille.
— Elle est neuve ? s'enquit-elle, feignant la curiosité.
Grant County n'était pas bien grand. Elle avait entendu parler de cette nouvelle voiture de patrouille avant même qu'elle ne soit garée devant le commissariat.
— On l'a reçue il y a deux jours.
— Le lettrage m'a l'air bien fait, remarqua-t-elle, en conservant un ton détaché.
— Tu m'en diras tant, lâcha-t-il – une formule agaçante qu'il avait récemment adoptée quand il ne savait pas trop quoi dire d'autre.
Sara ne le laissa pas s'en tirer à si bon compte.
— Elle a vraiment accompli du joli travail.
Jeffrey soutint son regard, comme s'il n'avait rien à cacher. Sara aurait été impressionnée, s'il n'avait pas eu recours exactement à la même expression la dernière fois qu'il lui avait certifié qu'il ne lui mentait pas.
Elle eut un sourire pincé.
— Qu'est-ce qu'il y a de louche ? répéta-t-elle.
Il laissa échapper un bref soupir irrité.
— Tu vas bien voir, lui dit-il, en se dirigeant vers la rivière.
Sara marcha à son allure habituelle, mais Jeffrey ralentit suffisamment pour lui permettre de le rattraper. Elle voyait bien qu'il était en colère, mais elle ne s'était jamais laissé intimider par les humeurs de Jeffrey.
— C'est un étudiant ? lui fit-elle.
— Probable, confirma-t-il, sur un ton toujours aussi cassant. Nous avons vérifié dans ses poches. Il n'avait aucune

pièce d'identité sur lui, mais de ce côté-ci de la rivière, nous sommes sur les terrains de l'université.

— Super, grommela Sara, en se demandant combien de temps il faudrait avant que Chuck Gaines, le nouveau chef de la sécurité de l'université, ne se montre et ne remette en question tout ce qu'ils allaient entamer. Chuck était un enquiquineur facile à écarter, mais en sa qualité de chef de la police de Grant County, la première directive de Jeffrey consistait à faire plaisir aux gens de l'université. Chuck le savait mieux que quiconque et, chaque fois qu'il le pouvait, il exploitait cet avantage.

Sara remarqua une blonde très séduisante assise sur un archipel de rochers. À côté d'elle, il y avait Brad Stephens, le jeune officier de police de patrouille, qui avait été aussi un patient de Sara, voilà bien longtemps.

— Ellen Schaffer, l'informa Jeffrey. Elle faisait son jogging en direction des bois. Elle traversait le pont, et c'est elle qui a vu le corps.

— Quand l'a-t-elle découvert ?

— Ça remonte à environ une heure. Elle nous a prévenus à partir de son portable.

— Elle fait son jogging avec son téléphone ? s'étonna Sara, mais cette question qu'elle posait la surprenait elle-même. Les gens ne pouvaient plus aller aux toilettes sans emporter leur téléphone portable, pour le cas où ils s'ennuieraient.

— Je voudrais essayer de lui reparler après que tu auras examiné le corps. Tout à l'heure, elle était trop bouleversée. Peut-être que Brad va l'aider à se calmer.

— Elle connaissait la victime ?

— Apparemment pas, fit-il. Probable qu'elle s'est trouvée au mauvais endroit au mauvais moment.

La plupart des témoins étaient victimes de ce genre de malchance, celle d'assister quelques brefs instants à un événement qui les accompagnerait ensuite tout le reste de leur existence. Heureusement, d'après ce que Sara avait pu entrevoir du corps gisant au milieu du lit de la rivière, la fille ne s'en tirait plutôt pas trop mal.

« Là », s'écria Jeffrey, en prenant Sara par le bras tandis qu'ils se rapprochaient de la rive. Le relief était vallonné, en pente descendante vers la rivière. Les écoulements pluviaux avaient fini par creuser un chemin dans le sol, mais le limon restait poreux et meuble.

Sara estima qu'à cet endroit le lit du fleuve était large d'une quinzaine de mètres au moins, mais Jeffrey ferait mesurer la distance exacte ultérieurement. Ils descendirent vers le corps, en soulevant un peu de poussière, et elle sentit la terre desséchée sous ses pieds, l'argile et le gravier qui rentraient dans ses tennis. Il y a douze ans, à cet endroit, ils auraient eu de l'eau jusqu'au cou.

Elle s'arrêta à mi-distance de la scène, leva les yeux vers le pont. Il était constitué d'une simple poutrelle en béton, avec un parapet assez bas. Un encorbellement saillait de quelques centimètres dans la partie inférieure du tablier et, entre cette saillie et la rambarde, quelqu'un avait bombé en lettres noires « Die Nigger[1] », avec un grand svastika.

Elle sentit un goût âcre envahir sa bouche.

— Eh bien, c'est sympa, ici, lâcha-t-elle sur le ton de la dérision.

— N'est-ce pas, répliqua Jeffrey, tout aussi dégoûté qu'elle. Et il y en a un peu partout dans le campus.

---

1. « Mort aux Nègres. » *(N.d.T.)*

— Depuis quand ? insista-t-elle. Le graffiti avait l'air un peu effacé, il datait probablement de deux semaines.

— Qui sait ? soupira-t-il. La faculté n'a jamais rien admis.

— S'ils l'admettaient, ils seraient obligés de prendre une initiative, releva-t-elle, en regardant par-dessus son épaule, dans la direction de Tessa. Tu sais qui sont les responsables ?

— Des étudiants, assura-t-il, en donnant à ce mot une nuance un peu méchante, tout en se rapprochant du corps. Sûrement une bande de crétins de Yankees qui trouvent ça drôle de descendre dans le Sud profond pour jouer les péquenots un peu cinglés.

— Je déteste les racistes amateurs, grommela-t-elle, avec un sourire un peu figé.

Ils rejoignirent Matt Hogan et Frank Wallace.

— B'jour, Sara, lança Matt. Il tenait un appareil photo à développement instantané dans une main, et quelques clichés dans l'autre.

— On vient juste de terminer les photos, lui annonça Frank, le second de Jeffrey.

— Merci, leur dit-elle en enfilant ses gants en latex, avec un bref claquement.

La victime gisait exactement à l'aplomb du pont, face contre terre. Les bras en croix, le pantalon et le caleçon descendus en boule autour des chevilles. À en juger par sa taille et l'absence de poil sur l'arrière des cuisses et les fesses, c'était un jeune homme, d'une vingtaine d'années probablement. Les cheveux blonds étaient longs jusqu'au cou, divisés en deux sur la nuque. Il aurait pu dormir, n'étaient les éclaboussures de sang et de fragments tissulaires.

« Ah ! », lâcha-t-elle, comprenant ce qui préoccupait Jeffrey.

À titre de pure formalité, elle s'agenouilla et plaqua le stéthoscope dans le dos du mort. Elle sentit, elle entendit ses côtes remuer sous sa main. Mais le cœur ne battait plus.

Elle accrocha le stéthoscope en sautoir autour de son cou et examina le cadavre, en commentant ses constatations à voix haute.

« Il n'y a aucun signe des traumatismes auxquels on pourrait s'attendre en cas de viol avec sodomie. Pas d'hématomes, pas de lacérations. » Elle jeta un coup d'œil aux mains et aux poignets. Le bras gauche était retourné dans une position bizarre, et elle découvrit une vilaine cicatrice rose remontant le long de l'avant-bras. À première vue, la blessure était intervenue au cours des quatre ou six derniers mois. « Il n'a pas été ligoté. »

Le jeune homme portait un t-shirt vert foncé, qu'elle souleva pour vérifier d'autres traces de coups. Il y avait une longue écorchure en bas de la colonne vertébrale, la peau était ouverte, mais pas suffisamment pour qu'il y ait eu saignement.

« Alors ? » s'enquit Jeffrey.

Elle ne lui répondit pas, mais cette écorchure lui paraissait curieuse.

Elle souleva la jambe gauche pour la déplacer sur le côté, mais elle suspendit son geste, car le pied ne suivait pas. Elle glissa la main sous la jambe du pantalon, tâta les os, la cheville, puis le tibia et le péroné. C'était comme d'appuyer sur un ballon rempli de porridge. Elle examina l'autre jambe, lui trouva la même consistance. Les os n'étaient pas seulement cassés, ils étaient réduits en bouillie.

Des portières de voiture claquèrent en rafale, et elle entendit Jeffrey chuchoter entre ses dents.

« Merde ! »

Quelques secondes plus tard, Chuck Gaines descendait vers la rive. Il négocia la pente, le tissu couleur fauve de sa chemise d'uniforme de responsable de la sécurité bien tendue sur sa poitrine. Sara connaissait Chuck depuis l'école élémentaire, où il la taquinait sans merci sur tout et n'importe quoi, depuis sa grande taille jusqu'à ses bonnes notes et ses cheveux roux, et elle était aussi contente de le voir, à cette minute, qu'elle l'était à l'époque, dans la cour de récréation.

Lena Adams se tenait aux côtés de Chuck, vêtue d'un uniforme identique, trop grand d'au moins deux tailles pour sa frêle carrure. Une ceinture maintenait son pantalon et, avec ses lunettes de soleil d'aviateur et ses cheveux retenus sous une casquette de base-ball à longue visière, elle avait l'air d'un petit garçon qui aurait joué à enfiler les vêtements de son père, surtout quand elle perdit pied sur la rive, glissa et dévala jusqu'au bas, sur les fesses.

Frank fit mine de l'aider, mais d'un regard, Jeffrey l'en empêcha. Voici sept mois, Lena était encore inspecteur, encore l'une des leurs. Jeffrey ne lui avait pas pardonné sa décision de démissionner, et il était bien déterminé à ce qu'aucun des hommes sous son commandement ne lui pardonne non plus.

« Bon Dieu ! », lâcha Chuck, en parcourant les derniers mètres au pas de course. Malgré la fraîcheur de cette journée, de la sueur luisait au-dessus de sa lèvre supérieure et, après l'effort de cette descente, il avait le visage écarlate. Chuck était extrêmement musclé, mais il ne respirait pas la santé. Il était toujours en nage, et une mince couche de graisse donnait à sa peau un aspect tendu et gonflé. Le visage était rond, lunaire, les yeux un peu trop grands. Sara ignorait si c'était un problème de stéroïdes ou le résultat de mauvais exercices de musculation, mais il avait tout le temps l'air d'être menacé par la crise cardiaque.

Il adressa à Sara un clin d'œil salace.

— Salut, Rouquine, lui lança-t-il, avant de tendre une main charnue à Jeffrey. Ça gaze, chef?

— Chuck, maugréa Jeffrey, en lui serrant la main sans enthousiasme. Il jeta un rapide coup d'œil à Lena, puis se tourna de nouveau vers le corps. On a reçu l'appel il y a environ une heure. Sara vient d'arriver.

— Salut, Lena, s'écria cette dernière.

Lena eut un léger hochement de tête, mais Sara était incapable de discerner son expression, derrière les lunettes noires. Jeffrey afficha clairement sa désapprobation devant cet échange de salutations et, s'ils avaient été seuls, Sara lui aurait dit ce qu'il pouvait en faire.

Chuck frappa dans ses mains, comme pour affirmer son autorité.

— Alors, qu'est-ce qu'on a là, doc?

— Probablement un suicide, lui répondit-elle, en tâchant de compter combien de fois elle avait prié Chuck de ne pas l'appeler « doc ». Probablement pas aussi souvent que de ne pas l'appeler « Rouquine ».

— Ah oui? s'étonna-t-il, en tordant le cou. T'as pas l'impression qu'on l'a un peu tripoté? Chuck désigna le bas du corps. Moi, si.

Sara s'accroupit, sans répondre. Elle jeta de nouveau un coup d'œil à Lena, en se demandant comment elle tenait le coup. La jeune femme avait perdu sa sœur, un an plus tôt ce mois-ci, et ensuite, au cours de l'enquête, elle avait connu l'enfer. Même s'il y avait pas mal de choses qu'elle n'appréciait guère chez Lena Adams, elle n'aurait pourtant jamais souhaité à qui que ce soit de devoir fréquenter Chuck Gaines.

Ce dernier parut se rendre compte que personne ne lui prêtait attention. Il frappa de nouveau dans ses mains.

« Adams, ordonna-t-il, vérifiez le périmètre. Voyez si vous flairez quelque chose. »

Lena acquiesça, ce qui avait de quoi surprendre, et se dirigea vers l'aval.

Sara regarda en l'air, vers le pont, en s'abritant les yeux du soleil.

— Frank, tu peux monter là-haut et voir s'il ne resterait pas un mot ou un truc dans ce genre ?

— Un mot ? s'exclama Chuck en écho.

Sara s'adressa à Jeffrey.

— J'imagine qu'il a sauté du pont, remarqua-t-elle. Il a atterri sur ses pieds. On peut voir l'impact de ses souliers, ils ont heurté la terre. Le choc a fait descendre son pantalon et lui a fracturé quasiment tous les os des pieds et des jambes. Elle posa les yeux sur l'étiquette derrière son jean, vérifia la taille inscrite, « large » et de cette hauteur le choc a dû être assez violent. J'imagine que le sang provient de ses intestins, qui se sont décrochés.

Chuck lâcha un sifflement sourd et instantanément, c'était plus fort qu'elle, Sara leva les yeux vers lui. Il était en train de lire le graffiti raciste inscrit sur le pont, et elle vit ses lèvres remuer. Il la gratifia d'un grand sourire un peu trop marqué, avant de la questionner.

— Comment se porte ta sœur ?

Sara entrevit Jeffrey qui contractait la mâchoire, serrant les dents. Devon Lockwood, le père de l'enfant de Tessa, était noir.

— Elle va bien, Chuck, lui répondit-elle, en s'attachant à ne pas mordre à l'hameçon. Pourquoi ?

Il arbora encore un sourire, en s'assurant qu'elle le voyait bien observer le pont.

— Sans raison.

Elle ne quitta pas Gaines du regard, atterré de constater combien il avait peu changé depuis l'école.

— Cette cicatrice sur le bras, remarqua Jeffrey, les interrompant. Ça paraît récent.

Sara s'imposa de se concentrer sur le bras de la victime, mais quand elle lui répondit, sa voix s'étrangla quand même de colère.

— Oui.

— Oui ? répéta Jeffrey, sur un ton clairement interrogateur.

— Oui, confirma-t-elle, en lui faisant comprendre qu'elle était capable de se défendre toute seule. Avant de poursuivre, elle respira un bon coup. À mon humble avis, c'était un geste délibéré, en plein sur l'artère radiale. Rien que pour ça, déjà, on aurait dû le transporter à l'hôpital.

Subitement, Chuck s'intéressa aux investigations de Lena.

— Adams ! beugla-t-il. Allez inspecter par là tout d'suite.

Il pointa le bras de l'autre côté du pont, la direction opposée à celle qu'elle avait prise.

Sara posa les mains sur les hanches du garçon.

— Tu peux m'aider à le retourner ? demanda-t-elle à Jeffrey.

En attendant qu'il enfile une paire de gants, elle scruta la ligne des arbres, en quête de Tessa. Aucun signe de sa sœur. Pour une fois, elle n'était pas mécontente qu'elle soit restée dans sa voiture.

— Prêt, annonça Jeff, les mains à la hauteur des épaules du garçon.

Sara compta, puis ils retournèrent le corps avec autant de précautions que possible.

— Oh! merde! s'exclama Chuck, et sa voix monta de trois octaves. Il recula vivement, comme si le corps avait soudain pris feu. Jeffrey se releva promptement, avec une expression d'horreur totale. En se retournant vers eux, Matt fut pris d'un haut-le-cœur, comme s'il allait vomir à sec.

— Eh bien!, ponctua Sara, ne trouvant rien de mieux à dire.

Le dessous du pénis de la victime avait été complètement dépecé. Une langue de peau de dix centimètres de longueur pendait des testicules et, à intervalles irréguliers, la chair était percée de toute une série de boucles d'oreilles en forme d'haltère.

Sara s'agenouilla près de la région pelvienne, examina les dégâts. Quand elle étira la peau pour la ramener dans sa position normale, afin de pouvoir étudier les contours déchiquetés de la chair, là où l'on avait arraché l'épiderme de l'organe, elle entendit quelqu'un aspirer une goulée d'air entre ses dents serrées.

Tolliver fut le premier à parler.

— Qu'est-ce que c'est que ça, bordel?

— Un piercing, commenta-t-elle. On appelle ça un frenum. Elle désigna les clous en métal. Ils sont assez lourds. L'impact a dû retrousser la peau comme une chaussette.

— Merde! marmonna Chuck de nouveau, incapable de détacher les yeux de la blessure.

Jeffrey demeurait incrédule.

— Il s'est fait ça tout seul?

Elle haussa les épaules. Le piercing des parties génitales n'était guère courant à Grant County, mais elle avait suffisamment souvent traité des infections causées par cette pratique à la clinique pour savoir que ce genre de chose existait bel et bien, par ici.

— Sei-gneur, bredouilla Matt, en tapant du pied dans une motte de terre, le regard toujours détourné.

Elle désigna un fin anneau en or qui perçait la narine du jeune homme.

— Ici, la peau est plus épaisse, donc ça n'a rien arraché. Ses arcades sourcilières... Elle regarda le sol autour d'elle, et remarqua un autre anneau en or enfoncé dans l'argile, à l'endroit de la chute. Le fermoir s'est peut-être ouvert sur le coup.

Jeffrey pointa le doigt vers la poitrine.

— Et ça ?

Un mince filet de sang s'arrêtait à environ cinq centimètres sous le téton droit du garçon, qui était déchiré en deux. Elle émit mentalement une hypothèse, et déroula le jean jusqu'à la taille. Pris entre la fermeture Éclair et un boxer short, il y avait un troisième anneau.

— Téton percé, constata-t-elle, en ramassant l'anneau. Tu as un sachet ?

Jeff sortit un petit sachet en papier pour pièce à conviction, le lui maintint ouvert.

— C'est tout ? lui demanda-t-il, non sans un fort dégoût.

— Probablement pas, lui répondit-elle.

Attrapant la mâchoire du jeune homme entre le pouce et l'index, elle serra pour lui ouvrir la bouche. Elle y plongea les doigts avec précaution, en veillant à ne pas se couper.

— La langue était certainement percée, elle aussi, lui

expliqua-t-elle, en tâtant le muscle labial. Elle est fendue en deux à l'extrémité. J'en saurai plus quand je l'aurai allongé sur la table d'autopsie, mais j'imagine que le clou qui lui perçait la langue se trouve au fond de la gorge.

Elle se mit en position accroupie, retira ses gants et considéra le corps de la victime dans son ensemble, au lieu des seules parties percées. C'était un gamin à l'air ordinaire, si l'on exceptait le filet de sang qui zigzaguait à partir du nez et se massait autour des lèvres. Un bouc blond-roux ceignait le menton un peu mou, et il avait de fins et longs favoris, incurvés le long de la ligne de la mâchoire comme du fil à tricoter multicolore.

Chuck, bouche bée, avança d'un pas pour mieux voir.

— Eh, merde ! C'est... merde !... Il ponctua ces mots d'un borborygme, en se frappant le front. Je ne me souviens pas de son nom. Sa mère, elle travaille à la fac.

À cette nouvelle, Sara vit les épaules de Jeffrey s'affaisser. Subitement, l'affaire devenait dix fois plus compliquée.

Depuis le pont, Frank les héla.

— On a trouvé un mot.

L'information la surprit, quand bien même c'était elle qui avait envoyé Frank chercher là-haut. Elle avait déjà vu son lot de suicides, et quelque chose, dans le cas présent, ne collait pas.

Jeffrey l'observa attentivement, comme s'il pouvait lire dans ses pensées.

— Tu penses toujours qu'il a sauté ? la questionna-t-il.

Sara ne répondit pas franchement.

— Ça m'en a tout l'air, non ?

Il attendit un instant avant de se décider.

— On va passer la zone au peigne fin. Chuck voulut offrir son aide, mais Jeffrey coupa court, en douceur.

— Chuck, tu peux rester ici avec Matt et prendre une photo de son visage ? Je voudrais le montrer à la fille qui a découvert le corps.

— Euh ! Chuck avait l'air de chercher une excuse, non parce qu'il n'avait pas envie de rester dans le coin, mais parce qu'il refusait de recevoir un ordre de Tolliver.

Ce dernier fit signe à Matt, qui se retourna enfin.

— Prends quelques photos.

Matt opina sèchement, et Sara se demanda comment il allait arriver à prendre des photos de la victime sans la regarder. Chuck, en revanche, n'arrivait plus à s'en détourner. Il n'avait probablement jamais vu de cadavre. Sachant quel genre d'individu c'était, elle ne fut pas surprise par sa réaction. À voir la palette d'émotions que trahissait sa physionomie, on aurait dit qu'il regardait un film.

— Tiens, fit Jeffrey, en aidant Sara à se relever.

— J'ai déjà appelé Carlos, à la morgue, lui signala-t-elle, faisant allusion à son assistant. Il devrait arriver assez vite. Après l'autopsie, on en saura davantage.

— Bien, acquiesça Tolliver. Il s'adressa à Matt. Essaie de me réaliser un bon cliché du visage. Quand Frank redescendra, dis-lui de me retrouver aux voitures.

Matt le salua, toujours sans rien dire, ou presque.

Sara fourra son stéthoscope dans sa poche, et tous deux longèrent le lit de la rivière. Elle leva le nez vers sa voiture, cherchant Tessa. Le soleil frappait le pare-brise de biais, le transformant en miroir éclatant.

Jeffrey attendit qu'ils soient hors de portée de voix de Chuck, avant de lui poser sa question.

— Pourquoi ne l'exprimes-tu pas ?

Elle s'arrêta, ne sachant pas trop comment formuler son intuition.

— Il y a quelque chose qui cloche, là-dedans.
— C'est peut-être à cause de Chuck.
— Non, lui dit-elle. Chuck est un abruti. Je le connais depuis trente ans.

Jeffrey se laissa aller à sourire.
— Alors, quoi ?

Elle se retourna pour regarder le garçon gisant par terre, puis elle leva les yeux vers le pont.
— L'écorchure dans le dos. Pourquoi se serait-il éraflé ?
— Contre la rambarde du pont ? suggéra-t-il.
— Comment ça ? La rambarde n'est pas si haute. Il s'est vraisemblablement assis dessus, et il l'a enjambée.
— Il y a un rebord, en contrebas de la rambarde, souligna Jeffrey. Il a pu s'y racler le dos en tombant.

Sara ne quittait pas le pont du regard, tâchant d'imaginer le scénario exact des événements.
— Je sais que ça paraît stupide, mais si c'était moi, je n'aurais pas aimé me racler le dos en tombant. Je serais montée sur la rambarde et j'aurais sauté en avant, loin du rebord. Loin de tout.
— Peut-être qu'il s'est jeté du rebord et qu'il s'est râpé le dos sur une partie du pont.
— Fais vérifier si on y retrouve des traces de peau, lui conseilla-t-elle, mais sans trop savoir pourquoi, elle doutait qu'on y récolte quoi que ce soit.
— Et le fait qu'il se soit reçu sur les pieds ?
— Ce n'est pas aussi inhabituel que tu le crois.
— Tu penses qu'il l'a fait exprès ?
— Sauter ?
— Non, ce truc, là. Jeffrey se désigna le bas-ventre.
— Le piercing ? releva-t-elle. Il l'avait sûrement depuis un petit moment. La plaie est bien cicatrisée.

Il grimaça.

— Qu'est-ce qui peut pousser quelqu'un à s'infliger ça ?

— C'est censé renforcer les sensations sexuelles.

Il se montra sceptique.

— Pour l'homme ?

— Et chez la femme, ajouta-t-elle, mais rien que d'y penser, elle en frémit.

Elle regarda de nouveau en direction de la voiture, espérant apercevoir Tessa. La vue sur le parking était dégagée. Mis à part Brad Stephens et le témoin, il n'y avait personne d'autre en vue.

— Où est Tessa ? s'enquit Jeff.

— Qui sait ? répondit-elle, irritée. Elle aurait dû la ramener à la maison des parents, au lieu de la laisser venir avec elle.

— Brad ! s'exclama Jeff en direction du policier de patrouille, alors qu'ils remontaient en direction des véhicules. Est-ce que Tessa est redescendue de la colline ?

— Non, monsieur, fit l'autre.

Sara considéra la banquette arrière de sa voiture. Elle avait espéré y voir Tessa recroquevillée, assoupie. La voiture était vide.

— Sara ? s'enquit Jeff.

— Ça va, lui dit-elle.

Tessa était sûrement descendue de la colline, et puis elle avait dû repartir. Le bébé avait pas mal dansé des claquettes sur sa vessie, ces dernières semaines.

— Tu veux que j'aille la chercher ? proposa-t-il.

— Elle s'est sûrement assise quelque part, histoire de faire une pause.

— Tu en es certaine ? insista-t-il.

D'un geste, elle le pria de se taire et prit le chemin par

lequel sa sœur était remontée jusqu'au sommet de la colline. Les étudiants de la faculté joggaient sur les sentiers, dans ces bois qui reliaient un côté de la ville à un autre. Si Sara continuait vers l'est sur à peu près un kilomètre et demi, elle finirait par tomber sur la clinique pédiatrique. Vers l'ouest, elle atteindrait la route nationale et, au nord, elle déboucherait à l'autre bout de la ville, tout près de la maison des Linton. Si Tessa avait décidé de rentrer à la maison à pied sans en informer personne, Sara allait la tuer.

La pente était encore plus raide qu'elle ne se l'était figuré, et elle s'arrêta en haut de la colline pour reprendre son souffle. L'endroit était jonché de détritus, de boîtes de bière éparpillées comme des feuilles mortes. Elle regarda derrière elle, vers le parking, où Jeffrey était en train d'interroger la jeune femme qui avait découvert le corps. Brad Stephens lui adressa un signe de la main, et elle répondit à son geste, en songeant que si cette petite escalade avait suffi à l'essouffler, elle, sa sœur devait être au bord de l'apoplexie. Elle s'était peut-être arrêtée là-haut pour reprendre haleine, avant de redescendre. Elle avait peut-être croisé un animal en liberté. Ou alors le travail avait commencé. À cette dernière idée, Sara se retourna vers les arbres, suivit une piste marquée de traces de pas, qui pénétrait dans les bois. Au bout de quelques mètres, elle scruta les abords immédiats, en quête d'un signe de sa sœur.

« Tess ? » appela-t-elle, tâchant de ne pas céder à la colère.

Tessa avait probablement déambulé dans les bois et perdu la notion du temps. Depuis quelques mois, quand ses poignets étaient devenus trop gros pour le bracelet métallique, elle avait cessé de porter sa montre.

Sara pénétra plus profondément dans le sous-bois, en répétant d'une voix plus forte.

« Tessa ? »

Malgré cette journée ensoleillée, la forêt était sombre, les branches des grands arbres s'entrecroisaient comme des doigts d'enfant joueurs, faisant obstacle à la lumière. Pourtant, elle plaça tout de même sa main en visière, comme si cela allait l'aider à mieux y voir.

« Tess ? » répéta-t-elle encore, et elle attendit, en comptant jusqu'à vingt.

Elle ne reçut pas de réponse.

Une brise agitait les feuilles au-dessus de sa tête, et elle sentit dans sa nuque un picotement qui la troubla. Elle fit quelques pas de plus dans le sentier en se passant les mains sur ses bras nus. Au bout de cinq mètres à peu près, le sentier bifurquait. Elle essaya de se décider sur le chemin à suivre. Les deux sentiers avaient l'air assez fréquentés, et elle vit des empreintes de chaussures de tennis dans la terre. Elle s'agenouilla, essaya de repérer la semelle plate des sandales de Tessa au milieu des empreintes striées ou en zigzag, quand un bruit se fit entendre derrière elle.

Elle sursauta.

« Tess ? » Mais non, ce n'était qu'un raton laveur, tout aussi effrayé de voir Sara qu'elle l'était elle-même. Ils s'observèrent fixement quelques fractions de seconde, avant que le raton laveur ne décampe dans la forêt.

Elle se releva, tapa dans ses mains pour en retirer la terre. Elle opta pour le sentier de droite, puis revint sur ses pas, jusqu'à l'embranchement, en traçant une simple flèche dans le sol avec le talon de sa chaussure pour indiquer la direction qu'elle avait prise. À peine eut-elle fait cette marque qu'elle se sentit bête, mais enfin, elle aurait toujours l'occasion de rire de cette précaution plus tard, quand elle conduirait Tessa à la maison.

« Tess ? », appela-t-elle une fois encore, cassant une brindille d'une basse branche tout en s'enfonçant dans le chemin. « Tess ? » Elle s'arrêta, attendit, toujours sans recevoir aucune réponse.

Devant elle, elle s'aperçut que le chemin tournait légèrement, avant de décrire une nouvelle bifurcation. Elle hésitait à aller chercher Jeffrey, mais s'en abstint. Pour une part, elle se sentait idiote de l'avoir envisagé, mais tout au fond d'elle-même, elle ne parvenait pas à enrayer sa peur.

Elle avança, tout en prononçant le nom de Tessa. À l'embranchement suivant, elle s'abrita encore les yeux, la main en visière, et scruta des deux côtés. Les chemins s'écartaient progressivement l'un de l'autre, celui de droite traçait un coude, à une trentaine de mètres de là. Ici, la forêt était encore plus dense, plus sombre, et elle plissa les yeux. Elle commença par tracer une marque en direction de la piste de gauche, mais quelque chose lui traversa la tête, à la vitesse de l'éclair, comme si ses yeux avaient pris leur temps pour relayer l'image à son cerveau. Elle scruta la piste côté droit, et elle aperçut un caillou au contour étrange, juste avant le coude du chemin. Elle s'avança de quelques pas, puis elle courut, en s'apercevant que le caillou en question était en réalité l'une des sandales de Tessa.

« Tessa ! » hurla-t-elle, en attrapant la chaussure au passage, en la serrant contre sa poitrine tout en pivotant sur elle-même, cherchant frénétiquement sa sœur. Elle laissa tomber la sandale, sentit monter en elle une vague de vertige. Sa gorge se serra, la crainte qu'elle avait refoulée durant tout ce temps se déploya en véritable terreur submergeant tout. Dans une clairière, devant elle, Tessa était étendue sur le dos, une main sur le ventre, l'autre écartée du corps, sur le côté. Elle avait la tête bizarrement tournée, les lèvres légèrement entrouvertes, les yeux fermés.

« Non... », lâcha Sara dans un souffle, en courant vers elle. La distance entre elles ne devait pas excéder six ou sept mètres, mais cela lui parut des kilomètres. Elle se précipita vers sa sœur. Un million d'hypothèses lui traversèrent la tête, mais aucune ne la prépara à ce qu'elle découvrit.

« Oh ! mon Dieu ! s'écria-t-elle, le souffle coupé. Ses genoux se dérobèrent sous elle, et elle s'effondra au sol. Oh ! non !... »

Tessa avait reçu au moins deux coups de couteau dans le ventre, et un à la poitrine. Il y avait du sang partout, transformant le violet foncé de sa robe en une tache humide et noire. Sara observa le visage de sa sœur. Le cuir chevelu avait été comme arraché, une partie lui pendait sur l'œil gauche, et le rouge vif de l'intérieur de la chair faisait un contraste saisissant avec la pâleur de sa peau blanche.

« Non... Tess... Non ! s'écria-t-elle, en posant la main sur la joue de sa sœur, tâchant de lui rouvrir les yeux. Tessie ? répéta-t-elle. Oh ! Seigneur ! que s'est-il passé ? »

Tessa ne répondit rien. Elle était comme une poupée de chiffon et n'offrait aucune résistance. Sara appuya sur le cuir chevelu arraché et força les paupières de Tessa à se relever, pour tenter de lui examiner les pupilles. Elle essaya aussi de lui tâter le pouls, à hauteur de la carotide, mais sa main tremblait tellement qu'elle réussit seulement à étaler du sang sur le cou de Tessa, dans une sorte de macabre peinture au doigt. Elle plaqua l'oreille contre sa poitrine, tenta de déceler des signes de vie, et la robe humide se colla à sa joue.

Tout en tendant l'oreille, Sara posa les yeux sur le ventre de sa sœur, en songeant au bébé. Du sang et du liquide amniotique suintaient des incisions du bas-ventre comme par un robinet qui fuit. Un bout d'intestin ressortait par la large entaille de son pull violet et, devant cette vision, Sara ferma les yeux en retenant son souffle, jusqu'à ce qu'elle entende le faible battement du cœur, et sente la poitrine qui se soulevait et s'abaissait presque imperceptiblement quand elle emplissait ses poumons d'air.

« Tess ? demanda encore Sara, en se redressant. Du dos de la main, elle s'essuya le sang qu'elle avait sur le visage. Tessie, je t'en prie, réveille-toi. »

Quelqu'un marcha sur une brindille derrière Sara, et le craquement sonore la fit se retourner en sursaut, le cœur dans la gorge. Brad Stephens demeura interdit, la bouche ouverte, sous le choc. Ils se regardèrent fixement, tous les deux sans voix, pendant plusieurs secondes.

« Dr Linton ? » souffla-t-il enfin, d'une voix toute petite dans cette vaste clairière. Son visage exprimait le même effroi que le raton laveur dans le chemin.

Sara était incapable de rien d'autre que de le regarder. Dans sa tête, elle était en train de lui crier d'aller chercher Jeffrey, de lui crier de faire quelque chose, mais en réalité les mots refusaient de sortir.

« Je vais aller chercher de l'aide », annonça-t-il enfin, il se retourna, et il partit en courant dans le chemin, ses chaussures martelant le sol.

Sara le suivit du regard jusqu'à ce qu'il ait disparu dans le tournant, puis ses yeux revinrent se poser sur Tessa. Rien de tout cela n'était arrivé. Elles étaient toutes les deux prises au piège d'un horrible cauchemar, bientôt elle allait se réveiller, et ce serait fini. Ce n'était pas Tessa – ce n'était pas sa sœurette, qui avait insisté pour l'accompagner comme quand elles étaient petites. Tessa était juste partie se balader, repérer un endroit pour se soulager la vessie. Elle n'était pas couchée là, sur le sol, en train de se vider de tout son sang, avec Sara qui se sentait incapable de rien, sauf de lui tenir la main et de pleurer.

« Ça va aller », affirma-t-elle à sa sœur, se penchant au-dessus d'elle pour prendre l'autre main de Tessa. Elle sentit quelque chose coller entre leurs deux peaux et, quand elle regarda dans la main droite de sa sœur, il y avait une petite languette de plastique blanc restée attachée à sa paume.

« Qu'est-ce que c'est ? demanda-t-elle. Le poing de Tessa se resserra, et elle gémit. Tessa ? fit-elle, oubliant le bout de film plastique. Tessa, regarde-moi. »

Ses paupières battirent, sans s'ouvrir.

« Tess ? répéta-t-elle. Tess, reste avec moi. Regarde-moi. »

Lentement, elle ouvrit les yeux, et souffla : « Sara », avant que ses paupières ne se mettent à papillonner, pour se refermer.

« Tessa, ne ferme pas les yeux ! ordonna-t-elle, en lui serrant la main. Est-ce que tu sens ça ? Parle-moi. Est-ce que tu sens quand je te serre la main ? »

Tessa hocha la tête, ses yeux s'ouvrirent tout grand, comme si on venait de la réveiller en sursaut d'un profond sommeil.

« Est-ce que tu peux respirer ? Elle perçut dans sa voix l'accent strident de la panique. Elle s'efforça de relâcher la tension, sachant qu'autrement, elle ne ferait qu'aggraver les choses. Est-ce que tu as du mal à respirer ? »

Tessa forma muettement une réponse négative. Ses lèvres tremblaient sous l'effort.

« Tess ? fit Sara. Où as-tu mal ? Où est-ce que ça fait le plus mal ? »

Sa sœur ne répondit rien. D'un geste hésitant, elle porta la main à sa tête, ses doigts oscillèrent vaguement autour de son cuir chevelu arraché.

— Qu'est-ce qui s'est passé ? parvint-elle encore à dire, et sa voix était à peine plus qu'un chuchotement.

— Je ne sais pas, lui répondit Sara, qui n'était sûre de rien sauf de la nécessité de maintenir sa sœur éveillée.

Les doigts de cette dernière finirent par trouver son cuir chevelu, et la peau qui bougeait dessous, jusqu'à ce que Sara lui écarte la main.

— Qu'est-ce que...? murmura encore Tessa, et sa voix resta en suspens sur ces mots.

Il y avait un gros caillou près de sa tête, avec du sang et des cheveux collés à la surface.

— Tu t'es cogné la tête en tombant ? lui demanda Sara, en se disant que ce devait être ça. C'est ce qui t'est arrivé ?

— Je ne...

— Est-ce que quelqu'un t'a poignardée, Tessa ? voulut-elle savoir. Tu te souviens de ce qui s'est passé ?

La main de sa sœur descendit vers son ventre, et son visage se tordit de terreur.

— Non, lui assura Sara, en lui prenant la main pour l'empêcher de tâter la plaie.

D'autres branches craquèrent. C'était Jeffrey qui les rejoignait en courant. Il se laissa tomber à genoux, en face de Sara.

— Que s'est-il passé ?

En le voyant, elle éclata en sanglots.

— Sara ? insista-t-il, mais elle pleurait trop pour lui répondre. Sara, répéta-t-il. Il l'empoigna par les épaules. Sara, ressaisis-toi, ordonna-t-il. Tu as vu qui a fait ça ?

Elle regarda autour d'elle, se rendant compte seulement

maintenant que la personne qui avait commis cet acte pouvait fort bien se trouver encore dans les parages.

— Sara ?

Elle secoua la tête.

— Je ne... Je n'ai...

Jeffrey lui palpa les poches de sa veste, y trouva le stéthoscope et le lui plaça dans sa main toute molle. Quand il dit « Frank est en train d'appeler une ambulance », sa voix lui parut si lointaine qu'elle eut l'impression de lire ces mots sur ses lèvres, au lieu de l'entendre les prononcer.

« Sara ? »

Elle était paralysée par ses propres émotions, incapable de songer à ce qu'il fallait faire. Son champ de vision s'était totalement rétréci, elle ne voyait plus que Tessa, ensanglantée, terrorisée, les yeux écarquillés sous le choc. Quelque chose se transmettait entre les deux sœurs : une horreur abjecte, de la douleur, une peur aveuglante. Sara était totalement désemparée.

— Sara ? répéta Jeffrey, en lui posant la main sur le bras. Elle retrouva l'ouïe, ce fut une irruption soudaine, comme de l'eau se déversant d'un barrage.

Il lui serra le bras très fort, au point qu'elle eut mal.

— Dis-moi ce qu'il faut faire.

Ses paroles parvinrent à la ramener dans l'instant présent. Mais quand elle s'exprima à son tour, ses mots s'étranglèrent dans sa gorge.

— Retire ta chemise. Il faut qu'on arrête l'hémorragie.

Sara le regarda enlever sa veste et sa cravate, puis quasiment arracher les boutons de sa chemise. Peu à peu, elle sentit son intellect se remettre à fonctionner. De cela, elle était capable. Elle savait comment procéder.

— C'est grave ? s'enquit-il.

Elle ne répondit pas, car elle savait que formuler le mal lui conférerait encore plus de force. À la place, elle appuya la chemise contre le ventre de Tessa, puis elle y plaqua la main de Jeff.

— Comme ça, dit-elle, pour qu'il sache quel degré de pression exercer. Tess ? demanda-t-elle, en tâchant de se montrer forte, pour sa sœur. Je veux que tu me regardes, d'accord, mon cœur ? Regarde-moi, c'est tout, et si quelque chose change, tu me préviens, d'accord ?

Tessa hocha la tête, et ses yeux filèrent sur le côté, car elle venait d'entrevoir Frank qui s'approchait d'eux.

L'adjoint s'agenouilla à côté de Jeffrey.

— On a un hélico de secours à moins de dix minutes d'ici. Il se mit à déboutonner sa chemise et, juste à cet instant, Lena Adams entra dans la clairière. Matt Hogan la suivait de près, les mains vissées sur les hanches.

— Il a dû filer par là, leur indiqua Tolliver, en désignant le sentier qui s'enfonçait dans la forêt. Tous deux coururent dans cette direction, sans ajouter un mot.

— Tess, reprit Sara en appuyant sur la blessure pour l'ouvrir et constater quelle en était la profondeur. La trajectoire du couteau avait dû amener la lame dangereusement près du cœur. Je sais que ça fait mal, mais tiens bon. D'accord ? Est-ce que tu peux tenir bon, pour moi ?

Tessa hocha brièvement de la tête, mais ses yeux filaient encore en tous sens.

Sara se servit du stéthoscope pour écouter la poitrine de Tessa, son cœur qui battait comme dans un roulement de tambour, sa respiration en *staccato*. Quand Sara plaqua le pavillon du stéthoscope contre l'abdomen de sa sœur, pour ausculter le rythme cardiaque du fœtus, sa main se remit à trembler. Un coup de couteau dans le ventre, c'était un coup de couteau au fœtus, et Sara ne fut pas surprise de ne percevoir aucun autre battement de cœur. Du liquide amniotique avait jailli de la blessure, détruisant l'enveloppe protectrice du bébé. Si la lame du couteau n'avait pas endommagé le fœtus, la perte de sang et de liquide y aurait certainement suffi.

Elle sentait Tessa la percer de son regard, lui adresser muettement une question pour laquelle elle était incapable de se résoudre ne serait-ce qu'à formuler une réponse. Si Tessa se retrouvait en état de choc, ou si son taux d'adrénaline grimpait en flèche, son cœur allait pomper le sang plus vite hors de son corps.

— Il est faible, dit-elle, et la vacuité insondable de ce mensonge suffit à lui retourner l'estomac. Elle s'obligea à regarder Tessa droit dans les yeux, elle lui prit la main. Le battement du cœur est faible, mais je l'entends.

La main droite de Tessa se souleva, pour venir palper son ventre, mais Jeffrey l'arrêta. Il baissa les yeux, observant sa paume.

— Qu'est-ce que c'est que ça ? demanda-t-il. Tessa ? Qu'est-ce que c'est, sur ta peau ?

Il leva la main de la jeune femme, pour qu'elle comprenne à quoi il faisait allusion. Elle eut un air décontenancé, en voyant le bout de plastique voleter dans la brise.

— Tu lui as arraché ça ? insista-t-il. À la personne qui t'a agressée ?

— Jeffrey, intervint Sara, à voix basse. Sa chemise était imbibée de sang, elle lui recouvrait la main jusqu'au poignet. Il comprit ce qu'elle voulait dire et entreprit de retirer son maillot de corps, mais elle lui fit signe de s'arrêter, et elle empoigna sa veste pour aller plus vite.

Tessa lâcha un gémissement, à cause du changement dans

la pression exercée par la main, et l'air s'échappa entre ses dents avec un sifflement.

— Tess ? s'écria Sara d'une voix forte, en reprenant la main de sa sœur. Tu tiens bon, hein ?

Tess hocha de nouveau brièvement la tête, les lèvres serrées, les narines dilatées, respirant laborieusement. Elle serra la main de Sara, si fort que cette dernière put même sentir bouger ses os.

— Tu n'as pas de mal à respirer, dis-moi ? Tessa ne répondit pas, mais ses yeux restaient aux aguets, ils passaient à toute vitesse de Jeffrey à sa sœur.

Sara tâcha de masquer la peur qui perçait dans sa voix.

— Est-ce que tu respires correctement ? répéta-t-elle. Si Tessa se révélait incapable de respirer toute seule, elle ne pouvait rien tenter de plus pour l'aider.

Jeffrey intervint, sa voix était à la fois tendue et maîtrisée.

— Sara ? Sa main était restée plaquée sur le ventre de Tessa. Je sens comme une contraction.

Elle fit rapidement non de la tête, en posant la main à côté de celle de Jeffrey. Elle sentit aussi les contractions de l'utérus.

Elle éleva la voix.

— Tessa ? Est-ce que c'est plus douloureux, là, vers le bas ? Une douleur pelvienne ?

La blessée ne répondit pas, mais elle claquait des dents comme si elle avait froid.

— Je vais vérifier la dilatation du col, d'accord ? prévint-elle, en relevant la robe de sa sœur. Elle avait les cuisses couvertes de sang et de liquide formant une flaque noire et poisseuse. Elle introduisit ses doigts dans le canal utérin. La réaction du corps au moindre traumatisme, c'est de se raidir, et c'est exactement ce que fit Tessa. Sara eut l'impression d'introduire les mains entre les mâchoires d'un étau.

— Essaie de te détendre, conseilla-t-elle à sa sœur, en lui palpant le col de l'utérus. Les stages de Sara en obstétrique remontaient à plusieurs années, et même l'exercice qu'elle avait effectué dernièrement en préparation de la naissance témoignait de lacunes certaines.

— C'est très bien, lui souffla-t-elle quand même. Tu vas bien. Tu t'en sors bien.

— J'ai encore senti la même, ajouta Jeff.

Sara lui décocha un regard, pour lui intimer de se taire. Elle aussi, elle l'avait sentie, cette contraction, mais ils ne pouvaient rien y faire. Même s'il subsistait une chance pour que le bébé soit encore en vie, une césarienne dans cette situation tuerait la mère. Si le couteau avait entaillé l'utérus, elle perdrait tout son sang avant même qu'ils n'atteignent l'hôpital.

— C'est bien, répéta Sara, en retirant sa main. Tu n'es pas dilatée. Tout se passe bien. D'accord, Tess ? Tout se passe bien.

Les lèvres de Tessa remuèrent, mais le seul son qu'elle put émettre fut le halètement rauque de sa respiration. Elle entrait en hyperventilation, elle s'orientait tout droit vers l'hypocapnie.

— Doucement, mon cœur, lui conseilla Sara, en approchant le visage tout près de celui de sa sœur. Essaie de ralentir ta respiration, d'accord ?

Elle lui montra comment, en inspirant à fond, puis en relâchant le souffle lentement, sans cesser un instant de repenser qu'elles s'étaient exercées ensemble à tout cela, il y a quelques semaines, au cours de ces séances de formation à l'accouchement sans douleur.

— C'est ça, approuva-t-elle, alors que la respiration de Tessa commençait à ralentir. Gentiment et lentement.

Elle se sentit soulagée, l'espace d'un instant, puis tous les muscles du visage de Tessa se tétanisèrent d'un seul coup. La tête se mit à trembler, et la main de Sara puis son bras en absorbèrent les vibrations comme un diapason. Un gargouillement sortit des lèvres de Tessa, puis un filet de liquide clair en dégoulina. Ses yeux étaient vitreux, son regard vide et froid.

Sara tâcha de conserver son ton de voix feutré.

— Quelle est l'heure d'arrivée prévue pour l'ambulance ?

— Elle ne devrait plus tarder, la rassura Frank.

— Tessa, fit-elle, en adoptant un ton ferme, menaçant. La dernière fois qu'elle avait parlé à sa sœur de la sorte, celle-ci avait douze ans, et elle voulait exécuter un saut périlleux du haut du toit de leur maison. Tessa, tiens le coup. Tiens le coup encore un tout petit peu. Écoute-moi. Tiens bon. Je te dis de...

Le corps de Tessa fut saisi d'une violente et soudaine secousse, sa mâchoire se serra à bloc, ses yeux se renversèrent dans leurs orbites, des sons gutturaux sortirent du fond de sa gorge. La crise d'épilepsie se déclencha avec une intensité effrayante, se propageant dans tout le corps de Tessa à la manière d'un courant électrique.

Sara tenta d'user de son corps comme d'une barrière, pour que Tessa ne s'inflige pas davantage de mal. Elle tremblait de manière incontrôlable, avec un grognement sourd, ses yeux étaient blancs. Sa vessie se relâcha, l'odeur de son urine était forte, acide. Sa mâchoire se serra si fort que les muscles de son cou saillaient comme des câbles d'acier.

Sara entendit le ronronnement d'un moteur au loin, puis le battement distinctif des pales d'un hélicoptère. Quand l'ambulance de l'air vint se positionner en vol stationnaire au-dessus de leurs têtes, avant de décrire un orbe en direction du lit de la rivière, elle sentit les larmes lui picoter les yeux.

« Vite, chuchota-t-elle. Je vous en supplie, vite. »

2

L'hélicoptère s'éleva dans les airs, et Jeffrey entrevit Sara par le hublot. Elle tenait la main de Tessa contre sa poitrine, la tête inclinée, comme en prière. Ni lui, ni Sara n'étaient particulièrement croyants, mais Jeffrey se surprit à adresser une prière à qui voudrait bien l'entendre, suppliant pour que Tessa s'en sorte. Il ne quitta pas Sara Linton du regard, continua de prier en silence, jusqu'à ce que l'hélicoptère décrive un grand virage sur la droite, obliquant au-dessus du faîte des arbres. Plus l'appareil s'éloignait, moins les mots lui venaient facilement à l'esprit, et du coup, le temps que l'hélicoptère tourne vers l'ouest, en direction d'Atlanta, il n'éprouvait plus que colère et impuissance.

Il baissa les yeux, considéra la fine petite languette de plastique qu'il avait trouvée collée dans la main de Tessa. Il la lui avait détachée de la paume, avant qu'ils n'embarquent dans l'ambulance des airs, avec l'espoir que cela puisse éventuellement les mener à la personne qui l'avait agressée. À fixer ainsi cet objet du regard, il se sentit écrasé de désespoir. Sara et lui avaient tous deux touché ce bout de plastique. Sur les taches de sang, il n'y avait pas de trace visible d'empreintes digitales. Et il n'y avait aucun moyen d'affirmer si cet objet avait un quelconque rapport avec l'agression.

— Chef ? Frank tendit à Tolliver sa veste de costume et sa chemise, toutes deux dégoulinantes de sang.

— Seigneur ! souffla Jeff, en sortant son insigne de la

police et son portefeuille. Ils étaient aussi imbibés que ses vêtements. Il trouva aussi un sachet pour pièce à conviction, et il y rangea le lambeau de plastique. Qu'est-ce qui s'est passé, nom de Dieu ? demanda-t-il.

Frank ouvrit les bras, les mains, et resta sans voix.

Ce geste irrita Tolliver, et il réprima la réflexion cassante qui lui vint à l'esprit, sachant que ce qu'avait subi Tessa Linton n'était pas la faute de Frank. Si c'était la faute de quelqu'un, c'était bien celle de Jeffrey. Il était resté planté sans rien faire à moins de cent mètres de Tessa, pendant qu'elle se faisait agresser. Il avait compris que quelque chose clochait, en ne la voyant pas dans la voiture, et il aurait dû insister pour accompagner Sara quand elle était partie à sa recherche.

Il fourra le sachet dans la poche de son pantalon.

« Où sont Lena et Matt ? demanda-t-il.

Frank ouvrit le clapet de son téléphone portable.

— Non, lui dit Jeffrey. Le pire qui puisse arriver à Matt en pleine forêt, c'était que son téléphone portable sonne. Accorde-leur cinq minutes. Il jeta un coup d'œil à sa montre, sans trop savoir combien de temps s'était déjà écoulé. Si d'ici là ils ne sont pas ressortis, on ira les chercher.

— D'accord.

Tolliver laissa choir ses vêtements sur le sol, et posa son portefeuille et son insigne dessus. Il poursuivit.

— Appelle le poste. Demande six patrouilles ici.

Frank commença de composer le numéro.

— Tu veux relâcher le témoin ?

— Non, lui dit-il. Sans ajouter un mot, il descendit la colline, dans la direction des voitures en stationnement.

Tout en marchant, il tâcha de mettre de l'ordre dans ses pensées. Sara avait estimé qu'il y avait dans ce suicide quelque chose de suspect. Le fait que Tessa ait été poignardée dans les parages immédiats contribuait à renforcer cette hypothèse. Si le gamin gisant dans le lit de la rivière avait été assassiné, il se pouvait que Tessa Linton ait surpris son assaillant dans les bois.

« Chef », glissa Brad, à voix basse, pour ne pas trop le brusquer. Derrière lui, Ellen Schaffer parlait dans son téléphone portable.

Jeffrey fusilla Brad du regard. D'ici dix minutes, tout le monde sur le campus saurait exactement ce qui s'était passé.

Brad grimaça, comprenant l'erreur qu'il venait de commettre.

— Désolé.

Ellen Schaffer suivit leur échange.

— Faut que j'y aille, ajouta-t-elle vivement dans son portable, avant de mettre un terme à la communication.

C'était une jeune fille blonde, séduisante, les yeux noisette, avec un accent yankee peu engageant, comme Jeffrey n'en avait pas entendu depuis longtemps. Elle portait un short de jogging moulant et un t-shirt court en Lycra encore plus moulant. Une ceinture avec un lecteur de cd était bouclée bas sur les hanches, et un soleil rayonnant était tatoué en cercle autour de son nombril.

— Mademoiselle Schaffer..., commença-t-il.

— Est-ce qu'elle va s'en sortir ?

Ellen Schaffer lui posa cette question d'une voix encore plus grinçante que celle qu'il avait déjà entendue.

— Je le pense, jugea-t-il, mais la question suffit à lui nouer les tripes.

Quand on avait embarqué Tessa sur la civière, elle était encore inconsciente. Il n'y avait aucun moyen d'affirmer qu'elle se réveillerait. À la minute présente, il avait envie d'être à ses côtés – et avec Sara –, mais à l'hôpital il n'aurait rien eu à faire, si ce n'est attendre. Au moins, de la sorte, en restant ici, il serait en mesure de collecter quelques réponses pour la famille Linton.

— Pouvez-vous m'expliquer encore une fois ce qui s'est passé ? demanda-t-il.

Cette question fit trembler la lèvre inférieure d'Ellen Schaffer.

Il insista.

— Vous avez vu le corps depuis le pont ?
— Je faisais mon jogging. Je fais toujours mon jogging le matin.

Il consulta de nouveau sa montre.

— Précisément à cette heure-ci ?
— Oui.
— Toujours seule ?
— En général.

Jeffrey s'imposa de rester poli, alors qu'en réalité il avait envie de secouer cette fille et de la forcer à lui révéler ce qu'il voulait savoir.

— En général, vous faites votre jogging seule ?
— Oui, répondit-elle. Je suis désolée.
— En temps normal, vous empruntez ce chemin ?
— En temps normal, répéta-t-elle en écho. Je descends sur le pont et ensuite je remonte dans les bois. Il y a des sentiers... Sa voix resta en suspens, car elle se rendit compte qu'il devait bien être au courant.

— Donc, reprit-il, en revenant à ses moutons, vous faites votre jogging en suivant tous les jours le même itinéraire ?

Ellen hocha la tête, un geste rapide.

— En général, je ne m'arrête pas au pont, mais quelque chose m'a perturbée. Je ne sais pas pourquoi je me suis arrêtée. Elle réfléchit à la chose, les lèvres pincées. D'habitude, il y a des oiseaux, les bruits de la nature. Tout était trop silencieux. Vous voyez ce que je veux dire ?

Il voyait. Il avait eu cette même sensation inhabituelle quand il avait couru dans les bois, à la recherche de Tessa et de Sara. Les seuls bruits audibles avaient été ceux de ses propres semelles martelant le sol, et de son cœur, qui battait encore plus fort, jusque dans sa tête.

Ellen poursuivit.

— Donc je me suis arrêtée pour ma séance d'étirements, et là, j'ai regardé par-dessus la rambarde... et je l'ai vu.

— Vous n'êtes pas descendue l'examiner ?

Elle eut l'air gênée.

— Non... J'aurais dû ?

— Non, la rassura-t-il. Il vaut mieux que vous n'ayez pas contaminé la scène, ajouta-t-il, pour se montrer conciliant.

Elle parut soulagée.

— J'ai bien vu... Elle baissa les yeux sur ses mains, en pleurant silencieusement.

Jeffrey lança de nouveau un coup d'œil vers les bois, inquiet, surtout après le bruit qu'avait provoqué l'hélicoptère, de constater que Matt et Lena n'étaient toujours pas de retour. Les envoyer dans les bois de cette façon n'était sans doute pas la meilleure des idées qu'il ait eues.

Ellen Schaffer l'interrompit dans ses réflexions.

— Il a souffert ? demanda-t-elle.

— Non, lui assura-t-il, alors qu'il n'en avait aucune idée. Nous pensons qu'il a sauté du haut du pont.

Elle eut l'air surprise.

— Je supposais juste...

Il ne lui laissa pas le temps de s'étendre sur ses sentiments.

— Donc vous l'avez vu. Vous avez appelé la police. Et après, qu'avez-vous fait ?

— Je suis restée sur le pont, jusqu'à l'arrivée de l'officier de police. Elle désigna Brad, qui eut un sourire penaud. Ensuite, les autres l'ont rejoint, et je suis restée avec eux.

— Avez-vous aperçu quelqu'un d'autre ? Quelqu'un dans les bois ?

— Uniquement la fille qui est montée vers la colline, dit-elle.

— Personne d'autre ?

— Non. Personne, répondit-elle, en regardant par-dessus l'épaule de Tolliver. Il se retourna, et vit Matt et Lena sortir des bois. Lena boitait, les mains loin du corps, pour s'éviter de trébucher. Matt lui tendit la main pour l'aider à descendre la pente, mais d'un geste elle l'écarta.

— Je continuerai avec vous demain matin, fit Tolliver à Ellen Schaffer. Je vous remercie de vous être rendue disponible. Puis il s'adressa à Brad. Assure-toi qu'elle regagne la résidence universitaire.

— Oui, chef, obtempéra Brad, mais son supérieur escaladait déjà la colline au pas de course.

Les semelles de ses mocassins glissaient sur le sol. Il courait vers Matt et Lena, mais il ne pensait qu'à une chose, en envoyant Lena dans les bois, il avait encore mis une autre femme en danger. Le temps qu'il arrive à leur hauteur, il avait la poitrine serrée par le remords. Il prit Lena par le bras, pour l'aider à s'asseoir.

— Qu'est-ce qui s'est passé ? demanda-t-il, et il se sentait comme un perroquet, songeant qu'il avait posé cette question un million de fois depuis le début de la journée, sans avoir encore reçu de réponse satisfaisante. Est-ce que ça va ?

— Oui, fit-elle, en le repoussant d'un haussement

d'épaules si vif qu'elle tomba en achevant de s'asseoir. Frank essaya de l'aider, mais Lena l'éloigna d'un geste brusque. « Ça va, bon Dieu ! » Et pourtant, dès que son pied toucha le sol, elle tressaillit.

Les trois hommes restèrent figés sur place. Lena dénoua les lacets de son soulier, et Jeffrey comprit qu'ils éprouvaient la même chose que lui. Quand il leva les yeux, Matt et Frank soutinrent son regard, avec un air accusateur. Dans les bois, Lena aurait pu se blesser sérieusement. Ce qui lui était arrivé – mais aussi ce qui aurait pu lui arriver –, tout cela était la faute de Tolliver.

Lena rompit leur silence interdit.

— Il était encore là.

— Où ça ? s'enquit-il, sentant son pouls accélérer.

— Le salopard se cachait derrière un arbre, il observait ce qui se passait.

— Seigneur ! maugréa Frank avec colère. Mais Jeffrey ne savait pas qui cette colère visait, l'agresseur ou lui-même, son supérieur.

— Je me suis lancée à sa poursuite, continua-t-elle, sans se rendre compte de la tension qui venait de se créer entre les deux hommes – à moins qu'elle n'ait choisi de l'ignorer. J'ai trébuché sur quelque chose. Une souche. Je ne sais pas. Je peux vous montrer où il se cachait.

Jeffrey tenta de se représenter la situation. L'agresseur était-il resté dans les parages afin de s'assurer que l'on vienne secourir Tessa, ou avait-il surveillé les événements comme on suit un film, chez soi, pour se délecter du drame ?

Frank interrogea Matt d'une voix tendue.

— Où étais-tu, quand tout cela s'est produit ?

Matt lui répliqua du même ton coupant.

— On s'est dispersé pour couvrir davantage de terrain. Et,

disons, deux minutes plus tard, j'ai vu le gamin filer en courant.

— Pour commencer, tu n'aurais pas dû la laisser seule, bougonna Frank.

— Je me suis contenté de respecter la procédure, grommela Matt en réponse.

— Hé! vous deux! s'écria Jeffrey, pour les interrompre. On n'a pas de temps à perdre avec vos salades. Il tourna de nouveau toute son attention vers Lena. À quelle distance était-il du lieu de l'agression?

— Tout près, répondit-elle. À l'écart du sentier, à peu près à une quinzaine de mètres. Je suis revenue sur mes pas, en pensant qu'il devait encore traîner dans les parages, vraiment pas loin, pour suivre ce qui se passait.

— Tu as vraiment pu le voir? s'enquit Jeff.

— Non, lui dit-elle. C'est lui qui m'a repérée avant que je ne le repère. Il était tapi derrière un arbre. Peut-être que ça l'excitait de voir Sara perdre les pédales.

— Je ne t'ai pas demandé de spéculations, rétorqua Tolliver, n'appréciant guère le ton condescendant avec lequel elle venait de prononcer le nom de Sara. Lena ne s'était jamais entendue avec Sara Linton, mais ce n'était guère le moment de raviver sa rancune, surtout considérant l'état dans lequel se trouvait Tessa. Tu as vu ce type. Et ensuite?

— Je ne l'ai pas vu, rectifia-t-elle, piquée au vif, furieuse.

Il comprit, mais trop tard, qu'il avait actionné les mauvaises manettes. Il sollicita du regard le soutien de Frank et de Matt, mais ils avaient le visage aussi dur que celui de Lena.

— Continue, la pria-t-il.

Lena était tendue.

— J'ai aperçu une forme floue. Du mouvement. Il s'est levé et il a filé. Je lui ai couru après.

— Il est parti de quel côté ?

Lena prit son temps, leva les yeux pour se repérer au soleil.

— Vers l'ouest, probablement vers la nationale.

— Un Noir ? Un Blanc ?

— Un Blanc. Peut-être, ajouta-t-elle aussitôt, sur un ton assez désinvolte.

— Peut-être ? releva-t-il, conscient d'alimenter sa fureur, mais incapable de se retenir.

— Je viens de te répondre, s'énerva-t-elle, sur la défensive. Il s'est retourné, et il a couru. Qu'est-ce que j'allais faire, lui demander de ralentir, le temps que je puisse contrôler ses origines ethniques ?

Il s'interrompit un instant, tâchant de contenir sa mauvaise humeur.

— Qu'est-ce qu'il portait ?

— Quelque chose de foncé.

— Une veste ? Un jean ?

— Un jean, et peut-être une veste. Je ne sais pas. Il faisait sombre.

— Une veste longue, courte ?

— Un blouson... je crois.

— Il avait une arme ?

— Je n'ai pas pu voir.

— De quelle couleur étaient ses cheveux ?

— Je ne sais pas.

— Tu ne sais pas ?

— Je crois qu'il portait un bonnet.

— Tu crois ? Subitement, toute l'impuissance accumulée depuis qu'il avait vu Tessa gisant, à l'article de la mort, explosa. Seigneur Dieu ! Lena, tu as été flic combien de temps ?

Lena le dévisagea avec l'expression de haine brûlante qu'il

constatait d'habitude chez les suspects qu'il soumettait à un interrogatoire.

— Tu prends un putain de suspect en chasse, et tu n'es même pas capable de me signaler s'il portait ou non un bonnet ? Qu'est-ce que tu foutais là-bas, bordel, tu cueillais des marguerites ?

Lena ne cessa pas de le dévisager, la mâchoire contractée, gardant pour elle ce qu'elle avait envie de lui rétorquer.

— C'est une sacrée chance qu'il ne s'en soit pas pris à toi, estima-t-il. On aurait deux filles en route pour les soins intensifs dans cet hélicoptère, au lieu d'une.

— Je suis assez grande pour veiller sur moi toute seule, rétorqua-t-elle, cassante.

— Tu crois que c'est le petit couteau que tu portes à la cheville qui va suffire à te protéger ? Il fut dégoûté par l'air surpris de Lena, surtout parce qu'il lui avait appris de meilleurs stratagèmes défensifs que celui-là. C'était quand elle avait glissé sur le derrière, tout en bas, jusqu'au lit de la rivière, qu'il avait repéré le fourreau qu'elle s'était fixé autour de la cheville. J'aurais dû te faire boucler pour port d'arme illégal.

Elle continua de le fixer du regard, et sa haine était palpable.

— Fais attention, avec ce regard-là, lui conseilla-t-il.

Lena avait les dents tellement serrées qu'on avait du mal à discerner les mots qu'elle prononça.

— Je ne travaille plus pour toi, trou du cul.

Au fond de Jeffrey, quelque chose n'était pas loin de rompre. Son regard s'aiguisa, tout revêtit une netteté saisissante.

— Chef, intervint Frank, en lui posant la main sur l'épaule. Jeffrey battit en retraite, comprenant qu'il se conduisait de façon insensée. Il revit ses vêtements ensanglantés, par terre, le sang de Tessa. À cet instant, tout en lui se précipita. Les sanglots de Sara, ces larmes sur ses joues maculées de sang. Le bras de Tessa, tout flasque, pendant de la civière quand on l'avait hissée à bord.

Jeffrey se détourna, pour qu'on ne puisse lire l'expression de son visage, attrapa son insigne, le lustra avec le pan de son maillot de corps, tâchant de gagner du temps, histoire de se calmer.

Brad Stephens choisit ce moment pour monter à leur rencontre, en tortillant son chapeau entre ses mains.

— Qu'est-ce qui se passe, chef ? s'inquiéta-t-il.

Tolliver avait la gorge serrée de colère.

— Je t'ai prié de raccompagner Schaffer à la résidence universitaire.

— Elle est tombée sur deux amies, se défendit Brad, en pâlissant. Elle avait envie d'aller avec elles. Ses yeux bleu clair étaient écarquillés de peur, et il bredouilla. J-j-je me suis dit que ça irait tout aussi bien si elle se joignait à elles. Elles habitent dans son bâtiment, à la résidence universitaire. Le Keyes House. Je ne pensais pas...

— Très bien, jappa Tolliver, coupant court, sachant que défouler sa colère sur Brad ne ferait qu'envenimer ce qu'il ressentait déjà. Envoie des gens à nous sur la nationale, ordonna-t-il à Frank. Dis-leur qu'on recherche un individu à pied. N'importe qui, à pied. Avec peut-être une veste, ou peut-être pas. Sur cette dernière précision, il évita de croiser le regard de Lena, alors qu'elle devait bien savoir qu'une description était susceptible de faire toute la différence.

— Les patrouilles devraient être là dans pas longtemps, lui assura Frank.

Jeffrey hocha la tête.

— Je veux un ratissage de la zone jusqu'à l'endroit où Lena a aperçu l'agresseur pour la dernière fois. On cherche un couteau. Tout ce qui peut paraître sortir de l'ordinaire.
— Il avait quelque chose dans la main, précisa Lena, comme si elle leur offrait là une pépite. Un sac blanc.
Brad Stephens réprima un soupir, puis il rougit quand tout le monde se tourna vers lui.
— Qu'est-ce qu'il y a ? demanda Jeffrey.
Brad prit la parole avec à la fois une espèce d'appréhension et l'air de s'excuser.
— J'ai vu Tessa ramasser je ne sais quoi, en remontant la colline, expliqua-t-il.
— Quel genre de chose ?
— Des détritus, je crois. Elle avait un sac plastique blanc, comme ceux qu'on vous donne au Pig.
Il voulait parler du Piggly Wiggly, l'épicerie de la ville. Des milliers de gens venaient y faire leurs courses toutes les semaines.
Jeffrey s'imposa le silence, durant quelques secondes. Il repensait au bout de plastique qu'il avait trouvé dans la main de Tessa. Ce petit morceau aurait fort bien pu être l'anse arrachée d'un sac plastique d'épicerie.
— Tessa a trouvé ce sac sur la colline ? demanda-t-il à Brad, tout en remarquant pour la première fois à quel point le périmètre était jonché d'ordures.
Les équipes de nettoyage de l'université dépensaient l'essentiel de leur énergie à entretenir les terrains situés aux abords immédiats du campus. Ils n'étaient probablement pas venus nettoyer ici une seule fois de toute l'année.
— Oui, chef, confirma Brad. En fait, elle l'a ramassé, et puis elle s'est mise à le remplir de toutes sortes de saletés, en remontant la colline.

— Quel genre de saletés ? insista Tolliver.

Brad se remit à bredouiller, ce qui lui arrivait uniquement quand il était nerveux.

— D-des ordures, j'imagine. Des emballages, des boîtes, ce genre-là.

Avec Brad, Tolliver s'efforça de conserver un ton modéré, surtout parce que ses bégaiements le faisaient à nouveau bouillir de colère.

— Tu n'as pas pensé à monter lui demander ce qu'elle fabriquait ?

— Vous m'aviez ordonné de rester avec le témoin, lui rappela Stephens. Et de nouveau, en dépit de son teint de papier mâché, le rouge lui monta aux joues. Et je... euh ! je ne voulais pas la gêner pendant qu'elle faisait... ce qu'elle faisait là-haut. Vous comprenez, des t-t-trucs un peu intimes, quoi.

— Diffuse-moi ça par radio, lança Tolliver à Matt. Vêtements foncés, et qui porte peut-être un sac plastique blanc.

— Tu penses qu'il a volé des détritus ? s'enquit Lena, sceptique.

Matt plaça sa main en conque sur son téléphone portable, contre son oreille, et s'éloigna de quelques pas pour transmettre les ordres de Jeffrey. Frank avait les yeux baissés sur Lena, mais il n'y avait pas moyen de savoir ce qu'il pensait.

Jeffrey vit Chuck remonter la colline en prenant son temps. Quand il s'arrêta et se baissa, Jeffrey se crispa, mais Chuck était simplement en train de relacer son soulier.

Il arriva à leur hauteur.

— Je suis resté près du corps. Pour surveiller les lieux, leur annonça-t-il.

Lena l'ignora.

— Tu crois qu'il y aurait un lien ? demanda-t-elle à Jeffrey.

À l'expression de Frank, Jeffrey vit bien qu'avec tout ce qui s'était passé, ce n'était que maintenant qu'il envisageait cette éventualité. Le vieux flic y serait venu de toute manière, mais par rapport aux officiers de police plus âgés de la brigade, Lena progressait souvent à pas de géant. Maintenant qu'elle n'en faisait plus partie, c'était sa rapidité d'esprit qui lui manquait le plus.

Elle répéta sa remarque.

— Il doit y avoir un lien.

Il la fit taire, et pas seulement parce que Chuck n'en perdait pas une miette. Lena avait choisi d'arrêter d'être flic depuis sept mois. Elle n'était plus membre de l'équipe de Tolliver.

— Fais-moi voir cette lettre de suicide, dit-il à Frank.

— Elle était sous une pierre, au bout du pont, précisa-t-il. Il plongea la main dans sa poche de derrière et en sortit une page de carnet, pliée.

Jeffrey ne se sentait pas le cœur de réprimander Frank parce qu'il avait omis de placer cette feuille dans un sachet pour pièce à conviction. Ils avaient tous deux les mains déjà suffisamment ensanglantées pour tacher la page.

Il y jeta un coup d'œil, le regard vague, sans vraiment se concentrer dessus.

Chuck se prit le menton dans la main. La pose du penseur.

— Vous croyez toujours qu'il a fait le saut de l'ange tout seul ?

— Ouais, lâcha Tolliver, en considérant fixement le vigile de la faculté. Côté secrets, Chuck était une passoire ambulante. Jeffrey l'avait assez entendu cancaner sur un peu tout le monde pour savoir que le bonhomme n'était pas fiable.

— Un tueur l'aurait poignardé, ajouta Frank, pour soutenir son chef. Il ne l'aurait pas poussé du haut du pont. Ils ne changent pas de *modus operandi* comme ça.

— Pas faux, admit Chuck, et pourtant, n'importe quel individu doté d'une once d'intelligence aurait posé davantage de questions.

Jeffrey rendit le feuillet à Frank.

— Dès qu'une patrouille arrive ici, tu prends l'autre côté de la rivière. Si nécessaire, je veux une recherche d'empreintes digitales. Tu m'as compris ?

— Ouais, lui confirma Frank. On va commencer par la rivière, et on remontera vers la nationale.

— Bon.

Matt avait fini de passer ses coups de fil, et Jeffrey lui confia une autre mission.

— Appelle-moi Macon et vois si on peut dégotter quoi que ce soit de ce côté-là.

Chuck croisa les bras.

— Je vais mettre deux de mes gars...

Jeffrey pointa l'index sur le vigile.

— Toi, tu tiens tes gars à l'écart des lieux. C'est mon domaine, ordonna-t-il.

Chuck tint bon.

— C'est le terrain de l'université.

Jeffrey pointa du doigt le corps du garçon, dans le lit du fleuve.

— Tout ce que tu as à faire, en matière de collège, c'est de me trouver qui est ce gamin et de l'annoncer à sa mère.

— C'est Rosen, lui affirma Chuck, sur la défensive. Andy Rosen.

— Rosen ? répéta Lena après lui.
— Tu le connaissais ? s'enquit Jeff.
Elle secoua la tête, mais il perçut tout de suite qu'elle lui cachait quelque chose.
— Lena ? insista-t-il, histoire de lui offrir une occasion de vider son sac.
— J'ai dit non, rétorqua-t-elle sèchement, et il ne savait plus trop si elle lui mentait ou si elle jouait la conne avec lui. Quoi qu'il en soit, il n'avait pas le temps de prendre part à ses jeux.
— Tu es chargé de la recherche, indiqua-t-il à Frank. J'ai à faire.
Frank opina de la tête, devinant probablement où son chef devait se rendre.
— Amène-moi la mère dans la bibliothèque d'ici une heure, que je lui parle, dit-il à Chuck. Du pouce, il désigna Lena. Si j'étais toi, j'emmènerais Lena s'occuper de le lui annoncer. Pour ce genre de choses, elle a beaucoup plus d'expérience que toi.
Il s'autorisa un dernier regard à Lena, s'imaginant qu'elle apprécierait la remarque. À en juger par le regard qu'elle lui adressa en retour, il comprit qu'elle ne considérait nullement cette réflexion comme une faveur particulière.

Il conservait toujours une chemise de rechange dans sa voiture, mais il aurait beau s'essuyer les mains, le sang ne partirait pas. Il s'était servi d'une bouteille d'eau pour se laver la poitrine et le haut du corps, mais ses ongles étaient encore ourlés de rouge. Sa chevalière de l'université d'Auburn était couverte d'une croûte de sang séché, tout comme le maillot de foot qu'il portait. Il songea à la réplique fameuse de Macbeth, se savoir coupable exagérait la vue du sang, le faisait paraître plus horrible qu'il ne l'était en réalité. Tessa n'aurait jamais dû monter en haut de cette colline. Trois flics entraînés, armés de pistolets, à moins de cent mètres de là, et elle avait été quasiment poignardée à mort. Il aurait dû la protéger. Il aurait dû tenter quelque chose.

Il gara la Lincoln dans l'allée, derrière la camionnette d'Eddie. Quand il s'obligea à sortir de la voiture, la terreur l'envahit, comme un virus. Depuis le divorce de Jeffrey et de Sara, Eddie Linton avait clairement signifié qu'il considérait son ex-gendre comme une merde tartinée sur la chaussure de sa fille aînée. Malgré cela, Jeffrey éprouvait une véritable affinité vis-à-vis du vieil homme. Eddie était un bon père, le genre de père que Jeffrey aurait eu envie d'avoir étant gosse. Il connaissait les Linton depuis plus de dix ans et, durant tout le temps de son mariage avec Sara, il avait eu pour la première fois la sensation d'appartenir à une famille. À bien des égards, Tessa était pour lui comme une petite sœur.

Il remonta l'allée, en respirant à fond. Un vent frais le fit frissonner, et il se rendit compte qu'il était en sueur. On entendait de la musique, en provenance de l'arrière de la maison, et il décida de la contourner plutôt que de sonner à la porte d'entrée. Subitement, il s'arrêta, reconnaissant le son d'une radio.

Sara n'aimait pas trop les chichis et les occasions trop formelles, leur mariage avait donc eu lieu dans la maison des Linton. Ils avaient échangé leurs vœux dans le salon, avant de tenir une petite réception à l'intention de la famille et des amis, dans le jardin, derrière la maison. Leur première danse en tant que mari et femme, ils l'avaient dansée sur cette chanson. Il se rappelait encore l'effet que cela lui avait fait de la tenir dans ses bras, de sentir la main de Sara posée sur sa nuque, qu'elle caressait légèrement, son corps près du sien, dans une posture chaste, qui était pourtant la situation la plus sensuelle qu'il ait jamais connue. Sara était une danseuse épouvantable, mais le vin, ou la grâce de ce moment, lui avait prêté une forme de coordination proprement miraculeuse, et ils avaient dansé jusqu'à ce que la mère de Sara leur rappelle qu'ils avaient un avion à prendre. Eddie avait essayé de l'en empêcher. Déjà à cette époque, il n'avait aucune envie de voir Sara s'en aller.

Jeffrey se força à avancer. En ce jour lointain, il avait ravi une de leurs deux filles aux Linton, et il était sur le point de leur annoncer qu'ils venaient peut-être de se voir privés de l'autre.

Lorsqu'il tourna au coin de la maison, Cathy Linton était en train de rire à cause de quelque chose que venait de dire Eddie. Ils étaient assis sur la terrasse qui donnait sur l'arrière, dans la plus grande insouciance, écoutant Shelby Lynne et profitant d'un paisible dimanche après-midi, comme presque tout le monde à Grant County par une journée pareille. Cathy était assise dans une sorte de hamac, les pieds calés sur un tabouret, et Eddie lui vernissait les ongles des orteils.

La mère de Sara était une belle femme, avec juste quelques filaments gris dans ses longs cheveux blonds. Elle devait approcher de la soixantaine, mais elle possédait encore beaucoup d'atouts. Cathy avait quelque chose de sexy, tout en donnant l'impression de conserver les pieds sur terre, ce que Jeffrey avait toujours trouvé séduisant. Même si Sara insistait pour affirmer qu'elle ne tenait rien de sa mère – elle était grande, alors que Cathy était petite, elle avait des formes, là où Cathy était presque d'une minceur de jeune garçon –, les deux femmes avaient beaucoup de choses en commun. Sara avait hérité de la peau parfaite de sa mère, et ce sourire qui vous donnait l'impression d'être la chose la plus importante de la planète, quand il vous était adressé. Elle avait aussi l'esprit mordant de Cathy, et elle savait comment vous remettre à votre place, tout en faisant passer cela pour un compliment.

Dès qu'elle vit Jeffrey, Cathy lui sourit.

« Tu nous as manqué, au déjeuner. »

Eddie se redressa sur sa chaise, en revissant le capuchon du flacon de vernis, et en grommelant quelque chose que Jeffrey fit semblant de ne pas avoir entendu.

Cathy monta le niveau de la musique. À l'évidence, elle venait de se remémorer leur mariage. Elle accompagna la radio d'une voix de gorge, une voix feutrée, chantant « I'm confessin' that I love you... » avec un air taquin et si joyeux dans les yeux, ses yeux qui ressemblaient tellement à ceux de Sara, qu'il dut détourner le regard.

Elle baissa la musique, sentant que quelque chose n'allait pas, se disant peut-être qu'il s'était disputé avec Sara.

« Les filles devraient bientôt rentrer. Je me demande ce qui les retient si longtemps. »

Jeffrey s'obligea à se rapprocher encore. Il sentait ses jambes flageoler, et il savait que ce qu'il était sur le point de dire allait transformer leur vie du tout au tout. Cathy et Eddie se souviendraient toujours de cet après-midi, de cet instant où leurs existences s'étaient complètement retournées. En tant que flic, Jeffrey s'était chargé des centaines de fois d'annoncer ce genre de nouvelles, il avait appris à des centaines de parents, d'épouses, d'amis que leur bien-aimé avait été blessé ou, pire, qu'il ne rentrerait plus à la maison. Aucune de ces annonces ne l'avait atteint d'aussi près que celle-ci. Annoncer cette nouvelle aux Linton, ce serait presque aussi dur que de se retrouver à nouveau dans cette clairière, à regarder Sara craquer, tandis que Tessa perdait son sang, et en sachant qu'il ne pouvait rien tenter pour les aider, ni l'une ni l'autre.

Il se rendit compte qu'ils le dévisageaient, parce qu'il avait trop longtemps gardé le silence.

— Où est Devon ? demanda-t-il, n'ayant aucune envie d'avoir à revivre deux fois cette scène.

Cathy lui lança un regard interrogateur.

— Il est chez sa mère, lui répondit-elle, usant du ton que Sara avait employé moins d'une heure auparavant avec Tessa : un ton tendu de frayeur contenue. Elle ouvrit la bouche pour poser la question, mais rien ne vint.

Jeffrey monta lentement l'escalier, en se demandant comment il y parvenait. Il se tint sur la dernière marche, fourra les mains dans ses poches. Les yeux de Cathy suivirent le mouvement de ses mains, ses mains ensanglantées, maculées par la culpabilité.

Il vit la gorge de Cathy se contracter, quand elle avala sa salive. Elle porta la main à sa bouche, soudain des larmes firent luire ses pupilles.

Finalement, Eddie parla à la place de sa femme, donnant corps à la seule question que peuvent poser les parents de deux enfants.

« Laquelle ? »

3

Lena se servit de sa cheville tordue comme d'une excuse pour traîner derrière Chuck, sachant que si jamais il essayait de lui faire la conversation, elle allait exploser de colère. Elle avait besoin de deux minutes rien qu'à elle, pour repenser à ce qui s'était passé avec Jeffrey. Dans sa tête, elle ne parvenait pas à oublier la manière dont il l'avait regardée. Il lui était déjà arrivée de se mettre en colère contre Lena, dans le passé, mais jamais comme aujourd'hui. Aujourd'hui, il la haïssait carrément.

Au cours de l'année écoulée, la vie de Lena n'avait été qu'une longue série d'emmerdements, depuis la perte de son boulot jusqu'à cette glissade sur les fesses tout en bas du lit de la rivière. Il avait raison : elle n'était pas fiable. Il ne pouvait pas lui faire confiance, parce qu'en certaines occasions, elle avait prouvé qu'elle ne le méritait pas. Cette fois, elle était peut-être responsable d'avoir laissé filer l'homme qui avait poignardé Tessa Linton.

« Avancez, Adams », lança Chuck par-dessus son épaule. Il la précédait d'un petit mètre, et elle fixait du regard son large dos, désireuse d'y concentrer toute sa haine.

— Allez, Adams, insista Chuck. Du nerf.

— C'est bon.

— Ouais, ajouta l'autre, en ralentissant. Il lui glissa un sourire mielleux. Dites donc... j'ai le sentiment que le chef n'aura pas trop envie de vous revoir avant un moment.

— Et vous non plus, lui lança-t-elle.

Il renifla, comme si elle venait de blaguer, et non de souligner la vérité. Lena n'avait jamais rencontré personne qui soit capable de se masquer l'évidence avec autant de talent.

— S'il ne m'apprécie pas, c'est uniquement parce que je suis sorti avec sa petite amie, au lycée.

— Vous êtes sorti avec Sara Linton ? s'étonna-t-elle, en se disant que c'était à peu près aussi vraisemblable que Chuck sortant avec la reine d'Angleterre.

Il haussa les épaules, l'air de rien.

— Ça fait longtemps. Vous êtes amie avec elle ou quoi ?

— Ouais, mentit Lena. Sara était loin d'être une amie intime. Elle ne m'en a jamais parlé.

— Un moment douloureux pour elle, ajouta Chuck, histoire de se couvrir. Je l'ai quittée pour une autre fille.

— D'accord, acquiesça Lena, en songeant que c'était tout à fait typique de Chuck. Il se figurait que l'on ajoutait foi à tout ce qui franchissait ses lèvres, et il vivait dans l'illusion d'être hautement respecté sur le campus, alors que tout le monde savait que le seul motif qui lui avait valu de décrocher le poste, c'était que son papa avait passé un coup de fil à Kevin Blake, le doyen du Grant Institute of Technology. Albert Gaines, président du Grant Trust and Loan, conservait beaucoup d'influence en ville, surtout au sein de l'université. Quand Chuck était rentré au bercail, après huit années passées dans l'armée, il avait directement obtenu le poste de directeur de la sécurité du campus, sans qu'on lui pose la moindre question.

Fournir des réponses à un homme comme Chuck, telle était la pilule amère que Lena devait avaler quotidiennement. Après avoir rendu son insigne, elle ne s'était pas vu proposer un choix immense. À trente-quatre ans, Lena ne savait rien faire d'autre qu'être flic. Elle était entrée à l'académie de la police dès sa sortie du lycée, sans jamais prendre le temps d'y réfléchir davantage. Les seuls métiers pour lesquels elle était qualifiée, c'était de retourner les hamburgers ou de faire le ménage, ce qui ne l'attirait guère.

Au cours des quelques journées qui avaient suivi son départ de la police, elle avait envisagé de déménager, peut-être d'aller visiter le Mexique et d'y retrouver la famille de sa grand-mère, ou de s'engager comme volontaire quelque part à l'étranger, mais ensuite elle s'était laissé rattraper par la réalité, et elle avait compris que la banque se moquait de savoir si elle avait besoin ou non d'un changement de décor – quoi qu'il en soit, on attendait toujours le paiement de ses mensualités pour son prêt immobilier et sa voiture. Même avec la pension d'invalidité miteuse qu'elle percevait des services de la police, et avec le peu d'argent qu'elle avait pu tirer de la vente de la maison, son budget restait serré.

Le salaire plus que modeste de ce poste à l'université était compensé par un logement gratuit sur le campus et des prestations de santé. D'accord, le logement était minable et la franchise de l'assurance santé était tellement élevée que Lena paniquait au moindre éternuement, mais c'était un emploi régulier, et cela lui permettait d'éviter d'emménager avec son oncle Hank. Retourner à Reece, où Hank avait élevé Lena et Sibyl, sa sœur jumelle, cela aurait été trop commode. Ç'aurait été trop facile de prendre racine au bar dont Hank était le propriétaire, et de noyer ses cauchemars dans l'alcool. Trop facile de se cacher du reste du monde, jusqu'à laisser s'écouler trente années, de continuer de se retenir à un tabouret, avec les cicatrices qu'elle avait aux mains pour tout souvenir de la raison initiale qui l'avait poussée à boire.

Lena avait été violée, cela remontait à un peu plus d'un an. Pas seulement violée, mais enlevée, et détenue dans la maison de son ravisseur pendant plusieurs jours. Ses souvenirs de cette période étaient un peu épars, car lors de son agression et durant toute sa détention, elle était restée droguée, comme si l'on avait voulu mettre son esprit en lieu sûr, tandis que l'on brutalisait son corps. Les cicatrices sur ses mains et sur ses pieds lui servaient de rappel permanent : on l'avait clouée au sol, les bras en croix, jambes écartées, maintenue ouverte pour son agresseur, à toute heure. Les jours où il faisait froid, ses mains étaient encore douloureuses, mais cette souffrance n'était rien en comparaison de la peur qu'elle avait éprouvée à regarder ces longs clous qu'on lui martelait dans la chair.

Avant de poser les yeux sur Lena, le même animal avait tué Sibyl, sa sœur, et le fait qu'il ait désormais disparu ne lui apportait aucun réconfort. Elle continuait de le voir apparaître en rêve, provoquant chez elle des cauchemars si saisissants qu'elle se réveillait avec des sueurs froides, accrochée à ses couvertures, sentant sa présence dans la pièce. Le pire, c'était encore ces rêves qui n'étaient pas des cauchemars : il la touchait, avec une telle douceur que sa peau la démangeait, et elle se réveillait excitée, désorientée, tout son corps tremblant en réaction aux images érotiques que son esprit endormi avait tissées. Elle savait que les drogues qu'on lui avait administrées lors de son agression avaient agi sur son corps comme des leurres, le poussant à réagir, mais Lena ne parvenait tout de même pas à se le pardonner. Parfois, le souvenir de ses attouchements sur son corps la recouvrait comme une fine toile d'araignée, et elle se retrouvait à trembler si fort que seule une douche brûlante lui permettait à nouveau de sentir sa peau comme sienne.

Elle ne savait pas si c'était le désespoir ou la stupidité qui l'avait poussée à appeler le centre d'aide psychosociale, un mois plus tôt. Quelle qu'ait été sa motivation, les trois séances et demie auxquelles elle avait réussi à assister s'étaient révélées être une erreur écrasante. Raconter à une étrangère ce qui lui était arrivé – d'ailleurs, en réalité, elle n'était même pas arrivée jusqu'à ce stade –, c'était trop. Il y avait des choses trop personnelles pour qu'on en discute. Au bout de dix minutes d'une séance particulièrement pénible, elle s'était levée et elle avait quitté le centre de psychothérapie, pour ne jamais y retourner. Tout au moins jusqu'à ce jour, où elle allait devoir apprendre à ce même médecin que son fils était mort.

« Adams, glapit Chuck, en jetant un coup d'œil par-dessus son épaule, vous la connaissez, cette gonzesse ? »

Les femmes, pour Chuck, étaient toujours des gonzesses ou des garces, selon qu'il croyait ou non pouvoir les baiser. Lena espérait de tout son cœur qu'il la considérait, elle, comme une garce, mais elle avait parfois l'impression que Chuck s'imaginait qu'elle finirait par se jeter à ses pieds, et que ce n'était qu'une question de temps.

— Je ne l'ai jamais rencontrée, mentit-elle. Je l'ai croisée, à l'occasion, sur le campus, ajouta-t-elle ensuite, juste au cas où, pour se couvrir.

Il se retourna de nouveau vers elle, mais Chuck était aussi doué pour lire dans l'esprit des gens qu'il l'était pour se faire des amis.

— Rosen, reprit-il. Ça te paraît pas un peu juif ?

Lena haussa les épaules. Elle n'y avait jamais accordé beaucoup d'attention. Au Grant Tech, l'intégration des minorités était assez bien réussie, et mis à part un ou deux enfoirés qui avaient récemment décidé de bomber des injures raciales sur tout ce qui ne bougeait pas, l'équilibre sur le campus demeurait relativement facile à préserver.

« J'espère que non... » Chuck émit un sifflement, en faisant tournoyer son index près de sa tempe. Évidemment, il se figurait que quiconque travaillait dans un centre de psychothérapie devait forcément être un peu dingo.

Lena ne lui accorda pas la satisfaction d'une réponse. Elle était en train de se demander si quelqu'un ne risquait pas de la reconnaître, au centre. Le dimanche, l'établissement fermait à deux heures de l'après-midi, mais le docteur Rosen avait accepté de recevoir Lena après les horaires de fermeture, probablement en raison de la notoriété qui s'était attachée à son affaire. Toute personne capable de lire un journal connaissait les détails scabreux de l'enlèvement et du viol de l'ex-policière. Le docteur Rosen avait été probablement plus qu'enchantée d'entendre la voix de Lena au bout du fil.

« En route », fit Chuck, en ouvrant la porte du centre d'aide psychosociale.

Lena rattrapa la porte avant qu'elle ne se referme devant son nez, et elle suivit Gaines dans la salle d'attente bondée.

Comme la plupart des universités, le Grant Tech entretenait un service d'aide psychosociale qui souffrait d'un manque de financement chronique. Surtout en Géorgie, où le système de la Bourse de l'Espoir, qui reposait sur la loterie, assurait à peu près à quiconque était capable de tracer un cercle au crayon un accès à une université d'État, un nombre croissant de gamins entraient à la faculté sans avoir la capacité de supporter le stress émotionnel que cela supposait de se retrouver loin de chez soi, ou d'avoir à travailler. De toute manière, en tant qu'institut technologique, le Grant Tech s'adressait surtout aux forts en maths et aux bourreaux de travail. Ces personnalités de type A acceptaient mal les échecs, et le centre d'aide psychosociale croulait quasiment sous l'afflux de nouveaux étudiants. En effet, si leur assurance santé était comme celle de Lena, les étudiants n'avaient pas d'autre choix que de recourir aux services santé de la fac.

Chuck se dirigea vers le comptoir d'accueil, en remontant son pantalon. Quand il balaya la pièce d'un coup d'œil circulaire, en constatant que la plupart des patients étaient des jeunes femmes en t-shirt coupés court et jean à pattes d'éléphant, Lena lut presque dans ses pensées. Quant à elle, elle savait à quoi s'en tenir : les pires difficultés de ces filles devaient probablement tourner autour des garçons et de Fido qui avait disparu. Elles n'avaient vraisemblablement aucune idée de ce que ça signifiait de se confronter à de vrais problèmes, des problèmes qui vous tenaient éveillée la nuit, en nage, en attendant que le matin vienne et que vous arriviez de nouveau à respirer.

« Bonjour », s'exclama Chuck, en tapant de la paume sur la clochette du comptoir. À ce bruit, certaines des jeunes femmes présentes sursautèrent, en lançant à Lena un regard mauvais, comme si elles attendaient d'elle qu'elle soit en mesure de le calmer un peu.

« Bonjour ? » Il se pencha par-dessus le comptoir, tâchant de voir jusqu'au bout du corridor.

Sa voix résonnait si fort dans la petite pièce que Lena eut envie de se boucher les oreilles. À la place, elle regarda fixement par terre, essayant de ne pas montrer à quel point elle se sentait gênée.

La réceptionniste, une grande femme aux cheveux blond vénitien, l'air irrité, se montra enfin. Elle jeta un coup d'œil à Lena, sans donner l'impression de la reconnaître.

— Ah! vous voilà, s'écria Chuck, en souriant comme s'ils étaient de vieux amis.
— Oui?
— Carla? s'enquit-il, en lisant son nom sur son badge. Ses yeux s'attardèrent sur sa poitrine.
Elle croisa les bras.
— Qu'y a-t-il?
Lena s'avança, en parlant à voix basse.
— Nous avons besoin de voir le docteur Rosen.
— Elle est en séance. On ne peut pas la déranger.
Lena était sur le point de prendre la femme à part et de lui exposer discrètement la situation, quand Chuck cracha le morceau.
— Son fils s'est suicidé, il y a environ une heure de ça.
Dans la pièce, ce fut un haut-le-cœur collectif. Des magazines glissèrent à terre, et deux jeunes filles franchirent la porte à quelques secondes d'intervalle.
Après ce choc, il fallut à Carla un petit moment pour reprendre ses esprits.
— Je vais la chercher, proposa-t-elle.
Lena l'arrêta.
— C'est moi qui vais le lui annoncer. Conduisez-moi simplement à son bureau.
La jeune femme lâcha un soupir de soulagement.
— Merci.
Ils suivirent Carla dans le long corridor étroit. Chuck était sur les talons de Lena. La claustrophobie s'empara d'elle comme un feu qui prend soudainement et, le temps qu'ils arrivent au bureau de Jill Rosen, elle était déjà en nage. Avec son savoir-faire habituel pour aggraver les situations, Chuck se tenait tout près de Lena, presque en lévitation au-dessus d'elle. Elle capta son odeur d'après-rasage, mélangée à

celle, sucrée, écœurante, de son chewing-gum, qu'il mâchait bruyamment, au-dessus de sa tête, avec des claquements de langue. Elle retint son souffle, se détourna du personnage, tâchant de ne pas se laisser gagner par la nausée.

La réceptionniste tapota légèrement sur la porte.

— Jill ?

Lena tira sur son col, essayant de se ménager un peu d'air.

Le docteur Rosen ouvrit la porte, et répondit d'une voix exaspérée.

— Oui ?

Puis elle vit Lena, l'identifia, avec un curieux sourire. Elle ouvrit la bouche pour dire quelque chose, mais Lena la coupa net.

— Êtes-vous le docteur Rosen ? demanda-t-elle, et elle sentait bien qu'elle s'exprimait d'une voix grêle.

Rosen considéra Lena, puis Chuck, hésitant un instant avant de se retourner vers sa patiente, dans son bureau.

— Lily, je reviens tout de suite. Elle tira la porte à elle, pour la refermer. Par ici, fit-elle.

Avant de la suivre, Lena lança un regard furieux à Chuck, qui resta néanmoins sur ses talons.

Le docteur Rosen s'arrêta devant le seuil d'une porte ouverte, en désignant la pièce du geste.

« Ici, nous allons pouvoir nous parler. »

Lena n'avait jamais vu que la salle d'attente ou le bureau de Jill Rosen, et elle fut donc surprise de se retrouver dans une vaste salle de conférences. C'était un endroit chaleureux, un espace paysager, avec beaucoup de plantes, tout comme dans le bureau. Les murs étaient peints d'un gris clair apaisant. Des fauteuils recouverts d'un tissu mauve étaient alignés contre une longue table de conférence en acajou. De grands meubles de classement à quatre tiroirs remplissaient un côté de la salle, et Lena fut rassurée de voir qu'ils étaient cadenassés, pour empêcher les gens de venir fouiner.

Le docteur se retourna, écarta quelques mèches de cheveux de ses yeux. Jill Rosen avait un visage étroit et des cheveux bruns, longs jusqu'aux épaules. Elle était séduisante pour son âge, certainement le début de la quarantaine, et habillée dans un style très campagne, long chemisier flottant et jupe qui convenaient bien à sa silhouette. Elle avait des manières très directes qui avaient fortement rebuté Lena, surtout quand le médecin avait pris l'initiative de lui annoncer qu'elle – Lena – était alcoolique, au bout de seulement trois séances. Lena s'étonnait même qu'avec ce comportement, cette praticienne ait encore des patients. Tout bien réfléchi, il n'y avait pas grand-chose à porter au crédit d'un psy qui s'avérait incapable d'empêcher son propre fils de faire le grand plongeon, au fond d'une rivière à sec.

Comme on pouvait s'y attendre, le docteur Rosen alla droit au fait.

— Quel est le problème ?

Lena respira à fond, en se demandant jusqu'où allait monter la tension entre elles deux, compte tenu de sa relation passée avec la psychothérapeute. Elle décida de se montrer tout aussi directe.

— Nous sommes venus au sujet de votre fils.

— Andy ? s'étonna Rosen, en s'enfonçant dans l'un des sièges comme un ballon qui se dégonfle. Elle resta assise là, les mains croisées sur les genoux, parfaitement calme, si ce n'était l'éclair de panique pure qui lui traversa les yeux. De sa vie, Lena n'avait jamais lu aussi clairement l'expression de quelqu'un, rien qu'à son regard. Cette femme était terrorisée.

— Est-il... Elle s'interrompit pour s'éclaircir la gorge, et des larmes jaillirent. Il s'est créé des ennuis ?

Lena se souvint de Chuck. Il se tenait debout dans l'encadrement de la porte, les mains fourrées dans les poches, comme s'il regardait un talk-show. Avant qu'il ne puisse protester, elle lui ferma la porte au nez.

— Je suis désolée, reprit Lena, et elle s'assit en appuyant les paumes sur la table. C'était pour l'attitude de Chuck qu'elle s'excusait, mais le docteur Rosen le prit autrement.

— Comment cela ? fit-elle, implorante, la voix pleine d'un soudain désespoir.

— Je voulais dire...

Sans prévenir, Jill Rosen tendit les mains et saisit celles de Lena, qui sursauta. Mais le docteur ne parut pas s'en apercevoir. Depuis son viol, la seule idée de toucher quelqu'un – ou, pire encore, que quelqu'un la touche – provoquait chez Lena des sueurs froides. Le caractère intime de cet instant lui déclencha une remontée de bile jusque dans l'arrière-gorge.

— Où est-il ? demanda Jill Rosen.

La jambe de Lena se mit à trembler, son talon tressautait de manière incontrôlable. Quand elle parla, sa voix s'étrangla, mais pas de compassion.

— J'ai besoin que vous regardiez une photo.

— Non, répliqua le médecin, en se retenant à ses mains comme si elle était suspendue en haut d'une falaise, comme si Lena était la seule à la retenir dans sa chute. Non.

Elle dégagea une main, non sans mal, et sortit le Polaroïd de sa poche. Elle tint la photo en l'air, mais le docteur Rosen détourna la tête, en fermant les yeux comme un enfant.

— Docteur Rosen, fit Lena. Puis elle continua d'un ton plus mesuré. Jill, est-ce votre fils ?

L'autre regarda Lena, pas la photographie, les yeux consumés de haine, comme des braises chauffées à blanc.

— Dites-moi si c'est lui, insista Lena, désireuse d'en finir avec tout ça.

Jill Rosen regarda enfin le Polaroïd. Les narines dilatées, les lèvres pincées, réduites à une fine ligne, elle refoula ses larmes. Lena vit bien, à l'expression de cette femme, que le jeune garçon mort était bien son fils, mais le docteur Rosen prit son temps, le regard fixé sur ce cliché, tâchant de laisser son cerveau se résigner à ce que voyaient ses yeux. Probablement sans réfléchir, elle se mit à caresser avec son pouce la cicatrice qu'avait Lena sur le dos de la main, comme s'il s'agissait d'un talisman. C'était la même sensation que du papier de verre sur un tableau noir, et Lena grinça des dents, pour ne pas crier.

Enfin, le docteur Rosen la questionna.

— Où?

— Nous l'avons retrouvé dans la partie ouest du campus, lui expliqua-t-elle, tellement gagnée par le besoin pressant de retirer sa main que son bras se mit à trembler.

Sans prendre conscience de ce tremblement, Jill Rosen la questionna encore.

— Que s'est-il passé?

Lena se passa la langue sur les lèvres, mais elle avait la bouche aussi sèche qu'un désert de sable.

— Il a sauté, fit-elle, en tâchant de respirer. D'un pont. Elle s'interrompit. Nous pensons qu'il...

— Quoi? s'enquit Rosen, la main toujours cramponnée à celle de Lena.

Cette dernière n'en pouvait plus, et elle finit par la supplier.

— Je vous en prie, je suis désolée... Une expression de confusion s'esquissa sur le visage de Jill Rosen et, du coup,

Lena se sentit encore plus prise au piège. Elle éleva le ton et finit par crier : Lâchez-moi la main !

Le docteur Rosen eut un vif mouvement de recul, et Lena se leva, en se cognant dans la chaise, et s'éloigna de son interlocutrice, jusqu'à ce qu'elle sente le contact de la porte contre son dos.

L'horreur se peignait sur le visage de Rosen.

— Je suis désolée.

— Non. Lena s'adossa à la porte, en se frottant les mains sur les cuisses, comme si elle essuyait des saletés. C'est bon, ajouta-t-elle, mais son cœur cognait dans sa poitrine. Je n'aurais pas dû crier.

— J'aurais dû savoir que...

— Je vous en prie, fit Lena, et elle sentit la chaleur dans ses cuisses, sous l'effet de la friction des mains. Elle s'arrêta, entrecroisa les doigts, se frotta les paumes l'une contre l'autre, comme pour les réchauffer.

— Lena, reprit Jill Rosen, en se redressant sur son siège, mais sans se lever. Ça va. Ici, vous n'avez rien à craindre.

— Je le sais, reconnut Lena, mais sa voix restait fluette, et elle avait encore le goût âcre de la peur dans la bouche. Ça va très bien, insista-t-elle, mais elle se tordait encore les mains. Elle baissa les yeux, en appuyant le pouce sur la cicatrice de sa paume, la frotta, comme si cela lui avait permis de l'effacer. Ça va, répéta-t-elle. Ça va.

— Lena..., commença Jill, mais elle n'acheva pas sa réflexion.

Lena se concentra sur sa respiration, à seule fin d'arriver à se calmer. Ses mains étaient encore rouges et moites de transpiration, les cicatrices ressortaient vilainement, comme en relief. Elle fit un effort, se cala les mains sous les aisselles. En fait, elle se conduisait un peu comme une folle. C'était le genre de geste qu'avaient les malades mentaux. Rosen était probablement toute prête à la faire interner.

Le médecin essaya encore.

— Lena ?

Lena tenta de dissiper tout cela d'un rire.

— Je suis un peu tendue, c'est tout, dit-elle en ramenant une mèche de cheveux derrière son oreille. La transpiration la lui colla au cuir chevelu.

Sans aucune raison apparente, Lena eut envie de répondre quelque chose de méchant, quelque chose qui cisaillerait le docteur Rosen en deux, et qui les replacerait toutes deux sur un pied d'égalité.

— À qui dois-je m'adresser, au commissariat ? demanda Mme Rosen, devinant peut-être les envies de Lena.

Lena la dévisagea, car, l'espace d'une fraction de seconde, elle fut incapable de se rappeler la raison de sa présence dans cette salle.

— Lena ? reprit Jill. Elle s'était de nouveau retranchée en elle-même, les mains croisées sur les genoux, raide comme un piquet.

— Je... Lena s'interrompit. Le chef Tolliver sera à la bibliothèque dans à peu près une heure.

Le docteur Rosen la fixa du regard, comme si elle était incapable de décider quoi faire. Pour une mère, attendre trente minutes avant de pouvoir entendre les détails de ce qui était arrivé à son fils, cela devait représenter une éternité.

— Jeffrey ne sait pas... pour..., reprit Lena. Elle désigna l'espace entre elles deux.

— La thérapie ? acheva Rosen, comme si Lena était stupide au point de ne pas pouvoir prononcer le mot.

— Je suis désolée, s'excusa Lena, et cette fois elle éprouvait une émotion sincère. Elle était supposée se trouver ici pour réconforter Jill Rosen, pas pour lui crier dessus. Jeffrey avait suggéré à Chuck que Lena pouvait constituer un atout et, en l'espace de quelques minutes, elle avait tout gâché.

Elle essaya de nouveau.

« Je suis vraiment désolée. »

Le docteur Rosen redressa le menton, montrant ainsi qu'elle avait bien entendu ses excuses, mais sans les accepter.

Lena remit la chaise bien droite. Son envie de décamper de cette pièce était si puissante que ses jambes lui faisaient mal.

— Dites-moi ce qui s'est passé. J'ai besoin de savoir ce qui s'est passé, insista Rosen.

Lena appuya les mains sur le dossier de la chaise, s'y retint fermement.

— Apparemment, il aurait sauté du pont près des bois, lui rapporta-t-elle. Une étudiante l'a découvert, elle a appelé les secours. Le médecin légiste est arrivé sur place un peu plus tard et l'a déclaré mort.

Jill Rosen inspira, retint l'air dans sa poitrine, quelques fractions de seconde.

— C'est par là qu'il se rend à ses cours.

— Par le pont ? demanda Lena, et elle en déduisit que le docteur Rosen devait avoir une maison près de Main Street, où habitaient pas mal de professeurs.

— On n'arrêtait pas de lui voler son vélo, expliqua-t-elle, et Lena opina de la tête. Sur le campus, les vols de bicyclettes étaient permanents, et l'équipe de sécurité n'avait aucune idée de l'identité des responsables.

Jill soupira de nouveau, comme si elle laissait échapper son chagrin par à-coups.

— Ça s'est passé vite ? voulut-elle savoir.
— Je n'en sais rien, avoua Lena. Je pense. Ce genre de chose... ça doit sûrement se dérouler rapidement.
— Andy est maniaco-dépressif, lui apprit-elle. Il a toujours été sensible, mais son père et moi nous sommes... Elle n'acheva pas sa phrase, comme si elle ne se fiait pas assez à Lena, comme si elle hésitait à lui transmettre autant d'informations à la fois. Au vu de sa propre réaction, quelques minutes plus tôt, Lena ne pouvait lui en vouloir.
— A-t-il laissé un mot ? lui demanda encore le docteur Rosen.

Lena sortit le bout de papier de sa poche arrière et le posa sur la table. Jill Rosen hésita avant de le prendre.

— Ça ne vient pas d'Andy, précisa Lena, en désignant les empreintes digitales sanglantes que Frank et Jeffrey avaient laissées sur le papier. Même en considérant tout ce qui s'était produit ensuite avec Tessa, Lena était surprise que Frank lui ait permis d'emporter le mot pour le remettre à la mère d'Andy.

— C'est du sang ?

Lena hocha la tête, mais sans rien expliquer. Elle préférait confier à Tolliver le soin de décider de la quantité d'informations qu'il allait communiquer à la mère.

Jill Rosen chaussa ses lunettes, qui pendaient par une chaîne autour de son cou. Bien que Lena ne lui ait rien demandé, elle lut à voix haute.

« Je ne peux plus supporter ça. Je t'aime maman, Andy. »

Cette femme mûre respira une nouvelle fois à fond, comme si elle avait pu contenir ses émotions, en même temps que son souffle. Avec précaution, elle retira ses lunettes, posa la lettre de suicide sur la table. Elle la regarda fixement, comme si elle arrivait encore à la lire, à cette distance.

— Elle est presque identique à celle qu'il avait écrite la fois précédente.

— Quand était-ce ? s'enquit Lena. Sur un déclic, son intellect venait de basculer en mode investigation.

— Le 2 janvier. Il s'est ouvert jusqu'au milieu du bras. Je l'ai trouvé avant qu'il n'ait perdu trop de sang, mais... Elle appuya la tête contre sa main, baissa les yeux sur le mot. Elle posa les doigts dessus, comme si elle touchait une partie de son fils – la seule partie de lui-même qu'il lui ait laissée.

— Je vais devoir la reprendre, lui annonça Lena, et pourtant, Jeffrey et Frank avaient détruit toute la valeur de pièce à conviction de ce bout de papier.

— Oh ! Mme Rosen éloigna sa main du papier. Pourrai-je le récupérer ?

— Oui, quand tout sera terminé.

— Oh ! répéta la femme. Elle se mit à tourner et retourner la chaîne qui retenait ses lunettes. Je peux le voir ?

— Ils vont devoir effectuer une autopsie.

Le docteur Rosen s'empara de cette information.

— Pourquoi ? Vous avez découvert quelque chose de suspect ?

— Non, admit Lena, et cependant, elle n'en était pas certaine. C'est juste un examen de routine, parce que le décès s'est produit sans témoins. Personne n'était sur place.

— Son corps a été... très abîmé ?

— Pas vraiment, la rassura-t-elle, sachant que la réponse demeurait d'ordre subjectif. Lena se rappelait encore la vision de sa sœur à la morgue, l'an dernier. Sara avait eu beau la laver, les petits hématomes et les petites coupures sur le visage de Sibyl lui avaient fait l'effet de milliers de blessures.

— Où est-il, maintenant ?

— À la morgue. Ils vont le confier au funérarium, d'ici un jour ou deux, ajouta Lena, puis elle se rendit compte, à l'expression choquée de Jill Rosen, que la mère du garçon n'avait pas encore laissé son esprit prendre la mesure de toutes les étapes qui la mèneraient au moment où elle devrait bel et bien enterrer son fils. Lena songea à s'excuser, mais elle savait à quel point ces mots seraient vains.

— Il tenait à être incinéré, expliqua Jill Rosen. Je ne crois pas que je puisse. Je ne crois pas que je vais les laisser... Elle remua la tête... n'acheva pas. Elle porta la main à sa bouche, et Lena remarqua une alliance.

— Voulez-vous que je l'annonce à votre mari ?

— Brian n'est pas en ville, lui dit-elle. Il est parti travailler à l'obtention d'une bourse.

— Il fait partie de l'université, lui aussi ?

— Oui. Elle refoula ses émotions, fronçant les sourcils. Andy travaillait avec lui, il a essayé de l'aider. Nous pensions qu'il allait mieux...

Elle essaya de réprimer un sanglot, mais aucun son ne vint. Elle posa la main sur sa poitrine, ferma les yeux, très fort, et des larmes lui dégoulinèrent sur le visage. Elle rentra ses fines épaules, et son menton retomba sur sa poitrine, dans un tremblement.

Lena se sentit submergée par le besoin impératif de sortir de là. Même avant son viol, elle n'avait jamais été très à son aise pour réconforter les gens. La détresse avait pour elle quelque chose de menaçant, comme si consoler l'autre allait lui imposer de renoncer à une part d'elle-même. Elle avait envie de rentrer chez elle, maintenant, pour se redonner du courage, pour se laver la bouche du goût de la peur. Il fallait qu'elle trouve un moyen de reprendre des forces, avant de ressortir dans le monde réel. Et surtout avant de revoir Jeffrey.

Jill Rosen dut percevoir ce que ressentait Lena. Elle essuya une larme, et le ton de sa voix retrouva sa vivacité.

— Il faut que j'appelle mon mari, lui confia-t-elle. Pouvez-vous m'accorder un moment ?

— Bien sûr, lui répondit Lena, soulagée. Je vous retrouve à la bibliothèque. Elle posa la main sur la poignée de la porte, mais s'arrêta, sans regarder le médecin. Je sais que je n'ai pas le droit de vous demander ça, commença-t-elle, consciente que, si jamais Mme Rosen lui rapportait ce qui s'était produit entre elles, Jeffrey allait totalement l'enterrer.

Jill parut immédiatement percevoir ce qui ennuyait Lena. Elle lui rétorqua, très cassante :

— Non, vous n'avez pas le droit de me demander ça.

Lena tourna la poignée, mais elle sentit le regard fixe du docteur Rosen plongé en elle. Lena se sentit prise au piège, mais elle parvint à ajouter encore un mot :

— Quoi ?

Jill Rosen lui proposa ce qui semblait être une sorte de compromis.

— Si vous restez à jeun, je ne lui dirai rien.

Lena avala sa salive et, dans sa bouche, elle sentit presque le godet de whisky qu'elle s'était représenté mentalement au cours des deux dernières minutes. Sans rien répondre, elle referma la porte derrière elle.

Lena était assise à une table vide, près du bureau des prêts, à la bibliothèque, en train de regarder Chuck se couvrir de ridicule avec Nan Thomas, la libraire de l'université. Mis à part le fait que Nan, avec ses ternes cheveux châtains et ses lunettes aux verres épais, n'en valait guère la peine, il se trouvait que la jeune femme était gay, et Lena ne l'ignorait guère. Nan avait été l'amante de Sibyl pendant quatre ans. Au moment du meurtre de Sibyl, les deux femmes vivaient ensemble.

Pour détacher son esprit de cette vision de Chuck, elle jeta un coup d'œil autour d'elle dans la bibliothèque, vers les étudiants qui travaillaient aux longues tables alignées au milieu de la pièce. Les examens de mi-semestre se profilaient à l'horizon et, pour un dimanche, l'endroit était plutôt bondé. Hormis la cafétéria et le centre psychosocial, la bibliothèque était le seul bâtiment ouvert en ce dimanche.

Côté bibliothèques, le Grant Tech avait de quoi impressionner. Lena en déduisit que l'absence d'équipe de football universitaire permettait à l'institut de dépenser davantage d'argent en équipements, mais elle trouvait quand même qu'ils auraient été assez inspirés de se doter d'un département de sport. En effet, cinq ans plus tôt, deux professeurs du Grant Tech avaient mis au point une sorte de piqûre ou de pilule magique qui faisait grossir les cochons en moins de temps que la normale. Cette découverte était montée à la tête des fermiers, et il y avait une couverture encadrée du magazine de la profession, *Porcine & Poultry*, affichée à côté de l'entrée de la bibliothèque, avec une photo des deux professeurs, l'air riche et satisfait. Le gros titre annonçait « Haut et porc » et, à en juger par les sourires des deux scientifiques, ils n'avaient pas trop l'air de manquer d'argent. Comme tous les instituts de recherche, l'université percevait une part non négligeable des recettes de tout ce que développaient les professeurs qu'elle employait, et Kevin Blake, le doyen, avait employé une partie de ces sommes à complètement rénover la bibliothèque.

Les grands vitraux qui faisaient face à la partie est du campus avaient reçu une nouvelle couche de revêtement isolant, de manière à maintenir l'air conditionné à l'intérieur. Les lambris de bois foncé et les deux étages de rayonnages, qui s'élevaient du sol au plafond, avaient été éclaircis, ce qui avait permis de leur conserver leur caractère imposant tout en les rendant moins oppressants. L'atmosphère de l'ensemble était apaisante, et Lena aimait bien venir ici le soir, c'était comme une habitude d'après travail. Elle s'asseyait dans l'un des boxes de devant et feuilletait un livre qu'elle trouvait à portée de main, jusque vers dix heures, avant de regagner sa chambre, de se servir un verre ou deux pour calmer son état de tension, et de tâcher de trouver le sommeil. Au total, cette espèce de routine portait ses fruits. Il y avait quelque chose de réconfortant dans le fait de respecter un emploi du temps.

— Merde ! grogna-t-elle en voyant Richard Carter se diriger vers elle.

Sans attendre d'y être convié, Richard se laissa choir sur la chaise en face d'elle.

— Salut, fillette, lança-t-il, avec un sourire éclatant.

— Salut, fit-elle, en mettant dans le ton de sa voix toute l'aversion possible.

— Tu veux en apprendre une bonne ?

Elle le dévisagea, ne souhaitant qu'une chose, qu'il s'en aille. L'ancien assistant d'enseignement de Sibyl était un petit costaud qui avait récemment troqué ses épais verres de lunettes contre des lentilles de contact. De trois ans le cadet de Lena, il avait déjà le sommet du crâne très dégarni, calvitie qu'il essayait de masquer en ramenant le reste de ses cheveux en arrière. Entre ses lentilles, qui le faisaient constamment cligner les yeux, et sa chevelure implantée en

V sur le front, il avait l'air d'un hibou que l'on aurait dérangé.

Depuis la mort de Sibyl, Richard avait été promu à un poste de professeur associé au sein du département de biologie où, vu sa personnalité repoussante, sa carrière resterait certainement au point mort. Il ressemblait beaucoup à Chuck, en ce sens qu'il essayait de dissimuler sa stupidité confondante par un air de supériorité tout à fait dénué de fondement. Il aurait été incapable de commander un petit déjeuner au restaurant universitaire sans laisser entendre à tout le monde autour de lui qu'il en savait plus sur la cuisson des œufs que le cuistot lui-même.

— Tu as entendu la nouvelle au sujet de ce gamin ? Il laissa échapper un sifflement sourd, comme celui d'un avion en phase de descente, en faisant planer sa main en l'air avant de la plaquer sur la table, histoire d'illustrer son propos. Il a sauté du haut du pont.

— Ouais, lui dit-elle, sans rien ajouter.

— On parle beaucoup d'une histoire de meurtre, reprit-il, l'air presque enivré par cette idée. Il aimait les ragots, plus encore qu'une femme. Pas étonnant, étant donné qu'il était pédé comme un phoque. Les parents travaillent tous les deux à la fac. Sa mère appartient au service d'aide psychosociale. Tu imagines le scandale ?

Elle sentit monter en elle une bouffée de honte, en pensant à Jill Rosen.

— J'imagine qu'ils sont tous les deux assez anéantis. C'est leur fils qui est mort, souligna-t-elle.

Richard tordit les lèvres, l'air de jauger Lena, sans vergogne. Pour un trou du cul essentiellement préoccupé de lui-même, il était assez perspicace, et elle espérait ne rien trahir de ses émotions.

— Tu les connais, lui demanda-t-il.
— Qui ?
— Brian et Jill, poursuivit-il, en lançant un coup d'œil par-dessus l'épaule de Lena. Il adressa un petit signe de la main à quelqu'un, un geste ridicule de fillette, avant de revenir à elle.

Elle le considéra fixement, sans répondre à sa question.
— Tu as perdu du poids ? remarqua-t-il.
— Non, le contredit-elle, alors qu'elle avait effectivement maigri. Elle flottait plus dans son pantalon que la semaine dernière. Ces derniers temps, elle n'avait pas eu très envie de manger. Ce gamin, tu l'avais dans ta classe ?
— Andy ? s'enquit Richard. Sibyl l'a eu un trimestre juste avant...
— C'était quel genre de gosse ?
— Si tu me le demandes, je dirais pas sympa. Ses parents n'en faisaient jamais assez pour lui.
— Il était trop gâté ?
— Pourri, confirma-t-il. Il a presque échoué au cours de Sibyl. Biologie organique. C'était pourtant pas dur. Il était censé être le prochain Einstein, et il n'était pas fichu de passer un examen de bio organique ? Richard lâcha un borborygme de dégoût. Brian a essayé de faire pression sur elle, d'obtenir certaines faveurs pour qu'elle lui pousse un peu ses notes.
— Sibyl n'accordait pas ce genre de faveurs.
— Bien sûr que non, se récria-t-il, comme s'il n'avait jamais mis la chose en doute. Sib est restée très polie, comme toujours, mais Brian a pris la mouche. Carter baissa la voix. Je vais être franc. Brian était tout le temps jaloux de Sibyl. Il faisait des pieds et des mains, nuit et jour, pour obtenir son poste à la tête du département.

Lena se demandait si Richard était vraiment sincère, ou s'il jouait simplement à remuer la merde. Il avait l'habitude de se mêler un peu de tout. À un certain stade de l'enquête sur le meurtre de Sibyl, sa grande gueule avait failli le placer sur la liste des suspects, alors qu'il était autant capable de meurtre que Lena d'avoir des ailes qui lui poussent.

Elle essaya de le déstabiliser.

— Apparemment, tu as l'air de connaître assez bien Brian.

Il haussa les épaules, en adressant encore un signe à quelqu'un d'autre derrière Lena.

— C'est un petit département. On travaille tous ensemble. C'était la volonté de Sibyl. Tu connaissais sa devise : « Travail d'équipe. »

Il fit encore un signe.

Elle eut plus ou moins envie de se retourner, rien que par curiosité, pour voir s'il y avait vraiment quelqu'un derrière elle, mais il lui serait plus utile de continuer de soutirer des informations à Richard Carter.

— En tout cas, reprit-il, Andy a fini par laisser tomber, et son papa lui a dégotté un boulot au labo. Il lâcha un soupir irrité. Enfin, rester sur son cul pendant six heures par jour à écouter du rap, j'appelle pas ça un boulot. Et bien évidemment, pas question d'aller s'en plaindre auprès de Brian.

— J'imagine qu'il va prendre la nouvelle assez durement.

— Qui ne prendrait pas ça durement ? admit-il. Ils vont être tous les deux anéantis, je suppose.

— Qu'est-ce que fait Brian ?

— Recherche biomédicale. En ce moment, il travaille pour obtenir une bourse et, entre toi et moi... Il n'acheva pas, mais elle savait qu'en réalité, c'était une confidence

entre toute la fac et Richard. Eh bien, disons juste que s'il ne l'obtient pas, cette bourse, il s'en va d'ici.
— Il n'est pas titulaire ?
— Oh ! si, ajouta-t-il d'un air entendu, il est titulaire.
Lena attendit qu'il poursuive, mais il garda le silence, ce qui ne lui ressemblait guère. Elle ne travaillait sur le campus que depuis quelques mois, mais elle imaginait aisément de quelle manière l'université se débarrasserait d'un professeur pas assez rentable. Richard, qui donnait des cours de rattrapage en biologie aux étudiants de première année qui étaient déjà à la traîne, constituait l'exemple parfait de la manière dont l'administration s'y prenait pour punir les professeurs sans vraiment les mettre dehors. La seule différence, c'était que quelqu'un comme Richard ne s'en irait jamais.
— Il était brillant ? s'enquit-elle.
— Andy ? Il haussa encore les épaules. Bon, enfin, il est resté ici, et c'est tout.
Elle savait que l'on pouvait prendre cela de deux façons. Grant Tech était un bon établissement, mais tous les forts en thème dignes de ce nom n'avaient qu'une envie, entrer au Georgia Tech d'Atlanta. Comme l'Emory University de Decatur, le Georgia Tech était considéré comme faisant partie des établissements de haut niveau de l'Ivy League du Sud. Sibyl était partie pour le Georgia Tech dans le cadre d'une bourse d'études, ce qui lui avait tout de suite conféré un statut à part au sein de l'équipe enseignante du Grant Tech. Elle aurait pu enseigner dans l'endroit de son choix, mais quelque chose l'avait attirée vers Grant.
Richard reprit la parole, sur un ton songeur.
— Moi, tu sais, je n'avais qu'une envie, partir pour le Georgia Tech. Depuis toujours, autant que je me souvienne. C'était pour moi le moyen de m'en sortir. Il sourit et,

l'espace d'une seconde, il ressembla à un être humain normal. Quand j'étais môme, j'avais des affiches du Georgia Tech partout sur mes murs. J'allais leur montrer, à tous.

— Pourquoi n'y es-tu pas allé ? s'étonna-t-elle, en se figurant que la question allait le gêner.

— Oh ! mais j'ai été accepté là-bas, poursuivit-il, s'attendant à ce qu'elle soit impressionnée. Mais ma mère venait de mourir et... Sa phrase resta en suspens. Oh ! bon, enfin. Maintenant, je peux plus rien y faire. Il pointa le doigt sur Lena. J'ai beaucoup appris, au contact de ta sœur. C'était une très bonne prof. Pour moi, elle tenait lieu de modèle.

Lena laissa son compliment flotter en l'air, entre eux deux. Elle n'avait aucune envie de s'entretenir au sujet de sa sœur avec lui.

— Oh ! Seigneur ! Il se leva d'un coup. Voilà Jill.

Le docteur Rosen se tenait à la porte, cherchant Lena du regard. Elle paraissait perdue, et Lena hésitait à lui adresser la parole, quand Richard lui fit un de ces petits signes de la main, façon fillette.

Jill Rosen sourit vaguement, en se dirigeant vers eux.

Il se leva.

— Oh ! mon chou, s'écria-t-il, en lui prenant les deux mains dans les siennes.

— Brian va rentrer de Washington, lui annonça-t-elle. Ils vont essayer de lui trouver une place dans le prochain vol.

Il fronça le sourcil.

— Si je peux faire quoi que ce soit pour Brian ou pour toi...

— Merci, dit Jill Rosen, mais c'était Lena qu'elle regardait.

— À plus tard, ajouta Richard, en s'adressant à Lena. Le sourcil arqué, il prit élégamment congé, avec une dernière parole de réconfort à Jill Rosen. Tout ce que tu voudras, il te suffit de demander.

Elle le remercia avec un sourire pincé, et il s'éloigna. Elle questionna Lena.

— Le chef Tolliver est arrivé ?

— Pas encore.

Le docteur Rosen la dévisagea, probablement pour s'assurer que Lena avait bien respecté sa part du marché. Ce qui était en effet le cas. Elle était à jeun. Les deux verres qu'elle avait vidés à son appartement, après lui avoir annoncé la nouvelle concernant son fils, n'avaient guère suffi à la saouler.

— Il avait deux ou trois affaires à régler avant.

— Vous voulez parler de cette fille ? s'enquit Rosen, et Lena supposa qu'elle avait entendu raconter ce qui était arrivé à Tessa Linton, au moins vingt fois, rien que sur le trajet du centre psychosocial à la bibliothèque.

— Je ne voulais pas vous le dire, s'expliqua Lena.

Son interlocutrice lui rétorqua sur un ton vif :

— Bien sûr que non.

— Non, ce n'est pas pour ça, se défendit Lena. Nous ne sommes pas certains que cela ait le moindre rapport avec Andy. Je ne voulais pas que vous vous imaginiez...

— Sur la lettre, c'était son sang ?

— C'est arrivé après, souligna Lena. Ils ont trouvé le mot et puis...

Jill Rosen avait les larmes aux yeux. Elle posa la main sur la table, comme si elle avait besoin de se soutenir pour rester debout.

— Je peux vous laisser, si vous préférez, dit Lena, espérant de tout son cœur que la doctoresse accepterait cette suggestion.

— Non, refusa-t-elle, en se mouchant à nouveau. Elle

n'expliqua pas pour autant pourquoi elle tenait à ce que Lena reste.

Elles restèrent toutes deux plantées là, à regarder sans les voir les gens présents dans la bibliothèque. Lena s'aperçut qu'elle était en train de masser les cicatrices qu'elle avait aux mains et se força à arrêter.

— Je suis vraiment désolée, pour votre fils. Je sais ce que c'est que de perdre quelqu'un.

Le docteur Rosen hocha la tête, toujours le regard détourné.

— Après la première fois... Elle désigna son bras, et Lena supposa qu'elle faisait allusion à la précédente tentative de suicide d'Andy. ... il allait mieux. Nous avons mieux dosé son traitement médical. Il avait l'air de s'en tirer. Elle sourit. On venait de lui acheter une voiture.

— Il était inscrit à la faculté, ici.

— Richard vous en a parlé, je suppose, dit-elle, sans aucune amertume dans la voix. Ce dernier trimestre, nous l'en avions sorti, pour qu'il puisse mieux se consacrer à sa rémission. Il aidait son père au labo, et il se chargeait de certaines choses pour moi, au centre psychosocial. Elle sourit, se remémorant la situation. Les jeudis, il prenait des cours d'art. Il était très bon.

Lena aurait aimé avoir son carnet sur elle, pour noter cette information, mais elle n'avait aucune raison de faire ça. Comme l'avait relevé Jeffrey, elle n'était plus flic. Elle n'était plus que le factotum de Chuck, et encore.

— Qu'est-ce que le chef Tolliver attend de moi ?

— Probablement une liste des amis de votre fils, les endroits où il traînait. Incapable de réfléchir autrement qu'en flic, elle émit une supposition au hasard. Andy prenait-il des médicaments, de la drogue ?

Le docteur Rosen eut l'air surpris.

— Qu'est-ce qui vous amène à me poser cette question ?

— Les gens déprimés ont une tendance à l'automédication.

Jill inclina la tête sur le côté, en considérant Lena d'un regard entendu. Comme cette dernière ne répondait pas, elle se confia.

— Oui, il prenait de la drogue. Au début, il fumait, mais à cette époque l'an dernier il est passé à des substances plus fortes. Nous l'avons envoyé dans un établissement de soins spécialisés. Il en est ressorti un mois après. Elle s'interrompit un instant. Il m'a promis qu'il était désintoxiqué, mais on ne peut jamais être sûre.

Lena admirait le fait que cette femme admette de ne pas tout savoir de son fils. Au vu de son expérience, les parents affirmaient généralement connaître leur gamin mieux que quiconque, et mieux que ne se connaissait leur gamin lui-même.

— Quand il a achevé ce programme de soins, aucun de ses amis ne voulait plus lui adresser la parole. Ceux qui en prennent n'ont plus aucune envie de fréquenter ceux qui ont arrêté d'en prendre. Enfin, de toute façon, il était tout le temps seul, ajouta-t-elle, comme après coup. Il ne trouvait jamais tout à fait sa place. Il était très intelligent, et les autres gamins trouvaient ça rebutant. On pourrait dire, je pense, qu'il se sentait un peu rejeté.

— Est-ce qu'un de ses amis était en colère contre lui ? Suffisamment pour lui vouloir du mal ?

Lena vit une étincelle d'espoir luire dans les yeux de Jill.

— Vous croyez qu'on aurait pu le pousser ?

— Non, répondit Lena, sachant que Jeffrey la tuerait pour avoir mis cette idée dans la tête de son interlocutrice. En pensant à Jeffrey, elle sentit son cœur se serrer. Écoutez, dit-elle encore à Jill Rosen, allez-vous parler à Tolliver de ce qui s'est passé aujourd'hui, ou pas ?

La doctoresse prit son temps pour lui répondre, se rapprocha d'elle, comme si elle voulait sentir son haleine. Tout ce qu'elle sentirait serait un parfum de gel à la menthe fraîche, mais Lena fut quand même prise d'un instant de panique.

— Non, trancha Rosen. Je ne lui parlerai pas d'aujourd'hui.

— Et pour ce qui s'est passé avant ?

Rosen parut désarçonnée.

— La thérapie ? Elle secoua la tête. Lena, cela reste confidentiel. Je vous l'ai indiqué dès le début. Je n'ai pas pour habitude de révéler l'identité de mes patients.

Lena ne put qu'opiner du chef, elle en eut pour ainsi dire le souffle coupé de soulagement. Sept mois plus tôt, Tolliver lui avait soumis un ultimatum : aller voir un psy ou partir se trouver un autre boulot. À l'époque, le choix avait paru simple, et elle avait balancé son insigne et son arme sur le comptoir du poste, sans la moindre réserve. À présent, elle se logerait une balle dans la tête plutôt que d'admettre devant lui que, le mois dernier, elle avait flanché, et qu'elle s'était présentée dans un centre de psychothérapie. Sa fierté le lui interdisait.

Comme par un fait exprès, les grandes portes en chêne, à l'entrée de la salle, s'ouvrirent et il fit son apparition, en regardant autour de lui. Chuck alla au-devant de lui, mais Tolliver dut lui sortir quelque chose pour couper court, car ensuite elle vit simplement Gaines quitter la pièce, la queue entre les jambes.

Elle n'avait jamais vu Jeffrey l'air aussi mauvais qu'à cette minute. Il s'était changé, mais son costume était fripé et il ne portait pas de cravate. Plus il approchait, plus son expression se durcissait.

— Docteur Rosen, commença-t-il. Je suis désolé de la perte que vous venez de subir. Il ne lui serra pas la main, n'attendit pas qu'elle ait réagi à ses paroles, ce qui étonna fort Lena, car cela ne lui ressemblait pas.

Il tendit une chaise à la mère d'Andy.

— J'ai besoin de vous poser quelques questions.

Elle s'assit.

— Est-ce que la jeune fille va mieux ? demanda-t-elle.

La mine de Jeffrey changea, juste assez pour que Lena ait le temps de se sentir navrée pour lui.

— Nous ne le savons pas encore, avoua-t-il. La famille est en train de l'accompagner à Atlanta, en ce moment même.

Jill Rosen replia le mouchoir en papier dans sa main.

— Croyez-vous que la personne qui l'a agressée ait pu aussi tuer mon fils ?

— Pour l'instant, expliqua-t-il, nous nous occupons du suicide d'Andy. Il marqua un temps d'arrêt, probablement pour laisser le temps à sa réponse de faire tout son effet. J'ai déjà parlé à votre mari.

— Brian ? Elle était surprise.

— Il a appelé au poste après s'être entretenu avec vous, lui rapporta-t-il, et Lena vit bien, à sa manière de carrer les épaules, que le père avait dû se montrer tout sauf poli.

Jill dut s'en rendre compte elle aussi.

— Brian peut se montrer assez brusque, concéda-t-elle en guise d'excuse.

— Docteur Rosen, je ne peux que répéter ce que je lui ai dit. Nous suivons toutes les pistes possibles, mais avec les antécédents de votre fils, le suicide me paraît le scénario le plus plausible.

— J'ai parlé avec l'inspecteur Adams...

— Je suis navré, m'dame, l'interrompit-il. Mlle Adams

n'appartient plus aux forces de police. Elle travaille pour la sécurité du campus.

Au ton que prit Rosen, on comprenait qu'elle n'allait pas se laisser empêtrer dans des considérations de cet ordre.

— Je ne vois pas trop ce que ces questions de hiérarchie ont à voir avec le fait que mon fils est mort, monsieur Tolliver.

Il prit un air un peu contrit.

— Je suis navré, répéta-t-il, en sortant quelque chose de la poche de sa veste. Nous avons trouvé ceci dans la forêt, poursuivit-il, en levant en l'air la chaîne en argent avec une étoile de David pendue au bout. Il n'y avait pas d'empreintes digitales dessus, donc...

Elle s'empara de la chaîne, le souffle coupé. Des larmes jaillirent à nouveau dans ses yeux et, quand elle porta le talisman à ses lèvres, son visage parut se ratatiner, s'enfoncer dans le cou, et elle répéta : « Andy ! oh ! Andy !... »

Il lança un coup d'œil à Lena et, comme elle n'ébauchait aucun geste pour réconforter Jill Rosen, il posa la main sur l'épaule de la doctoresse, tâchant de s'acquitter de cette tâche lui-même. Il lui tapota l'épaule comme il l'aurait fait d'un chien, et Lena se demanda pourquoi il était parfaitement acceptable qu'un homme ne se montre pas à la hauteur de ce genre de situation, alors que la même incapacité chez une femme la faisait aussitôt déchoir de son statut d'être humain.

Mme Rosen s'essuya les yeux du dos de la main.

— Je vous prie de m'excuser.

— C'est parfaitement compréhensible, lui assura-t-il, en lui tapotant encore plusieurs fois l'épaule.

Elle fit coulisser le collier entre ses doigts, en le conservant tout près de sa bouche.

— Depuis un moment, il ne le portait plus. Je croyais qu'il l'avait donné, ou vendu.
— Vendu ? s'étonna-t-il.
Lena lui fournit une explication.
— Madame Rosen pense que son fils pouvait se droguer.
— Son père affirme qu'il s'était désintoxiqué.
Lena haussa les épaules.
— Votre fils avait-il une petite amie ? demanda-t-il au docteur Rosen.
— Il n'est jamais vraiment sorti avec qui que ce soit, répondit-elle en lâchant un rire froid. Que ce soit des filles ou des garçons. Cela étant, on ne s'en serait pas formalisés. Nous voulions juste qu'il soit heureux.
— Est-ce qu'il tournait autour d'une personne en particulier ?
— Non, fit-elle. À mon avis, il devait être très seul.
Lena observa Mme Rosen, attendant qu'elle poursuive, mais le médecin perdait de nouveau toute contenance. Elle ferma les yeux, serra très fort les paupières. Ses lèvres remuaient en silence, mais Lena était incapable de discerner ce qu'elle racontait.
Jeffrey lui accorda un peu de temps avant de reprendre.
— Docteur Rosen ?
— Pourrais-je le voir ? demanda-t-elle.
— Bien sûr. Il se leva, lui offrit sa main. Je vais vous conduire à la morgue en voiture, fit-il. Chuck est allé voir Kevin Blake, ajouta-t-il à l'intention de Lena.
— Très bien, fit-elle.
Le docteur Rosen semblait perdue dans ses pensées.
— Merci, dit-elle tout de même à Lena.
— C'est bon. Lena se força pour poser la main sur le bras de la mère d'Andy, un geste qu'elle espérait réconfortant.

Jeffrey suivit cet échange de gestes d'un œil.

— Je te reparlerai plus tard, annonça-t-il à Lena, d'un ton qui tenait plus de la menace que d'autre chose.

Lena se massa le dos de la main avec le pouce, tout en les regardant s'éloigner. Il y avait du bruit au balcon du deuxième étage, où deux types étaient en train de chahuter, mais elle les ignora. Elle s'assit, se repassa mentalement les dix dernières minutes, tâchant de comprendre en quoi elle aurait dû se comporter différemment. Elle s'accorda deux ou trois minutes d'introspection, avant de se rendre compte que ce dont elle avait besoin, en réalité, pour remettre les choses d'aplomb, c'était de se repasser mentalement toute cette année de merde.

— Seigneur ! gémit Nan Thomas, en se laissant tomber avec un bruit mat sur la chaise à côté de la sienne. Comment supportes-tu de travailler avec ce taré ?

— Chuck ? Elle haussa les épaules, mais elle était contente que se présente ce moment de distraction. C'est un boulot.

— Je préférerais être en enfer à ranger des livres sur des rayonnages, s'écria Nan tout en attachant ses cheveux bruns et sans volume avec un élastique rouge. Elle avait une grosse empreinte digitale de pouce sur le verre droit de ses lunettes, mais elle ne paraissait pas s'en apercevoir. Elle portait un t-shirt rose avec le logo Pepto-Bismol, glissé dans la ceinture élastique d'une jupe en jean. Des Converse All Star rouges complétaient l'ensemble, qu'elle portait avec des chaussettes roses assorties.

— Qu'est-ce que tu fais, ce week-end ? lui demanda Nan.

Elle haussa encore les épaules.

— Je ne sais pas. Pourquoi ?

— J'avais pensé inviter Hank, pour Pâques. Pourquoi pas préparer un jambon ?

Lena essaya de réfléchir à une excuse pour refuser, mais cette invitation l'avait prise au dépourvu. Elle consultait le calendrier uniquement pour voir quand elle allait être payée, et jamais pour savoir quels étaient les jours fériés à venir. Pâques, pour elle, c'était une surprise totale.

« Je vais y réfléchir », dit-elle et, à son grand soulagement, Nan le prit bien.

Il y eut un hurlement là-haut, et elles se retournèrent pour voir les deux garçons qui jouaient sur le balcon. L'un d'eux avait dû percevoir l'agacement de Nan, car il lui adressa un sourire d'excuse, avant d'ouvrir le livre qu'il avait en main et de faire semblant de le lire.

— Les idiots ! lâcha Lena.

— Bah ! c'est des bons gamins, nuança Nan, mais elle les tint à l'œil quelques instants, afin de s'assurer qu'ils se soient calmés pour de bon.

Nan était la dernière personne au monde avec qui Lena se serait crue capable de se lier d'amitié, mais au cours des derniers mois, quelque chose s'était déplacé. Elles n'étaient plus amies au sens normal du terme – cela n'intéressait pas Lena d'aller au cinéma avec elle, ou d'entendre évoquer l'aspect gay de la vie de Nan –, mais elles se parlaient de Sibyl, et, pour Lena, parler de Sibyl avec quelqu'un qui l'avait réellement connue, c'était comme la faire revenir.

— J'ai essayé de t'appeler, hier soir, lui signala Nan. Je ne sais pas pourquoi tu ne t'achètes pas un répondeur.

— Je vais y penser, promit-elle, alors qu'elle en avait déjà un dans le fond de son placard. Dès sa première semaine sur le campus, elle avait débranché cet appareil à la con. Les seules personnes qui l'appelaient, c'étaient Nan et Hank, en lui laissant l'un comme l'autre des messages inquiets, se demandant ce qu'elle fabriquait. Maintenant, Lena avait souscrit au service d'identification des correspondants, et c'était tout ce dont elle avait besoin pour filtrer le peu d'appels qu'elle recevait.

— Richard était ici, lui expliqua-t-elle.

— Oh! Lena. Nan se rembrunit. J'espère que tu n'as pas été grossière avec lui.

— Il a essayé de remuer la merde.

Comme d'habitude, Nan tenta de défendre Richard.

— Brian travaille dans son département. Je suis certaine que Richard voulait juste savoir ce qui s'était passé.

— Tu le connaissais? Le gamin, je veux dire?

Nan secoua la tête.

— Nous avons toujours vu Jill et Brian à la fête de Noël de l'université, tous les ans, mais nous n'avons jamais réellement fait connaissance. Peut-être que tu devrais en parler avec Richard, suggéra-t-elle. Ils travaillent ensemble dans le même labo.

— Richard est un trou du cul.

— Il a été chouette avec Sibyl.

— Sibyl était assez grande pour s'occuper d'elle toute seule, insista Lena, mais elles savaient toutes deux que ce n'était pas nécessairement vrai. Sibyl était aveugle. Sur le campus, Richard, c'était ses yeux, et il lui avait grandement facilité la vie.

Nan changea de sujet.

— Je voudrais que tu me parles un peu de l'assurance dont tu prendrais la...

— Non, réagit sèchement Lena. Sibyl avait souscrit une assurance vie par l'intermédiaire de l'université, dont la prime doublait en cas de mort accidentelle. Nan en était la bénéficiaire, et elle avait proposé à Lena d'en prendre la moitié, puisque le chèque avait été payé.

— Sibyl t'a laissé ça pour toi, lui répéta Lena, pour la millionième fois, à ce qu'il lui semblait. Elle voulait que ce soit toi qui en profites.

— Elle n'a même pas rédigé de testament, la contredit Nan. Elle n'aimait pas penser à la mort, et encore moins la prévoir. Tu sais comment elle était.

Lena sentit monter les larmes.

— La seule raison pour laquelle elle avait souscrit cette police, c'était parce que la faculté la lui proposait gratuitement, avec son assurance santé. Elle m'a inscrite dessus uniquement parce que...

— Parce qu'elle voulait que l'argent te revienne, affirma Lena, achevant la phrase à sa place, et en s'essuyant les yeux du dos de la main. Au cours de l'année écoulée, elle avait tellement pleuré que cela ne la gênait plus de le faire en public. Écoute, Nan, j'apprécie, mais c'est ton argent. Sibyl voulait qu'il te revienne.

— Elle n'aurait pas voulu que tu travailles pour Chuck. Elle aurait détesté ça.

— Je ne trouve pas ça trop folichon non plus, reconnut-elle, mais la seule personne à qui elle s'était confiée à ce propos, c'était Jill Rosen. C'est juste un moyen de tenir bon, en attendant que je décide ce que je veux faire de mon existence.

— Tu pourrais reprendre tes études.

Lena éclata de rire.

— Je suis un peu trop vieille pour reprendre des études.

— Sibby racontait toujours que tu préférais suer sang et eau à courir un marathon en plein mois d'août plutôt que de passer dix minutes dans une salle de classe climatisée.

Lena sourit, elle se sentit soulagée, en repensant à la voix de Sibyl prononçant ces mêmes paroles. Parfois, c'était comme un déclic dans son cerveau, où les mauvais souvenirs étaient pour ainsi dire barrés, tandis que les bons resurgissaient.

— C'est difficile à croire que cela fasse déjà un an.

Lena regarda fixement par la fenêtre, songeant combien il était étrange qu'elle s'entretienne ainsi avec Nan. S'il n'y avait eu Sibyl, elle se serait tenue autant à distance que possible de quelqu'un comme Nan Thomas.

— Je pensais à elle, ce matin, fit-elle.

Quelque chose, dans la peur qui se peignait sur le visage de Sara Linton quand on installait sa sœur à bord de l'hélicoptère, avait pénétré en elle, plus profondément que n'importe quelle autre émotion, et depuis bien longtemps. Sibyl adorait cette période de l'année.

— Elle adorait marcher dans les bois, se rappela Nan. J'essayais toujours de rentrer tôt, les vendredis, pour que l'on puisse sortir marcher ensemble avant qu'il ne fasse trop noir.

Lena avala sa salive, en redoutant, si elle ouvrait la bouche, qu'un sanglot ne s'en échappe.

— Enfin, reprit Nan, en posant les paumes à plat sur la table tout en se levant, je ferais mieux de rentrer quelques livres au catalogue avant que Chuck ne revienne m'inviter à dîner.

Lena se leva, elle aussi.

— Pourquoi tu ne lui dis pas que tu es gay, tout simplement ?

— Pour que ça l'excite encore plus ? ironisa-t-elle. Non, merci.

Lena le lui concéda. Pour sa part, cela l'avait déjà pas mal inquiétée de savoir que Chuck avait lu le journal pour y savourer les détails sanglants de son agression.

— En plus, reprit Nan, un type comme lui n'hésitera pas à raconter que la seule raison pour laquelle je ne veux pas l'avoir dans mes pattes, c'est parce que je suis lesbienne et que les lesbiennes détestent les hommes. Nan se pencha en avant, avec un air de conspiratrice. Alors que la vérité, c'est que nous ne haïssons pas tous les hommes. Nous le détestons, lui, et c'est tout.

Lena secoua la tête, songeant que si c'était là le critère, alors toutes les femmes du campus devaient être lesbiennes.

4

Le Grady Hospital était l'un des centres de traumatologie de niveau 1 les plus respectés du pays, et pourtant, sa réputation auprès des habitants d'Atlanta était notoirement mauvaise. Géré par l'administration du Fulton-DeKalb Hospital, le Grady Hospital était l'un des derniers hôpitaux publics subsistant dans la région, et il réussissait pourtant à abriter l'un des plus importants services pour grands brûlés, l'un des programmes de lutte contre le sida les plus complets de tous les États-Unis et servait de centre régional de traitement pour les mères et les enfants à risque. Si vous veniez là pour des maux d'estomac ou une mauvaise otite, vous risquiez fort d'attendre deux bonnes heures avant de voir un médecin – et encore, si vous aviez de la chance.

Le Grady était aussi un centre hospitalier universitaire, et l'Emory University, l'alma mater de Sara, ainsi que le Morehouse College lui apportaient leur flux régulier d'internes. Les étudiants convoitaient tous une place au sein du service des urgences, car le Grady avait la réputation d'être le meilleur endroit des États-Unis, pour qui voulait apprendre la médecine urgentiste. Quinze ans plus tôt, Sara avait lutté bec et ongles pour décrocher une position au sein de l'équipe pédiatrique, et elle en avait appris davantage en une année que bien des médecins au cours d'une vie tout entière. Quand elle avait quitté Atlanta pour revenir s'installer à

Grant County, elle n'avait jamais cru qu'elle reverrait le Grady, et surtout pas dans ces circonstances.

— Quelqu'un vient, dit l'homme à côté d'elle, et tout le monde dans la salle d'attente – une trentaine de personnes au moins – leva les yeux vers l'infirmière, le regard plein d'attente.

— Mme Linton ?

Sara sentit son cœur bondir et, l'espace d'une fraction de seconde, elle crut que sa mère était enfin arrivée. Elle se leva, en posant un magazine sur sa chaise pour la retenir. Pourtant, au cours de ces deux dernières heures, ils s'étaient organisé des tours de garde, avec le vieil homme à côté d'elle, pour se réserver leur place.

— Elle est sortie de la chirurgie ? s'enquit-elle, incapable de réprimer le tremblement dans sa voix. Le chirurgien avait évalué la durée de l'intervention à quatre heures au moins, une estimation prudente, d'après elle.

— Non, lui répondit la jeune femme, en l'accompagnant vers le poste des infirmières. Vous avez un coup de fil.

— Ce sont mes parents ? lui demanda Sara, en haussant le ton pour être certaine de se faire entendre. Le couloir était plein de monde : des médecins et des infirmières filant d'un air résolu, s'efforçant tous de gérer une charge de travail qui allait sans cesse croissant.

— Il s'est présenté comme un officier de police. L'infirmière lui tendit le combiné. Soyez brève. Nous ne sommes pas supposés autoriser les appels téléphoniques privés sur cette ligne.

— Merci. Sara prit l'appareil, s'adossa à la cloison du poste des infirmières, pour se mettre un peu en retrait des allers et venues. Jeffrey ? demanda-t-elle.

— Salut, fit-il, aussi stressé qu'elle. Tessa est sortie de la salle d'opération ?

— Non, lui répondit-elle, en lançant un coup d'œil dans le couloir, vers les salles de chirurgie. À plusieurs reprises, elle avait pensé franchir les portes, pour essayer de savoir ce qui se passait, mais il y avait un vigile posté là, qui paraissait décidé à faire son travail.

— Sara ?

— Je suis là.

— Et le bébé ? lui demanda-t-il.

À cette question, Sara sentit sa gorger se serrer. Elle était incapable de parler de Tessa avec lui. Pas comme cela.

— Tu as trouvé quelque chose ? voulut-elle savoir.

— J'ai parlé à Jill Rosen, la mère du suicidé. Elle n'a pas pu m'apprendre grand-chose. Nous avons trouvé une chaîne, une sorte de collier avec une étoile de David, qui appartenait au gamin, et qu'on a retrouvé dans les bois. Comme Sara ne répondait pas, il poursuivit. Andy, le suicidé, s'est rendu en forêt, ou alors quelqu'un qui lui a pris sa chaîne y est allé.

Sara se força à réagir.

— Et à ton avis, qu'est-ce qui est le plus vraisemblable ?

— Je ne sais pas, répondit-il. Brad a vu Tessa ramasser un sac plastique blanc, en remontant la colline.

— Elle avait quelque chose dans la main, se souvint Sara.

— Avait-elle une raison de ramasser des détritus ?

Sara essaya d'y réfléchir.

— Pourquoi ?

— Brad m'a dit que c'est apparemment ce qu'elle faisait sur la colline. Elle a trouvé un sac et s'est mise à fourrer des ordures dedans.

— Possible, fit Sara, troublée. Juste avant, elle se plaignait des gens qui jetaient des saletés partout. Je ne sais pas.

— Peut-être qu'elle a trouvé quelque chose sur la colline et qu'elle l'a rangé dans ce sac ? Nous, nous avons trouvé l'étoile de David qui appartenait à la victime, mais c'était plus loin dans la forêt.

— Si Tessa a bien ramassé quelque chose, cela signifierait que quelqu'un nous surveillait pendant que nous étions auprès du corps. Comment s'appelle-t-il, encore ?... Andy ?

— Andy Rosen. Tu trouves toujours qu'il y a quelque chose de louche là-dedans ?

Sara ne savait que répondre. L'examen du corps de Rosen lui paraissait à une éternité de là. Elle se rappelait à peine à quoi ressemblait le garçon.

— Sara ?

Elle lui avoua la vérité.

— Je ne sais plus.

— Tu avais raison, il avait déjà fait une tentative, lui dit-il. Sa mère me l'a confirmé. Il s'est ouvert le bras.

— Une tentative précédente et un mot, conclut Sara, en se disant que, à moins d'un élément apparaissant lors de l'autopsie, ces deux éléments suffisaient, en règle générale, pour conclure à une mort par suicide. Nous pourrions prescrire un examen toxicologique. Il ne serait pas passé par-dessus ce parapet sans se défendre.

— Il avait le dos éraflé.

— Mais pas suite à un geste violent.

— Je pourrais suggérer à Brock de vérifier la chose, proposa-t-il. Dan Brock, un entrepreneur local de pompes funèbres, avait été le coroner du comté avant que Sara ne reprenne le poste. Je n'ai pas laissé filtrer l'idée qu'il y ait là quelque chose de suspect. Brock sait garder un secret.

— Il peut prélever des échantillons de sang, mais je veux procéder à l'autopsie.

— Tu crois que tu y arriveras ?

— S'il y a un lien, commença-t-elle. Si celui qui a fait ça à Tess... Elle ne put finir, mais jamais, de toute sa vie, elle n'avait éprouvé un tel besoin de vengeance. Oui. Je vais y arriver, ajouta-t-elle enfin.

Jeffrey semblait en douter.

— On va visiter le logement d'Andy, lui confia-t-il aussi. Ils ont trouvé une pipe dans sa chambre. Sa mère m'a indiqué qu'il avait eu un problème de drogue, il y a de ça un petit moment, mais son père estime qu'il s'en est sorti.

— D'accord, acquiesça-t-elle, sentant sa colère éclater à l'idée que sa sœur se soit fait prendre dans le feu croisé d'une histoire aussi stupide et aussi absurde qu'une transaction entre drogués qui aurait mal tourné. Les coups de couteau qu'avait reçus Tessa étaient la sorte de violence que les gens qui soutenaient que la drogue était un plaisir inoffensif avaient tendance à ignorer.

— On passe sa chambre au peigne fin, on essaie de relever des empreintes digitales susceptibles d'être confrontées à celles de nos fichiers informatiques. Je vais m'entretenir avec ses parents dès demain. La mère m'a fourni deux ou trois noms, mais il s'agit d'étudiants qui ont déjà quitté la fac ou obtenu leur diplôme. Il s'interrompit, et sentit bien tout son agacement.

Les portes du service de chirurgie s'ouvrirent à la volée, mais la patiente n'était pas Tessa. Sara cala les talons tout contre la plinthe du poste des infirmières, pour laisser passer l'équipe chirurgicale. Une femme âgée, aux cheveux blond foncé, était allongée sur la civière, les paupières encore fermées par un pansement chirurgical.

— Comment ses parents ont-ils pris la nouvelle ? s'enquit-elle, en songeant à ses propres parents.

— Pas trop mal, tout bien considéré. Il marqua un temps. Dans la voiture, elle a vraiment craqué. Il s'est passé quelque chose entre elle et Lena. Je n'arrive pas à mettre le doigt dessus.

— Comme quoi ? fit-elle, mais Lena Adams était bien la dernière personne au monde dont elle se souciait à la minute présente.

— Je n'en sais rien, admit-il, ce qui n'avait rien d'étonnant. Elle l'entendit tambouriner du bout des doigts sur quelque chose. Jill Rosen a perdu les pédales, dans la voiture. Elle a perdu les pédales, c'est tout. Le tambourinement cessa. Dès qu'il a su, son mari m'a appelé. Ils m'ont retransmis son appel depuis le poste. Il marqua encore un temps de silence. Ils sont tous les deux assez retournés. Ce genre d'événement, c'est très dur à supporter. Ils ont tendance à...

— Jeffrey, l'interrompit-elle. J'ai besoin de... Elle sentit sa gorge se nouer à nouveau, comme si les mots l'étouffaient. J'ai besoin de toi ici.

— Je sais, dit-il, d'une voix où l'on percevait de la résignation. Je ne crois pas que je puisse venir.

Elle s'essuya les yeux du dos de la main. L'un des médecins qui passaient par là leva les siens vers elle, avant de les baisser promptement sur le dossier qu'il tenait en main. Se sentant idiote et comme mise à nu, Sara essaya de se barder contre ces émotions qui l'assaillaient.

— Bien sûr, d'accord, je comprends.

— Non, Sara...

— Je ferais mieux de libérer ce téléphone. C'est la ligne du poste des infirmières. Il y a un type qui est resté en ligne pendant une heure, en salle d'attente. Elle rit, juste pour soulager un peu la tension. Il parle en russe, mais à mon avis il était en train d'organiser quelques menus trafics de drogue.

— Sara, reprit Jeffrey, l'arrêtant net. C'est ton père. Il m'a demandé... il m'a prié de ne pas venir.

— Quoi? Elle prononça le mot si fort que plusieurs personnes, abandonnant brièvement leur tâche du moment, levèrent les yeux.

— Il était bouleversé. Je ne sais pas. Il m'a dit de ne pas me présenter à l'hôpital, que c'était une affaire de famille.

Sara baissa la voix.

— Il n'a pas à décider...

— Sara, écoute-moi, reprit Jeffrey, d'une voix plus calme, mais elle sentait bien qu'il ne l'était pas. C'est ton père. Il faut que je respecte ça. Il laissa filer un silence. Et ça ne vient pas seulement de ton père. Cathy m'a demandé la même chose.

— Quoi?

Elle se sentit sotte, à se répéter, mais elle ne trouvait rien d'autre à dire.

— Ils ont raison, reprit-il. Tessa n'aurait pas dû se trouver là. Je n'aurais pas dû la laisser...

— C'est moi qui l'ai amenée sur les lieux, lui rappela-t-elle, et la culpabilité qu'elle ressentait depuis ces dernières heures se déchaîna à nouveau au fond d'elle-même.

— Ils sont complètement bouleversés. Pour le moment, c'est tout. Et c'est compréhensible. Il se tut, comme s'il tâchait de trouver la bonne formulation. Ils ont besoin d'un peu de temps.

— De temps pour voir comment ça va tourner? demanda-t-elle. Donc, si Tessa s'en tire, tu seras de nouveau le bienvenu au dîner du dimanche, mais sinon... Elle fut incapable d'achever sa phrase.

— Ils sont en colère. C'est ce qui arrive quand les gens sont sous le coup d'un événement pareil. Ils se sentent impuissants, et ils s'en prennent à tous ceux qui se trouvent autour d'eux.

— Moi aussi, je me suis retrouvée dans les parages, lui rappela-t-elle.

— Ouais, enfin...

L'espace d'un instant, elle fut trop choquée pour parler.

— Ils sont furieux contre moi ? lui demanda-t-elle enfin, mais elle savait que ses parents avaient toutes les raisons de l'être. Elle était responsable de sa sœur. Elle l'avait toujours été.

— Tout ce qu'ils désirent, Sara, c'est du temps. Je leur dois bien ça. Je ne vais plus les contrarier.

Elle hocha la tête, alors même qu'il ne pouvait la voir.

— J'ai envie de te voir. J'ai envie d'être là, pour toi et pour Tessa.

Elle perçut tout le chagrin qu'il avait dans la voix, et elle n'ignorait pas combien c'était dur pour lui. Pourtant, elle ne pouvait s'empêcher de ressentir son absence comme une trahison. Jeffrey avait pas mal d'antécédents en la matière, une manie de ne pas être là quand sa présence était hautement requise. Sa manière d'agir, en cet instant, était la bonne, elle était tout à fait respectable, mais elle ne se sentait pas d'humeur à apprécier les gestes nobles.

— Sara ?

— Très bien, admit-elle. Tu as raison.

— Je vais passer nourrir les chiens, d'accord ? M'occuper un peu de la maison. Il observa encore un temps de silence. Cathy m'a signalé qu'ils s'arrêteraient chez toi en chemin pour t'apporter des vêtements.

— Je n'ai pas besoin de vêtements, lâcha-t-elle, se

sentant une fois de plus submergée par ses émotions. Ensuite, elle ne put que chuchoter. J'ai besoin de toi.

Il lui répondit d'une voix douce.

— Je sais, bébé.

Elle sentit de nouveau les larmes menacer. Elle ne s'était pas encore laissée aller à pleurer. Quand Tessa était à bord de l'hélicoptère, elle n'en avait pas eu le temps, et ensuite le service des urgences et la salle d'attente – et même les toilettes, où elle s'était changée pour enfiler une blouse hospitalière que les infirmières lui avaient trouvée – étaient trop encombrés pour qu'elle s'accorde un seul moment d'intimité et puisse donner libre cours au chagrin.

L'infirmière choisit ce moment-là pour s'en mêler.

— Mademoiselle Linton? fit-elle. Nous avons vraiment besoin du téléphone.

— Je suis confuse, s'excusa-t-elle. Il faut que je libère cette ligne, ajouta-t-elle, en s'adressant Jeffrey.

— Tu peux me rappeler d'autre part?

— Je ne peux pas sortir du service, plaida-t-elle, en regardant un couple âgé remonter le couloir. L'homme était légèrement voûté, la femme le tenait par le bras, et ils avançaient d'un pas traînant, en lisant les écriteaux sur les portes.

— Il y a un MacDonald de l'autre côté de la rue, d'accord? Près du parking à plusieurs étages de l'université.

— Je ne vois pas, lui répondit-elle, parce qu'elle n'était plus revenue dans ce quartier d'Atlanta depuis des années. Vraiment, juste là?

— Je crois bien, oui, insista-t-il. Je te retrouve là à six heures demain matin, d'accord?

— Non, fit-elle, en regardant le couple âgé se rapprocher d'elle. Prends soin des chiens.

— Tu es sûre?

Sara continua d'observer l'homme et son épouse. Elle tressaillit, car elle s'aperçut qu'elle n'avait pas reconnu ses propres parents.
— Sara ? reprit Jeffrey.
— Je te rappelle plus tard, lui dit-elle. Ils sont arrivés. Il faut que j'y aille.

Elle se pencha par-dessus le comptoir pour raccrocher, elle se sentait désorientée, elle avait peur. Elle descendit le couloir, les bras croisés sur le ventre, espérant que ses parents allaient reprendre l'allure qu'elle leur connaissait. Avec une lucidité saisissante, elle s'aperçut de l'âge qu'ils avaient. Comme la plupart des enfants parvenus à l'âge adulte, en un sens, Sara s'était toujours représenté sa mère et son père comme s'ils n'allaient jamais dépasser un certain âge, et pourtant ils étaient là, vieux, et l'air si fragile qu'elle se demanda comment ils arrivaient à marcher.
— Maman ? dit-elle.

Cathy ne tendit pas la main vers sa fille, comme Sara l'aurait cru, comme elle l'aurait voulu. Son bras resta autour de la taille d'Eddie, comme si elle éprouvait le besoin de le soutenir. Et elle garda l'autre bras le long du corps.
— Où est-elle ?
— Elle est encore en salle d'opération, lui indiqua-t-elle, et elle avait envie d'aller vers elle, tout en sachant, au vu de l'expression fermée de sa mère, qu'il ne valait mieux pas. Maman...
— Que s'est-il passé ?

Sara sentit une boule lui nouer la gorge, en songeant que Cathy n'avait même plus la voix de sa mère. Il y avait dans le timbre un tranchant impénétrable, et sa bouche n'était plus qu'un trait, rectiligne et glacial. Elle les conduisit à l'écart, sur le côté du hall bourré de monde, pour qu'ils puissent se parler. Tout entre eux lui paraissait si guindé, comme s'ils venaient à peine de faire connaissance.

— Elle avait envie de m'accompagner..., commença-t-elle.

— Et tu l'as laissée faire, intervint Eddie, et le ton accusateur qu'il y avait derrière ses paroles l'atteignit profondément. Enfin, nom de Dieu! pourquoi l'as-tu laissée faire?

Elle se mordit la lèvre, tant la situation était éprouvante.

— Je n'ai pas pensé...

— Non, en effet, fit-il, cassant.

— Eddie, souffla Cathy, pas pour le réprimander, mais pour lui signifier que ce n'était pas le moment.

Sara garda le silence un instant, pour ne pas se laisser submerger par l'émotion plus qu'elle ne l'était déjà.

— Pour le moment, ils sont en train de l'opérer. Ils devraient la garder en salle d'opération encore à peu près deux heures.

Les portes se rouvrirent, et tous trois levèrent les yeux, mais ce n'était qu'une infirmière, qui sortait de la salle d'opération, probablement pour s'accorder une pause.

Sara continua.

— Elle a été poignardée au ventre et à la poitrine. Elle a aussi une écorchure à la tête.

Elle porta la main à son crâne, pour leur montrer à quel endroit Tessa avait heurté la pierre. Elle s'attarda un instant sur ce geste, songeant à la blessure, sentant à nouveau la même panique l'envahir. Elle se demandait, et ce n'était pas la première fois, si tout cela n'était pas un mauvais rêve. Comme pour brutalement l'en arracher, les portes de la salle d'opération se rouvrirent, et un aide-soignant qui poussait un fauteuil roulant vide les franchit.

— Et puis? demanda Cathy.

— J'ai essayé de maîtriser l'hémorragie, poursuivit-elle,

revoyant la scène. Dans la salle d'attente, elle n'avait pas arrêté de revenir mentalement sur ce qui s'était produit, tâchant de comprendre en quoi elle aurait dû agir différemment, de saisir à quel point la situation sur place était désespérée.

— Et puis ? répéta Cathy, toujours aussi laconique.

Sara s'éclaircit la gorge, tâchant de prendre un peu de recul par rapport à ses émotions. Elle leur parla comme s'il s'agissait des parents d'un patient.

— Elle a fait une crise d'épilepsie convulsive, une minute environ avant l'arrivée de l'hélicoptère. J'ai tenté ce que j'ai pu pour l'aider. Elle suspendit son récit, se souvint de l'impression qu'avaient suscitée en elle les spasmes de Tessa, sous ses mains. Elle regarda fixement son père, et se rendit compte qu'il ne l'avait pas une seule fois regardée depuis leur arrivée ici. Elle a eu deux autres crises pendant le vol. Avec un collapsus du poumon gauche. Ils l'ont intubée, pour l'aider à respirer.

— Et maintenant, qu'est-ce qu'ils lui font ? voulut savoir Cathy.

— Ils tâchent d'enrayer l'hémorragie. Ils ont procédé à une consultation de neurologie, mais je ne sais pas ce qu'ils ont découvert. Leur objectif premier, c'est de stopper le saignement. Ils vont lui pratiquer une césarienne pour sortir... Elle n'alla pas plus loin, elle retint son souffle.

— Le bébé, acheva Cathy, et Eddie s'affaissa contre elle.

Sara respira lentement.

— Et après ? insista sa mère. Qu'est-ce que tu ne nous dis pas ?

Sara détourna le regard, loin d'eux, mais elle leur répondit.

— Ils vont peut-être devoir pratiquer une hystérectomie, au cas où ils ne parviendraient pas à enrayer complètement l'hémorragie.

Cette nouvelle réduisit ses parents au silence, l'un comme l'autre, mais Sara savait fort bien ce qu'ils pensaient, c'était aussi clair dans son esprit que s'ils lui avaient hurlé dessus. Tessa était leur seul espoir d'avoir des petits-enfants.

— Qui a fait ça ? lui demanda enfin Cathy. Qui aurait commis un acte pareil ?

— Je n'en sais rien, chuchota-t-elle, et la question résonna en écho dans sa tête. Quelle espèce de monstre irait poignarder une femme enceinte en la laissant pour morte ?

— Est-ce que Jeffrey a découvert quelque chose ? s'enquit Eddie, et Sara vit bien l'effort que cela coûtait à son père de prononcer ce prénom.

— Il fait tout son possible, lui expliqua-t-elle. Je vais retourner à Grant dès que... Elle ne put achever.

— À quoi peut-on s'attendre, à son réveil ? voulut savoir sa mère.

Sara ne quittait plus son père du regard, elle voulait dire quelque chose qui l'aurait forcé à lever les yeux vers elle. Si Eddie et Cathy n'avaient pas été ses parents, elle leur aurait avoué la vérité : qu'elle n'avait aucune idée de ce à quoi il fallait s'attendre. Jeffrey répétait souvent qu'il n'aimait pas parler aux parents ou aux amis des victimes avant d'avoir quelque chose de concret à leur annoncer. Elle avait toujours considéré que c'était un peu une lâcheté de sa part, mais maintenant elle comprenait mieux en quoi c'était nécessaire, car les gens avaient besoin d'un peu d'espoir, sous une forme ou une autre, qu'on leur assure que les choses allaient s'arranger, au moins sous un aspect.

— Sara ? insista Cathy.

— Ils vont devoir surveiller l'activité crânienne. Probablement lui faire passer un électro-encéphalogramme pour avoir la certitude que son cerveau n'est pas endommagé. Elle cherchait désespérément une information positive à leur communiquer. Elle finit par leur indiquer la seule vérité dont elle était certaine. Il y avait beaucoup d'autres choses qui auraient pu très mal se passer.

Cathy n'avait plus de questions. Elle se tourna vers Eddie, ferma les yeux, posa les lèvres tout contre sa tête.

Enfin, il parla, mais toujours en se refusant à regarder Sara.

— Pour le bébé, tu es sûre ?

Sara s'aperçut qu'elle avait du mal à parler. Quand elle réussit à chuchoter, elle avait la gorge aussi sèche que le lit de la rivière.

— Oui, papa.

Sara se tenait devant le distributeur automatique, situé à l'extérieur de la cafétéria de l'hôpital. Elle appuya sur le bouton du distributeur de sucreries, jusqu'à sentir une vive douleur dans les phalanges. Rien ne se produisit, elle se baissa, vérifia dans le magasin, pensant que peut-être quelque chose lui avait échappé. Le réceptacle était vide.

« Bordel ! », lâcha-t-elle, en balançant un coup de pied dans l'appareil. Un KitKat dégringola, avec un petit roulement de tambour.

Elle ouvrit l'emballage, se rendit au bout du couloir pour s'éloigner des bruits de la cafétéria. Depuis l'époque où elle avait travaillé dans cet hôpital, le menu avait changé. Désormais, on y servait de tout, depuis la cuisine thaï ou italienne jusqu'aux hamburgers épais et bien juteux. Elle s'imaginait bien que cela devait représenter une manne financière pour l'établissement, mais cela ne rimait à rien, qu'un endroit consacré à la santé vende de la nourriture aussi malsaine.

Même à presque minuit, l'hôpital débordait de monde, et la rumeur permanente donnait l'impression d'évoluer aux abords d'une ruche. Elle était incapable de se rappeler le bruit qui régnait ici durant son internat, mais elle était certaine que ce devait être pareil. La peur et le manque de sommeil l'avaient certainement empêchée de s'en rendre compte. C'était l'époque où les internes avaient commencé à s'organiser pour exiger des horaires plus humains, car les durées des gardes au Grady s'échelonnaient de vingt-quatre à trente-six heures d'affilée. Aujourd'hui encore, Sara avait l'impression qu'il lui restait du sommeil en retard datant de cette période.

Elle s'adossa contre une porte portant l'inscription DRAPS, car elle savait que si elle s'asseyait, elle ne se relèverait plus. Tessa était sortie du bloc opératoire depuis trois heures, et on l'avait placée en unité de soins intensifs, où la famille veillait sur elle à tour de rôle. On lui avait administré une forte dose de sédatifs, et elle ne s'était pas encore réveillée. Le pronostic demeurait réservé, mais le médecin estimait avoir maîtrisé l'hémorragie. Tessa pourrait de nouveau avoir des enfants, pour peu qu'elle ait suffisamment surmonté le cauchemar survenu dans cette forêt pour en désirer d'autres.

Se retrouver dans la chambre minuscule de l'unité de soins intensifs, sentir tous les reproches d'Eddie et de Cathy, quand bien même ils n'avaient rien formulé expressément, c'était trop pour elle. Même Devon avait évité de lui adresser la parole, il rôdait dans un coin, les yeux écarquillés, choqué par ce qui était arrivé à la femme qu'il aimait et à son enfant. Elle se sentait sur le point de craquer, mais il n'avait personne autour d'elle qui soit susceptible de l'aider à recoller les morceaux.

Elle appuya sa tête en arrière et ferma les yeux, tâchant de se rappeler la dernière chose que sa sœur lui avait dite. Dans l'hélicoptère, après sa crise d'épilepsie, Tessa était restée paralysée, incapable de communiquer. Son dernier propos cohérent, elle l'avait tenu dans la voiture, quand elle avait confié à Sara qu'elle l'aimait.

Elle mordit dans son KitKat, et pourtant elle n'avait pas faim.

« B'soir, m'dame », lui fit un vieil homme, soulevant son chapeau en passant devant elle.

Elle parvint à sourire, et le regarda monter les marches. L'homme avait à peu près l'âge d'Eddie, mais, à ce qu'elle put voir, il avait les cheveux complètement blancs. Sous la lumière artificielle de l'hôpital, sa peau était presque translucide et, si son pantalon bleu foncé et sa chemise bleu clair avaient l'air propres, il laissait dans son sillage une odeur de graisse ou d'huile de machine. Ce devait être un mécanicien ou un employé de la maintenance de l'établissement, ou alors il avait quelqu'un à voir à l'étage, qui se raccrochait à la vie, tout comme Tessa.

Un groupe de médecins s'arrêta devant les portes de la cafétéria, leurs combinaisons hospitalières étaient toutes fripées, leurs vestes blanches tachées par des substances diverses. Ils étaient jeunes, probablement des étudiants ou des internes. Ils avaient les yeux injectés de sang, et il émanait d'eux une impression de lassitude de l'existence, que Sara reconnut pour l'avoir vécue du temps de son internat au Grady.

Manifestement, tout en bavardant à mi-voix, ils attendaient quelqu'un. Elle baissa les yeux sur la barre de chocolat qu'elle tenait en main, ses yeux ne virent pas très distinctement l'emballage, et elle les entendit s'échanger des ragots, évoquant des protocoles médicaux auxquelles ils aimeraient participer.

Une voix d'homme se fit entendre.

« Sara ? »

Elle resta les yeux baissés sur le papier d'emballage, supposant que l'homme s'adressait à une autre Sara.

« Sara Linton ? » répéta la voix, et elle jeta un coup d'œil vers le groupe d'internes, se demandant si l'un de ses patients de la clinique pédiatrique de Heartsdale ne travaillait pas maintenant à l'Emory University. À regarder ces visages juvéniles, elle se sentit vieille. Et puis elle aperçut un homme de grande taille, plus âgé, qui se tenait debout derrière eux.

— Mason ? s'écria-t-elle, reconnaissant finalement son interlocuteur. Mason James ?

— C'est moi, lui confirma-t-il, en se frayant un passage au milieu du groupe d'internes. Il lui posa la main sur l'épaule. Je suis tombé sur tes parents, au premier.

— Oh ! fit-elle, ne sachant pas quoi dire d'autre.

— Je travaille ici, maintenant. En trauma pédiatrique.

— Ah oui ! Elle hocha la tête, comme si cela lui revenait. Elle était sortie avec Mason, quand elle travaillait au Grady, mais après son retour à Grant County, ils s'étaient perdus de vue.

— Cathy m'a prévenu que tu étais descendue ici te chercher de quoi manger.

Elle leva sa barre de KitKat en l'air. Cela le fit rire.

— Je vois que tes goûts culinaires n'ont pas changé.

— Ils n'avaient plus de filet mignon, plaisanta-t-elle, et il rit de nouveau.

— Tu as l'air superbe, remarqua-t-il, un mensonge évident, de ceux que son éducation et ses bonnes manières lui permettaient d'inventer sans coup férir. Le père de Mason était cardiologue, tout comme son grand-père. Sara avait toujours pensé que, si elle avait attiré Mason, c'était en partie du fait que son propre père, Eddie, était plombier. À force de grandir dans un monde d'écoles privées et de country clubs, Mason n'entretenait pas beaucoup de contacts avec les membres de la classe ouvrière, si ce n'est quand il remplissait des chèques pour payer leurs services.

— Comment... euh ! Elle avait du mal à trouver quoi dire. Comment ça va ?

— Super. J'ai appris la nouvelle au sujet de Tessa, au rez-de-chaussée. Ça a fait tout le tour des urgences.

Sara savait que même dans un hôpital aussi vaste que le Grady, un cas comme celui de Tessa ne passait pas inaperçu. Toute violence impliquant un enfant était considérée comme d'autant plus horrible.

— Je me suis renseigné sur son état. J'espère que ça ne t'embête pas.

— Non, lui répondit-elle. Pas du tout.

— Son médecin, c'est Beth Tindall. C'est une bonne chirurgienne.

— Oui, acquiesça-t-elle.

Il lui adressa un sourire chaleureux.

— Ta mère est toujours aussi ravissante.

Sara tâcha de lui rendre son sourire.

— Je suis certaine que ça lui a fait plaisir de te voir.

— Eh bien, étant donné les circonstances..., hasarda-t-il. On sait qui a fait ça ?

Elle secoua la tête, sentant qu'elle perdait pied.
— Aucune idée
— Sara, dit-il, en lui effleurant le dos de la main. Je suis tellement navré.
Elle détourna les yeux, refusant de pleurer. Depuis que Tessa s'était fait poignarder, personne n'avait essayé de consoler Sara. À son contact, sa peau la picota, et elle se sentit bête d'avoir puisé du réconfort dans un geste aussi insignifiant.

Mason remarqua ce changement. Il lui posa la main sur le visage, lui tourna la tête dans sa direction.
« Est-ce que ça va ?
— Il faudrait que je remonte là-haut, dit-elle.
Il la prit par le coude.
— Allez, viens, et il la conduisit vers le couloir.
Ils se dirigèrent vers l'unité de soins intensifs, et elle l'écouta sans vraiment prêter attention à ses paroles, mais il évoquait l'hôpital et sa vie depuis que Sara avait quitté Atlanta, et elle appréciait le son feutré, monotone, apaisant de sa voix. Mason James était le type d'homme qui semblait prendre tout avec sérénité. À son arrivée à Grant County, Sara avait été attirée par sa maturité et son ouverture d'esprit ; jusqu'alors son expérience des garçons s'était limitée à Steve Mann pour qui une sortie agréable consistait à caresser Sara sur la banquette arrière de la Buick de son père.

Ils tournèrent au coin du couloir, et elle vit son père et sa mère, là-bas, au bout, en plein dans une discussion apparemment très animée. Eddie fut le premier à remarquer la présence de leur fille et de Mason, et il s'arrêta au beau milieu de ce qu'il avait à dire.

Son père avait les paupières tombantes, et elle ne l'avait

jamais vu l'air aussi fatigué. Sa mère semblait avoir vieilli davantage au cours de cette dernière heure que durant les vingt dernières années. Ils paraissaient si vulnérables qu'elle se sentit une boule dans la gorge.

« Je vais aller voir Tess », dit-elle, comme en s'excusant. Elle appuya sur le bouton situé à droite des portes et entra dans l'unité de soins intensifs.

Comme dans la plupart des hôpitaux, l'unité de soins intensifs du Grady était exiguë et isolée du reste de l'hôpital. L'éclairage des chambres et des couloirs était tamisé, l'atmosphère calme et apaisante, tant pour les quelques visiteurs qui y étaient admis toutes les deux heures que pour les patients. La totalité des chambres avait des portes vitrées coulissantes et offrait peu d'intimité, mais la plupart des patients étaient trop malades pour s'en plaindre. En se rendant vers le fond du service, Sara entendit les bips des moniteurs cardiaques et le souffle lent des respirateurs artificiels. La chambre de sa sœur était juste en face du poste des infirmières, ce qui en disait assez long sur le caractère critique de son état.

Devon était dans la chambre avec elle, debout à quelques pas du lit, les mains fourrées dans les poches. Il était adossé au mur, alors qu'il y avait un confortable fauteuil, juste à côté de lui.

« Salut », fit Sara.

Il enregistra tout juste sa présence. Il avait les yeux cerclés de rouge, et sa peau sombre était pâle, sous l'éclairage au néon de la pièce.

— A-t-elle dit quelque chose ?

Il prit son temps pour répondre.

— Je ne sais pas mais elle a ouvert ses yeux deux fois.

— Elle essaie de se réveiller, lui expliqua Sara. C'est bien.
Devon avala sa salive, et sa pomme d'Adam tressauta.

— Si tu as besoin de t'accorder un moment de répit...,
commença-t-elle, mais Devon n'attendit pas qu'elle ait terminé. Il sortit de la chambre sans un regard derrière lui.

Sara approcha le fauteuil du lit de Tessa et s'assit. Elle
avait passé l'essentiel de cette journée à rester assise, dans
l'attente de nouvelles, mais elle se sentait épuisée.

Des bandages recouvraient la tête de sa sœur, à l'endroit
où on lui avait recousu le cuir chevelu. On lui avait posé
deux drains sur le ventre, pour en vider le liquide amniotique. La seule lumière émanait des divers écrans. On lui
avait retiré le respirateur artificiel une heure auparavant,
mais le moniteur cardiaque était toujours branché, et le bip
métallique signalait chaque battement de son cœur.

Sara caressa les cheveux de sa sœur, songeant qu'elle
n'avait jamais remarqué combien ses mains étaient petites.
Elle se souvenait encore de son premier jour d'école, quand
elle l'avait prise par la main pour l'accompagner à l'arrêt du
bus. Avant qu'elles ne partent, Cathy avait fait la leçon à
Sara pour qu'elle veille bien sur sa petite sœur. L'habitude
lui était devenue familière, elle avait traversé toute leur
enfance. Même Eddie avait recommandé à Sara de veiller sur
elle, mais ce n'est que plus tard qu'elle comprit la vraie raison pour laquelle son père avait toujours encouragé Tessa à
la suivre dans ses sorties avec Steve Mann : concernant la
grande banquette arrière de la Buick, Eddie était au courant.

Tessa bougea la tête, comme si elle sentait la présence de
quelqu'un.

« Tess ? fit Sara, en lui prenant la main, en la serrant doucement. Tess ? »

Tessa émit un bruit qui ressemblait à un gémissement. Sa main se déplaça vers son ventre, comme elle l'avait fait des millions de fois depuis huit mois.

Lentement, elle ouvrit les yeux. Elle regarda autour d'elle dans la pièce, et ses yeux trouvèrent Sara.

« Salut, fit cette dernière, et elle sentit un sourire de soulagement se dessiner sur son visage. Salut, mon cœur. »

Les lèvres de Tessa remuèrent. Elle porta la main à sa gorge.

« Tu as soif ? »

Tessa hocha la tête, et Sara prit la tasse de glace pilée que l'infirmière avait laissée près du lit. La glace avait presque fondu, mais Sara réussit à en dénicher quelques cristaux pour sa sœur.

— On t'a placé un tube dans la gorge, lui expliqua-t-elle, en lui glissant le glaçon dans la bouche. Ça va te faire mal un petit moment, et ça ne sera pas facile de parler.

Sa sœur ferma les yeux et avala.

— Tu as très mal ? lui demanda-t-elle. Tu veux que j'aille te chercher l'infirmière ?

Elle fit mine de se lever, mais Tessa ne lui lâcha pas la main. Elle n'eut pas à formuler la première question qui lui venait à l'esprit. Sara put la lire dans ses yeux.

— Non, Tessie, lui avoua-t-elle, et elle sentit les larmes couler sur ses joues. Nous avons perdu le bébé. Nous l'avons perdu. Elle porta la main de Tessa contre ses lèvres. Je suis tellement désolée. Je suis si...

Sans dire un mot, Tessa l'empêcha de poursuivre. Le bit du moniteur cardiaque était le seul bruit audible dans la chambre, témoignage métallique que Tessa était bien en vie.

— Tu te souviens ? lui demanda-t-elle. Tu sais ce qui s'est passé ?

La tête de Tessa se déplaça une fois sur le côté, pour dire non.

— Tu es allée dans les bois, reprit Sara. Brad t'a vue ramasser un sac et mettre des détritus dedans. Tu te souviens de ça?

Là encore, elle fit signe que non.

— Nous pensons qu'il y avait quelqu'un là-bas. Elle s'interrompit. Nous savons qu'il y avait quelqu'un dans les bois. Peut-être qu'il voulait ce sac. Peut-être qu'il... Elle n'acheva pas le cours de ses réflexions. L'excès d'informations ne ferait que perturber sa sœur, et Sara n'était elle-même pas certaine des faits.

— Quelqu'un t'a poignardée, lui dit-elle.

Tessa attendit la suite.

— Je t'ai retrouvée dans les bois. Tu étais étendue par terre, dans la clairière et je... j'ai essayé de faire ce que j'ai pu. J'ai essayé de t'aider. Je n'ai pas pu. De nouveau, elle se sentit perdre pied. Oh! mon Dieu! Tessie, j'ai essayé de t'aider.

Elle posa la tête sur le lit, honteuse de pleurer ainsi. Elle avait besoin d'être forte, pour sa sœur, besoin de lui montrer qu'elles allaient surmonter cela ensemble, mais la seule chose à laquelle elle arrivait à penser, c'était sa propre culpabilité dans tout cela. Après une vie passée à veiller sur Tessa, Sara lui avait fait défaut justement la fois où elle avait eu le plus grand besoin d'elle.

— Oh! Tess, sanglota-t-elle, car elle avait besoin du pardon de sa sœur plus que de toute autre chose dans l'existence. Je suis tellement désolée.

Elle sentit la main de Tessa se poser sur sa nuque. Au début, ce contact produisit en elle un effet étrange, mais Tessa essayait de l'attirer à elle.

Elle leva les yeux, son visage était à quelques centimètres du sien.

Tessa remua les lèvres, elle n'avait pas encore parlé depuis le drame. Elle souffla le mot « Qui ? ». Elle voulait savoir qui lui avait infligé ça, qui avait tué son enfant.

— Je ne sais pas, dut admettre Sara. Nous cherchons, mon cœur. Jeffrey est en train de faire tout ce qu'il peut. Sa voix s'étrangla. Il va s'assurer que celui qui a commis ce geste ne cause plus jamais de mal à personne.

Du bout des doigts, Tessa effleura la joue de sa sœur, juste au-dessous de l'œil. D'une main tremblante, elle lui essuya ses larmes.

— Je suis tellement désolée, Tessa. Je suis tellement désolée. Elle l'implora. Dis-moi ce qu'il faut faire. Dis-moi.

Quand Tessa parla, sa voix était éraillée, à peine plus forte qu'un chuchotement. Sara regarda ses lèvres remuer, mais elle put l'entendre aussi distinctement que si elle avait hurlé.

— Trouvez-le.

Lundi

5

Jeffrey se pencha pour ramasser le journal, sous la véranda de Sara, avant d'entrer dans la maison. Il lui avait promis d'être là-bas à six heures ce matin, pour qu'elle puisse lui donner des nouvelles fraîches sur l'état de sa sœur. Au téléphone, la veille au soir, elle avait une voix épouvantable. Il détestait l'entendre pleurer plus que tout. Cela lui donnait le sentiment d'être inutile, faible, deux traits de caractère qu'il méprisait chez tout le monde, surtout chez lui-même.

Il alluma la lumière dans le vestibule. À l'autre bout de la maison, il entendit les chiens s'agiter, leurs colliers tinter, leurs bâillements sonores, sans qu'ils viennent voir qui était entré pour autant. Après avoir passé deux années à courir sur la piste canine à Ebro, les deux lévriers de Sara répugnaient à dépenser la plus petite énergie, sauf à y être obligés.

Il siffla, lança le journal sur le comptoir de la cuisine, jeta un coup d'œil à la première page en attendant l'arrivée des deux bêtes. La photographie, juste au-dessus du pli, montrait Chuck Gaines debout, entre son père et Kevin Blake. Apparemment, les trois hommes avaient remporté une espèce de tournoi de golf, à Augusta, samedi. Au-dessous, il y avait un article encourageant les électeurs à soutenir un nouveau référendum, qui contribuerait à faire remplacer les préfabriqués situés hors de l'école par des salles de classe permanentes, en dur. En accordant la tête d'affiche à Albert Gaines, le *Grant Observer* s'y entendait pour définir l'ordre de ses priorités. Le personnage possédait la moitié des immeubles de la ville, et c'était sa banque qui accordait les prêts sur l'autre moitié.

Jeffrey siffla de nouveau les chiens, en se demandant ce qui les retenait si longtemps. Enfin, ils entrèrent dans la cuisine, d'une démarche nonchalante, leurs griffes claquant sur le carrelage noir et blanc. Il les laissa sortir dans le jardin, clos par une palissade, sans refermer la porte, pour qu'ils puissent rentrer dès qu'ils auraient terminé leurs petites affaires.

Avant d'oublier, il sortit deux tomates de la poche de sa veste et les rangea dans le réfrigérateur de Sara, à côté d'une boule verte à la drôle d'allure, qui avait dû être de la nourriture. Marla Simms, sa secrétaire, était jardinier amateur, et elle n'arrêtait pas de donner de la nourriture à Jeffrey, bien plus qu'il ne pouvait en absorber. Connaissant Marla et sa tendance à fourrer son nez dans des endroits où elle n'avait pas à aller voir, elle avait probablement fait cela exprès, espérant qu'il partagerait avec Sara.

Il servit quelques cuillerées de nourriture à Bubba, le chat de Sara – même si Bubba ne se montrerait pas avant le départ de Jeffrey. Le chat n'acceptait de boire que dans un bol posé à côté de la buanderie et, à l'époque où Jeff habitait ici, il butait dedans tout le temps, accidentellement. Le chat prenait cela, ainsi que certaines autres choses, comme un affront personnel. Jeffrey et Sara entretenaient avec cet animal une sorte de relation d'amour-haine. C'est-à-dire que Sara adorait cette bête, et Jeff la haïssait.

Les chiens rentrèrent dans la cuisine au petit trot, juste au moment où il ouvrait une boîte d'aliments pour animaux. Bob s'adossa contre la jambe de Jeffrey pour se faire caresser, tandis que Billy s'allongeait par terre, en lâchant un grand soupir, comme s'il venait d'escalader l'Everest. Jeff n'avait jamais compris comment d'aussi grands animaux pouvaient tenir lieu de chiens d'appartement, mais les deux lévriers avaient l'air parfaitement satisfaits de rester enfermés toute la journée. Si on les laissait trop longtemps dans le jardin, ils se sentaient seuls et sautaient par-dessus la palissade pour aller chercher Sara.

Bob se blottit de nouveau contre lui, le repoussa vers le comptoir.

« Attends une minute », le pria-t-il, en ramassant leurs bols. Il y versa deux cuillerées d'aliments en granulés, qu'il mélangea avec la boîte de conserve en utilisant une cuiller à soupe. Jeffrey avait déjà pu constater que les chiens mangeraient tout ce qu'on leur mettrait dans leur bol – Billy considérait l'écuelle du chat comme son plateau d'amuse-gueules personnel –, mais Sara aimait bien leur mélanger leur nourriture, et donc c'est ce qu'il fit.

« Et voilà pour vous », s'écria-t-il, en posant les bols par terre.

Ils s'en approchèrent, lui montrant leurs derrières fluets tout en mangeant. Il les considéra un moment, avant de décider de se rendre utile et de nettoyer la cuisine. Sara n'était pas la personne la plus ordonnée du monde, même dans ses bons jours, et la pile d'assiettes de leur dîner de vendredi soir était encore entassée dans l'évier. Il posa sa veste à cheval sur le dossier d'une chaise de cuisine et remonta ses manches.

Une grande fenêtre, au-dessus de l'évier, offrait une vue tranquille sur le lac, et il regarda fixement en direction de l'eau, l'esprit ailleurs, tout en récurant les assiettes. Il aimait bien se trouver à cet endroit de la maison de Sara, il aimait bien l'atmosphère accueillante de sa cuisine et les fauteuils profonds et confortables qu'elle avait installés dans le coin repas. Il aimait bien faire l'amour fenêtres ouvertes, entendre les oiseaux sur le lac, sentir l'odeur de son shampooing dans ses cheveux, la regarder fermer les yeux quand elle se retenait à lui. Il aimait tellement tout cela que Sara avait dû le sentir. L'essentiel des moments qu'ils partageaient à deux, ils les passaient... chez lui.

Le téléphone sonna alors qu'il était en train de laver le dernier plat, et il était si absorbé dans ses pensées qu'il faillit le lâcher.

Il décrocha à la troisième sonnerie.

— Salut, fit Sara, d'une voix feutrée, fatiguée.

Il empoigna un torchon, pour se sécher les mains.

— Comment va-t-elle?

— Mieux.

— Se souvient-elle de quelque chose?

— Non. Elle garda le silence, et il était incapable de dire si elle pleurait ou si elle était trop fatiguée pour parler.

La vision de Jeffrey se brouilla et, dans sa tête, il se retrouva de nouveau dans la forêt, la main appuyée sur le ventre de Tessa, sa chemise imbibée de sang. Billy regarda vers lui, par-dessus son épaule de chien, comme s'il avait perçu que quelque chose n'allait pas, puis il revint à son petit déjeuner, la plaque métallique de son collier tintant contre le bol.

— Tu tiens le coup? lui demanda-t-il.

Elle émit un son évasif.

— J'ai parlé à Brock et je lui ai indiqué comment il fallait procéder. Nous devrions recevoir les résultats du labo demain. Carlos sait que ça presse.

Jeffrey ne la laissa pas changer de sujet.

— Est-ce que tu as dormi un peu, la nuit dernière ?
— Pas vraiment.
Et lui non plus. Vers trois heures ce matin, il était sorti de son lit et était allé courir cinq kilomètres, pensant que cela le fatiguerait assez pour qu'il trouve le sommeil. Il s'était trompé.
Elle reprit la parole.
— Maman et papa sont avec elle, maintenant.
— Comment vont-ils ?
— Ils sont tellement furieux.
— Contre moi ?
Elle ne lui répondit pas.
— Contre toi ?
Il l'entendit se moucher.
— Je n'aurais pas dû l'emmener avec moi, se lamenta-t-elle.
— Sara, tu n'avais aucun moyen de savoir. Il était mécontent de ne rien trouver de plus réconfortant à lui dire. Nous nous sommes rendus sur des centaines de scènes criminelles avant cela, et il ne s'est jamais rien produit de méchant. Jamais.
— C'était encore le lieu d'un crime.
— Exact, un endroit où un acte violent avait déjà été commis. Nous n'avions aucun moyen d'anticiper...
— Je vais revenir avec la voiture de maman plus tard dans la nuit, lui annonça-t-elle. Ils vont changer Tessa de service, après le déjeuner. Je veux m'assurer qu'elle est bien installée. Elle marqua un temps. Dès mon retour, je m'occuperai de l'autopsie.
— Laisse-moi venir te chercher.
— Non, lui dit-elle. C'est un trop long trajet, et...
— Ça m'est égal, l'interrompit-il. Il avait déjà commis

une erreur, en n'étant pas là quand elle avait eu besoin de lui, et il n'allait pas recommencer. Je te retrouverai à l'accueil à quatre heures.

— C'est trop près de l'heure de pointe. Ça va te prendre une éternité.

— Je vais faire le tour par l'autre côté, lui expliqua-t-il, alors qu'à Atlanta cela ne faisait guère de différence, car là-bas, tout le monde, passé quinze ans, possédait une voiture. Je ne veux pas que tu rentres en prenant le volant toute seule. Tu es trop fatiguée.

Elle garda le silence.

— Je ne te le demande pas, Sara. Je te le dis, c'est tout, reprit-il, en conservant une voix ferme. Je serai là vers quatre heures, d'accord?

Elle finit par céder.

— D'accord.

— Quatre heures dans le hall d'accueil principal.

— D'accord.

Il lui dit au revoir et raccrocha, avant qu'elle ne puisse changer d'avis. Il commença par retrousser ses manches, mais quand il vit l'heure à sa montre, il se ravisa. Il était censé passer prendre Dan Brock et le conduire à la morgue d'ici une heure, pour que l'ancien coroner puisse prélever des échantillons sanguins sur le corps d'Andy Rosen. Après quoi, il était prévu qu'il s'entretienne avec les Rosen au sujet de leur fils et qu'il voie si, durant la nuit, ils avaient repensé à quoi que ce soit qui lui serait utile.

Au bureau, il ne pouvait rien faire tant que les techniciens de la police scientifique n'auraient pas terminé de passer au crible l'appartement d'une pièce qu'occupait Andy au-dessus du garage de ses parents. Toutes les empreintes digitales seraient analysées et contrôlées sur ordinateur, mais c'était toujours hasardeux, car l'ordinateur ne pouvait établir de comparaisons qu'avec des empreintes déjà enregistrées dans la base de données. Frank allait appeler Dan sur son téléphone portable dès le retour des rapports, mais pour le moment il n'y avait vraiment rien qu'il puisse faire. À moins qu'ils n'y puisent des révélations bouleversantes, Jeffrey allait faire un saut chez Ellen Schaffer, à la résidence universitaire, pour lui demander si elle reconnaissait la photo du visage d'Andy Rosen. La jeune femme n'avait vu le corps que de dos, mais, considérant la manière dont les rumeurs circulaient sur le campus, Schaffer en savait déjà probablement davantage sur Andy Rosen que quiconque au sein de la police.

De nouveau, il décida de se rendre utile. Il se dirigea vers la chambre, ramassa les chaussures et les chaussettes de Sara, puis une jupe et un slip, en avançant dans le couloir. Manifestement, elle avait éparpillé ses vêtements au gré de ses déplacements dans la maison. Cela le fit sourire, en repensant combien cela l'irritait, quand ils vivaient ensemble.

Quand il lança les vêtements de Sara sur la chaise, près de la fenêtre, Billy et Bob étaient revenus s'installer sur le lit. Il s'assit à côté d'eux, les cajola chacun leur tour. Il y avait deux photos encadrées près du lit de Sara, et il prit le temps de les regarder. Tessa et Sara figuraient sur la première, debout devant le lac, avec des cannes à pêche à la main. Tessa portait un chapeau de pêcheur miteux, qu'il reconnut : c'était celui d'Eddie. La seconde photo était celle de la remise de diplôme de Tessa. Eddie, Cathy, Tessa et Sara se tenaient tous bras dessus, bras dessous, le visage éclairé d'un grand sourire.

Sara, avec ses cheveux roux foncé et sa peau pâle, dominant son père de quelques centimètres, avait toujours l'air d'un enfant des voisins qui se serait invitée sur ces clichés de famille, mais on ne pouvait s'y tromper, le sourire qui lui illuminait le visage était bien celui de son père. Tessa avait la chevelure blonde, les yeux bleus, la petite taille de sa mère, mais les trois femmes partageaient la même forme des yeux, en amande. Toutefois, Sara avait quelque chose de plus féminin, et il s'était toujours senti attiré par le fait qu'elle avait les bonnes courbes aux bons endroits.

Il posa la photo et remarqua une traînée de poussière sur la table, là où il y avait eu un autre cadre. Il regarda par terre, puis il ouvrit le tiroir, écarta deux ou trois magazines avant de dénicher le cadre bordé d'argent enfoui tout au fond. Il connaissait bien ce cliché : un étranger qui passait sur la plage avait pris cette photo de Jeffrey et de Sara lors de leur voyage de noces.

Il se servit du coin du drap pour retirer la poussière du cadre, avant de le remettre dans le tiroir.

L'entreprise de pompes funèbres Brock était installée dans une grande maison de style victorien, le genre d'endroit où Jeffrey avait rêvé de vivre quand il était gosse. À Sylacauga, dans l'Alabama, sa mère et lui – et, moins souvent, son père – habitaient une maison de deux pièces avec une seule salle de bains, et qu'on n'aurait pu appeler un foyer, même dans les bons jours. Sa mère n'avait jamais été une personne très heureuse et, aussi loin que remontent ses souvenirs, il n'y avait pas de photos sur les murs, pas de tapis sur les sols, rien qui aurait pu ajouter une note personnelle à la maison. Tout se passait comme si May Tolliver faisait son maximum pour éviter de prendre racine. Cela étant, même si elle avait voulu, elle n'aurait guère eu de quoi.

Quand on fermait la porte d'entrée, les fenêtres mal isolées tremblaient, et le sol de la cuisine partait tellement en pente vers le fond que la nourriture qu'on y faisait tomber s'amassait contre les plinthes. Et surtout, les froides nuits d'hiver, Jeffrey dormait dans son sac de couchage, par terre dans le placard de l'entrée, l'endroit le plus chaud de la maison.

Il était flic depuis trop longtemps pour estimer qu'une enfance défavorisée constituait une bonne excuse à quoi que ce soit, mais il comprenait pourquoi certaines personnes en usaient comme d'une justification. Jimmy Tolliver était un ivrogne qui avait étendu son fils pas mal de fois, quand ce dernier commettait l'erreur de se mettre en travers du chemin de son père. En règle générale, Jeffrey prenait un coup chaque fois qu'il s'interposait entre sa mère et les poings de Jimmy. Mais c'était le passé, et Jeffrey avait tourné la page depuis longtemps. Tout le monde avait vécu quelque chose d'horrible, à un moment ou à un autre de son existence. Cela faisait partie de la condition humaine. C'était la manière dont chacun se comportait face à l'adversité qui montrait à quelle sorte de personne on avait affaire. C'était peut-être pour cela que Jeffrey avait tellement de mal avec Lena. Il la souhaitait différente de celle qu'elle était en réalité.

Dan Brock sortit par la porte principale en trébuchant, puis il s'arrêta, car sa mère l'appelait. Elle lui tendit deux gobelets en plastique, et Jeffrey espéra de tout son cœur que l'un des deux lui était destiné. Penny Brock faisait un café coriace.

En regardant la mère et le fils se dire au revoir, Jeffrey se retint de sourire. C'était un homme grand et maigre, qui avait le grand malheur de ressembler exactement à ce qu'il était : un entrepreneur de pompes funèbres de la troisième génération. Il avait de longs doigts osseux et un visage absent, qui savait se prêter au réconfort des endeuillés. Brock n'avait pas beaucoup l'occasion de parler aux gens qui ne criaient pas toute la douleur de leur cœur, il avait donc tendance à se montrer incroyablement bavard avec quiconque n'était pas en deuil. Il était très pince-sans-rire, avec un sens de l'humour parfois inquiétant. Quand il riait, son rire s'emparait de tout son visage, sa bouche se fendait comme celle d'une marionnette du Muppet Show.

Jeffrey se pencha pour ouvrir la portière, mais Brock s'en arrangeait déjà, car il avait réussi à prendre les deux gobelets d'une seule main.

— Salut, chef, s'écria-t-il, en grimpant dans la voiture. Il tendit une tasse à Jeffrey. De la part de ma maman.

— Tu lui signaleras que j'ai dit merci, souligna Jeff, en prenant le gobelet. Il en retira le couvercle et inhala la vapeur, pensant que cela le réveillerait. Mettre de l'ordre dans la maison de Sara n'était pas exactement une tâche débilitante, mais après avoir vu cette photo d'eux deux dans le tiroir, comme si elle refusait de se remémorer le fait qu'ils avaient été mariés, il se sentait à plat. Il ne put s'empêcher de rire de lui-même. Il se conduisait comme une jeune fille qui se languit d'amour.

— Qu'est-ce qui se passe ? lui demanda Brock, car avec quiconque se laissait dominer par ses émotions, il possédait le sixième sens du croque-mort.

Jeffrey mit la voiture en prise.

— Rien.

Brock s'installa gaiement, ses longues jambes étirées devant lui comme deux cure-dents recourbés.

— Merci d'être passé me prendre. Je ne sais pas quand le corbillard sera prêt, et maman a ses séances de danse jazz tous les lundis.

— Ce n'est pas un problème, lui assura Jeff, tâchant de ne pas ricaner à l'idée de Penny Brock en justaucorps. L'image d'un sac de patates tout bosselé lui vint en tête.
— Des nouvelles de Tessa ? demanda Brock.
— J'ai parlé à Sara ce matin, lui rapporta-t-il. Elle va un peu mieux, à ce qu'il semble.
— Eh bien, Dieu soit loué ! se réjouit Brock, en levant une main en l'air. J'ai prié pour elle. Il laissa retomber sa main, la fit claquer contre sa cuisse. Et ce gentil petit bébé. Jésus a une place à part pour les enfants.

Jeffrey ne réagit pas, mais il espérait que Jésus réservait une place encore meilleure à ceux qui les poignardaient à mort.

— Comment la famille tient-elle le coup ?
— Ils m'ont l'air d'aller, lui affirma Tolliver avant de changer de sujet. Tu n'as plus travaillé pour le comté depuis un bout de temps, n'est-ce pas ?
— Oh ! non, fit Dan, avec l'air d'y regarder à deux fois, alors même qu'il avait été le coroner du comté pendant des années. Je dois reconnaître que je suis vraiment content que Sara ait pris la suite. Ça payait joliment, mais Grant était en train de devenir un peu trop grand pour moi, à l'époque. Des tas de gens qui venaient de la ville, et qui amenaient avec eux les manières de la ville. Je n'avais aucune envie de louper quelque chose. C'est une responsabilité écrasante. Je lui tire mon chapeau.

Jeffrey savait que la « ville » désignait Atlanta. Comme beaucoup de petites bourgades au début des années quatre-vingt-dix, Grant avait vu arriver un afflux de citadins en quête d'un mode de vie moins trépidant. Ils quittaient des cités plus importantes, croyant trouver un paisible Mayberry au bout de l'autoroute inter-États. Pour la plupart, ils l'auraient en effet trouvé – s'ils avaient laissé leurs enfants derrière eux. Si Tolliver avait été engagé comme chef de la police du comté, c'était en partie grâce à son expérience au sein d'une brigade antibandes, à Birmingham, dans l'Alabama. À l'époque où il avait signé son contrat, les autorités de Grant County auraient immolé des chèvres en sacrifice, si elles avaient estimé que cela contribuerait à résoudre leur problème de bandes de jeunes.

— Cette fois, c'est assez simple, à ce que m'a expliqué Sara. Tu as besoin de sang et d'urine, c'est ça?

— Ouais, confirma-t-il.

— J'ai entendu dire que Hare l'aidait avec son cabinet, ajouta Brock.

— Ouais. Il répondit en buvant une gorgée de café. Le cousin de Sara, Hareton Earnshaw, était également médecin, mais pas pédiatre. Il remplaçait Sara à la clinique, pour la durée de son séjour à Atlanta.

— Mon papa, que son âme repose en paix, avait l'habitude de jouer aux cartes avec Eddie et eux, raconta Brock. Je me souviens que parfois il venait me chercher pour que je joue avec Tessie et Sara. Il partit d'un éclat de rire suffisamment fort pour que l'écho emplisse toute la voiture. C'étaient les deux seules filles de l'école qui acceptaient de me parler! Les autres croyaient que j'avais des mains pleines de morbacs, lui avoua-t-il, avec de vrais regrets dans la voix.

Jeffrey le regarda.

Brock tendit une main, en guise d'illustration.

— À force de toucher les morts. Et pourtant, quand j'étais jeune, je les touchais pas. C'est venu seulement plus tard.

— Mh-mh! maugréa Tolliver, en se demandant comment ils en étaient venus à aborder ce sujet.

— Enfin, mon frère Roger, c'était lui qui les touchait. Roger était une vraie petite fripouille.

Tolliver se prépara, s'attendant à ce que cette histoire débouche sur une plaisanterie morbide.

— Il prenait vingt-cinq cents par personne pour emmener des gosses en bas, dans la chambre d'embaumement, le soir, après que papa s'était mis au lit. Il les faisait tous entrer là-dedans, les lumières éteintes, avec juste une lampe torche pour leur montrer le chemin, et ensuite il appuyait pile ici, sur la poitrine du défunt, comme ceci.

Sachant qu'il commettait une erreur, Jeffrey se tourna quand même pour regarder à quel endroit.

— Et le corps lâchait un petit gémissement, reprit Brock.

Il ouvrit la bouche et lâcha un gémissement sourd, sans vie. Le bruit était horrible – terrifiant –, et il espérait bien qu'il l'aurait oublié, ce soir, quand il essaierait d'aller se coucher.

— Seigneur ! ça fait froid dans le dos, murmura-t-il, et il sentit un frisson lui remonter dans l'échine, comme si quelqu'un venait de marcher sur sa tombe. Ne recommence jamais ça, Brock. Seigneur !

Brock prit un air contrit, mais il s'exécuta, buvant son café et demeurant silencieux tout le reste du chemin jusqu'à la morgue.

Quand Tolliver s'arrêta devant la maison des Rosen, la première chose qu'il remarqua fut une Ford Mustang rouge rutilante, garée dans l'allée. Au lieu de se présenter directement à la porte d'entrée, il s'approcha de la voiture, admirant ses lignes racées. Quand il avait l'âge d'Andy Rosen, il avait rêvé de conduire une Mustang rouge, et en voir une ici suscita en lui un tiraillement de jalousie tout à fait irrationnel. Du bout des doigts, il suivit la ligne du capot et l'habillage course des bandes autocollantes noires, songeant qu'Andy avait tout de même drôlement plus de raisons de vivre qu'il n'en avait eu à son âge.

Quelqu'un d'autre aimait cette voiture aussi. En dépit de l'heure matinale, il n'y avait pas une goutte de rosée sur la carrosserie. Un baquet était posé, retourné à l'envers, près de l'aile arrière, avec une éponge posée dessus. Le tuyau d'arrosage du jardin était encore déroulé jusqu'à la Mustang. Jeffrey consulta sa montre, songeant que c'était une heure curieuse pour sortir laver une voiture, surtout en sachant que son propriétaire était mort la veille.

En approchant du perron, il entendit les Rosen, en plein dans une violente dispute, à ce qu'il semblait. Il était flic depuis suffisamment longtemps pour savoir que les gens étaient plus susceptibles de dire la vérité quand ils étaient en colère. Il attendit près de la porte, tendant l'oreille, en toute indiscrétion, mais faisant en sorte que cela ne soit pas trop évident, histoire d'éviter que des joggeurs matinaux se demandent ce qu'il mijotait.

— Mais bon sang! pourquoi est-ce que tu te préoccupes de ça maintenant, Brian? s'exclamait Jill Rosen. Tu ne t'es jamais soucié de lui.

— C'est des conneries, putain! et tu le sais.

— N'emploie pas ce langage devant moi.

— Je t'emmerde! Je te parle comme ça me plaît, bordel!

Il s'écoula un instant, la voix de Jill Rosen se radoucit, et Tolliver ne parvint plus à discerner ce qu'elle disait. Lorsque son mari lui répondit, ce fut d'une voix tout aussi feutrée.

Il leur accorda une pleine minute, le temps qu'ils s'énervent à nouveau, avant de frapper à la porte. Il les entendit aller et venir à l'intérieur, et devina que l'un des deux, ou les deux, étaient sur le point de pleurer.

C'est Jill Rosen qui lui ouvrit, et il comprit, à la vue du Kleenex très usagé qu'elle serrait dans sa main, qu'elle avait passé la matinée en larmes. En un éclair, il eut la vision de Cathy Linton sur la terrasse de sa maison, la veille, et il en éprouva une compassion dont il ne se serait jamais cru capable.

— Chef Tolliver, fit Jill. Voici le docteur Brian Keller, mon mari.

— Nous nous sommes parlé au téléphone, lui rappela Tolliver.

Keller avait l'air totalement anéanti. À en juger par ses cheveux gris et clairsemés, par sa mâchoire empâtée, il devait avoir pas loin de la soixantaine, mais le chagrin lui donnait vingt années de plus. Son pantalon était à rayures tennis, il faisait visiblement partie d'un costume, mais Keller n'avait conservé sur lui qu'un simple maillot de corps jauni, à col en V très échancré, qui révélait quelques touffes de poils gris sur la poitrine. Il portait aussi une chaîne à l'étoile de David, comme son fils, ou peut-être était-ce celle qu'ils avaient trouvée dans les bois. Détail incongru, il était pieds nus, et Jeffrey supposa que c'était lui qui s'était chargé de laver la voiture.

— Je suis désolé, s'excusa Keller. Pour hier, au téléphone. J'étais bouleversé.

— C'est moi qui suis désolé de la perte qui vous frappe, professeur Keller, fit Jeff en lui serrant la main, tout en réfléchissant à la meilleure manière de lui demander, avec tact, si Andy était son fils naturel ou adoptif. Beaucoup de femmes conservaient leur nom de jeune fille après leur mariage, mais en général les enfants prenaient le nom de leur père. Êtes-vous le père biologique d'Andy ?

— Quand il a eu l'âge de prendre sa décision en toute connaissance de cause, nous avons laissé Andy choisir le nom qu'il voulait porter.

Jeffrey hocha la tête, signifiant qu'il comprenait, mais il était d'avis que le fait de donner aux gamins un peu trop de liberté de choix était l'une des raisons pour lesquelles il en voyait tant défiler au poste de police, complètement tourneboulés, après que leurs mauvais choix leur eurent valu quelques ennuis.

« Entrez », lui proposa Rosen, en l'invitant d'un geste à le suivre dans le petit corridor qui menait au salon.

Comme beaucoup de professeurs, ils habitaient sur Willow Drive, qui se trouvait juste derrière Main Street, à courte distance du campus. L'université avait conclu une sorte d'accord avec la banque pour garantir aux nouveaux professeurs des prêts immobiliers à faible taux d'intérêt, et ces derniers avaient tous fini par acquérir les plus belles maisons de la ville. Jeffrey se demanda si tous les professeurs laissaient leur maison tomber en décrépitude comme Keller. Il y avait des taches d'humidité au plafond, causées par une pluie récente, et les murs avaient sérieusement besoin d'une couche de peinture fraîche.

— Je suis navrée de ce désordre, fit Jill Rosen d'un ton rôdé.

— Cela ne fait rien, la rassura-t-il, mais il se demandait comment on pouvait vivre dans un tel fatras. Docteur Rosen...

— Jill.

— Jill, reprit-il. Pouvez-vous me dire, connaissez-vous Lena Adams ?

— La jeune femme d'hier ? s'enquit-elle, et sa voix acheva la question dans l'aigu.
— Je me demandais si vous la connaissiez déjà.
— Elle était déjà venue à mon bureau, oui. C'est elle qui m'a informée, au sujet d'Andy.

Il soutint son regard un moment, ne connaissant pas assez bien cette femme pour savoir si ses propos cachaient quelque chose, quelque chose que l'on pouvait prendre de bien des façons. D'instinct, il sentait qu'il y avait un lien entre Lena et Jill Rosen, mais il n'était pas certain du rapport que cela pouvait avoir avec l'affaire.

— Nous pouvons nous installer ici, lui proposa Rosen, en désignant un salon exigu.
— Merci, fit-il, en jetant un coup d'œil dans la pièce autour de lui.

À l'évidence, elle avait pris grand soin de décorer la maison lors de son emménagement, mais cela devait remonter à bien des années. Le mobilier était plaisant, mais avait l'air un peu fatigué. Le papier peint datait, et le tapis trahissait les zones de forts va-et-vient aussi clairement qu'un chemin en forêt. Même sans ces petits soucis esthétiques, l'endroit était déjà bien encombré. Des piles de livres et de magazines entassées un peu partout. Il y avait des journaux étalés autour d'un des fauteuils, près de la fenêtre, et il vit qu'ils étaient de la semaine dernière. À l'inverse de la maison des Linton, qui renfermait sans aucun doute le même volume de fatras et certainement encore plus d'ouvrages, il régnait ici une atmosphère étouffante, comme si personne n'avait plus été heureux entre ces murs depuis très longtemps.

— Nous nous sommes entretenus avec l'entreprise de pompes funèbres, au sujet du service funéraire, lui expliqua Keller. Jill et moi, nous étions en train d'essayer de nous mettre d'accord sur ce que nous devrions faire. Mon fils avait des sentiments très arrêtés vis-à-vis de la crémation. Sa lèvre inférieure frémit. Après l'autopsie, pourront-ils procéder à la crémation ?

— Oui, leur assura Jeff. Bien entendu.

— Nous voulons accéder à ses souhaits, mais..., intervint Jill Rosen.

— C'est ce qu'il voulait, Jill, acheva Keller.

Tolliver sentit toute la tension qui existait entre eux sur le sujet, et se garda de leur proposer son avis.

Le docteur Rosen désigna un grand fauteuil.

— Je vous en prie, asseyez-vous.

— Merci, dit-il, rentrant sa cravate, et il s'assit sur le rebord du coussin, pour ne pas s'enfoncer trop en arrière dans ce fauteuil défoncé.

— Voulez-vous boire quelque chose ? lui proposa-t-elle.

Avant qu'il ait pu refuser, c'est Keller qui décida à sa place.

— Un peu d'eau, ce serait bien.

Il regarda fixement le sol, le temps que sa femme sorte de la pièce. Il semblait attendre quelque chose, mais Tolliver n'était pas trop sûr de comprendre quoi. Quand le robinet de la cuisine coula, il ouvrit la bouche, mais aucun mot n'en sortit.

— Jolie voiture, dehors, observa Jeff.

— Oui, admit-il, les mains croisées sur ses genoux. Il se tenait les épaules voûtées, et Jeffrey se rendit compte que Keller était plus grand qu'il ne l'avait cru initialement.

— Vous l'avez lavée, ce matin ?

— Andy prenait bien soin de cette voiture, remarqua-t-il, mais Jeff nota qu'il n'avait pas répondu à la question.

— Vous appartenez au département de biologie ?

— De la recherche, précisa Keller.

— S'il y a quelque chose dont vous souhaitez me faire part...

Keller rouvrit la bouche, mais, juste à cet instant, Jill Rosen rentra dans la pièce, et elle tendit un verre d'eau à Jeff, et à son mari.

— Merci, dit-il, en buvant une gorgée, mais le verre avait une drôle d'odeur. Il le reposa sur la table basse, jeta un coup d'œil à Keller pour voir si l'homme avait quelque chose à ajouter, puis il en vint au fait.

— Je sais que vous avez à vous soucier d'autres problèmes. Je suis juste passé vous poser quelques questions de routine, et ensuite je ne vous embêterai plus.

— Prenez tout le temps qu'il vous faut, lui dit Keller.

— Vos hommes sont restés là-haut, dans l'appartement d'Andy, jusque tard dans la soirée, ajouta Rosen.

— Oui, admit-il. À l'inverse du comportement des flics à la télévision, il aimait bien rester le plus à l'écart possible du lieu d'un crime ou d'un délit récent, tant que les techniciens de la police scientifique n'avaient pas terminé d'y travailler. Le lit de la rivière où Andy s'était suicidé était un lieu trop ouvert, trop accessible à tous pour leur être très utile. L'appartement d'Andy, c'était une autre histoire.

Keller attendit que sa femme se soit installée, puis il s'assit à côté d'elle sur le canapé. Il essaya de lui prendre la main, mais elle la lui retira. Manifestement, la dispute qu'ils avaient eue se poursuivait.

— Pensez-vous que l'on ait pu le pousser ? s'enquit-elle.

Il se demandait si on avait soufflé quelque chose à Jill Rosen, ou si elle avait concocté ce scénario toute seule.

— Est-ce que quelqu'un avait déjà menacé de faire du mal à votre fils ?

Ils se consultèrent du regard, comme s'ils avaient déjà abordé le sujet.

— Pas que nous sachions.

— Et Andy a-t-il déjà tenté de se suicider, auparavant ?

Ils hochèrent la tête à l'unisson. Vous avez vu le mot ?

— Oui, chuchota Jill Rosen.

— Ce n'est guère plausible, affirma-t-il aux deux parents du garçon. Peu importait ce qu'il suspectait à ce stade, car ce n'était que pure spéculation. Il n'avait pas envie de fournir aux parents d'Andy un prétexte auquel se raccrocher, pour mieux les décevoir par la suite. Nous allons investiguer dans toutes les directions possibles, mais je ne veux pas que vous vous fabriquiez de faux espoirs. Il marqua un temps de silence, regrettant les mots qu'il avait choisis. Quels parents iraient espérer que leur fils ait été assassiné ?

C'est Keller qui s'adressa alors à son épouse.

— À l'autopsie, ils découvriront tout ce qu'il pourrait y avoir d'anormal. Ils sont capables de trouver toutes sortes de choses. C'est sidérant ce que la science peut accomplir, de nos jours. Il avait prononcé ces mots avec la conviction d'un homme qui travaillait dans ce domaine, et qui se fiait à la méthode scientifique pour prouver toute hypothèse.

Jill Rosen maintint son mouchoir en papier tout contre son nez, sans réagir à ce que son mari venait de déclarer. Jeff se demanda si la tension entre eux découlait de leur récente dispute, ou s'il n'y avait pas déjà eu des difficultés dans leur mariage depuis un petit moment. Pour le savoir, il allait devoir discrètement poser quelques questions sur le campus.

Keller interrompit le cours de ses conjectures.

— Nous avons essayé de réfléchir à ce que nous pourrions vous dire, commença-t-il. Andy avait des amis d'avant son...
— Nous ne les connaissions pas vraiment, le coupa son épouse. Ses amis drogués.
— Non, admit Keller. Pour autant que nous sachions, dernièrement, il ne voyait personne.
— Tout au moins personne à qui Andy nous aurait présentés, nuança-t-elle.
— J'aurais dû être présent ici plus souvent, avoua Keller, et sa voix était lourde de regrets.

Jill Rosen ne remit pas cela en cause, et, sous l'effort intense que déploya Keller pour ne pas pleurer, son visage vira à l'écarlate.

— Vous étiez à Washington ? lui demanda Jeffrey, mais ce fut sa femme qui lui répondit.
— Brian travaille actuellement sur un dossier de bourse de recherche très complexe, expliqua-t-elle.

Keller secoua la tête, comme si ce n'était rien du tout.

— Qu'est-ce que ça peut bien signifier, maintenant ? lança-t-il, sans s'adresser à personne en particulier. Tout ce temps perdu, et pourquoi ?
— Ton travail pourra aider des gens, un jour, affirma-t-elle, et Tolliver perçut une certaine animosité dans sa voix. Ce ne serait pas la première fois qu'une épouse éprouve du ressentiment envers un mari qui travaillait trop.
— C'est sa voiture, dans l'allée ? demanda-t-il à la mère.

Il remarqua que Keller détournait le regard.

— Nous venions de la lui acheter, répondit-elle. Quelque chose pour... je ne sais pas. Brian voulait le récompenser d'avoir réussi à si bien s'en sortir.

Ce qu'il fallait en déduire, et qui n'était pas formulé, c'est que Jill Rosen n'était pas d'accord avec la décision de son mari. Cette voiture était un achat extravagant, et les professeurs n'étaient guère des millionnaires. Il se figura qu'il devait être mieux payé que le professeur Keller, ce qui n'allait tout de même pas chercher très loin non plus.

— En général, il se rendait à la faculté avec cette voiture ?

— C'était plus commode à pied, expliqua Jill. Parfois, nous y allions ensemble, en marchant.

— Vous a-t-il dit où il allait, hier matin ?

— J'étais déjà au centre d'aide psychosociale, lui répondit-elle. Je pensais qu'il était resté à la maison toute la journée. Quand Lena est venue...

À entendre le ton de sa voix, il constata qu'elle prêtait au nom de Lena une familiarité qu'il aurait aimé creuser, mais il ne voyait aucun moyen d'introduire le sujet dans la conversation.

À la place, il sortit son carnet de notes, pour se faire confirmer certains éléments.

— Andy travaillait avec vous, professeur Keller ?

— Oui, répondit ce dernier. Il n'avait pas grand-chose à faire, mais je ne voulais pas qu'il passe trop de temps tout seul à la maison.

— Il nous aidait aussi au centre psychosocial, ajouta Jill Rosen. Notre réceptionniste n'est pas très fiable. Parfois, c'est lui qui tenait l'accueil ou qui établissait certains fichiers.

— Il avait toujours accès aux informations concernant les patients ? s'étonna Jeffrey.

— Oh ! jamais ! se récria-t-elle, comme si cette seule pensée suffisait à l'alarmer. Elles sont sous clef. Andy établissait les notes de frais, traitait les emplois du temps, les coups de téléphone. Ce genre de chose. Sa voix tremblait. C'était juste des activités destinées à l'occuper pendant la journée.

— Même chose au labo, souligna Keller. Il n'était pas vraiment qualifié pour être assistant de recherche. C'est un travail qui est réservé aux étudiants en licence. Il se redressa, les mains croisées sur les genoux. Je voulais juste l'avoir tout près de moi, histoire de pouvoir garder l'œil sur lui.

— Vous redoutiez qu'il ne commette un geste de ce genre ? s'enquit Tolliver.

— Non, se défendit Jill Rosen. Ou alors, je ne sais pas. Peut-être, dans mon subconscient, me suis-je dit que cela risquait de lui traverser l'esprit. Il se comportait très étrangement, ces derniers temps, comme s'il nous cachait quelque chose.

— Aviez-vous la moindre idée de ce qu'il vous cachait ?

— Impossible de le savoir, confessa-t-elle, avec un regret sincère. Les garçons de cet âge sont difficiles. Les filles, aussi, d'ailleurs. Ils essaient de franchir le cap, de négocier la transition entre l'état adolescent et l'âge adulte. Les parents n'arrêtent pas d'alterner, entre leur tenir lieu de béquille et faire figure de handicap, suivant le jour de la semaine.

— Ou selon qu'il avait ou non besoin de liquide, ajouta Keller. Les deux parents sourirent à cette pensée, comme s'il s'agissait d'une plaisanterie entre eux. Avez-vous un fils, chef Tolliver ? s'enquit l'universitaire.

— Non. Jeffrey se redressa, il n'appréciait guère la question. Plus jeune, il n'avait jamais cru qu'il désirerait avoir un enfant à lui. Connaissant la situation personnelle de Sara, il s'était sorti cette idée de l'esprit. Quelque chose, dans la dernière affaire sur laquelle il avait travaillé avec Lena, l'avait amené à se demander à quoi cela ressemblerait d'être père.

— Ils vous arrachent le cœur, déplora Keller, dans un

chuchotement rauque, en laissant retomber sa tête dans ses mains. Jill Rosen parut se livrer à un débat silencieux avec elle-même, avant de tendre la main et de la lui passer dans le dos. Keller leva les yeux, surpris, comme si elle venait de lui offrir un présent.

Tolliver attendit quelques instants, avant de leur poser sa question.

— Andy vous a-t-il dit qu'il avait du mal à tenir le coup ? Tous deux secouèrent la tête. Est-ce que quelqu'un ou quelque chose aurait pu l'affecter ?

Kelly haussa les épaules.

— Il déployait beaucoup d'efforts pour se forger sa propre identité. Il leva la main, ébaucha un signe vers l'arrière de la maison. C'est pour cela que nous l'avions autorisé à s'installer au-dessus du garage.

— Il parlait de son intérêt pour l'art, ajouta Rosen. Elle désigna le mur derrière Jeffrey.

— Joli. Jeffrey jeta un œil vers la toile, en réprimant un tressaillement. Le tableau représentait, de manière assez sommaire, une femme nue, allongée sur un rocher. Elle avait les jambes grandes ouvertes, les parties génitales étaient la seule note de couleur, et l'on aurait cru qu'elle avait un plat de lasagnes entre les jambes.

— Il possédait un vrai talent, décréta Jill Rosen.

Jeffrey hocha la tête, songeant que seule une mère remplie d'illusions ou le rédacteur en chef du magazine *Screw*[1] oseraient croire que l'auteur de ce dessin possédait un vrai talent. Il se retourna, ses yeux se posèrent sur Keller. L'homme avait une expression un peu prude, l'air assez mal à l'aise, ce qui reflétait la propre réaction de Jeffrey.

1. Magazine pornographique américain. (*N.d.T.*)

— Est-ce qu'Andy sortait beaucoup ? s'enquit-il, parce que, si détaillé que fût ce tableau, le garçon semblait avoir omis certaines parties importantes du corps.
— Pas à notre connaissance, répondit Rosen. Nous n'avons jamais vu personne entrer dans sa chambre, mais le garage se trouve sur l'arrière de la maison.
Keller lança un bref regard à son épouse.
— Jill pense qu'il reprenait peut-être de la drogue.
— Nous avons trouvé tout un attirail, dans sa chambre. Il n'attendit pas la question que Rosen était visiblement sur le point de poser. Des carrés de papier alu et une pipe. Impossible d'établir quand il s'en est servi pour la dernière fois.
Jill Rosen s'affaissa, son époux enveloppa sa main dans la sienne et la retint près de sa poitrine. Pourtant, elle paraissait distante à son égard, et Tolliver s'interrogea de nouveau sur l'état de leur couple.
— Dans la chambre, reprit-il, il n'y avait rien d'autre qui indiquerait un problème de drogue.
— Il avait des sautes d'humeur, souligna Keller. Parfois, il devenait très mélancolique. Maussade. Il était difficile de dire si c'était à cause des drogues ou juste une disposition naturelle.
Jeffrey jugea que le moment était bien choisi pour aborder le sujet des piercings d'Andy.
— J'ai remarqué ses piercings.
Keller leva les yeux au ciel.
— Il a failli détruire sa mère, avec ça.
— Et se détruire le nez, en plus, ajouta Rosen avec un froncement de sourcils désapprobateur. Je crois qu'il s'était fait poser quelque chose sur la langue, récemment. Il refusait de me le montrer, mais il n'arrêtait pas de mâchonner cette chose.

— Rien d'autre d'inhabituel ? insista Tolliver.

Keller et Rosen le considérèrent les yeux grands ouverts, avec un air d'innocence. C'est Keller qui s'exprima pour eux deux.

— À mon avis, il ne lui restait pas grand-chose à percer ! s'écria-t-il, sans vraiment rire.

Jeffrey poursuivit en ce sens.

— Et cette tentative de suicide, en janvier ?

— Rétrospectivement, je ne suis pas sûr qu'il y ait eu une quelconque intention là-dedans, observa Keller. Il savait que Jill allait tomber sur le mot, en se réveillant ce matin-là. Il avait tout prévu, pour qu'on le trouve avant que les choses ne deviennent irréversibles. Le père d'Andy s'interrompit. Nous en avons conclu qu'il cherchait simplement à attirer notre attention.

Jeffrey attendit que Rosen ajoute quelque chose, mais elle resta les yeux fermés, son corps blotti contre celui de son mari.

— Il lui arrivait quelquefois de jouer la comédie. Il ne réfléchissait pas aux conséquences.

Rosen ne protesta pas. Keller secoua la tête.

— Je ne sais pas, peut-être que je ne devrais pas dire une chose pareille.

— Non, chuchota Rosen. C'est vrai.

— Nous aurions dû nous rendre compte, insista le père. Il devait y avoir quelque chose.

La mort, c'était déjà assez dur comme cela, mais le suicide, c'était toujours particulièrement horrible, pour ceux qui restaient. Soit les survivants s'en voulaient de ne pas avoir perçu les signes, soit ils se sentaient trahis par leur bien-aimé, cet être si égoïste qui les avait abandonnés en les laissant se charger de toutes les conséquences. Tolliver s'imaginait que les parents d'Andy Rosen allaient passer le reste de leurs vies à osciller entre ces deux sentiments.

Rosen se leva, s'essuya le nez. Elle sortit un autre mouchoir en papier de la boîte et se sécha les yeux.

— C'est sidérant que vous ayez trouvé quelque chose dans cet appartement, s'étonna-t-elle. Il était tellement fouillis. Elle essaya de se reprendre, mais quelque chose, dans les paroles qu'elle venait de prononcer, lui remit tout en mémoire.

Elle s'effondra lentement, sa bouche se tordit, elle tenta de réprimer ses sanglots, et finalement s'enfouit le visage dans les mains.

Keller posa de nouveau le bras autour de sa femme, l'amena tout près d'elle.

— Je suis tellement désolé, avoua-t-il, et il nicha son visage dans ses cheveux. J'aurais dû être là, ajouta-t-il. J'aurais dû être là.

Ils restèrent ainsi plusieurs minutes, comme si Tolliver, lui, n'était plus là.

Il s'éclaircit la gorge.

— Je pensais sortir par-derrière et aller jeter un coup d'œil à l'appartement, si cela ne vous ennuie pas.

Keller fut le seul à lever les yeux. Il hocha la tête, puis il se remit à réconforter sa femme. Jill s'affaissa contre lui. Comme une poupée de chiffons entre ses mains.

Jeffrey se retourna pour sortir, et il tomba nez à nez avec le nu couché d'Andy. Il y avait quelque chose de curieusement familier chez cette femme, qu'il était incapable de situer.

Veillant à ne pas rester là, à regarder bêtement, il se dirigea vers la sortie. Il voulait poursuivre plus avant avec Keller, et découvrir exactement de quoi cet homme ne pouvait pas parler devant sa femme. Il avait aussi besoin de reparler avec Ellen Schaffer. Le fait d'avoir pris un peu de recul par rapport à la découverte du cadavre lui aurait peut-être rafraîchi la mémoire.

Il s'arrêta devant la Mustang, admirant encore sa ligne. Laver la voiture si tôt ce matin, et si peu de temps après la mort d'Andy Rosen, c'était bizarre, mais ce n'était certainement pas un crime. Peut-être Keller avait-il fait cela pour honorer son fils. Peut-être avait-il cherché à dissimuler une preuve, mais il avait du mal à voir ce qui pouvait relier la voiture à cette mort. Mis à part l'agression contre Tessa Linton, il n'était même pas certain qu'un crime ait été commis.

Il se baissa, passa la main sur les sculptures des pneus. La route qui menait à l'aire de stationnement située près du pont était pavée, et l'aire proprement dite était gravillonnée. Même s'ils avaient été en mesure de confronter les sculptures, Andy avait très bien pu accéder au site avec cette voiture une centaine de fois auparavant. Il savait, d'après les rapports de patrouilles, que l'endroit était un lieu de pelotage de premier choix.

Il ouvrit le clapet de son téléphone pour appeler Frank, mais il s'arrêta dans son geste, car il remarqua Richard Carter qui s'engageait dans l'allée en portant un grand fait-tout.

Quand il vit Jeff, le visage de Carter s'illumina d'un large sourire, mais aussitôt il parut se reprendre et afficha une expression empreinte de plus de sérieux.

— Docteur Carter, fit Tolliver, en essayant de prendre un ton aimable. Jeff avait plus important à faire que de le soumettre à des questions indiscrètes, pour qu'ensuite Richard joue les importants sur le campus.

— J'ai préparé un ragoût pour Brian et Jill. Ils sont là ?

Jeff jeta un coup d'œil derrière lui, en direction de la maison, songeant à cette atmosphère oppressante, à l'âpre chagrin qu'éprouvaient désormais les parents du garçon.

— Ce n'est peut-être pas le meilleur moment.

Richard fit grise mine.

— Je voulais juste rendre service.

— Ils sont assez bouleversés, poursuivit Jeff, en se demandant comment s'y prendre pour poser à Richard certaines questions concernant Brian Keller sans que cela ait l'air trop flagrant. Sachant comment fonctionnait Carter, il décida d'aborder le sujet sous un autre angle. Avec Andy, vous étiez amis ? lui demanda-t-il, sachant que Richard ne devait avoir que huit ou neuf ans de plus que le garçon.

— Mon Dieu ! non. Il éclata d'un gros rire. Il était étudiant. Mis à part ça, c'était un odieux morveux.

Jeffrey s'était forgé à peu près le même jugement sur Andy Rosen, mais il fut surpris de la véhémence des propos de Carter.

— Mais vous êtes très proche de Brian et de Jill ?

— Oh ! ils sont formidables, s'écria l'autre. Tout le monde s'apprécie, sur le campus. La faculté, c'est une petite famille.

— Ouais, acquiesça Tolliver. Brian m'a l'air d'un vrai père de famille.

— Oh ! oui, en effet, renchérit Richard. Et le meilleur père du monde pour Andy. J'aurais aimé avoir un père comme lui. Il y eut dans le ton de sa voix une pointe de surprise, et Tolliver sentit que Carter venait de comprendre qu'on le soumettait à une forme d'interrogatoire. Cette prise de conscience allait de pair avec une sensation de pouvoir, et l'universitaire arbora un petit sourire satisfait, s'attendant à ce que Jeffrey l'interroge sur quelques ragots.

Ce dernier mit carrément les pieds dans le plat.

— Ils ont l'air de former un bon couple.

Richard eut un rictus asymétrique.

— Vous pensez ? Tolliver ne releva pas, et l'autre n'en eut pas l'air mécontent. Eh bien, reprit Richard, je n'aime pas répandre des rumeurs...

Des conneries, ça. Jeffrey reprima cette repartie qu'il avait au bord des lèvres.

— Et puis, ce n'était qu'une... une rumeur. Je n'ai jamais rien constaté qui me permette d'y ajouter foi, mais je peux vous dire que Jill s'est comportée très bizarrement avec Brian, au cours de la dernière fête de Noël du département.

— Vous appartenez tous au même département ?

— Comme je le disais, lui rappela-t-il, un petit campus.

Jeffrey le dévisagea en silence, et son interlocuteur n'avait guère besoin de plus d'encouragement.

— Une rumeur a circulé, il y a de ça un certain temps.

Apparemment, il espérait que Jeffrey lui dise quelque chose. Donc ce dernier ponctua d'un « oui ? ».

— Remarquez, rien qu'une rumeur. Il marqua un temps d'arrêt, comme un vrai professionnel du spectacle. Au sujet d'un étudiant. De nouveau, un temps d'arrêt. Enfin, d'une étudiante.

— Une liaison ? hasarda Tolliver, même si cela n'avait rien d'inimaginable. Et ce pouvait fort bien être un sujet dont Keller n'aurait eu aucune envie de parler en présence de sa femme, surtout si Jill Rosen était déjà au courant de la chose. À en juger par son expérience personnelle, Tolliver savait que le simple fait d'entendre Sara prononcer ne serait-ce qu'une allusion aux circonstances qui avaient mis un terme à leur mariage lui donnait l'impression de se retrouver les pieds ballant dans le vide, au-dessus du Grand Canyon du Colorado. Connaissez-vous le nom de la jeune fille ?

— Aucune idée, mais à en croire cette rumeur, quand Jill

a découvert l'affaire, l'étudiante a demandé son transfert ailleurs.

Jeffrey resta dubitatif, il en avait assez de ces gens qui se faisaient prier pour dire la vérité.

— Vous souvenez-vous de quoi elle avait l'air ? Sa matière principale, c'était quoi ?

— Je ne suis pas certain que cette fille ait jamais existé. Comme je l'ai dit, ce n'était qu'une rumeur. Richard se rembrunit. Et maintenant j'ai mauvaise conscience d'en avoir parlé en dehors de la fac.

— Richard, s'il y a quelque chose que vous ne me dites pas...

— Je vous ai raconté tout ce que je savais. Ou tout au moins ce que j'ai entendu. Comme je disais...

— Ce n'était qu'une rumeur, compléta Jeff.

— Vous aviez autre chose ? s'enquit l'universitaire, avec une moue assez exagérée.

Il décida d'esquiver.

— C'est gentil à vous de leur avoir apporté à manger.

La bouche de Richard retomba.

— Quand ma mère est décédée, il y a quelques années, je sais qu'avoir des gens qui m'apportaient des choses, c'était comme un rayon de soleil dans cette période qui a été incontestablement la plus noire de ma vie.

Tolliver se répéta mentalement les paroles de Richard, et toutes sortes de signaux d'alarme se déclenchèrent.

— Chef ? s'enquit Carter.

— Rayon de soleil, fit-il. Maintenant, il savait ce qu'il y avait de si familier dans le dessin lubrique d'Andy Rosen. Le modèle du tableau avait un soleil tatoué autour du nombril.

Une voiture de patrouille et la Ford Taurus banalisée de Frank Wallace étaient garées devant la résidence universitaire d'Ellen Schaffer. Tolliver s'arrêta. Il n'avait appelé aucun de ces deux véhicules.

« Merde ! », lâcha-t-il, en s'immobilisant dans l'espace libre à côté de la Taurus de Frank. Il avait compris qu'il s'était produit quelque chose, avant même de voir les deux filles sortir de la résidence, se tenant par la taille, en larmes.

Il courut vers le bâtiment, monta les marches quatre à quatre. Keyes House avait brûlé, voici quelques années, mais l'université l'avait remplacée par une réplique quasi à l'identique de la vieille demeure, qui datait d'avant la guerre de Sécession, avec ses salons très solennels situés en façade et une grande salle à manger où l'on pouvait asseoir trente personnes. Frank l'attendait debout dans l'un des deux salons.

— Chef, fit-il, en l'invitant à entrer dans la salle. On a essayé de t'appeler.

Jeffrey sortit son téléphone de sa poche. Le niveau de charge de la batterie était correct, mais il y avait certaines zones dans le coin où on ne captait pas le signal.

— Que s'est-il passé ? demanda-t-il.

Frank ferma les portes coulissantes escamotables, pour plus de discrétion.

— Elle s'est fait sauter la tête.

— Putain ! jura Tolliver. Il connaissait la réponse à la question suivante, mais éprouvait quand même le besoin de la poser. Schaffer ?

Frank opina.

— Geste volontaire ?

Frank baissa la voix.

— Après hier, qui peut savoir ?

Jeffrey s'assit à l'angle du canapé, sentant à nouveau la peur monter. Deux suicides en autant de jours, ce n'était pas inédit, mais les coups de couteau qu'avait reçus Tessa Linton projetait une ombre sur tout ce qui se passait autour du campus.

— Je viens de parler à Brian Keller, le père d'Andy Rosen.

— C'était son beau-fils ?

— Non, le garçon avait pris le nom de sa mère. Devant l'air troublé de Frank, il précisa. Ne me pose pas la question. Keller est le père biologique du garçon.

— Très bien, acquiesça Frank, sans se départir de son air perplexe. L'espace d'une fraction de seconde, Jeffrey aurait aimé avoir Lena sous la main, au lieu de Frank. Non que ce dernier soit un mauvais flic, mais Lena était plus intuitive, et elle et lui savaient comment fonctionner ensemble. Frank était ce qu'il appelait un détective, autrement dit il était meilleur quand il s'agissait d'user ses semelles à suivre certaines pistes, plutôt qu'à effectuer les acrobaties mentales qui permettaient de résoudre une affaire.

Il approcha de la porte battante qui menait à la cuisine, pour s'assurer qu'aucune oreille indiscrète ne surprendrait leurs propos.

« Richard Carter m'a dit... »

Frank lâcha un borborygme. Jeffrey ne savait pas trop si c'était à cause des tendances sexuelles de l'universitaire ou de sa personnalité quelque peu odieuse. Pour lui, seule la dernière hypothèse était acceptable, mais il avait compris depuis belle lurette que Frank ne changerait rien à ses petites habitudes.

— Carter est au courant des potins du campus, reprit-il.

— Et qu'est-ce qu'il t'a appris ? lâcha Frank, sur un ton plus modéré.

— Que Keller avait une liaison avec une étudiante.

— Je comprends, fit Frank, sur un ton qui signifiait justement le contraire.

— Je veux que tu creuses un peu autour de Keller. Que tu fouilles un peu dans sa formation, les tenants et les aboutissants. Voyons si cette rumeur est fondée.

— Tu penses que son fils a découvert une liaison et que le père lui a fermé le bec pour que sa femme ne soit pas au courant ?

— Non, rectifia Tolliver. Richard m'a assuré que Jill Rosen était au courant.

— Pour autant qu'on puisse se fier à cette tantouze.

— Boucle-la, Frank, lui ordonna-t-il. Si Keller avait une liaison, ça pourrait très bien coller avec le suicide. Peut-être que son fils n'a pas pu pardonner à son père, donc il a sauté du pont pour le punir. Ce matin, les parents étaient en train de se disputer. Jill Rosen a sorti à Brian Keller qu'il ne s'était jamais soucié d'Andy, quand il était en vie.

— Elle a très bien pu dire ça simplement par méchanceté. Tu sais comment sont les femmes, parfois.

Tolliver n'allait pas débattre sur le sujet.

— Rosen m'a paru assez lucide.

— Tu crois qu'elle a pu commettre un acte pareil ?

— Qu'aurait-elle eu à y gagner ?

La réponse de Frank fut la même que celle qu'avait eue Tolliver.

— J'en sais rien.

Jeff regarda la cheminée, regrettant à nouveau de ne pas avoir Lena ou Sara sous la main pour évoquer tout cela avec elles.

— Si je fous la merde avec les parents du garçon, alors qu'il s'est réellement suicidé, je suis bon pour des poursuites.

— C'est pas faux.

— Va me vérifier si Keller était réellement à Washington quand c'est arrivé, ajouta-t-il. Pose discrètement quelques questions sur le campus et vois si tu peux étayer cette rumeur.

— Les vols sont assez faciles à vérifier, expliqua Frank, en sortant son carnet de notes. Je peux poser des questions sur cette liaison, mais là-dessus la gamine serait probablement meilleure que moi.

— Lena n'est plus flic, Frank.

— Elle pourrait filer un coup de main. Elle est déjà sur place. Elle connaît probablement quelques étudiants.

— Elle n'est plus flic.

— Ouais, mais...

— Mais rien du tout, s'écria Jeff, lui coupant la parole. La veille, à la bibliothèque, Lena avait prouvé que cela ne l'intéressait absolument pas de filer un coup de main. Jeffrey lui avait fourni plusieurs occasions de parler à Jill Rosen, mais elle était restée bouche close, sans même offrir le moindre réconfort à la psychothérapeute.

— Et concernant Schaffer ? Quelle est sa place dans tout ça ?

— Il y avait un tableau, lui signala Tolliver, et il lui décrivit en détail le dessin du salon des Keller-Rosen.

— La mère avait ce truc-là accroché au mur ?

— Et elle était fière de lui, me semble-t-il, alors que sa propre mère lui aurait fichu des coups avec cette toile, avant d'y flanquer le feu avec le bout d'une de ses cigarettes. Tous deux m'ont affirmé que leur fils ne voyait plus personne.

— Peut-être qu'il leur disait pas.

— Peut-être, admit-il. Mais si Schaffer avait des relations sexuelles avec Andy, pourquoi ne l'a-t-elle pas reconnu, hier ?

— Elle a vu que son cul, lâcha Frank. Si c'était Carter qui l'avait pas reconnu, là, j'aurais eu des soupçons.

Jeffrey accueillit cette réflexion par un coup d'œil de mise en garde.

— Très bien, fit l'autre en levant les mains. Enfin, à vue de nez, elle était quand même troublée. Il se trouvait quinze mètres en contrebas. Qu'est-ce qu'elle était censée reconnaître ?

— Exact, concéda Jeff.

— Tu crois qu'il pouvait s'agir d'une espèce de pacte au suicide ?

— Ils l'auraient fait ensemble, pas à une journée de distance, releva-t-il. Est-ce qu'on a pu tirer quelque chose de la lettre d'Andy ?

— Tout le monde a posé les doigts dessus, y compris la mère, souligna Frank, et Jeff se demanda s'il y avait une plaisanterie là-dessous.

— Si c'était un pacte, le mot en ferait mention.

— Peut-être qu'Andy a rompu avec elle, suggéra Wallace. Donc elle lui rend la monnaie de sa pièce en le poussant du haut du pont.

— Tu crois qu'elle aurait eu assez de forces pour ça ? s'enquit-il, et Frank haussa les épaules. J'achète pas, fit Jeffrey. Les filles n'ont pas ce genre d'impulsion.

— C'est pas comme si elle avait pu demander le divorce.

— Fais gaffe, le prévint Tolliver, qui prit cette dernière remarque pour lui. Il poursuivit, avant que son adjoint n'ait eu le temps de s'excuser, ce qui aurait été gênant pour l'un et l'autre. Les jeunes filles n'agissent pas comme ça, rectifia-t-il. Elles font honte au garçon, ou alors elles mentent à son sujet avec ses copains, ou elles tombent enceintes, ou alors elles avalent une poignée de pilules...

— Ou alors elles se font sauter la cervelle ? l'interrompit l'autre.

— Tout cela supposerait qu'Andy Rosen ait été assassiné. Pourtant, il a quand même très bien pu se suicider.

— Tu as quelque chose à ce sujet ?

— Brock a effectué un prélèvement sanguin ce matin. Il va falloir attendre le retour du rapport du labo, demain. Pour le moment, on ne détient aucune preuve d'un coup fourré. Tessa reste la seule raison qui nous pousse à trouver tout ça curieux, et qui peut savoir s'il y a un lien ?

— Une putain de coïncidence, en tout cas, s'il y a pas de lien.

— Je vais laisser mariner Keller une journée, ensuite je vais l'attaquer de front pour voir ce qu'il sait. Il y avait quelque chose qu'il voulait me révéler ce matin, dont il refusait de parler devant sa femme. Peut-être qu'après l'autopsie que va pratiquer Sara ce soir, on aura d'autres éléments pour avancer.

— Elle rentre ce soir ?

— Ouais. Je vais la chercher cet après-midi.

— Elle va bien ?

— Moment difficile, résuma-t-il, pour clore le sujet. Où est Schaffer ?

— Par là, lui répondit-il, en ouvrant les portes coulissantes. Tu veux commencer par parler avec sa colocataire ?

Tolliver allait refuser, mais quand il vit la jeune femme en larmes assise sur le rebord de la fenêtre au bout du vestibule, il changea d'avis. Elle était entourée de deux jeunes filles, qui la soutenaient. Elles auraient pu être deux copies carbone l'une de l'autre, avec leurs cheveux blonds et leurs yeux bleus. Et l'une comme l'autre auraient pu passer pour des sœurs d'Ellen Schaffer.

— M'dame, fit-il, en tâchant de prendre un ton consolateur. Je suis le chef Tolli...

La jeune femme l'interrompit en éclatant en sanglots.

— C'est si horrible! s'écria-t-elle. Elle allait très bien, encore ce matin.

Jeffrey lança un regard à Wallace.

— C'est la dernière fois que vous l'avez vue? Elle hocha la tête, la danse d'un bouchon au bout d'une ligne de pêcheur. C'était à quelle heure?

— À huit heures, lui dit-elle, et il calcula qu'à cette heure-là, il était avec les Keller-Rosen.

— Je devais me rendre en classe, continua-t-elle. Ellen m'a dit qu'elle allait rester au lit. Elle était tellement bouleversée, à cause d'Andy...

— Elle connaissait Andy Rosen?

À ces mots, elle éclata de nouveau en sanglots, qui lui secouèrent tout le corps.

— Non! gémit-elle. C'est ça qui était si tragique. Il était dans sa classe d'art, et elle ne le connaissait même pas!

Tolliver échangea un regard avec son adjoint. Souvent, dans le travail de policier, on tombait sur des gens qui se sentaient bien plus proches de la victime d'un crime que lorsque celle-ci était encore en vie. Dans le cas d'Andy, un suicide supposé, le caractère mélodramatique de la situation s'en trouvait encore accentué.

— Donc, reprit-il, vous avez vu Ellen à huit heures? Est-ce que quelqu'un d'autre l'a croisée?

L'une des jeunes filles qui se tenaient à côté de la colocataire intervint.

— Nous avons toutes des cours qui démarrent tôt.

— Ellen aussi?

Toutes trois opinèrent ensemble.

— Tout le monde, dans le bâtiment, précisa l'une des trois.

— Quelle était sa matière principale ? voulut-il savoir, en se demandant si la jeune fille était liée à Keller d'une manière ou d'une autre.

— La biologie cellulaire, lui indiqua la troisième. Elle était censée remettre ses travaux pratiques demain matin.

— Est-ce qu'elle avait des cours avec le professeur Keller ?

Elles secouèrent toutes la tête.

— C'est le père d'Andy ? fit l'une d'elles. Mais il ne lui apporta pas la réponse.

Au lieu de quoi, il se tourna vers son adjoint.

— Procurons-nous des copies de son emploi du temps et voyons à quels cours elle assistait depuis qu'elle était ici. Puis il s'adressa aux filles. Est-ce qu'Ellen sortait avec quelqu'un en particulier ?

— Hum ! commença la première, en consultant du regard ses voisines, l'air tendu. Avant qu'il ait pu l'inciter à parler, elle lui répondit. Ellen voyait un tas de garçons différents. Elle souligna le mot « un tas », ce qui avait l'air d'impliquer qu'ils étaient des milliers.

— Aucun d'eux ne nourrissait de rancune à son égard ?

— Bien sûr que non, se défendit la première. Tout le monde l'aimait.

— Est-ce que l'une d'entre vous aurait vu un individu suspect tournant autour de cette maison ce matin ?

Toutes trois secouèrent de nouveau la tête.

Il se tourna vers Frank.

— Tu as fait un peu de porte-à-porte ?

— Elles étaient presque toutes déjà sorties. On est en train de les voir une par une. Personne n'a entendu le coup de feu.

Tolliver haussa le sourcil de surprise, mais ne commenta pas devant les jeunes filles.

— Merci de nous avoir accordé un peu de votre temps, leur dit-il, et il remit à chacune sa carte, dans l'éventualité où elles penseraient à quoi que ce soit d'autre qui serait de nature à leur être utile.

C'est seulement lorsque Wallace le conduisit dans les couloirs qui menaient à la chambre de Schaffer, située au rez-de-chaussée, qu'il le questionna.

— Elle s'est servie de quoi ?
— Une Remington 870.
— Une Wingmaster ? s'étonna-t-il, en se demandant ce qu'une jeune fille comme Ellen Schaffer fabriquait avec une arme pareille. Ce fusil à pompe était l'une des armes les plus couramment utilisées par les forces de police.

— Elle faisait du tir au pigeon, lui expliqua-t-il. Au sein de l'équipe de tir.

Tolliver se rappela vaguement que le Grant Tech avait une équipe de tir, mais il ne parvenait toujours pas à associer cette blonde accorte qu'il avait croisée la veille avec une tireuse au skeet.

Frank lui désigna une porte close.

« C'est là. »

Tolliver ne savait pas à quoi s'attendre en entrant dans la chambre d'Ellen Schaffer, mais quand il eut ce spectacle devant les yeux, il resta bouche bée. La jeune femme était étendue sur le canapé, les jambes autour du canon du fusil à pompe. L'arme était pointée vers la tête – ou vers ce qui en restait.

Une odeur forte lui démangea les yeux.

« C'est quoi, cette odeur ? »

Wallace désigna l'ampoule nue au-dessus du bureau. Un

morceau de cuir chevelu était resté collé au verre dépoli, et il était en train de cuire sous la chaleur, libérant un filet de fumée qui montait vers le plafond.

Jeffrey se couvrit la bouche et le nez de la main, pour essayer de masquer l'odeur. Il se rendit à la fenêtre, qui était ouverte d'une trentaine de centimètres. Jetant un œil sur l'arrière du bâtiment, il avisa une pelouse, avec un belvédère et une aire où s'asseoir. Au-delà, c'était la forêt de l'État. Une piste que la moitié des gamins du campus devaient utiliser conduisait dans les bois.

— Où est Matt ?
— Il s'occupe du porte-à-porte, lui signala-t-il.
— Fais-lui prélever d'éventuelles empreintes de pas sous cette fenêtre.

Frank ouvrit le clapet de son téléphone portable et passa l'appel, tandis que Jeffrey étudiait la fenêtre centimètre par centimètre. Au bout d'une minute d'un examen minutieux, il n'avait rien trouvé. Ce fut seulement quand il allait se retourner que la lumière vint jouer sur une trace de gras, près du loquet.

— Tu as vu ça ? réagit-il.

Frank s'approcha, s'agenouilla pour mieux voir.

— De l'huile ? demanda-t-il, puis il désigna le bureau, à côté du canapé. Une brosse métallique pour culasse de fusil, une pièce de tissu et une petite bouteille d'huile Elton de nettoyage pour fusil étaient posés dessus. Sur le sol, un chiffon, qui avait visiblement servi à nettoyer le canon de l'arme, était roulé en boule.

— Elle a nettoyé son fusil avant de se tirer dessus ? s'enquit Jeffrey, songeant que ce serait bien la dernière chose qu'il ferait.

Frank haussa les épaules.

— Peut-être qu'elle voulait s'assurer qu'il fonctionne bien.

— Tu crois ? lui dit-il, posté debout devant le canapé.

Ellen Schaffer portait un jean rose serré et un t-shirt coupé court. Elle était pieds nus, son orteil pris dans le mécanisme de la détente. Autour du nombril, le tatouage de soleil était bien visible, sous une éclaboussure de sang. Ses mains reposaient sur le canon du fusil, probablement pour le maintenir pointé vers sa tête.

Tirant un stylo de sa poche, il écarta la main. La paume était propre, pas de sang au point de contact avec l'acier, ce qui signifiait que Schaffer avait la main sur l'arme au moment où elle s'était tiré dessus. Ou quand on lui avait tiré dessus. Un examen de l'autre main révéla la même chose.

Coincée entre les coussins du canapé, il y avait une douille qui avait été éjectée de la chambre du fusil à l'instant où l'on avait pressé sur la détente. Il la repoussa, toujours avec son stylo, en se demandant ce qui clochait. Il examina les fines cannelures du canon pour s'en assurer.

— Elle a un fusil calibre douze et elle s'est servie d'une cartouche calibre vingt.

Frank le dévisagea un moment.

— Pourquoi elle a utilisé du vingt ?

Jeff se leva, en secouant la tête. La circonférence d'un canon était plus importante que celle de la balle. L'une des choses les plus dangereuses que l'on puisse faire avec un fusil, c'était de le charger avec les mauvaises munitions. Les fabricants avaient normalisé la couleur des enveloppes de cartouche par catégories, justement pour éviter ce genre d'erreur.

— Depuis combien de temps s'exerçait-elle au sein de l'équipe de skeet ?

Frank sortit son carnet et le tourna à la bonne page.

— Depuis cette année. Sa colocataire m'a signalé qu'elle voulait s'inscrire au décathlon.

— Elle est daltonienne ? s'enquit Jeff. La cartouche jaune vif était difficile à confondre avec la verte du calibre vingt.

— Je peux vérifier. Et il le nota.

Jeffrey examina l'extrémité du canon, en retenant son souffle quand il s'en approcha de près.

— Elle a installé dedans un étrangleur spécial skeet, remarqua-t-il. L'étrangleur réduisait le diamètre du canon, de façon à mieux y loger la cartouche de dimension inférieure. Ça ne colle pas.

— Regarde donc le mur, lui conseilla son adjoint.

Il s'exécuta en contournant la flaque de sang, à côté de la tête du canapé, pour étudier le mur de près, derrière le corps. La déflagration avait emporté la plus grande partie du crâne, et projeté des fragments contre le mur, à grande vitesse.

Jeffrey plissa les paupières, tâchant de comprendre ce que signifiaient ce sang et cette matière tissulaire qui criblaient le mur blanc. Les plombs y avaient creusé plusieurs grands trous, et quelques-uns avaient traversé jusque dans la chambre voisine.

— Il y a quelqu'un dans l'autre pièce ? demanda-t-il, en prononçant mentalement une petite prière pour remercier le Seigneur que personne ne s'y soit trouvé quand on avait pressé sur la détente.

— Ce n'est pas ce que je voulais dire, précisa Frank. Tu as vu ce qu'il y a sur le mur ?

— Attends une minute, fit Tolliver. Il scruta le mur,

jusqu'à ce qu'il s'aperçoive que quelque chose lui rendait son regard.

Le globe oculaire d'Ellen Schaffer était enchâssé dans le Placoplâtre.

« Seigneur ! » murmura-t-il, en se détournant. Il retourna à la fenêtre, il avait envie de l'ouvrir, pour dissiper l'odeur. Il aurait dû venir parler à Ellen Schaffer plus tôt. Peut-être serait-elle encore en vie, s'il avait commencé par venir ici. Il se demanda ce qui avait pu encore lui échapper. La différence de calibre sur le fusil était suspecte, mais tout le monde pouvait se tromper, surtout quand la personne se figurait bien qu'elle n'aurait guère à faire le ménage derrière. Mais, là encore, tout cela avait pu faire l'objet d'une mise en scène. Le prochain mort aurait-il une cible peinte sur la tête ?

— Quand l'ont-ils découverte ?

— Il y a environ une demi-heure, lui répondit son adjoint en sortant son mouchoir pour s'en tamponner le front. Ils n'ont rien touché. Juste fermé la porte avant de nous appeler.

— Seigneur ! répéta Tolliver, en tirant son propre mouchoir de sa poche. Il jeta de nouveau un coup d'œil au bureau.

— Voilà Matt, l'avertit Frank, et Jeff vit Matt sortir dans le jardin sur l'arrière, mains dans les poches, en train d'inspecter le sol, à la recherche de tout ce qui semblerait anormal. Il s'arrêta devant un endroit bien précis et s'agenouilla pour mieux voir.

— Quoi ? lança Tolliver, juste au moment où le portable de Frank se mettait à sonner.

Matt éleva la voix, pour se faire entendre.

— On dirait une flèche.

— Une quoi ? hurla Jeffrey, se disant qu'il n'avait guère de temps pour ce genre de bêtises.

— Une flèche, répéta l'autre. Comme si quelqu'un l'avait tirée, pour la planter dans la terre.

— Chef, intervint Frank, en tenant le téléphone contre sa poitrine.

Jeffrey s'adressa encore à Matt.

— Tu es sûr ?

— Viens voir toi-même, proposa Matt. Ça en a vraiment l'air.

Frank répéta.

— Chef ?

— Quoi, Frank ? fit sèchement Tolliver.

— L'une des empreintes digitales relevées dans l'appartement d'Andy Rosen a donné une correspondance au fichier informatique.

— Ah ouais ? s'écria Jeffrey.

Frank secoua la tête. Il regarda par terre, puis il parut se raviser.

— Ça ne va pas te plaire.

6

Lena était couchée sur le dos, elle fixait le plafond, elle essayait de respirer et de se détendre, comme Eileen, sa monitrice de yoga, le leur avait demandé. Elle était capable de tenir n'importe quelle pose de yoga plus longtemps que quiconque au sein de la classe, mais quand on en arrivait à la phase de détente, c'était l'échec total. Le concept de « lâcher prise » allait contre sa religion personnelle, qui consistait à se maîtriser dans l'existence à tout instant, surtout quand il s'agissait de son corps.

Dès leur première séance de thérapie, Jill Rosen avait recommandé à Lena de commencer le yoga pour s'aider à se relaxer et à mieux dormir. Durant leur brève période de cure, Jill lui avait donné pas mal de conseils pour l'aider à s'en sortir, mais c'était le seul hameçon auquel elle avait vraiment mordu. Après son agression, son problème tenait pour une part à ce qu'elle ne sentait plus son corps comme étant le sien. Elle avait toujours dès son plus jeune âge eu une activité athlétique et son corps n'était pas habitué à une vie oisive passée à se morfondre et à s'apitoyer sur soi. Quelque chose, dans le fait d'étirer et de solliciter son corps, de voir ses biceps et ses mollets retrouver leur fermeté normale, lui avait redonné espoir, l'impression de peut-être parvenir à se retrouver. Ensuite quand était venue la phase de relaxation, elle s'était sentie aussi angoissée que lors de son premier cours de maths à l'école.

Elle ferma les yeux, se concentra sur le creux de ses reins, tâchant de relâcher la tension, mais cet effort suffit à lui faire remonter les épaules jusqu'aux oreilles. Son corps était aussi tendu qu'un élastique, et elle ne comprenait pas pourquoi Eileen insistait pour présenter cette partie du cours comme la plus importante de toutes. Dès que l'on avait baissé la musique et qu'on leur avait demandé de s'allonger sur le dos et de respirer, tout le plaisir que Lena avait eu à effectuer ses étirements s'évapora. Au lieu de se représenter un torrent sinueux ou les rouleaux de l'océan, tout ce qu'elle était parvenue à voir, c'était le tic-tac d'une pendule, et les millions de choses dont elle aurait à s'occuper dès qu'elle aurait quitté la salle de sport, alors que c'était son jour de congé.

« Respirez », leur rappela Eileen de son ton de voix irritant, monocorde et satisfait. C'était une jeune femme d'environ vingt-cinq ans, avec le genre de caractère joyeux qui donnait à Lena l'envie de lui flanquer un coup de poing.

« Relâchez le dos », suggéra Eileen, d'une voix réduite à un chuchotement, censée inspirer l'apaisement. Quand Eileen appuya sur le ventre de Lena, ses yeux se rouvrirent d'un coup. Ce simple contact eut pour effet de la contracter encore plus, mais la monitrice ne parut pas le remarquer. « C'est mieux », affirma-t-elle, son petit visage étroit fendu d'un large sourire.

Avant de refermer les yeux, Lena attendit que la jeune femme s'éloigne. Elle ouvrit la bouche, laissant échapper l'air en un flux régulier, et elle commençait tout juste à sentir que cela risquait de marcher quand Eileen frappa dans ses mains.

« C'est bien », approuva Eileen, et Lena se releva si vite que le sang lui monta à la tête. Le reste des élèves s'échangeaient des sourires ou embrassaient l'instructrice toute guillerette, mais Lena attrapa sa serviette et se dirigea vers le vestiaire.

Elle rentra la combinaison de son cadenas, contente d'avoir le vestiaire pour elle toute seule. Depuis son agression, elle avait arrêté de se regarder dans un miroir, mais pour une raison ou une autre, aujourd'hui, elle se sentait attirée par son reflet. Ses yeux étaient cerclés de noir, et ses pommettes étaient plus saillantes que d'ordinaire. Elle maigrissait trop, parce que tous les jours, ou presque, la simple idée de la nourriture suffisait à la rendre malade.

Elle retira la barrette qui lui maintenait les cheveux, laissa les longues mèches brunes retomber autour de son visage et dans sa nuque. Ces derniers temps, elle se sentait plus à l'aise avec les cheveux détachés, comme un rideau tiré devant son visage. De savoir que personne ne serait en mesure de vraiment la regarder, elle se sentait plus en sécurité.

Quelqu'un entra, et elle retourna vers son casier, se sentant idiote de se faire surprendre ainsi, devant le miroir. Un type maigrichon se tenait à côté d'elle, il sortait son sac à dos du casier voisin du sien. Il était si proche qu'elle sentit ses cheveux se dresser dans sa nuque. Elle se retourna et attrapa ses chaussures au vol, se disant qu'elle les enfilerait dehors.

« Salut », fit-il.

Lena attendit. Il lui barrait l'accès à la porte.

« Ce truc de s'embrasser avec la monitrice, franchement », ironisa-t-il, en secouant la tête comme si c'était entre eux un constant sujet de plaisanteries.

Lena le considéra de la tête aux pieds, certaine de ne jamais avoir adressé la parole à ce gamin de sa vie. Pour un garçon, il était petit, juste un peu plus petit qu'elle. Il avait un corps nerveux, pas très carré, mais sous le t-shirt noir à manches longues, on voyait ses bras et ses épaules bien découplés. Il avait les cheveux coupés ras, dans le style militaire, et ses chaussettes couleur citron vert étaient si éclatantes qu'elles faisaient presque mal à regarder.

Il lui tendit la main.

— Ethan Green. J'ai rejoint le cours il y a deux semaines.

Lena s'assit sur le banc pour enfiler ses chaussures.

Ethan s'assit à l'autre bout.

— Vous êtes Lena, exact ?

— Vous avez lu ça dans les journaux ? lui lança-t-elle, en s'acharnant sur un nœud de ses lacets, songeant que ce putain d'article qu'ils avaient sorti sur Sibyl lui avait rendu l'existence encore plus difficile qu'elle ne l'était déjà.

— Nooon, se récria-t-il, en étirant le mot. Je veux dire, ouais, je vous connais, mais j'ai entendu Eileen vous appeler Lena, donc j'ai fait le rapprochement. Il eut un bref sourire nerveux. Et j'ai reconnu la photo.

— Malin, comme garçon, lâcha-t-elle, renonçant à défaire son nœud. Elle se leva, introduisit le pied dans la chaussure de force.

Il se leva, lui aussi, en maintenant son sac à dos tout contre lui. Il n'y avait que trois ou quatre garçons qui prenaient des cours de yoga et, après la séance, ils finissaient invariablement dans le vestiaire, à déblatérer sur la raison qui les amenait ici, le yoga qui leur permettait de retrouver le contact avec leurs sensations et d'explorer leur être intérieur. C'était un fameux stratagème, et Lena en conclut que les élèves de yoga devaient trouver plus souvent de quoi baiser que tous les autres gars du campus.

— Il faut que j'y aille, dit-elle.

— Attendez une minute, insista-t-il, un demi-sourire aux

lèvres. C'était un gamin séduisant, probablement habitué à voir les filles se disputer sa compagnie.

— Quoi ? Elle le regarda, elle attendit. Une petite goutte de sueur dégoulinait de sa tempe, dépassa une cicatrice bifide qu'il avait juste au-dessous de l'oreille. Il avait dû laisser entrer des saletés dans la blessure avant qu'on ne la lui referme, parce que la cicatrice avait une couleur foncée qui la faisait ressortir par rapport au maxillaire.

Il sourit encore, l'air nerveux.

— Ça vous dirait d'aller prendre un café ?

— Non, lui répliqua-t-elle, espérant que cela en resterait là.

La porte s'ouvrit, et un flot de filles fit irruption, ouvrant et fermant des portes de casier dans un concert de claquements.

— Vous n'aimez pas le café ? reprit-il.

— Je n'aime pas les gamins, rétorqua-t-elle, elle empoigna son sac et sortit avant qu'il ait rien pu ajouter d'autre.

En sortant de la salle de gym, elle se sentait complètement secouée, et en rogne de s'être laissé prendre au dépourvu par ce gosse. Même après le difficile moment de la relaxation, elle se sentait toujours plus calme quand elle ressortait du cours du yoga qu'en arrivant. Maintenant, c'était terminé. Elle se sentait de nouveau tendue, bousculée. Elle allait peut-être poser son sac dans sa chambre, se changer, et sortir courir un bon coup, jusqu'à ce que son corps soit si fatigué qu'elle passe ensuite tout le reste de la journée à dormir.

— Lena ?

Elle se retourna, s'attendant à revoir le gamin. C'était Jeff.

— Quoi ? s'exclama-t-elle, sentant instantanément toutes ses défenses se déployer. Quelque chose, dans sa façon de se tenir assez près d'elle, les jambes écartées, les épaules carrées, lui souffla que ce n'était pas une visite de politesse.

— J'ai besoin que tu m'accompagnes au poste.

Elle éclata de rire, mais ce faisant, elle savait qu'il ne plaisantait pas.

— Il y en a pour une minute. Il fourra ses mains dans ses poches. J'ai quelques questions à te poser au sujet d'hier.

— Tessa Linton ? lança-t-elle. Elle est morte ?

— Non. Il regarda par-dessus son épaule, et elle aperçut Ethan, à une quinzaine de mètres derrière lui. Jeffrey se rapprocha encore. Nous avons trouvé tes empreintes digitales dans l'appartement d'Andy Rosen, lui annonça-t-il à voix basse.

Elle ne put dissimuler sa surprise.

— Dans son appartement ?

— Pourquoi ne m'as-tu pas dit que tu le connaissais ?

— Parce que je ne le connaissais pas, lâcha-t-elle sèchement. Elle commença de s'éloigner, mais il lui posa la main sur le bras. Il ne la maintenait pas fermement, mais elle savait qu'il avait de la poigne, quand il le fallait.

— Tu sais que nous pouvons tester l'ADN de tes sous-vêtements.

Lena ne se rappelait pas avoir été jamais choquée à ce point.

— Quels sous-vêtements ? s'écria-t-elle, trop surprise par ce qu'il venait de dire pour réagir à son contact physique.

— Les sous-vêtements que tu as laissés dans la chambre d'Andy.

— Qu'est-ce que tu racontes ?

Il relâcha son étreinte sur son bras, mais pour elle, cela eut l'effet opposé.

— Allons-y, ordonna-t-il.

Elle lui répondit ce que n'importe qui d'un peu sensé dirait à un flic qui la regardait comme il la regardait à cette seconde.

— Je ne te crois pas.

— Juste quelques minutes. Il prit une voix amicale, mais elle avait travaillé avec lui suffisamment longtemps pour savoir quelles étaient ses intentions véritables.

— Je suis en état d'arrestation ?

Il parut prendre sa question comme une insulte.

— Bien sûr que non !

Elle tâcha de conserver une voix calme.

— Alors laisse-moi partir.

— Je veux juste te parler.

— Prends rendez-vous avec ma secrétaire particulière. Il referma la main sur son bras, et aussitôt elle tenta de se défaire de son emprise. La panique monta en elle. Arrête, siffla-t-elle, en essayant de se dégager le bras d'un coup sec.

— Lena..., fit-il, comme si elle réagissait de manière excessive.

— Laisse-moi partir ! cria-t-elle, en se débattant si fort qu'elle tomba sur le trottoir. Son coccyx heurta le ciment comme un marteau piqueur, la douleur la lança dans toute la colonne vertébrale.

Subitement, il bondit en avant. Elle crut qu'il allait retomber sur elle, mais à la dernière minute il se rattrapa, en faisant deux grandes enjambées pour la contourner.

— Qu'est-ce que... ? Elle en resta bouche bée, de surprise. Ethan avait poussé Jeffrey dans le dos.

Il se reprit rapidement et se retrouva face à Ethan, avant même qu'elle ait compris ce qui se passait.

— Qu'est-ce qui vous prend, bordel ! grommela Tolliver.

— Va te faire foutre ! lâcha Ethan d'une voix sourde. Le

gamin maladroit à qui elle avait parlé dans le vestiaire s'était transformé en homme, version pitbull, et méchant avec ça.

Le policier brandit son insigne à quelques centimètres du nez du jeune homme.

— Qu'est-ce que tu viens de dire, mon garçon ?

Ethan regardait fixement Tolliver, ignorant l'insigne. Les muscles de son cou saillaient en relief, et une veine, près de l'œil, palpitait assez fort pour que cela devienne un tic nerveux.

— J'ai dit va te faire foutre, espèce de porc de flic.

Jeffrey sortit ses menottes.

— Comment tu t'appelles ?

— Témoin, lâcha Ethan, d'un ton dur et égal. À l'évidence, il en connaissait assez côté législation pour savoir qu'il avait du répondant. Témoin oculaire.

Jeffrey éclata de rire.

— Et de quoi ?

— Vous venez de culbuter une femme par terre. Ethan releva Lena en lui tendant le bras, dos à Jeffrey. Il tapa sur le pantalon de la jeune femme, pour en retirer la saleté, toujours en ignorant Jeffrey. Allons-y, lui dit-il.

Lena restait tellement sous le choc, devant l'autorité de son ton de voix, qu'elle se mit à le suivre.

— Lena, fit Jeffrey, comme s'il était le seul individu raisonnable du trio. Ne complique pas les choses plus que nécessaire.

Ethan se retourna, les poings serrés, prêt à se battre. Lena se dit qu'il était non seulement stupide, mais cinglé. Jeffrey pesait facilement vingt-cinq kilos de plus que le garçon, et il savait en faire usage. Sans compter qu'il portait une arme.

— Allez, dit-elle, en tirant Ethan par le bras, comme elle aurait tiré sur une laisse. Quand elle osa regarder derrière elle, par-dessus son épaule, Tolliver restait là où ils l'avaient laissé, et l'expression de son visage signifiait bien que c'était loin d'être terminé.

Ethan posa deux mugs en faïence sur la table, du café pour Lena, du thé pour lui.

« Sucre ? », demanda-t-il, tout en sortant deux sucres emballés de sa poche de pantalon. Il était redevenu le gamin un peu maladroit et plutôt brave d'avant. La transformation était si complète qu'elle n'était pas certaine de savoir à qui elle avait eu affaire, tout à l'heure. Cette journée était tellement merdique, elle n'était pas très sûre de pouvoir se fier à sa mémoire.

« Non », dit-elle, regrettant qu'il ne lui offre pas plutôt du whisky. Indépendamment de ce que Jill Rosen lui avait demandé, Lena respectait des règles, et l'une d'elles consistait à ne jamais boire avant huit heures du soir.

Ethan s'assit en face d'elle, sans qu'elle ait eu le temps de le prier de s'en aller. D'ici une minute, elle allait rentrer chez elle, une fois qu'elle aurait surmonté le choc de cet épisode avec Jeffrey. Elle en avait encore le cœur battant, et ses mains tremblaient contre le mug. Elle n'avait jamais rencontré Andy Rosen de sa vie. Pourquoi avait-on décelé ses empreintes digitales dans cet appartement ? Peu importaient les empreintes digitales – pourquoi Jeffrey s'imaginait-il qu'Andy détenait des sous-vêtements qui lui appartenaient ?

— Les flics, lâcha Ethan, sur le même ton qu'il aurait pu dire « les pédophiles ». Il sirota une gorgée de thé, en secouant la tête.

— Tu n'aurais pas dû t'en mêler, lui reprocha-t-elle. Et tu n'aurais pas dû mettre Tolliver en pétard. La prochaine fois qu'il te croisera, il s'en souviendra.

Il haussa les épaules.

— Je ne m'inquiète pas pour ça.

— Tu devrais, insista-t-elle, songeant qu'il s'exprimait comme n'importe quel voyou de banlieue résidentielle mal embouché, dont les parents étaient trop occupés à organiser leurs rendez-vous de golf pour enseigner à leurs gosses le respect de l'autorité. S'ils s'étaient trouvés dans la salle d'interrogatoire du poste, elle lui aurait balancé ce mug à la figure. Tu aurais dû écouter Tolliver.

Un éclair de colère lui enflamma le regard, mais il se maîtrisa.

— Comme tu l'as fait ?

— Tu vois ce que je veux dire, reprit-elle, en prenant une autre gorgée de café. Le breuvage était assez chaud pour lui brûler la langue, mais elle le but quand même.

— Je n'allais pas rester planté là et le regarder te pousser comme ça.

— Tu es qui, mon grand frère ?

— Non, mais c'est les flics, s'écria-t-il, en jouant avec le cordon de son sachet de thé. Uniquement parce qu'ils portent un insigne, ils s'imaginent avoir le droit de vous bousculer.

Lena prit ombrage de sa remarque et, incapable de se retenir, elle évoqua ce qui venait de se passer.

— Ce n'est pas facile d'être flic, surtout à cause de gens comme toi, qui ont cette attitude de merde.

— Hé ! ça va ! Il se défendit, les deux mains levées, l'air décontenancé. Je sais que tu étais des leurs, mais tu dois reconnaître que ce type te bousculait.

— Il ne me bousculait pas, corrigea-t-elle, espérant qu'il saisisse bien, au ton de sa voix, que personne ne la bousculait, jamais. Pas avant que tu ne te pointes. Elle laissa cette précision faire son effet. Et, en parlant de ça, pour qui tu te prends, bordel ! à porter la main comme ça sur un flic ?

— Je me prends pour personne, pas plus, pas moins que lui, riposta-t-il, avec de nouveau cet éclair dans les yeux. Il les baissa sur son mug, retrouvant un peu son calme. Quand il les releva, il souriait, comme si cela devait tout aplanir. Quand un flic commence à s'en prendre à toi comme ça, il te faut toujours un témoin.

— T'as pas mal d'expérience en ce domaine ? s'enquit-elle. Tu as quel âge, douze ans ?

— J'en ai vingt-trois, rectifia-t-il, mais il ne parut pas saisir sa question dans le sens où elle l'entendait. Et je connais les flics parce que je les connais.

— Ouais, d'accord. Comme il se contentait de hausser les épaules, elle poursuivit. Laisse-moi deviner, tu es passé au tribunal des mineurs pour avoir renversé des boîtes aux lettres ? Non, attends, ton prof d'anglais a trouvé de l'herbe dans ton cartable ?

Il sourit encore, sans rire tout à fait. Elle s'aperçut qu'une de ses dents de devant était légèrement ébréchée.

— Je me suis laissé embringuer dans une histoire, mais maintenant c'est fini. D'accord ?

— Tu as un sale caractère, observa-t-elle, mais c'était plus une remarque qu'une critique. Les gens n'arrêtaient pas de répéter à Lena qu'elle s'emportait vite, mais comparée à Ethan Green, elle était mère Teresa.

— Je ne suis plus comme ça, protesta-t-il.

Elle haussa les épaules, car elle se moquait vraiment du genre de personne qu'il était. Ce qui lui importait, à cet instant, c'était de savoir pourquoi Jeffrey s'imaginait qu'elle avait un rapport avec Andy Rosen. Jill Rosen lui avait-elle raconté quelque chose ? Comment Lena pourrait-elle s'en assurer ?

— Donc, reprit-il, comme s'il était content d'avoir réglé la question, tu le connaissais bien, Andy ?

Elle se sentit de nouveau sur ses gardes.

— Pourquoi ?

— J'ai entendu ce flic te parler de tes culottes.

— Premièrement, il n'a pas parlé de « culottes ».

— Et deuxièmement ?

— Deuxièmement, bon sang ! ça ne te regarde pas.

De nouveau, il sourit. Soit il pensait que cela le rendait charmant, soit il était atteint d'une variante bizarre de la maladie de Gilles de la Tourette.

Elle le regarda fixement, sans rien ajouter. Ethan était petit, mais il avait réussi à compenser sa taille en développant jusqu'au moindre muscle de son corps. Les muscles de ses bras n'étaient pas gonflés comme ceux de Chuck, mais quand il jouait avec le sachet de thé qui pendait à l'intérieur de sa tasse, ses deltoïdes ressortaient. Son cou avait l'air fort, sans être épais. Même son visage était dans le ton, avec une mâchoire solide et des pommettes proéminentes, comme des blocs de granit. Il y avait quelque chose de fascinant dans la manière qu'il avait de perdre et de retrouver sa maîtrise de lui-même et, en un tout autre jour, Lena se serait sentie tentée de voir si elle parvenait à le pousser à bout.

« Tu es comme un porc-épic, observa-t-il. Personne ne te l'a jamais dit ? »

Lena ne répondit pas. En fait, Sibyl lui répétait tout le temps la même chose, très exactement. Comme d'habitude, penser à Sibyl lui fit venir les larmes aux yeux, et elle baissa la tête, tourna le café dans le mug, regarda la mousse refluer vers le pourtour.

Quand elle estima avoir réussi à suffisamment masquer ses émotions, elle releva les yeux. Ethan avait choisi l'un des nouveaux cafés à la mode situés aux abords du campus. Ce petit espace était bourré à craquer, même à cette heure de la journée. Elle se retourna, croyant que Jeffrey serait là, à l'observer. Elle sentait encore sa colère, mais au-delà, ce qui l'avait blessée, c'était sa façon de la regarder, comme si elle avait été trop loin. Ne plus être flic, c'était une chose, mais entraver le cours d'une affaire – et peut-être même avoir une implication dans cette affaire, et lui mentir à ce sujet –, voilà qui allait carrément la faire figurer sur sa liste noire. Tout au long de ces années, elle avait foutu Tolliver en rogne plus souvent qu'à son tour, mais aujourd'hui elle savait sans l'ombre d'un doute qu'elle avait perdu la seule chose qu'elle s'était crevé le cul à obtenir : son respect.

Elle réfléchissait à tout cela, et elle sentit une sueur glaciale sourdre de tout son corps. Jeffrey la considérait-il vraiment comme une suspecte ? Elle l'avait déjà vu travailler, mais elle ne s'était jamais trouvée de l'autre côté, en face de lui, lors d'un interrogatoire. Elle comprenait à présent que quelqu'un puisse aisément parler, après s'être retrouvé en cellule, ne fût-ce que deux nuits, le temps pour Jeffrey d'en tirer quelque chose. Elle ne supporterait pas de se retrouver enfermée dans une cellule, même une seconde. Être un flic ou un ex-flic en prison, c'était dangereux. Qu'est-ce qu'il avait en tête ? Quelle pièce à conviction possédait-il ? Il était impossible que l'on ait trouvé ses empreintes dans l'appartement d'Andy Rosen. Elle ne savait même pas où habitait ce gosse.

Ethan l'interrompit dans ses pensées.

— Ça concerne la fille qui a été poignardée, hein ?

Elle le regarda, l'air interrogateur.

— Qu'est-ce qu'on fait ici ?

Il parut surpris par sa question.

— Je voulais juste te parler.

— Pourquoi ? lui demanda-t-elle. Parce que tu as lu cet article dans le journal ? Pour toi, je suis passionnante parce qu'on m'a violée ?

Il jeta un coup d'œil inquiet autour de lui, probablement parce qu'elle avait élevé la voix. Elle pensa à baisser d'un ton, mais tout le monde dans cette salle savait qu'elle s'était fait agresser. Elle ne pouvait pas se payer un Coca ou aller au cinéma sans qu'un petit trou du cul, derrière la caisse ou au comptoir, observe brièvement les cicatrices de ses mains. Personne ne voulait lui en parler, mais ils étaient tous plus que ravis d'en parler avec quelqu'un d'autre dans son dos.

— Qu'est-ce que tu veux savoir ? lui demanda-t-elle, en s'efforçant de rester sur le ton de la conversation. Tu prépares un exposé sur le sujet, à la fac ?

Il tâcha de prendre cela à la légère.

— Ce serait plus du domaine de la sociologie. Moi, je suis en science des matériaux. Les polymères. Le métal. Les composites. Les tribomatériaux.

— On m'a clouée au sol. Elle lui montra ses mains, les retourna, afin qu'il puisse voir l'endroit où les clous les avaient traversées de part en part. Si elle avait encore été pieds nus, elle les lui aurait montrés, aussi. Il m'a droguée et m'a violée pendant deux jours. Qu'est-ce que tu veux savoir d'autre, maintenant ?

Il secoua la tête, comme si tout cela n'était qu'un immense malentendu.

— Je voulais juste t'emmener boire un café.

— Eh bien, maintenant, tu peux rayer ça de ta liste, lui lança-t-elle, en vidant sa tasse d'une seule gorgée. Quand elle reposa le mug, qui frappa la table avec un claquement sec, le liquide très chaud lui brûlait encore la poitrine, et elle se leva. Au plaisir.

— Non.

Rapide comme l'éclair, il tendit la main et referma vigoureusement les doigts autour de son poignet gauche. La douleur était presque intolérable, une succession de décharges brutales dans les nerfs, qui remontaient dans son bras. Elle resta debout, conservant une expression neutre, alors que la douleur lui soulevait le cœur.

— Je t'en prie, ajouta-t-il, la main toujours agrippée à son poignet. Reste encore, juste une minute.

— Pourquoi ? demanda-t-elle, tâchant de garder une voix égale. S'il lui serrait un tant soit peu plus le poignet, ses os allaient probablement se rompre.

— Je ne veux pas que tu croies que je suis ce genre de type.

— Quel genre de type tu es ? lança-t-elle, en se risquant à baisser les yeux sur sa main.

Il attendit une fraction de seconde, avant de lui lâcher le poignet. Elle ne put réprimer le petit hoquet de soulagement qui s'échappa de ses lèvres. Elle laissa sa main ballante, sans essayer de solliciter les muscles et les tendons pour vérifier d'éventuels dégâts. Sous l'afflux de sang, son poignet la lança, mais elle n'allait pas lui offrir la satisfaction de regarder.

Elle se répéta.

— Quel genre de type es-tu ?

Son sourire était loin d'être rassurant.

— Le genre de type qui aime bien parler aux jolies filles.

Elle lâcha un rire aigu, en regardant autour d'elle dans le

café, qui avait commencé de se vider, depuis ces dernières minutes. L'homme derrière le comptoir les observait, mais quand Lena croisa son regard, il se retourna vers la machine à espresso, comme s'il n'avait pas cessé de la nettoyer durant tout ce temps.

— Allez, la pria Ethan. Assieds-toi.

Lena le dévisagea.

— Je suis désolé de t'avoir fait mal.

— Qu'est-ce qui te permet de croire que tu m'as fait mal ? réagit-elle, alors que son poignet la lançait encore. Elle plia la main, essaya de la remuer, mais la douleur l'en empêcha. Rien que pour ça, elle allait le payer de retour. Il n'était pas question que ce gamin lui fasse mal et s'en tire à si bon compte.

— Je n'ai pas envie de te voir en pétard contre moi.

— Je te connais à peine, lui rappela-t-elle. Et, au cas où tu n'aurais pas remarqué, de mon côté, j'ai quelques petits problèmes, en ce moment, alors merci pour le café, mais...

— Je connaissais Andy.

Ce fut un déclic, son cerveau revint à Jeffrey, à ce qu'il avait dit d'elle, qu'elle se serait trouvée dans l'appartement d'Andy. Elle tâcha de lire dans l'expression d'Ethan, pour savoir s'il mentait, mais elle en fut incapable. La menace émanant de Jeffrey la submergea de nouveau.

— Qu'est-ce que tu sais d'Andy ? voulut-elle savoir.

— Assieds-toi, répéta-t-il, et c'était plus un ordre qu'une requête.

— Je peux très bien t'entendre de là où je suis.

— Tant que tu seras debout, je ne te parlerai pas, prévint-il, en se calant contre le dossier de sa chaise, en attente.

Lena resta debout à côté de la sienne, évaluant les choix qui se présentaient à elle. Ethan était étudiant. Il était probablement au courant de bien plus de rumeurs qu'elle-même. Si elle pouvait obtenir pour Jeffrey certaines informations concernant Andy, peut-être son ancien chef reconsidérerait-il ses accusations ineptes. Lena se sentit sourire à cette idée, de pouvoir lui jeter à la figure des indices qui boucleraient l'affaire. Il lui avait clairement fait comprendre qu'elle n'était plus flic. Elle allait l'amener à regretter de s'être débarrassé d'elle.

— Pourquoi souris-tu ? s'enquit Ethan.

— Ce n'est pas à cause de toi, le rassura-t-elle, en retournant la chaise. Elle s'assit, accoudée face au dossier, les mains pendantes, et pourtant la force d'appui contre son poignet suffit à le rendre brûlant, comme s'il se consumait de part en part. Il y avait quelque chose d'attirant dans le fait de maîtriser l'intensité de la douleur. Cela lui donnait l'impression d'être forte. Pour changer.

Elle laissa osciller sa main, ignorant la douleur.

— Dis-moi ce que tu sais au sujet d'Andy.

Il eut l'air de chercher quelque chose à raconter.

— Pas grand-chose, admit-il finalement.

— Tu me fais perdre mon temps. De nouveau, elle commença à se lever, mais il tendit la main pour la retenir. Cette fois-ci, Ethan ne la toucha pas, mais le souvenir de sa poigne suffit à maintenir Lena assise sur sa chaise. Alors, quoi ? insista-t-elle.

— Je connais quelqu'un qui était proche de lui. Un ami intime.

— Qui ?

— Tu fais la fête ?

Elle reconnut cet euphémisme de la culture branchée de la drogue.

— Et toi ? répliqua-t-elle. Tu es à l'ecstasy ou quoi ?

— Non, affirma-t-il, l'air désappointé. Et toi ?

— Qu'est-ce que tu t'imagines ? lança-t-elle, cassante. Et Andy ?

Ethan la regarda fixement un instant, comme s'il essayait de comprendre quelque chose chez elle.

— Ouais.

— Comment le sais-tu, si tu n'es pas là-dedans ?

— Sa mère est à la clinique psy. Qu'elle soit pas foutue d'aider son propre gosse, ça faisait drôlement jaser.

Lena éprouva le besoin de défendre Jill Rosen, même si elle s'était fait la même réflexion au sujet du médecin.

— On ne peut pas se mettre à la place des autres. Peut-être qu'Andy n'avait pas envie d'arrêter. Peut-être qu'il n'était pas assez fort pour laisser tomber.

Il prit un air curieux.

— Tu crois ?

— Je n'en sais rien, admit-elle, mais au fond d'elle-même elle comprenait le leurre de la drogue comme jamais elle ne l'avait compris avant d'être violée. Quelquefois, les gens veulent juste fuir. Arrêter de penser aux choses.

— C'est rien que du provisoire.

— Tu en parles comme si tu connaissais. Elle baissa les yeux sur ses bras, qui étaient encore couverts par les manches de sa chemise, malgré la chaleur qu'il faisait à l'intérieur de la salle. Subitement, elle se le rappela, en classe, la semaine dernière. Et là aussi, il portait un t-shirt à manches longues. Il avait peut-être des marques de seringue sur la peau. Hank, l'oncle de Lena, avait de vilaines cicatrices, à force de s'être shooté, mais il avait presque l'air d'en être fier, comme si le fait d'avoir arrêté le speedball l'avait transformé en une espèce de héros, comme si ses marques d'aiguilles étaient les cicatrices de bataille d'une noble guerre.

Ethan vit qu'elle regardait ses manches. Il tira dessus, pour les abaisser jusqu'à ses poignets.

— Disons juste que je me suis mis dans quelques emmerdements, et restons-en là.

— D'accord.

Elle l'étudia, en se demandant s'il aurait des infos utiles à lui communiquer. Elle aurait diablement aimé pouvoir sortir son casier judiciaire – et, dans son esprit, il ne faisait aucun doute qu'Ethan Green en avait un – et s'en servir comme d'un moyen de pression pour découvrir ce qu'elle avait besoin de savoir.

— Depuis combien de temps es-tu au Grant Tech ?

— Environ un an, lui répondit-il. Je suis venu de l'université d'État de Géorgie.

— Pourquoi ?

— J'aimais pas l'ambiance. Il haussa les épaules et, pour elle, ce geste fut plus éloquent que n'importe quoi d'autre. Il y avait dans son attitude quelque chose de défensif, et pourtant ce qu'il lui racontait était parfaitement cohérent. Peut-être l'avait-on mis à la porte de l'établissement. Je voulais me retrouver dans une fac moins grande, continua-t-il. L'université de Géorgie, maintenant, c'est une jungle. Crime, violence... viols. Ce n'est pas le genre d'endroit qu'il me faut.

— Et le Grant Tech, si ?

— J'aime bien quand ça va moins vite, expliqua-t-il, en jouant de nouveau avec le sachet de thé. Je n'aimais pas l'individu que j'étais devenu sur ce campus. Être là-bas, c'était vraiment trop.

Lena comprenait, mais elle ne lui en fit pas part. La raison qui l'avait poussée à quitter la police – hormis l'ultimatum que lui avait soumis Jeffrey –, c'était en partie parce qu'il lui fallait une vie moins stressée. Elle n'avait pas du tout prévu que travailler avec Chuck se révélerait encore plus stressant à bien des égards. Elle aurait pu trouver le moyen d'entuber Jeffrey et de conserver son boulot. Il ne lui avait jamais demandé aucune preuve qu'elle consultait un psy. Elle aurait pu mentir et tout serait allé pour le mieux, au lieu qu'elle gâche sa vie. Enfin, elle aurait fini par la gâcher, de toute façon. Il y avait de ça moins d'une heure, Jeffrey avait l'air disposé à lui passer les menottes et à l'embarquer.

Elle tâcha de réfléchir à ce qui pourrait la relier à Andy Rosen. Il devait y avoir une erreur quelque part. Peut-être qu'elle avait touché quelque chose, dans le bureau de Jill Rosen, qui avait fini dans la chambre d'Andy. C'était la seule explication. Pour ce qui était du sous-vêtement, cela finirait par se prouver bien assez tôt. Mais quand même, qu'est-ce qui poussait Jeffrey à considérer que c'était le sien ? Elle aurait dû lui parler, au lieu de le foutre en rogne. Elle aurait dû dire à Ethan de s'occuper de ses affaires. C'était lui qui avait envenimé les choses avec Tolliver, pas elle. Elle espérait de tout son cœur que ce dernier l'avait compris. Elle savait de quelle manière il pouvait se conduire, quand il s'en prenait à quelqu'un. Il pouvait vraiment lui créer des ennuis, pas seulement en ville, mais à la fac. Elle pouvait perdre sa place, ne plus avoir de toit, plus d'argent pour s'acheter à manger. Elle pouvait finir sans abri.

— Lena ? s'enquit Ethan, comme si elle était partie à la dérive.

— C'est qui, cet ami proche d'Andy ?

Il se méprit sur l'intensité du ton de sa voix, qu'il prit pour de l'autorité.

— Tu parles comme un flic.

— Je suis un flic, lui répliqua-t-elle, comme mue par un automatisme.

Il eut un sourire froid, comme s'il venait d'admettre une réalité qui l'attristait.

— Ethan ? le relança-t-elle, tâchant de ne pas trahir la peur panique qu'elle éprouvait.

— J'aime bien ta manière de dire mon nom, lui confia-t-il, comme s'il y avait de quoi plaisanter. Complètement en pétard.

Elle lui lâcha un regard cinglant.

— Avec qui traînait Andy ?

Il y réfléchit, et elle comprit que cela ne lui déplaisait pas de faire de la rétention d'information, de la lui tenir en suspens, comme un appât, juste au-dessus de la tête. Il avait la même expression que tout à l'heure, quand le poignet de Lena était sur le point de se briser dans sa main.

— Écoute, ne joue pas au con, le prévint-elle. J'ai déjà trop de merdes comme ça dans ma vie, sans qu'un petit crétin me cache des trucs. Elle se ressaisit, sachant qu'Ethan était son meilleur atout, si elle voulait réunir des informations sur Andy Rosen. Tu as quelque chose à me dire ou non ?

Il resta la bouche pincée, sans lui répondre.

— Bien, fit-elle, s'apprêtant de nouveau à s'en aller, espérant qu'il ne percerait pas son bluff à jour.

— Il y a une fête ce soir, lâcha-t-il enfin. Des amis d'Andy y seront. Ce type auquel je pense, aussi. Il était assez bon copain avec lui.

— Où est-il ?

Il eut encore ce même air de supériorité dans le regard.

— Tu t'imagines que tu peux débouler comme ça et lui poser des questions ?

— Qu'est-ce que tu crois pouvoir obtenir de moi ? lui demanda-t-elle à son tour, histoire de lui tendre la perche. Qu'est-ce que tu veux ?

Il haussa les épaules, mais elle lut la réponse dans ses yeux. Manifestement, il était attiré par elle, mais il aimait bien conserver la maîtrise des choses. Lena avait de quoi jouer le jeu. Elle était bien meilleure à ce genre d'exercice qu'un gamin de vingt-trois ans.

Elle se pencha au-dessus du dossier de la chaise.

— Dis-moi où elle est, cette fête.

— On est parti du mauvais pied, admit-il. Je suis désolé pour ton poignet.

Elle jeta un coup d'œil dessus. Un hématome violacé était en train de se former, à l'endroit où ses doigts avaient enserré ses os.

— Ce n'est rien, mentit-elle.

— On aurait cru que tu avais peur de moi.

Elle resta incrédule.

— Pourquoi aurais-je peur de toi ?

— Parce que je t'ai fait mal, dit-il, en désignant encore son poignet. Allez, je voulais pas. Je suis désolé.

— Tu crois qu'après ce qui m'est arrivé l'an dernier, j'ai peur d'un petit bonhomme qui essaie de me retenir la main ? Elle lâcha un rire moqueur. Je n'ai pas peur de toi, espèce de petit con.

De nouveau, ce fut Dr Jekyll et Mr Hyde, sa mâchoire se contracta comme une pelle de bulldozer.

— Quoi ? lança-t-elle encore, en se demandant jusqu'où elle allait le pousser. S'il tentait encore de lui saisir le poignet, elle pourrait toujours le rouer de coups de pied et le laisser par terre, en sang.

Elle le provoqua.

— Oh! je t'ai blessé? Le petit Ethie va pleurer?

Il lui répliqua d'une voix égale et maîtrisée.

— Tu habites à la résidence universitaire.

— C'est censé être une menace? Elle rit. Super plan, tu sais où j'habite.

— J'y serai, à huit heures ce soir.

— C'est vrai? s'étonna-t-elle, tâchant de saisir ses intentions.

— À huit heures, je viens te chercher, fit Ethan, en se levant. On se trouvera un ciné, ensuite on va à la soirée.

— Hum! commença-t-elle, s'attendant à ce qu'il lui joue un tour, je ne pense pas.

— À mon avis, tu as besoin de parler à l'ami d'Andy, pour essayer de te débarrasser de ce flic.

— Ah ouais? s'écria-t-elle, et elle savait que c'était vrai. Et pourquoi ça?

— Les flics, c'est comme les chiens. Avec eux, il faut faire gaffe. Tu ne sais jamais lequel a la rage.

— Super métaphore, ironisa-t-elle. Mais je sais me défendre toute seule.

— En réalité, c'est une comparaison. Il bascula son sac sur son épaule. Attache-toi les cheveux.

Elle le contredit.

— Je ne crois pas.

— Attache-les, répéta-t-il. Je te retrouve à huit heures.

7

Sara était assise dans le grand hall d'accueil du Grady Hospital. Elle suivait du regard le flux constant des allers et venues, de tous ces gens qui entraient et sortaient par la grande porte d'entrée. La construction de l'hôpital remontait à plus d'une centaine d'années, et la municipalité d'Atlanta n'avait pas cessé de l'agrandir. Après avoir été, au départ, un petit établissement destiné aux indigents de la ville, avec simplement quelques chambres, il alignait à présent plus d'un millier de lits et formait environ le quart des médecins de la Géorgie.

Depuis que Sara y avait travaillé, plusieurs nouveaux services avaient été adjoints au bâtiment principal, mais on n'avait pas entrepris grand-chose pour harmoniser l'ancien et le moderne. Le nouveau hall d'accueil était immense, c'était presque l'équivalent de l'entrée d'une galerie marchande de grande métropole. Partout, ce n'était que du verre et du marbre, mais la plupart des corridors d'origine qui en partaient étaient tapissés de carreaux vert avocat, avec des sols jaunes tout fissurés des années quarante et cinquante, si bien que passer de l'un à l'autre, c'était comme de voyager dans le temps. Sara en déduisit que l'autorité de tutelle de l'hôpital était probablement arrivée à court de crédits avant l'achèvement de la rénovation.

Dans le hall d'accueil, il n'y avait pas de bancs, probablement pour dissuader les sans-abri de traîner par là, mais elle avait eu la chance d'attraper une chaise en plastique que quelqu'un avait abandonnée. De là où elle était assise, elle pouvait donc regarder les gens entamer ou achever leur journée. Même si la vue donnait directement sur l'un des parkings à plusieurs niveaux de la Georgia State University, la ligne d'horizon des toits de la ville restait visible, avec de lourds nuages rampant au ras des cheminées comme des chats sur une palissade. Des gens s'étaient assis sur les marches devant l'entrée, ils fumaient, parlaient à des amis, tuaient le temps avant que ce ne soit l'heure de rejoindre leur poste, ou que leur bus n'arrive, pour les ramener chez eux.

Sara consulta sa montre, en se demandant où était Jeffrey. Il lui avait proposé de la retrouver ici à quatre heures, et il était cinq heures passées. Elle supposa qu'il était retardé par la circulation – sur l'échangeur du centre-ville, l'heure de pointe, ça commençait généralement dès deux heures et demie, et cela se prolongeait jusqu'à huit heures –, mais elle était quand même inquiète, elle craignait qu'il ne vienne pas. Il avait toujours sous-estimé le temps que prenaient les choses. Sara serrait le téléphone portable de sa mère dans sa main, et elle songeait à l'appeler, quand l'appareil sonna.

Elle parla sans attendre.

— Tu es en retard de combien ?

— En retard de combien ? s'exclama Hare, interloqué. Mais tu m'as dit que tu prenais la pilule !

Elle ferma les yeux, se disant que la dernière personne à qui elle avait besoin de parler à cette minute, c'était bien son imbécile de cousin. Elle l'aimait à la vie à la mort, mais Hare souffrait d'une inaptitude pathologique à prendre quoi que ce soit au sérieux.

— Tu as parlé à maman ?

— Ah ouaip, répondit-il, mais il n'entra pas dans les détails.

— Comment ça va, à la clinique ?

— Qu'est-ce que ça braille, se lamenta-t-il. Je ne sais pas comment tu fais pour supporter ça.

— On met un certain temps à s'y habituer, lui concéda-t-elle, compréhensive. Quand elle pensait à la fois où un petit de six ans s'était mis à hurler sur le parking du Piggly Wiggly parce qu'il avait reconnu en elle la femme qui lui faisait des piqûres, elle avait envie de rentrer sous terre.

— Ces pleurnicheries, continua Hare. Ces geignements. Il prit une voix aiguë de fausset. « Remets ces dossiers à leur place ! Arrête de gribouiller sur les carnets d'ordonnances ! Rentre ta chemise ! Ta mère le sait, que tu as ce tatouage ? » Dieu tout-puissant, cette Nelly Morgan est une femme difficile.

Devant son portrait cocasse de la directrice administrative de la clinique, Sara se laissa aller à sourire. Nelly était en poste depuis des années, elle était déjà là quand Sara et Hare n'y venaient que comme jeunes patients.

— Ennfiiin, fit-il en étirant le mot. J'ai appris que tu rentrais ce soir ?

— Ouais, lui confirma-t-elle, redoutant la suite. Elle décida de lui faciliter les choses. Je sais que tu es censé être en vacances. Je peux travailler, demain, si tu veux prendre ta journée.

— Oh ! Poil de Carotte, ne sois pas ridicule, se moqua-t-il. Je préfère nettement que tu te sentes redevable.

— Je le suis, lui assura-t-elle, et elle allait le remercier, mais se ravisa. Non parce qu'elle n'était pas reconnaissante, mais parce que Hare allait encore trouver le moyen de tourner ses remerciements en plaisanterie.

— Je suppose que ce soir tu travailles sur Greg Louganis ?

Elle dut réfléchir une seconde à sa question avant de comprendre l'allusion scabreuse. Greg Louganis était un médaillé d'or de plongeon olympique.

— Oui, fit-elle. Connaissais-tu Andy Rosen ? lui demanda-t-elle ensuite, car Hare travaillait aux urgences, à Grant.

— Je me disais bien que tu finirais par établir le rapprochement, ironisa-t-il. Il est venu ici vers le nouvel an, avec un banana split sur le bras.

Travaillant aux urgences, Hare avait en réserve une formule imagée pour tous les états du corps humain.

— Et... ?

— Et pas grand-chose. L'artère radiale avait claqué comme un élastique.

Sara s'était interrogée là-dessus. Se taillader le bras dans le sens de la longueur n'était pas le meilleur moyen de se suicider. Si l'artère radiale venait à être entaillée, elle avait tendance à se refermer très vite. Il y avait des moyens plus simples et plus directs de se faire saigner à mort.

— Tu crois que c'était une tentative sérieuse ?

— Une tentative sérieuse pour attirer sérieusement l'attention, oui, remarqua-t-il. Maman et papa étaient dans tous leurs états. Notre golden boy a pu se prélasser aux chauds rayons de leur amour, en jouant les artistes courageux.

— Tu as prescrit une consultation psychiatrique ?

— Sa mère est une psy vraie de vraie, lui rappela-t-il. Elle m'a affirmé qu'elle allait s'en occuper toute seule comme une grande.

— Elle s'est montrée grossière ?

— Bien sûr que non ! se récria-t-il. Elle a été très polie.

J'ai juste eu envie de faire monter un peu la sauce, histoire que ça te paraisse plus dramatique.

— Et ça l'était ?

— Oh ! pour les parents, oui. Mais si tu veux mon avis, leur petit chéri s'est tenu bien tranquille, un vrai légume.

— Tu penses donc qu'il a commis ce geste pour attirer l'attention ?

— Je pense qu'il a commis ce geste pour avoir la bagnole. Avec sa bouche, il émit un petit bruit de détonation. Et tiens donc comme c'est étrange, une semaine plus tard, je promenais le chien dans le centre, et voilà mon Andy, au volant d'une Mustang flambant neuve.

Sara se masqua les yeux de la main, tâchant de faire fonctionner ses synapses.

— Quand tu as appris qu'il s'était suicidé, ça t'a surpris ?

— Beaucoup, lui déclara Hare. Ce garçon était trop égocentrique pour se tuer. Il s'éclaircit la gorge. Tout ça, c'est entre nous, tu comprends, parce que...

— Je comprends, l'interrompit-elle, n'ayant aucune envie d'entendre les justifications de son cousin. Si tu penses à autre chose, tiens-moi au courant.

— Très bien, dit-il, l'air désappointé.

— Autre chose ?

Il lâcha un soupir, comme s'il postillonnait.

— À propos de ton assurance professionnelle...

Il laissa à Sara le temps de se dire qu'elle allait faire une menue crise cardiaque. Elle savait qu'il était en train de la faire marcher, mais elle n'oubliait pas que, comme pour n'importe quel médecin d'Amérique, ses primes d'assurance professionnelle étaient plus élevées que la dette fédérale.

— Oui, souffla-t-elle enfin.

— Elle me couvre, moi aussi ? s'enquit-il. Parce que si je

fais encore une déclaration de sinistre sur la mienne, ils vont me réclamer jusqu'à mes couteaux à viande, ceux que j'ai eus gratos en bonus.

Sara lança un coup d'œil vers les portes du hall. Elle eut la surprise de voir Mason James marcher dans sa direction en tenant par la main un petit garçon de deux ou trois ans.

— Il faut que j'y aille, annonça-t-elle à Hare.

— Comme toujours.

— Hare, le reprit-elle, tandis que Mason approchait. Pour la première fois, elle remarqua qu'il marchait en boitant fortement.

— Oui-i ? s'écria son cousin.

— Écoute, commença-t-elle, sachant qu'elle allait regretter ses propos. Merci de m'avoir couverte.

— Couverte... Mmh... comme toujours, ironisa-t-il, en gloussant, et il raccrocha.

Mason la salua, et un sourire chaleureux lui éclaira le visage.

— J'espère que je ne te dérange pas.

— C'était juste Hare, lui expliqua-t-elle, en mettant fin à l'appel. Mon cousin. Elle allait se lever, mais il lui fit signe de rester assise.

— Je sais que tu es fatiguée, lui dit-il, en balançant gaiement la main du petit garçon. Voilà Ned.

Sara sourit à l'enfant, en songeant qu'il ressemblait beaucoup à son père.

— Quel âge as-tu, Ned ?

Ned leva deux doigts, et Mason se pencha pour lui en faire déplier un troisième.

— Trois ans, compta-t-elle. Tu es grand, pour trois ans.

— C'est un petit garçon qui a envie de dormir, expliqua

Mason, en lui ébouriffant les cheveux. Comment va ta sœur ?

— Mieux. Et, l'espace d'une seconde, elle crut qu'elle allait fondre en larmes. À part les quelques mots que Tessa lui avait soufflés, elle ne parlait à personne. Elle avait passé l'essentiel de son temps, quand elle ne dormait pas, à regarder fixement le mur, d'un œil vide. Elle souffre encore beaucoup, ajouta-t-elle, mais apparemment la guérison est en bonne voie.

— C'est formidable.

Ned vint vers Sara, en tendant les bras. Les enfants étaient souvent attirés par elle, ce qui tombait bien, sachant qu'elle était très souvent amenée à les palper et à les ausculter. Elle rangea le téléphone portable dans sa poche arrière et souleva le garçonnet.

— Il sait reconnaître une jolie femme quand il en voit une, commenta Mason.

Elle sourit, ignorant le compliment tout en installant Ned sur ses genoux.

— Quand t'es-tu mis à boiter, Mason ?

— Une morsure de gamin, s'écria-t-il, en riant devant sa réaction. Médecins sans frontières.

— Ouah ! s'écria-t-elle, impressionnée.

— Nous étions partis vacciner des enfants, en Angola. Et, si tu veux bien me croire, c'est un gosse qui m'a mordu, il m'a arraché un morceau de la jambe. Il s'agenouilla devant elle pour nouer le lacet du soulier de Ned. Deux jours plus tard, ils discutaient pour savoir s'il fallait ou non m'amputer la jambe afin d'enrayer l'infection. Il avait une lueur de mélancolie dans le regard. J'ai toujours pensé que tu finirais par t'occuper de quelque chose de ce genre.

— Te couper la jambe ? s'amusa-t-elle, mais elle savait à

quoi il faisait allusion. Les zones rurales sont mal desservies, lui rappela-t-elle. Mes patients comptent sur moi.

— Ils ont de la chance de t'avoir.

— Merci, dit-elle. C'était le genre de compliment qu'elle pouvait encore accepter.

— Je n'arrive pas à croire que tu sois devenue médecin légiste.

— Ce n'est qu'au bout de la troisième année que papa a finalement cessé de m'appeler Morticia.

Il secoua la tête en riant.

— J'imagine.

Ned commença de gigoter, et elle le fit sauter sur ses genoux.

— J'aime la science. J'aime le challenge.

Mason jeta un coup d'œil dans le hall.

— Ici, tu en aurais eu, du challenge. Il observa un temps de silence. Tu es une praticienne brillante, Sara. Tu devrais être chirurgienne.

Elle rit, mal à l'aise.

— Tu présentes ça comme si je perdais mon temps.

— Ce n'est pas du tout ce que je crois, se défendit-il. Je pense simplement qu'il est dommage que tu sois retournée là-bas. Après coup, il ajouta encore une réflexion. Peu importent tes raisons. Sur cette dernière remarque, il lui prit la main, en la serrant doucement.

Sara lui rendit ce geste.

— Comment va ta femme ? lui demanda-t-elle aussitôt.

Il rit, mais ne lui lâcha pas la main pour autant.

— Ça lui plaît beaucoup d'avoir la maison pour elle toute seule, maintenant que j'habite à l'Holiday Inn.

— Vous êtes séparés ?

— Depuis six mois, maintenant. Ça rend le partage d'un cabinet médical avec elle un peu délicat.

Sara prit conscience de la présence de Ned sur ses genoux. Les enfants comprenaient beaucoup plus les adultes que ceux-ci ne se le figuraient.

— Ça te paraît définitif ?

Il sourit de nouveau, mais elle vit bien que c'était un sourire forcé.

— J'en ai peur. Et toi, alors ? lui demanda-t-il, sur un ton empreint de nostalgie. Mason avait bien essayé de revoir Sara après son départ du Grady, mais cela n'avait pas marché. Elle tenait à trancher tous ses liens avec Atlanta, pour faciliter son installation à Grant. Revoir Mason aurait rendu la chose impossible.

Elle essaya de réfléchir à la meilleure manière de répondre à sa question, mais sa relation avec Jeffrey était si mal définie qu'il lui était difficile de la lui décrire. Elle regarda vers les portes, sentant la présence de Jeff avant même de le voir. Elle se leva, en se servant de ses deux mains pour hisser Ned sur son épaule.

Quand il arriva à leur hauteur, Tolliver n'était guère souriant. Il avait l'air aussi épuisé qu'elle-même, et elle s'aperçut qu'il avait encore un peu plus de cheveux gris, autour des tempes.

— Salut, fit Mason, en lui tendant la main.

Jeffrey la lui serra, en regardant Sara de travers.

— Jeffrey, s'écria-t-elle, en bougeant Ned de place, voici Mason James, un de mes collègues, quand je travaillais ici. Et voici Jeffrey Tolliver, mon mari, ajouta-t-elle, sans réfléchir.

Mason parut aussi abasourdi que Jeffrey, mais ni l'un ni l'autre ne l'étaient autant que Sara.

— Ravi de vous rencontrer, s'écria-t-il, sans prendre la

peine de rectifier cette bévue. Il avait un tel sourire, béat et satisfait, que Sara se sentit tentée de s'occuper elle-même de rétablir la vérité.

Jeffrey désigna l'enfant.

— Qui est-ce ?

— Ned, lui dit Sara, surprise de le voir caresser le petit sous le menton.

— Salut, Ned, gazouilla-t-il, en se penchant pour mieux le voir.

Sara fut stupéfaite de sa spontanéité avec cet enfant. Au cours de leur relation, ils avaient déjà évoqué le fait qu'elle ne puisse plus en avoir, et elle se demandait souvent s'il ne réfrénait pas ses élans à leur égard, exprès pour ne pas la blesser. À la minute présente, ce n'était manifestement pas le cas, puisqu'il faisait le clown, provoquant les rires de Ned.

— Eh bien, plaisanta Mason, en tendant les bras vers son fils. Je ferais mieux de le ramener à la maison, avant qu'il ne se transforme en citrouille d'Halloween.

— J'ai été contente de te revoir, lui avoua Sara. Il y eut un long silence gêné, et son regard passa de l'un à l'autre de ces messieurs. Depuis l'époque où elle sortait avec Mason, ses goûts avaient considérablement changé. Ce dernier avait le cheveu blond clair et une solide carrure, qu'il entretenait au gymnase. Jeffrey avait un corps élancé de coureur, et des airs de beau brun qui le rendaient dangereusement sexy.

— Je voulais te dire, commença Mason, en fouillant dans sa poche, j'ai fait faire un double de la clef de mon bureau. C'est le 1242, dans l'aile sud. Il sortit la clef, la proposant à Sara. J'ai pensé que ta famille et toi, vous pourriez avoir envie de vous y reposer. Je sais que ce n'est pas facile de trouver un endroit tranquille, dans cet hôpital.

— Oh ! fit-elle, sans prendre la clef. Jeffrey s'était considérablement raidi. Je ne veux pas abuser.

— Il n'est pas question de cela. Vraiment. Il lui déposa la clef dans la main, avec un geste appuyé, et ses doigts s'attardèrent contre sa paume un peu plus longtemps que nécessaire. Mon cabinet principal est à l'Emory University. Ici, je conserve juste un bureau et un canapé pour venir éplucher ma paperasse.

— Merci, lui dit-elle, car elle ne pouvait rien faire de plus. Elle lâcha la clef dans sa poche, et Mason tendit la main à Jefffrey.

— Ravi de vous avoir rencontré, Jeffrey.

L'autre lui serra la main, et sa réserve s'était quelque peu estompée. Il attendit patiemment que Sara et Mason se disent au revoir, mais ses yeux suivirent le moindre de leurs mouvements. Quand Mason fut finalement parti, il eut cette remarque.

— Charmant, ce type. Avec le ton de voix qu'il aurait employé pour le traiter d'« enfoiré ».

— Ouais, acquiesça-t-elle, en se dirigeant vers les portes d'entrée. Elle sentait bien quelque chose monter, et n'avait aucune envie d'un déballage dans le grand hall de l'hôpital.

— Mason. Il prononça ce nom comme s'il lui faisait remonter un mauvais goût dans la bouche. C'est le type avec qui tu sortais quand tu travaillais ici ?

— Hum ! répondit-elle, en ouvrant la porte à un couple âgé qui entrait dans l'établissement. Il y a longtemps, souligna-t-elle.

— Ouais, opina-t-il, en se fourrant les mains dans les poches. Il m'a l'air d'un chic type.

— C'est un chic type, renchérit-elle. Tu es au parking ?

Il hocha la tête.

— Bien de sa personne.
Elle franchit la porte.
— Mh-mh.
— Tu couches avec lui ?
Sara fut trop choquée pour répondre. Elle commença à traverser la rue en direction du parking en étages, désireuse d'abréger, qu'il laisse tomber avec ça.
Il la rattrapa à petites foulées.
— Parce que je ne me souviens pas de t'avoir entendue prononcer son nom, quand nous avons échangé les listes de nos conquêtes.
Elle rit, complètement incrédule.
— Parce que tu étais incapable de te rappeler la moitié des tiennes, gros malin.
Il lui lâcha un regard mauvais.
— Ce n'est pas drôle.
— Oh ! nom de Dieu ! gémit-elle, incapable de croire qu'il soit sérieux. Avant qu'on soit mariés, tu as suffisamment semé ta graine pour entrer dans les critères de subventions agricoles.
Un groupe de gens se massait autour de l'entrée de l'escalier du parking, et Jeffrey s'engouffra au milieu d'eux sans un mot. Il ouvrit la porte, sans prendre la peine de voir si Sara la rattrapait avant qu'elle ne se referme.
— Il est marié, insista-t-elle, et sa voix résonna dans la cage en béton.
— Et je l'étais aussi, releva-t-il, ce qui, à son humble avis, ne plaidait guère en sa faveur. Il s'arrêta au premier étage, attendant qu'elle le rattrape. J'sais pas, Sara, j'ai fait une longue route pour arriver jusqu'ici et te voir tenir la main d'un type avec son gosse sur tes genoux.
— Tu es jaloux ? Elle parvint à peine à lui poser la ques-

tion, prise qu'elle était d'un rire outré. Elle ne l'avait jamais vu jaloux de quiconque, surtout et avant tout parce qu'il était trop égotiste pour envisager l'idée d'une femme qu'il convoitait désirant quelqu'un d'autre.

— Tu veux bien m'expliquer ça ?

— Non, franchement, répliqua-t-elle, escomptant que viendrait tout de même bien le moment, d'une seconde à l'autre, où il allait lui avouer qu'il la menait en bateau.

Il continua de monter l'escalier.

— Si tu veux le jouer comme ça.

Sara monta à sa suite.

— Je ne te dois aucune explication pour rien.

— Tu sais quoi ? reprit-il, en continuant de grimper les marches. Je m'en torche.

La colère enracina Sara dans le béton.

— Tu as la tête tellement dans les altitudes que tu n'aurais même pas le bras assez long pour te torcher tout seul.

Il se posta au-dessus d'elle, l'air du type qu'elle aurait trompé et qui se sentirait floué. Elle voyait bien qu'il était profondément blessé, ce qui contribua à émousser un peu sa propre irritation.

Elle reprit son ascension, vers lui.

— Jeff...

Il se tut.

— Nous sommes tous les deux fatigués, argumenta-t-elle, s'arrêtant sur sa lancée, juste au-dessous de lui.

Il se retourna, monta encore une volée de marches.

— Moi, je suis chez toi, en train de nettoyer ta cuisine et toi tu es là...

— Je ne t'ai jamais demandé de nettoyer ma cuisine.

Il s'arrêta sur le palier, s'appuya des deux mains sur la rambarde, devant l'une des grandes vitres qui surplombaient la rue. Sara savait qu'elle avait le choix entre rester campée sur ses principes et passer les quatre prochaines heures de trajet jusqu'à Grant County dans un silence tendu, ou consentir l'effort de rassurer son ego blessé, pour que le voyage soit supportable.

Elle était sur le point de céder, quand il inspira profondément, soulevant les épaules. Puis il souffla lentement, et elle vit qu'il était en train de se calmer.

— Comment va Tessie ? voulut-il savoir.

— Mieux, lui annonça-t-elle, en s'appuyant contre la rambarde de l'escalier. Elle va mieux.

— Et tes parents ?

— Je sais pas, avoua-t-elle, mais la vérité, c'était qu'elle n'avait aucune envie de réfléchir à la question. Cathy semblait mieux disposée, mais son père était tellement en colère que, chaque fois qu'elle le regardait, elle se sentait sur le point d'étouffer de culpabilité.

Des pas les avertirent de la présence d'au moins deux autres personnes au-dessus d'eux. Ils patientèrent, le temps que deux infirmières descendent l'escalier, ni l'une ni l'autre ne parvenant vraiment à dissimuler leurs ricanements.

Quand elles furent passées, c'est Sara qui reprit la parole.

— On est tous fatigués. Et on a la frousse.

Il regarda fixement en direction de l'entrée principale du Grady, qui dominait l'entrée du parking comme le repère de Batman.

— Ce doit être rude, pour eux, de se retrouver là-haut.

Elle écarta la remarque d'un haussement d'épaules, grimpa les dernières marches pour atteindre le palier.

— Comment ça s'est passé, avec Brock ?

— Bien, je crois. Ses épaules se relâchèrent encore un peu plus. Brock est vraiment foutrement bizarre.

Sara attaqua une nouvelle volée de marches.

— Tu devrais rencontrer son frère.

— Ouais, il m'en a parlé. Il la rattrapa sur le palier suivant. Roger est toujours en ville ?

— Il s'est installé à New York. Je crois qu'il est une espèce d'agent, maintenant.

Jeffrey eut un frisson exagéré, et elle vit bien qu'il déployait un gros effort pour surmonter leur dispute.

— Brock n'est pas si mal, plaida-t-elle, éprouvant le besoin de défendre l'entrepreneur de pompes funèbres. Quand ils étaient adolescents, Dan essuyait d'impitoyables moqueries, ce qu'elle ne supportait pas, même enfant. À la clinique, elle voyait deux ou trois gosses, tous les mois, qui n'étaient pas tant malades que fatigués de subir sans relâche les brimades des autres, à l'école.

— Ça m'intéresserait de voir ce que nous donnera le dépistage toxicologique, lui confia-t-il. Le père de Rosen semblait penser que son fils était désintoxiqué. Sa mère n'en était pas si certaine.

Elle haussa le sourcil. Quand leurs enfants prenaient de la drogue, les parents avaient tendance à être les derniers prévenus.

— Ouais, admit-il, percevant son scepticisme. Je me fie pas trop à Brian Keller.

— Keller ? répéta-t-elle, en traversant encore un palier et en se dirigeant vers la volée de marches suivante.

— C'est le père. Le fils a repris le nom de jeune fille de sa mère.

Elle s'arrêta de monter, plus pour reprendre son souffle que pour autre chose.

— Où est-ce que tu t'es garé, bon sang ?

— Dernier niveau, dit-il. Encore un étage.

Elle attrapa la rambarde, se hissant en haut des marches.
— Qu'est-ce qui ne va pas, avec le père ?
— Il y a quelque chose, flaira-t-il. Ce matin, il se comportait comme s'il voulait me parler, mais sa femme est revenue dans la pièce et il l'a bouclé.
— Tu vas l'interroger de nouveau ?
— Demain, confirma-t-il. Frank va creuser un peu dans cette direction.
— Frank ? s'étonna-t-elle, surprise. Pourquoi tu ne contactes pas Lena ? Elle est en meilleure posture pour...
Il la coupa.
— Lena n'est plus flic.
Sara resta bouche close, le temps de gravir les dernières marches, défaillant presque de soulagement quand il ouvrit la porte tout en haut de l'escalier. Même tard dans la journée, le niveau supérieur était plein à craquer de voitures de toutes les marques et de tous les modèles. Il y avait de l'orage dans l'air, le ciel virait au noir menaçant. L'éclairage de sécurité clignota, ils se dirigèrent vers le véhicule banalisé de Jeff.

Un groupe de jeunes, bras très musclés croisés sur la poitrine, traînait autour d'une grosse Mercedes noire. Comme Jeffrey les dépassait, les types échangèrent des regards, devinant qu'il s'agissait d'un flic. Elle sentit le battement de son cœur accélérer, elle attendit qu'il déverrouille la portière, prise d'une terreur inexplicable à l'idée qu'il puisse arriver quelque chose de terrible.

Une fois à l'intérieur de la voiture, elle se sentit en sécurité, douillettement protégée dans cet intérieur de feutre bleu. Elle le regarda contourner la voiture par-devant, sans quitter des yeux le groupe de voyous près de la Mercedes. Toute cette mise en scène avait un but, elle le savait. Si les gaillards le sentaient effrayé, ils allaient venir le harceler. Si Jeffrey les sentait vulnérables, il allait probablement se croire obligé de provoquer quelque chose.

« Ceinture de sécurité », lui rappela-t-il, en refermant la portière. Elle obtempéra, encliqueta la ceinture à hauteur de son bassin.

Elle garda le silence, ils sortirent du parking. Dans la rue, elle appuya sa tête dans sa main, regarda défiler le centre-ville, en pensant combien tout cela s'était transformé depuis sa dernière visite. Les bâtiments étaient plus hauts, et les voitures de la file voisine lui parurent rouler trop près. Elle n'était plus une citadine. Elle avait envie de retourner dans sa petite bourgade, où tout le monde se connaissait – ou tout au moins croyait se connaître.

— Je suis désolé d'être arrivé en retard, s'excusa-t-il.

— Ça va, le rassura-t-elle.

— Ellen Schaffer, commença-t-il. Le témoin d'hier.

— A-t-elle raconté quelque chose ?

— Non, dit-il, et il prit un temps de silence, avant d'achever. Elle s'est suicidée, ce matin.

— Quoi ? s'écria-t-elle. Pourquoi ne m'as-tu pas informée ? ajouta-t-elle avant qu'il ait pu répondre.

— Je te le dis, maintenant.

— Tu aurais dû m'appeler.

— Qu'aurais-tu fait ?

— Je serais revenue à Grant County.

— C'est ce que tu fais, maintenant.

Sara tâcha de réprimer son irritation. Elle n'appréciait guère qu'on la protège de la sorte.

— Qui a constaté la mort ?

— Hare.

— Hare ? s'exclama-t-elle, une part de son irritation

dirigée contre son cousin, qui ne l'avait informée de rien, au téléphone. Il a trouvé quelque chose? Qu'a-t-il signalé?

Jeffrey se planta l'index sur le bout du menton, et il imita la voix de Hare, placée quelques octaves au-dessus de celle de Jeffrey.

— « Ne me souffle pas. Il manque quelque chose. »
— Qu'est-ce qui manquait?
— La tête.

Sara laissa échapper un long borborygme. Elle détestait les blessures à la tête.

— Tu es certain que c'était un suicide?
— C'est ce qu'on doit découvrir. Il y avait une non-conformité de la cartouche employée.

Sara écouta ce qu'il avait à lui rapporter des événements de la matinée, depuis l'entretien avec les parents d'Andy Rosen jusqu'à la découverte d'Ellen Schaffer morte. Elle l'arrêta quand il en arriva à l'histoire de la flèche que Matt avait dénichée, plantée dans la terre sous la fenêtre d'Ellen.

— C'est aussi ce que j'ai fait, lui raconta-t-elle. J'ai marqué mon chemin, quand je cherchais Tessa.
— Je sais, se souvint-il, sans commenter davantage.
— C'est pour ça que tu ne voulais pas m'en informer? insista-t-elle. Je n'apprécie pas que tu me caches des informations. Cela ne relève pas de ta décision...

Il la coupa, avec une véhémence soudaine.

— Sara, je veux que tu fasses attention. Je ne veux pas que tu ailles sur le campus de la faculté toute seule. Je ne veux pas que tu traînes sur les lieux de ces morts violentes. Tu me comprends?

Elle ne répondit rien, surtout parce qu'elle demeurait sous le choc.

— Et tu ne restes pas chez toi toute seule.
Elle ne put se retenir.
— Attends un peu...
— S'il le faut, je viendrais dormir sur ton canapé, l'interrompit-il. Mon souci, en l'occurrence, n'est pas de te pousser à coucher avec moi. Mon souci, c'est de ne pas avoir à m'inquiéter tout de suite du sort de quelqu'un d'autre.
— Tu crois que tu as du souci à te faire à mon sujet ?
— Tu croyais devoir t'en faire au sujet de Tessa ?
— Ce n'est pas pareil.
— Cette flèche peut signifier quelque chose. Elle pourrait très bien se retourner vers toi.
— Des gens qui font des marques dans la terre du bout de leur soulier, ça arrive tout le temps.
— Tu t'imagines que c'est une coïncidence ? Ellen Schaffer a eu la tête emportée...
— À moins qu'elle ne se la soit fait sauter elle-même.
— Ne m'interromps pas, la prévint-il, et cela l'aurait portée à rire, si ses mots n'étaient pas empreints d'une évidente inquiétude pour sa sécurité. Je te préviens, je ne vais pas te laisser seule.
— Nous ne sommes même pas certains que ce soit un meurtre, Jeffrey. Mis à part quelques détails qui clochent, et qui pourraient assez facilement s'expliquer, cela pourrait fort bien se révéler être un suicide.
— Donc tu penses qu'Andy s'est donné la mort, que Tess a reçu des coups de couteau, et qu'aujourd'hui, cette fille s'est tuée, et que tout ça n'a aucun rapport ?
Sara savait que c'était peu vraisemblable, mais elle maintint sa position.
— C'est possible.
— Ouais, enfin, lâcha-t-il, un tas de choses sont possibles,

mais toi, ce soir, tu ne restes pas seule en ville. C'est compris ?

Elle ne put lui proposer que son silence, en signe d'assentiment.

— Je ne vois pas quoi décider d'autre, Sara. Je ne peux pas me soucier pour toi comme ça. Je ne peux pas sentir que tu es en péril. Ça m'empêcherait complètement de fonctionner.

— C'est bon, admit-elle finalement, tâchant de lui donner l'impression qu'elle avait compris. Elle s'aperçut alors que c'était justement ce dont elle avait le plus envie, se retrouver dans sa maison, à dormir dans son lit, seule.

— Si tout ça n'a aucun lien, reprit-il, tu pourras toujours me traiter de connard, plus tard.

— Tu n'es pas un connard, protesta-t-elle, car elle savait que son inquiétude était réelle. Dis-moi ce qui t'a retardé. Tu as découvert quelque chose ?

— Je me suis arrêté au salon de tatouage, en sortant de la ville, et j'ai parlé au propriétaire.

— Hal ?

Il lui lança un bref regard oblique, à l'instant où il s'engageait dans l'autoroute inter-États.

— Comment connais-tu Hal ?

— Il a été un de mes patients, il y a longtemps, lui expliqua-t-elle, et elle étouffa un bâillement. Ensuite, pour lui prouver qu'il ne savait pas tout de son existence, elle ajouta ceci : Tessa et moi, on allait se faire tatouer, il y a de ça quelques années.

— Tatouer ? Jeffrey resta sceptique. Vous alliez vous faire tatouer !

Elle le gratifia d'un sourire qu'elle espérait futé.

— Pourquoi, pas toi ? Elle se tourna sur son siège, afin de

pouvoir mieux le regarder. Pendant un moment, il ne faut pas les mouiller. Le lendemain, on allait à la plage.

— Et tu te faisais tatouer quoi?

— Oh! je ne me souviens pas, lui avoua-t-elle, alors qu'elle s'en souvenait fort bien.

— Et où est-ce que tu te faisais tatouer?

Elle haussa les épaules.

— D'accord, ajouta-t-il, toujours incrédule.

— Qu'est-ce qu'il t'a dit? lui demanda-t-elle. Hal?

Il soutint son regard quelques fractions de seconde avant de répondre.

— Qu'il ne pratique pas le tatouage sur les gamins de moins de vingt et un ans, à moins d'en parler d'abord à leurs parents.

— C'est intelligent, remarqua-t-elle, en déduisant que Hal avait dû opter pour cette attitude après le flot de coups de téléphone furibonds des parents qui envoyaient leurs enfants à l'école pour qu'on les éduque, pas pour qu'on les décore de tatouages indélébiles.

Elle réprima encore un bâillement. Les mouvements de la voiture la berçaient, ils auraient pu facilement l'endormir.

— Il se pourrait quand même qu'il y ait un lien, soulignat-il, mais il n'avait pas l'air très confiant. Andy a un piercing. Ellen Schaffer, un tatouage. Ils ont fort bien pu se les faire ensemble. Il y a des milliers de salons de tatouage, entre ici et Savannah.

— Qu'ont dit les parents?

— C'est un peu compliqué de leur poser la question directement. Ils n'avaient pas l'air d'être au courant.

— Normalement, ce n'est pas le genre de truc pour lequel un gamin demande une permission.

— J'imagine bien que non, acquiesça-t-il. Si Andy Rosen

était encore en vie, en ce qui concerne Schaffer, ce serait lui mon suspect numéro un. Ce gamin était manifestement obsédé par elle. Son visage prit une expression amère. J'espère pour toi, du fond du cœur, que tu n'auras jamais à voir ce dessin.

— Tu es certain qu'ils se connaissaient ?

— Ses amies à elle sont formelles. D'après tout le monde, à la résidence universitaire, Schaffer était habituée aux garçons qui se prenaient de passion pour elle, passion à sens unique, cela va de soi. Cela lui arrivait tout le temps, et elle ne les remarquait même pas. J'ai parlé au prof d'art. Même lui, ça ne lui a pas échappé. Andy musardait autour d'Ellen, et elle, elle l'ignorait, elle n'avait pas la moindre idée de qui il était.

— C'était une fille séduisante. Sara n'en conservait pas beaucoup de souvenirs, antérieurement à l'agression au couteau de Tessa, mais Ellen Schaffer était suffisamment jolie pour lui laisser une impression.

— Il pourrait s'agir d'un rival jaloux, observa-t-il, mais d'un ton guère convaincu. Peut-être qu'un gosse s'est entiché de Schaffer et s'en est pris à Andy ? Il s'arrêta, réfléchissant à cette théorie. Ensuite, comme Schaffer ne se serait pas précipitée en courant vers son prétendant, il l'aurait tuée, elle aussi ?

— C'est possible, admit Sara, en se demandant quelle place occuperait l'agression de Tessa là-dedans.

— Schaffer a pu voir quelque chose, poursuivit-il. Peut-être qu'elle a aperçu quelque chose dans les bois, quelqu'un.

— Ou peut-être ce quelqu'un qui attendait dans les bois a-t-il cru qu'elle avait vu quelque chose.

— Tu penses que Tessa se souviendrait de ce qui s'est passé ?

— Avec ce genre de blessure à la tête, l'amnésie est courante. Je doute qu'elle se remémore jamais la situation et, même si c'était le cas, lors d'un contre-interrogatoire, ça ne tiendrait pas. Elle n'ajouta pas qu'elle espérait bien que sa sœur ne se souviendrait jamais de rien. Le souvenir de Tessa perdant son enfant était suffisamment pénible comme cela pour Sara. Elle refusait d'imaginer ce que représenterait, pour sa sœur, le fait de vivre avec ces événements constamment à l'esprit.

Elle changea de sujet, pour revenir à Ellen Schaffer.

— Est-ce que quelqu'un a vu quelque chose ?

— Tout le monde était parti de la résidence.

— Personne n'est resté pour cause de maladie ? s'étonna-t-elle, calculant que cinquante étudiantes se rendant toutes en classe, comme elles étaient supposées le faire, voilà qui était suffisamment rare pour mériter de figurer dans les gazettes.

— Nous avons procédé à un porte-à-porte dans tout le bâtiment, rapporta-t-il. Tout le monde a été en mesure de justifier son emploi du temps.

— Quel bâtiment ?

— Keyes House.

— Les bonnes élèves, releva-t-elle, sachant que cela expliquerait pourquoi elles étaient toutes en classe. Personne, sur le campus, n'a entendu le coup de feu ?

— Certaines personnes se sont présentées pour affirmer avoir entendu une pétarade de moteur de voiture. Il tambourina sur le volant. Elle s'est servie d'un fusil à pompe calibre douze.

— Seigneur Dieu ! s'exclama-t-elle, s'imaginant à quoi devait ressembler le résultat.

Il tendit la main vers la banquette arrière et sortit un dossier de sa serviette.

— À bout portant, précisa-t-il, en tirant une photo couleur du dossier. Elle avait probablement le fusil dans la bouche. La tête a fort bien pu étouffer la détonation, tenir lieu de silencieux.

Elle alluma le lecteur de cartes pour regarder la photo. C'était encore pire que ce qu'elle avait imaginé.

— Seigneur! marmonna-t-elle. L'autopsie allait être compliquée. Elle jeta un coup d'œil à l'horloge de l'autoradio. Ils n'atteindraient pas Grant avant huit heures du soir, en fonction de la circulation. Les deux autopsies allaient prendre au moins trois à quatre heures chacune. Elle remercia silencieusement Hare d'avoir proposé de la remplacer demain. Vu la tournure que prenaient les événements, elle aurait besoin d'une journée entière de sommeil.

— Sara? s'enquit-il.

— Désolée, s'excusa-t-elle, en lui prenant le dossier. Elle l'ouvrit, mais à la lecture, sa vue se brouilla. À la place, elle se concentra sur les photos, en passant sur celle de la flèche plantée dans la terre pour aller directement voir celles de la scène de cette mort violente.

— Quelqu'un a très bien pu se faufiler par une fenêtre, continua Jeffrey. Peut-être qu'il était déjà sur les lieux, caché dans le placard ou je ne sais quoi de ce genre. Elle va dans la salle de bains, au bout du couloir, et puis elle revient dans sa chambre, et... boum. Il est là, il l'attendait.

— Tu as retrouvé des empreintes?

— Il a pu porter des gants, lui signala-t-il, ne répondant donc pas exactement à la question.

— En général, les femmes ne se tirent pas dans la figure, releva-t-elle, en étudiant le gros plan du bureau d'Ellen

Schaffer. C'est plus un geste d'homme. Elle avait toujours considéré que les statistiques avaient quelque chose de sexiste, mais les chiffres étaient imparables

— Il y a un truc qui ne colle pas dans tout ça. Jeffrey désigna la photographie. Pas seulement à cause de la flèche. Mettons de côté ce détail, mettons aussi Tessa de côté. Ce coup de feu ne tombe quand même pas d'aplomb.

— Pourquoi ?

— J'aimerais pouvoir te l'expliquer. C'est exactement comme avec Andy Rosen. Je n'arrive pas à mettre le doigt sur ce qui cloche.

Sara songea à Tessa, allongée dans son lit d'hôpital. Elle entendait encore les paroles de sa sœur, lui commandant de retrouver celui qui leur avait infligé ça à tous. La photographie de la chambre d'Ellen Schaffer lui remit un souvenir en mémoire. À l'époque, elle s'était rendue en voiture jusqu'à l'université de Vassar, pour aider Tessa à s'installer. La chambre de sa sœur, dans la résidence universitaire, était décorée de la même manière que celle d'Ellen Schaffer. Des affiches de la World Wildlife Federation et de Greenpeace étaient punaisées aux murs à côté de photos de garçons, arrachées aux pages de divers magazines. Sur un calendrier accroché au-dessus d'un des bureaux, les dates importantes étaient cerclées de rouge. La seule chose du cliché qui ne cadrait pas avec son souvenir, c'était la panoplie des instruments de nettoyage pour fusil, posés sur ce bureau.

Sara revint en arrière, vers les pages précédentes du rapport. Elle savait que lire sans ses lunettes allait lui donner la migraine, mais elle tenait à avoir le sentiment d'accomplir quelque chose. Le temps qu'elle ait achevé son passage en revue des informations compilées par Jeff sur la mort d'Ellen

Schaffer, ça cognait dans son crâne et elle avait mal au cœur d'avoir lu dans une voiture en mouvement.

— Qu'en penses-tu ? voulut-il savoir.

— J'en pense..., commença-t-elle, en baissant les yeux sur le dossier refermé. J'en pense que je n'en sais rien. Les deux décès ont pu être montés de toutes pièces. J'imagine que Schaffer a très bien pu se faire surprendre. Peut-être qu'elle a été atteinte par ce coup de feu, mais à l'arrière du crâne. Or nous ne savons pas où se trouve l'arrière de son crâne.

Elle sortit plusieurs clichés, les disposa plus ou moins dans l'ordre.

— Elle est couchée sur le canapé. Elle a fort bien pu être placée dans cette position. Elle a pu s'y allonger de son propre chef. Son bras n'est pas assez long pour atteindre la détente, donc elle s'est servie de son orteil. Ce n'est pas si rare. Parfois, les gens utilisent des cintres. Elle jeta de nouveau un coup d'œil au rapport, relisant les notes de Jeffrey sur l'incohérence entre la cartouche et le calibre du fusil. Aurait-elle pu être au courant du danger qu'il y avait à utiliser la mauvaise cartouche ?

— J'ai posé la question à son instructeur. Selon lui, elle était très soigneuse avec son arme. Il observa un temps de silence. Et d'abord, qu'est-ce que le Grant Tech fabrique avec une équipe féminine de tir ?

— Article Neuf, lui rappela-t-elle, se référant à la législation qui imposait aux universités d'accorder aux femmes le même accès aux sports qu'aux hommes. Si cette politique avait existé quand Sara fréquentait l'université, l'équipe de tennis féminine aurait au moins obtenu un peu d'heures sur le court. Alors qu'en réalité, elle était contrainte d'aller frapper des balles au mur, dans le gymnase. Et encore, seulement quand les garçons de l'équipe de base-ball ne s'y entraînaient pas.

— Je pense que c'est formidable, reprit-elle, d'avoir une chance d'apprendre un sport.

Chose surprenante, Tolliver approuva.

— L'équipe est plutôt bonne. Elles ont remporté toutes sortes de compétitions.

— Donc les gens du campus qui savaient qu'elle en faisait partie savaient aussi qu'elle possédait un fusil.

— Peut-être.

— Elle conservait l'arme dans sa chambre?

— Toutes les deux, précisa-t-il. Sa colocataire en faisait partie elle aussi.

Sara repensa au fusil.

— Tu as déjà relevé les empreintes?

— Carlos s'en est chargé, lui indiqua-t-il, puis il anticipa la question suivante. Les empreintes digitales d'Ellen Schaffer figurent sur le canon, sur la pompe, et sur ce qui reste de la cartouche.

— Une seule cartouche? s'enquit-elle. À sa connaissance, un fusil à pompe comportait un magasin de trois cartouches. Pomper la première en logeait une autre, pour un tir en série.

— Ouais, lui confirma-t-il. Une seule, le mauvais calibre par rapport à l'arme, et l'étrangleur de skeet vissé sur le canon pour obtenir un diamètre plus étroit.

— Est-ce que son orteil coïncide avec l'empreinte sur la détente?

— Je n'ai même pas pensé à vérifier, reconnut-il.

— On s'en occupera avant l'autopsie, lui suggéra-t-elle. Tu crois que quelqu'un a pu la forcer à charger le fusil, quelqu'un qui n'en saurait pas beaucoup sur les armes?

— La première cartouche a toujours de fortes chances de

s'enrayer dans le canon. Si elle n'en avait pas d'autre chargée dans le magasin, alors elle aurait pu gagner un peu de temps. Peut-être même aurait-elle pu retourner l'arme et s'en servir pour tirer sur le type.

— La cartouche n'aurait pas explosé dans le canon ?

— Pas nécessairement. Si elle avait un magasin plein, la seconde cartouche aurait percuté la première et elles auraient toutes les deux explosé près de la chambre.

— C'est peut-être pour ça qu'elle n'en a chargé qu'une, releva-t-elle.

— Elle était soit réellement futée, soit vraiment stupide, en conclut-il.

Sara ne quittait plus les photos des yeux. Elle était confrontée à beaucoup de cas de suicide, et celui-ci présentait toutes les apparences d'un suicide comme un autre. Si Andy Rosen n'était pas mort la veille, et si Tessa n'avait pas été blessée, Sara et Jeffrey ne se seraient pas posé de questions. Même l'écorchure dans le dos d'Andy n'aurait pas suffi à justifier l'ouverture d'une enquête en bonne et due forme.

— Qu'est-ce qui les relie tous entre eux ?

— Je n'en sais rien, admit-il. Tessa, là-dedans, c'est le joker, l'élément imprévisible. Schaffer et Rosen ont en commun la classe d'art, mais c'est...

— C'est juif ? l'interrompit Sara. Schaffer, je veux dire.

— Rosen, oui, c'est sûr, répondit-il. Pour Schaffer, je n'en suis pas certain.

Sara sentit en elle toute l'emprise de l'angoisse, tandis qu'elle essayait d'établir une possible relation.

— Andy Rosen est juif. Ellen Schaffer l'est peut-être. Tessa sort avec un Noir. Non seulement elle sort avec lui, mais elle en attendait un enfant.

— Qu'es-tu en train de raconter ? s'étonna-t-il, mais elle savait bien qu'il la suivait dans son raisonnement.

— Soit Andy a été poussé, soit il a sauté d'un pont qui portait un graffiti raciste bombé sur un pilier.

Il regarda fixement la route droit devant lui, sans rien dire pendant une bonne minute au moins.

— Tu penses qu'il y a un lien ?

— Je l'ignore, lui dit-elle. Il y avait un svastika, sur ce pont.

— Et, à côté, « Die Nigger », lui rappela-t-il. Mais rien sur les Juifs. Il tambourina de nouveau sur le volant. Si cela visait Andy parce qu'il était juif, alors l'inscription aurait été plus explicite. Il y aurait eu inscrit « Die Jews[1] ».

— Et l'étoile de David qu'on a retrouvée dans les bois ?

— Peut-être qu'Andy a marché à travers bois et qu'il l'a fait tomber avant de se suicider. Nous ne possédons rien qui le relie à l'agresseur de Tessa. Il y eut un silence. Pourtant, Rosen et Schaffer sont des noms juifs. Cela pourrait constituer un lien.

— Il y a beaucoup de gamins juifs sur le campus.

— C'est vrai.

— Tu crois que ce graffiti signifie qu'une espèce de groupe défendant la suprématie blanche serait à l'œuvre, là-bas ?

— Qui d'autre irait bomber ce genre de conneries sur les terrains de la fac ?

Sara essaya de cerner les failles de son propre raisonnement.

— Le bombage sur le pont n'est pas récent.

---

1. « Mort aux Juifs. » (*N.d.T.*)

— Je peux poser la question ici ou là, mais non, ça m'avait l'air de remonter à quelques semaines au moins.

— Donc nous sommes en train de raconter qu'il y a deux semaines, quelqu'un a peint ce svastika et cette injure raciale sur le mur, et ce quelqu'un savait qu'hier il pousserait Andy Rosen par-dessus et qu'ensuite je passerais par là et que j'amènerais Tessa, qui aurait besoin d'aller uriner et se ferait poignarder dans la forêt ?

— C'était ta théorie, lui rappela-t-il.

— Je n'ai pas dit qu'elle était bonne, admit-elle. Elle se frotta les yeux. Je peux à peine y voir, tellement je suis fatiguée.

— Tu veux essayer de dormir ?

Elle aurait aimé, mais elle ne pensait qu'à Tessa, qui lui avait demandé une chose, une seule, retrouver l'homme qui lui avait infligé ça.

— Laissons tomber l'angle racial. Disons que ces deux morts ont été mises en scène pour ressembler à des suicides. Crois-tu que ce soit le meilleur moyen de cacher le fait que deux gosses ont été assassinés ?

— Honnêtement ? s'enquit-il. Je n'en sais rien. Je n'ai pas envie de donner un faux espoir aux parents, et je ne veux pas non plus provoquer une sorte de panique sur le campus. Et si ce sont des meurtres, ce dont nous ne sommes pas sûrs, alors peut-être le type va-t-il jouer les fiers-à-bras et commettre des erreurs.

Sara savait ce que cela signifiait. En dépit de la croyance populaire, les tueurs souhaitaient rarement se faire prendre. Le meurtre était l'exercice suprême de la prise de risque et, plus ils préservaient leur impunité, plus ils avaient envie de pousser encore davantage dans le risque.

— Si quelqu'un tue des étudiants, quelle serait sa motivation ?

— Le seul motif que je puisse identifier, c'est la drogue.

Elle était sur le point de lui demander s'il y avait un problème de drogue sur le campus, puis elle se rendit compte à quel point la question était stupide.

— Qu'est-ce qu'elle prenait, Ellen Schaffer ? lui demanda-t-elle à la place.

— Pour autant que je sache, c'était une obsédée de la santé, donc je doute qu'elle ait pris quoi que ce soit. Avant de dépasser un semi-remorque, il jeta un coup d'œil dans le rétroviseur extérieur. Rosen, c'était possible, mais il y a de bonnes raisons pour croire qu'il ait fini par se désintoxiquer.

— Et cette rumeur de liaison ?

Jeffrey se rembrunit.

— Je ne sais même pas si je peux accorder foi à ce que raconte Richard Carter. Ce type, c'est une cuiller, tout le temps en train de remuer la bouillie. Et il est évident qu'il ne pouvait supporter Andy. Je le verrais parfaitement digne de lancer une rumeur, rien que pour assister au spectacle.

— Bien, supposons qu'il ait raison, fit Sara. Le père d'Andy aurait-il pu entretenir une liaison avec Ellen Schaffer ?

— Elle n'assistait pas à ses cours. Elle n'aurait eu aucune raison de le connaître. Elle avait tout un tas de garçons de son âge qui se jetaient à ses pieds.

— Ce pourrait être une raison pour qu'elle soit attirée par un homme plus mûr. Il lui serait apparu plus sophistiqué.

— Pas Brian Keller, objecta-t-il. Ce type n'est pas exactement Robert Redford.

— Tu t'es renseigné ? persista-t-elle. Il n'y a aucun lien ?

— Pas que je sache, réitéra-t-il. De toute façon, je vais

aller lui parler, demain matin. Peut-être qu'il va me proposer une réponse.

— Peut-être qu'il va avouer.

Jeffrey secoua la tête.

— Il était à Washington. Frank a vérifié, cet après-midi. Au bout de quelques secondes, il se risqua à formuler une autre hypothèse. Il a pu engager quelqu'un.

— Quelle aurait été sa motivation?

— Peut-être... Sa voix resta en suspens. Seigneur! je n'en sais rien. On en revient toujours au mobile. Pourquoi irait-on faire un truc pareil? Qu'aurait-on à y gagner?

— Les gens ne tuent que pour une poignée de motifs, souligna-t-elle. L'argent, la drogue, ou une raison d'ordre affectif comme la jalousie ou la colère. Des meurtres au hasard suggéreraient qu'il s'agirait d'un tueur en série.

— Seigneur! soupira-t-il. Ne me dis pas ça.

— J'admets que c'est peu probable, mais comme rien ne me paraît très sensé, dans tout ça... Elle se tut un instant. Et puis, Andy a très bien pu sauter. Ellen Schaffer a très bien pu avoir un autre coup de déprime, avant ça, et la découverte de ce corps a agi comme une espèce de déclic, de coup de grâce... sans mauvais jeu de mots.

Il la regarda de travers.

— Elle a fort bien pu se suicider. Peut-être qu'ils se sont bel et bien suicidés, l'un comme l'autre.

— Et Tess?

— Quoi, Tess? répéta-t-elle. Son agression a très bien pu n'avoir aucun rapport avec les deux autres. Si ce sont des suicides, je veux dire. Elle tâcha d'y réfléchir, sur le fond, mais elle n'arrivait pas à rassembler les bons indices. Elle a très bien pu tomber sur quelqu'un en train de se livrer à je ne sais quel trafic illégal dans les bois.

— Nous avons quadrillé le moindre centimètre de forêt sans rien trouver d'autre que ce collier, lui rappela-t-il. Et quand bien même, pourquoi ce type aurait-il rôdé là-bas pour vous surveiller, Tessa et toi ?

— Peut-être qu'il surveillait quelqu'un d'autre... c'était peut-être juste un jogger dans les bois.

— Pourquoi aurait-il détalé en voyant Lena ?

Elle respira lentement, songeant qu'elle manquait trop de sommeil pour rien comprendre à tout cela.

— Je n'arrête pas d'en revenir à cette écorchure dans le dos d'Andy. Je dégotterai peut-être quelque chose à l'autopsie. Elle appuya la tête contre sa main, renonçant à suivre un raisonnement logique. Qu'est-ce qui te chiffonne, à part ça ?

Sa mâchoire se contracta, et elle connut la réponse avant même qu'il l'ait prononcée.

— Lena.

Elle réprima un soupir, en regardant par la fenêtre. Aussi loin que remontaient ses souvenirs, Jeffrey s'était toujours inquiété pour Lena.

— Qu'est-ce qu'elle a fait ? Et elle s'abstint d'ajouter « cette fois ».

— Elle n'a rien fait, prétendit-il. Ou alors si. J'en sais rien. Il se tut un instant, probablement en repensant à l'épisode. Je crois qu'elle connaissait ce gamin, Rosen. Nous avons retrouvé ses empreintes digitales sur un livre de bibliothèque, dans son appartement.

— Elle a très bien pu emprunter ce livre.

— Non, souligna-t-il. Nous avons consulté son dossier.

— On t'a laissé y accéder ?

— En fait, nous ne sommes pas passés par les bibliothécaires, lui avoua-t-il, et elle n'imaginait que trop quelles ficelles il avait pu tirer pour aller jeter un œil sur les dossiers de la bibliothèque. Si jamais elle apprenait la chose, Nan Thomas allait piquer une crise, et elle ne saurait l'en blâmer.

— Lena a pu emprunter ce livre sans que personne ne le sache.

— Lena t'a déjà impressionnée par ses envies de lectrice ? Tu la vois ouvrir *Les Oiseaux se cachent pour mourir* ?

— Je n'en ai aucune idée, admit-elle, mais elle n'imaginait certes pas Lena se livrer à une pratique aussi sédentaire que la lecture, et encore moins la lecture d'une histoire d'amour. Tu lui as posé la question ? Qu'a-t-elle dit ?

— Rien, maugréa-t-il. J'ai essayé de l'amener à me parler. Elle a refusé.

— À te parler, au poste ?

Il opina.

— Si tu l'avais exigé de moi, je ne serais pas venue non plus.

Il eut l'air sincèrement étonné.

— Pourquoi ?

— Ne sois pas ridicule, le semonça-t-elle, sans même prendre la peine de lui répondre. Tu crois que Lena a quelque chose à cacher ?

— J'en sais rien. Il tapota du bout des doigts sur le volant. Elle avait l'air méfiante. Quand nous nous sommes parlé, en haut de la colline... après votre départ, à toi et à Tessa... elle a eu l'air de reconnaître le nom d'Andy. Quand je lui ai posé la question, elle a nié.

— Tu te souviens de sa réaction, quand nous avons retourné le corps ?

— Elle n'était pas là, lui rappela-t-il.

— Exact, se souvint-elle.

— Nous avons aussi trouvé autre chose, ajouta-t-il. Des dessous de femme, dans la chambre de ce garçon.

— Des dessous de Lena ? s'étonna-t-elle, se demandant pourquoi Jeffrey n'en avait pas parlé plus tôt.

— Je pense.

— À quoi ressemblaient-ils ?

— Pas à ce que tu portes. Petite taille.

Elle lui décocha un regard féroce.

— Merci beaucoup.

— Tu vois ce que je veux dire, se défendit-il. Le genre plus échancré dans le dos.

Sara devina.

— Un string ?

— Probable. En soie, rouge foncé, avec de la dentelle.

— Ça ressemble autant à Lena que la lecture des *Oiseaux se cachent pour mourir*.

Il haussa les épaules.

— On ne sait jamais.

— Ils n'auraient pas pu appartenir à Andy Rosen, ces dessous ?

Il parut peser cette éventualité.

— On ne peut pas l'exclure, si l'on considère ce qu'il s'est fait au... Il n'acheva pas la phrase.

— Il a pu les dérober à Ellen Schaffer.

— Les poils étaient brun foncé, lui signala-t-il. Schaffer était blonde.

Sara éclata de rire.

— Je parierais pas là-dessus.

Jeffrey resta silencieux une fraction de seconde.

— Lena a pu coucher avec Andy Rosen.

Sara songea que c'était peu plausible, mais avec Lena c'était difficile à dire.

— Et puis quand j'ai essayé de convaincre Lena de m'accompagner, il y avait ce gamin, là-bas. Un petit branleur, qui avait l'air d'un lycéen. Peut-être qu'elle le fréquentait. Apparemment, ils étaient ensemble.

— Donc elle couche avec Andy Rosen et elle sort avec ce type ? Sara secoua la tête. Considérant ce qui lui est arrivé il y a un an, je ne vois pas Lena sortir comme ça si vite avec tout le monde et n'importe qui. Ni maintenant, ni même peut-être plus tard. Elle croisa les bras, se cala contre la portière. Tu es certain que ce sont ses dessous ?

Il garda le silence, comme s'il hésitait à lui confier ou non autre chose.

— Qu'y a-t-il ? s'étonna-t-elle. Un silence. Jeff ?

— Il y a... de la matière, bredouilla-t-il, et Sara se demanda pourquoi il se montrait si réticent. C'était probablement parce qu'il savait que Lena restait attachée à certains tabous. Il ne s'était jamais laissé intimider par ce genre de détails, auparavant. Même s'il en subsiste assez pour un test ADN, il n'y aura pas moyen d'obtenir de Lena qu'elle nous fournisse un échantillon, de quoi effectuer la comparaison. Si seulement elle nous confiait ce qu'il faut pour mener le test, nous la disculperions et ce serait terminé.

— Si elle refuse de venir au poste, jamais elle n'ira jusqu'à proposer un peu de son sang.

La voix de Jeffrey se durcit.

— Je veux simplement la disculper de toute cette histoire, Sara. Si elle n'est pas capable de s'y résoudre toute seule...

Immédiatement, elle pensa au kit d'examens qu'elle avait conduit sur Lena un an plus tôt, à la suite de ce viol, mais elle ne transmit pas l'information à Tolliver. Quelque chose, dans l'idée d'utiliser l'ADN prélevé lors d'un examen lié à un viol, à seule fin de relier éventuellement Lena à Andy Rosen, ne lui convenait guère. Un acte pareil lui serait apparu comme un second viol. Lena aurait perçu cela comme une trahison. N'importe qui d'autre aurait perçu cela ainsi.

— Sara ?

Elle secoua la tête.

— Je suis fatiguée. C'est tout, lui mentit-elle, tâchant de se remémorer le soir où elle avait procédé à ces prélèvements. Le corps de Lena était tellement abîmé qu'il lui avait fallu poser sept points de suture pour lui recoudre le dos. À cause des drogues qu'on avait administrées à Lena, Sara avait dû veiller à ne pas avoir la main trop lourde côté sédatifs. Jusqu'à l'agression de Tessa, cet examen post-viol mené sur la personne de Lena avait été l'événement le plus horrible de toute sa carrière médicale.

— Qu'est-ce que cela prouverait, lui demanda-t-elle, si l'ADN de Lena ne correspondait pas ? Coucher avec Andy Rosen ne veut pas dire qu'elle ait eu quoi que ce soit à voir avec sa mort. Ou avec l'agression au couteau de Tessa.

— Pourquoi irait-elle mentir à ce propos ?

— Mentir ne la rend pas coupable.

— Si j'en crois mon expérience, les gens ne mentent que s'ils ont quelque chose à cacher.

— J'imagine qu'elle perdrait son boulot, si elle avait des relations sexuelles avec un étudiant.

— Elle déteste Chuck. Je doute qu'elle se soucie ou non de conserver son boulot.

— À l'heure qu'il est, elle n'est pas non plus ton admiratrice la plus fervente. Elle a pu te mentir rien que pour te contrarier.

— Elle ne peut pas se montrer stupide au point de vouloir entraver une enquête. Pas dans une histoire pareille.
— Bien sûr que si, Jeff. Elle est en rage après toi, et elle voit là-dedans un moyen de te rendre la monnaie de ta pièce, pour l'avoir virée...
— Je ne l'ai pas...

Sara leva les mains pour le prier de se taire. Ils s'étaient déjà tant de fois disputés sur ce point qu'elle entendait déjà la suite de la phrase avant même qu'il l'ait achevée. Cela tenait au fait que Jeffrey était furieux comme un diable contre Lena, et qu'il n'admettrait pas que sa colère découlait essentiellement de sa déception. La réaction de Lena, sorte de réflexe inconsidéré, avait consisté à vouer à Jeffrey une haine tout aussi aveugle. La situation eût été comique, si Sara ne s'était pas retrouvée prise au milieu.

— Peu importe la raison, sur ce terrain, Lena ne lâchera pas d'un pouce. Elle l'a amplement démontré en refusant de se rendre au poste.
— Peut-être que je ne l'ai pas approchée tout à fait comme je l'aurais dû, convint-il et, à en juger par ses performances passées en la matière, Sara imaginait sans mal qu'il avait dû se conduire comme un abruti. Ce gamin avec qui elle se trouvait. Ce garçon.

Sara attendit, mais il prit son temps pour achever sa réflexion.

— Il y a un truc qui ne va pas chez lui.
— Qui ne va pas? En quoi?
— Il est dangereux, poursuivit-il. Je te parierais dix dollars qu'il a un casier.

Sara fut assez avisée pour ne pas relever le pari. N'importe quel flic digne de ce nom savait flairer un ancien condamné. Cela l'amena à la question suivante.

— Crois-tu que Lena sache qu'il a déjà eu quelques ennuis ?
— Qui sait ce qui peut lui passer par la tête ?
Sara était tout aussi perplexe.
— Il m'a bousculé, ajouta-t-il.
— Il t'a bousculé ! s'écria-t-elle, certaine qu'il employait le terme au sens figuré.
— Il est venu par-derrière et il m'a bousculé.
— Il t'a bousculé ? répéta-t-elle, interloquée, se demandant qui avait pu commettre une stupidité pareille. Pourquoi ?
— Il a probablement cru que j'avais poussé Lena par terre.
— Tu l'as poussée ?
Il la considéra, visiblement froissé.
— Je lui ai posé la main sur le bras. Elle a perdu les pédales. Elle a dégagé son bras. Jeffrey regarda fixement la route, restant un moment silencieux. Elle a essayé de se libérer, tellement fort qu'elle est tombée par terre.
— Ça me paraît assez prévisible, comme réaction.
Il glissa sur cette dernière remarque.
— Ce gamin, il était prêt à s'en prendre à moi. Un sale petit merdeux, qui pèse sûrement encore moins lourd que Tess. Il secoua la tête, mais il y avait aussi une nuance d'admiration dans sa manière d'évoquer le personnage. Peu de gens osaient le défier.
— Pourquoi n'as-tu pas sorti son casier ?
— Je n'ai pas son nom, lui confia-t-il. Ne t'inquiète pas, je les ai suivis au café. Il a laissé sa tasse sur la table. Je l'ai prise, pour les empreintes. Il sourit. D'ici à ce que je sache tout ce qu'il faut savoir sur ce voyou, ce n'est qu'une question de temps.

Elle en était persuadée, et elle se sentait plus que navrée pour le petit chevalier blanc de Lena.

Jeffrey replongea dans le silence, et le regard de Sara alla se perdre au-dehors. Elle compta les croix signalant les accidents mortels, le long de la nationale. Au pied de certaines d'entre elles, on avait déposé des couronnes, ou des photographies de gens, que Sara était contente de ne même pas entrevoir. Un ourson rose, appuyé contre la base d'une petite croix, la fit détourner les yeux droit devant elle, et son cœur exécuta un bond dans sa poitrine. Les conducteurs, devant eux, écrasèrent la pédale de frein, des feux écarlates et obliques rougeoyèrent. À mesure qu'ils approchaient de Macon, la route était de plus en plus chargée. Jeffrey allait prendre la rocade, mais à cette heure de la journée, ils allaient forcément se retrouver pris dans la circulation.

— Comment vont tes parents ? lui demanda-t-il.

— En colère, fit-elle. En colère contre moi. Contre toi. Je ne sais pas. Maman veut à peine m'en parler.

— T'a-t-elle dit pourquoi ?

— Elle est inquiète, c'est tout, lui dit-elle, mais à chaque seconde qui s'écoulait, avec ses parents en colère contre elle, elle avait le cœur de plus en plus serré. Eddie refusait toujours de lui parler, mais elle ne savait pas si c'était parce qu'il lui en voulait, ou parce qu'il ne pouvait supporter de savoir ses deux filles traversant une crise grave. Sara commençait à comprendre à quel point il était dur de se montrer fort pour tous ceux qui vous entouraient, quand en fait vous n'aviez envie que d'une chose, vous recroqueviller en boule et justement vous faire réconforter.

— D'ici quelques jours, ils iront mieux, la rassura-t-il, en lui posant la main sur l'épaule.

Du pouce, il lui caressa la nuque, et elle eut envie de se

laisser glisser en travers du siège et de poser la tête sur sa poitrine. Quelque chose l'en empêcha. Son esprit lui désobéissait, il ne cessait de revenir à Lena, à l'hôpital, couverte d'hématomes et de contusions, un sang noir suintant entre ses cuisses, de ses profondes entailles. Lena était menue, mais en temps normal, son attitude revêche la faisait paraître plus grande. Allongée sur une civière, les mains et les pieds en sang, à travers les bandages blancs que les ambulanciers lui avaient posés à la hâte, elle ressemblait davantage à un petit enfant qu'à une adulte. Sara n'avait jamais vu quelqu'un de brisé à ce point.

Dans la voiture, elle se sentit les larmes aux yeux. Elle regarda par la fenêtre, elle ne voulait pas que Jeffrey s'en aperçoive. Il continuait de lui caresser la nuque, mais sans qu'elle comprenne pourquoi, ce contact n'avait plus rien de réconfortant.

« Je vais essayer de dormir un peu », lui dit-elle, et elle s'écarta de lui, en s'appuyant contre la portière.

Le centre hospitalier de Heartsdale n'était pas aussi impressionnant que le nom aurait pu le laisser entendre. Haut de deux étages, avec la morgue au sous-sol, cet hôpital n'était rien de plus qu'une simple clinique adjointe à l'université, qui se trouvait de l'autre côté de Main Street. Comme d'habitude, le parking était vide, à part quelques voitures. Jeffrey s'arrêta sur l'aire de stationnement principale, devant l'entrée des urgences, évitant ainsi l'entrée latérale que Sara utilisait généralement. Elle attendit patiemment qu'il fasse marche arrière dans l'un des emplacements du fond.

Il mit la voiture au point mort, mais laissa tourner le moteur.

— Il faut que je fasse le point avec Frank, expliqua-t-il, en sortant son téléphone portable. Ça t'ennuie de commencer sans moi ?

— Non, lui répondit-elle, et elle se sentit en partie soulagée d'avoir un peu de temps à elle.

Elle lui sourit tout de même, avant de descendre de voiture. Il la connaissait depuis plus de dix ans et, elle le sentait bien, il avait compris que quelque chose la tracassait. Il n'aimait pas les situations non résolues. Peut-être était-il encore furieux contre elle, après ce qui s'était passé dans le parking du Grady.

Durant le trajet d'Atlanta, elle n'avait pas vraiment dormi. Elle était restée dans les limbes, entre la veille et le sommeil, revisitant mentalement les événements survenus depuis la veille. Quand elle avait enfin réussi à piquer du nez, elle avait rêvé de Lena à l'hôpital, l'an dernier. Dans un tour de passe-passe comme seuls les rêves en réservent, Sara et Lena avaient échangé leurs places, c'était donc elle qui se trouvait sur la table d'examen, ses pieds à elle dans les étriers, son corps exposé, nu, et c'était Lena qui avait en main les tampons vaginaux, et qui lissait la toison pubienne de Sara, pour procéder à la détection d'un corps étranger. Quand la lumière noire avait scintillé, pour éclairer le sperme et les autres fluides corporels, le bas du corps de Sara s'était illuminé, comme s'il avait pris feu.

En traversant le parking, elle se frictionna les bras, et pourtant il ne faisait pas vraiment froid. Elle leva les yeux vers le ciel, sombre et menaçant. « C'est l'orage qui arrive », chuchota-t-elle, une formule que grand-maman Earnshaw employait quand elles étaient petites. Elle sourit, l'image de sa grand-mère debout à la porte de la cuisine, les mains croisées sur la poitrine, dans un geste inquiet, regardant au-dehors l'orage qui approchait, et priant les enfants de s'assurer d'avoir tous des bougies avant de monter se coucher cette nuit-là, suffit à la rasséréner.

À l'intérieur de la salle des urgences, elle fit signe à l'infirmière de nuit et à Matt DeAndrea, qui remplaçait Hare, lui-même supposé être en congé. Depuis l'été où elle avait entamé sa puberté, elle n'avait jamais été aussi contente de ne pas avoir son cousin dans les pattes.

— Comment ils vont, ta maman et les autres ? fit Matt, avec sa manière habituelle. Il parut subitement réaliser ce que cette formulation supposait, et il pâlit.

— Bien, fit Sara, en se forçant à sourire. Tout le monde va bien. Merci de t'en soucier.

Après cela, ni l'un ni l'autre n'avaient grand-chose à dire, et elle prit le couloir en direction de l'escalier qui descendait à la morgue.

Elle n'avait jamais établi de comparaison entre la morgue et le Grady Hospital, mais après avoir justement passé autant de temps à Atlanta, les similitudes lui sautaient aux yeux. Quelques années auparavant, le centre hospitalier avait été rénové, mais en bas, la morgue conservait à peu près la même allure que lors de sa construction, en 1930. Les murs étaient revêtus de carreaux bleu clair, et les sols étaient un mélange de carrés de lino verts et beiges. Au-dessus de sa tête, le plafond était moucheté de traces de dégâts des eaux, et les plaques blanches récemment réparées offraient un net contraste avec le vieux plâtre terne. Le bruit sourd du compresseur installé sur la chambre froide et de la climatisation produisait un bourdonnement permanent, un bruit que Sara remarquait rarement, sauf après une période d'absence.

Carlos était debout, contre la table de porcelaine, qui était vissée au sol, au milieu de la salle, les bras croisés sur sa large poitrine. C'était un gentil garçon, au teint basané d'Hispano-Américain, avec un fort accent, auquel il lui avait fallu un moment pour s'habituer. Il ne parlait pas beaucoup et, quand ça lui arrivait, il avait tendance à marmonner. Carlos se chargeait du boulot de merde, au propre et au figuré, et pour ça il était très bien payé, mais Sara estimait ne pas savoir grand-chose sur son compte. Depuis toutes ces années qu'il travaillait ici, il n'avait jamais rien confié de personnel sur lui-même, ne s'était jamais plaint au sujet du travail. Même quand il n'y avait rien à faire, il se trouvait toujours une corvée, balayer par terre ou nettoyer la chambre froide. À son entrée dans la morgue, elle fut surprise de le voir debout, comme ça, à la table. Il avait l'air de l'attendre.

— Carlos ? s'enquit-elle.

— Je ne travaillerai plus pour M. Brock, l'informa-t-il, sur un ton destiné à lui faire comprendre qu'il entendait bien mettre les points sur les *i*.

Elle fut surprise, pas seulement par la longueur de sa phrase, mais par la passion qu'il y avait mise.

— Y a-t-il une raison en particulier ? lui demanda-t-elle prudemment.

Il resta le regard braqué sur elle.

— Il est très bizarre, et je n'en dirai pas plus.

Sara se sentit soulagée. Elle se rendit compte qu'elle avait redouté qu'il ne démissionne.

— Très bien, Carlos, fit-elle. Je suis désolée que tu sois contrarié.

— Je ne suis pas contrarié, protesta-t-il, alors qu'il l'était visiblement.

— D'accord. Elle opina, espérant mettre un terme à cet échange. La vérité, c'était qu'elle prenait fait et cause pour

Dan Brock, et ce depuis leur première journée à l'école élémentaire, quand Chuck Gaines l'avait poussé de la cage à poules, dans une crise de rage que seul un garçon de huit ans (Chuck avait redoublé dès la maternelle) pouvait se permettre.

Brock n'était pas bizarre, il avait besoin de beaucoup d'attention, un trait de caractère qui cadrait mal avec l'ambiance de l'école, où tout fonctionnait selon le principe de la survie des plus aptes. Grâce à Cathy et à Eddie, Sara n'avait jamais eu besoin de l'approbation de ses pairs, donc cela ne l'avait jamais beaucoup gêné d'avoir vécu dans ce monde intermédiaire qui existait entre le plus grand nombre d'un côté, et les gamins qui se faisaient constamment harceler et torturer, de l'autre. Elle avait toujours été considérée comme l'une des filles les plus intelligentes de sa classe et, entre sa taille, ses cheveux roux et son Q.I., les gens étaient un peu intimidés par elle. Brock, en revanche, avait souffert le martyre jusqu'au lycée, ce qui correspondait à peu près au délai nécessaire pour que les grandes gueules comprennent qu'ils auraient beau être mauvais avec lui, Brock ferait toujours bonne figure.

— Docteur Linton ? reprit Carlos. En dépit de ses demandes réitérées, il ne l'avait jamais appelée Sara.

— Oui ?

— Pour votre sœur, je suis désolé, dit-il.

Sara serra les lèvres, opina, en remerciement.

— Allons-y, avec la fille, lui proposa-t-elle, songeant que le mieux serait d'abord d'en finir avec le cas le plus difficile. Tu as fait les photos et les radios ?

Il eut un bref signe de tête, mais ne commenta pas l'état du corps. Il avait toujours agi ainsi, en professionnel, et elle appréciait la manière solennelle qu'il avait de considérer son travail.

Elle retourna vers son bureau, dont une fenêtre donnait sur la morgue. Elle prit place à sa table de travail, et elle avait eu beau rester assise ces trois ou quatre dernières heures, elle préférait autant ne pas être debout. Elle décrocha le téléphone, et composa le numéro de portable de son père.

C'est Cathy qui répondit, avant la fin de la première sonnerie.

— Sara ?

— Nous sommes arrivés, annonça-t-elle à sa mère, en songeant qu'elle aurait pu appeler plus tôt. Cathy s'était manifestement fait du souci.

— Tu as trouvé quelque chose.

— Pas encore, lui avoua-t-elle, en regardant Carlos sortir une housse mortuaire sur une civière à roulettes. Comment va Tess ?

Cathy observa un temps de silence avant de répondre.

— Toujours calme.

Sara regarda Carlos ouvrit la fermeture Éclair du sac et entreprendre d'installer le corps sur la table de porcelaine. Quiconque observerait cette procédure trouverait ces gestes barbares, mais le seul moyen de déplacer un mort sur une table, c'était de le manipuler ainsi. Carlos commença par les pieds, les poussa sur la table, puis d'un coup il bascula le corps, jusqu'à ce qu'il soit correctement en place. Un sac plastique avait été laissé autour de la tête, pour préserver les indices.

— Je ne suis pas en colère contre toi, lui affirma Cathy.

Sara respira, s'apercevant qu'elle avait retenu son souffle.

— Je suis contente.

— Ce n'était pas ta faute.

Elle ne répondit rien, surtout parce qu'elle n'était pas d'accord avec ce que venait de dire sa mère.

— Quand tu étais petite, reprit-elle, sa voix s'étranglant, je comptais toujours sur toi pour lui éviter les ennuis. C'était toujours toi qui étais responsable.

Sara prit un mouchoir en papier dans la boîte, sur son bureau, et se tamponna sous les yeux. Carlos essayait de retirer le t-shirt, mais il n'arrivait pas à le passer par la tête. Il leva les yeux vers Sara qui, avec la main, mima le geste de couper. Sur la scène du crime, les techniciens avaient déjà contrôlé les éventuels indices sur les fibres de l'étoffe.

— Ce n'est pas ta faute. Ce n'est pas la faute de Jeffrey. Cela fait juste partie de ces choses qui arrivent, et nous allons tous surmonter ça.

Hier, Sara avait ardemment désiré entendre cela, mais aujourd'hui, cela ne lui apportait aucun réconfort. Pour la première fois de son existence, elle ne parvenait pas à croire sa mère.

— Mon bébé ?

Sara s'essuya les yeux.

— Maman, il faut que j'y aille.

— Très bien. Cathy attendit avant d'ajouter un dernier mot. Je t'aime.

— Moi aussi, je t'aime, lui dit-elle, en raccrochant. Elle se prit le front dans les mains, tâchant de se vider la tête. Elle était incapable de penser à Tessa tout en découpant Ellen Schaffer. Le mieux qu'elle puisse faire au service de sa sœur, c'était de découvrir un indice susceptible de conduire à la capture de l'homme qui l'avait lardée de coups de couteau. Une autopsie était en soi un acte de violence, l'atteinte ultime. Tous les corps racontent une histoire. La vie et la mort d'une personne peuvent être exposées dans toute leur gloire et dans toute leur honte, rien qu'à l'examen de leur peau.

Elle se leva et retourna dans la salle de la morgue, juste au moment où Carlos achevait de découper le t-shirt le long des coutures, pour que l'on puisse ensuite le reconstituer et l'étudier. Le tissu était aspergé de sang, une forme nette, oblongue, qui indiquait l'endroit où le canon avait reposé. Elle vérifia l'orteil de la jeune fille, remarquant qu'il était également aspergé de sang. L'autre pied était hors de portée du jet sanglant, et il était resté propre.

Un soutien-gorge de fillette, qui aurait davantage convenu à une ado de treize ans, couvrait les seins de la jeune femme. Carlos avait ouvert l'agrafe, et il tenait en main un tampon de papier toilette.

— Qu'est-ce que c'est ? lui demanda-t-elle, alors qu'elle le voyait bien toute seule.

— Elle avait ça dedans, l'informa-t-il, en désignant le soutien-gorge. Il posa la main sur l'autre bonnet, et en sortit un autre tampon de papier toilette.

— Pourquoi irait-elle rembourrer son soutien-gorge si elle avait l'intention de se suicider ? s'étonna-t-elle. Et pourtant, Carlos ne répondait jamais à ses questions.

Tous deux tournèrent la tête, car ils venaient d'entendre des pas dans l'escalier.

— Alors ? les questionna Jeffrey.

— On vient de commencer, lui signala-t-elle. Qu'a raconté Frank ?

— Rien. En dépit de cette réponse, elle vit bien qu'il se passait quelque chose. Sara ne savait pas pourquoi il se montrait réticent. Carlos avait démontré qu'il était digne de confiance. Le plus souvent, elle finissait même par oublier qu'il avait une vie en dehors de la morgue.

— Enlevons-lui ça, décida-t-elle, et elle aida Carlos à retirer le jean de la jeune fille.

Tolliver considéra la culotte, qui était en coton ordinaire, pas du tout semblable à celle qu'on avait retrouvée dans l'appartement d'Andy Rosen.

— As-tu vérifié le contenu de ses tiroirs, dans sa chambre ?

— Il y en a de toutes sortes, lui expliqua-t-il. En soie, en coton, des strings.

— Des strings ?

Il haussa les épaules.

Sara continua.

— Nous venons de trouver du papier toilette dans son soutien-gorge.

Il haussa un sourcil.

— Elle a rembourré son soutien-gorge ?

— Si elle a commis un suicide, elle devait savoir que quelqu'un retrouverait ça, qu'un médecin légiste ou un employé des pompes funèbres examinerait son corps. Pourquoi aurait-elle fait une chose pareille ?

— Peut-être qu'elle avait cette habitude ? hasarda-t-il, mais elle comprit bien qu'il était lui-même sceptique.

— Le tatouage est ancien, reprit-elle. Probablement vieux de trois ans. C'est une estimation au jugé, mais elle ne l'avait pas fait récemment.

Carlos retira la culotte, et Sara et Jeffrey remarquèrent un autre tatouage, tous les deux en même temps. Un mot était inscrit, dans une écriture qui ressemblait à de l'arabe.

— Cela ne figurait pas sur le dessin d'Andy.

— Celui-ci n'est pas du tout récent, remarqua-t-elle. Tu penses qu'il l'a effacé exprès ?

— Crois-moi, s'il l'avait vu, il l'y aurait mis.

— Donc elle n'avait pas de liaison avec lui, en conclut-elle, en indiquant à Carlos qu'il devrait prendre une photographie du tatouage. Elle plaça une règle à côté du mot tatoué, pour indiquer l'échelle. Il faudra qu'on le scanne et qu'on trouve quelqu'un qui sache ce que ça signifie.

— Shalom, lâcha Carlos.

— Pardon ? s'enquit-elle, surprise de l'avoir entendu parler.

— C'est de l'hébreu, précisa-t-il. Ça signifie « paix ».

Sara ne pouvait lui accorder le bénéfice du doute.

— Tu es sûr ?

— Je l'ai appris, à l'école hébraïque. Ma mère était juive.

— Oh ! fit-elle, en se demandant comment tant d'années avaient pu s'écouler sans qu'elle ait jamais été au courant. Elle lança un coup d'œil à Tolliver, qui notait quelque chose dans son carnet. Il avait les sourcils froncés, et elle se demanda quel lien il était en train d'établir.

Elle se retourna, oubliant où elle était, et se cogna la tête contre la balance, au-dessus de la table.

« Vacherie, s'écria-t-elle, en se tâtant le cuir chevelu. Elle ne regarda ni Jeff ni Carlos pour juger de leur réaction. À la place, elle se rendit à l'armoire métallique, près des éviers, et en sortit une blouse stérile et une paire de gants. Tu peux m'attraper mes lunettes ? demanda-t-elle à Tolliver. Je crois qu'elles sont restées sur mon bureau. »

Il s'exécuta, et elle enfila la blouse, puis les gants. Elle en sortit une autre paire de la boîte, et les enfila par-dessus la première. Carlos approcha le tableau noir que Sara avait racheté à l'école. Une partie des informations qu'il avait déjà réunies figurait dessus. Au cours de la procédure, il remplirait les espaces blancs, pour le poids et la taille des organes, et noterait divers autres renseignements. Elle aimait bien avoir tout sous les yeux, pendant qu'elle menait l'autopsie. Visualiser les faits, c'était plus facile quand tout était écrit là-dessus.

En se servant de son pied, elle appuya sur la pédale du Dictaphone, et commença.

« C'est le corps embaumé, bien développé, bien nourri d'une jeune femme de type européen, dix-neuf ans, qui se serait tiré dans la tête avec un fusil Wingmaster calibre douze. Elle a été identifiée par l'officier responsable comme étant Ellen Marjory Schaffer. Des photographies et des radios ont été faites sous ma direction. En vertu du Georgia Death Investigation Act, il est procédé à une autopsie dans la morgue du médecin légiste du Grant County Medical, le... »

C'est Jeffrey qui lui communiqua la date, et elle continua.

« Commencé à 20 h 33, avec l'assistance de Carlos Quiñonez, technicien de laboratoire médico-légal, et Jeffrey Tolliver, chef de la police de Grant County. »

Elle s'interrompit, consulta le tableau pour y repérer la bonne information.

« Elle pèse approximativement soixante-trois kilos et mesure un mètre soixante-douze. Nous constatons d'importantes lésions à la tête, correspondant à l'impact d'une cartouche de fusil. Elle posa la main sur l'abdomen. Le corps a été réfrigéré et il est froid au toucher. La rigidité cadavérique est complète et généralisée aux extrémités supérieures. »

Elle poursuivit, dressant la liste des traits caractéristiques, tout en utilisant une paire de ciseaux pour découper le sac qui recouvrait la tête de la jeune fille. Du sang congelé et de la matière grise étaient collés au plastique, et des morceaux de cuir chevelu formaient des grumeaux gélatineux.

— Le reste du cuir chevelu est dans la chambre froide.

— Je regarderai ça après, lui précisa-t-elle, en dégageant le sac de ce qui restait de la tête d'Ellen Schaffer. Ce n'était guère plus qu'une espèce de moignon sanglant, avec des fragments de cheveux blonds et de dents logés dans le tronc cérébral. On prit d'autres photographies, avant qu'elle ne se munisse du scalpel pour entamer l'examen médical. Avec le manque de sommeil, elle se sentait abrutie de fatigue. Elle pratiqua l'incision standard en Y, et elle ferma les yeux un instant, pour se ressaisir.

Chaque organe fut retiré et pesé, catalogué et enregistré, tandis qu'elle énonçait ses découvertes. L'estomac contenait ce qui avait dû être le dernier repas d'Ellen Schaffer : des céréales, qui conservaient à peu près l'aspect qu'elles devaient avoir dans le paquet.

Elle détacha les intestins et les tendit à Carlos, pour qu'il effectue ce que l'on appelait le curage des entrailles. Il se servait d'un tuyau raccordé à l'un des éviers, pour laver l'appareil intestinal, un tamis sous l'évacuation recueillant ce qui se déversait. L'odeur était horrible, et elle se sentait toujours coupable de se décharger ainsi de cette tâche – jusqu'au moment où l'odeur lui venait aux narines.

Elle retira ses gants avec un claquement et se rendit au fond de la salle, où le caisson lumineux était installé. Carlos avait tiré les clichés des radios pré-autopsie, et seules la fatigue ou la stupidité pure et simple avaient pu lui faire oublier de les consulter plus tôt. Elle examina toute la série, deux fois, avant de remarquer une ombre familière dans les poumons.

« Jeff », fit-elle, en l'invitant à s'approcher.

Il regarda fixement le film sur le caisson lumineux, plusieurs secondes, avant de la questionner.

— C'est une dent ?

— On va le savoir assez vite.

Elle enfila de nouveau deux paires de gants, avant de sortir le poumon gauche du sac de viscères. À la présentation, le tissu pleural était lisse, sans trace de raffermissement. Elle avait placé les poumons à l'écart, pour une biopsie ultérieure, qu'elle pratiqua en fait sur-le-champ, avec le couteau chirurgical à large lame, comme un couteau à pain.

— Il y a une légère aspiration sanguine, lui signala-t-elle. La dent se trouvait dans le quart inférieur droit du poumon gauche.

— Les plombs ont-ils pu lui faire sauter la dent vers le fond de la gorge ?

— Cette dent, elle l'a aspirée, compléta-t-elle. Elle l'a inspirée, dans ses poumons.

Il se frotta les yeux, des deux mains. Il résuma l'incohérence en termes simples.

— Quand la dent a sauté, elle respirait encore.

Mardi

8

En sortant du cinéma avec Ethan, Lena réprima un bâillement. Quelques heures plus tôt, elle avait pris de la Vicodine et, si cela avait peu d'effet sur sa douleur au poignet, le comprimé lui flanquait un sommeil d'enfer.

— À quoi penses-tu? s'enquit Ethan, la réplique de presque tous les types qui attendent de la fille qu'elle fasse toute la conversation.

— Que cette fête a intérêt à marcher, lui lança-t-elle, en injectant une nuance de menace dans sa voix.

— Je te comprends, fit-il. Ce flic, il s'est encore manifesté?

— Non, lui mentit-elle, car son service d'identification des correspondants avait enregistré cinq appels du poste, depuis qu'elle était rentrée de ce café. D'ici à ce que Tolliver vienne frapper à sa porte, ce n'était plus qu'une question de temps et, quand on en arriverait là, elle aurait intérêt à avoir quelques réponses à lui apporter, sinon, elle en subirait les conséquences. Elle avait conclu, pendant le film, que Chuck n'allait pas la virer uniquement sur la foi des on-dit de Jeffrey, mais ce gros connard pouvait lui infliger bien d'autres traitements. Chuck adorait suspendre des épées de Damoclès au-dessus de la tête de Lena, et – si nul que soit son boulot actuel –, il pouvait la rendre encore plus misérable.

— Le film, tu as aimé? demanda Ethan.

— Pas vraiment, lui avoua-t-elle, tâchant de penser à ce

qu'elle ferait si l'ami d'Andy ne se pointait pas. Elle devrait trouver un moment dans la matinée de demain pour aller causer avec Jill Rosen. Elle avait appelé le service de la doctoresse et laissé trois messages, mais cette dernière n'avait pas rappelé. Lena avait besoin de savoir ce que Rosen avait raconté à Tolliver. Elle avait même farfouillé dans le fond de son placard pour en sortir ce foutu répondeur, pour le cas où le médecin la rappellerait ce soir, pendant qu'elle était sortie.

Elle leva le nez vers le ciel, respira à fond, pour essayer de s'éclaircir la tête. Elle avait besoin de quelqu'un avec qui parler de tout ça, mais elle n'avait personne à qui se fier.

— Belle soirée, remarqua Ethan, croyant probablement qu'elle admirait les étoiles. Pleine lune.

— Demain il va pleuvoir, lâcha-t-elle, en serrant et en desserrant la main. Un vilain hématome noir et bleuâtre lui entourait le poignet, à l'endroit où Ethan l'avait agrippée, et elle était quasi certaine d'avoir un problème. Quand elle se tenait la main ballante, le long du corps, les os lui faisaient mal et, à cause de l'enflure, elle avait eu du mal à boutonner sa manchette de chemise. Elle avait gardé son poignet bandé, jusqu'à ce que le garçon frappe à la porte, mais elle préférerait être damnée plutôt que de lui montrer qu'elle avait mal.

L'ennui, c'était qu'elle ne serait pas payée avant lundi. Si elle se rendait aux urgences, histoire de passer une radio, la contribution de cinquante dollars qu'exigeait son assurance santé allait nettoyer son compte en banque. Elle ne pensait pas avoir de fractures, car elle arrivait encore à remuer la main. Si cela la faisait encore souffrir lundi, elle s'en occuperait à ce moment-là. De toute manière, elle était droitière, elle avait vécu avec des douleurs plus méchantes que ça, et plus longtemps que deux jours. C'était presque rassurant : un rappel de ce qu'elle était en vie.

Comme s'il sentait ce qui lui traversait l'esprit, Ethan la questionna.

— Comment va ton poignet ?

— Bien.

— Je suis navré de t'avoir fait ça. Je voulais juste... Il parut chercher les mots exacts... je ne voulais pas que tu partes.

— Sympa, comme façon de le montrer.

— Désolé de t'avoir fait du mal.

— Peu importe, grommela-t-elle. En un sens, rien qu'à en parler, son poignet la lançait davantage. Avant de quitter sa chambre, elle avait repris un cachet de Vicodine, et emporté un sachet de huit cents milligrammes de Motrine dans sa poche, au cas où la douleur empirerait. Pendant qu'Ethan suivait du regard un groupe de gamins sur le parking de la maison des étudiants, elle en profita pour avaler la Motrine, à sec, sans eau, et toussa parce que le médicament était passé par le mauvais tuyau.

— Ça va ? s'inquiéta-t-il.

— Bien, réussit-elle à articuler, en se tapant sur la poitrine du plat de la main.

— Tu es en train d'attraper froid ?

— Non, lui assura-t-elle, en toussant de nouveau. Quand est-ce que ça commence, cette soirée ?

— Ça devrait commencer à monter en régime, là. Il se dirigea vers un chemin, entre deux buissons. Elle savait que c'était un raccourci à travers bois, vers les chambres de la résidence universitaire, sur le côté ouest du campus, mais elle n'avait aucune envie de l'emprunter ce soir, même par une nuit de pleine lune.

Comme elle ne suivait pas, il se retourna vers elle.

« Par là, ça va plus vite. »

Pour des raisons évidentes, elle répugnait à suivre quelqu'un dans une zone située à l'écart et plongée dans le noir. En surface, il semblait regretter de lui avoir fait mal, mais elle avait déjà découvert à quel point il pouvait être d'humeur lunatique.

— Allez, insista-t-il, tâchant de plaisanter. Tu n'as pas encore peur de moi, quand même ?

— Va te faire foutre, lança-t-elle, en se forçant à mettre un pied devant l'autre. Elle fourra la main dans sa poche de derrière, espérant que le geste paraîtrait anodin. Le bout de ses doigts effleura un canif de dix centimètres et, de savoir qu'elle l'avait sur elle, elle se sentit plus en sécurité.

Il ralentit, pour pouvoir marcher à sa hauteur.

— Tu travailles ici depuis longtemps ?

— Non.

— Combien de temps ?

— Quelques mois.

— Ton boulot, ça te plaît ?

— C'est un boulot.

Il eut l'air de capter le message, continua de marcher. Pourtant, quelques minutes plus tard, il se retrouva un peu en retrait. Elle discernait l'ombre de son visage, mais sans lire son expression. Il s'exprima, l'air sincère.

— Je suis désolé que tu n'aies pas aimé le film.

— Ce n'est pas ta faute. Mais c'était bien lui qui avait choisi ce film français sous-titré.

— Je croyais que ça te brancherait, ce genre de truc.

Elle se demanda si quelqu'un, dans l'histoire du monde, s'était déjà aussi lourdement trompé.

— Si j'ai envie de lire, je prends un bouquin.

— Tu lis beaucoup ?

— Pas beaucoup, reconnut-elle, mais ces derniers temps elle avait été captivée par quelques romans d'amour à l'eau de rose, pris à la bibliothèque du campus. Elle s'était mise à planquer les ouvrages derrière le porte-revues, pour que personne ne les emprunte avant qu'elle les ait terminés. Elle préférerait se trancher la gorge plutôt que de donner à Nan Thomas l'occasion de découvrir quel genre de conneries elle lisait.

— Et le cinéma ? insista-t-il, pas décontenancé. Quel genre de films tu aimes, alors ?

Elle essaya de ne pas paraître trop agacée.

— Je n'en sais rien, Ethan. Le genre qui se comprend.

Il eut finalement l'air de saisir le message, et se tut. Elle regardait par terre, essayant de ne pas trébucher. Ce soir, elle avait opté pour ses bottes de cow-boy, et elle n'avait pas l'habitude de marcher avec des chaussures à talons – même à petits talons. Elle portait aussi un jean, avec une chemise vert foncé à col boutonné, et avait mis un trait d'eye-liner, seule concession en vue d'une sortie dans le grand monde. Elle avait laissé ses cheveux détachés, rien que pour signifier à Ethan ce qu'elle pensait de son conseil.

Lui, il était en jean large, mais il portait encore un t-shirt noir à manches longues, qui lui recouvrait les bras. Elle savait que ce n'était pas le même t-shirt, car elle sentait son odeur de lessive, avec juste un soupçon d'eau de Cologne. Ses bottes de sécurité à bout en acier complétaient l'ensemble, et elle se dit que si elle le perdait dans les bois, elle pourrait retrouver sa trace rien qu'aux profondes empreintes que ses semelles laissaient dans le sol.

Quelques minutes plus tard, ils se retrouvaient dans une clairière, derrière la résidence des garçons. Le Grant Tech était assez vieux jeu, et seul un bâtiment de la résidence était mixte, mais, puisqu'on était dans une fac, les étudiants avaient évidemment trouvé le moyen de contourner les règlements, et tout le monde savait que Mike Burke, le professeur responsable des appartements des garçons, était sourd comme un pot : il était donc peu probable qu'il entende les filles entrer et sortir en douce, et à toute heure. Pour ce qui était de ce soir, Lena se dit qu'ils avaient dû lui chiper ses prothèses auditives, et les balancer dans une fosse septique. La musique en provenance du bâtiment était si forte que le sol vibrait sous leurs pieds.

— Le docteur Burke est chez sa mère pour la semaine, lui apprit Ethan, avec un grand sourire. Il a laissé un numéro, au cas où on aurait besoin de lui.

— C'est ta résidence ?

Il hocha la tête, en se dirigeant vers le bâtiment.

Elle l'arrêta, élevant la voix pour se faire entendre, malgré la musique.

— Là-dedans, tu me traites comme ta petite amie, d'accord ?

— C'est pas ce que tu es ? Non ?

Elle le regarda de travers.

— Si.

Il se remit à marcher, et elle le suivit.

Plus ils s'approchaient du bâtiment, plus le bruit la repoussait. Toutes les lumières étaient allumées, y compris celle des chambres du dernier étage, qui étaient réservées à l'enseignant responsable. La musique se situait à mi-chemin entre un mix de dance music à l'européenne et de l'acid jazz, avec un peu de rap saupoudré sur l'ensemble, et elle eut l'impression que, d'un moment à l'autre, ses oreilles allaient se mettre à saigner sous la puissance des décibels.

« Ils n'ont pas peur que la sécurité rapplique ? »

Ethan sourit à sa réflexion, et elle lui concéda l'avantage, l'air un peu renfrogné. Presque tous les matins, quand elle arrivait au travail, tous ses collègues qui avaient été de service la soirée précédente étaient encore sur leur lit de camp, dans la pièce du fond, une couverture calée sous le menton, à baver sur leur oreiller après une longue nuit de sommeil. Elle savait, d'après l'emploi du temps, que Fletcher était de service ce soir. De tous les hommes de service la nuit, c'était lui le pire. Depuis le peu de temps qu'elle était arrivée à la fac, Fletcher n'avait pas consigné un seul incident dans son registre. Naturellement, tout un tas de délits nocturnes ne faisaient jamais l'objet de la moindre déclaration, et ils passaient même totalement inaperçus, sous le couvert de l'obscurité. Lena avait lu, dans une brochure d'information, que moins de cinq pour cent de toutes les femmes qui se faisaient violer sur les campus universitaires déposaient plainte auprès de la police. Elle leva les yeux vers le bâtiment, en se demandant si quelqu'un ne serait pas en train de se faire agresser, à la minute même.

« Salut, Green ! » Un jeune homme, légèrement plus grand et plus carré qu'Ethan, vint à sa rencontre et lui tambourina du poing sur la poitrine. Ethan lui rendit ses coups de poing, et ils échangèrent une poignée de main compliquée, qui aurait pu tenir lieu de tout et de n'importe quoi, sauf d'invitation à danser sur la piste.

« Lena, s'écria Ethan, en poussant la voix pour se faire entendre par-dessus la musique. Voilà Paul. »

Lena s'efforça de sortir son plus beau sourire, en se demandant si ce n'était pas le copain d'Andy Rosen.

Paul la toisa des pieds à la tête, comme pour jauger dans quelle mesure elle était baisable. Elle l'imita, en lui faisant clairement comprendre qu'il ne correspondait pas à ses critères. Il avait un air assez insipide, comme peuvent l'être les garçons quand ils sont pris entre l'adolescence et l'âge adulte. Il portait un pare-soleil jaune, la visière en arrière, sur une tignasse de cheveux blonds taillés court, qui pointaient sur le sommet du crâne. Il avait une tétine et une flopée de colifichets, l'air tout droit sortis d'une collection de gadgets Hello Kitty, pendus autour du cou à une chaîne en métal vert. Il vit qu'elle le remarquait, et se fourra la tétine dans la bouche, en tétant bruyamment.

— Ho! s'écria Ethan, en cognant du poing dans l'épaule de Paul, l'air de protéger son territoire. Où est Scooter?

— À l'intérieur, fit Paul. Sûrement en train d'essayer de les convaincre d'arrêter cette musique de merde, musique de nègres. Il prit la pose, projetant les mains en tous sens, en rythme avec le morceau.

En entendant ce mot, Lena se hérissa, mais elle essaya de ne pas le montrer. Elle ne dut pas trop y parvenir, car Paul la prit à partie, usant d'une espèce de langage que seul emploierait un sale porc de raciste.

— Eh! t'es avec les frères, toi?

— Ta gueule, mec, s'écria Ethan, en le frappant du poing bien plus fort que la fois précédente. Paul éclata de rire mais heurta un groupe de gens qui marchaient en direction des bois. Il proféra des injures raciales, s'éloignant suffisamment pour que la musique noie ce qu'il déblatérait.

Ethan avait les poings serrés à bloc, les muscles de ses épaules saillaient sous son t-shirt.

— Putain d'enculé! cracha-t-il.

— Pourquoi tu ne te calmes pas un peu? suggéra-t-elle, mais quand il se tourna vers elle, elle sentit son cœur cogner à tout rompre. Sa colère la transperça comme un rayon laser, et elle posa la main sur sa poche de derrière, toucha le couteau, comme si c'était un talisman.

— T'écoute pas ce qu'il raconte, d'accord ? lui lança-t-il. C'est un crétin.

— Ouais, acquiesça-t-elle, s'efforçant d'alléger la situation, ah ! ça oui !

Il lui adressa un regard chagriné, comme s'il était très important qu'elle le croie, avant de se diriger vers le bâtiment de la résidence.

La portée d'entrée était ouverte, un couple d'étudiants se tenaient juste en retrait. Lena était incapable de dire de quel sexe ils étaient, mais elle s'imagina que si elle traînait par là deux secondes de plus, elle finirait bien par s'en faire une petite idée. Elle les dépassa, et détourna les yeux, tentant d'identifier une odeur particulière qui flottait dans l'air. Après sept semaines de travail sur le campus, elle connaissait assez bien l'odeur de l'herbe, mais là, c'était tout autre chose.

À l'entrée, un long couloir central, avec un escalier, rejoignait les trois étages, avec deux autres couloirs perpendiculaires qui partaient de chaque côté, donnant accès aux chambres et aux salles de douches. Cette résidence reproduisait le même plan que toutes les autres du campus. Le bâtiment dans lequel habitait Lena était très similaire, mis à part le fait que chaque chambre de la résidence du personnel se composait d'une petite suite, avec sa propre salle de bains et un petit salon qui tenait aussi lieu de kitchenette. Ici, en revanche, les étudiants étaient entassés à deux par chambre, avec des salles de bains communes au bout de chaque couloir.

Plus Ethan et Lena se rapprochaient du bout d'un couloir, mieux elle parvenait à discerner au moins deux odeurs qui flottaient dans l'air : la pisse et le vomi.

— J'ai besoin d'un petit stop ici, lui dit-il, en s'arrêtant devant une porte où était apposé un autocollant Déchets dangereux. Ça t'embête ?

— Je t'attends ici, lui dit-elle, en s'adossant contre le mur.

Il haussa les épaules, introduisit sa clef dans la serrure et secoua la porte, pour qu'elle s'ouvre. Elle ne comprenait pas pourquoi il se donnait la peine de la fermer à clef. La plupart des mômes du campus savaient qu'en secouant les poignées suffisamment fort, les portes s'ouvraient d'un coup toutes seules. La moitié des vols pour lesquels on l'appelait ne présentaient aucune trace d'effraction.

« À tout' », lança-t-il avant d'entrer et de fermer la porte.

En l'attendant, elle regarda le panneau des messages, sur l'extérieur de sa porte. Il y avait en fait un tableau en liège occupant une moitié du panneau, et un tableau blanc occupant l'autre côté. Plusieurs mots étaient punaisés sur le liège, mais elle ne fut pas curieuse au point de les déplier et de les lire. Sur le tableau blanc, quelqu'un avait écrit : « Ethan taille bien les pipes », à côté d'un dessin qui ressemblait à un singe difforme tenant dans sa main à trois doigts soit une casquette de base-ball, soit un pénis en érection.

Elle soupira, se demandant ce qu'elle foutait là. Il faudrait peut-être qu'elle se rende demain au poste et qu'elle parle à Jeffrey. Il devait y avoir moyen de le convaincre qu'elle n'était pas impliquée dans cette affaire. Elle serait mieux inspirée de rentrer chez elle tout de suite, de se verser un verre et d'essayer de dormir un peu, pour que, quand le matin viendrait, elle ait la tête claire et soit en mesure de prendre une décision, et de s'y tenir. Ou alors, elle allait rester, causer avec le copain d'Andy, histoire d'avoir au moins quelque chose à proposer à Jeffrey, pour lui montrer qu'elle agissait en toute bonne foi.

« Désolé », s'excusa Ethan en réapparaissant, avec à peu près le même air qu'avant d'entrer dans la pièce. Elle se demanda ce qu'il avait fabriqué là-dedans, mais pas assez pour l'interroger. Il s'était sûrement figuré qu'elle entrerait dans la pièce avec lui, et que là-dedans, il aurait pu la séduire, avec ses charmes d'ado. Elle espérait fermement ne pas être aussi cruche qu'elle devait le paraître à ses yeux.

— Oh! des conneries, s'exclama-t-il, en essuyant le message sur le tableau blanc avec la manche de son t-shirt. C'est des mecs qui aiment bien déconner.

— Ouais, ponctua-t-elle, l'air de s'ennuyer.

— Je te jure, insista-t-il. Les pipes, moi, j'ai arrêté dès le lycée.

Elle faillit le croire, une fraction de seconde, puis s'autorisa un sourire, quand elle eut compris qu'il plaisantait.

Il continua dans le couloir.

— Ça te plaît, ce morceau? lui demanda-t-il d'une voix forte.

— Bien sûr que non, le rassura-t-elle, en se demandant encore si elle ne ferait pas mieux de laisser tomber ce bazar. Elle n'avait qu'à se procurer le nom du gosse et laisser Jeffrey s'occuper de tout ça demain.

— Quel genre de musique tu aimes?

— Le genre qui ne donne pas mal à la tête. On va lui parler, à ce copain, ou pas?

— Par ici. Il eut un geste en direction de l'escalier principal.

Ils entrèrent donc dans le couloir central, où un bout de plâtre se décrocha et tomba du plafond, juste au-dessus d'elle. Elle avait beau n'entendre que la musique, elle sut que le sol craquait, au-dessus d'elle.

Au premier, il y avait une grande salle de réunion en haut de l'escalier, avec des tv et des tables pour les étudiants, mais apparemment, pour l'heure, ici, personne ne songeait à étudier. Il y avait aussi une cuisine collective, mais, à en juger par les autres résidences pour étudiants que Lena avait vues, elle ne devait certainement contenir qu'un frigo dans un état épouvantable, un micro-ondes avec la porte fermée, coincée, et quelques distributeurs automatiques. Au deuxième, il y avait moins de chambres et, même si elles étaient plus petites, ce deuxième étage était plus convoité. Après avoir reniflé les effluves des toilettes plus souvent fréquentées de l'étage inférieur, elle pouvait risquer une hypothèse pour expliquer la chose.

« Par ici », beugla Ethan.

Elle le suivit, et ils se frayèrent un passage au milieu des étudiants assis dans l'escalier. Aucun d'eux ne semblait avoir plus de quinze ans, mais ils buvaient tous une décoction rose qui devait contenir assez d'alcool pour qu'elle en perçoive l'odeur au passage. Et elle reconnut la troisième odeur présente dans les lieux : de l'alcool fort.

Le couloir du premier étage était encore plus bondé que les escaliers, et Ethan lui prit gentiment la main, pour qu'elle ne sente pas perdue. À ce contact soudain, elle se sentit comme avalée, et elle baissa brièvement les yeux sur la main du garçon, dans la sienne. Il avait les doigts longs et délicats, presque des doigts de fille. Les poignets étaient osseux, et elle put entrevoir les articulations noueuses qui dépassaient de la manche de son t-shirt. La salle était si exiguë, il y faisait si chaud, qu'elle n'arrivait pas à comprendre comment il supportait la chaleur. Peu importait ce qu'Ethan avait à cacher sous ses manches, cela ne pouvait pas justifier de suer à mort dans une pièce où s'entassait au moins une centaine de personnes, toutes en train de sauter sur place au rythme de ce qu'on aurait pu difficilement appeler de la musique.

Subitement, le vacarme cessa. La salle grogna à l'unisson, puis éclata de rire quand les lumières s'éteignirent.

Des inconnus vinrent buter dans Lena, et elle en eut le cœur au bord des lèvres. Un homme, à côté d'elle, chuchota quelque chose, une fille rit bruyamment. Derrière elle, un autre type appuya son corps contre celui de Lena, et cette fois, il y eut dans ce contact quelque chose de plus explicite.

— Hé ! remettez la musique ! hurla quelqu'un.

Un autre lui répondit.

— Laissez-moi une minute, s'exclama quelqu'un, et une lampe torche s'alluma dans le coin, pendant que le dj essayait de remettre son machin en route.

Les yeux de Lena finirent par s'accommoder à l'obscurité, et elle réussit à discerner des formes d'individus autour d'elle. Elle s'avança de quelques centimètres, et le type derrière elle la suivit comme une ombre. Ses mains remontèrent jusqu'à sa taille et il lui souffla dans l'oreille : « Salut. »

Lena se figea.

« Allons quelque part », fit-il, en se frottant contre elle.

Elle essaya de lui souffler « Arrête », mais le mot s'étrangla dans sa gorge. Avant d'avoir pu se retenir, elle se précipita vers Ethan, en lui enserrant le bras des deux mains.

« Quoi ? » s'écria ce dernier. Même dans le noir, elle le vit qui jetait un œil derrière lui, ce qui lui permit de recevoir instantanément la réponse à sa question. Ses muscles se tendirent, et il écrasa son poing dans la poitrine du type.

« Enfoiré », siffla-t-il.

Le type recula, en levant les mains en l'air comme s'il s'agissait d'un simple malentendu.

« C'est bon », glissa Ethan à Lena. Il l'enveloppa de ses deux bras, la protégea de la foule. Elle aurait dû le repousser, mais elle eut besoin de deux ou trois secondes pour calmer les battements de son cœur, avant qu'il ne jaillisse de sa cage thoracique.

Sans avertissement, la musique reprit et la lumière noire se ralluma. La foule poussa des acclamations et se remit à danser. Sous cette lumière, les t-shirts, les dents rayonnèrent d'une lumière violette. Quelques fêtards se mirent à s'agiter des bâtons luminescents verts et jaunes sous le nez. Quelques autres avaient de petites lampes torches, qu'ils braquaient sur les yeux de leurs voisins.

— C'est une rave, dit Lena. Enfin, elle crut l'avoir dit. La musique était si forte qu'elle était incapable d'entendre sa propre voix. La foule tanguait sur une vague d'ecstasy, et ces lumières amplifiaient les choses. La tétine de Paul s'expliquait mieux. Il allait s'en servir pour éviter de claquer des dents sous ecstasy.

Dans le flot de la musique, Ethan cria.

— Viens par ici! et il la fit reculer. Elle tendit la main derrière elle, et lorsqu'elle sentit un mur, elle s'arrêta.

— Est-ce que ça va? demanda-t-il, le visage tout près du sien, pour qu'il puisse l'entendre.

— Bien sûr, fit-elle, en faufilant la main contre le torse du garçon, pour ménager un peu d'espace entre eux. Son corps était aussi ferme que le mur, et il ne bougea pas.

De ses doigts effilés, il lui recoiffa les cheveux, les lui dégagea.

— J'aurais préféré que tu les mettes en arrière.

— Je n'avais rien pour les attacher, mentit-elle.

Il sourit, tout en suivant le mouvement de ses doigts dans sa chevelure.

— Je pourrais te trouver un élastique, quelque chose.

— Non.

Ethan laissa retomber la main, visiblement déçappointé. Il changea de sujet.

— Tu veux que j'aille redire un mot à cet enfoiré ?

— Non, fit-elle, alors qu'une part d'elle-même aurait bien aimé – plus qu'une part d'elle-même, en fait. Elle aimait bien l'idée qu'il défonce la tête du connard qui s'était frotté contre elle.

— Très bien, grommela-t-il.

— Je le pense, lui soutint-elle, sachant que ce serait mal d'envoyer Ethan s'en prendre à ce type. C'est une rave party, ajoute-t-elle. Il a dû penser...

— D'accord, la coupa-t-il. Reste ici. Je vais nous chercher un truc à boire.

Avant qu'elle ait pu ajouter quoi que ce soit, il avait disparu. Elle le suivit des yeux, vit son dos se fondre dans la foule, et elle se sentit comme une écolière esseulée. Elle avait trente-quatre ans, pas quatorze, et elle n'avait pas besoin qu'un voyou prenne sa défense.

« Hé ! », pesta quelqu'un, en lui rentrant dedans. Une brunette à l'air guilleret lui proposa deux gélules vertes, mais elle la repoussa de la main, en se cognant dans quelqu'un d'autre, juste à côté.

« Désolée », s'excusa-t-elle, en s'écartant d'un pas et en se cognant encore dans une autre personne. La pièce se resserrait sur elle, et Lena sut que, si elle ne se tirait pas d'ici en vitesse, elle allait se mettre à crier.

Elle se fraya un chemin en poussant dans la masse et tenta de gagner l'escalier, mais la foule refluait vers elle, comme à contre-courant. La salle était encore plongée dans le noir, et elle tâtonna devant elle, en se servant de ses mains pour écarter les gens, jusqu'à ce qu'elle sente un autre mur sous ses paumes. Elle se retourna, devinant, à cause de la lumière qui provenait de l'autre bout de la pièce, qu'elle était partie dans la mauvaise direction. L'escalier était à l'opposé.

« Bordel ! », jura-t-elle, en tâtant le mur. Sa main trouva une poignée de porte, qu'elle ouvrit, et elle cligna des yeux dans la lumière crue. Ses yeux s'y adaptèrent, et elle vit un garçon couché sur le dos, sur un lit. Il la dévisagea avec un sourire entendu, tandis qu'une blonde descendait le long de son corps. Il fit signe à Lena de se joindre à eux, et elle claqua la porte, se retourna et heurta Ethan.

« Ouah ! », s'écria-t-il, un gobelet de jus d'orange à la main, qu'il éloigna pour ne pas le renverser.

La musique décrut un peu en intensité, probablement pour accompagner les ravers dans leur trip, se dit Lena. Peu importait la raison, ses tympans cessèrent de lui faire mal à cause du bruit, et elle eut presque envie de prononcer une prière, en remerciement.

— Je ne savais pas ce que tu voulais, lui expliqua-t-il, en désignant le gobelet. Il y a de la vodka dedans. Je l'ai préparé moi-même, pour être sûr. Il sortit une bouteille d'eau de la poche de son jean. Sinon, tu peux avoir un peu de ça.

Elle regarda le gobelet, elle avait tellement envie de boire qu'elle en avait la langue toute recroquevillée dans la bouche.

— De l'eau, dit-elle.

Il hocha la tête, comme si elle venait de passer un test.

— Je reviens tout de suite, lui assura-t-il, en posant le gobelet sur une table voisine.

— Tu ne la bois pas ? s'étonna-t-elle.

— Je vais chercher un jus. Attends-moi ici, pour que je puisse te retrouver.

Elle fit tourner le bouchon de la bouteille, pour l'ouvrir, en regardant à nouveau le jeune homme s'éloigner. Elle but une longue gorgée, en gardant les yeux ouverts, pour que personne ne puisse la prendre par surprise. Sur la piste de danse, la moitié des gamins était tellement défoncée que l'autre moitié devait les soutenir, pour qu'ils restent debout.

Elle se surprit à jeter un œil vers la table, là où Ethan avait posé le gobelet de vodka. Avant d'avoir pu se raviser, elle s'en approcha et but tout le gobelet, en deux rapides gorgées. La boisson était presque parfaite, avec juste une goutte d'orange, pour la couleur. La vodka descendit, sa poitrine se contracta, ce fut une flamme lente qui se répandit dans son œsophage, c'était comme d'avaler une allumette enflammée.

Elle s'essuya la bouche de la main, sentit des épingles et des aiguilles la lancer dans son poignet endolori. Elle tâcha de se rappeler à quelle heure elle avait pris la Vicodine. Le film avait duré au moins deux heures. La marche jusqu'à la résidence avait pris une demi-heure. Combien de temps était-on censé laisser s'écouler entre deux doses ?

« Et merde ! », fit-elle, et elle sortit le comprimé de sa poche, se l'envoya dans la bouche. Elle chercha autour d'elle de quoi le faire passer, et vit un gobelet de punch rose, sur la table. Elle regarda ce gobelet fixement, se demandant ce qu'il contenait, l'espace d'une fraction de seconde, avant d'en avaler une solide rasade. La décoction avait un goût de vodka, avec juste assez de Kool-Aid à la cerise pour lui donner sa coloration rose. Il n'en restait déjà plus beaucoup, et elle vida le gobelet, en le reposant brutalement quand ce fut terminé.

Elle attendit, respira trois fois, à fond, avant que l'alcool ne produise violemment son effet. Quelques secondes supplémentaires, et elle regarda autour d'elle dans la pièce. Elle se sentait détendue, mais pas du tout saoule. Ce n'était plus qu'une soirée normale, avec une bande de gamins inoffensifs. Elle tenait tout à fait le coup. L'alcool avait gommé la tension, et c'était tout ce dont elle avait besoin. La Vicodine n'allait pas tarder à agir, et elle se sentirait de nouveau normale.

La musique se transforma en une matière lente et sensuelle, dans ses oreilles le martèlement diminua. Apparemment, quelqu'un avait de nouveau baissé le volume, cette fois à un niveau presque tolérable.

Elle avala une autre gorgée d'eau, pour se débarrasser de cette impression de sécheresse dans la bouche. Elle rit, songeant qu'elle était probablement la plus vieille de toute l'assemblée.

— Qu'est-ce qu'il y a de drôle ? lui demanda Ethan, qui était juste à côté d'elle. Il tenait une bouteille de jus d'orange encore non ouverte à la main.

Elle secoua la tête, se sentit subitement prise de vertige. Elle avait besoin de bouger, de marcher pour dissiper un peu les effets de l'alcool.

— On va chercher ce copain.

Il lui adressa un curieux regard, et elle rougit, ne sachant pas s'il n'avait pas remarqué les gobelets vides sur la table.

— Par là, fit-il, en essayant d'ouvrir la marche.

— J'y vois bien toute seule, dit-elle, en lui frappant dans la main, pour l'écarter.

— Tu préfères cette musique-là ? s'enquit-il.

Elle hocha la tête, presque à en perdre l'équilibre. Si Ethan s'en aperçut, il ne dit rien. À la place, il la mena vers l'un des paliers latéraux, qui conduisait aux chambres. De chaque pièce, elle entendait sortir une musique différente, et certaines portes étaient ouvertes, révélant des gamins sniffant de la cocaïne ou baisant comme des lapins, selon le nombre de personnes présentes.

— C'est toujours comme ça ? s'étonna-t-elle.

— C'est parce que le professeur Burke est parti, la rassura-t-il, mais c'est des trucs qu'ils font quand même assez souvent.

— J'imagine, acquiesça-t-elle, en jetant encore un coup d'œil dans une autre pièce, et le regrettant aussitôt.

— D'habitude, je suis à la bibliothèque, expliqua-t-il, mais elle se dit qu'il mentait. Elle ne l'avait jamais vu là-bas. Bien sûr, la bibliothèque était assez vaste, et il était le genre de type à se fondre facilement dans le décor. Peut-être y était-il bel et bien venu. Peut-être l'avait-il surveillée, depuis tout ce temps.

Il s'arrêta devant une porte tout à fait singulière, en raison de son absence d'autocollants et autres mots obscènes.

« Ho, Scooter ! », hurla-t-il, en frappant au panneau de bois.

Elle baissa les yeux sur le plancher, les ferma, tâchant de reprendre ses esprits.

« Scoot ? répéta-t-il, en tapant du poing contre la porte. Il cogna si fort que le haut du panneau fléchit, laissant entrevoir un rai de lumière par l'interstice avec le chambranle. Allez, Scooter. Ouvre, espèce d'enfoiré. Je sais que tu es là. »

Lena n'entendit pas grand-chose derrière la porte, mais elle sentit que quelqu'un remuait. Il s'écoula plusieurs minutes encore, avant que la porte ne s'ouvre, et un relent d'odeur corporelle, la pire qu'il lui ait jamais été donné de sentir de sa vie entière, lui noya les narines, comme un baquet de merde chaude.

— Seigneur ! se plaignit-elle, en portant la main à son nez.

— C'est Scooter, lui souffla Ethan, comme si cela expliquait l'odeur.

Elle respira par la bouche, histoire de s'adapter.

« Schlingueur » aurait fait un sobriquet plus approprié.

« Salut », dit-elle, s'efforçant de ne pas suffoquer.

Scooter était remarquablement différent des autres. Là où la plupart des garçons qu'elle avait croisés jusque-là avaient le cheveu taillé court et portaient des jeans larges et des t-shirts, Scooter avait les cheveux longs et noirs et portait un débardeur bleu pastel et un short hawaïen orange vif. Un garrot en caoutchouc jaune était enroulé autour de son biceps gauche, et il avait le haut du bras tout gonflé, à force de le contracter.

— Hé ! mec, fit Ethan, en attrapant le garrot. Viens. L'élastique sauta du bras de l'autre, et vola dans la chambre.

— Merde ! mec, grogna Scooter. Il se leva, barrant l'entrée, pas du tout menaçant. C'est un flic, putain ! Qu'est-ce qu'un flic fout ici, mec ? Pourquoi tu m'amènes un flic dans mon appart ?

— Laisse passer, le pria Ethan, en le repoussant doucement vers le fond de la pièce.

— Je vais me faire arrêter ? demanda Scooter. Minute, mec. Il se mit à quatre pattes, à la recherche de son garrot. Une minute, que j'me fasse ce shoot d'abord.

— Lève-toi, ordonna Ethan, en tirant son copain par la ceinture de son short. Allez, elle est pas venue t'arrêter.

— Je peux pas aller en taule, mec.

— Elle va pas t'emmener en taule, lui assura-t-il, et sa voix résonnait fort dans la petite pièce.

— Ouais, bon, d'accord, marmonna Scooter, en se laissant faire. Ethan le releva. Scooter porta la main à son cou, et Lena remarqua qu'il portait une chaîne jaune, à peu près semblable à celle de Paul, le pote de tout à l'heure. En revanche, Scooter n'avait pas la tétine, mais une espèce de collection de clefs, de tout petits passe-partout, comme ceux que l'on trouve sur les cadenas des journaux intimes des jeunes filles.

— Assieds-toi, mec, lui suggéra Ethan, en le poussant sur le lit.

— Ouais, bon, d'accord, répéta Scooter, comme s'il n'avait pas saisi qu'il était assis.

Lena se tenait juste sur le seuil, et elle respirait toujours par la bouche. Un climatiseur était encastré dans la fenêtre, mais Scooter ne l'avait pas allumé. D'ordinaire, les défoncés aimaient bien rester au frais, pour que la drogue ne les fasse pas transpirer trop vite, mais à en juger par son odeur, elle en déduisit qu'il avait suffisamment de graisse dans l'organisme pour boucher tous ses pores jusqu'au dernier.

La pièce était à peu près identique aux autres : plus longue que large, avec un lit, un bureau, et un placard de chaque côté. Il y avait deux grandes fenêtres en face de la porte, mais les vitres étaient opaques de crasse. Des piles de livres et de papiers tapissaient le sol, des emballages en carton de plats à emporter et des bières vides étaient posés dessus. Il y avait un bandeau adhésif bleu collé sur le sol, au milieu de la pièce, probablement pour la diviser en deux. Elle se demanda comment le colocataire de Scooter s'accommodait de l'odeur.

Un petit réfrigérateur servait de table de nuit, à côté du lit occupé par leur hôte. Plus traditionnel, son colocataire avait opté pour un morceau de contreplaqué sur deux piles de parpaings. Il avait dû voler ces blocs de béton sur le chantier près de la cafétéria. Kevin Blake leur avait fait parvenir une note, il y avait de ça deux semaines, priant Chuck de remonter la piste des parpaings manquants, parce que l'entreprise de travaux allait lui facturer les blocs de remplacement.

— C'est bon, dit Ethan, en lui faisant signe d'entrer dans la chambre. Il est complètement pété.

— Je vois ça, lâcha-t-elle, mais elle ne s'écarta pas de la porte ouverte. Scooter était plus costaud qu'Ethan : plus grand, plus fort. Elle glissa son pouce replié tout juste au bord de sa poche de derrière, elle sentit le couteau.

Ethan s'assit sur le lit, à côté de Scooter.

— Tant que tu laisseras cette porte ouverte, il va refuser de te causer.

Elle mesura les risques encourus, et décida que ça pourrait aller. Elle avança et ferma, sans les quitter du regard.

— Il n'a pas l'air du tout en état de parler, point barre, observa-t-elle. Elle allait s'asseoir sur le lit en face de celui de Scooter, mais elle s'arrêta, car elle se remémora ce qu'elle avait vu au passage, dans les autres chambres.

— Je peux pas t'en vouloir, mec, s'esclaffa-t-il en hurlant comme un phoque.

Elle regarda dans la pièce autour d'elle, songeant qu'il y avait là une panoplie de médicaments suffisante pour garnir une pharmacie. Une cuiller était posée à côté, avec à l'intérieur quelques résidus d'une substance quelconque, et un petit sachet rempli de ce qui ressemblait à des cristaux de sel. Ils avaient interrompu Scooter dans sa préparation d'Ice, la forme la plus puissante des métamphétamines. La défonce était si pure qu'il n'avait même pas besoin de la filtrer.

— Quel idiot, putain ! s'écria-t-elle. Même Hank, son oncle, accro du speed de la pire espèce, n'avait jamais joué au con avec de l'Ice. C'était trop dangereux. Je comprends pas trop l'intérêt de tout ça, lança-t-elle à Ethan.

— Scooter était le meilleur ami d'Andy, lui expliqua-t-il.

En entendant prononcer le nom d'Andy, Scooter éclata en sanglots. Il pleurait comme une fille, ouvertement, sans vergogne. Devant sa réaction, Lena oscillait entre le dégoût et la fascination. Assez curieusement, Ethan avait l'air de partager ses sentiments.

« Allez, Scoot, ressaisis-toi, lui dit-il, en poussant l'autre à l'écart. Seigneur ! t'es quoi, toi, une pédale ? »

Il jeta un coup d'œil à Lena, se rappela peut-être, à la dernière seconde, que sa sœur était gay. Elle consulta sa montre. Elle avait gâché sa soirée à essayer de parler avec ce crétin, et ce n'était pas maintenant qu'elle allait renoncer. Elle flanqua un coup de pied dans le lit, si fort que les deux garçons sursautèrent.

« Scooter, s'écria-t-elle. Écoute-moi bien. »

Il hocha la tête.

« Avec Andy, vous étiez amis ? »

Il hocha de nouveau la tête.

« Andy était dépressif ? »

Il hocha encore la tête. Elle soupira, sachant qu'elle n'aurait pas dû flanquer de coup de pied dans le lit. Maintenant, il se sentait menacé, et il n'allait plus parler.

D'un geste du menton, elle désigna le réfrigérateur.

— Tu as de quoi boire, là-dedans ?

— Oh ! ouais. Scooter se leva d'un bond, comme pour dire *Je manque à tous mes devoirs*. Avant de retrouver l'équilibre, il vacilla sur ses jambes, puis il ouvrit le petit frigo. Elle avisa plusieurs bouteilles de bière et ce qui ressemblait à une bouteille en plastique de un litre, de la vodka, sans marque. Entre ça et les drogues, elle se demanda comment Scooter avait réussi à ne pas se faire virer de la fac.

— J'ai de la bière et de la..., commença-t-il.

— Allez, dit-elle, en le poussant. Peut-être que si elle buvait un coup, elle se sentirait plus maîtresse d'elle-même. Des verres ? ajouta-t-elle.

Scooter glissa la main sous le lit et en ressortit deux gobelets en plastique qui avaient connu des jours meilleurs. Elle les posa bien droit sur le frigo et prit le jus d'orange que lui tendait Ethan. La bouteille était petite. Il n'y en aurait pas assez pour eux trois.

« Pas pour moi », la remercia Ethan, en l'étudiant, comme si elle était un de ses manuels scolaires.

Sans le regarder, elle mélangea le breuvage, versa la moitié du jus dans l'un des deux gobelets, puis elle y ajouta un peu de vodka. Elle garda la bouteille de jus pour elle, et la remplit jusqu'à ras bord d'alcool translucide. Elle obtura le goulot avec le pouce et secoua pour mélanger le tout. Elle sentait toujours les yeux d'Ethan posés sur elle.

Elle s'assit sur le lit, en face d'eux, avant de se rappeler que cette disposition ne lui plaisait guère, et elle observa fixement Scooter, qui sirotait sa boisson.

« C'est bon, approuva-t-il. Merci. »

Lena cala le jus sur ses genoux, sans rien boire. Elle avait envie de voir combien de temps elle serait capable de tenir. Peut-être ne boirait-elle rien, après tout. Peut-être allait-elle se contenter de tenir le jus dans sa main, en attendant que Scooter se sente à l'aise, et lui parle. Elle savait que la première chose à faire, lors d'un entretien de ce genre, c'était d'instaurer un rapport. Avec les défoncés comme Scooter, le moyen le plus commode pour atteindre cet objectif, c'était de lui faire croire qu'elle avait elle-même un souci.

— Andy, dit-elle enfin, la bouche très sèche.

— Ouais, fit l'autre en opinant. C'était un bon type.

Lena se souvint de ce que lui avait raconté Richard Carter.

— J'ai entendu dire qu'il pouvait être un vrai chieur.

— Ouais, enfin, celui qui t'a sorti ça, c'est un enfoiré, rétorqua Scooter.

Il n'avait pas tort, mais elle garda cette réflexion pour elle.

— Parle-moi de lui. Parle-moi d'Andy.

Scooter s'adossa contre le mur, écarta d'un coup ses longs cheveux noirs, qu'il avait devant les yeux. Il avait sur les joues une constellation de boutons proprement sidérante. Elle aurait pu lui signaler qu'en se coupant les cheveux, ou tout au moins en les lavant, il aurait déjà résolu une bonne partie du problème, mais pour le moment, elle avait d'autres sujets à aborder avec lui.

— Il sortait avec quelqu'un ? poursuivit-elle.

— Qui, Andy ? Scooter secoua la tête. Ça durait jamais longtemps. Il tendit son gobelet, dans l'espoir de refaire le plein. Elle ne le quitta pas des yeux, guère disposée à partager.

— Parle-moi d'abord, et ensuite tu en auras un peu plus.

— J'ai besoin d'un shoot, implora-t-il, en tendant la main vers les aiguilles sur le frigo.

— Minute, mon pote, intervint Ethan, en le repoussant. Tu as promis que tu causerais, tu te souviens ? Et tu vas causer. Tu as promis que tu lui raconterais ce qu'elle veut savoir.

— Ah ouais ? s'étonna Scooter, un peu perdu. Il regarda brièvement Lena, et elle confirma, d'un signe de tête.

— Ouais, mon pote, répéta Ethan. T'as dit ça. T'as promis, parce que tu veux aider Andy.

— Ah ouais ! d'accord, acquiesça l'autre, en opinant. Il avait les cheveux tellement crasseux qu'ils restèrent immobiles.

Ethan lança un coup d'œil acéré à Lena.

— Tu vois ce que ça provoque au cerveau, cette merde ? Elle l'ignora.

— Est-ce qu'Andy sortait avec quelqu'un ? répéta-t-elle. Scooter gloussa.

— Ouais, mais elle, elle sortait pas avec lui.

— Qui, elle ? insista-t-elle.

— Ellen. Ellen, de sa classe d'art.

— Schaffer ? précisa Ethan, et le nom n'avait pas l'air de trop lui plaire.

— Ouais, mec, elle est vachement chaude, celle-là. Tu vois ce que je veux dire ? Scooter ficha un coup de coude à son voisin, un geste suggestif. Putain de bien foutue.

Lena tâcha de le ramener à leur sujet de conversation.

— Elle le voyait ?

— Elle n'aurait jamais fréquenté quelqu'un comme lui, rectifia Scooter. C'est une déesse. Les simples mortels comme Andy pouvaient tout juste lui renifler ses culottes.

— C'est un garage à bites ambulant, lâcha Ethan avec un dégoût évident. Elle ne savait probablement même pas qu'il existait.

Scooter gloussa de nouveau, et redonna un coup de coude à son voisin.

— Peut-être qu'il est là-haut dans le ciel à voler des culottes !

Ethan se rembrunit, le repoussa.

— Quoi ? demanda Lena, perplexe.

— Bordel ! j'ai entendu raconter qu'elle avait la gueule comme si elle avait avalé un pétard à mèche, ajouta Scooter.

— La gueule de qui ? s'enquit-elle.

— Ellen ! clarifia-t-il, comme si c'était évident. Elle s'est fait sauter la tête. D'où tu sors, toi ?

Pour elle, ce fut un choc, comme un coup de massue sur le crâne. Elle était restée toute la journée dans sa chambre, à surveiller l'écran de son téléphone. Nan l'avait appelée plusieurs fois, mais elle n'avait pas décroché. La mort d'Ellen Schaffer conférait une tout autre dimension à l'enquête. Si elle avait fait l'objet d'une mise en scène, comme celle d'Andy, alors Jeffrey avait deux fois plus de raisons de chercher Lena.

Sans réfléchir, elle avala une petite gorgée de sa bouteille. Elle garda le liquide dans la bouche, en savoura le goût avant d'avaler. La vodka la brûla, et elle sentit cette brûlure sur tout le trajet, jusqu'à son estomac. Elle souffla lentement, se sentit plus calme, plus affûtée.

— Et cette cure de désintox où ses parents l'avaient envoyé ?

Scooter jeta de nouveau un œil aux seringues, en se passant la langue sur les lèvres.

— Il a fait ce qu'il fallait pour en sortir, vous voyez ? Andy aimait bien la fumette. Pas moyen d'en sortir. On tombe amoureux de ça une fois, on y revient toujours, comme un amoureux. Apparemment, Scooter aimait bien le mot « amoureux », car il le répéta de la sorte à plusieurs reprises, en roulant chaque fois la langue dans la bouche.

De nouveau, Lena essaya de le ramener à leur discussion.

— Donc quand il est revenu, il était net ?

Scooter confirma.

— Ouais.

— Combien de temps ça a duré ?

— Jusqu'à dimanche, je crois, lui dit-il, et il rit, comme si c'était une bonne plaisanterie.

— Quand ça, dimanche ?

— Avant de mourir, précisa-t-il. Tout le monde sait que les flics ont trouvé une seringue, là-bas.

— Exact, confirma Lena, en pensant que si c'était vrai, Frank l'aurait mentionné. Sur le campus, désormais, les rumeurs se propageaient à la vitesse des maladies sexuellement transmissibles. Je croyais t'avoir entendu affirmer qu'il aimait fumer ?

— Ouais, ouais, fit-il. En tout cas, c'est ce qu'ils ont trouvé.

Elle décocha un regard noir à Ethan.

— Tu as vu Andy en prendre, avant hier ? poursuivit-elle.

Scooter secoua la tête.

— Non, mais je sais qu'il en prenait.

— Comment peux-tu en être sûr ?

— Parce qu'il voulait m'en acheter.

À côté de lui, elle sentit Ethan très nettement se raidir.

— Il s'est acheté un paquet samedi soir, et il m'a annoncé qu'il allait tout se faire dimanche. Se payer un tour de tapis volant. « Magic carpet ride »..., fredonna-t-il. Hé ! tu crois que c'est ça, le sens de la chanson ?

Une fois de plus, elle tenta de le ramener à leur conversation.

— Tu crois qu'il a voulu se suicider ?

Ethan se leva et se rendit à la fenêtre.

— Ouais, enfin, bon, biaisa Scooter. Là encore, il jeta un œil aux seringues. Il est venu dans ma chambre, genre, pour me sortir : « Hé ! mec, t'en as ? », et moi, je lui ai sorti « Putain ! ouais, je m'prépare pour Burke qui se taille la semaine prochaine », et lui, il me sort, genre : « File-moi ce que t'as. J'ai le blé », et moi, genre, « Va te faire foutre, pas question, mec, c'est ma dope, et tu me dois encore du fric de la dernière fois qu't'es venu, espèce de putain de pédale », et lui, genre...

Lena l'arrêta.

— Il avait des problèmes d'argent ?

— Ouais, enfin, tout le temps. Sa mère elle exigeait qu'il paie le loyer et tout le merdier. C'est pas un peu nase, ça, hein ? Son propre fils, et elle le forçait à raquer pour ses fringues et tout le merdier, comme s'il était à l'assistance, putain ! Il réajusta son short. Cette bagnole, elle était quand même pas mal, hein ! Il se tourna vers Ethan. T'as vu c'te caisse que son père lui a payée ?

Lena essaya une fois encore d'éviter que Scooter ne s'égare.

— Mais samedi soir, il avait de l'argent ? Andy avait de l'argent ?

— Putain, j'en sais rien. J'imagine. Il s'était trouvé de quoi en acheter, en tout cas.

— Je croyais que tu lui en avais vendu.

— Bordel ! non. Je t'ai dit, moi, je savais ce qu'il avait derrière la tête. J'allais pas me faire choper dans ce genre de truc, moi. Tu vends de la dope, le gamin se paie une overdose, et toi tu te retrouves en taule pour homicide à la défonce, et moi, je vais pas en taule. J'ai déjà un job en ligne de mire, pour quand je s'rai sorti d'ici.

— Où ça ? voulut-elle savoir, se demandant qui diable pourrait embaucher un tel déchet ambulant.

Ethan ne le laissa pas répondre.

— Tu savais qu'il allait essayer de se tuer ?

— Je crois bien. Scooter haussa les épaules. La dernière fois, il avait déjà essayé. Il s'est acheté un sachet de merde et il s'est ouvert avec une lame de rasoir. Il traça une ligne sur son avant-bras, pour illustrer son propos. C'était nase, ça. Du sang partout ! Tu y aurais pas cru. Tu penses que j'aurais dû dire quelque chose ? Je voulais pas lui créer des emmerdements, je sais pas, moi.

— Ouais, connard, s'exclama Ethan, en s'approchant du lit. Il lui flanqua une tape dans la nuque. Ouais, t'aurais dû lui dire quelque chose. Tu l'as tué, putain ! voilà ce que t'as fait.

— Ethan..., intervint Lena.

— Allez, on se tire d'ici, lâcha-t-il, en se dirigeant vers la porte. Elle voyait bien qu'il était en colère, mais sans comprendre pourquoi. Je suis désolé de t'avoir fait perdre ton temps, s'excusa-t-il.

— T'inquiète pas pour ça.

— Allez, répéta Ethan, en poussant la porte tellement fort que la poignée alla creuser un trou dans le mur derrière.

Elle le suivit, mais elle referma, en restant dans la chambre.

— Lena ! Il frappa contre, et la porte vibra. Elle la verrouilla, espérant que cela suffirait à le retenir quelques minutes.

— Scooter, dit-elle, s'assurant de recueillir toute son attention, qui lui a vendu de la drogue ?

Il la dévisagea.

— Quoi ?

— Qui a vendu de la drogue à Andy ? répéta-t-elle. Samedi soir, où est-ce qu'il a trouvé de la drogue, en fin de compte ?

— Merde ! bougonna-t-il, j'en sais rien. Il se gratta les bras, visiblement mal à l'aise depuis qu'Ethan n'était plus là. Laisse-moi tranquille, d'accord ?

— Non, refusa-t-elle. Pas tant que tu ne me l'auras pas dit.

— J'ai des droits.

— Ah ouais ? Tu veux que j'appelle les flics ? Elle garda la bouteille dans une main et attrapa les seringues pleines de l'autre. Allez, on appelle les flics, Scooter.
— Oh ! putain ! allez. Il tenta vaguement de reprendre les seringues, mais elle fut plus rapide.
— Qui a vendu de la drogue à Andy ? répéta-t-elle.
— Allez, gémit l'autre. Quand il vit que ça ne donnerait rien, il capitula. Tu devrais l'savoir. Tu bosses avec lui.
Elle lâcha les seringues et faillit lâcher sa bouteille, avant de se ressaisir.
— Chuck ?
Scooter se précipita par terre, ramassa les seringues comme si c'était de l'argent trouvé.
— Chuck ? répéta-t-elle. Elle était trop abasourdie pour rien faire de plus. Elle but une gorgée de vodka, avant de siffler le tout d'un seul coup. Elle se sentait tellement désorientée qu'elle dut se rasseoir sur le lit.
— Lena ? beugla Ethan, en cognant sur la porte.
Scooter commença de se shooter. Elle l'observa, hypnotisée, tirer sur le piston pour pomper un peu de son sang, puis s'injecter le mélange dans la veine. Il serrait l'extrémité du garrot entre ses dents, et le lâcha avec un claquement, en enfonçant le piston à fond.
Il en eut le souffle coupé, comme s'il venait de recevoir un choc, et tout son corps partit dans une embardée. Il resta bouche ouverte, le corps tressaillant, sous l'empire de la drogue. Ses yeux s'agitaient en tous sens, ses dents claquaient. Sa main tremblait tellement que la seringue vide tomba par terre et roula sous le lit. Elle l'observa, incapable de détourner le regard, et tout son corps fut secoué par l'Ice qu'il avait dans les veines.
« Oh ! chuchota-t-il. Oh ! merde ! Oh ! oui ! »

Elle considéra fixement l'autre seringue, sur le sol, songea à tout ça, se demanda à quoi cela ressemblerait de lâcher tout, de laisser la drogue prendre un temps la maîtrise de son organisme. Ou vous priver de la vie.

Scooter se releva, si brusquement qu'elle recula et se cogna la tête.

— Oh! houla! ça chauffe là-dedans, souffla-t-il, en arpentant la chambre, et les mots lui sortaient de la bouche comme des balles de mitrailleuse. Tu sais que ça chauffe fort, ça chauffe tellement que tu peux même pas respirer je sais pas si je peux respirer est-ce qu'on peut respirer mais ça fait du bien tu trouves pas? Il n'arrêtait pas de jacasser, en tirant sur ses vêtements, comme s'il éprouvait le besoin de s'en extraire.

— Lena! brailla Ethan.

La poignée fut violemment secouée, et la porte s'ouvrit d'un coup, en claquant à nouveau contre le mur.

« Enfoiré! » hurla-t-il, en poussant Scooter tellement fort que l'autre est allé heurter le réfrigérateur. Survolté par le speed qui lui courait dans les veines, Scooter refit surface, se remettant à baragouiner, encore et encore, sur la température qu'il faisait dans la chambre.

Ethan avisa l'autre seringue par terre et la piétina jusqu'à ce que le plastique éclate en morceaux, et une flaque de liquide clair s'élargit autour. Puis, comme s'il prévoyait jusqu'où s'abaisserait Scooter pour se refaire un fix, il dispersa la flaque avec sa semelle, jusqu'à ce qu'il ne reste plus rien à en tirer, même avec une seringue.

Ethan empoigna la main de Lena.

— Allez.

— Merde! cria-t-elle. Il venait d'agripper son poignet blessé. La douleur la fit presque s'évanouir, mais il ne la lâcha plus, pas avant qu'ils soient ressortis dans le couloir. Connard! jappa-t-elle, en lui claquant l'épaule de la main. J'allais aboutir à quelque chose.

— Lena... Elle se détourna, s'éloigna. Il essaya de l'attraper par le bras, mais elle fut trop rapide pour lui. Où tu vas ?

— Chez moi. Elle continua dans le couloir, se répétant mentalement ce que Scooter venait de lui apprendre. Elle avait besoin de tout noter, tant que c'était encore frais. Si Chuck était impliqué dans une espèce de réseau de la drogue, il avait très bien pu dessouder Andy Rosen et Ellen Schaffer, afin de les faire taire. Toutes les pièces du puzzle commençaient à se mettre en place. Il fallait simplement qu'elle parvienne à les garder en tête, suffisamment longtemps pour les coucher par écrit.

Subitement, Ethan arriva à sa hauteur.

— Laisse-moi te raccompagner chez toi.

— J'ai pas besoin d'escorte, siffla-t-elle, en se palpant le poignet, se demandant s'il n'avait pas fini par le lui casser.

— Tu as pas mal bu.

— Et je vais boire encore plus, lui répliqua-t-elle, en poussant un groupe d'étudiants qui bloquaient le seuil de la porte. Après qu'elle aurait tout noté, un verre s'imposerait, pour fêter ça. Il y a de ça quelques heures, elle s'inquiétait de perdre son boulot. Maintenant, elle pourrait bien être en position de récupérer la place de Chuck.

— Lena...

— Rentre chez toi, Ethan, lui ordonna-t-elle, en trébuchant sur un caillou, dans la pelouse de devant. Elle maugréa, mais continua d'avancer.

Il était sur ses talons, au petit trot, pour la rattraper.

— Calme-toi, c'est tout.

— J'ai pas besoin de me calmer, rétorqua-t-elle, et c'était

vrai. L'adrénaline qui circulait dans son organisme conservait à son esprit toute son acuité.

— Lena, allez, insista-t-il, et il n'était pas loin de la supplier.

Elle prit sur le côté, un étroit sentier entre deux buissons d'épineux, sachant qu'elle arriverait plus vite à la résidence du personnel de la faculté en coupant par le grand parvis carré.

Il la suivit, mais il avait cessé de parler.

« Qu'est-ce que tu fabriques ? » le questionna-t-elle.

Il ne répondit pas.

« Tu ne viens pas dans ma chambre, le prévint-elle, en repoussant une basse branche, et elle arriva devant l'entrée de sa résidence. Je suis sérieuse, Ethan. »

Il l'ignora, et il s'écarta quand elle essaya de déverrouiller la porte d'entrée. Elle avait un peu perdu sa coordination, et elle n'arrivait pas à trouver le trou de la serrure. La Vicodine avait dû agir, elle flottait dans la mer d'alcool qui clapotait dans son estomac. Qu'est-ce qui lui avait pris, de mélanger les médicaments et l'alcool comme ça? Elle n'était quand même pas stupide à ce point.

Il lui arracha les clefs de la main et ouvrit la porte. Elle essaya de les lui reprendre, mais il était déjà à l'intérieur.

— Ta chambre, c'est laquelle?

— Rends-moi mes clefs. De nouveau, elle essaya de les attraper, mais il fut trop vif.

— Tu es complètement bourrée, lui dit-il. Tu sais quoi?

— Rends-moi mes clefs, répéta-t-elle, ne voulant pas provoquer une scène. La résidence était tellement merdique que peu de profs y habitaient, mais elle n'avait pas envie que ses rares voisins pointent le nez dehors.

Il était en train de lire son nom sur les boîtes aux lettres du hall. Sans un mot de plus, il se rendit au bout du couloir, vers sa chambre.

— Arrête, ordonna-t-elle. Donne-moi...

— Qu'est-ce que tu as pris ? lui demanda-t-il, en triant son trousseau, en quête de la bonne. C'était quoi, les pilules que tu as avalées ?

— Tu me surveilles ? s'enquit-elle, mais c'était une évidence.

— Qu'est-ce que tu as pris ?

Elle resta au milieu de la pièce, tâchant de se repérer. Il n'y avait pas grand-chose à voir. Son espace de vie était un taudis de deux pièces, avec une salle de bains et une kitchenette, et elle avait beau récurer, récurer, ça sentait tout le temps le gras de bacon. Elle se souvint de son répondeur, mais l'écran affichait un bon gros zéro. Cette garce de Jill Rosen ne l'avait pas toujours pas rappelée.

— Qu'est-ce que tu as pris ? répéta Ethan.

Elle se rendit à la kitchenette.

— De la Motrine. Parce que j'ai des crampes, d'accord ? croyant que cela suffirait à lui clouer le bec.

— Tu n'as pris que ça ? insista-t-il, en s'approchant d'elle.

— Mais enfin, ça ne te regarde pas, s'énerva-t-elle, en sortant une bouteille de whisky du placard.

Il leva les mains en l'air.

— Et maintenant, tu vas encore boire un coup.

— Merci pour les sous-titres, gamin, ironisa-t-elle, en se versant un bon verre, qu'elle engloutit d'une seule gorgée.

— Super, la félicita-t-il, alors qu'elle s'en versait un autre.

Elle se retourna.

— Pourquoi tu ne... Elle s'arrêta. Il était tout près d'elle, à la toucher, la désapprobation irradiait de sa personne comme la chaleur d'un feu de forêt.

Il resta cloué sur place, les mains sur les hanches.
— Ne fais pas ça.
— Pourquoi tu ne m'accompagnes pas ? lança-t-elle.
— Je ne bois pas. Et toi tu ne devrais pas ?
— Tu es aux Alcooliques Anonymes ?
— Non.
— Tu es sûr ? le nargua-t-elle, en avalant une gorgée de whisky, puis lâchant un grand « aaah », comme si c'était la meilleure chose qu'elle ait jamais goûtée. Toi, tu m'as vraiment l'air d'un ivrogne au régime sec.

Les yeux d'Ethan suivirent le trajet du verre à sa bouche.
— Je n'aime pas perdre la maîtrise des choses.

Elle lui tint le whisky sous le nez, en inspirant.
— Sens-moi ça, lui conseilla-t-elle, et elle lui approcha le verre du visage.
— Éloigne ça de moi, ordonna-t-il, mais il ne bougea pas.

Elle se lécha les lèvres, avec un bruit de succion. C'était un alcoolique. Elle en était persuadée. Il n'y avait pas d'autre explication à sa réaction.
— Tu peux pas juste goûter, Ethan ? Allez, les Alcooliques Anonymes, c'est pour les minets. Tu n'as pas besoin d'aller à des réunions à la con pour savoir quand il faut s'arrêter.
— Lena...
— T'es un homme, non ? Les hommes, ça sait se contrôler. Allez, M. Contrôle.

Elle lui appuya le verre sur les lèvres, et il resta bouche close, mâchoire serrée. Même quand elle inclina le verre, lui renversant du liquide ambré sur le menton et sur sa chemise, ses lèvres ne s'entrouvrirent pas.

— Eh bien, fit-elle, en regardant l'alcool dégouliner de son menton. On a gâché du bon whisky.

D'un coup sec, il tira le torchon de cuisine de son crochet et le lui plaqua dans la main.

— Nettoie. Tout de suite, lui ordonna-t-il, dents serrées.

Elle resta abasourdie par cette véhémence. Cela ne lui coûtait rien de nettoyer, donc elle fit ce qu'il lui demandait, frotta sa chemise, tamponna son jean. Sur le devant, l'étoffe de son pantalon était tendue. Malgré elle, elle rit.

— C'est ça qui t'excite, obliger les gens à faire certaines choses?

— Boucle-la, ordonna-t-il encore, en essayant de lui arracher le torchon des mains.

Elle le laissa le lui reprendre et, à la place, se servit de sa main, en insistant sur le devant du pantalon. Sous ses attouchements, il durcit.

— C'était le whisky? Tu aimais l'odeur? Ça te branche?

— Arrête ça, fit-il, mais elle vit bien qu'il était de plus en plus excité.

— Espèce de petit merdeux, dit-elle, et le ton aguicheur de sa voix la surprit elle-même.

— Arrête, répéta-t-il, mais quand elle baissa la fermeture Éclair de son jean, il n'essaya pas de l'en empêcher.

— Arrête quoi? s'enquit-elle, en l'enveloppant de sa main. Il était plus gros qu'elle ne l'avait imaginé, et il y avait quelque chose d'excitant dans le fait de savoir qu'elle pouvait soit lui donner du plaisir, soit lui causer une forte douleur.

Elle le caressa.

— Arrête ça?

— Oh ! merde ! chuchota-t-il, en se passant la langue sur les lèvres. Merde !

Elle fit aller et venir sa main, guettant ses réactions. Avant son agression, Lena n'était pas spécialement vierge, et elle savait comme le rendre pantelant, d'instinct.

— Oh !... Il ouvrit la bouche, happant une goulée d'air. Il tendit la main vers elle.

— Ne me touche pas, lui commanda-t-elle, en le serrant assez fort pour qu'il comprenne qu'elle ne plaisantait vraiment pas.

À la place, il s'appuya de la main contre le réfrigérateur. Elle sentit les genoux d'Ethan faiblir, mais il réussit à rester debout.

Elle sourit intérieurement. Les hommes étaient tellement stupides. Si forts qu'ils soient, s'ils vous croyaient capable de les faire jouir, vous pouviez les avoir là, vous suppliant par terre, à vos pieds.

« C'est pour ça que tu m'as suivie chez moi comme un toutou ? »

Il se pencha en avant pour l'embrasser, mais elle détourna la tête. Quand elle lui massa le bout du sexe avec son pouce, il en eut à nouveau le souffle court.

— C'est ça que tu voulais ? reprit-elle, et sa main s'immobilisa, car elle voulait qu'il la supplie. Dis-moi, insista-t-elle.

— Non, chuchota-t-il. Il essaya de lui poser la main sur la taille, mais elle le toucha, à l'endroit qui, elle le savait, allait le faire grimper au plafond. Seigneur !..., siffla-t-il entre ses dents, il tendit la main pour se retenir quelque part, et il renversa le verre sur le frigo.

— Tu veux sauter la victime de viol ? musarda-t-elle, sur le ton de la conversation. Aller tout raconter à tes potes ?

Il secoua la tête, les yeux clos, se concentra sur le geste de sa main sur son sexe.

— Tu as fait un pari avec quelqu'un ? continua-t-elle. C'est ça ?

Il appuya la tête contre son épaule, essayant de rester debout.

Elle approcha ses lèvres de son oreille.

— Tu veux que j'arrête ? Qu'est-ce que tu m'as dit, que tu voulais que j'arrête ?

Il secoua encore la tête, le souffle court.

— Qu'est-ce que tu viens de dire ? « S'il te plaît » ? demanda-t-elle encore, le poussant à bout. Quand son corps se mit à trembler, elle s'arrêta. Tu m'as bien dit « s'il te plaît » ?

— Oui, souffla-t-il, en posant la main sur les siennes, pour faire en sorte qu'elle continue.

— Tu es censé me toucher ?

Il écarta la main, mais ses hanches oscillèrent, et il respirait assez fort pour entrer en hyperventilation.

— Je ne t'ai pas entendu, ironisa-t-elle, provocante. Dis « s'il te plaît ».

Il commença d'articuler la formule, mais il s'arrêta dans un gémissement.

— Allez, dis-le, insista-t-elle, en exerçant exactement la pression qu'il fallait pour lui rappeler de quoi sa main était capable.

La bouche d'Ethan remua, il essayait de la dire, cette phrase, mais soit il respirait trop fort, soit il était trop fier pour la prononcer.

— C'était quoi, ça ? murmura-t-elle, et ses lèvres étaient tout près de son oreille, presque à l'embrasser. Qu'est-ce que tu as dit ?

Il émit un son guttural, comme si quelque chose s'était brisé en lui. Quand enfin il céda, Lena sourit.

— S'il te plaît..., la supplia-t-il et, comme si cela ne suffisait pas, il répéta. S'il te plaît.

Lena était de nouveau dans cette pièce obscure, allongée sur le ventre. De lents baisers sensuels descendaient le long de son dos, vers la naissance de son coccyx. Elle s'étira, sentit glisser son pantalon, elle aimait cette sensation, ces baisers sur son endroit du corps préféré, sans se rendre compte qu'elle n'aurait pas dû être en mesure de les percevoir. Ses mains et ses pieds auraient dû être cloués au sol. Elle aurait dû être sur le dos.

Elle acheva de s'éveiller, en avalant une grande goulée d'air, et elle sauta si vite du lit qu'elle tomba par terre, et alors sa tête heurta le mur, si fort qu'elle resta hébétée quelques secondes.

« Qu'est-ce qui ne va pas ? », fit Ethan.

Elle remonta le long du mur, son cœur cognait dans sa tête. Elle attrapa son jean. Seul le premier bouton était défait. Qu'était-il arrivé, hier soir ? Pourquoi Ethan était-il là ?

« Va-t'en », lâcha-t-elle, d'une voix calme, éteinte, malgré la peur qui palpitait dans toutes les parties de son corps.

Ethan lui sourit, étira les bras vers le plafond. Dans ce lit à une place, presque trop petit pour elle toute seule, il était calé tout contre le mur, allongé sur le flanc. Il était encore entièrement habillé, mais son jean était déboutonné, la braguette à moitié descendue.

— Qu'est-ce que tu m'as fait, bordel ? s'emporta-t-elle, horrifiée à l'idée qu'il ait pu la toucher, qu'il ait pu entrer en elle.

— Hé ! se défendit-il, d'un ton léger, comme s'ils parlaient du temps. Décompresse, d'accord ? Il s'assit dans le lit, et lui tendit la main.

— Éloigne-toi de moi, putain ! le prévint-elle, et elle lui gifla les mains.

Il se leva.

— Lena...

— Éloigne-toi de moi ! hurla-t-elle, d'une voix âpre, une voix de gorge.

Il baissa les yeux, boutonna son pantalon, remonta la fermeture Éclair.

— Allez, c'est pas comme si on allait devoir se marier ou je ne...

Elle lui flanqua une violente bourrade dans la poitrine. Il ripa d'un cran, mais ne tomba pas. Au lieu de saisir le message, il avança vers elle, d'un pas, le visage impassible, pas un mot ne sortant de sa bouche, et il lui claqua les épaules des deux mains.

Elle alla heurter le mur, mais resta sur ses pieds, sous le choc de sa force brute. Depuis le début, elle avait cru qu'elle pourrait lui résister, mais le corps d'Ethan avait la dureté de l'acier.

Il ouvrit la bouche, probablement pour s'excuser. La paume de Lena atterrit sur son visage. Le bruit se répercuta dans la pièce et, avant qu'elle ait compris ce qui se passait, il lui avait rendu sa gifle, et fort.

— Salopard ! Elle se rua de nouveau sur lui, cette fois à coups de poing, mais il lui saisit les mains, la maîtrisa sans peine, et la poussa contre le mur.

— Lena..., la raisonna-t-il, en lui bloquant les poignets. Elle s'attendait à ce que cela lui fasse encore mal, à cause de sa blessure de la veille, mais elle était trop terrorisée de ce qui avait pu se produire entre eux pour éprouver autre chose que de la colère.

Elle tenta de se libérer, mais il tint bon, et facilement. Elle avait encore son couteau dans sa poche, mais elle savait que tant qu'il lui tenait les mains, elle ne pourrait s'en saisir. Elle lui flanqua un coup de pied dans le genou, et il eut le réflexe de se plier en avant, ce qui lui permit de lui assener un coup de boule en pleine figure. Enfin, il recula, les mains sur le nez, du sang lui dégoulinant entre les doigts. Lena courut à la salle de bains, claqua la porte derrière elle.

« Oh ! Seigneur ! chuchota-t-elle. Oh-Seigneur-Oh-Seigneur-Oh-Seigneur ! » Elle déboutonna son jean, les mains tremblantes. Elle baissa son pantalon, au passage, ses ongles lui griffèrent la peau des cuisses, mais elle voulait voir le mal qu'on lui avait infligé. Elle s'examina, cherchant les bleus, les coupures, puis elle examina sa culotte, en quête de taches révélatrices, et même elle la sentit, pour voir s'il n'y avait pas dedans des traces d'Ethan, sur elle ou contre elle.

— Lena ? s'écria-t-il, en frappant à la porte. Sa voix était étouffée, et elle espérait bien lui avoir cassé le nez.

— Va-t'en ! ordonna-t-elle, en tapant du pied contre la porte, et elle aurait aimé le frapper avec la même intensité, elle aurait aimé le voir saigner, avoir mal.

En réponse, il cogna une fois, si fort que la porte trembla.

— Lena, bordel !

— Va-t'en d'ici ! cria-t-elle, la gorge à vif. Était-il entré dans sa bouche ? Est-ce qu'elle avait encore son goût dans la bouche ?

— Lena, enfin, insista-t-il, sur un ton plus modéré. Je t'en prie, bébé.

Elle sentit son ventre se contracter, elle courut aux toilettes pour rendre, et elle cracha de la bile, un filet de bile qui s'étira jusqu'au sol. Elle s'agenouilla près de la cuvette, prise de haut-le-cœur si violents qu'elle sentit ses boyaux se nouer en elle, comme si quelqu'un y avait rentré le poing.

Elle ferma les yeux, elle ne voulait pas voir ce qu'il y avait dans la cuvette, elle respira par la bouche, s'efforçant de ne pas vomir encore.

Le bruit d'une porte qui s'ouvrait d'un coup lui fit lever les yeux, mais celle de la salle de bains était intacte.

— Les mains au mur, lâcha une voix d'homme. Elle reconnut instantanément Frank.

— Va te faire foutre, aboya Ethan, mais elle entendit un bruit familier, car on avait dû plaquer le garçon au mur. Elle espérait bien que Frank lui faisait du mal. Elle espérait bien qu'il allait lui démonter la tête.

Elle s'essuya la bouche et cracha dans les toilettes. Elle s'accroupit, la main posée sur le ventre, écouta ce qui se passait derrière la porte. Sa tête lui faisait un mal de chien, son cœur cognait.

— Où est Lena ? s'écria Jeffrey, d'une voix tendue.

— Elle n'est pas ici, espèce de salopard, lui lança Ethan d'un ton si convaincant qu'elle-même le crut. Où il est votre putain de mandat, pour fracturer cette porte ?

Lena se releva lentement, en s'aidant de la main, agrippée au lavabo.

— Où est-elle allée ? le questionna Jeffrey toujours avec la même tension dans la voix.

— Sortie prendre un café.

Elle se regarda dans le miroir au-dessus de la coiffeuse. Un filet de sang gouttait de son nez, mais elle ne le sentait pas cassé. Elle avait un bleu juste sous l'œil, et elle leva la main pour le palper. Ses doigts étaient à quelques centimètres de son visage, quand elle s'immobilisa. Un souvenir vivace de la soirée d'hier lui traversa la cervelle, comme un courant électrique. Elle avait touché Ethan, avec sa main. Elle avait baissé cette main vers son pantalon, elle l'avait caressé, en le regardant droit dans les yeux, en regardant l'effet qu'elle exerçait sur lui, se délectant de ce qui lui avait semblé un pouvoir, hier soir, mais qui lui apparaissait ce matin comme quelque chose de bas et de vil.

Elle tourna le robinet d'eau chaude, attrapa le savon dans la petite assiette. Elle se savonna les mains, puis elle se couvrit la bouche de mousse, en tâchant de se rappeler s'il l'avait embrassée. Elle se récura la langue avec les ongles, s'étouffa quand du savon lui rentra dans la gorge. Elle avait fait tout ça parce qu'elle était saoule. Putain de saoule. Sinon, qu'est-ce qui aurait pu la pousser à commettre un geste aussi stupide, bordel ?

Jeffrey frappa doucement à la porte.

« Lena ? »

Elle ne répondit pas, se frotta les mains jusqu'à ce qu'elles soient rouge brique, à force de chaleur et de friction. Son poignet blessé était deux fois plus gros que l'autre, mais la douleur lui faisait du bien, parce que c'était quelque chose qu'elle pouvait maîtriser. Son ongle buta contre une arête irrégulière, sur l'une des cicatrices qu'elle avait aux mains, et le sang qui s'en échappa fut le bienvenu. Elle s'en prit à cette ouverture dans la peau, essayant de l'arracher, elle aurait voulu la peler.

— Lena ? Il frappa plus fort, l'air inquiet. Lena ? Ça va ?

— Laissez-la tranquille, et c'est tout, lâcha Ethan.

— Lena, répéta Jeffrey, en frappant très fort à la porte. Elle ne pouvait dire s'il était inquiet ou en colère, ou les deux. Réponds-moi.

Elle leva les yeux. Le miroir lui apprit ce qu'il allait voir : son vomi dans les toilettes, ses mains ensanglantées dégoulinant dans le lavabo, et elle, debout, tremblante de dégoût et de haine de soi.

— Enfonce la porte, conseilla Frank.

Jeffrey l'avertit.

— Lena, soit tu sors, soit j'entre.

— Juste un instant, s'il te plaît, le pria-t-elle, comme s'il était le garçon avec qui elle sortait, qui l'attendait patiemment pour aller dîner.

Elle glissa le canif hors de sa poche de jean, avant de se reboutonner. Il y avait une planche mal fixée, dans le placard de la salle de bains, et elle glissa le couteau dessous, avant de fermer le robinet du lavabo.

Elle tira la chasse d'eau, tout en se rinçant la bouche avec une gorgée de Scope, dont elle cracha une partie, avant d'avaler le reste, en espérant que son estomac tiendrait le coup. Elle s'essuya sous le nez, du dos de la main, puis nettoya le sang sur son jean. Elle ne pouvait pas boutonner les manchettes de sa chemise, mais elle savait que les manches longues recouvriraient les dégâts.

Quand enfin elle sortit de la salle de bains, Jeffrey se tenait là, debout, prêt à abattre la porte. Frank était derrière Ethan, et il lui maintenait le visage plaqué contre le mur, avec une telle force que du sang de son nez dégoulinait sur le Placoplâtre. Elle resta sur le seuil. Au-delà des épaules de Tolliver, elle avait vue sur le petit coin salon et la kitchenette. Elle aurait aimé trouver le moyen de les faire tous passer dans la pièce voisine. Elle avait suffisamment de mal à trouver le sommeil comme ça, sans avoir en plus à affronter le souvenir de leur présence à eux tous dans sa chambre.

Jeffrey et Frank avaient l'air tous deux complètement choqués de la voir, comme si elle était une apparition, et non la femme avec laquelle ils avaient travaillé quasiment tous les jours, depuis ces dix dernières années.

Sans réfléchir, Frank relâcha son étreinte sur Ethan.

— Qu'est-ce qui s'est passé ? grommela-t-il.

Elle masqua la cicatrice en sang de sa main, et répondit à Jeffrey.

— Tu as intérêt à avoir un mandat.

— Est-ce que ça va ?

— Où est ton mandat ?

Il lui parla d'une voix douce.

— Est-ce qu'il t'a fait mal ?

Elle ne lui répondit pas. Elle regardait l'édredon presque impeccable, qui n'était même pas froissé. L'étoffe était bordeaux foncé, et les taches éventuelles seraient nettement ressorties. Elle pouvait respirer, il ne s'était rien passé d'autre entre Ethan et elle, cette nuit. Comme si cela ne suffisait pas de savoir ce qu'elle en avait retenu.

Elle croisa les bras.

— Sortez de chez moi, nom de Dieu ! C'est une violation de domicile.

— On a reçu un appel, expliqua Jeffrey, et apparemment c'était cela qui l'avait poussé à fracturer sa porte à coups de pied. Il avança, il allait jeter un œil aux photos qu'elle avait fichées tout autour du miroir de sa coiffeuse. Nuisance domestique.

Elle savait que c'était des conneries. La chambre de Lena était située à l'angle du bâtiment, son plus proche voisin était un professeur qui, en semaine, était toujours parti en conférence. Même si quelqu'un avait appelé, Jeffrey n'aurait eu aucun moyen d'arriver ici aussi vite. Frank et lui étaient probablement devant la résidence et s'étaient servis de leur petite bagarre comme d'un prétexte pour enfoncer la porte.

— Donc, reprit-il, qu'est-ce qui se passe ?

— Je ne vois pas de quoi tu veux parler, répliqua-t-elle, sans le quitter du regard.

— Premièrement, ton œil. Il t'a frappée ?

— Quand tu as enfoncé la porte, je me suis cognée contre le lavabo. Elle lui adressa un bref sourire. Le bruit m'a fait peur.

— D'accord, ponctua-t-il. Du pouce, il désigna Ethan. Et lui ?

Elle regarda vers l'étudiant et, du coin de l'œil, il parvint à lui rendre son regard. Ce qui s'était produit entre eux, cette nuit, s'était produit... entre eux, et le resterait.

— Lena, insista Jeffrey.

— J'imagine que c'est Frank qui lui a fait ça quand il est entré ici, lui raconta-t-elle, sans croiser le regard mauvais que lui lança le Frank en question. Avant qu'elle ne soit licenciée, ils avaient été équipiers, et elle connaissait suffisamment bien Frank pour savoir qu'elle avait effectivement détruit ce lien. Elle avait brisé le code. Vu ce qu'elle ressentait à présent, ce n'était pas plus mal.

Jeffrey ouvrit l'un des tiroirs du haut de sa commode, y jeta un œil, et considéra longuement Lena. Elle savait qu'il cherchait un étui de cheville, mais il n'y avait aucune loi interdisant d'avoir un couteau dans un étui, à l'intérieur du tiroir de sa commode.

« Qu'est-ce que tu fabriques ? » lui demanda-t-elle, lorsqu'il referma le tiroir en le claquant.

Il ouvrit le tiroir suivant, où elle rangeait ses sous-vêtements, et il y glissa la main, écartant les pièces de lingerie. Il en sortit un string en coton noir qu'elle n'avait pas porté depuis des années, et lui adressa le même long regard dur, avant de le lâcher dans le tiroir. Elle savait qu'il cherchait des sous-vêtements semblables à ceux que l'on avait dénichés dans la chambre d'Andy Rosen, et ce qu'elle savait tout aussi sûrement, c'est qu'elle ne porterait plus jamais rien de ce que contenait ce tiroir.

Elle l'interrogea, en s'efforçant de conserver un ton égal.

— Pourquoi es-tu ici ?

Il referma le tiroir en le claquant.

— Je te l'ai déjà expliqué, hier. Nous avons trouvé des indices qui te relient à un crime.

Elle tendit les mains en avant, étonnée de son propre calme.

— Arrête-moi.

Comme elle l'avait prévu, il fit marche arrière.

— Nous voulons juste te poser deux ou trois questions, Lena.

Elle secoua la tête. Il ne disposait pas de suffisamment de preuves pour l'arrêter, sinon, à l'heure qu'il est, elle serait déjà assise dans sa voiture de patrouille.

— À la place, on peut toujours le confronter au fichier, lui, ajouta-t-il, en désignant Ethan.

— Allez-y, lança l'étudiant, le mettant au défi.

— Ethan, boucle-la, siffla Lena.

— Coffrez-moi, leur lança-t-il. Frank le plaqua encore plus contre le mur. L'autre aspira une goulée d'air, mais n'ajouta rien.

Jeffrey avait l'air d'apprécier. Il s'approcha d'Ethan, vint placer les lèvres tout près de son oreille.

— Salut, monsieur Témoin Oculaire, lui souffla-t-il.

Ethan se débattit, mais c'est sans mal que Jeffrey lui

soutira son portefeuille. Du pouce, il fit défiler quelques photographies, puis il sourit.

« Ethan Nathaniel White », lut-il.

Lena tâcha de ne pas laisser percevoir sa surprise, mais elle ne put s'empêcher d'entrouvrir les lèvres.

— Donc, Ethan, continua Tolliver, en posant la main sur la nuque du garçon, et en appuyant. Ça te dirait de passer la nuit en prison ? Il lui chuchota quelque chose d'autre à l'oreille, qu'elle fut incapable d'entendre. Ethan se raidit, comme un animal qui aurait eu envie d'attaquer.

— Non, intervint-elle, laisse-le tranquille.

Jeffrey empoigna Ethan par le col de son t-shirt et le balança sur le lit.

— Enfile tes chaussures, mon garçon, lui ordonna-t-il, en dégageant d'un coup de pied les bottes de sécurité restées sous le lit.

— Tu n'as aucune charge contre lui, l'avertit-elle. Je t'ai dit que je m'étais cognée au lavabo.

— On va consulter son dossier à l'informatique, au poste, histoire de voir ce qui en sort. Il se tourna vers Frank. Ce garçon-là, moi, il m'a l'air coupable, tu ne trouves pas, toi ?

Frank émit un petit gloussement.

Lena fit une réflexion un peu stupide.

— Tu ne peux pas arrêter les gens sous prétexte qu'ils ont l'air coupables.

— On trouvera bien quelque chose pour le garder en détention. Tolliver lui adressa un bref clin d'œil. Jamais, depuis qu'elle le connaissait, il n'avait biaisé avec la loi de la sorte. Elle comprenait à présent qu'il s'était donné pour mission de la ramener au poste, et peu importait qui devait en pâtir au passage.

— Laisse-le tranquille, fit-elle. Il faut que je sois au boulot dans une demi-heure. On peut se parler ici.

— Non, Lena, s'écria Ethan, en se levant. Frank le repoussa sur le lit, si fort que le matelas s'incurva, mais Ethan se releva d'un bond, l'une de ses deux bottes à la main. Il était sur le point de frapper Frank au visage avec, quand Tolliver le cueillit d'un violent coup de poing dans les reins. Ethan gémit, se courba en deux, et Lena s'interposa, tâchant d'empêcher un massacre.

La manchette de sa chemise remonta, et Jeffrey regarda fixement son poignet.

Elle laissa retomber sa main.

— Assez, leur commanda-t-elle à tous deux.

Jeffrey se baissa, attrapa la botte d'Ethan, la retourna dans sa main. Il semblait s'intéresser aux sculptures de la semelle.

— Résistance à la force publique. C'est pas suffisant, pour toi ?

— D'accord, admit-elle. Je t'accorde une heure.

Jeffrey lança la botte à toute force dans la poitrine d'Ethan. Il ajouta, à l'intention de Lena.

— Tu vas m'accorder autant de temps que je te le dirai, nom de Dieu !

9

Jeffrey se trouvait dans le couloir de la salle d'interrogatoire, il attendait Frank. Il était resté dans la pièce d'observation, à suivre les faits et gestes de Lena au travers du miroir sans tain, mais la manière qu'elle avait de ne pas détacher les yeux du miroir le mettait mal à l'aise, quand bien même il savait qu'elle ne pouvait voir au-delà.

Il avait emmené Frank à l'appartement de la jeune femme ce matin, dans l'espoir de lui faire entendre raison. La nuit précédente, il s'était répété dans sa tête la manière dont les choses se dérouleraient. Ils allaient s'asseoir, tous les trois, et causer, peut-être boire un café, et tâcher de démêler ce qui était en train de se passer. Ce plan était parfait – sauf qu'Ethan White s'était retrouvé au beau milieu.

— Chef, lui glissa Frank, à voix basse. Il avait deux tasses de café en mains, et Tolliver en prit une, alors que son organisme avait déjà absorbé suffisamment de caféine pour lui transformer les poils des bras en capillaires vibratiles.

— Le fichier est sorti ? s'enquit-il. Les empreintes digitales de la tasse dans laquelle Ethan avait bu ne leur avaient pas été d'une grande aide, mais son nom et son permis de conduire avaient finalement suffi, et ils avaient décroché la timbale. Non seulement Ethan White avait un casier, mais il était sous contrôle judiciaire, en ville même. Diane Sanders, son contrôleur, allait leur apporter le casier de White.

— J'ai demandé à Marla de nous l'envoyer directement ici,

précisa Frank, en buvant une gorgée de son café. Est-ce que Sara a dégotté quelque chose sur le gosse, Rosen ?

— Non, fit Jeff. Sara avait pratiqué l'autopsie sur Andy Rosen juste après en avoir terminé avec Ellen Schaffer. Le corps ne leur avait pas réservé de révélations fracassantes, et du coup, mis à part les soupçons de Jeff et de Sara, rien ne les orientait vers un meurtre.

— Pour Schaffer, c'est un homicide, il n'y a aucun doute. Mais pas moyen de relier les deux. On ne voit pas le lien, c'est tout.

— Et Tessa ?

Il haussa les épaules, son cerveau tournait à toute vitesse, histoire, là aussi, de repérer un lien qui aurait un sens. Il avait maintenu Sara éveillée la quasi-totalité de la nuit, à essayer de comprendre la nature du rapport entre les trois victimes. Et finalement, dix bonnes minutes s'étaient écoulées avant qu'il ne se rende compte qu'elle avait fini par tomber de sommeil à la table de la cuisine.

Frank regarda par la petite vitre de la porte de la salle d'interrogatoire, observant Lena.

— Elle t'a dit quelque chose ?

— Je n'ai même pas essayé, reconnut-il. Surtout, il ne savait pas quoi lui demander. Il avait été sous le choc, en découvrant Ethan dans sa chambre, quand ils avaient forcé sa porte, et ensuite, comme Lena mettait du temps à sortir de la salle de bains, il avait eu une peur bleue. L'espace d'une fraction de seconde, il avait eu la certitude qu'elle gisait par terre, morte. Il n'oublierait pas de sitôt la panique qu'il avait éprouvée avant qu'elle ne sorte enfin de là, ou l'horreur, quand il s'était aperçu que non seulement elle avait permis à ce môme de la frapper, mais qu'en plus elle le couvrait.

— Cela ne ressemble pas à Lena, observa Frank.

— Il est en train de se mijoter quelque chose, confirma-t-il.

— Tu crois qu'elle a laissé cette petite frappe la cogner ? s'indigna son adjoint.

Il avala une gorgée de café, songeant au seul aspect qu'il n'avait pas envie d'envisager.

— Tu as vu son poignet ?

— M'a l'air salement amoché, opina Frank.

— Tout ça ne me plaît pas.

— Voilà Diane, annonça l'autre.

Diane Sanders était une femme de taille et de corpulence moyennes, avec les plus beaux cheveux gris que Jeffrey ait jamais vus. En surface, elle n'avait rien de très remarquable, mais elle avait un sex-appeal qui ne laissait personne indifférent, et qui le cueillait toujours à froid. Elle était très bonne dans son métier et, en dépit de sa charge de travail, elle savait tenir à l'œil tous ses condamnés en liberté conditionnelle.

Elle alla droit au but.

— Vous avez White ici ?

— Non, admit Tolliver, et il le regrettait. Lena avait voulu s'assurer qu'on relâche Ethan et qu'on le laisse prendre le large avant qu'elle ne quitte l'appartement avec Jeffrey et Frank.

Diane parut soulagée.

— Rien que ce week-end, trois de mes gars se sont retrouvés sous les verrous, et j'ai dû m'enterrer dans la paperasse. Je n'ai vraiment pas besoin que celui-là vienne me causer des ennuis supplémentaires. Non, surtout pas celui-là. Elle lui tendit un épais dossier. Pourquoi le recherchez-vous ?

— Je ne sais pas au juste, reconnut-il, en tendant son café à son adjoint, afin de pouvoir ouvrir le dossier. La première page était une photo en couleurs d'Ethan White, qui remontait à l'époque de sa dernière arrestation. La tête et le visage étaient rasés de près, mais grosso modo, il ressemblait encore au voyou dont il conservait le souvenir, après leurs premières rencontres. Le regard était éteint, fixait l'objectif comme s'il voulait être certain que celui qui poserait les yeux sur ce cliché y lirait la menace qu'il représentait.

Jeffrey retourna la photo, continua, chercha le deuxième procès-verbal d'arrestation d'Ethan. Il passa tous les détails en revue, avec l'impression qu'on venait de le cogner en plein dans les tripes avec une brique.

— Ouais, fit Diane, lisant son expression, et depuis il s'est montré parfaitement impeccable, propre. S'il s'en tient à cette bonne conduite, il sortira de sa liberté conditionnelle dans moins d'un an.

— Vous en êtes certaine ? s'étonna-t-il, en captant quelque chose dans le ton de sa voix.

— Autant que je sache, confirma-t-elle. Je suis passée le contrôler à l'improviste, quasiment toutes les semaines.

— Apparemment, vous cherchiez quelque chose, relevat-il. De la part de Diane, qu'elle se donne la peine de faire des visites surprises à White, c'était assez éloquent. Elle essayait de le surprendre à mijoter quelque chose.

— Je m'assure simplement qu'il reste net, constata-t-elle, tristement.

— Il donne dans la drogue ? s'enquit Frank.

— Toutes les semaines, je le fais pisser dans un godet, mais ces types ne touchent jamais à la drogue eux-mêmes. Ils ne boivent pas, ils ne fument pas. Elle marqua un temps. Pour eux, tout est soit une force, soit une faiblesse. Force, contrôle, intimidation... c'est l'adrénaline qu'ils en tirent qui les fait kifer.

Jeffrey reprit sa tasse et passa le dossier à Frank, songeant que, par ces mêmes propos, Diane aurait aisément pu évoquer le cas de Lena, et non celui d'Ethan. Il se faisait du souci pour son ancienne collègue, mais à présent, il avait peur qu'elle ne se soit embarquée dans une histoire dont elle ne pourrait plus jamais se dépêtrer.

— Il fait tout bien comme il faut, reprit Diane. Il a suivi des cours de maîtrise de la colère...

— À la fac ?

— Non, lui expliqua-t-elle. Dans les services de santé du comté. Je ne crois pas qu'ils aient franchement besoin de ça, au Grant Tech.

Jeffrey lâcha un soupir. Cela ne coûtait rien de poser la question.

— Qui avez-vous, là-dedans ? voulut-elle savoir, en jetant un coup d'œil par la vitre. Jeffrey savait qu'elle ne pouvait entrevoir Lena que de dos.

— Merci pour le dossier, lui répliqua-t-il.

Elle saisit le message et détourna les yeux de la vitre de communication.

— Pas de problème. Faites-moi savoir si vous dénichez quelque chose sur le compte de cet oiseau. Il prétend qu'il a viré sa cuti, mais chez ces gars-là, c'est jamais vrai.

— Quel genre de menace représente-t-il, d'après vous ?

— Pour la société ? Elle haussa les épaules. Pour les femmes ? Elle pinça les lèvres. Elle l'éclaira. Lisez le dossier. C'est la partie émergée de l'iceberg. Mais je n'ai pas besoin de vous le préciser. Elle désigna la porte. Si c'est sa petite amie, là-dedans, alors il faut qu'elle s'éloigne de lui.

Jeffrey ne put qu'opiner de la tête, et Frank, qui était en train de lire le dossier, marmonna un juron.

Diane consulta sa montre.

— J'ai une audience où il faut que je me rende.

Il lui serra la main.

— Merci d'avoir apporté ceci.

— Faites-moi savoir si vous le coffrez. Ça me fera un suspect en moins, qui ne me réveillera plus la nuit. Elle se retourna pour s'en aller, mais se ravisa, et ajouta un mot. Si vous essayez de le coincer, vous avez intérêt à être drôlement au carré. Il a déjà attaqué en justice deux commissaires principaux.

— Il a gagné ?

— Il y a eu un accord judiciaire, précisa-t-elle. Et ensuite, ils ont démissionné. Elle lui adressa un regard entendu. Vous me facilitez drôlement la tâche, chef. Ça me déplairait de vous perdre.

— Très bien, dit-il, prenant en compte à la fois le compliment et l'avertissement, dans la foulée.

Elle s'en alla.

— Tenez-moi au courant, lança-t-elle encore par-dessus son épaule.

Jeffrey regarda les lèvres de Frank remuer, alors qu'il consultait le dossier.

— C'est pas bon du tout, ça, conclut-il. Tu veux que je le boucle ?

— Sur quelle base ? s'écria Tolliver, en lui reprenant le dossier. Il le rouvrit, parcourut de nouveau les pages. Diane avait raison, ils n'auraient qu'une seule chance de coincer Ethan White, et pas deux. Et quand ils s'y attaqueraient – Jeffrey n'avait aucun doute qu'ils finiraient par y arriver –, il allait devoir monter quelque chose de solide, histoire de mettre White en pièces.

— Faut voir si Lena va pas le moucharder ? observa son adjoint.

— Tu y crois vraiment, toi ? ironisa-t-il. La lecture des antécédents criminels d'Ethan White le révulsait. Diane Sanders avait raison sur un autre point : ce gamin savait s'y prendre, en matière de procédure. Il s'était fait arrêter au moins dix fois en autant d'années, mais seule une accusation avait tenu.

— Tu veux que j'entre avec toi ? s'enquit encore Frank.

— Non, refusa-t-il, en consultant la pendule murale. Appelle Brian Keller. J'étais censé être chez lui il y a dix minutes. Dis-lui que je passerai lui rendre visite plus tard.

— Tu veux toujours que je pose des questions à droite et à gauche, sur son compte ?

— Ouais, lui confirma-t-il, et pourtant, ce matin il avait prévu de proposer à Lena de s'en charger. En dépit de ce qui s'était produit depuis, il avait encore envie de creuser du côté de Brian Keller. Quelque chose clochait chez ce type. Fais-moi savoir si tu découvres quoi que ce soit.

— Sans faute. Et Frank le salua.

Il posa la main sur la poignée de la porte, mais sans la tourner. Il prit une profonde inspiration, tâchant de remettre de l'ordre dans ses pensées, puis il entra dans la salle.

Quand il referma la porte, Lena regardait le mur, droit devant elle. Elle était assise sur la chaise du suspect, celle qui était boulonnée au sol et qui était munie d'un anneau, permettant d'y attacher des menottes. C'était un siège en métal, droit et inconfortable. Lena était probablement plus en rogne à l'idée de se trouver assise là que par la qualité de la chaise elle-même, et c'était exactement pour cela qu'il avait décidé de l'installer à cet endroit.

Il contourna la table et alla s'asseoir en face d'elle, en posant le dossier d'Ethan White dessus. Sous la lumière crue de la salle d'interrogatoire, ses blessures étaient bien visibles, comme une voiture flambant neuve dans un showroom. Elle avait un hématome en formation autour de l'œil, du sang coagulé au coin de la paupière. Sa main était rentrée dans sa manche, mais elle la maintenait, toute raide, sur la table, comme si cela la faisait souffrir. Il se demanda comme elle pouvait laisser quelqu'un lui faire du mal, après ce qui lui était arrivé. Elle était forte, et savait se débrouiller avec ses poings. L'idée qu'elle ne se protège pas était presque risible.

Il y avait autre chose qui lui tapait sur le système, et ce ne fut que lorsqu'il eut pris place en face d'elle qu'il comprit ce que c'était. Lena avait la gueule de bois, son corps dégageait une odeur d'alcool et de vomi. Elle avait toujours été autodestructrice, à un certain niveau, mais il n'aurait jamais cru qu'elle franchirait la limite de la sorte. On dirait qu'elle ne se souciait plus du tout d'elle-même.

— Qu'est-ce qui t'a pris tant de temps ? lui demanda-t-elle. Il faut que j'aille bosser.

— Tu veux que j'appelle Chuck ?

Elle ferma les paupières à demi.

— À ton avis, bordel ?

Il laissa s'écouler un petit moment, pour lui permettre de comprendre qu'elle devait surveiller son langage. Il savait qu'il allait devoir l'attaquer en force, mais chaque fois qu'il posait les yeux sur elle, une image d'elle, vieille d'un an, lui revenait en un éclair, l'image de l'instant où il l'avait retrouvée clouée au sol, le corps ravagé, le mental brisé. Extraire ces clous avait été la tâche la plus pénible qu'il ait jamais eu à accomplir de sa vie. Même à présent, ce souvenir lui provoquait des sueurs froides, mais plus au fond de lui-même, il éprouvait autre chose. Il était en colère – pas seulement en colère, mais dans une rage d'enfer. Après tout ce qu'elle avait traversé, après tout ce à quoi elle avait survécu, pourquoi Lena se compromettait-elle avec une ordure comme Ethan White ?

— J'ai pas toute ma journée, se plaignit-elle.

— Alors je suggère que tu ne me fasses pas perdre mon temps. Comme elle ne répondait pas, il poursuivit. J'imagine que tu as eu une longue soirée, hier.

— Et alors ?

— Tu as une tête de décavée, Lena. Tu bois, maintenant ? C'est ça, qui se passe ?

— Je ne vois pas de quoi tu veux parler, putain !

— Ne sois pas stupide. Tu empestes autant qu'un clodo. Tu as du dégueulis sur ta chemise.

Elle eut la bonne grâce de prendre un air honteux, avant de se ressaisir et que son visage ne se referme à nouveau, aussi serré qu'un poing.

— J'ai vu ton petit stock, dans ta cuisine. Sur un rayonnage des placards, il avait trouvé deux bouteilles de Jim Beam alignées comme deux petits soldats n'attendant qu'une chose, que Lena les liquide. Et la poubelle contenait une autre bouteille, de Maker's Mark. Il y avait un verre vide dans la salle de bains, qui sentait l'alcool, et un autre près du lit, qui avait été renversé. Jeffrey avait vécu toute son enfance et son adolescence avec un ivrogne. Il connaissait leurs rituels, et il savait en déceler les signes.

— C'est comme ça que tu gères le coup, hein ? En te planquant derrière la bouteille ?

— Que je gère quel coup ? le défia-t-elle.

— Le coup que tu as reçu, précisa-t-il, mais il battit en retraite, incapable de la pousser plus avant dans cette direction. À la place, il s'attaqua à son ego. Tu ne m'avais jamais donné l'impression d'être lâche à ce point, Lena, mais ce n'est pas la première fois que tu m'auras surpris.

— Je me débrouille très bien.

— Ouais, pour sûr, répliqua-t-il, sur un ton crépitant de colère. Son père lui avait sorti la même réponse, quand Jeffrey s'acheminait vers l'âge adulte, et il savait que cette excuse, à l'époque, n'était que de la connerie, tout comme elle l'était à l'instant présent. Ça te fait quel effet, de gerber tes tripes avant d'aller bosser le matin ?

— Je ne gerbe rien du tout.

— Ah non ? Enfin, pas encore, tu veux dire. Jeffrey se souvenait encore de Jimmy Tolliver saisi, dès le réveil, de haut-le-cœur au-dessus de la cuvette, puis s'affalant dans la cuisine, où il cherchait son premier verre de la journée.

— Ma vie ne te regarde pas.

— J'imagine que la migraine s'en va... quand tu corses ton café, le matin, avec une petite goutte, ironisa-t-il, en serrant et desserrant les poings, conscient de devoir tenir sa colère en lisière, avant de perdre complètement toute la maîtrise de cet interrogatoire. Il sortit un flacon de pilules qu'il avait trouvé dans son armoire à pharmacie, et le balança sur la table. Ou alors c'est ça qui t'aide à tenir le coup ?

Lena observa fixement le flacon, et il vit qu'elle préparait sa réponse.

— C'est pour la douleur.

— Une ordonnance drôlement costaud, pour une migraine, constata-t-il. La Vicodine est un médicament inscrit au tableau B. Je devrais peut-être en toucher un mot au médecin qui t'a prescrit ça.

— Ce n'est pas pour cette douleur-là, espèce d'abruti. Elle leva les mains, pour lui montrer ses cicatrices. Tu crois que ça, ça s'est calmé dès que je suis sortie de l'hosto ? Tu crois que tout s'est remis en place comme par magie, comme c'était avant ?

Jeffrey considéra fixement les cicatrices, et un filet de sang frais suintait de l'une d'elles, s'écoulait le long de la paume. Il tâcha de conserver une expression de neutralité, en sortant son mouchoir.

— Tiens, fit-il. Tu saignes.

Elle considéra sa main, et la serra.

Il laissa le mouchoir sur la table, entre eux, plutôt décontenancé qu'elle ne se soit pas aperçue de ce saignement.

— Qu'est-ce qu'il en pense, Chuck, que tu arrives pintée au boulot ?

— Je ne bois pas au boulot, rectifia-t-elle, et il vit dans ses yeux un éclair de regret, avant même qu'elle ait fini de parler. Il l'avait blessée.

Sous ses yeux horrifiés, Lena se remit à gratter sa cicatrice, qu'elle refit saigner.

— Arrête, dit-il, en posant sa main sur la sienne. Il lui appuya son mouchoir contre la paume, pour essayer d'arrêter le saignement.

Elle avala sa salive, il vit sa gorge se contracter, et il crut une minute qu'elle allait se mettre à pleurer.

Il ne lui dissimula pas l'inquiétude qu'il avait dans la voix.

— Lena, reprit-il, pourquoi te fais-tu du mal comme cela ?

Elle attendit un moment, avant de dégager ses mains de sous la sienne, et de les fourrer sous la table, hors de vue. Elle regarda fixement le dossier.

— Qu'est-ce que tu as, là ?

— Lena.

Elle secoua la tête, et il vit bien, aux menus tressaillements de ses épaules, qu'elle se décortiquait encore la main, sous la table.

— Finissons-en avec ça.

Jeffrey laissa le dossier fermé et, à la place, il sortit de la poche de sa veste une feuille de papier repliée. Quand il déplia la page, il comprit aussitôt, dans les yeux de Lena, qu'elle la reconnaissait. Elle avait vu suffisamment de rapports de laboratoire, au cours de toutes ces années, pour savoir ce qu'il tenait en main. Il fit glisser la feuille sur la table, pour qu'elle l'ait pile en face d'elle.

— C'est une comparaison entre un poil pubien retrouvé dans le slip de la chambre d'Andy Rosen et un échantillon qui vient de toi.

Elle secoua encore la tête, sans regarder le document.

— Tu n'as aucun échantillon émanant de moi.

— Je l'ai récupéré dans ta salle de bains.

— Pas aujourd'hui, démentit-elle. Tu n'en as pas eu le temps.

— Non, admit-il, et il vit, à son visage, qu'elle comprenait. Frank avait crocheté le verrou de l'appartement de Lena pendant qu'elle était encore au café, avec Ethan. Tolliver avait eu suffisamment honte de leurs procédés pour dissimuler cette information à Sara, la veille au soir, mais il avait jugé que personne n'aurait jamais à connaître ce qu'ils avaient fait. Il avait jugé qu'ils se bornaient à aider Lena, puisqu'elle refusait de s'aider elle-même.

La voix de Lena s'étrangla dans sa gorge. Il sentit en elle la sensation de trahison, comme un bonbon acide.

— C'est une preuve obtenue de façon illégale.

— Tu refusais de me parler, plaida-t-il, sachant à quel point il était pitoyable de renverser les choses, comme si c'était sa faute à elle. Il tenta de s'expliquer. J'ai pensé que cela permettrait de t'innocenter, Lena. J'ai essayé de te mettre hors de cause.

Elle fit glisser le rapport du labo plus près d'elle, afin de pouvoir le lire. Il la vit à nouveau s'attaquer à sa cicatrice. Une goutte de sang s'élargit sur la page blanche. Il se sentait la poitrine serrée, de culpabilité.

Elle jeta un coup d'œil au miroir sans tain, sur le côté de la pièce, se demandant probablement qui était derrière. Jeffrey avait prié Frank de ne laisser entrer personne dans cette pièce, Frank compris.

— Alors ? la relança-t-il.

Elle se redressa sur sa chaise, les mains aux côtés, s'agrippa au siège. Jeffrey fut content de la voir en colère, parce que cela ressemblait davantage à la Lena qu'il connaissait.

— Je ne sais pas ce que tu t'imagines détenir, là-dedans... Elle désigna le dossier... mais tu n'arriveras pas à rapprocher quoi que ce soit de moi avec ce qu'on a pu retrouver dans la chambre de ce gamin. Elle se redressa encore un peu plus. Et en plus, à part ça, un poil, ça ne constitue pas une preuve admissible. Tout ce que tu peux affirmer, c'est qu'il y a une similitude au microscope, et alors ? La putain de preuve. Probable qu'avec la moitié des filles du campus, aux tests, ça donnerait la même réponse. T'as que dalle contre moi.

— Et tes empreintes digitales ?

— Où les as-tu trouvées ?

— À ton avis ?

— De la merde. Lena se leva, mais sans sortir, certainement parce qu'elle savait qu'il la retiendrait.

Il la laissa se lever, et rester là debout, un petit moment, à se sentir comme une idiote.

— Tu veux me parler de ton petit ami ?

Elle lui décocha un regard fulminant.

— C'est pas mon petit ami.

— Je ne savais pas que tu allais les chercher du côté des racistes.

Les lèvres de Lena s'entrouvrirent, mais il était incapable de dire si c'était de surprise, ou simplement parce qu'elle réfléchissait à une manière de lui répondre sans dénoncer Ethan.

— Ouais, enfin, t'en sais pas tellement, au fond, sur mes opinions, hein?

— C'est lui qui a bombé ces conneries un peu partout sur le campus?

Elle ricana.

— Pourquoi tu ne causes pas de tout ça à Chuck?

— Je lui en ai parlé, ce matin. Il m'a assuré qu'il t'avait demandé de remonter la piste de celui qui avait bombé ça, mais que tu avais l'air de pas trop te bouger le cul, sur ce coup-là.

— C'est des conneries, protesta-t-elle, et Jeffrey ne savait qui croire, elle ou Chuck. Il y a deux jours, ce choix n'aurait pas soulevé de doute. Maintenant, il ne savait plus.

— Assieds-toi, Lena. Il attendit, et elle prit son temps pour se rasseoir. Tu sais qu'Ethan est en conditionnelle?

Elle croisa les bras.

— Donc?

Il ne put que la dévisager, espérant que son silence la convaincrait de se montrer raisonnable.

— C'est tout? demanda-t-elle.

— Ton petit ami a quasiment battu une fille à mort, dans le Connecticut, lui révéla-t-il. D'ailleurs, à ce propos, comment va ton coquard?

Elle posa le doigt sur son œil contusionné.

— Lena?

Si cette information l'avait laissée abasourdie, elle avait vite repris le dessus.

— Je vais pas porter plainte contre le département

universitaire, si c'est ça que tu veux dire. Les accidents, ça arrive.

— Peut-être que les coups de couteau de Tessa, c'était aussi un accident, suggéra-t-il.

Elle haussa les épaules.

— Peut-être.

— Ou peut-être que quelqu'un n'appréciait pas trop qu'une Blanche porte le bébé d'un homme noir. Elle ne réagit pas. Peut-être que quelqu'un n'appréciait pas trop deux gamins juifs sur le campus.

— Deux?

— Ne me mens pas, Lena. Je sais que tu es au courant, pour Ellen Schaffer. Il tapota le fichier du bout de l'index. Parle-moi de ton petit ami.

Lena se cala contre le dossier de sa chaise, raide comme un piquet.

— Ethan n'est pas impliqué là-dedans, et tu le sais.

— Ah! je le sais? s'étonna-t-il. Laisse-moi te dire ce que je sais, Lena. Il compta sur ses doigts. Je sais que tu étais dans la chambre d'Andy Rosen, à un moment ou à un autre, et je sais que tu as menti à ce sujet. Je sais qu'Andy Rosen et Ellen Schaffer sont morts, et je sais que ces deux morts ont été mises en scène, pour qu'elles aient l'air de suicides.

Il marqua une pause, espérant qu'elle allait dire quelque chose. Comme elle n'en fit rien, il continua.

— Je sais que Tessa Linton a été poignardée par un homme de constitution élancée, aux cheveux coupés court, et sans alibi pour dimanche après-midi...

— J'ai vu l'agresseur, l'interrompit-elle. Ce n'était pas Ethan. Ce type était plus grand et plus massif que lui.

— Ouais? La description de Matt est un peu différente de la tienne, c'est assez drôle, non.

— C'est des conneries. Ethan n'est pas impliqué.
— Mets tout ça bout à bout, Lena.
Elle releva dans ce scénario la même faille que celle sur laquelle Sara n'avait cessé de revenir la veille.
— Tu penses que quelqu'un a mis en scène le suicide d'Andy Rosen et qu'ensuite il a traîné sur les lieux, en espérant que Tessa Linton allait venir pisser pour qu'il puisse la larder de coups de couteau ? C'est stupide, putain ! Elle s'arrêta, rassemblant ses esprits. Et qui donc va s'intéresser à Tessa Linton, bordel ! et à plus forte raison au fait qu'elle baise avec un Noir ? Moi, déjà, c'est sûr, j'en savais rien. Tu crois que les gens, sur le campus, en ont quoi que ce soit à branler de ce que fabrique une nana qui est plombier ? Elle le considéra d'un air renfrogné. C'est une perte de temps. Tu n'as rien.
— Je sais que tu bois trop. Il regarda son corps se raidir. Et maintenant, tu n'aurais pas des trous de mémoire ? Peut-être qu'il y a quelque chose dont tu ne te souviens pas.
— Je t'ai dit que je ne connaissais pas Andy Rosen, insista-t-elle.
— Pourquoi as-tu eu l'air si surprise quand je t'ai dit son nom ?
— Je ne me souviens pas de ça.
— Moi si, répliqua-t-il, en fourrant le rapport du labo dans sa poche.
— Et Chuck, là-dedans ? lança-t-elle.
Jeffrey se redressa, la dévisagea ouvertement, en se demandant si elle n'avait pas bu au point que son cerveau commençait à se ramollir.
— Chuck était avec toi, le matin où nous avons retrouvé Andy Rosen, vu ?

Elle hocha sèchement la tête, elle pencha le visage, pour qu'il ne puisse pas déchiffrer son expression.

Il lui rappela la succession des événements, comme s'il s'adressait à une élève de cours élémentaire.

— Et ensuite, quand Tessa s'est faite poignarder, il était avec Andy. Il observa un temps. À moins que tu ne penses qu'il lui soit poussé des ailes et qu'il ait décollé pour se lancer à sa poursuite, et ensuite il serait revenu à tire-d'aile, une fois que tout a été fini ?

Lena lui lança un regard noir, et il se figura qu'elle devait être franchement désespérée, pour se rattraper de la sorte à de telles chimères. Naturellement, le désespoir était le fruit de la peur. Elle lui cachait quelque chose, et il avait une idée assez claire de ce que c'était.

Il retourna le dossier et l'ouvrit sur la table, devant elle.

« Ethan t'a parlé de ça ? »

Elle hésita, mais finalement la curiosité l'emporta. Il la regarda lire le procès-verbal d'arrestation du garçon. Elle donnait l'impression de le parcourir, tournant rapidement les pages, survolant le passé sordide d'Ethan.

Il attendit qu'elle arrive à la dernière page.

— Son père est une espèce de défenseur de la suprématie blanche.

Elle désigna les pages du menton.

— Ça dit qu'il est prêcheur.

— Comme l'était Charles Manson, releva-t-il. Comme l'était David Koresh. Comme l'était Jim Jones.

— Je ne sais pas...

— Ethan a grandi au milieu de tout ça, Lena. Il a été élevé dans la haine.

Elle s'assit bien droite, en croisant à nouveau les bras. Il l'étudia attentivement, en se demandant si rien de tout cela était vraiment nouveau pour elle ou si White lui avait déjà tout raconté, en lui servant sa propre version de l'histoire.

— Il a été inculpé d'agression sur une fille de dix-sept ans.

— Il y a eu un non-lieu.

— Parce que la fille était trop terrorisée pour témoigner.

Elle désigna le dossier d'un signe de la main.

— Il est en conditionnelle pour avoir refilé des chèques en bois dans le Connecticut. Grosse affaire.

Il la regarda fixement, car c'était tout ce qu'il pouvait faire. Il essayait de l'amener à faire face à l'évidence.

— Il y a quatre ans, des marques de pneus de son camion ont signalé sa présence sur les lieux du viol et du meurtre d'une jeune fille.

— Ont signalé sa présence sur les lieux, comme l'a été la mienne? ironisa-t-elle, d'une voix pleine de sarcasme.

— La fille a été violée, avant d'être assassinée, répéta Jeffrey. Du sperme prélevé dans son rectum et son vagin a démontré qu'au moins six types l'ont violée avant qu'elle ne soit battue à mort. Il s'arrêta. Six types, Lena. Ça en fait beaucoup, pour la tenir, pendant que chaque type prenait son tour.

Elle lui adressa un regard absent.

— Le camion d'Ethan était sur place.

Elle haussa les épaules, mais il crut déceler qu'elle commençait de perdre un peu pied.

— C'est comme ça qu'ils ont pu le cuisiner, Lena. Les marques des pneus correspondaient à celles de son camion. Ils savaient déjà où le trouver, parce qu'il figurait déjà sur leurs fichiers pour ce même genre d'affaire. Il tapota sur le dossier. Tu sais ce qu'il a fait? Tu sais ce qu'a fait ton petit ami? Il a balancé ses copains, pour sauver son cul et, comme tous les bons mouchards, il a admis qu'il était sur place, mais il a juré sur une pile de bibles qu'il l'avait pas touchée.

Elle ne dit rien.

— Tu crois qu'il est juste resté assis dans le camion, Lena ? Tu crois qu'il est juste resté assis là, pendant que tous les autres attendaient leur tour ? Ou alors tu crois qu'il était là, lui aussi, à s'en payer une tranche ? Tu crois qu'il les a aidés à lui tenir les mains bien baissées, pour qu'elle ne puisse pas les griffer ? Peut-être bien qu'il a aidé à lui tenir les pieds écartés, pour qu'ils puissent profiter d'un meilleur angle, ou peut-être bien qu'il lui a maintenu la main sur la bouche, pour l'empêcher de crier.

Elle gardait toujours le silence.

— Accordons-lui le bénéfice du doute, quand même. Tu veux ? renchérit-il. Disons qu'il est resté assis dans le camion. Disons qu'il s'est contenté de rester là, à regarder les autres la violer. Peut-être que ça lui a suffi pour prendre son pied, les regarder la faire souffrir, savoir qu'elle était sans défense et qu'il aurait pu la sauver mais qu'il n'a rien tenté.

Elle se remit à gratter sa cicatrice, et il garda les yeux sur elle, en tâchant de ne pas regarder ses mains.

— Six types, Lena. Combien de temps ça prend, à six types, de violer une fille pendant que ton petit ami était assis dans le camion à mater... si c'est vraiment ce qu'il a fait, juste mater ? Lena restait silencieuse. Et ensuite ils la battent à mort. Bon sang ! je comprends pas pourquoi ils se sont donné cette peine. Le temps qu'ils en aient terminé avec elle, elle saignait par tous les orifices où ils l'avaient baisée.

Elle se mordillait la lèvre, les yeux baissés sur ses mains. Du sang lui coulait de la paume, presque régulièrement, mais elle ne paraissait pas s'en rendre compte.

Il baissa la garde, juste un instant, car il était incapable de se retenir.

— Comment peux-tu le protéger ? lui demanda-t-il. Comment peux-tu avoir été flic pendant dix ans, et protéger une raclure comme celle-là ?

Ses mots parurent l'atteindre au cœur, alors il continua.

— Lena, ce gars est mauvais. Je ne sais pas ce que tu fabriques avec lui, mais... Seigneur Dieu ! Tu es un flic. Tu sais comment ce genre d'enfoiré peut contourner la loi. À chaque petite peccadille de merde pour laquelle on l'a pincé, il y a dix gros trucs pour lesquels il s'en est tiré.

Il essaya encore.

— Son père a été lourdement condamné... au niveau fédéral... pour vente de fusils. On parle pas d'armes de poing, là. Il trafiquait des fusils à lunettes et des mitrailleuses. Il laissa un temps de suspens, attendant qu'elle dise quelque chose. Comme elle ne dit rien, il la questionna. Ethan t'a parlé de son frère ?

— Oui, dit-elle, si vite qu'il était persuadé qu'elle mentait.

— Donc tu sais qu'il est en prison.

— Oui.

— Tu sais qu'il est dans le couloir de la mort pour avoir tué un homme noir ? Il marqua encore un silence. Pas simplement un homme noir, Lena. Un flic noir.

Lena fixa la table, et il sentait qu'elle remuait le pied, mais qui sait si c'était de nervosité ou de colère.

— C'est un sale type, Lena.

Elle secoua la tête, alors qu'elle avait assez de preuves devant elle.

— Je t'ai répondu qu'il n'était pas mon petit ami.

— Qu'il le soit ou pas, c'est un skinhead. Peu importe

qu'il se soit laissé pousser les cheveux et qu'il ait changé de nom. Il reste un salopard de raciste, tout comme son père, tout comme son tueur de flic de frangin.

— Et moi je suis à moitié hispano, rétorqua-t-elle. Tu t'es jamais étonné de ça ? Qu'est-ce qu'il fout avec quelqu'un comme moi, si c'est un raciste ?

— C'est une bonne question, reconnut-il. Tu auras peut-être envie de te la poser, la prochaine fois que tu te regarderas dans un miroir.

Enfin, elle cessa de se triturer la paume et joignit fermement les mains, sur la table, devant elle.

— Écoute, commença-t-il, je ne vais pas te le redire deux fois. Quelle que soit la panade dans laquelle tu te sois foutue, quel que soit ce qui se passe avec ce type, il faut que tu m'en parles. Je ne peux pas t'aider si tu t'empêtres encore plus dans tout ça.

Elle considéra fixement ses mains, sans parler, et il eut envie de l'empoigner et de la secouer, pour l'obliger à dire quelque chose de sensé. Il avait envie qu'elle lui explique comment elle pouvait se coller avec une espèce de sale petite merde comme Ethan White. En réalité, il avait envie de l'entendre lui avouer que tout ça n'était qu'un énorme malentendu et qu'elle était désolée. Et qu'elle n'allait plus boire.

Mais ce qu'elle lui dit, ce fut ceci :

— Je ne vois pas du tout de quoi tu veux parler.

Il fallait qu'il essaie encore.

— S'il y a quelque chose que tu ne me dis pas sur tout ceci..., fit-il, espérant qu'elle allait compléter la suite. Évidemment, elle s'en abstint.

Il tenta une tactique différente.

— Avec ce type pendu en sautoir à ton cou, tu n'as aucune chance de retrouver ton job.

Elle leva les yeux et, pour la première fois depuis un bon moment, il parvint à déchiffrer son expression, pleinement, clairement : de la surprise.

Elle s'éclaircit la gorge, comme si elle avait du mal à retrouver la voix.

— J'ignorais qu'il était question de ça.

Il songea au fait qu'elle travaillait à présent pour Chuck, et cette situation lui restait autant en travers de la gorge que le premier jour où il en avait entendu parler.

— Tu ne devrais pas travailler pour ce connard.

— Ouais, bon, fit-elle, à voix toujours aussi basse. Le connard pour qui je travaillais avant m'a clairement fait comprendre qu'on ne voulait plus de moi. Elle consulta sa montre. En parlant de ça, je vais être en retard à mon boulot.

— N'en restons pas là, suggéra-t-il, bien conscient qu'il était en train de la supplier. Je t'en prie, Lena. Je veux juste... Je t'en prie.

Elle eut un rire offusqué, qui le fit se sentir idiot.

— Je t'ai dit que je te parlerais, dit-elle. À moins que tu ne disposes d'un chef d'inculpation contre moi, je m'en vais d'ici.

Il s'adossa à son siège, il voulait qu'elle s'explique jusqu'au bout.

— Chef ? reprit-elle, en mettant dans ce mot autant de nuance de respect qu'il était humainement possible.

Il parcourut le dossier, lut à haute voix la liste des chefs d'inculpation qui n'avaient jamais été examinés à la lumière d'un tribunal.

— Incendie criminel, énuméra-t-il. Voie de fait. Vol de voiture. Viol. Meurtre.

— Ça ressemble à une liste de best-seller, plaisanta-t-elle, en se levant. Merci pour la causette.

— La fille, ajouta-t-il. Celle qui a été violée et battue à mort pendant qu'il restait assis dans le camion à regarder...

Lena ne partait toujours pas, donc il poursuivit. Tu sais qui c'était ?

Sa réplique fusa.

— Blanche-Neige ?

— Non, lui dit-il, en refermant le dossier. C'était sa petite amie.

Jeffrey était assis dans sa voiture, devant l'un des bâtiments de la maison des étudiants, observant fixement un groupe de jeunes femmes occupées à scotcher des affiches sur les lampadaires, tout autour du parvis. Elles étaient toutes jeunes, l'air en bonne santé, habillées en tenue de jogging ou en survêtement. N'importe laquelle de ces jeunes filles aurait pu être Ellen Schaffer. N'importe laquelle pouvait être la prochaine victime.

Il était là pour annoncer à Brian Keller que son fils avait été probablement assassiné. Il avait envie de voir quelle serait la réaction de l'homme à cette nouvelle. Il voulait aussi savoir ce que Keller n'avait pas voulu lui confier devant sa femme. Jeffrey espérait que les révélations de Keller lui fourniraient une piste solide pour avancer. En l'espèce, tout ce dont il disposait, c'était Lena, et il ne pouvait se résoudre à l'idée qu'elle soit impliquée dans tout cela.

Hier soir, Sara n'avait pas arrêté de mettre le doigt sur les différences entre les lieux des décès de Rosen et de Schaffer. Si quelqu'un avait mis en scène le suicide d'Andy Rosen, ce quelqu'un avait vraiment fait du beau travail. Ellen Schaffer, c'était autre chose. Même si le tueur n'avait rien su concernant cette dent aspirée dans le poumon, la flèche dans le jardin était en soi une provocation assez évidente. À un certain stade, Sara avait suggéré que les différences entre les deux crimes pouvaient éventuellement signifier qu'il y aurait deux tueurs au lieu d'un. Hier soir, il avait écarté cette hypothèse, mais après avoir vu Lena et Ethan ensemble, ce matin, il n'était plus certain de rien.

En salle d'interrogatoire, Lena s'était montrée sous un jour différent, comme quelqu'un qu'il n'avait jamais rencontré, auparavant. La manière qu'elle avait eue non seulement de défendre le passé d'Ethan White, mais de nier aussi qu'il lui ait fait du mal, tout cela avait amené Jeffrey à remettre en cause ce qu'elle avait pu lui déclarer depuis le début de cette affaire. Il était flic depuis longtemps, et il avait vu de quelle façon les auteurs de sévices sexuels finissaient par entuber même les femmes les plus fortes. C'était sidérant de constater à quel point leurs méthodes étaient similaires, et avec quelle facilité certaines femmes se laissaient influencer. À cet instant même, il y avait des milliers de femmes en prison, uniquement parce qu'elles s'étaient fait prendre à receler de la défonce pour le compte de leur petit ami. Et des milliers d'autres avaient probablement commis un crime ou un autre, uniquement parce qu'elles savaient que la prison restait pour elles le seul moyen de se protéger contre les mauvais traitements sexuels.

À Birmingham, à l'époque où il était policier en patrouille, suite à des appels répétés, il avait dû se rendre dans la maison d'une de ces femmes, à dix reprises au moins. Elle était directrice de la communication d'une grande entreprise internationale, et titulaire de deux diplômes de l'université d'Auburn. Un millier de personnes au moins dans le monde répondaient de leurs décisions devant elle et, chaque fois qu'il se présentait chez elle, parce que ses voisins avaient téléphoné à la police, elle se tenait là, sur le seuil de sa maison, le visage en sang, les vêtements déchirés, prétendant qu'elle était tombée dans l'escalier. Son mari était un petit merdeux tout maigre qui se présentait comme un gentil papa casanier. En réalité, c'était un ivrogne, qui était incapable de conserver un boulot et qui vivait aux crochets de sa femme. Comme la plupart des auteurs de sévices sexuels, il était charmant et affable, et, une fois qu'il en avait terminé avec ses mauvais traitements, totalement aveugle devant l'état de son épouse. De nos jours, un flic n'avait plus besoin du témoignage de l'épouse, il pouvait s'en passer pour arrêter le mari, mais à l'époque, les lois avaient protégé ledit mari.

Il se souvenait d'un épisode, en particulier. Il était debout devant sa porte, par un froid glacial, il voyait le sang lui dégouliner le long de la jambe et s'élargir en flaque à ses pieds, ce sang coulait de Dieu seul savait où, et elle, de son côté, elle persistait, elle prétendait que son mari était un homme très doux, qui ne levait jamais la main sur elle. En fait, la seule fois que Jeffrey vit effectivement le mari la toucher, ce fut à son enterrement. Il tendit la main vers le cercueil et il lui tapota la main, puis il adressa à Jeffrey le plus grand sourire satisfait que ce dernier ait jamais vu de sa vie, avant de lui déclarer : « Cette dernière marche l'a tuée. »

Jeffrey avait travaillé deux ans avec un médecin légiste, pour tâcher de dégotter quelque chose contre cette ordure, mais si l'on pouvait démontrer avec une assez grande part de certitude que quelqu'un était tombé dans un escalier et s'était brisé le cou, en revanche, prouver qu'on l'avait poussé, c'était un peu plus compliqué.

Tout cela le ramena à Lena et à son comportement de ce matin. Elle avait raison, la concordance entre ces poils ne la reliait qu'indirectement à Andy Rosen. Et un bon avocat aurait pu aisément apporter une explication aux empreintes digitales sur le livre. Jeffrey avait formé Lena lui-même, et il savait qu'elle était plus que familiarisée avec les tenants et les aboutissants des méthodes d'investigation de la police scientifique. Elle aurait fait attention. Elle aurait exactement su comment brouiller les pistes. La question subsistait : avait-elle eu cette intention ? Était-elle entichée d'Ethan White au point de tout tenter pour le couvrir ?

Il fallait qu'il considère les faits, et les faits la rendaient diablement suspecte, surtout si l'on tenait compte de son attitude hostile en salle d'interrogatoire, ce matin même. Car c'était elle qui l'avait mis au défi de reconstituer les faits.

Même s'il n'en avait aucune envie, il se força à envisager le scénario des deux tueurs que Sara avait évoqué la nuit dernière, le premier qui aurait tué Andy Rosen et poignardé Tessa, et le second, qui aurait tué Ellen Schaffer. Le point faible sur lequel ils ne cessaient de buter, c'était l'agresseur de Tessa, dans les bois. Après avoir consulté le casier d'Ethan White, puis avoir parlé avec Lena, il devait considérer une variante de cette théorie.

Ethan aurait pu tuer Andy Rosen. Lena était arrivée tard sur les lieux du crime. Elle aurait alors appelé Ethan sur son téléphone portable et lui indiquer que Tessa était dans les bois. Il n'y avait pas moyen d'établir où ils se trouvaient l'un et l'autre au moment où Ellen Schaffer s'était « suicidée », mais Jeffrey n'ignorait pas que Lena aurait remarqué l'erreur de munition. Elle en savait plus sur les armes que tous les types qu'il avait pu croiser dans son métier. Il tira une maigre consolation du fait que l'implication de Lena dans tout cela ne serait que de la simple complicité. En vertu des lois de la Géorgie, elle était aussi coupable qu'Ethan.

Il se frotta les yeux des deux mains, se disant qu'il était grotesque. Lena restait un flic, et ce en dépit du fait qu'elle ne portait plus l'insigne. Franchir le pas, vers le meurtre, fût-ce en tant que complice, c'était quelque chose à quoi elle ne céderait pas, et peu importait la sorte de charme qu'Ethan White aurait pu déployer. C'était de la folie, et il n'y avait aucune raison de la soupçonner – si ce n'est qu'elle se montrait intraitable. Or, comme l'avait souligné Sara, Lena tirait sa force de se montrer intraitable.

Il sortit son téléphone portable de sa poche et appela le bureau de Kevin Blake. Le doyen du Grant Tech aimait bien donner aux gens l'impression qu'il était un homme très pris, mais Jeffrey savait de source sûre que Blake passait l'essentiel de son temps libre sur un parcours de golf. Jeffrey voulait prendre rendez-vous avec le personnage, afin de le tenir au courant des derniers développements de l'affaire, avant que Blake ne sorte en douce et à la fraîche. La secrétaire de Blake le mit en relation.

— Jeffrey, fit ce dernier. Il avait mis le haut-parleur et, si la tension dans la voix de l'universitaire n'avait pas suffi à lui signaler qu'il y avait quelqu'un d'autre dans le bureau, le haut-parleur acheva de l'en convaincre. Où êtes-vous ? lui demanda le doyen.

— Sur le campus, répondit-il. Keller avait informé Frank qu'il serait toute la journée à son laboratoire, au cas où il souhaiterait lui parler seul à seul. Avant Lena ce matin, Keller demeurait la meilleure piste que Jeffrey puisse explorer. Il savait qu'il risquait facilement de se fourvoyer, mais il n'avait rien à tenter du côté de Lena pour le moment, et il était trop avisé pour aller s'attaquer à Ethan White sans aucun moyen de pression.

— J'ai ici avec moi Albert Gaines avec Chuck, reprit Blake. Nous allions vous appeler au poste, voir si vous ne pouviez pas venir faire un saut.

Tolliver réprima le juron qu'il avait au bord des lèvres.

— Salut, chef, s'écria Chuck, et Jeff s'imaginait fort bien l'air suffisant du personnage. On a des beignets et du café pour toi, ici.

Il y eut un grommellement, émanant probablement d'Albert Gaines.

— Jeffrey, pourriez-vous passer au bureau ? reprit Blake. Nous aimerions vous parler.

— Je peux être là d'ici une heure, leur proposa-t-il, songeant qu'il se ferait damner plutôt que d'accourir dès qu'ils claquaient des doigts. J'ai une piste à suivre, pour le moment.

— Oh ! fit Blake, calculant probablement qu'il allait devoir repousser l'heure du golf. Vous êtes sûr que vous ne pouvez pas passer en coup de vent, rien qu'une seconde ?

Albert Gaines grommela de nouveau quelque chose. L'homme était bourru, et il exigeait des réponses de ses subordonnés, mais il avait toujours soutenu Tolliver.

Blake avait manifestement essuyé quelques réprimandes. C'est d'un ton vif qu'il reprit la parole.

« Eh bien, alors, nous nous verrons dans une heure, chef. »

Jeffrey referma le clapet de son téléphone, et le garda contre son menton, tout en observant le groupe de jeunes filles, qui passait dans la partie suivante de la cour. Il sortit de la voiture et se dirigea vers la maison des étudiants, en s'arrêtant pour examiner l'une de ces affiches. Tout en haut, il y avait une photo floue en noir et blanc d'Ellen Schaffer et une autre, à part, encore plus floue, d'Andy Rosen. Au-dessous étaient inscrits les mots « Veillée aux chandelles ». Une heure et un lieu étaient mentionnés, ainsi qu'un nouveau numéro d'urgence pour les gens suicidaires, qui avait été créé sur l'initiative du centre de psychothérapie.

— Croyez-vous que ça servira à quelque chose ?

Il sursauta, surpris par Jill Rosen.

— Dr Rosen...

— Jill, rectifia-t-elle. Je suis désolée de vous avoir effrayé.

— C'est bon, fit-il, songeant que la mère d'Andy avait l'air encore plus mal que la veille. Elle avait les yeux tellement gonflés d'avoir pleuré qu'ils se réduisaient à deux fentes, et ses joues semblaient toutes décharnées. Elle portait un pull blanc à manches longues, avec un col cheminée zippé. Tout en parlant à Jeffrey, elle maintenait les deux parties du col d'une main, comme si elle luttait contre le froid.

— Je ne suis pas très présentable, s'excusa-t-elle.

— J'allais justement parler à votre mari, lui annonça-t-il, songeant aussitôt qu'il venait de gâcher une occasion de s'entretenir avec Keller seul à seul.

— Il devrait arriver d'un instant à l'autre, lui affirma-t-elle, en levant un trousseau de clefs. Son trousseau de secours, lui expliqua-t-elle. Je lui ai indiqué que je le retrouverais ici. J'avais juste besoin de sortir de la maison.

— J'ai été surpris d'apprendre qu'il était à son travail.

— Le travail, ça le remet d'aplomb. Elle eut un sourire blême. C'est un bon endroit où se cacher, quand le monde s'écroule autour de vous.

Il savait exactement ce qu'elle entendait par là. Après le divorce exigé par Sara, il s'était enfoui dans le travail, et s'il n'avait pas eu un boulot où se rendre tous les jours, il serait devenu fou.

— Tenez, lui suggéra-t-il, en lui désignant un banc. Vous tenez le coup ?

Elle souffla lentement, tout en s'asseyant.

— Je ne sais pas quoi vous répondre.

— J'imagine aussi que, de ma part, c'est une question assez stupide.

— Non, lui assura-t-elle. Je me la suis beaucoup posée moi-même, dernièrement. « Comment j'arrive à tenir le coup ? » Je vous le ferai savoir, quand j'aurai une réponse.

Il s'assit à côté d'elle, en regardant la cour carrée du campus. Certains jeunes s'étaient éloignés vers la pelouse, pour déjeuner, ils avaient étendu des couvertures et sorti des sandwiches de sacs en papier kraft.

Rosen avait le regard fixé sur ces étudiants, elle aussi. Elle avait le bord de son col de chemise dans la bouche. Il comprit, à voir le tissu effiloché, que c'était là un tic nerveux.

— Je crois que je vais quitter mon mari, annonça-t-elle.

Il se tourna vers elle, mais sans rien dire. Il voyait bien que ses propres paroles coûtaient à Jill Rosen un gros effort.

Elle continua.

— Il veut déménager. Loin de Grant. Tout reprendre à zéro. Je ne peux pas tout reprendre à zéro. Je ne peux pas.

Elle baissa les yeux.

— C'est compréhensible, de vouloir s'échapper, hasarda-t-il, tâchant de la faire parler encore.

En inclinant la tête, elle lui désigna le campus.

— Je suis ici depuis près de vingt ans. Nos vies sont ce qu'elles sont, mais nous les avons construites ici. Dans ce centre de psychothérapie, j'ai bâti quelque chose.

Il laissa s'écouler un temps. Comme elle n'ajoutait rien de plus, il lui posa une question.

— A-t-il expliqué pourquoi il voulait déménager ?

Elle secoua la tête, mais pas parce qu'elle ignorait la raison. Il y avait dans sa voix une tristesse presque insoutenable, comme si elle avait décidé d'admettre sa défaite.

— C'est sa réaction à tout. Il est tellement macho, fanfaron, mais au premier signe d'embêtements, il fuit aussi vite qu'il peut.

— Apparemment, il aurait déjà fait ça, avant.

— Oui, admit-elle.

Il essaya de l'aiguillonner.

— Qu'est-ce qu'il fuyait?

— Tout, lâcha-t-elle, mais sans s'expliquer. Ma vie professionnelle s'est bâtie autour de l'idée d'aider les gens à se confronter à leur passé, et pourtant je suis incapable d'aider mon propre mari à rester, et à faire face à ses démons. Je ne suis même pas capable de m'aider moi-même, dit-elle plus paisiblement.

— Quels sont ses démons, ici?

— Les mêmes que les miens, j'imagine. À chaque coin de bâtiment, je m'attends à voir Andy. Je suis à la maison, j'entends quelque chose dehors et je regarde par la fenêtre, je m'attends à le voir grimper l'escalier vers sa chambre. Pour Brian, ce doit être encore plus dur, de travailler au labo. Je sais que c'est plus dur, pour lui. Il faut qu'il respecte ce délai. Il y a une énorme somme d'argent en jeu. Je le sais. Je sais tout ça.

Sa voix était partie dans l'aigu, et il y perçut la colère qui fermentait depuis un moment.

— C'est au sujet de cette liaison?

— Quelle liaison? s'écria-t-elle, et sa surprise paraissait sincère.

— J'ai entendu une rumeur, s'expliqua-t-il, car il avait toujours envie de faire rentrer ses propos dans la gorge de

Richard Carter. Quelqu'un m'a rapporté que Brian aurait eu une liaison avec une étudiante.

— Oh, Seigneur! lâcha-t-elle dans un souffle, en se couvrant les lèvres avec son col. Je souhaiterais presque que ce soit vrai. N'est-ce pas horrible? s'enquit-elle. Cela signifierait qu'il serait capable de se soucier d'autre chose que de ses précieuses recherches.

— Il se souciait de son fils, nuança-t-il, se remémorant la dispute qu'il avait surprise entre eux la veille. Jill Rosen avait accusé Keller de ne commencer à se soucier d'Andy qu'une fois qu'il était mort.

— Il se soucie des gens par accès subits, rectifia-t-elle. Cette voiture. Les vêtements. La télévision. Il lui achetait des choses, oui. C'était sa manière de se soucier de lui.

Il y avait autre chose, qu'elle essayait de lui dire, mais il ignorait quoi. Il lui posa encore une question.

— Où veut-il partir s'installer?

— Qui sait? fit-elle. Il est comme une tortue. Chaque fois qu'il arrive quelque chose de mal, sa réaction consiste à rentrer la tête et à attendre que ça se passe. Elle sourit, se rendant compte qu'elle venait de rentrer la tête dans son col. Ça, c'est de l'aide visuelle. Typique.

Il lui retourna son sourire.

— Je ne peux plus, c'est tout. Je ne peux plus vivre ainsi. Son regard glissa vers Tolliver. Vous allez m'envoyer votre facture, pour cette séance, ou je vous règle tout de suite?

Il sourit de nouveau, l'invitant à continuer.

— Je suppose que votre boulot est très semblable au mien, à bien des égards. Vous écoutez les gens parler et vous tâchez de comprendre ce qu'ils sont réellement en train d'essayer de dire.

— Qu'êtes-vous en train de me dire, en réalité?

Elle réfléchit à la question.

— Que je suis fatiguée, avoua-t-elle. Que je veux une vie... n'importe laquelle. Je suis restée avec Brian parce que j'ai cru que cela vaudrait mieux pour Andy, mais maintenant qu'Andy est parti...

Elle se mit à pleurer, et il attrapa son mouchoir. Il ne remarqua pas le sang de la main de Lena, pas avant de lui avoir tendu le carré de tissu.

— Je suis désolé, s'excusa-t-il.

— Vous vous êtes coupé?

— Lena, précisa-t-il, en observant attentivement sa réaction. Je lui ai parlé, ce matin. Elle avait une coupure au-dessous de l'œil. Quelqu'un l'a frappée.

Il entrevit une lueur d'inquiétude dans les yeux de Jill Rosen, mais elle n'exprima rien.

— Elle voit quelqu'un, poursuivit-il, et le docteur Rosen donnait l'impression de se forcer à garder la bouche close. Ce matin je suis allé à son appartement, et il était là, avec elle.

Elle ne lui suggéra pas de continuer, mais ses yeux l'en imploraient. Ses craintes pour la sécurité de Lena étaient manifestes.

— Elle avait une coupure à l'arcade sourcilière et un hématome au poignet, comme si quelqu'un l'avait empoignée. Il attendit une fraction de seconde. Ce type avait un passé, docteur Rosen. C'est un homme très dangereux et très violent.

Elle était sur le bord du banc, elle le priait pratiquement de poursuivre.

— Ethan White, lui dit-il. Ce nom vous est familier?

— Non, lui répondit-elle. Il devrait?

— J'espérais qu'il le serait, avoua-t-il, car cela aurait établi un lien très net entre Andy et Ethan White.

— Est-elle gravement blessée ? s'enquit Jill Rosen.

— D'après ce que j'ai pu voir, non, la rassura-t-il. Mais elle n'arrête pas de se triturer la main. Elle saignait, et elle n'arrêtait pas de triturer la cicatrice.

Rosen serra de nouveau fort les lèvres.

— Je ne sais pas comment l'éloigner de lui, admit-il. Je ne vois pas comment l'aider.

Elle regarda loin devant elle, se fixa de nouveau sur les étudiants.

— Il n'y a qu'elle qui puisse se venir en aide, lâcha-t-elle, mais sur un ton qui prêtait à ses propos une autre signification, plus profonde.

— Était-elle une de vos patientes ? voulut-il savoir, espérant de toute son âme que ce soit le cas.

— Vous savez que je ne peux pas vous livrer ce genre d'information.

— Je sais, admit-il, mais supposons la chose, si vous le pouviez, cela répondrait à une question que je me pose.

Elle le regarda.

— Quelle question ?

— Quand nous étions au bord de la rivière à sec, Chuck a prononcé le nom de votre fils, et Lena a eu l'air surprise, comme si elle le connaissait, expliqua-t-il, entrevoyant soudainement l'explication. Maintenant, se pourrait-il que, lorsque Lena a dit « Rosen », comme si elle connaissait ce nom, elle l'ait prononcé parce qu'elle vous connaissait, vous, et non parce qu'elle aurait connu Andy ?

La doctoresse parut réfléchir à la manière dont elle pourrait répondre à Jeffrey, sans compromettre ce en quoi elle croyait.

— Docteur Rosen...

Elle se redressa, rabattant son col tout près de sa bouche.

— Mon mari arrive.

Tolliver tâcha de masquer son exaspération. Keller était à environ une quinzaine de mètres, et franchement, elle aurait pu répondre à sa question, si elle l'avait vraiment souhaité.

Il salua le personnage.

— Docteur Keller.

L'universitaire parut troublé de voir sa femme et Jeffrey ensemble.

— Quelque chose ne va pas ? s'enquit-il.

Tolliver se leva, faisant signe à Keller de s'asseoir, mais l'homme l'ignora, et questionna sa femme.

— Tu as mes clefs ?

Elle lui tendit l'anneau, en le regardant à peine.

— Il faut que je retourne travailler, fit-il. Jill, tu devrais rentrer.

Elle commença de se lever.

— Il faut que je vous signale quelque chose à tous les deux, s'écria Tolliver, en invitant d'un geste Jill Rosen à rester assise. C'est au sujet d'Andy.

Keller lui lâcha un regard qui signifiait que son fils était bien la dernière chose qu'il avait à l'esprit.

— Je voulais vous l'apprendre avant que cela ne se répande dans le campus, reprit-il. Je ne suis pas sûr que la mort de votre fils ait été un suicide.

— Quoi ? s'exclama Rosen.

— Je ne peux pas écarter la possibilité qu'il ait été tué, leur assena-t-il.

Keller en lâcha ses clefs, et ne fit pas le moindre geste pour les ramasser.

— Lors de l'autopsie d'Andy, nous n'avons rien trouvé de concluant, poursuivit-il, mais Ellen Schaffer...

— La fille d'hier ? l'interrompit Rosen.

— Oui, madame, lui confirma-t-il. Le meurtre ne présente pas de doute. Considérant le fait que sa mort a été maquillée en suicide, nous sommes contraints de nous interroger sur les circonstances entourant le décès de votre fils. En toute honnêteté, je ne peux pas affirmer que nous disposions de quoi que ce soit nous prouvant qu'il n'ait pas attenté à ses jours, mais nous avons de forts soupçons, et je vais investiguer là-dessus, jusqu'à ce que je trouve la vérité.

Elle se rassit sur le banc, les lèvres entrouvertes. Il continua.

— Il faut que j'en informe le doyen, mais je voulais d'abord vous en faire part, à tous les deux.

— Et ce mot ? lui demanda Jill Rosen.

— C'est l'un des éléments pour lesquels je ne possède aucune explication, reconnut-il. Et je suis désolé d'avoir à vous avouer que, pour le moment, je ne dispose de rien d'autre que de ces soupçons. Nous explorons toutes les pistes possibles, pour essayer de comprendre exactement ce qui s'est passé, mais il faut que je sois franc avec vous : rien d'évident ne me vient à l'esprit. Les deux affaires peuvent être totalement distinctes. Au bout du compte, il n'est pas impossible que nous obtenions la certitude qu'Andy s'est bien suicidé.

Keller explosa, et sa colère était tellement inattendue que Tolliver recula.

— Mais enfin, bon sang ! comment est-ce possible ? tempêta-t-il. Comment est-il possible que vous nous laissiez croire, à ma femme et à moi, que notre fils s'est suicidé quand...

— Brian, fit Jill Rosen.

— Tais-toi, Jill, la coupa-t-il, et sa main jaillit, comme s'il allait la frapper. C'est grotesque. C'est... Il était trop furieux pour parler, mais ses lèvres remuaient, il cherchait les mots susceptibles de décrire ce qu'il ressentait. Je ne peux pas croire... Il se baissa et attrapa ses clefs. Cette université, toute cette ville... Il pointa le doigt au visage de sa femme, et elle recula, comme pour se défendre. Il se dressa de toute sa stature, en criant. Je t'avais prévenue, Jill. Je te l'avais dit, que cet endroit était un enfer!

Jeffrey s'interposa.

— Professeur, Keller, je pense qu'il faut vous calmer.

— Et moi je pense qu'il faut que vous vous occupiez de vos affaires et que vous trouviez qui a assassiné mon fils! rugit-il, le visage tordu de rage. Vous, les flics de magazine, vous croyez que vous tenez cette ville, mais vivre ici, c'est comme d'habiter dans un pays du tiers-monde. Vous êtes tous corrompus. Vous êtes tous aux ordres d'Albert Gaines.

Tolliver en avait entendu assez.

— Nous en reparlerons plus tard, professeur Keller, quand vous aurez eu l'occasion de digérer tout cela.

Cette fois, ce fut au visage de Jeff que Keller brandit son index.

— Vous avez foutrement raison, nous en reparlerons, menaça-t-il, puis il leur tourna le dos à tous deux, et s'éloigna d'un pas viril.

Jill Rosen s'excusa immédiatement pour son mari.

— Je suis désolée.

— Vous n'avez pas besoin de vous excuser pour lui, lui assura-t-il, tâchant de contenir sa colère. Il avait envie de suivre Keller dans son labo, mais ils avaient probablement besoin, l'un et l'autre, de s'accorder quelques minutes, histoire de retrouver un peu de calme.

Il perçut tout le désespoir de Jill Rosen.

— Je suis navré de ne pas être en mesure de vous apporter davantage d'informations.

Elle plaqua le col de sa chemise contre son cou.

— Votre question toute théorique de tout à l'heure...

— Oui ?

— Elle est liée à Andy ?

— Oui, madame, lui assura-t-il, tout en s'efforçant de relâcher la tension.

Rosen regarda fixement en direction du parvis, vers les étudiants assis sur la pelouse, et qui profitaient de cette journée.

— De façon toute théorique, lui dit-elle, elle aurait pu avoir une raison de reconnaître mon nom.

— Merci, fit-il, éprouvant un énorme soulagement à l'idée d'avoir au moins l'explication d'un élément.

— À propos de l'autre question, continua-t-elle, toujours en suivant les étudiants du regard. L'homme qu'elle fréquente ?

— Vous le connaissez ? s'enquit-il, avant de se reprendre. En théorie ?

— Oh ! je le connais, oui, lâcha-t-elle. Enfin, tout au moins, je connais ce type de personnage. Je connais ce type de personnage mieux que je ne me connais moi-même.

— Je ne suis pas certain de vous suivre.

Elle rabattit son col, descendit la fermeture Éclair pour lui montrer un large hématome qu'elle avait à la clavicule. Des marques de doigts, toutes noires, étaient bien visibles, sur le côté du cou. Quelqu'un avait tenté de l'étrangler.

Il n'en détachait plus les yeux.

— Qui..., fit-il, mais la réponse était évidente.

Elle remonta sa fermeture Éclair.

— Je dois y aller.

— Je peux vous déposer quelque part, lui proposa-t-il. Un centre de...

— Je vais aller chez ma mère, lui dit-elle, en souriant tristement. Je vais toujours chez ma mère.
— Docteur Rosen, dit-il. Jill...
— Cela vous préoccupe, et j'y suis sensible, l'interrompit-elle. Mais il faut vraiment que j'y aille.

Il resta planté là, la regarda dépasser un groupe d'étudiants. Elle s'arrêta brièvement pour parler à l'un d'eux, se comportant comme si de rien n'était. Il était déchiré entre l'envie de la suivre et celle de suivre la trace de Brian Keller, pour lui apprendre à quoi ça ressemblait de se faire un peu malmener.

D'instinct, il choisit la dernière solution, et se dirigea vers le bâtiment des sciences d'un pas rapide. Enfant, il avait interrompu suffisamment de disputes entre ses parents pour savoir que la colère ne faisait qu'alimenter davantage la colère, donc il respira à fond, pour se calmer, avant d'ouvrir la porte du labo de Keller.

La salle était vide, mais il y avait là Richard Carter, qui se tenait debout derrière son bureau, se tapotant le menton de son stylo. Quand il reconnut Jeffrey, son air d'attendre quelque chose ou quelqu'un se mua en franche déception.

— Oh! fit-il. C'est vous.
— Où est Keller?
— C'est ce que je voudrais savoir, lui rétorqua Carter, visiblement contrarié. Il se pencha au-dessus de son bureau, griffonna un mot. Il était censé me retrouver il y a une demi-heure.
— Je viens de parler avec sa femme au sujet de cette prétendue liaison qu'il aurait entretenue.

À ces mots, il s'égaya visiblement, ses lèvres s'étirèrent en un sourire.

— Ah ouais? Et qu'est-ce qu'elle a dit?

— Que ce n'était pas vrai. Il faudra faire un peu plus attention à ce que vous racontez, lui conseilla-t-il.

Richard eut l'air blessé.

— Je vous avais dit que c'était une rumeur. J'ai bien clairement précisé que...

— Vous foutez la pagaille dans la vie des gens. Sans parler de la perte de temps.

Richard soupira, en retournant à son mot.

— Désolé, marmonna-t-il, comme un enfant.

Tolliver ne lui permit pas de s'en tirer aussi facilement.

— À cause de vous, j'ai tourné en rond pour remonter la piste de cette prétendue rumeur, alors que j'aurais pu travailler sur autre chose, qui aurait été vraiment utile. Comme il n'y eut pas de réponse, il éprouva le besoin d'ajouter encore un mot. Il y a eu des morts, Richard.

— J'en suis bien conscient, chef Tolliver, mais enfin, zut ! en quoi cela peut-il me concerner ? Carter ne lui accorda pas le temps de répondre. Je peux être franc avec vous ? Je sais que ce qui s'est passé est terrible, mais nous avons du travail, ici. Un travail important. Il y a une équipe en Californie qui travaille sur la même chose. Eux, ils ne vont pas se contenter de dire : « Oh ! Brian Keller a eu la vie dure, ces derniers temps, arrêtons-nous, jusqu'à ce qu'il se sente mieux. » Non, m'sieur. Ils vont s'y coller jour et nuit... jour et nuit... pour nous avoir jusqu'au trognon. La science n'est pas un jeu pour gens bien élevés. Des millions, peut-être des milliards, sont en jeu.

Il s'exprimait comme un bonimenteur de téléachat en train d'essayer de convaincre un pauvre abruti d'acheter dans les deux minutes un lot de couteaux à viande.

— Je ne savais pas que Brian et vous travailliez ensemble.

— Quand il prendra la peine de se montrer, celui-là. Il

jeta son stylo sur le bureau, attrapa son cartable, et se rendit vers la porte.

— Où allez-vous ?

— En classe, lui répondit l'autre, comme si Jeffrey était stupide. Voyez, certains d'entre nous sont bien là, quand ils le doivent.

Il partit sur un soupir vexé, très théâtral. Au lieu de le suivre, Tolliver s'approcha du bureau de Keller et lut le mot : « Cher Brian, je suppose que tu as encore beaucoup à faire à cause d'Andy, mais il faut vraiment que l'on réunisse cette documentation, ensemble. Si tu as besoin que je m'en occupe tout seul, fais-le-moi savoir clairement. » À côté de sa signature, Richard avait dessiné un sourire.

Il relut le mot à deux reprises, en s'efforçant de faire coïncider le ton serviable de Richard avec son irritation manifeste. Ça ne cadrait pas, mais il est vrai que Richard n'était guère du genre rationnel.

Il lança un coup d'œil vers la porte, avant de décider de faire comme chez lui et de fouiller le bureau de Keller. Il était en train de s'agenouiller, de fouiller dans le tiroir du bas, quand son téléphone portable sonna.

— Tolliver.

— Chef, fit Frank. À en juger par le ton de sa voix, il aurait pu deviner ce qui allait suivre. On a trouvé un autre corps.

Il gara sa voiture devant la résidence des garçons, en se disant que s'il n'avait plus jamais à revenir sur le campus du Grant Tech, il serait le plus heureux des hommes. Il ne parvenait pas à oublier l'expression absente du visage de Jill Rosen, et se dit qu'il devait vraiment avoir l'air surpris par la vision des hématomes qu'elle lui avait montrés. Jamais, au grand jamais, il n'aurait deviné que Keller était le genre d'homme à battre sa femme, mais il s'était laissé surprendre par trop de révélations, en cette journée, pour se sentir bête d'être ainsi passé à côté de signes qui auraient dû lui paraître évidents.

Il sortit son téléphone, hésitant à appeler Sara. Il n'avait pas envie de sa présence sur les lieux du crime, mais il savait qu'elle avait besoin de voir le corps *in situ*. Il essaya de trouver une bonne excuse pour la maintenir à l'écart, mais il finit par céder, et composa son numéro.

Il y eut cinq sonneries avant qu'elle ne décroche, et elle grommela un bonjour pâteux.

— Salut, fit-il.

— Quelle heure est-il?

Il lui annonça l'heure qu'il était, en songeant qu'elle avait l'air mieux que la veille au soir.

— Je suis désolé de te réveiller.

— Mmh... quoi? demanda-t-elle, et il l'entendit bouger dans son lit. Il eut une vision d'elle, à côté de lui, et ressentit une bouffée de désir qu'il n'avait plus connue depuis un moment. Il n'était rien qu'il ne désirât davantage que de se glisser dans un lit à côté d'elle, pour reprendre cette journée à partir de zéro.

— Maman a appelé, il y a vingt minutes, à peu près. Tessa va un peu mieux. Elle bâilla bruyamment. J'ai des papiers à remplir à la morgue, et ensuite je vais retourner à Atlanta, cet après-midi.

— C'est pour cela que j'appelle.

— Quoi? Il y avait de la terreur dans sa voix.

— Une pendaison, lui annonça-t-il. À la fac.

— Seigneur! souffla-t-elle. Jeffrey avait la même impression. Dans une ville où le taux de crimes de sang était dix fois plus bas que la moyenne nationale, subitement, voilà que les cadavres s'empilaient jusqu'en haut des murs. À quelle heure ? voulut-elle savoir.

— Je ne sais pas encore au juste. Je viens de recevoir l'appel. Il savait quelle serait sa réponse à ses propos, mais il fallait qu'il le lui suggère quand même. Tu pourrais envoyer Carlos.

— Il faut que je voie le corps.

— Je n'aime pas l'idée que tu viennes sur le campus, lui confia-t-il. Si quelque chose se passait...

— Je ne vais pas me défiler, pas question de ne pas accomplir mon boulot, le coupa-t-elle, sur un ton destiné à clairement lui signifier que cela ne souffrait même pas de discussion.

Il savait qu'elle avait raison. Sara n'avait pas seulement à se charger d'un certain boulot. Elle avait à vivre sa vie. Il repensa à l'allure de Lena ce matin, et aux hématomes dans le cou de Jill Rosen. Devait-il les laisser vivre leur vie, à elles aussi ?

— Jeff ?

Il abandonna.

— C'est dans la résidence des garçons, bâtiment B.

— Très bien, fit-elle. J'y suis dans quelques minutes.

Il mit un terme à l'appel et sortit de sa voiture. Il se fraya un chemin au milieu d'un groupe de garçons, devant la porte, et entra dans le bâtiment, où la forte odeur d'alcool l'enveloppa comme un nuage. À Auburn, il avait étudié l'histoire non sans chauffer le banc de touche de l'équipe de football, et ils avaient sacrément fait la fête, mais il ne se souvenait pas d'une résidence étudiante sentant l'entrepôt aux alcools.

— Salut, chef, lança Chuck. Ce dernier était campé

debout en haut des marches, les mains fourrées dans les poches de son pantalon étroit. L'effet produit était obscène, et Tolliver aurait apprécié que l'autre recule et s'écarte de l'escalier qu'il s'apprêtait à gravir.

— Chuck, lâcha-t-il à son tour, en regardant les marches qu'il était en train de monter.

— Content que vous ayez pu enfin venir. Kev et moi, on t'attendait.

Jeffrey se rembrunit, à l'entendre balancer de la sorte le nom du doyen, comme s'ils étaient les meilleurs amis du monde. Si ce n'était le fait qu'Albert Gaines était le père de Chuck, Kevin Blake n'aurait même pas pris la peine de le saluer s'il l'avait croisé, sans parler de jouer au golf avec lui. Certes, Kevin n'était pas près de revoir le green. Il allait probablement consacrer le reste du mois à réceptionner les appels de parents angoissés de voir leurs gamins fréquenter une fac où trois de leurs camarades venaient de mourir.

— Je lui causerai quand j'en aurai le temps, lui rétorqua-t-il, en se demandant combien de temps il allait pouvoir reporter cette réunion.

— C'est pas un truc des plus simples, reprit Chuck, en faisant allusion au suicide. Il s'est foutu en l'air avec le pantalon baissé.

Jeffrey ignora sa remarque.

— Qui l'a trouvé ?

— L'un des autres gosses du bâtiment.

— Je veux lui parler.

— Il est en bas, pour le moment, lui signala-t-il. Adams a essayé de lui soutirer le récit de la chose, mais j'ai dû reprendre le manche. Il le gratifia d'un clin d'œil entendu. Elle peut avoir la main un peu lourde. Faut employer un peu de finesse, dans ce genre de situations.

— N'est-ce pas ? ironisa Tolliver, en regardant vers le couloir. Frank et Lena se tenaient devant l'entrée d'une chambre. À en juger d'après leur posture, ces deux-là ne devaient pas partager un moment d'une folle gaieté.

— C'est elle qui a trouvé la seringue, l'informa Chuck.

— Trouvé ? s'étonna-t-il. Il avait appelé l'unité chargée des relevés sur les lieux du crime depuis moins de dix minutes. En aucun cas, les techniciens de la police criminelle n'avaient eu le temps d'effectuer leurs prélèvements sur place.

— C'est Lena qui l'a remarquée, dès qu'elle est entrée pour vérifier l'état du criminel, lui expliqua Chuck, utilisant le mauvais terme pour désigner la victime. J'imagine qu'elle avait roulé sous le lit.

Tolliver réprima un juron, sachant que le peu d'indices qu'ils avaient retrouvés dans la pièce seraient altérés, surtout si c'était des indices qui tendaient à démontrer qu'elle était déjà entrée dans cette chambre précédemment.

Chuck rigola.

— Je voulais pas te faire honte, chef, s'excusa-t-il, en lui tapant dans le dos, comme si l'équipe de Tolliver venait de perdre un match de basket-ball.

Jeffrey l'ignora, et se dirigea vers Frank et Lena. Comme l'autre faisait mine de le suivre, il l'arrêta d'un mot.

— Tu veux me rendre un service ?

— Sûr, patron !

— Reste en haut de cet escalier. Arrange-toi pour que personne n'approche de là, sauf Sara.

Chuck lui adressa un salut et tourna les talons.

« Idiot », maugréa Tolliver, en s'enfonçant dans le couloir.

Frank était en train de dire quelque chose à Lena, mais dès que son chef fut arrivé à leur hauteur, il se tut.

— Tu peux nous excuser une minute, lança-t-il à la jeune femme.

— Bien sûr, et elle s'éloigna de quelques pas dans le couloir. Il savait qu'elle pouvait encore les entendre, mais cela lui était égal.

— Les technicos de la police scientifique sont en route, annonça-t-il à Frank.

— Je me suis avancé en prenant des photos, lui répondit Frank, en levant son Polaroïd en l'air.

— Fais venir Brad, lui ordonna-t-il, sachant que Sara ne voulait pas avoir de baby-sitter dans les pattes. Dis-lui d'apporter l'appareil. Je veux des clichés propres.

Wallace passa un coup de fil, pendant que son chef jetait un coup d'œil dans la chambre. Un garçon joufflu, aux longs cheveux noirs, était avachi contre le lit. Sur le sol, à côté de lui, il y avait un élastique jaune, comme celui qu'utilisent les junkies pour repérer une veine. Le corps était enflé et la peau grise. Le gamin était là depuis un bout de temps.

— Seigneur ! marmonna-t-il, en constatant que cette chambre sentait encore plus mauvais que celle d'Ellen Schaffer. Qu'est-ce que c'est que ça, nom de Dieu ?

— Pas très fort pour le ménage, suggéra Frank, sans avoir à se faire prier.

Tolliver inspecta les lieux du regard. Aucune lampe n'était allumée, mais le soleil de la fin de matinée était assez lumineux pour qu'on y voie. En face du corps était installé un combiné télévision-magnétoscope, calé sur le matelas. L'écran bleu scintillait, indiquant que la cassette était arrêtée. Cette lumière donnait au corps une teinte étrange, prêtant à la peau un aspect couleur taupe, mais peut-être était-ce une impression suggérée par la puanteur qui régnait dans la pièce. L'endroit était un vrai taudis, et il comprit que l'odeur provenait surtout de la nourriture qu'on avait laissée moisir dans des récipients posés au sol. Il y avait des journaux et des livres un peu partout, et il se demanda comment on pouvait marcher là-dedans sans trébucher.

La tête du gamin était basculée sur la poitrine, les cheveux graisseux lui recouvraient le visage et le cou. Il ne portait rien d'autre qu'un boxer-short blanc à l'air crasseux. La main était glissée dans la fente du short, et Jeffrey n'eut aucun mal à former une hypothèse sur la raison de sa présence à cet endroit.

Sur le bras gauche de la victime, il y avait un hématome décrivant un motif, mais Sara serait mieux à même de définir cette marque. Il supposa, au vu de la raideur apparente du corps, dans cette position assise, que la rigidité cadavérique avait déjà pris le dessus, ce qui situait le moment du décès dans les deux à douze dernières heures, selon que la température dans la pièce était restée égale ou non. L'heure de la mort n'était jamais simple à établir, et il supputait déjà que Sara ne serait pas en mesure de cerner une fourchette plus précise que celle qu'il venait d'envisager.

— Il y a la clim allumée, là-dedans ? demanda-t-il, en dénouant un peu sa cravate. Les ouïes de ventilation du climatiseur encastré dans la fenêtre étaient équipées de volets en plastique, mais rien ne bougeait.

— Non, fit Frank. Quand je suis arrivé, la porte était ouverte, et je me suis dit que je pouvais aussi bien la laisser comme ça, histoire d'aérer un peu cette puanteur.

Tolliver hocha la tête, en calculant que si la climatisation était restée éteinte, avec la porte fermée, il avait dû faire assez chaud presque toute la nuit, dans cette chambre.

Depuis le temps, les voisins devaient être habitués à la mauvaise odeur et, du coup, ils n'avaient rien remarqué qui sorte de l'ordinaire.

— On a un nom ? s'enquit-il.

— William Dickson, fit Frank. Enfin, autant que je sache, personne l'appelait comme ça.

— Et il se faisait appeler comment ?

— Scooter, lui dit Wallace, avec un petit sourire malin.

Jeffrey haussa les sourcils, mais il n'était pas en position de sourire. Il n'irait confier à personne le surnom dont on l'avait affublé, du temps de Sylacauga. Sara le lui avait ressorti hier soir, rien que pour le faire encore un peu grincer des dents.

— Cette semaine, son colocataire est rentré chez lui, pour Pâques, lui indiqua Frank.

— Je veux lui parler.

— Je vais me procurer le numéro auprès du doyen, quand tout sera terminé, ici.

Jeffrey entra dans la pièce, et remarqua une seringue en plastique brisée, par terre. Son contenu avait séché, mais il distingua nettement une empreinte de soulier dans ce qui avait été une flaque de liquide.

Il considéra fixement l'empreinte.

« Fais en sorte que Brad me prenne un bon cliché de ça. »

Frank opina et Jeffrey s'agenouilla à côté du corps. Il était sur le point de lui demander des gants, quand l'autre lui en lança une paire.

« Merci », dit-il, et il tira dessus, un coup sec, pour les enfiler. Il avait les mains moites, et le latex collait. La lumière dans la pièce était faible, et il chercha autour de lui une lampe que Dickson aurait pu allumer. Il y en avait une, sur le réfrigérateur, mais le fil avait été sectionné, et le plastique coupé aux extrémités, pour dénuder les filaments de cuivre. « Ne laisse personne actionner l'interrupteur, pas tant qu'on n'a pas examiné ça », pria-t-il son adjoint.

Il renversa la tête de Scooter sur le côté, lui écartant le menton de la poitrine. Il avait une ceinture en cuir enroulée autour du cou, mais que Jeffrey n'avait pas vue, depuis le couloir. Scooter avait le cheveu long et gras, et cela le surprit aussi de ne pas s'en être aperçu plus tôt.

Il écarta les cheveux, qui retombèrent en une masse épaisse. La ceinture était passée en boucle autour du cou, et la boucle était si serrée qu'elle rentrait dans la peau. Il ne voulait pas la desserrer, mais il put tout de même entrevoir un petit morceau de mousse qui en dépassait, sur le dessus. Il suivit le parcours de la ceinture, constata qu'elle passait dans une autre ceinture, en toile cette fois. La boucle de cette seconde ceinture était elle-même enfilée dans un gros anneau boulonné au mur. Les deux ceintures étaient tendues sur toute leur longueur, le poids du corps tirant sur le boulon du mur. À première vue, l'anneau était là depuis un bout de temps.

Il se tourna légèrement, regarda l'écran de télévision, en face du corps. C'était un téléviseur bas de gamme, le genre qu'on achète dans une solderie pour moins de cent dollars. À côté, il y avait un pot de baume du Tigre, avec des blocs d'une substance blanche et d'aspect croûteux, Dieu seul savait ce que c'était. Il sortit son stylo et s'en servit pour appuyer sur le bouton d'éjection du magnétoscope. L'étiquette de la cassette représentait une scène sexuellement suggestive, sous le titre : *Le Projet Blaire Miches*.

Il se releva, en retirant ses gants. Frank le suivit dans le couloir, où ils rejoignirent Lena.

— Tu as appelé quelqu'un ? lui demanda-t-il.

— Quoi ? s'écria-t-elle, en plissant le front. Manifestement, elle s'était préparée à subir un interrogatoire, mais il savait que cette question l'avait surprise.

— Quand tu es arrivée ici, est-ce que tu as appelé quelqu'un de ton portable ?

— Je n'ai pas de portable.

— Tu en es sûre ? insista-t-il. Il croyait que Sara était la seule, à Grant County, à refuser d'en avoir un.

— Tu sais ce qu'ils me paient ? fit-elle en riant, incrédule. J'ai à peine de quoi m'acheter à manger.

Il changea de sujet.

— J'ai entendu dire que tu avais trouvé une seringue.

— On a reçu l'appel il y a environ une demi-heure, expliqua-t-elle, et il comprit que c'était la réponse qu'elle avait préparée. Je suis entrée dans la chambre pour voir si le sujet était en vie. Il n'avait plus de pouls et il ne respirait pas. Son corps était raide et froid au toucher. C'est là que j'ai trouvé la seringue.

— Elle a vraiment été aidante, plaida Frank, sur un ton qui trahissait le contraire. Elle a vu l'aiguille sous le lit et elle s'est dit que ça nous arrangerait si elle la ramassait pour nous.

Jeffrey dévisagea Lena.

— J'imagine qu'il y a tes empreintes partout.

C'était une affirmation plus qu'une supposition.

— J'imagine.

— J'imagine que tu ne te souviens pas de ce que tu as touché d'autre, pendant que tu étais à l'intérieur.

— J'imagine que non.

Il jeta un œil dans la chambre, puis revint à elle.

— Tu veux me dire comment il se fait qu'il y ait l'empreinte de soulier de ton petit ami sur le sol ?

Elle ne parut nullement déroutée. En fait, elle souriait.

— Tu n'as pas su ? C'est lui qui a trouvé le corps.

Jeffrey lança un regard à Frank, qui confirma de la tête.

— J'ai entendu dire que tu avais déjà essayé de l'interroger. Elle haussa les épaules. Frank, fit-il, amène-le-moi ici.

Wallace s'en alla, et Lena se rendit à la fenêtre. Elle se pencha sur la pelouse, devant la résidence. Il y avait des détritus partout, et des boîtes de bière étaient empilées en monument à côté du râtelier aux bicyclettes.

— Apparemment, ils ont fait la fête, par ici.

— Je suppose, dit-elle.

— Peut-être que ce type... Il désigna Scooter... s'est laissé entraîner.

— Peut-être.

— Apparemment, vous avez un problème de drogue, sur ce campus.

Elle se tourna vers lui.

— Peut-être qu'il faudrait en causer à Chuck.

— Ouais, à lui qui est vraiment au fait de tout, lâcha-t-il, sarcastique.

— T'auras peut-être envie de savoir où il était, ce week-end.

— Au tournoi de golf, non ? réagit-il, en se remémorant la première page du *Grant Observer*. Du coup, il en déduisit qu'elle faisait allusion au père de Chuck, tâchant ainsi de lui rappeler qu'Albert Gaines avait de quoi lui mettre le couteau sous la gorge.

— Pourquoi travailles-tu contre moi, Lena ? Qu'est-ce que tu caches ?

— Ton témoin est arrivé, dit-elle. Je ferais mieux d'aller faire mon rapport à mon patron.

— Pourquoi si vite ? s'étonna-t-il. Tu as encore peur que l'autre te frappe ?

Elle resta les lèvres pincées, sans lui fournir de réponse.

— Reste ici, lui demanda-t-il, en lui laissant clairement comprendre qu'elle n'avait pas le choix.

Ethan White avançait dans le couloir d'un pas nonchalant, avec Wallace à ses côtés. Il était toujours vêtu de sa tenue habituelle, jean et t-shirt noir à manches longues. Il avait les cheveux mouillés, et une serviette autour du cou.

— On a pris sa douche ? lui lança Tolliver.

— Ouais, dit l'autre, en s'essuyant l'oreille avec le coin du tissu-éponge. J'étais en train d'effacer tous les indices, après avoir étranglé Scooter.

— Ça m'a tout l'air d'être un aveu.

Ethan lui adressa un regard cinglant.

— J'ai déjà causé à la cognasse junior, là, ajouta-t-il, en fixant Lena. Lena le fixa à son tour, histoire de faire monter la tension d'un cran.

— Dis-le-moi, à moi, le pria Jeffrey. Tu habites au premier ? Ethan opina. Pourquoi tu es monté ici ?

— J'avais besoin d'emprunter des notes de cours à Scooter.

— Quel cours ?
— Biologie moléculaire.
— C'était à quelle heure, ça ?

— J'en sais rien, admit-il. Comptez deux minutes, avant l'heure où je l'ai appelée.

Lena vit tout de suite l'ouverture.

— J'étais au bureau de la sécurité, précisa-t-elle. Il ne m'appelait pas moi en particulier, seulement il se trouve que c'est moi qui ai répondu au téléphone.

Ethan serrait les bouts de sa serviette, comme s'il étranglait le tissu-éponge.

— Quand ils sont arrivés ici, je suis parti. C'est tout ce que je sais.

— Qu'est-ce que tu as touché, dans la chambre ?

— Je m'en souviens pas, dit-il. J'étais assez à cran, d'arriver là, et de trouver mon pote de classe mort sur le sol.

— Tu as déjà vu un cadavre, lui rappela Jeffrey.

Ethan haussa les sourcils, comme pour dire *Et alors ?*

— Je veux que tu me fasses une déposition en bonne et due forme, au poste.

Ethan secoua la tête.

— Pas question.

— Tu fais obstruction à l'enquête ? s'écria Jeff, menaçant.

— Non, monsieur, répliqua vivement Ethan. Il sortit un bout de page de carnet de notes de sa poche arrière et le lui tendit. C'est ma déposition. Je l'ai signée. Je vous la signe de nouveau, ici, si vous tenez à ce que ça se passe devant témoin. Légalement, d'après ce que je crois savoir, je n'ai aucune obligation de faire ça au poste de police.

— Tu te crois très fort, fit Jeffrey, sans prendre sa déposition. En toutes circonstances, tu crois savoir comment te défiler. Il désigna Lena. Ou cogner. Pour échapper à tout.

Ethan adressa un clin d'œil à Lena, comme s'ils partageaient un secret, eux deux, et eux seuls.

— Je t'aurai, l'avertit Tolliver. Peut-être pas tout de suite, mais tu mijotes quelque chose, et là, je vais te coincer. Tu m'entends ?

Ethan lâcha le papier, qui flotta jusqu'à terre.

— Si on a fini, faut vraiment que j'aille en classe.

10

Sara rentrait du campus, au volant de sa voiture, elle regagnait la morgue en pilotage automatique, en ressassant tous les détails des autopsies d'hier soir. Il y avait quelque chose, dans la mort d'Andy Rosen, qui la tracassait encore, et, à l'inverse de Jeffrey, elle avait besoin d'un peu plus qu'une coïncidence pour déclarer un meurtre. Au mieux, tout ce qu'elle pouvait affirmer, c'était que cette mort était suspecte, et même cela, c'était excessif. Il n'y avait aucune preuve scientifique suggérant le coup monté. L'examen toxicologique leur était revenu vierge, et l'autopsie avait été complètement normale. Il était très possible que le suicide d'Andy Rosen n'ait été que cela, et rien d'autre.

William « Scooter » Dickson, c'était une tout autre affaire. La pornographie sur le magnétoscope, la mousse entre la ceinture et la peau du cou, pour empêcher les marques, le boulon dans le mur, qui était visiblement là depuis un bon bout de temps – tous ces éléments indiquaient une asphyxie autoérotique. Sara n'en avait connu qu'un seul cas au cours de sa carrière, mais plusieurs articles sur le sujet étaient parus dans la *Revue des sciences médico-légales*, voici quelques années, quand l'engouement pour les jeux de strangulation avait atteint des sommets.

« La vache ! », s'exclama-t-elle, en se rendant compte qu'elle venait de dépasser l'hôpital. Elle continua dans Main Street, vers la faculté, puis elle se lança dans un demi-tour (tout à fait interdit), à la hauteur du poste de police. Elle fit un signe de la main à Brad Stephens, qui sortait de sa voiture de patrouille. Il se voila les yeux, fit semblant de n'avoir rien vu, quand elle faillit accrocher une Cadillac garée devant Burgess, le pressing.

Elle dépassa la clinique pédiatrique, l'écriteau, à l'extérieur, s'effaçait et pourrissait, parce que Jeffrey, lorsqu'ils étaient mariés, avait choisi de la tromper avec la seule créatrice d'enseignes de la ville. Elle soupira, considéra l'écriteau abîmé, en se demandant si elle ne devrait pas prêter davantage de sens à son état désespéré et désespérant. Il préfigurait peut-être ce qui finirait par advenir de Sara et de Jeffrey. Cathy Linton répétait toujours qu'on ne revenait jamais en arrière.

Elle enfonça la pédale de frein, manqua presque le virage de l'hôpital, une fois encore. Travaillant tout le temps au contact des enfants, elle ne s'autorisait jamais le moindre juron, mais en passant en marche arrière, elle se laissa tout de même aller à sortir quelques obscénités. Et, quand sa roue avant heurta le trottoir, elle en sortit davantage. Elle se gara sur le côté du bâtiment et descendit deux à deux les marches de l'escalier de la morgue.

Carlos n'était pas encore rentré de l'université avec le corps, et Jeffrey était occupé à retrouver la trace des parents de William Dickson, donc elle avait la morgue pour elle toute seule. Elle se rendit à son bureau, mais s'arrêta juste sur le seuil. Une grande composition florale était posée sur le coin de sa table de travail. Cela faisait des années que Jeffrey ne lui avait plus envoyé de fleurs. Elle contourna la corbeille, avec un grand sourire idiot. Il avait oublié qu'elle n'était pas folle des œillets, mais il y avait aussi d'autres fleurs, des fleurs magnifiques, dont elle ne se rappelait pas le nom, et tout le bureau était rempli de leur fragrance.

« Jeffrey », murmura-t-elle, et elle sentit les muscles de son visage tout contractés à force de sourire. Il avait dû les commander ce matin, avant que le ciel ne leur tombe sur la tête. Elle sortit la carte, et son sourire s'effaça, quand elle lut le mot de Mason James.

Elle regarda autour d'elle, se demandant où elle pourrait ranger ce bouquet, pour que Jeffrey ne le voie pas, puis elle renonça à cette idée, parce qu'elle n'était pas du genre sournois, et elle n'allait pas se mettre à cacher les choses.

Elle s'assit dans son fauteuil, posa la carte près du vase. Sur son bureau, il y avait tout un tas d'autres objets susceptibles de retenir son attention. Molly, l'infirmière de Sara à la clinique pédiatrique, avait déposé une pile de papiers, ce matin, et elle allait probablement pouvoir y consacrer les douze prochaines heures, sans guère entamer la pile pour autant. Elle chaussa ses lunettes et signa une liasse d'environ soixante formulaires, avant de remarquer l'arrivée de Carlos.

À travers la vitre, elle le regarda préparer les instruments de l'autopsie. Il agissait lentement, méthodiquement, en vérifiant chaque ustensile, pour contrôler les dommages ou les éventuelles traces d'usure. Elle le regarda encore opérer, quelques minutes de plus, avant de consulter les messages sur son bloc-notes. Sur le premier, elle reconnut l'écriture de Carlos. Brock avait appelé pour savoir quand il pouvait venir récupérer le corps d'Andy Rosen. Elle décrocha le téléphone et composa le numéro des pompes funèbres.

La mère de Brock lui répondit, et elle consacra plusieurs minutes à la tenir au courant de l'état de Tessa, sachant que, d'ici l'heure du déjeuner, les nouvelles allaient se répandre dans toute la ville. Penny Brock n'avait pas grand-chose à faire, au funérarium, et entre deux siestes et l'accueil d'un client occasionnel, elle consacrait surtout beaucoup de temps à échanger des potins au téléphone.

Quand il prit enfin la ligne, Brock avait toujours l'air aussi jovial.

— Eh bien, bonjour, Sara, s'écria-t-il. Tu appelles pour me parler des frais de magasinage ?

Elle rit, sachant que c'était de sa part une tentative de plaisanterie.

— Je t'appelais pour voir de combien de temps je disposais. Le service funéraire, c'est pour aujourd'hui ?

— Arrangé pour neuf heures demain matin, rectifia Brock. J'avais prévu de m'en occuper aujourd'hui, pour terminer ma journée. Il est très abîmé ?

— Pas trop, non. Comme d'habitude.

— Tu me le termines vers trois heures, et comme ça j'aurai tout mon temps.

Elle consulta sa montre. Il était déjà onze heures et demie. Elle ne savait même pas pourquoi elle gardait Andy Rosen dans les murs. La biopsie de ses tissus et de ses organes était terminée, et Brock avait prélevé plusieurs flacons d'urine et de sang, qu'elle pourrait étudier à loisir. À son avis, il n'y avait absolument rien à ajouter.

— Oh ! tu sais, viens donc le chercher tout de suite.

— Tu es sûre ?

— Oui, insista-t-elle. Avec un autre corps sur le point d'être réceptionné, ils allaient sûrement avoir besoin de place, dans la chambre froide.

— Après le service, si quelque chose te revient, tu pourras le reprendre, suggéra-t-il. J'irai le déposer au crématoire vers l'heure du déjeuner. Il baissa la voix. Maintenant, je préfère rester dans les parages, pour m'assurer que tout se passe comme il faut, si tu vois ce que je veux dire. Avec la crémation, de nos jours, les gens sont un peu nerveux, à cause de ce salopard, là-bas, dans le nord de la Géorgie.

— Exact, acquiesça-t-elle, en se rappelant ce cas d'un crématorium, une affaire familiale. Ils entassaient les corps dans des coffres de voiture et aux pieds des arbres de leur propriété, au lieu de les incinérer. L'État avait dépensé près de 10 millions de dollars à exhumer et à identifier les restes.

— Vraiment, c'est une honte. Alors que c'est une manière tellement propre de régler les choses. Ce n'est pas que je n'apprécie pas de gagner un peu plus d'argent avec un vrai enterrement, mais il y a tout de même des clients qui sont tellement abîmés qu'il vaut mieux s'en débarrasser vite fait.

— Et ses parents ? lui demanda-t-elle, voulant savoir si, par hasard, Keller n'aurait pas menacé sa femme devant Brock.

— Ils sont venus pour prendre toutes les dispositions, hier soir, et je vais te dire... Sa voix resta en suspens. Il était très discret, mais en général elle parvenait à le faire parler. Parfois, sa franchise l'amenait à s'interroger, ne serait-elle pas elle-même une cible, prise dans le collimateur d'une de ces fameuses amours sans retour dont Brock avait le secret ?

Elle le sollicita un peu.

— Oui ?

— Eh bien..., commença-t-il, en baissant encore plus la voix. Brock savait mieux que personne que sa mère était le sujet principal des potins de Grant County. La maman était un peu soucieuse de sa crémation, après l'autopsie. Elle pensait que ce serait plus possible. Seigneur ! où ces gens-là vont-ils chercher des idées pareilles ?

Sara attendit.

— Mon impression, c'était qu'elle n'était pas trop ravie de

tout ça, d'abord, mais ensuite le papa s'en est mêlé, et il a dit « c'était le souhait de notre garçon, et c'est ce qu'on va faire ».

— Si tels étaient ses souhaits, ils doivent être respectés, approuva Sara. Elle avait beau être sans arrêt en rapport avec la mort, elle n'avait jamais pensé à informer quiconque de la manière dont elle souhaiterait être inhumée. Rien que d'y songer, à cet instant, cela la fit frissonner.

— Certaines personnes arrivent avec des besoins bien arrêtés, reprit Brock, en gloussant. Ma vieille, les histoires que je pourrais te raconter sur les trucs avec lesquels certains clients tiennent à être enterrés !

Elle ferma les yeux, priant pour qu'il garde cela pour lui.

À son silence, il comprit, et passa à autre chose.

— Je vais te dire la vérité, comme ils sont juifs, Dieu les bénisse, j'avais cru qu'ils voudraient régler ça en vitesse, mais non, ils ont réglé ça tout normalement. Je pense qu'ils le sont pas vraiment à fond, tu vois.

— Non, répondit-elle. En tant que médecin légiste, elle n'avait vu qu'une seule affaire où une famille de juifs orthodoxes lui avait contesté le droit de procéder à l'autopsie. Si elle admirait leur dévotion religieuse, elle imagina que la famille avait été soulagée de savoir que leur père était décédé d'une crise cardiaque, et non d'avoir volontairement précipité sa voiture dans un lac...

— Eh bien... Brock s'éclaircit la gorge, l'air mal à l'aise, interprétant probablement son silence comme de la désapprobation. J'en aurai terminé en deux coups de cuiller à pot.

Elle raccrocha, chaussa de nouveau ses lunettes tout en consultant le reste de ses messages. Le bruit blanc de la morgue était ponctué par les menus claquements et les grésillements de l'appareil photo de Carlos, occupé à prendre les clichés du corps. Elle s'arrêta sur le dernier message, en voyant qu'elle avait manqué la visite éclair d'un représentant de labo pharmaceutique. Elle se rembrunit, sachant qu'il lui aurait laissé davantage d'échantillons gratuits pour ses patients, si elle avait été là pour lui forcer un peu la main.

Sous les messages, il y avait une brochure sur papier glacé, laissée par ce représentant, vantant l'agrément récent, pour les enfants, d'un médicament contre l'asthme. En fait, les pédiatres comme Sara prescrivaient déjà cet aérosol à leurs patients depuis des années. Mais les laboratoires pharmaceutiques s'appuyaient sur ce nouvel agrément pour l'usage pédiatrique, délivré par la Food and Drugs Administration, afin de prolonger la durée de leur brevet sur cette molécule, et de continuer à estamper le consommateur sans avoir à se soucier de la concurrence des médicaments génériques. Elle se faisait souvent la réflexion que, s'ils arrêtaient de se payer des brochures chics et de coûteux spots de pub, les laboratoires seraient en mesure de diminuer leurs tarifs sur leurs médicaments, de sorte que les gens pourraient se les payer.

La poubelle était à l'autre bout de la pièce, et elle lança la brochure dans cette direction, la loupa, et loupa aussi Jeffrey, qui entrait dans le bureau.

« Salut », fit-il, en lui lançant un dossier en papier kraft sur son bureau. Et il lâcha un grand sac en papier par-dessus.

Elle se leva pour aller ramasser la brochure, et il lui posa la main sur le bras.

« Qu'est-ce... »

Il l'embrassa sur la bouche, un geste qu'il n'avait généralement pas tendance à faire en présence de tiers. Le baiser était chaste, plus comme un bonjour amical ou, considérant l'attitude de Jeffrey avec Mason James l'après-midi de la veille, comme un chien marquant son territoire.

« Salut », lui répondit-elle, en le regardant avec curiosité, tout en jetant la brochure au bon endroit.

Quand elle se retourna, il avait recueilli l'un des œillets dans le creux de sa main.

— Tu ne les aimes pas.

Elle était plus enchantée qu'il se soit souvenu de ce détail que s'il lui avait effectivement envoyé un bouquet.

— Non, confirma-t-elle, en le regardant sortir la carte de l'enveloppe. Je t'en prie, vas-y, lis-la, lui suggéra-t-elle, mais il ne l'avait pas attendue.

Il prit son temps pour remettre la carte dans l'enveloppe.

— C'est gentil, remarqua-t-il, puis il cita le mot. « Si tu as besoin de moi, je suis là. »

Elle croisa les bras, attendant qu'il dise ce qu'il éprouvait le besoin de dire.

— Longue matinée, remarqua-t-il enfin, en fermant la porte. Il conservait une expression neutre, et elle vit bien qu'il essayait de passer à autre chose. Tess, du nouveau ? s'enquit-il.

— En fait, ça va mieux, lui dit-elle, et elle remit ses lunettes, en s'asseyant. De quoi voulais-tu me parler ?

Il pointa l'index sur une des fleurs.

— Lena a été blessée, ce matin.

Sara se redressa dans son siège.

— Elle a eu un accident de voiture ?

— Non, fit-il. C'était Ethan White, la petite frappe dont je t'ai parlé. Celui qu'elle fréquente. Celui qui a essayé de me bousculer.

— C'est son nom ? s'étonna-t-elle, car pour une raison qui lui échappait, ce nom lui paraissait inoffensif.

— C'est l'un de ses noms, rectifia-t-il. Frank et moi, nous sommes allés voir Lena pour lui parler, ce matin... Il n'acheva pas sa phrase, il fixait la fleur du regard. Sara se rassit dans son fauteuil, et il lui rapporta le déroulement de la matinée, en terminant par Jill Rosen qui lui avait montré ses bleus dans le cou.

Sara exprima l'évidence.

— Elle a été maltraitée.

— Oui, dit-il.

— Je n'ai vu aucun signe de maltraitance quand j'ai autopsié Andy Rosen.

— Il est possible de faire du mal à quelqu'un sans laisser aucune trace.

— Quoi qu'il en soit, il a pu se produire une dispute et cette dispute aura poussé Rosen à se suicider, uniquement pour mettre fin à ces mauvais traitements, expliqua Sara. Son mot était adressé à sa mère, pas à son père. Peut-être qu'il ne pouvait plus supporter ça.

— C'est possible, admit-il. S'il n'y avait eu Tessa, nous ne soupçonnerions rien concernant Andy.

— Dans quelle mesure l'absence de rapport entre eux est-elle vraisemblable ?

— Merde ! Sara, je n'en sais rien.

Elle lui rafraîchit la mémoire.

— Nous ne détenons aucune preuve qu'Andy Rosen ait été assassiné. Peut-être devrions-nous l'extraire de l'équation et nous fonder sur ce que nous savons.

— Autrement dit ?

— Ellen Schaffer a été assassinée. Peut-être que quelqu'un a cru pouvoir tirer parti du suicide d'Andy et donner l'impression qu'elle l'avait imité. Ce genre de réaction en chaîne n'est pas rare, sur un campus universitaire. Au MIT, ils avaient douze suicides par an.

— Et Tess, là-dedans ? lui rappela-t-il. Tessa restait

encore et toujours l'élément imprévisible, la victime qui ne voulait rien dire.

— Ce pourrait être un crime d'une tout autre nature, proposa-t-elle. À moins de trouver un lien quelconque, peut-être devrions-nous les traiter comme deux éléments séparés.

— Et celui-ci ? fit-il, en désignant le corps, à côté, dans la morgue.

— Je n'en ai pas la moindre idée, reconnut-elle. Comment ses parents réagissent-ils ?

— À peu près aussi bien que tu peux l'imaginer, lui répondit-il, sans s'étendre.

— On ferait bien de commencer, lui suggéra-t-elle, en déplaçant le sac en papier kraft qui était posé sur le dossier, et elle entama la lecture. Jeffrey avait tiré des copies de ses notes, et il y avait un inventaire des lieux du crime. Elle parcourut le tout, tandis que, du coin de l'œil, elle le vit toucher l'une des fleurs en forme de cloche.

Quand elle eut terminé, elle désigna la pile de papiers entassés sur la seule chaise du bureau.

— Tu peux les poser par terre.

— J'en ai marre d'être assis, lança-t-il, en s'agenouillant derrière son bureau. Il lui passa la main sur la jambe. Tu as suffisamment dormi ?

Elle posa sa main sur la sienne, songeant qu'elle devrait souffler à Mason de lui envoyer des fleurs tous les jours, si cela rendait Jeffrey plus attentif.

— Ça va, le rassura-t-elle, en revenant au dossier. Tu les as récupérées vite, remarqua-t-elle, à propos des photos de la scène du crime.

— Brad les a tirées dans la chambre noire, lui dit-il. Et tu auras peut-être envie de les regarder, la prochaine fois que tu feras un demi-tour en voiture juste devant le poste.

Elle lui adressa un sourire innocent, puis désigna le sac en papier kraft.

— Qu'est-ce que c'est ?

— Des flacons, tout sur ordonnance, répondit-il, en en renversant le contenu sur le bureau. Elle vit, à la poudre noire qui maculait les flacons, qu'on les avait déjà passés aux tests d'empreintes. Il devait y en avoir au moins une vingtaine.

— Ils appartenaient tous à la victime ?

— Il y a son nom dessus.

— Des antidépresseurs, observa-t-elle, en alignant les flacons un par un sur le bureau.

— Il se shootait à l'Ice.

— Élégant, et intelligent, releva-t-elle, pince-sans-rire, tout en continuant d'aligner les flacons, en tâchant de les classer en deux familles. Du Valium, qui est contre-indiqué avec les antidépresseurs. Elle étudia les étiquettes, qui portaient toutes le nom du même médecin traitant. Le nom ne lui dit rien, mais ces inscriptions manuscrites déclenchaient dans sa tête toutes sortes de signaux d'alarme.

Elle passa à la lecture des ordonnances.

— Prozac, vieux d'environ deux ans. Paxil, Elavil. Elle s'arrêta, remarqua les dates. On dirait qu'il les a tous essayés, avant de se décider pour le Zoloft, qui est... Elle s'arrêta encore, puis elle laissa échapper un « Ouah ! ».

— Quoi ?

— Trois cent cinquante milligrammes de Zoloft par jour. C'est beaucoup.

— Quelle est la dose moyenne ?

Elle haussa les épaules.

— Je ne prescris pas ce genre de chose à mes petits patients, le rassura-t-elle. Pour un adulte, je dirais, de l'ordre de cinquante à cent milligrammes maxi. Elle continua avec les bouteilles. De la Ritaline, bien entendu. Sa génération a grandi avec cette saloperie. Et encore du Valium, du lithium, de l'amantadine, du Paxil, du Xanax, de la cyproheptadine, du busiprone, du Wellbutrine, du Buspar, de l'Elavil. Et un autre Zoloft. Et encore un autre. Elle regroupa les trois flacons de Zoloft, et s'aperçut qu'ils avaient été fournis par différentes pharmacies à des dates différentes.

— Et ça sert à quoi ?
— Précisément ? Dépression, insomnie, angoisse. Ils servent tous à la même chose, mais ils fonctionnent de façon différente. Elle fit rouler son fauteuil en arrière, jusqu'à l'étagère près du classeur à tiroirs, où elle trouva le guide pharmacologique. Il va falloir que je les vérifie tous, lui dit-elle, en roulant de nouveau vers son bureau. J'en connais certains, mais je ne vois pas du tout ce que sont les autres. L'un de mes petits Parkinson est sous busiprone, pour l'angoisse. Parfois, tu peux en prendre certains simultanément, mais pas tous. Ça finirait par devenir toxique.

— Il aurait pu en vendre ? s'enquit-il. Il avait les seringues. Nous avons trouvé une cachette dans son placard, avec de l'herbe et dix tablettes d'acide.

— Pour les antidépresseurs, il n'y a pas vraiment de marché, lui rappela-t-elle. Actuellement, n'importe qui peut se procurer une ordonnance pour ces trucs-là. Le problème, c'est juste de trouver le bon docteur... ou le mauvais, plutôt. Elle désigna deux flacons qu'elle avait mis de côté. La Ritaline et le Xanax, oui, ça, à la revente, ça vaut quelque chose.

— Je peux me rendre à l'école élémentaire, et je vais m'en procurer dix pilules de chaque pour à peu près cent dollars, souligna-t-il. Il leva un grand flacon en plastique. Au moins, il prenait ses vitamines.

— Du Yocon, remarqua-t-elle, en lisant la liste des ingrédients. On n'a qu'à commencer par celui-ci. Sara feuilleta le guide, et tomba sur la bonne entrée. Elle passa le descriptif au crible, le lui résuma. C'est un nom de marque pour la yohimbine, qui est une herbe. C'est censé renforcer la libido.

Jeffrey lui reprit le flacon.

— C'est un aphrodisiaque ?

— En principe, non, lui répondit-elle, poursuivant sa lecture. C'est censé aider à tout, depuis l'éjaculation précoce jusqu'à l'érection.

— Comment se fait-il que je n'en ai jamais entendu parler ?

Elle lui adressa un regard entendu.

— Tu n'en as jamais eu besoin.

Jeffrey sourit, et reposa le Yocon sur son bureau.

— C'est un gamin de vingt ans. Pourquoi aurait-il besoin d'un truc pareil ?

— Le Zoloft lui provoquait peut-être de l'anorgasmie.

Il plissa les paupières.

— Il ne pouvait plus jouir ?

— Eh bien, c'est une autre façon de le formuler, concéda-t-elle. Il pouvait avoir et conserver une érection, mais il avait un problème pour éjaculer.

— Seigneur Dieu ! pas étonnant qu'il se soit étouffé.

Sara ignora ce commentaire, et vérifia une seconde fois le médicament dans son guide, juste pour être sûre.

— « Effets secondaires : anorgasmie, angoisse, accroissement de l'appétit, perte d'appétit, insomnie... »

— Ce qui pourrait expliquer le Xanax.

Elle leva les yeux de son livre.

— Aucun médecin un peu sain d'esprit ne prescrirait toutes ces pilules ensemble.

Il compara certaines étiquettes.

— En gros, il s'adressait à quatre pharmacies.

— Je n'imagine pas un pharmacien qui lui fournirait tout ça. Ce serait de l'inconscience.

— Pour obtenir un mandat de perquisition des registres du pharmacien, il va nous falloir du solide, dit-il. Tu reconnais le médecin ?

— Non, dit-elle, en faisant coulisser le tiroir inférieur de son bureau. Elle en sortit un annuaire de Grant County et des environs. Une brève recherche révéla que l'individu ne figurait pas à l'annuaire. Il n'est pas affilié à la clinique ou à l'université ?

— Non, lui dit-il. Il habite peut-être à Savannah. L'une des pharmacies de la liste se trouve là-bas.

— Je n'ai pas l'annuaire de Savannah.

— Tu sais, il y a ce nouveau truc, la taquina-t-il. On appelle ça Internet.

— Oui, très bien, répliqua-t-elle, renonçant volontiers à la petite leçon sur les merveilles de la technologie. Elle en comprenait bien les applications pour quelqu'un comme Jeffrey, mais quant à elle, au cabinet, elle voyait trop de gamins bouffis et obèses pour apprécier les avantages qu'il y avait à contempler l'écran d'un ordinateur toute la journée.

— Il n'est peut-être pas médecin ? suggéra-t-il.

— À moins que le pharmacien ne te connaisse, quand tu fais une demande, tu dois avoir un numéro de la Brigade des Stupéfiants. Ce numéro figure dans une base de données.

— Donc quelqu'un a pu voler un numéro appartenant à un médecin retraité ?

— Il ne prescrira pas de narcotiques ou d'OxyContin. De toute façon, j'imagine que ces substances ne suffiraient pas à agiter le drapeau rouge sous le nez des contrôleurs du gouvernement. Elle plissa le front. Pourtant, je ne vois pas trop le but. Ce ne sont pas des excitants. On ne peut pas vraiment se défoncer avec. Le Xanax peut créer une dépendance, mais il a de la méthamphétamine et de l'herbe, qui sont beaucoup plus efficaces en ce domaine.

Carlos compterait et classerait toutes ces pilules plus tard, mais, sur un coup de tête, Sara ouvrit l'un des flacons de Zoloft. Sans les sortir, elle compara les comprimés jaunes au dessin du guide.

— Ça correspond.

Jeffrey ouvrit le flacon suivant, pendant qu'elle vérifiait le troisième.

— Pas le mien, observa-t-il.

Sara jeta un œil dedans.

— Non, en effet. Et elle ouvrit le tiroir du haut de son bureau. Elle y trouva des brucelles et s'en servit pour en sortir l'une des gélules de couleur claire. Elle renfermait une fine poudre blanche.

— On pourra déjà envoyer ça au labo, histoire de savoir ce qu'il y a dedans.

Il contrôla chaque flacon l'un après l'autre.

— Tu as un budget pour demander un examen d'urgence ?

— Je ne pense pas que nous ayons le choix, lui fit-elle observer, en glissant la gélule dans le petit sachet pour pièces à conviction. Elle l'aida à vérifier le contenu des autres flacons, mais ils avaient tous une sorte de marque identifiant le nom du fabricant ou du médicament.

— Il utilisait peut-être les gélules pour les remplir d'autres poudres, hasarda Jeffrey.

— Testons d'abord celles qu'on ne connaît pas, suggéra-t-elle, sachant combien coûteraient des tests qui n'aboutiraient à rien. S'ils étaient à Atlanta, elle disposerait certainement des ressources nécessaires, mais à Grant County, son budget était si serré que, certains mois, elle devait emprunter ses gants en latex à la clinique. D'où est-il, Dickson ? lui demanda-t-elle.

— D'ici, lui dit-il.

Elle lui reposa sa question de tout à l'heure, estimant que Jeffrey était en meilleure position pour en parler, maintenant.

— Comment ses parents ont-ils pris la nouvelle ?

— Mieux que je n'aurais cru, avoua-t-il. J'en déduis qu'il ne devait pas être de tout repos.

— Comme Andy Rosen, releva Sara. Elle lui avait communiqué l'impression que Hare avait eue de la famille Rosen, durant leur retour du Grady Hospital.

— Si notre seul lien, en l'occurrence, ce sont ces deux gamins de vingt ans et quelques, tous deux pourris gâtés, alors, cela signifie que la moitié des gosses du campus courent un danger.

— Rosen était maniaco-dépressif, lui rappela-t-elle.

— Les parents de Dickson soutiennent qu'il ne l'était pas. Il ne leur a jamais mentionné sa psychothérapie. À leur connaissance, leur fils avait une santé de cheval.

— Comment auraient-ils été au courant ?

— Ils n'avaient pas l'air de se sentir très concernés par son état, mais le père a bien souligné qu'il lui payait toutes ses factures. Un traitement pareil leur aurait sauté aux yeux.

— Il consultait peut-être quelqu'un au centre de psychothérapie du campus, et gratuitement.

— Accéder aux documents de la clinique, ça ne va pas être commode.

— Tu pourrais reposer la question à Jill Rosen, lui suggéra-t-elle.

— À mon avis, elle est larguée, estima Jeffrey, l'air sombre. Nous avons interrogé toute la résidence, et personne ne savait rien de ce gamin.

— À en juger par l'odeur dans sa chambre, il devait y passer quasiment tout son temps.

— Si Dickson était dealer, personne ne va admettre l'avoir connu. Quand la nouvelle s'est répandue que nous allions poser des questions, toutes les chasses d'eau se sont déclenchées dans toutes les chambres.

Sara rumina ce qu'ils avaient déjà rassemblé.

— Donc Rosen et lui étaient des types solitaires, des isolés. Et ils étaient tous les deux défoncés.

— Le bilan toxicologique de Rosen était vierge.

— Ce genre de bilan, c'est toujours relativement hasardeux, lui rappela-t-elle. Le labo ne teste que les substances que je leur précise. Il existe des milliers d'autres drogues qu'il aurait pu consommer et pour lesquelles je n'ai pas demandé de test.

— Je pense que quelqu'un a nettoyé la chambre de Dickson.

Elle attendit qu'il poursuive.

— Il y avait une bouteille de vodka dans le frigo, à moitié pleine, mais sans empreintes. Des boîtes de bière et d'autres trucs portaient des empreintes de la victime, plus deux ou trois autres empreintes latentes, probablement du vendeur du magasin ou de la personne auprès de qui il avait acheté tout ça. Il marqua un temps avant de reprendre. On va essayer d'analyser la seringue pour voir ce qu'elle contenait. Celle qu'on a ramassée par terre était assez abîmée. Ils ont eu beau racler le plancher, je ne sais pas s'ils seront en mesure de constituer un bon échantillon. Il s'arrêta de nouveau,

comme s'il restait autre chose à dire, et qu'il n'avait pas envie de dire. C'est Lena qui a trouvé cette seringue.
— Cela s'est produit comment ?
— Elle l'a vue, sous le lit.
— Elle l'a touchée.
— Partout.
— Elle a un alibi ?
— J'étais toute la matinée avec elle, lui indiqua-t-il. Et elle est restée toute la nuit avec White. Ils sont leur alibi réciproque ?
— Tu n'as pas l'air convaincu.
— Désormais, je ne les crois ni l'une ni l'autre, surtout considérant le passé criminel d'Ethan White. Tu ne te réveilles pas un beau jour en cessant d'être raciste. La seule chose qui les relie tous, y compris Tess, c'est ce rapport avec le racisme.

Sara savait où il voulait en venir.

— Nous en avons déjà parlé. Comment quelqu'un aurait-il pu savoir que j'allais amener Tessa sur les lieux ? C'est trop improbable.

— Lena n'arrête pas de surgir partout dans cette histoire, un peu trop pour qu'elle n'y soit pas mêlée.

Sara savait ce qu'il entendait par là. Ils avaient le même problème avec le suicide prétendu d'Andy Rosen. Les coïncidences de ce genre étaient rares.

— Ce White, reprit-il, c'est une sale petite merde, Sara. J'espère que tu ne le croiseras jamais. Il prit un ton dur, sévère. Bon sang ! qu'est-ce qu'elle fout avec un type pareil ?

Sara se cala contre le dossier de son fauteuil, et elle attendit qu'il lui prête attention.

— Au vu de ce que Lena a traversé, il n'est pas étonnant qu'elle se soit fourrée avec quelqu'un comme Ethan White.

C'est un homme dangereux. Je sais que tu n'arrêtes pas de le traiter de gamin, mais d'après ce que tu m'en as décrit, il n'agit pas comme un gamin. Il se peut que Lena se sente attirée par ce danger. Là, elle est en terrain connu.

Il secoua la tête, comme si c'était une chose qu'il ne pouvait accepter. Parfois, Sara se demandait s'il connaissait Lena. Jeffrey avait tendance à voir les gens comme il voulait les voir, et non tels qu'ils étaient réellement. Cela leur avait posé un problème constant, durant leur mariage, et elle n'aimait pas se le voir rappeler en cet instant.

— Mis à part pour Ellen Schaffer, il pourrait s'agir d'une série de coïncidences, aggravée par le fait que Lena et toi, vous êtes en plein dans votre grand concours, à jouer à celui qui emmerdera l'autre, et là, c'est la finale. Elle lui posa l'index sur la bouche, pour le faire taire. Je sais ce que tu vas dire, mais tu ne peux pas nier qu'il y a une hostilité entre toi et Lena. En fait, elle pourrait très bien protéger White rien que pour te faire chier.

— C'est possible, acquiesça-t-il, et elle en fut très surprise.

Elle se redressa.

— Tu crois vraiment qu'elle boit ? s'enquit-elle. Qu'elle boit suffisamment pour avoir un problème ?

Il haussa les épaules, et cela rappela de nouveau à Sara à quel point il détestait les alcooliques. Son père avait été un alcoolique violent, et même si Jeff prétendait avoir dépassé son enfance de maltraitance, elle savait qu'un alcoolique pouvait le mettre en pétard plus sûrement et plus vite qu'un meurtrier.

— Qu'elle ait la gueule de bois ne signifie pas qu'elle ait un problème d'alcool. Cela veut simplement dire qu'elle a trop bu, un soir. Elle le laissa prendre la mesure de la chose, avant de continuer. Et ça ? demanda-t-elle, en feuilletant les photos. Elle lui montra le cliché de la seringue piétinée au sol.

— Je suis à peu près certain que ce n'est pas elle qui a fait ça, dit-il. À vue d'œil, l'empreinte était presque identique à celle de la botte de White.

— Non, fit Sara. Tu passes à côté de la grosse question. Dickson avait deux seringues de méthadone. S'il avait eu envie de se tuer... ou si quelqu'un avait eu envie de faire croire qu'il s'est tué... pourquoi ne pas employer la seconde seringue ? La méthadone était tellement forte que la seconde dose l'aurait tué presque instantanément.

— Le jeu du foulard, c'est une manière assez gênante de s'en aller, nota Jeffrey, en usant de la dénomination courante chez les ados pour désigner l'asphyxie auto-érotique. Il pourrait s'agir de quelqu'un qui le haïrait.

— Cet anneau était fixé dans le mur depuis longtemps, lui rappela-t-elle, en reprenant ce cliché précis. Les ceintures montrent des traces d'usure, ce qui atteste qu'elles ont déjà servi à ce jeu précédemment. La mousse devait empêcher le cuir de marquer la peau. Il avait installé tout le décor, y compris la cassette porno. Tout en parlant, elle passa les photos en revue. Il a vraisemblablement pensé qu'en s'asseyant, il ne risquait rien. Dans la plupart des cas de ce genre, ce qui arrive, ce sont des tringles de penderie ou des chaises qui leur ripent sous les pieds. Elle désigna les flacons. S'il souffrait d'anorgasmie, il devait certainement rechercher un meilleur moyen de se faire jouir.

Jeffrey n'arrivait pas à renoncer à Lena.

— Pourquoi Lena irait-elle contaminer la scène si elle n'avait rien à cacher ? Elle n'a jamais fait une chose pareille.

Sara était incapable de répondre à sa question.

— Si White est l'auteur des meurtres, quel serait son mobile pour tuer Scooter ?

Jeffrey secoua la tête.

— Pas de raison qui me saute aux yeux.

— La drogue ?

— White se fait contrôler toutes les semaines, dans le cadre de sa conditionnelle, mais Lena avait de la Vicodine dans son appartement.

— Tu l'as questionnée là-dessus ?

— Elle m'a raconté que c'était pour la douleur, à cause de ce qui lui est arrivé l'année dernière.

Une image vint spontanément à l'esprit de Sara, une image de l'examen qu'elle lui avait fait subir après son viol.

— Elle a une ordonnance valide.

Sara se rendit compte qu'elle avait perdu provisoirement le fil de la conversation.

— Schaffer ne prenait pas de drogues ?

— Non.

— Dickson, ce n'est pas un nom qui sonne très minorité ethnique.

— Baptiste du Sud, de naissance et d'éducation.

— Il sortait avec quelqu'un ?

— En puant comme ça ? s'exclama-t-il.

— Juste. Elle se leva, se demandant ce que fabriquait Brock. On peut commencer ? J'ai dit à maman que je repartirai à Atlanta dès que possible.

— Comment va Tessa ?

— Sur le plan physique ? Elle s'en remettra. Sara se sentit craquer. Ne me parle pas du reste, d'accord ?

— Ouais, acquiesça-t-il. D'accord.

Elle ouvrit la porte et passa dans la salle de la morgue.

— Carlos, fit-elle, Brock va arriver d'une minute à l'autre. Quand il sera ici, tu pourras prendre ta pause.

Jeffrey avait l'air étonné, mais il ne posa pas la question qui s'imposait.

— Bonne pioche sur ce tatouage, félicita-t-il Carlos. Vous aviez raison.

Carlos sourit, chose qu'il ne se permettait jamais quand Sara le complimentait.

Elle noua le cordon de la blouse autour de sa taille, tout en se rendant à la boîte lumineuse pour examiner les radios que Carlos avait prises de William Dickson. Après s'être assurée d'avoir minutieusement étudié chaque film, elle revint vers le corps.

La balance suspendue au-dessus du bout de la table se balançait légèrement, et même si Carlos n'oubliait jamais, elle s'assura que le poids affiché était bien réinitialisé à zéro. Brock avait annoncé qu'il arrivait tout de suite, mais il ne s'était toujours pas montré. Sara ne voulait pas commencer la procédure formelle d'autopsie avant qu'il ne soit là.

« Je vais déjà procéder à un rapide examen, en attendant que Brock soit là. »

Elle enfila une paire de gants et baissa le drap, exposant William Dickson à la lumière crue des lampes du plafond. Une marque bien nette de la boucle de ceinture était restée imprimée en noir sur la peau du cou. La main gauche était encore contractée autour du pénis.

— Il était gaucher ? s'étonna Sara.

— C'est important ?

— Ah ! dit-elle, surprise. D'accord, elle n'y avait jamais beaucoup réfléchi, mais elle avait toujours supposé qu'un homme emploierait la main avec laquelle il écrivait.

Quand elle ouvrit celle de Dickson pour la séparer du

pénis, Jeffrey détourna le regard. Les doigts restèrent recroquevillés, mais dans la partie supérieure du corps, là où elle avait débuté, la rigidité cadavérique s'atténuait lentement. Le bout des doigts était violet foncé, et le pénis était fortement marqué à l'endroit de la main.

— Houlà, chuchota Carlos, et ce fut la première fois qu'il commentait une découverte de Sara. Il regardait les deux stries bilatérales couleur liège autour des testicules.

— Ce sont des blessures au couteau ? voulut savoir Jeffrey.

— Cela ressemble plus à des blessures de chocs électriques, rectifia-t-elle, reconnaissant la couleur. Récentes, probablement moins de quelques jours. Cela pouvait expliquer le fil électrique à côté du lit de Dickson. Elle attrapa une compresse, l'appuya sur la brûlure, puis elle préleva une goutte de gras qui ressemblait à de la pommade. Elle la renifla. Ça sent la vaseline.

Carlos lui tendit un sac pour la compresse.

— Sur les brûlures, tu es censée te servir de ça ?

— Non, mais vu le contenu de son armoire à pharmacie, il ne m'a pas l'air d'être trop le type à lire les ordonnances. Elle étudia les brûlures. Il a pu se servir de la vaseline comme lubrifiant.

Carlos et Jeffrey échangèrent un regard qui exprimait leur désaccord.

— Il utilisait sûrement du baume du Tigre. Il y en avait un pot près de la télévision.

Sara se souvint de ce pot, d'après la photo, mais elle n'en avait rien pensé.

— Ce n'est pas destiné aux douleurs musculaires ? Ni l'un ni l'autre ne lui apportèrent de réponse, donc elle se tourna vers les brûlures. Il a pu avoir recours à la stimulation électrique pour s'aider à atteindre l'orgasme.

— Ce n'est pas la première chose qui viendrait à l'esprit pour remédier à ce genre de souci.

— Il se shootait à la méthadone. Je doute, de manière générale, qu'il ait eu l'esprit bien clair. Tu peux m'aider à le retourner ? demanda-t-elle à Carlos.

Le jeune homme prit une paire de gants et, à eux deux ils retournèrent Dickson sur le ventre. Il y avait une lividité prononcée sur le postérieur du jeune garçon, et une longue marque horizontale sur le dos, là où il était adossé, sur le lit.

Elle examina William Dickson de la tête aux pieds, sans trop savoir ce qu'elle cherchait. Finalement, elle repéra quelque chose qui méritait une remarque.

— Il y a une cicatrice autour de l'anus, annonça-t-elle à Jeffrey, qui conservait le regard en direction des éviers.

— Il était gay ? voulut-il savoir.

— Pas nécessairement, commenta-t-elle, en retirant ses gants. Elle alla en chercher une nouvelle paire. Il n'y a pas moyen de dire où et quand ça s'est fait. Certains hétérosexuels aiment ce genre de trucs.

Jeffrey carra les épaules, comme pour dire *Pas l'hétérosexuel que tu as devant toi.*

— S'il était gay, releva-t-il, il pourrait s'agir d'un crime haineux.

— Tu as d'autres preuves qu'il soit gay ?

— Personne ne nous a rien dit de lui.

— Et la bande qu'il visionnait ?

— Hétéro, concéda-t-il.

— Tu auras peut-être à retourner sur place et à chercher un objet dont il se servait sur lui-même. Vu le reste de ce qui le branchait, je ne serais pas surprise qu'il ait un vibro anal ou...

Jeffrey l'arrêta.

— Une espèce de tétine géante et rouge ?

Elle hocha la tête, et il se rembrunit, en songeant qu'il avait dû poser les doigts dessus.

Sara se remit au travail. Elle prit des photographies de ses découvertes, puis demanda à Carlos de l'aider à retourner le corps de nouveau. Le corps de Dickson se relâchait, mais la rigidité cadavérique rendait encore l'opération malaisée.

Elle réédita le même examen sur la partie antérieure du corps, vérifiant le moindre pli, le moindre recoin. La mâchoire était suffisamment détendue pour qu'elle puisse forcer l'ouverture de la bouche, et elle constata qu'aucun corps étranger ne bloquait les voies respiratoires. Les marques en forme de sillon autour du cou et les pétéchies qui mouchetaient la peau autour des yeux injectés de sang étaient tous autant d'indices cohérents avec l'hypothèse d'une strangulation.

— La pression sur les artères carotides, qui acheminent le sang oxygéné vers le cerveau, a provoqué une hypoxie cérébrale temporaire. Il faut environ dix à quinze secondes avant la perte de conscience consécutive à l'occlusion.

— En français, je te prie.

— Le but, c'est d'interrompre l'afflux de sang vers le cerveau, pour augmenter le plaisir de la masturbation. Soit il a mal évalué son coup, soit il s'est laissé emporter, ou alors il s'est évanoui à cause du manque d'apport sanguin, ou alors la descente de la méthadone a été trop violente... Elle laissa sa phrase en suspens, comprenant que Jeffrey était en train de réfléchir à toutes ces hypothèses. Quand je vais ouvrir le cou, je vais vérifier les os hyoïde et thyroïde, mais je doute qu'ils aient été écrasés. L'essentiel de la pression s'est exercé sur les carotides. Je te le dis, entre l'anneau et le petit rembourrage de mousse sous la ceinture, il savait ce qu'il faisait, apparemment.

— Apparemment, répéta-t-il, mais Sara ne pouvait partager son scepticisme.

— Je pense qu'on peut avancer, fit-elle, considérant que l'examen interne leur apporterait des éléments plus concluants.

— Tu ne veux pas attendre Brock ?

— Il a été probablement retenu, supposa-t-elle. On va juste commencer, et puis on s'accordera une pause quand il sera là.

Elle appuya sur le Dictaphone et procéda à l'autopsie de William Dickson, formulant les constatations habituelles, examinant chaque organe et le moindre carré de peau à la loupe, jusqu'à ce qu'elle ait acquis la certitude qu'il n'y avait rien de plus à faire. À l'exception d'un foie très gros et d'un ramollissement cérébral qui vont de pair avec la consommation de drogues sur le long terme, il n'y avait rien de remarquable concernant ce garçon, à part la manière dont il était mort.

Elle acheva son enregistrement sur la conclusion qu'elle avait formulée à Jeffrey précédemment.

— La mort est due à l'occlusion des artères carotides, avec hypoxie cérébrale. Elle coupa le micro, retira ses gants.

— Donc, rien, résuma Tolliver.

— Rien, confirma-t-elle, en enfilant une paire de gants neuve. Elle était en train de recoudre le torse, une couture de balle de base-ball standard, quand l'ascenseur de service près de l'escalier tinta.

Carlos avait filé avant même l'ouverture des portes.

— Salut, madame, s'écria Brock, en faisant rouler un chariot civière en acier inoxydable dans la morgue. Désolé, je suis en retard. Des personnes récemment endeuillées qui sont venues me voir, et il fallait que je m'en occupe. J'aurais bien envoyé maman, mais enfin, tu sais. Il sourit à Tolliver, puis revint à Sara, car il était incapable de dire qu'il ne pouvait se fier à sa propre mère. Enfin, je me suis bien figuré que vous sauriez mettre ce petit moment à profit, vous autres.

— C'est parfait, le rassura Sara, en approchant de la chambre froide.

— Ce n'est pas celui-ci que je suis venu chercher, fit Brock, en indiquant Dickson. C'est Parker, à Madison, qui va s'en charger. Le chariot heurta un carreau cassé, et Brock trébucha.

— Je peux vous donner un coup de main, proposa Jeffrey. Brock gloussa, en se redressant.

— J'ai mon permis et ma carte grise, chef, plaisanta-t-il, comme si Tolliver venait de l'arrêter pour avoir grillé un stop.

Sara sortit Andy Rosen de la chambre froide et elle aida Brock à le placer sur le chariot.

— Il te faut ta housse ? lui demanda ce dernier.

— Rapporte-la-moi demain, lui dit-elle. Mais elle repensa à Carlos. En fait, rectifia-t-elle, ça t'ennuie d'utiliser l'une des tiennes ?

— Je suis comme les boy-scouts, lui signala-t-il, en passant la main sous le chariot et en en ressortant une housse mortuaire vert foncé, avec l'emblème Brock & Sons imprimé en doré sur le côté.

Il étala la housse sur son chariot, et Sara tira sur la fermeture Éclair.

— Jolie incision, observa Brock. Je vais pouvoir recoller le tout, et fixer un peu de coton dessus, sans problème.

— Bien, dit Sara, ne sachant quoi dire d'autre.

— J'ai jeté un œil sur lui, hier, quand j'étais ici, juste pour voir ce que donnerait l'embaumement. Il lâcha un soupir de résignation. Pour le petit raccord à la tête, je pense que je vais pouvoir utiliser du mastic. Sinon, ce crétin va fuir, aussi sûr que je me trouve là devant toi.

Sara s'arrêta dans ce qu'elle était en train de faire.

— Qu'est-ce qui va fuir ?

Il désigna le front.

— Le trou. Je pensais que tu l'avais vu, Sara. Je suis désolé.

— Non, fit-elle, en décrochant la loupe de son support. Elle écarta en arrière les cheveux d'Andy Rosen, trouva une petite piqûre sur le cuir chevelu. Le corps était resté en position assise un moment, ce qui avait donné à la peau le temps de se retendre autour du trou. Sara le voyait très bien, même sans loupe. Je ne peux pas croire que j'aie pu louper ça.

— Tu lui as examiné la tête, lui dit Jeffrey. Je t'ai vue faire.

— J'étais tellement fatiguée, hier soir, avoua-t-elle, songeant que c'était une excuse bien médiocre. Nom de Dieu !

Brock fut visiblement choqué par le juron. Sara savait qu'elle aurait dû lui présenter ses excuses, mais elle était trop en colère. Cette piqûre, sur le front d'Andy Rosen, était évidemment celle d'une aiguille. Quelqu'un lui avait fait une piqûre dans le cuir chevelu, dans l'espoir que la menue blessure serait masquée par les cheveux. Si Brock ne l'avait pas observée, elle ne l'aurait jamais vue.

— J'ai besoin de Carlos, dit-elle à Jeffrey. Nous allons prélever de nouveau du sang et des tissus.

— Il reste encore du sang ? lui demanda-t-il.

— Nous ne..., fit Brock.

— Bien sûr qu'il en reste, l'interrompit Sara. Je veux exciser cette zone autour du front, ajouta-t-elle ensuite, plus pour elle-même. Qui sait ce que j'ai pu louper d'autre ? Elle retira ses lunettes, tellement en colère que sa vue se brouilla. Nom de Dieu ! répéta-t-elle. Comment ai-je pu rater ça ?

— Moi aussi, je l'ai raté, suggéra Jeffrey.

Elle se mordit la lèvre inférieure, pour s'empêcher d'exploser. Elle s'adressa à Brock.

— Il faut me le laisser encore une heure.

— Euh ! oui, fit Brock, pressé de s'en aller. Quand tu as fini, appelle-moi, et c'est tout.

Sara était assise au comptoir de la cuisine, elle fixait le micro-ondes, en se demandant si elle n'allait pas se créer un cancer, à rester si près de cet appareil. Elle était tellement fatiguée qu'elle s'en moquait, et tellement en colère contre elle-même d'avoir manqué la piqûre d'aiguille sur le cuir chevelu d'Andy Rosen qu'elle aurait accueilli cette punition presque volontiers. Trois heures de l'examen le plus compliqué que Sara ait jamais accompli de sa vie n'avaient rien révélé d'autre chez le jeune homme. À partir de là, elle avait effectué le même examen détaillé chez William Dickson, en priant Carlos et Jeffrey de suivre ses moindres gestes, pour s'assurer une triple vérification de tout ce qu'elle faisait.

Elle avait passé encore une heure de plus, les yeux collés au microscope, à étudier les morceaux de cuir chevelu d'Ellen Schaffer que l'on avait récupérés sur les lieux du crime. À ce stade, Tolliver avait réussi à convaincre Sara que même si les preuves n'avaient pas été endommagées, empêchant toute détection, elle était trop fatiguée pour les retrouver. Elle avait besoin de rentrer chez elle et de s'accorder un peu de sommeil. Il lui avait promis qu'après qu'elle se serait un peu reposée, il la ramènerait en voiture à la morgue, afin de tout passer en revue une fois encore. L'idée lui avait paru bonne, sur le moment, mais la culpabilité et le besoin de réponses avaient empêché Sara de même songer à fermer les yeux. Elle avait manqué un élément crucial dans cette affaire et, s'il n'y avait eu Brock, Andy Rosen aurait été incinéré, ce qui aurait détruit tout espoir pour que Sara découvre le moindre élément prouvant le meurtre.

Le minuteur du four sonna, et elle en sortit un plat de poulet avec des pâtes, sachant, avant même de retirer le film plastique, qu'elle serait incapable de rien avaler. À l'odeur, même les chiens levèrent le nez, et elle envisagea d'emporter le plat jusqu'à la poubelle, dehors, avant que la paresse ne l'emporte, et elle le jeta dans la poubelle située sous l'évier.

Le réfrigérateur n'avait pas grand-chose à lui offrir, mis à part une mandarine ratatinée qui s'était collée à la clayette en verre, et deux tomates fraîches d'origine douteuse. Elle regarda dans le frigo, d'un œil vide, considérant ce choix, jusqu'à ce que son estomac se mette à gargouiller. Finalement, elle décida de manger un sandwich à la tomate, assise dans le coin cuisine, pour pouvoir regarder le lac. Il y eut un roulement de tonnerre, dehors. L'orage les avait suivis depuis Atlanta.

Sara remarqua la rangée d'assiettes et de verres disposés sur l'égouttoir, à côté de l'évier, là où Jeffrey les avait lavés, et, bêtement, des larmes lui vinrent aux yeux. Jamais des fleurs ou de jolis compliments n'arriveraient à rivaliser avec la gentillesse d'un homme se chargeant des tâches domestiques.

« Oh ! mon Dieu ! », fit-elle en riant, et elle s'essuya les yeux, en songeant que la privation de sommeil et le stress la transformaient en paquet de nerfs.

Elle songeait à prendre une longue douche et à se laver de la crasse de cette journée, quand on frappa sèchement à la porte d'entrée. Elle se leva en gémissant, supposant que c'était un voisin bien intentionné qui passait recueillir les dernières nouvelles de Tessa. L'espace d'une fraction de seconde, elle pensa faire semblant de ne pas être là, mais s'il y avait une mince chance pour que le voisin en question ait apporté un bon ragoût ou au moins un gâteau, cela suffisait à la convaincre de répondre.

— Devon, dit-elle, surprise de voir le petit ami de Tessa debout sous sa véranda.

— Salut, dit-il en réponse, en fourrant les mains dans ses poches. Il avait un sac marin à ses pieds. C'est pour quoi faire, ce flic ?

Sara adressa un signe de la main à Brad, qui était garé de l'autre côté de la rue, depuis qu'elle était rentrée chez elle.

— Une longue histoire, lui répondit-elle, ne voulant pas faire ressurgir les craintes de Jeffrey.

Devon posa le pied sur son sac marin.

— Sara, je... ?

— Quoi ? s'enquit-elle, et son cœur fit un bond dans sa poitrine, quand elle se rendit compte que quelque chose avait pu arriver à Tessa. Est-elle... ?

— Non, la rassura-t-il, en tendant les mains vers elle, comme s'il allait lui falloir la rattraper, si elle s'évanouissait. Non, je suis désolé. J'aurais dû te le dire. Elle va bien. Je suis revenu pour...

Sara posa la main sur son cœur.

— Mon Dieu ! tu m'as fichu une frousse. Elle lui fit un signe. Tu veux manger quelque chose ? Je n'ai que... Elle s'arrêta, parce qu'il ne la suivait pas.

— Sara, commença Devon, et puis il baissa les yeux sur son sac. J'ai des affaires de Tessa pour toi. Des trucs qu'elle voulait récupérer.

Sara s'adossa à la porte ouverte, une sensation de

picotement dans les cheveux, dans la nuque. Elle comprenait pourquoi il était ici, la raison de ce sac. Il quittait Tessa.

— Tu ne peux pas lui faire ça, Devon. Pas maintenant.

— Elle m'a dit de m'en aller, lui annonça-t-il.

Sara ne doutait pas que Tessa lui ait demandé ça, tout comme elle ne doutait pas que sa sœur pensait exactement le contraire.

— C'est la seule chose qu'elle m'ait dite, en deux jours. Des larmes dégoulinèrent sur ses joues. « Va-t'en. » Comme ça. « Va-t'en. »

— Devon...

— Je ne peux pas rester là-bas, Sara. Je ne peux pas la voir comme ça.

— Attends au moins deux semaines, plaida-t-elle, consciente d'être en train de le supplier. Peu importait ce que lui avait dit Tessa, le départ de Devon à ce stade serait dévastateur.

— Faut que je m'en aille, rappela-t-il, en ramassant le sac d'affaires et en le balançant dans le vestibule.

— Attends, s'écria-t-elle, s'efforçant de le raisonner. Elle t'a seulement demandé de partir pour être certaine que tu avais envie de rester.

— Je suis trop fatigué, c'est tout. Il regarda l'entrée, par-dessus l'épaule de Sara, d'un œil vide. Je devrais avoir mon bébé, là, maintenant. Je devrais être en train de prendre des photos de lui, et d'offrir les cigares.

— Tout le monde est fatigué, lui dit-elle, songeant qu'elle n'avait pas la force de continuer. Laisse passer un peu de temps, Devon.

— Tu sais, vous êtes tellement liés. Vous êtes tous là, à la soutenir, et vous êtes là pour elle, et c'est super, mais... Il s'arrêta, secoua la tête. Moi, ma place n'est pas ici. C'est comme si vous faisiez un mur autour d'elle. C'est un mur épais, impénétrable, qui la protège, qui la rend plus forte. Il s'interrompit de nouveau, le regard planté droit sur Sara. Moi, je n'ai pas ma place là-dedans. Je n'aurai jamais ma place là-dedans.

— Mais si, insista-t-elle.

— Tu le penses vraiment ?

— Bien sûr que je le pense, lui affirma-t-elle. Devon, tu es venu à tous les dîners du dimanche soir, depuis ces deux dernières années. Tessa t'adore. Papa et maman te traitent comme si tu étais leur fils.

— Elle t'a parlé de l'avortement ? lui lança-t-il.

Elle ne savait que répondre. Dès qu'elle avait découvert qu'elle était enceinte, Tessa avait envisagé de se faire avorter, mais cela avait été son choix de garder l'enfant et de commencer de construire une famille avec Devon.

— Ouais, fit-il, lisant la réponse sur son visage. Je le pensais bien.

— Elle était perdue.

— Et toi tu revenais tout juste d'Atlanta, se rappela-t-il. Et elle avait déjà rompu avec ce type.

Sara ne comprenait rien à ce qu'il racontait.

— Dieu punit les gens, déclara-t-il. Il punit les gens quand ils n'agissent pas bien, qu'ils ne Le respectent pas.

— Devon, ne dis pas ça, protesta-t-elle, mais ses pensées filaient à toute vitesse. Tessa n'avait jamais rien confié à Sara concernant un avortement qu'elle aurait subi. Elle voulut lui attraper la main. Entre. Je ne comprends pas ce que tu me racontes.

— Elle aurait pu laisser tomber la fac, reprit-il, en restant sur la véranda. Bon sang ! Sara, pour être plombier, tu n'as pas besoin d'un diplôme universitaire. Elle aurait pu revenir s'installer ici et élever son gosse. C'est pas pour ça que vous l'auriez reniée, vous autres.

— Devon... s'il te plaît.

— Ne lui cherche pas des excuses. Nous vivons tous les conséquences de nos actes. Il lui adressa un regard attristé. Et parfois, d'autres personnes doivent vivre avec ces conséquences, elle aussi.

Devon se retourna, car la voiture de Jeffrey s'immobilisait dans l'allée. Sara s'aperçut que Devon avait garé sa camionnette dans la rue, comme s'il voulait partir en vitesse.

— On se reverra, ajouta-t-il, avec un signe de la main, comme si cette phrase ne signifiait rien à ses yeux.

— Devon, appela-t-elle. Elle le suivit dans le jardin, mais s'arrêta, car il s'éloignait vers sa camionnette, au pas de course. Elle n'allait pas le pourchasser. Sara devait bien ça à Tessa.

Jeffrey vint à sa rencontre, en regardant Devon partir.

— Qu'est-ce qui ne va pas?

— Je n'en sais rien, prétendit-elle, mais elle le savait. Pourquoi sa sœur ne lui avait-elle jamais évoqué cet avortement? S'était-elle sentie coupable, durant toutes ces années, ou alors Sara, à cette époque, se consacrait-elle trop à sa propre existence pour remarquer ce que traversait sa sœur?

Jeffrey la raccompagna vers la maison.

— Tu as déjà dîné? s'enquit-il.

Elle hocha la tête, en s'appuyant contre lui, regrettant qu'il ne puisse faire disparaître ces trois dernières journées. Elle était épuisée, et son cœur saignait pour Tessa, sachant que cet avortement était encore un autre moment où elle n'avait pas été là pour sa sœur.

— Je suis si... Elle chercha le mot, mais rien ne lui vint à l'esprit qui puisse décrire ce qu'elle ressentait. On l'avait vidée de toute la vie qu'elle avait en elle, jusqu'à la moindre parcelle.

Il la guida dans l'escalier du perron.

— Tu as besoin de dormir un peu.

— Non. Elle l'arrêta. J'ai besoin de retourner à la morgue.

— Pas ce soir, insista-t-il, en dégageant le sac marin du passage, d'un coup de pied.

— Il faut que je...

— Il faut que tu dormes, la coupa-t-il. Tu n'as plus les yeux en face des trous.

Elle savait qu'il avait raison, et elle céda.

— Mais d'abord, j'ai besoin de prendre un bain, dit-elle, en repensant à tout ce qu'elle avait fait à la morgue. Je me sens tellement...

— C'est très bien, dit-il, en lui déposant un baiser sur la tête.

Il la mena vers la salle de bains, et elle resta sans bouger, tandis qu'il la dévêtait, avant de se déshabiller à son tour. En silence, elle le regarda faire couler l'eau, vérifier la température avant de l'aider à entrer sous la douche. Quand il la toucha, elle eut une réaction familière, mais le sexe était bien la dernière chose qu'elle avait à l'esprit, enfin, à ce qu'il lui semblait, et il tint un gant de toilette sous le jet d'eau chaude.

Elle resta immobile sous la douche, le laissa se charger de tout le travail, savourant le fait que quelqu'un s'occupe d'elle. Une part d'elle-même avait l'impression de se réveiller d'un horrible rêve, et il y avait quelque chose de si réparateur, dans son contact, qu'elle se mit à pleurer.

Jeffrey remarqua le changement.

« Ça va ? »

Elle se sentit envahie d'un tel besoin qu'elle était

incapable de répondre à sa question. À la place, elle se laissa aller en arrière, s'adossa contre lui, souhaitant qu'il comprenne à quel point elle avait besoin de lui. Il hésita, elle lui prit donc la main, la fit lentement remonter le long de son corps, pour qu'il lui prenne le sein dans le creux de la paume, pour sentir les muscles de sa main se contracter quand il suscita en elle les sensations qu'il fallait. Son autre main s'empara de ses fesses, c'était bon d'avoir une partie de lui en elle, et elle en eut le souffle coupé. Elle se sentait affamée, elle voulait tout de lui, mais Jeffrey conserva un rythme lent et sensuel, en prenant son temps, en touchant les moindres parties de son corps avec une intention délibérée. Quand finalement il l'adossa contre le carrelage froid de la douche, elle se sentit revivre, comme si, après s'être trouvée dans le désert pendant des jours, elle avait trouvé une oasis.

11

— Vous l'avez ? lui demanda Chuck pour la centième fois.

— Je l'ai, lui rétorqua Lena sur un ton cassant, en retournant son canif, dans sa main droite, pendant qu'elle retenait la grille de la bouche d'aération, de la gauche. Un éclair dans le ciel traversa les fenêtres et, au coup de tonnerre qui suivit, Lena rentra les épaules. Tout le labo s'illumina, comme si quelqu'un venait de prendre une photo au flash.

— Je peux aller chercher un tournevis, proposa Chuck, juste à l'instant où la grille se détachait.

Lena sortit sa Mag-Lite de sa poche, et dirigea le faisceau vers l'intérieur de la bouche d'aération.

Un enfoiré avait choisi ce jour pour laisser ouverte l'une des cages du labo. Quatre souris s'étaient enfuies, chacune d'elles étant d'une valeur supérieure pour l'école à ce que Lena gagnait en un an, et toutes les équipes disponibles avaient été convoquées pour aider à les retrouver. C'était aux alentours de midi, il était maintenant plus de six heures, et seules deux de ces connasses aux petits yeux ronds avaient été retrouvées.

Après avoir quitté le poste, Lena avait changé de vêtements, mais au bout de cette journée de recherches, elle était de nouveau en nage. Elle sentait sa chemise lui coller à la peau du dos, et elle était encore toute tremblante de la nuit précédente. Son crâne était sur le point de s'ouvrir en deux, et elle avait la bouche cotonneuse, comme jamais au cours de toute son existence. Un verre aurait plus ou moins arrangé ça, ou tout au moins l'aurait soulagée de cette tension, mais elle s'était fait une promesse, ce matin, quand elle était assise en salle d'interrogatoire. Plus jamais elle ne toucherait à une seule goutte d'alcool.

Elle comprenait clairement toutes ses erreurs, à présent, et la plupart étaient liées au whisky. Le reste découlait presque directement d'Ethan, et pour ça, elle s'était fait une autre promesse : il ne faisait plus partie de son existence. Tout cela avait tenu deux heures. Ensuite, Chuck avait prié Lena de répondre, au bureau de la sécurité. Elle avait eu Ethan, paniqué, à l'autre bout du fil, il glapissait comme une fille, quand il l'avait suppliée de venir voir Scooter. Cet idiot avait même nettoyé la chambre à fond, comme s'il n'y avait pas une bonne explication pour justifier la présence de ses empreintes digitales à lui sur les lieux. Et comme si Lena ne savait pas comment se couvrir.

Devant la résidence où habitait Scooter, elle avait conseillé à Ethan d'aller se faire foutre, et malgré ça, il refusait de la laisser tranquille. Il avait même proposé d'aider à retrouver les souris manquantes et, ces six dernières heures, il avait tout essayé pour attirer son attention. En ce qui la concernait, ce matin, elle avait dit tout ce qu'elle comptait dire à Ethan Green ou White, enfin, ce nom ou un autre, putain ! Elle en avait assez de lui. Si Jeffrey la laissait jamais réintégrer la police, sa première priorité serait de s'assurer que ce trou du cul était bien bouclé dans la prison la plus proche. Et elle se chargerait personnellement de balancer la clef.

« Passe un peu la tête là-dedans, histoire de mieux voir », lui suggéra Chuck, en s'agitant au-dessus d'elle comme une mère dominatrice. Comme pour toutes les tâches de merde dont il chargeait Lena, Chuck était plein de conseils sur la manière de faire les choses, mais sans la moindre intention de l'aider.

Elle fourra son couteau dans sa poche et fit ce qu'on la priait de faire, passant la tête dans ce boîtier métallique et poussiéreux. Elle s'aperçut, mais trop tard, qu'elle avait le derrière en l'air, et elle avait la sensation déplaisante que Chuck profitait du spectacle.

Elle était sur le point de le rabrouer à ce sujet, quand elle entendit une voix furibonde.

— Bon sang ! qu'est-ce que vous fabriquez avec ces souris ? J'ai un travail important à terminer.

En reculant, pour ressortir, Lena se cogna la tête dans la bouche d'aération. Brian Keller se tenait à cinq centimètres de Chuck, le visage écarlate de colère.

— Nous faisons tout notre possible, professeur Keller.

Quand Lena se leva, Keller eut une réaction de surprise, mais comme affectée. Bon nombre de professeurs avec qui travaillait Sybil faisaient de même, et Lena s'y était habituée.

Elle lui adressa un signe de la main, s'efforçant de se montrer aimable. Par malheur, Keller était installé dans le labo voisin. Vers une heure, le bruit permanent et les interruptions lui avaient tapé sur les nerfs, et il avait annulé le reste de ses cours, avec quelques épithètes bien choisies à l'intention de Chuck. Il était le genre de type que Lena pouvait facilement apprendre à apprécier. À l'inverse de Richard Carter, qui choisit ce moment pour glisser une tête dans la salle de classe.

— Comment ça se passe ? demanda-t-il.

Chuck lui lança une pique.

— Les filles sont pas admises ici, et Richard battit des paupières, en le gratifiant d'un regard maniéré. Chuck était sur le point d'ajouter quelque chose, mais l'attention de Richard se tourna tout entière vers Brian Keller.

— Salut, Brian, dit-il, avec un sourire de nouveau-né qui aurait eu des gaz. Je peux me charger de tes classes, si tu veux partir. J'ai terminé pour la journée. Vraiment, ça ne me dérange pas.

— Les cours sont terminés depuis deux heures, imbécile, grogna Keller.

Richard se dégonfla comme un ballon.

— Je voulais juste..., commença-t-il, avec un soupçon d'agacement dans la voix.

Keller tourna les talons, et se retrouva dos à Richard, tout en braquant son index sur Chuck.

— J'ai besoin de vous parler, tout de suite. Je ne peux pas avoir de telles interruptions dans mon travail.

Chuck hocha brièvement la tête, et refila la patate chaude à Lena, avant de s'éclipser avec Keller.

— Ne partez pas d'ici avant d'avoir fouillé à fond, Adams.

— Connard, marmonna-t-elle, tandis qu'ils sortaient tous deux de la pièce. Elle s'attendait à ce que Richard exprime son approbation, mais l'autre paraissait interdit.

— Qu'est-ce qu'il y a ? lui demanda-t-elle, mais Richard monologuait déjà, sans l'entendre.

— Je suis un membre à part entière de ce département, siffla-t-il, la mâchoire tellement contractée qu'elle était même surprise qu'il puisse parler. Il pointa le doigt sur le seuil, où il n'y avait plus personne. Il n'a aucun droit de me parler sur ce ton devant des tiers. Je mérite... j'ai gagné... au moins un minimum de respect de la part de cet homme.

— D'accord, approuva-t-elle, en se demandant pourquoi il était à ce point piqué au vif. D'après ce qu'elle avait compris, Brian Keller s'adressait à tout le monde sur ce ton-là.

— Ce soir, il a un cours, continua l'autre. Je lui proposais de me charger de son cours du soir.

— Euh! objecta-t-elle. Je crois qu'il l'a annulé.

Richard restait le regard fixé sur le seuil de la salle, comme un pitbull attendant l'arrivée d'un intrus. Lena ne l'avait jamais vu comme cela. Il avait les yeux écarquillés, et tout son visage était rouge, sauf ses fines lèvres, toutes blanches, serrées, dont il ne restait plus qu'un trait rectiligne. Elle ne savait pas s'il fallait en rire ou prendre ses distances.

« Écoute, qu'il aille se faire... », lâcha-t-elle, et elle se demanda si ce n'était pas là le vrai problème. Même si cela n'en disait pas très long sur les goûts de Richard en matière de partenaires sexuels potentiels, cela expliquerait largement son attitude du moment.

Il se cala les poings aux hanches.

— Je n'ai pas à subir ce genre de traitement. Pas de sa part. Dans ce département, nous sommes des égaux, et je ne tolérerai pas cette sorte de...

Lena refit une tentative.

— Allez, ce type vient de perdre son fils.

Richard écarta cette réflexion d'un brusque revers de main...

— Tout ce que je demande, c'est d'être traité comme un être humain.

Lena n'avait pas de temps à consacrer à ça, mais elle savait que Richard ne laisserait jamais tomber, tant qu'elle ne manifestait pas un peu de solidarité à son égard.

— Tu as raison. C'est une enflure.

Il finit par la regarder, puis réagit à retardement.

— Qui t'a frappée ?

Sa question la surprit, alors qu'elle n'aurait pas dû.

— Quoi ? s'écria-t-elle, mais elle savait qu'il faisait allusion à la coupure qu'elle avait sous l'œil. Non. Je suis tombée. Je me suis cognée contre une porte. J'ai été bête, c'est tout. Elle se sentit submergée par le besoin pressant de fournir davantage de prétextes, mais elle s'obligea à se taire. Elle savait, ayant été flic, que les menteurs avaient du mal à se taire. Pourtant, elle ne put s'empêcher d'ajouter un dernier mot. Ce n'est rien.

Il lui glissa un regard rusé, pour lui laisser clairement comprendre qu'il ne marchait pas. Son attitude avait changé du tout au tout, par rapport à sa crise avec Keller.

— Tu sais, lui dit-il, je me suis senti toujours proche de toi, Lena. Sibyl parlait tout le temps de toi. Elle voyait tout le bien qu'il y a en toi.

Elle s'éclaircit la gorge, mais sans réagir.

— Tout ce qu'elle voulait, c'était t'aider. Te rendre heureuse. C'était tout ce qui comptait au monde, pour elle.

Elle sentit un picotement gênant sous la plante des pieds.

— Ouais, fit-elle espérant qu'il allait passer à autre chose.

— Qu'est-ce qui est arrivé à ton œil ? insista-t-il, mais en conservant un ton gentil. On dirait que quelqu'un t'a frappée.

— Personne ne m'a frappée, rétorqua-t-elle, en ayant conscience qu'elle parlait plus fort qu'il n'était nécessaire : encore une erreur courante chez les menteurs. Intérieurement, elle se maudit. En général, elle était plutôt bonne à cet exercice.

— Si jamais tu as besoin d'aide... Il laissa ses paroles en suspens, se rendant probablement compte à quel point son offre devait paraître stupide à quelqu'un comme Lena. Il changea de tactique. Si jamais tu as envie de me parler de quelque chose. Crois-le ou non, je sais ce que tu ressens.

— Ouais, dit-elle, mais le pape irait battre des œufs en enfer avant qu'elle ne se confie à Richard Carter.

Il s'assit sur le coin d'une des tables du labo, les pieds ballants. Au regard préoccupé qu'il lui adressa, elle s'attendait à le voir renouveler son offre, mais à la place il lui posa une question.

— Vous avez fini par trouver qui avait ouvert ces cages ?

— Non, fit Lena. Pourquoi ?

— J'ai entendu raconter que deux ou trois étudiants de deuxième année étaient en retard dans leurs travaux dirigés, ils auraient donc créé une... diversion.

Elle eut un rire dégoûté.

— Ça ne me surprendrait pas.

— Hé ! je suis censé dîner avec Nan ce soir, se souvint-il. Pourquoi tu ne viens pas ? Ce sera sympa.

— J'ai du travail, lui dit-elle. Et puis, pour souligner le propos, elle ouvrit son canif.

— Seigneur tout-puissant ! Il se laissa glisser de la table, pour mieux voir. Pourquoi t'as besoin de ça ?

Elle était sur le point de lui répondre que c'était un bon moyen de se débarrasser des gens ennuyeux qui avaient du mal à se mêler de leurs propres affaires, quand le téléphone portable de Carter sonna. Il fouilla dans les poches de sa blouse de laborantin, avant de le trouver. Il consulta l'écran, et un immense sourire vint lui fendre le visage en deux.

— Je reprendrai ça avec toi plus tard. On pourra parler de ceci. Il effleura la marque sous son œil, pour qu'elle saisisse bien à quoi il faisait allusion.

Elle eut envie de lui suggérer de ne pas s'en faire, mais se ravisa.

— À plus tard, lui fit-elle à la place. De toute façon, c'était gâcher sa salive. Richard fila hors de la salle de classe avant qu'elle ait eu le temps d'achever sa phrase.

Elle retourna à la bouche d'aération, se servit du canif pour remettre les vis. Chuck avait raison, cela aurait été bien plus rapide avec un tournevis, mais elle n'avait pas envie d'en demander un. Elle était la seule personne présente dans cette salle, et c'était la première fois de toute cette journée qu'elle avait un peu de temps à elle toute seule. Ce dont elle avait vraiment besoin, c'était de réfléchir au moyen de rentrer dans les bonnes grâces de Tolliver.

Elle avait tenté de lui servir Chuck sur un plateau en argent, mais l'allusion lui avait complètement échappé. Donc, ce week-end, Chuck était à un tournoi de golf. Cela ne l'empêcherait pas d'être impliqué dans une histoire de trafic de drogue au sein de l'université. Scooter avait clairement signifié que le bureau de la sécurité était impliqué. Chuck n'était pas un complet idiot. Même un type comme lui n'aurait pas pu louper une affaire pareille se déroulant sous son nez. Connaissant Chuck, pourtant, Lena était certaine qu'il n'était pas impliqué directement. Son style, c'était plutôt de poser son gros cul et d'exiger une part des bénéfices.

Le tonnerre gronda de nouveau, et Lena fut si saisie que le couteau glissa, lui entaillant le côté de l'index gauche. Elle cracha un juron, sortit sa chemise pour s'envelopper la coupure. Tous les mois, Chuck lui promettait de lui commander un uniforme taille 36, mais sans jamais s'exécuter. Ses vêtements trop amples, c'était encore un truc qu'il avait dégotté pour lui faire bien comprendre que sa place n'était pas ici.

« Lena. »

Elle ne leva pas les yeux. Même si elle le connaissait depuis moins d'une semaine, elle reconnut la voix d'Ethan.

Elle serra le tissu de la chemise autour de son doigt, tâchant d'arrêter le saignement. La blessure était profonde, et le tissu s'imbiba vite de sang. Au moins, elle s'était coupée à la main qui était déjà blessée. Si elle devait aller à l'hôpital, peut-être qu'on lui soignerait les deux blessures pour le prix d'une.

Comme si elle ne l'avait pas entendu, Ethan répéta.

— Lena.

— Je t'ai dit que je ne voulais pas te parler.

— Je me fais du souci pour toi.

— Tu ne me connais pas assez bien pour te faire du souci pour moi. Elle refusa la main qu'il lui tendit quand elle se leva. Tu te souviens ? C'est pas comme si on devait se marier.

Ethan eut un air contrit.

— Je n'aurais pas dû dire ça.

Elle laissa retomber sa main, elle sentit le sang refluer vers la coupure.

— J'en ai vraiment rien à foutre de ce que tu as dit.

— Tu n'as pas à être gênée pour la nuit dernière.

— C'est toi qui grognes comme un porc quand tu jouis. Avant qu'il ait pu l'en empêcher, elle lui saisit le bras et lui remonta sa manche.

Il s'écarta d'un coup sec, redescendit la manche, mais elle avait déjà entrevu un tatouage de fil de fer barbelé lui enserrant tout le tour du poignet, et quelque chose qui ressemblait à un soldat avec un fusil dans les bras.

— C'est quoi ? lui demanda-t-elle.

— C'est juste un tatouage.

— Un tatouage de soldat, précisa-t-elle. Je te connais, Ethan. Je sais à quoi tu joues.

Il resta complètement silencieux, un cerf pris dans le faisceau des phares.
— Je ne suis plus cette personne.
— Ah oui ? Elle pointa son œil. Et qui est-ce qui m'a fait ça ?
— C'était juste une réaction, une réaction d'instinct, se défendit-il. Je n'aime pas qu'on me frappe.
— Enfin, qui aime ça ?
— Ce n'est pas ça, Lena. Ici, j'essaie de bien me conduire.
— Ça marche comment, la conditionnelle, pour toi ?
Cette réflexion le désarçonna.
— Tu as discuté avec Diane ?
Lena ne répondit pas, mais un sourire flotta sur ses lèvres. Elle connaissait bien Diane Sanders. Découvrir le reste de l'histoire d'Ethan serait un jeu d'enfant.
— Qu'est-ce que tu fabriquais dans la chambre de Scooter, ce matin ?
— Je voulais voir s'il allait bien.
— Ouais, t'es vraiment un chouette copain, toi.
— Il avait pris pas mal de méthadone, reprit-il. Il ne sait jamais où s'arrêter.
— Il n'a pas ta maîtrise.
Il ne mordit pas à l'hameçon.
— Il faut me croire, Lena. Je n'ai rien à voir avec tout ça.
— Eh bien, tu as intérêt à te trouver un alibi convaincant, Ethan, parce qu'Andy Rosen et Ellen Schaffer étaient des juifs, et Tessa Linton baisait avec un Noir...
— Je ne savais pas...
— C'est pas grave, mon gars, lui assura-t-elle. À cause de ta connerie, quand tu as bousculé Tolliver, tu as une cible désormais peinte sur la poitrine. Je t'avais dit de ne pas t'en mêler.

— Je ne m'en mêle pas, affirma-t-il. C'est pour ça que je suis venu ici, pour ne plus me mêler de tout ça.

— Tu es venu ici parce que les amis que tu as envoyés en prison cherchaient probablement à régler quelques comptes.

— Avec eux, je suis à égalité, lâcha-t-il, d'un ton amer. Je t'ai dit que j'en étais sorti, Lena. Tu crois que ça n'avait pas un prix ?

— J'imagine que le prix, c'était ta petite amie ? ironisa-t-elle. Et maintenant, tu me tournes autour, moi, une Hispano. C'est comme ça que vous appelez ça, tes copains et toi ? Une clando du Mexique ? Elle marqua un temps, pour que la question fasse son effet. Ou alors c'est de ma sœur qui était gouine que tu veux me parler ? Ou de sa maîtresse, la bibliothécaire de la fac, celle qui broute les minous ? Elle rit de sa réaction. Je me demande ce que ta famille, chez toi, penserait de tout ça, Ethan White.

— C'est Green, rectifia-t-il. Zeek White, c'est mon beau-père. Mon vrai père nous a abandonnés. Sa voix devint ferme, insistante. Je suis Ethan Green, Lena. Ethan Green.

— Ce que tu es, c'est sur mon chemin, lui répliqua-t-elle. Dégage.

— Lena, fit-il, et il avait dans la voix un tel désespoir qu'elle le regarda dans les yeux. Depuis son agression, elle avait pris l'habitude d'éviter les gens. Elle se rendit compte qu'elle n'avait jamais vraiment regardé Ethan dans les yeux, même quand elle l'avait touché, la nuit dernière. Ils étaient d'un bleu clair saisissant, et elle se figura que, si elle s'approchait suffisamment, elle y verrait l'océan.

— Je ne suis plus cette personne-là. Il faut me croire.

Elle le dévisagea, elle voulait savoir pourquoi cela lui importait tant.

— Lena, il se passe quelque chose, là, entre nous.

— Non, rien du tout, s'écria-t-elle, mais pas avec toute la conviction qu'elle aurait souhaitée.

Il lui ramena une mèche derrière l'oreille, puis il suivit doucement, du bout du doigt, la coupure sous son œil.

— Je n'ai jamais voulu te faire de mal, lui dit-il.

Elle s'éclaircit la gorge.

— Enfin, tu m'en as fait.

— Je te promets... te promets... que ça n'arrivera plus jamais.

Elle avait envie de lui répondre qu'il n'en aurait jamais l'occasion, mais elle ne put détourner le regard du sien, elle ne put rompre le charme.

Il sourit, voyant probablement l'impact qu'avaient ses mots.

« Tu sais, je ne t'ai même pas embrassée », se rappela-t-il, en lui passant les doigts sur les lèvres. Certaines régions intérieures de Lena, qu'elle croyait mortes, réagirent à son contact, et elle sentit les larmes lui monter aux yeux. Il fallait qu'elle arrête tout avant que la situation ne lui échappe. Il fallait qu'elle fasse quelque chose pour le sortir de sa vie.

— Je t'en prie, fit-il, un sourire naissant sur les lèvres. Reprenons tout à zéro.

Elle dit la chose qui allait l'arrêter, elle le savait.

— Je veux redevenir flic.

Il écarta la main d'un coup sec, comme si elle lui avait craché dessus.

— C'est ce que je suis.

— Mais non, insista-t-il. Je sais qui tu es, Lena, et tu n'es pas flic.

Chuck était de retour, et il se remontait la ceinture, de sorte que ses clefs tintèrent. Elle fut tellement soulagée de le voir qu'elle en sourit.

— Quoi ? lança-t-il, soupçonneux.

— Je te reparlerai plus tard, fit Ethan à Lena.

— D'accord, lui dit-elle, le congédiant.

Il n'esquissa pas un geste pour s'en aller.

— Je te reparlerai plus tard.

— D'accord, acquiesça-t-elle, en songeant qu'elle serait prête à dire n'importe quoi pour le faire sortir de cette pièce. On se reparlera plus tard. Promis. Vas-y.

Finalement, il s'en alla, et Lena baissa les yeux par terre, tâchant de redevenir maîtresse d'elle-même. Par terre, elle vit du sang. La coupure de son doigt dégoulinait comme un robinet qui fuit.

Chuck croisa ses gros bras.

— De quoi il était question ?

— Ça ne vous regarde pas, lui répliqua-t-elle, en étalant le sang par terre avec son soulier.

— Vous êtes payée à l'heure, Adams. Ne me volez pas mon temps.

— J'ai des heures sup, maintenant ? s'étonna-t-elle, mais elle se foutait de lui. L'université poussait tout le monde à prendre des congés compensatoires, mais Chuck oubliait toujours, bien commodément, quand Lena avait un crédit de temps.

Elle lui montra son doigt.

— Il faut que je retourne au bureau m'occuper de ça.

— Faites-moi voir, exigea-t-il, comme si elle avait pu simuler.

— C'est profond quasiment jusqu'à l'os, lui dit-elle, en retirant son pan de chemise. Avec la douleur, comme des sensations de piqûres, elle avait l'impression que sa main était à la fois chaude et froide. Il va peut-être falloir des points de suture.

— Pas besoin de points de suture, trancha-t-il, comme si elle était un bon gros bébé. Retournez au bureau. J'y serai dans quelques minutes.

Lena quitta le labo avant qu'il ait pu changer d'avis ou s'aviser de ce que l'énorme boîte blanche vissée au mur, avec l'inscription Secours, pouvait au moins contenir du sparadrap.

Dès qu'elle fut arrivée à mi-chemin du parvis, la pluie qui avait menacé toute la semaine éclata. Le vent se leva si fort que la pluie tombait de biais, en lui cisaillant le visage comme autant de minuscules éclats de glace. Elle ferma les yeux, réduits à deux fentes, la main à quelques centimètres du visage, tâchant de repérer son chemin vers le bureau de la sécurité.

Après qu'elle eut passé cinq minutes à chercher sa clef et à essayer de la faire entrer dans la serrure, la porte s'ouvrit enfin, pivotant sur ses gonds sous l'action du vent. Elle attrapa la poignée et s'arc-bouta des deux pieds au sol pour la repousser et la refermer.

Elle actionna l'interrupteur, à plusieurs reprises, mais le courant était coupé.

Marmonnant un juron, elle sortit sa lampe torche et s'en servit pour dénicher la trousse de première urgence. Quand elle l'eut trouvée, la foutue boîte refusait de s'ouvrir, et elle dut se servir du côté non tranchant de son couteau dissimulé à la cheville pour jouer sur le couvercle et le soulever. Sa main était si peu assurée que le couteau lui échappa, et le contenu de la trousse se répandit par terre dans un fracas métallique.

Avec la lampe torche, elle parvint à repérer ce dont elle avait besoin, et laissa le reste sur le sol. Chuck pourrait toujours ranger, si ça l'ennuyait tant que ça. Nom de Dieu ! il avait sûrement assez de fric qui rentrait ici toutes les semaines pour avoir de quoi payer de sa poche quelqu'un qui fasse le ménage dans ce bureau.

Elle se versa de l'alcool sur la coupure encore ouverte, et siffla un « merde ! », entre ses dents. Le sang et l'alcool formèrent une flaque sur le bureau. Avec sa manche, elle essaya de tout essuyer, mais ça ne fit qu'aggraver les choses.

« Bordel ! », grommela-t-elle.

Dans son casier, elle avait une capote, mais elle ne l'avait jamais enfilée. Le col n'avait de boutons-pression que d'un côté, un défaut de fabrication que Chuck n'avait pas considéré comme un problème quand elle le lui avait montré. Bien sûr, la capote de Chuck n'avait pas ce défaut, et Lena décida, pour rentrer chez elle, qu'elle allait lui emprunter la sienne.

Elle arriva à forcer le casier de Chuck, moyennant deux coups secs sur le loquet. La capote était encore dans son emballage plastique, sur le rayon du haut, mais elle décida de profiter de la situation pour également fouiller son casier.

Mis à part le magazine de plongée sous-marine, qui devait être là surtout pour les modèles à moitié nus affichant les dernières combinaisons de plongée coupées à mi-cuisse, et une boîte de Powerbars, pas ouverte, il n'y avait rien d'intéressant. Elle attrapa la capote et elle était sur le point de fermer le casier quand la porte s'ouvrit à la volée et Chuck entra.

— Qu'est-ce que vous foutez, bordel ? tonna-t-il, en traversant la pièce plus vite qu'elle l'en aurait cru capable. Il claqua la porte de son casier si fort qu'elle se rouvrit aussitôt.

— Je voulais vous emprunter votre capote.

— Vous avez la vôtre, s'exclama-t-il, en la lui arrachant des mains et en la lançant sur son bureau.

— Je vous ai dit que la mienne avait un défaut.

— Je pense que c'est chez vous qu'il y a un défaut, Adams.

Lena se rendit compte qu'il se tenait vraiment trop près d'elle. Elle recula d'un pas et, à cet instant, l'électricité fut de retour. Le néon clignota, projetant une lumière d'ombre grise sur eux deux. Même sous cet éclairage sommaire, elle vit bien que Chuck était prêt à la bagarre.

Elle se rendit vers son propre casier.

— Je vais me servir du mien.

Chuck posa son cul sur le bureau.

— Fletcher s'est fait porter pâle. J'aimerais bien que vous assuriez le tour de nuit.

— Pas question, protesta Lena. J'aurais déjà dû dételer il y a deux heures.

— C'est comme ça, Adams, regretta-t-il. C'est dur.

Elle ouvrit son casier et considéra le contenu, qu'elle ne reconnut pas.

— Qu'est-ce que vous fabriquez? s'écria Chuck, et il referma la porte en la claquant.

Lena écarta vivement la main, avant qu'on ne la lui écrase avec cette porte de placard. Elle avait ouvert le casier de Fletcher, par erreur. Sur le rayonnage du haut, il y avait deux Baggies, et Lena n'avait guère de mal à deviner ce qu'il y avait dedans. Ils étaient tous tellement sûrs de ne pas se faire prendre, qu'ils laissaient de la défonce traîner dans tous les coins.

— Adams? répéta-t-il. Je viens de vous poser une question.

— Rien, dit-elle, en pensant qu'il devait y avoir une raison pour que Fletcher n'inscrive jamais aucun incident dans le registre. Il était trop occupé à vendre de la drogue aux gamins.

— Très bien, fit Chuck, estimant probablement qu'elle

venait de lui donner son accord. Je vous reverrai demain matin. Si vous avez besoin de moi, appelez-moi.

— Non, dit-elle, en attrapant sa capote. Je vous ai dit que je n'acceptais pas, Chuck. C'est vous qui allez devoir bosser, pour changer.

— Qu'est-ce que ça veut dire, ça, nom de Dieu ?

Lena sortit la capote d'un coup sec, et s'en enveloppa. La taille extra-large était immense, mais elle s'en moquait. L'orage continuait de faire rage, mais, sachant à quel point elle était chanceuse, dès qu'elle serait rentrée, il serait passé. Elle allait devoir trouver un moyen de protéger la porte de son appartement. Jeffrey avait fait sauter le verrou, ce matin, quand il s'y était introduit de force. Dieu seul savait si la quincaillerie serait encore ouverte.

— Où allez-vous, Adams ?

— Cette nuit, je ne travaille pas, lui répliqua-t-elle. J'ai besoin de rentrer chez moi.

— L'appel de la bouteille, hein ? lui lança-t-il, les lèvres tordues par un mauvais sourire.

Elle se rendit compte qu'il lui barrait la porte.

— Dégagez de mon chemin.

— Je pourrais bien rester là un petit moment, si ça me chantait, la menaça-t-il, et il y avait dans ses yeux une lueur qui mit Lena en alerte. J'ai une bouteille dans mon tiroir, ici, lui raconta-t-il. Peut-être qu'on pourrait s'asseoir et apprendre à se connaître un peu mieux.

— Vous devez plaisanter.

— Vous savez, commença-t-il, vous seriez plutôt jolie si vous mettiez un peu de maquillage et si vous faisiez quelque chose à vos cheveux.

Il tendit la main, pour la toucher, et elle éloigna la tête.

— Écartez-vous de moi, putain ! lui ordonna-t-elle.

— J'imagine que vous n'avez pas autant besoin de travailler que vous le dites, constata-t-il, avec ce même air mauvais.

Elle se mordit la lèvre inférieure, percevant bien tout le sens de ses menaces.

— J'ai lu ce que ce type vous a fait, continua-t-il. Dans le journal.

Son cœur cognait dans sa poitrine.

— Comme tout le monde.

— Ouais, mais je l'ai pas lu qu'une fois.

— Vos lèvres ont vraiment dû fatiguer.

— Voyons si les vôtres peuvent fatiguer elles aussi, sifflat-il et, avant qu'elle ait compris ce qui se passait, il lui avait collé sa grosse main derrière la nuque, et il la plaquait contre son entrejambe.

Lena referma la main, serra le poing, et le cogna de toutes ses forces entre les cuisses. Il gémit et s'écroula au sol.

La porte de Lena s'ouvrit avant qu'elle n'ait atteint sa chambre.

« Où étais-tu ? » s'écria Ethan.

Elle claquait des dents. Elle était tellement mouillée que ses vêtements frottaient sur sa peau à chaque pas. Elle se moquait de savoir comment Ethan était entré chez elle ou ce qu'il fabriquait ici. Elle se rendit droit à la cuisine pour se verser un verre.

« Qu'est-ce qui s'est passé ? lui demanda-t-il. Lena, qu'est-ce qui s'est passé ? »

Ses mains tremblaient trop pour qu'elle parvienne à se verser un verre, et il s'en chargea pour elle, lui remplit le verre jusqu'à ras bord. Il le lui porta au bord des lèvres, tout comme elle l'avait fait avec lui la nuit précédente. Elle le but tout entier, d'une seule gorgée.

Il lui parla d'une voix douce.

« Est-ce que ça va ? »

Elle secoua la tête, tâcha de se verser un deuxième verre, mais elle avait déjà le ventre contracté. Chuck l'avait touchée. Il avait posé la main sur elle.

« Lena ? » insista Ethan, en lui prenant le verre. Il le lui remplit à nouveau, mais cette fois un peu moins généreusement, et le lui tendit.

Elle avala le tout, la gorge serrée. Elle posa les mains sur le rebord de l'évier de la cuisine, tâchant de retrouver la maîtrise des émotions qui montaient en elle.

— Bébé, fit Ethan. Parle-moi.

Il lui caressa les cheveux, lui dégagea le visage, et elle en éprouva la même répulsion qu'avec Chuck tout à l'heure.

— Non, fit-elle, en chassant la main du garçon, en la giflant. Parler lui coûta un tel effort qu'elle toussa, sa gorge, sa trachée se bloquant, comme si on l'étranglait.

— Allez, dit-il encore, en lui passant la main dans le dos.

— Combien de fois, commença-t-elle, d'une voix forcée, prisonnière de ses côtes, faudra-t-il te dire de ne pas me toucher ? Sur ces derniers mots, elle lui écarta brusquement la main.

— Qu'est-ce qui te prend ? lui demanda-t-il.

— Pourquoi tu es là ? lui rétorqua-t-elle, se sentant violée une fois encore dans son intimité.

— Je voulais te parler.

— De quoi ? reprit-elle. De cette fille que tu as battue à mort ?

Il resta totalement silencieux, mais elle vit tous les muscles de son corps se tétaniser. Lena avait envie qu'il ressente ce que Chuck l'avait poussée à ressentir, comme s'il était pris au piège. Comme s'il n'avait plus d'issue, plus nulle part où aller.

— Je t'ai expliqué ce que..., se défendit-il.

— Que tu es resté dans le camion, hein? compléta-t-elle, en le contournant. Il était au milieu de la pièce comme une statue. T'as eu un bon point de vue, comme ça? T'as pu les voir la baiser, la cogner à mort?

— Ne fais pas ça, l'avertit-il, d'une voix aussi froide que l'acier.

— Ou alors quoi? s'emporta-t-elle, en parvenant à rire. Ou alors tu vas me faire la même chose, à moi?

— Je n'ai rien fait. Ses muscles étaient toujours contractés, sa mâchoire serrée à bloc, comme s'il lui fallait puiser dans ses ultimes réserves de sang-froid pour garder son calme.

— Tu ne l'as pas violée, cette fille? s'exclama-t-elle. Tu es resté dans le camion, complètement innocent, pendant que tes potes s'envoyaient en l'air?

Elle lui flanqua une bourrade à l'épaule, mais c'était comme de pousser une montagne : il ne bougea pas.

— De les mater, ça t'a fait bander? Hein, Ethan? Ça t'a excité de la voir souffrir, de la voir quand elle s'est rendu compte qu'elle ne pouvait rien faire d'autre que de se laisser baiser.

— Non.

— Ça te faisait quoi, de rester assis là, comme ça, en sachant qu'elle allait mourir? T'as aimé ça, Ethan? Elle lui flanqua encore une bourrade à l'épaule. Tu es sorti de ton camion pour te joindre à eux? Tu lui as tenu les bras, pendant qu'ils la baisaient? Tu l'as baisée? C'est toi qui lui as déchiré le ventre? Le sang, ça t'a excité?

Il la prévint de nouveau.

— Tu n'as pas intérêt à continuer, Lena.

— Voyons voir ce que t'as là-dessous, continua-t-elle en tirant sur son t-shirt. Il s'exécuta tout seul, s'arracha son t-shirt noir. Quand elle découvrit son torse large couvert de tatouages, elle resta bouche bée.

— C'est ça que tu voulais ? rugit-il. C'est ça que tu voulais voir, salope ?

Elle le gifla et, comme il ne réagissait pas, elle le gifla encore, et encore. Elle le gifla jusqu'à ce qu'il la jette contre le mur et qu'ils s'abattent tous deux par terre.

Ils luttèrent, mais il était plus fort, il se jucha sur elle, tira sur son pantalon, ses ongles se plantèrent dans le ventre de Lena. Elle cria, mais il plaqua sa bouche sur la sienne, lui rentrant la langue si profond dans la gorge qu'elle s'étouffa. Elle essaya de lui décocher un coup de genou dans l'entrejambe, mais il fut trop rapide, il lui ouvrit les cuisses en appuyant avec les genoux. D'un main, il lui maintint les deux bras au-dessus de la tête, lui calant les poignets au sol, la prenant au piège.

« C'est ça que tu veux ? » cria-t-il à son tour, et un flot de postillons jaillit de ses lèvres.

Il porta la main à son pantalon et baissa la fermeture Éclair. Elle se sentit nauséeuse, la tête lui tournait, et tout ce qu'elle voyait était noyé dans le rouge. Elle haletait et, quand, il entra en elle, elle se raidit contre lui.

Ethan s'arrêta à mi-course, se maintint en elle, les lèvres entrouvertes de surprise.

Elle sentit son souffle contre son visage, et la douleur dans ses poignets, sous le poids de ses mains. Tout cela ne signifiait rien pour elle. Elle sentait tout cela, et elle ne sentait rien.

Elle le regarda droit dans les yeux – intensément – et

elle vit l'océan. Elle remua lentement les lèvres. Le laissa sentir comme elle était mouillée, comme son corps le désirait.

Sous l'effort de rester immobile, il tremblait.

— Lena...

— Chut ! Elle le fit taire.

— Lena...

Sa pomme d'Adam dansait, et elle posa les lèvres tout contre, l'embrassa, la suça. Elle monta jusqu'à sa bouche, l'embrassa à pleines lèvres.

Il tenta de lui libérer les poignets, mais elle lui attrapa la main, pour qu'il la maintienne ainsi.

Il la supplia, comme si cela devait encore fonctionner.

« Je t'en prie..., fit-il. Pas comme ça... »

Elle ferma les yeux, cambra tout son corps vers le sien, l'attira en elle, plus profond.

12

Kevin Blake arpentait son bureau, en jetant, toutes les deux minutes, un coup d'œil à sa montre.

« C'est terrible, geignait-il. Tout simplement terrible. »

Jeffrey changea de position sur son siège, en faisant mine de se montrer attentif. Une demi-heure plus tôt, il avait annoncé à Blake qu'Andy Rosen et Ellen Schaffer avaient été assassinés et, depuis cet instant, le doyen n'avait plus arrêté de parler. L'homme n'avait pas posé la moindre question au sujet des deux étudiants ou de l'enquête. Sa seule et unique obsession, c'étaient les conséquences que cela aurait pour l'université et, par extension, pour lui.

Blake agitait les mains en l'air avec un grand sens de la tragédie.

« Je n'ai pas besoin de vous le préciser, Jeffrey, mais ce genre de scandale peut suffire à briser cette faculté. »

Jeffrey ne pensait pas que cela scellerait la fin du Grant Tech, mais certainement celle de Kevin Blake à ce poste. Si excellent que soit le doyen pour serrer des mains et quémander de l'argent, Kevin Blake était un peu trop le brave type à qui l'on tape dans le dos pour diriger un établissement comme celui-ci. Ses week-ends de golf et ses efforts spécialement centrés sur les soirées de collectes de fonds marchaient assez bien, mais Blake n'était pas assez agressif pour aller collecter de nouvelles ressources destinées à la recherche. Tolliver aurait volontiers parié une forte somme sur le limogeage de Blake, l'an prochain, et sur son remplacement par une femme énergique d'âge mûr, qui entraînerait l'université dans le vingt et unième siècle.

« Où est-il, cet idiot ? » s'exclama le doyen, faisant allusion à Chuck Gaines. Chuck avait au moins dix minutes de retard, pour leur réunion fixée à sept heures. J'ai des affaires importantes qui m'attendent, moi.

Jeffrey n'exprima pas ses propres sentiments sur la question, à savoir qu'il aurait pu consacrer une demi-heure de plus à rester au lit avec Sara, au lieu d'attendre dans le bureau de Blake, pour y tenir une réunion qui serait aussi fastidieuse qu'improductive. Il avait beaucoup de pain sur la planche, aujourd'hui, à commencer par approfondir les choses du côté de Brian Keller.

— Je peux aller le chercher, proposa-t-il.

— Non, s'écria Blake, en attrapant une balle de golf sur son bureau. Il la lança en l'air et la rattrapa. Jeffrey émit un sifflement, comme s'il était impressionné, mais il n'avait jamais rien compris au golf et n'avait pas la patience d'apprendre. J'ai participé au tournoi, ce week-end, lui expliqua le doyen.

— Ouais, acquiesça Tolliver. J'ai vu ça dans le journal. Ce devait être la bonne réponse, car le visage de Blake s'illumina.

— J'ai terminé à deux sous le par. J'ai fait la nique à Albert.

— C'est formidable, approuva Jeffrey, songeant qu'il n'était probablement pas judicieux de battre ainsi le président de la banque à quelque jeu que ce soit, et à plus forte raison au golf. Enfin, bien entendu, avec Albert Gaines, Blake avait la main. Il pouvait toujours virer Chuck et obliger son papa à lui trouver un autre boulot.

— Je suis certain que Jill Rosen sera contente de voir cette histoire résolue.

— Pourquoi cela ? s'étonna Jeffrey, en trouvant que le doyen prononçait le nom de cette femme sur un ton quelque peu malveillant.

— Vous avez vu l'accroche dans le journal ? « Le psy de la fac incapable de lancer une corde à son fils. » Nom de Dieu ! c'est de mauvais goût, mais tout de même...

— Tout de même quoi ?

— Oh ! rien. Il tira un club de son sac, calé dans un coin de la pièce. Brian Keller m'a fait des ouvertures en vue de sa démission, aujourd'hui.

— Ah oui ? fit Tolliver.

Blake lâcha un soupir exaspéré, en faisant tournoyer le club dans sa main.

— Cela fait vingt ans qu'il tète les mamelles de l'université, et maintenant qu'il nous sort enfin quelque chose d'éventuellement susceptible de rapporter de l'argent à l'établissement, il évoque sa démission.

— Les résultats de ses recherches n'appartiennent pas à la faculté ?

Blake ricana, devant l'ignorance de son interlocuteur.

— Sur ce plan, il peut mentir tant qu'il veut, et même s'il ne pouvait pas, il lui suffit d'avoir un bon avocat, et je suis certain que n'importe quel laboratoire pharmaceutique dans le monde serait en mesure de lui en procurer un.

— Qu'est-ce qu'il a découvert ?

— Un antidépresseur.

Jeffrey songea à l'armoire à pharmacie de William Dickson.

— Il y en a déjà des tonnes, sur le marché.

— C'est encore confidentiel, fit l'autre, en baissant la

voix, alors qu'ils étaient seuls dans son bureau. Brian a joué ce coup-là en solo, n'est-ce pas... Il lâcha encore un rire. Probablement dans le but de négocier une plus grosse part du gâteau, le salaud, le rapace.

Jeffrey attendit qu'il réponde à sa question.

— C'est un cocktail pharmacologique à base d'herbe. C'est la clef en matière de marketing... faire croire aux gens que c'est bon pour la santé. Brian prétend que cette herbe n'a aucun effet secondaire. Mais c'est des conneries, même l'aspirine a des effets secondaires.

— Son fils n'en a pas pris ?

Blake eut l'air alarmé.

— Vous n'avez pas trouvé de patch sur Andy, non ? Comme un de ces patches contre la nicotine ? C'est comme ça qu'on administre ce truc, par voie cutanée.

— Non, admit Jeffrey.

— Ouf ! Blake s'essuya le front de la main, en mimant un soulagement exagéré. Ils ne sont pas prêts pour les tests sur les humains, mais Brian était à Washington, voilà deux jours, pour montrer ses données aux huiles. Ils étaient prêts à lui signer le chèque tout de suite. Il baissa encore la voix. À dire vrai, j'ai pris du Prozac moi-même, il y a de ça deux ans. J'peux pas dire que ça fasse une grande différence.

— Vous m'en direz tant, sa formule standard pour répondre sans répondre.

Le doyen s'appuya sur son club de golf, comme s'il se trouvait sur le green, et non au milieu de son bureau.

— Il n'a rien dit au sujet de Jill, qui souhaite le quitter, d'ailleurs. Je me demande s'il n'y a pas des problèmes de ce côté-là.

— Quel genre de problèmes y aurait-il ?

L'autre exécuta un swing avec son club, un grand arc de

cercle, puis il regarda vers la fenêtre, comme s'il suivait la course de la balle.
— Kevin?
— Oh! elle prend beaucoup de jours de congé, c'est tout. Il se retourna vers son interlocuteur, en s'appuyant sur le club de nouveau. Je ne crois pas qu'il se soit écoulé une année, depuis que Jill est ici, sans qu'elle ait utilisé ses jours de congé maladie jusqu'au dernier. Et ses jours de vacances. Nous avons même dû lui faire des retenues sur son salaire plus d'une fois, parce qu'elle en prenait trop.

Jeffrey devinait aisément ce qui contraignait Jill Rosen à rester chez elle, certains jours, mais il n'en fit pas part à Kevin Blake.

Ce dernier regarda par la fenêtre, ajustant un autre coup imaginaire.

— Soit elle est du genre hypocondriaque, soit elle est allergique au travail.

Jeffrey haussa les épaules, attendant qu'il continue.

— Elle a obtenu son diplôme il y a dix, quinze ans, reprit l'autre. C'est une plante à floraison tardive. On en voit beaucoup ces temps-ci. Les gamins grandissent, maman s'ennuie, donc elle s'occupe de classes à l'école du coin, et puis vous la retrouvez embauchée là-bas. Il adressa un clin d'œil à Jeffrey. Ce n'est pas qu'on soit contre toucher un peu d'argent en plus. La formation continue, c'est l'épine dorsale de nos cours du soir, et depuis des années.

— Je ne savais pas que vous proposiez ce genre de formation ici.

— Elle a une maîtrise de thérapie familiale de l'école Mercer, ajouta Blake. Et un doctorat en littérature anglaise.

— Pourquoi n'a-t-elle pas enseigné?

— Nous avons plus qu'assez de professeurs d'anglais. On

ne peut pas secouer un arbre sans qu'il en tombe six, et qui veulent tous être titularisés. C'est de profs de maths et de sciences dont nous avons besoin. Les profs d'anglais, on en a treize à la douzaine.

— Comment s'est-elle fait embaucher au centre de psychothérapie ?

— Franchement, nous avions besoin de plus de femmes dans l'équipe, et quand un poste de conseillère psychosociale s'est libéré, elle a passé sa licence pour devenir psychothérapeute. Et ça a bien marché. Il fronça les sourcils. Quand elle se présente à son bureau, ajouta-t-il.

— Et du côté de Keller ?

— Accueilli à bras ouverts, fit Blake, écartant les bras pour illustrer son propos. Il vient du secteur privé, vous savez.

— Non, rectifia Jeffrey. Je ne savais pas. Généralement, les professeurs quittaient l'université pour le secteur privé, où les attendaient davantage d'argent et un meilleur statut. Il n'avait jamais entendu parler d'un professeur faisant l'inverse, et il le dit à Kevin Blake.

— Dans les années quatre-vingt, nous avons perdu la moitié de notre effectif. Ils avaient tous filé dans les grandes entreprises. Blake mima un autre swing, puis il poussa un gémissement, comme si son coup était allé se perdre dans la rivière. Il s'appuya de nouveau sur son club et regarda son interlocuteur. Bien sûr, quelques années plus tard, la plupart sont revenus en rampant, quand on leur a supprimé leur poste.

— Dans quelle entreprise était-il ?

— Vous savez, je ne m'en souviens pas, reconnut le doyen, en prenant le club en main. Ce dont je me souviens, c'est que, peu de temps après son départ, ils ont été rachetés par Agri-Brite.

— Agri-Brite, le groupe agro-alimentaire.

— C'est exact, confirma l'autre, en recommençant son swing. Brian aurait pu gagner une fortune. Oh!... Il se rendit à son bureau et prit son stylo Waterman en or... ça me rappelle. Je devrais les appeler et voir s'ils sont intéressés par une visite de l'université. Il appuya sur un bouton de son poste téléphonique. Candy? fit-il, appelant sa secrétaire. Pouvez-vous m'obtenir le numéro d'Agri-Brite?

Il sourit à Jeffrey.

— Je suis désolé. Que disiez-vous?

Tolliver se leva, songeant qu'il avait déjà perdu suffisamment de temps.

— Je vais aller voir où est Chuck.

— Bonne idée, approuva Blake, et Jeffrey quitta promptement le bureau, avant que l'autre n'ait pu changer d'avis.

À l'extérieur du bureau de Blake, il trouva Candy Wayne, en train de taper sur son clavier d'ordinateur, mais quand il passa devant elle, elle s'interrompit.

— Vous partez déjà, chef? C'est la réunion la plus courte que j'aie vue ici depuis que j'y travaille.

— C'est un nouveau parfum? s'enquit-il, avec un sourire. Vous sentez aussi bon qu'une rose de jardin.

Elle sourit, en rejetant ses cheveux en arrière. Le geste aurait pu être séduisant, chez une femme qui n'aurait pas dépassé depuis longtemps les soixante-dix ans, mais comme c'était son cas, il redoutait qu'elle ne se démette l'épaule.

— Espèce de vieux saligot, lui fit-elle, et toutes les rides de son visage vinrent composer un sourire de pur ravissement. Blake en voulait peut-être à la terre entière de ne pouvoir embaucher une jeune aguicheuse de vingt ans pour prendre son courrier sous la dictée, mais Candy était à la fac depuis des temps immémoriaux. Le conseil des anciens élèves se déferait de Blake avant qu'on ne leur permette de se débarrasser de Candy. Tolliver rencontrait une situation similaire avec Marla Simms, au poste, mais il était tout de même plus qu'heureux de conserver sa vieille collaboratrice.

— Que puis-je pour vous, mon chou ? lui demanda Candy.

Jeffrey se pencha sur son bureau, en veillant à ne pas renverser la trentaine de photos encadrées de ses arrière-petits-enfants.

— Tiens, qu'est-ce qui vous fait croire que j'aurais besoin de quelque chose ?

— Parce que, quand vous êtes gentil, c'est toujours que vous avez besoin d'une chose ou d'une autre, répliqua-t-elle, en faisant la moue. Mais ce n'est jamais la bonne...

Il tenta de nouveau un sourire, sachant que ça marchait toujours, quoi qu'il dise.

— Puis-je avoir le numéro d'Agri-Brite ?

Elle se tourna face à son ordinateur, soudain très professionnelle.

— Quel service ?

— À qui devrais-je m'adresser pour parler de quelqu'un qui travaillait au sein d'une des entreprises du groupe, il y a vingt ans ?

— Quelle entreprise, au juste ?

— Ça, je n'en sais rien, admit-il. Brian Keller travaillait là-bas.

— Pourquoi ne le disiez-vous pas ? plaisanta-t-elle, avec un sourire narquois. Attendez une seconde. Elle se leva de son bureau, étonnamment alerte dans sa minijupe moulante en velours et son haut en Lycra. Elle traversa la pièce, elle était chaussée de talons assez hauts pour rompre les chevilles de toute autre femme moins assurée qu'elle, rejetant prestement en arrière sa chevelure blanc platine tout en tirant à elle l'un des tiroirs de l'armoire de classement. Elle n'avait pas un gramme en trop, mais un peu de chair flasque ballotta sous son bras quand elle parcourut du doigt une série de dossiers.

— Nous y voici, s'écria-t-elle, en sortant un dossier.

— Ce n'est pas sur ordinateur ? s'étonna-t-il, en s'approchant pour voir ce qu'elle avait déniché.

— Pas ce que vous souhaitez, lui dit-elle en lui tendant une feuille de papier.

Il lut la lettre de candidature de Keller, et les quelques notes soigneusement rédigées en marge par Candy. Jericho Pharmaceuticals était le nom de la société qu'avait absorbée Agri-Brite, et Candy s'était alors entretenue avec Monica Patrick, à l'époque chef du personnel, pour vérifier la nature du poste occupé par Keller et qu'il ne le quittait pas pour faute grave.

— Il faisait partie d'un laboratoire pharmaceutique ?

— Assistant du directeur de recherches adjoint, lui précisa-t-elle. Il n'a rien gagné côté salaire en venant ici.

— Il aurait pu gagner plus d'argent s'il était resté ?

— Qui sait ? fit-elle. Ces grandes fusions, dans les années quatre-vingt, ont scié les pattes de tout le monde. Elle haussa les épaules. Certains diraient qu'il a été futé d'en sortir quand il l'a fait. La médiocrité n'est nulle part mieux rémunérée que dans le monde de l'éducation.

— Vous diriez que c'est un médiocre ?

— Il n'a pas précisément inventé la poudre.

Jeffrey lut à haute voix les propos de candidature dactylographiés par Keller.

« Je souhaite en revenir aux fondements de la recherche

scientifique. Je suis fatigué du monde de l'entreprise et de ses médisances. »

— Et donc il a intégré l'université. Elle partit d'un long éclat de rire, un rire dur. Ah! l'ignorance de la jeunesse.

— Comment puis-je contacter Monica Patrick?

Candy posa l'index sur ses lèvres. Elle réfléchit.

— Je ne pense pas qu'elle soit encore là-bas. Quand je lui ai parlé, elle m'avait l'air aussi vieille que Mathusalem. Elle lança à Jeffrey un regard qui lui signifiait de s'abstenir de tout commentaire. Je dois pouvoir passer un ou deux coups de fil pour vous retrouver un numéro qui soit encore en vigueur.

— Oh! je n'ai pas le droit de vous laisser faire ça, se récria Jeffrey, espérant bien qu'elle allait joindre le geste à la parole.

— Balivernes, répliqua-t-elle. Vous n'avez aucune idée de la manière dont on doit s'adresser à ces pontes des entreprises. Vous seriez aussi désemparé qu'un unijambiste dans un concours de coups de pied aux fesses.

— Vous avez probablement raison, admit-il. Ce n'est pas que je ne vous sois pas reconnaissant, mais...

Candy regarda par-dessus son épaule, pour s'assurer que la porte du bureau de Blake était bien fermée.

— Entre vous et moi, je n'ai jamais apprécié cet homme.

— Pourquoi cela?

— Quelque chose, chez lui, fit-elle. Je ne peux pas mettre le doigt dessus, mais j'ai compris depuis longtemps que les premières impressions sont généralement les bonnes, et ma première impression de Brian Keller, c'était celle d'une raclure à laquelle on ne devrait jamais se fier.

— Et sa femme? s'enquit Tolliver, regrettant de ne pas être venu parler à Candy un jour plus tôt.

— Eh bien, commença-t-elle, en se tapotant la lèvre de son doigt finement manucuré, je ne sais pas. Elle est restée avec lui si longtemps. Peut-être qu'il y a quelque chose chez lui que je ne perçois pas.

— Peut-être, répéta-t-il. Mais je crois que je vais me fier à votre instinct. Nous savons tous les deux que la personne la plus futée, ici, c'est vous.

— Et que vous êtes un vrai démon, renchérit-elle, mais il sentait bien que le compliment ne lui avait pas déplu. Si j'avais quarante ans de moins...

— Vous ne me salueriez même pas dans la rue, lui lança-t-il, en l'embrassant sur la joue. Quand vous aurez dégotté ce numéro, tenez-moi au courant.

Elle lâcha un ronronnement sourd, ou alors c'est qu'elle s'éclaircissait la gorge.

— On s'en occupe, chef. On s'en occupe.

Il s'en alla avant qu'elle ait pu ajouter autre chose, qui les aurait embarrassés tous les deux, et il descendit par l'escalier, sans attendre l'ascenseur. La distance entre le bâtiment de l'administration et le bureau de la sécurité était courte, mais il la transforma en footing. Il n'avait pas couru depuis presque une semaine, et son corps était tout engourdi, ses muscles raides, un peu froissés. L'orage de la nuit dernière avait provoqué quelques dégâts, et il y avait des débris éparpillés un peu partout sur le parvis. Le personnel d'entretien du campus s'affairait en tous sens, ramassait des détritus, lavait le trottoir au jet, avec un mélange suffisamment dosé en eau de Javel pour que cela lui pique le nez. Ils avaient l'intelligence de nettoyer les espaces autour des bâtiments principaux, là où, probablement, travaillaient les gens qui risquaient de se plaindre de tout ce désordre.

Il sortit son carnet, relut ses notes, essayant de déterminer la meilleure manière de mettre le reste de cette journée à profit. La seule chose qu'il puisse faire, à ce stade, c'était d'aller parler à d'autres parents et repasser les immeubles des résidences estudiantines au peigne fin. Il voulait s'entretenir avec Monica Patrick, si elle était encore de ce monde, avant de retourner voir Brian Keller. Les gens ne quittaient pas des postes à haut salaire dans le privé pour accepter une baisse de revenu et enseigner. Keller avait peut-être falsifié des données de résultats d'expériences, ou emprunté un raccourci de trop. Jeffrey allait demander à Jill Rosen pourquoi son mari avait quitté ce poste. Elle avait parlé de reconstruire sa vie. Peut-être l'avait-elle déjà fait une fois, et savait-elle combien ce serait difficile de recommencer. Même si elle n'était pas en mesure de lui apporter d'informations nouvelles, il voulait reparler à cette femme, et voir s'il pouvait tenter quelque chose pour l'aider à s'en sortir.

Il fourra son carnet dans sa poche, et ouvrit la porte du bureau de la sécurité. Les gonds grincèrent, très fort, mais il les entendit à peine.

« Nom de Dieu ! » chuchota-t-il, en regardant brièvement derrière lui, pour s'assurer que personne ne l'observe.

Chuck Gaines gisait à terre, les semelles face à la porte. Il avait le cou ouvert, fendu comme une seconde bouche, et ce qu'il restait de l'œsophage pendait comme une seconde langue. Il y avait du sang partout – sur les murs, sur le sol, sur le bureau. Jeffrey leva les yeux au plafond, mais il n'y avait pas de sang au plafond. Chuck était déjà couché quand on lui avait tranché la gorge, ou alors il était assis à son bureau. Le fauteuil était renversé sur le côté.

Il s'agenouilla, pour voir sous le bureau sans contaminer les lieux du crime. Il aperçut le scintillement d'un long couteau de chasse, sous le fauteuil.

« Nom de Dieu ! », répéta-t-il, cette fois avec plus de passion dans la voix. Il connaissait ce couteau. Il appartenait à Lena.

Frank avait l'air hors de lui, et Tolliver ne pouvait lui en vouloir.
— Ce n'est pas elle, protestait son adjoint.
Les doigts de Jeffrey tambourinaient sur le volant. Ils étaient garés devant la résidence où habitait Lena, essayant de déterminer la meilleure méthode d'action.
— Tu as vu le couteau, Frank.
Il haussa les épaules.
— Tu parles d'une preuve.
— Chuck avait la gorge tranchée.
Frank souffla entre ses dents.
— Lena n'est pas une meurtrière.
— Cela pourrait nous renvoyer à l'agression de Tessa Linton.
— Comment ça ? Quand c'est arrivé, la gamine était avec nous. Et elle a pourchassé cet enfoiré dans les bois.
— Et elle l'a perdu.
— Matt n'a pas eu l'impression qu'elle traînait.
— Et pourtant c'est ce qu'elle a fait quand elle s'est tordu la cheville.
Frank secoua la tête.
— White, lui, je le verrais bien.
— Elle a très bien pu le reconnaître dans la forêt, et trébucher exprès pour qu'il s'échappe.
Frank n'arrêtait pas de secouer la tête.
— Ce n'est pas pour ce genre de chose que j'ai signé.
Jeffrey avait envie de lui dire qu'il n'était pas trop fou de ça non plus, mais à la place, il lui répondit autre chose.

— Tu as vu le couteau qu'elle portait à la cheville. Est-ce que tu es en train de me soutenir qu'il n'est pas identique à celui que nous avons trouvé sous le bureau ?

— Ce pouvait être un autre couteau.

Tolliver lui rappela les preuves apportées par la police scientifique, qui les avaient amenés là.

— Ses empreintes digitales sont sur le couteau, Frank. Dans le sang. Soit elle était présente quand il s'est fait égorger, et elle a touché ce couteau, soit elle le tenait en main quand c'est arrivé. Il n'y a pas d'autre explication.

Frank fixait le bâtiment, sans ciller. Jeffrey vit bien qu'il tentait de trouver une explication, pour que ce ne soit pas Lena. Il avait eu lui-même une réaction similaire, moins d'une demi-heure plus tôt, quand l'ordinateur avait formellement rapproché les trois empreintes. Même quand il avait sorti la carte et prié le technicien de lui établir une comparaison point par point.

À l'instant où un professeur sortit de la résidence, il leva les yeux.

— Ce matin, elle n'est pas sortie ?

Frank secoua la tête.

— Fournis-moi une bonne explication de la présence de ses empreintes digitales imprimées sur ce couteau, dans ce sang, et on s'en va d'ici tout de suite.

Frank avait la bouche crispée de colère. Voilà une heure qu'il restait devant ce bâtiment, probablement à essayer de songer à une idée qui pourrait exonérer Lena.

— C'est pas juste, fit-il, mais, sans rien ajouter d'autre, il ouvrit la portière et descendit.

La résidence du personnel de la faculté était quasiment déserte, la plupart des professeurs étant déjà en classe. Comme dans beaucoup d'universités, le rythme ralentissait vers la fin de la semaine et, avec les vacances de Pâques qui approchaient, pas mal de gosses étaient déjà partis dans leur famille. Jeffrey et Frank, en s'engageant dans le couloir qui conduisait à la chambre de Lena, ne croisèrent personne. Ils se placèrent devant sa porte, et Jeffrey s'aperçut que la poignée était tordue, suite à la matinée de la veille, quand ils l'avaient ouverte à coups de pied. S'il avait pu trouver quelque chose sur Lena à ce moment-là, s'il avait pu comprendre, dans ses tripes, qu'elle était coupable, Chuck Gaines serait peut-être encore en vie.

Frank se tint sur le côté de la porte, les mains sur son arme, sans dégainer, et Jeffrey frappa deux fois.

« Lena ? », fit-il.

Il s'écoula quelques instants, et il tendit l'oreille, pour entendre s'il y avait quelqu'un dans la pièce.

Il réessaya, répéta son nom, « Lena ? », avant d'ouvrir la porte.

« Merde ! », s'écria Frank, en tirant son revolver. Tolliver en fit autant, d'instinct, avant de s'apercevoir que Lena remontait simplement son pantalon, et ne tendait pas la main vers une arme quelconque.

Jeffrey posa la question à laquelle pensait son adjoint.

— Qu'est-ce qui t'est arrivé, nom de Dieu ?

Elle s'éclaircit la gorge, qui était marquée de noirs hématomes. Quand elle parla, elle avait la voix éraillée.

— Je suis tombée.

Elle ne portait que son pantalon et un soutien-gorge, à la dentelle blanche, sur sa peau olive. Elle se couvrit des deux mains, dans un accès de pudeur. Elle avait d'autres contusions, de forme circulaire ceux-là, sur les avant-bras, comme si quelqu'un l'avait saisie en serrant trop fort. Une autre marque, sur son épaule, ressemblait à une morsure.

« Chef », fit Wallace. Il avait menotté Ethan White et le retenait par le bras. Le jeune homme était habillé, mais il n'avait pas ses chaussures, et pas de chaussettes. Il avait le visage couvert de bleus, la lèvre fendue par le milieu.

Tolliver ramassa une chemise par terre, dans l'intention de la tendre à Lena, pour qu'elle puisse se couvrir. Il s'arrêta, car il s'aperçut qu'il tenait en main une pièce à conviction. Un sang sombre en tachait tout le bas.

« Seigneur ! chuchota-t-il, en essayant d'obliger Lena à le regarder. Qu'est-ce que tu as fait ? »

13

Sara se gara devant le Heartsdale Medical Center, sur le parking, juste à côté de Jeffrey. Il ne lui avait transmis aucune information, si ce n'est qu'il avait besoin d'elle à l'hôpital, pour prélever des éléments de preuve sur deux suspects. Il refusait de lui dire leurs noms au téléphone, mais Sara était suffisamment au courant de son mode de pensée pour en déduire qu'il s'agissait d'Ethan White et de Lena.

Comme d'habitude, la salle des urgences était déserte. Elle lança un coup d'œil autour d'elle, cherchant l'infirmière de garde, mais elle devait être en pause. Tout au bout du couloir, elle aperçut Jeff; il était en train de parler à un homme plus âgé, de taille moyenne, de constitution plutôt forte. Derrière eux, elle entrevit Brad Stephens, devant la porte fermée d'un cabinet d'auscultation, la main posée sur la crosse de son pistolet.

À mesure qu'elle s'approchait d'eux, Sara entendait de mieux en mieux l'homme qui parlait à Jeffrey, d'une voix perçante, sur un ton exigeant.

— Ma femme a déjà enduré trop d'épreuves.

— Je sais ce qu'elle a enduré, lui assurait Tolliver. Je suis heureux que vous vous montriez soucieux de son bien-être.

— Bien sûr que je suis soucieux de son bien-être, rétorqua l'autre, cassant. Qu'êtes-vous en train d'insinuer ?

Jeffrey remarqua l'arrivée de Sara et lui fit signe

d'approcher. Voici Sara Linton, dit-il à l'homme. Elle va procéder à l'examen physiologique.

— Professeur Brian Keller, maugréa l'homme, en jetant à peine un regard à Sara. Il tenait un sac à main au côté, qu'elle supposa être celui de son épouse.

— Le docteur Keller est le mari de Jill Rosen, expliqua Jeffrey. Lena m'a prié de l'appeler.

Sara s'efforça ne pas laisser paraître sa surprise.

— Si vous voulez bien nous excuser, fit Jeffrey à Keller, et il conduisit Sara vers le fond du couloir, jusque dans un petit cabinet d'auscultation.

— Qu'est-ce qui se passe ? lui demanda-t-elle. J'ai dit à maman que je serais à Atlanta cet après-midi.

Il referma la porte, avant de lui apprendre la nouvelle.

— On a tranché la gorge de Chuck.

— Chuck Gaines ? s'écria-t-elle, comme s'il pouvait y avoir un autre Chuck.

— Nous avons les empreintes digitales de Lena sur l'arme du crime.

Sara resta un instant interloquée, tâchant de comprendre ce qu'il était en train de dire.

— Tu te souviens de la série d'examens obligatoires, après le viol ?

L'espace d'un instant, elle ne comprit pas ce qu'il voulait dire.

— Quand nous avons parlé du test ADN, à propos de sa culotte. Tu te souviens de la série d'examens que nous avons pratiqués sur Lena ?

Elle s'efforça de réfléchir à la meilleure manière de lui répondre, mais elle savait que la situation était désormais trop tranchée pour qu'elle puisse répondre autre chose que « oui ».

Le visage de Jeffrey composait une étude pour sculpteur, une étude de la colère.

— Pourquoi ne m'as-tu rien dit, Sara ?

— Parce que ce n'était pas juste, fit-elle. Ce n'est pas juste d'utiliser ça contre elle.

— Tu diras ça à Albert Gaines, lâcha-t-il. Tu diras ça à la mère de Chuck.

Sara resta bouche close, car elle ne se résolvait toujours pas à admettre l'idée que Lena soit liée d'une manière ou d'une autre à ces crimes.

— Je veux d'abord que tu t'occupes de White, reprit-il, sur un ton toujours aussi sec. Sang, salive, cheveux. Un peignage du corps au complet. Comme une autopsie.

— Qu'est-ce que nous recherchons ?

— Tout ce qui peut le relier à la scène du crime, répondit-il. Nous avons déjà les empreintes des semelles de Lena, par terre, dans le sang. Il secoua la tête. Il y avait du sang partout.

Il ouvrit la porte et regarda dans le couloir. Il ne sortit pas, Sara en déduisit donc qu'il avait encore autre chose à lui dire.

— Quoi ? voulut-elle savoir.

Sa colère avait baissé d'un ton.

— Elle est salement amochée.

— Comment cela ?

Jeffrey regarda de nouveau dans le couloir, puis revint à Sara.

— Je ne sais pas s'il y a eu lutte ou quoi. Peut-être que Chuck l'a attaquée et elle s'est défendue. Ou peut-être que White s'est mis en pétard.

— C'est ce qu'elle dit ?

— Elle ne dit rien. Ils ne disent rien, ni l'un ni l'autre. Il marqua un temps. Enfin, White dit qu'ils sont restés toute la nuit ensemble à l'appartement de Lena, mais les gens de la fac disent que White a quitté le labo juste après Lena. D'un geste, il désigna le couloir. En fait, Brian Keller a été l'une des dernières personnes à la voir.

— Lena a demandé qu'on fasse venir sa femme ?
— Ouais, confirma-t-il. J'ai Frank à l'écoute dans une autre pièce, au cas où elle raconterait quelque chose.
— Jeffrey...
— Ne me fais pas la leçon sur les médecins et les patients, Sara. J'ai trop de gens morts sur les bras.

Sara savait que discuter sur ce point ne serait qu'une perte de temps.

— Est-ce que Lena va bien ?
— Elle peut attendre, lui assura-t-il, signifiant manifestement par là qu'elle pouvait garder ses autres questions pour elle.
— Tu as un mandat, pour tout ça ?
— Tu es quoi, maintenant, avocate ? Il ne la laissa pas répondre. Le juge Bennett me l'a signé ce matin. Elle ne réagissait pas. Quoi ? ajouta-t-il encore. Tu veux le voir ? Tu ne te fies pas à moi, tu penses que je ne dis plus la vérité ?
— Je ne t'ai pas demandé...
— Non, tiens. Il sortit le mandat de sa poche et le plaqua violemment sur la paillasse. Tu vois comment sont les choses, Sara ? Je te dis la vérité, moi, sur les choses. J'essaie de t'aider, moi, à faire ton boulot comme il faut, pour qu'il n'y ait pas encore d'autres personnes qui souffrent.

Elle regarda fixement le document, elle vit la signature ferme de Billie Bennett en travers de la ligne réservée à cet effet.

— Finissons-en.

Il recula, pour qu'elle puisse sortir, et elle sentit monter en elle une sensation de terreur, comme elle n'en avait pas ressenti depuis longtemps.

Brian Keller était là, debout dans le couloir, serrant le sac à main de sa femme. L'œil vide, il regarda passer Sara, et il avait l'air tellement inoffensif qu'elle dut se rappeler qu'il battait sa femme.

Brad souleva son chapeau pour la saluer, avant de lui ouvrir la porte.

« M'dame », lui fit-il.

Ethan White était debout au milieu de la pièce. Il était vêtu d'une blouse d'hôpital vert clair, ses bras musclés, croisés sur sa poitrine. Il avait reçu un coup sur le nez, récemment, et du sang séché traçait une mince ligne jusqu'à sa bouche. Une grosse marque rouge, sous l'œil, virait lentement à l'hématome. Il avait des tatouages compliqués, des scènes de bataille, sur les deux bras, du moins d'après ce qu'elle pouvait en entrevoir. Ses chevilles nues arboraient des dessins géométriques et des flammes y grimpaient.

Il ressemblait à un gamin ordinaire, avec ses cheveux coupés court et un corps qui révélait trop de temps libre passé dans les salles de gym. Des muscles se contractaient, à hauteur des épaules, et tendaient le tissu de sa blouse d'hôpital. Il était de petite taille, il mesurait bien quinze centimètres de moins que Sara, mais il y avait quelque chose en lui, qui remplissait l'espace autour de lui. White avait l'air furieux, comme si, à tout moment, il pouvait bondir et s'attaquer à elle. Elle était contente que Jeffrey ne l'ait pas laissée seule dans la pièce.

— Ethan White, s'écria ce dernier. Voici le docteur Linton. Elle va prélever les échantillons, comme l'a ordonné le tribunal.

La mâchoire de White était si tétanisée que ses propos s'en échappèrent en une succession de sons inarticulés.

— Je veux voir l'ordre du tribunal.

Sara enfila une paire de gants, pendant que White lisait le mandat. Il y avait des plaquettes de verre et un kit de tests ADN posés sur la paillasse, à côté d'un peigne noir en plastique et d'éprouvettes pour les prélèvements sanguins. Jeffrey s'était probablement arrangé pour que l'infirmière prépare tous ces ustensiles, mais Sara était curieuse de savoir pourquoi il n'avait pas demandé à cette femme de rester l'aider. Il y avait quelque chose qu'il ne voulait pas que quelqu'un d'autre voie, et elle se demandait ce que c'était.

Elle chaussa ses lunettes, songeant qu'elle allait le prier de faire venir une infirmière.

Avant qu'elle ait pu dire quoi que ce soit, Tolliver s'adressa à White.

— Retirez la blouse.

— Ce n'est pas... Elle s'arrêta au milieu de sa phrase. White laissa glisser la blouse par terre. Il avait un grand svastika tatoué sur le ventre. En haut du torse, côté droit, il y avait une effigie estompée, qui ressemblait à Hitler. Côté gauche, un rang de soldats SS saluaient l'effigie.

Sara fut incapable de rien faire d'autre que regarder.

White ricana.

« Ça vous plaît, ce que vous voyez ? »

La main de Jeffrey vint se plaquer en plein sur le visage du garçon, et le repoussa contre le mur. Sara recula d'un bond, buta contre la paillasse. Elle vit le nez d'Ethan remuer, du sang lui couler à nouveau dans la bouche.

Jeffrey s'exprima d'une voix sourde, pleine de colère, qu'elle espérait ne plus jamais avoir à entendre.

« C'est ma femme, espèce d'enfoiré de ta mère. Tu m'as compris ? »

La tête de White était écrasée entre la main de Tolliver et le mur. Il hocha la tête, une fois, mais dans ses yeux, il n'y avait aucune peur. Il était comme un animal en cage qui savait qu'un jour, il trouverait une issue pour s'échapper.

— C'est mieux, fit Jeffrey, en s'écartant.

White dévisagea Sara.

— Vous êtes témoin, hein, docteur ? Brutalité policière.

— Elle n'a rien vu, fit Jeffrey, et Sara le maudit de l'avoir impliquée là-dedans de la sorte.

— Ah vraiment ? persifla White.

Jeffrey avança d'un pas vers lui.

— Évite de me fournir une raison de te faire souffrir.

— Oui, monsieur, lâcha White d'un ton revêche. Du dos de la main, il s'essuya le sang qui lui coulait du nez, en gardant les yeux rivés sur Sara. Il essayait de l'intimider, et elle espérait bien qu'il ne voie pas que cela marchait.

Elle ouvrit le kit de tests ADN par voie orale. Elle s'approcha de White, le grattoir en main.

— Ouvrez la bouche, je vous prie.

Il s'exécuta, en ouvrant grand, pour qu'elle puisse gratter un peu de peau morte. Elle préleva plusieurs compresses, mais quand elle prépara les plaquettes, ses mains tremblaient. Elle respira à fond, essayant de se remettre en phase avec la tâche qui l'attendait. Ethan White n'était jamais qu'un patient comme un autre. Elle était un médecin accomplissant son travail, ni plus, ni moins.

Pendant qu'elle étiquetait les spécimens, elle sentait son regard lui vriller le dos. La haine emplissait la salle comme un gaz nocif.

— Il me faut votre date de naissance, dit-elle.

Il marqua une seconde de silence, comme s'il la lui communiquait de son plein gré.

— Vingt et un novembre 1980.

Sara nota l'information sur l'étiquette à côté du nom de White, de son nom à elle, du lieu, de la date et de l'heure. Chaque élément de pièce à conviction devrait être répertorié de la même manière, puis rangé dans un sachet à pièces à conviction ou collecté sur une plaquette.

Au moyen de brucelles, elle prit un carré de papier stérile, qu'elle vint placer devant sa bouche.

— J'ai besoin d'humecter ceci avec votre salive.

— Je ne suis pas un sécréteur.

Elle maintint la pince en position, jusqu'à ce qu'il finisse par sortir la langue, pour qu'elle puisse y placer le carré de papier. Après un certain laps de temps, elle lui retira le carré de papier de la bouche, et le rangea dans le sachet à pièces à conviction.

Elle poursuivit la procédure par une question.

— Voulez-vous de l'eau?

— Non.

Elle poursuivit ses préparatifs, et elle sentait les yeux de l'autre surveiller le moindre de ses gestes. Même en étant debout face à la paillasse, dos à lui, elle sentait son regard fixé sur elle, comme celui d'un tigre préparant une attaque.

Quand elle se rendit compte qu'elle ne pouvait vraiment plus repousser le moment où elle allait devoir le toucher, sa gorge se serra. À travers les gants, il avait la peau chaude, les muscles tendus, implacablement. Elle n'avait pas prélevé de sang sur un patient depuis des années, et elle n'arrivait pas à trouver la veine.

— Je suis désolée, s'excusa-t-elle après la seconde tentative.

— Pas grave, dit-il, sur un ton poli contredit par la haine qu'il avait dans les yeux.

Avec un appareil photo reflex, elle photographia ce qui ressemblait à des blessures qu'il aurait pu se faire au bras gauche en se défendant. Il avait quatre éraflures superficielles à hauteur du cou et de la tête, et une marque en forme de croissant, probablement laissée par un ongle, derrière l'oreille gauche. La zone autour des parties génitales était contusionnée, les testicules rouges et irrités. Une petite griffure d'ongle courait sur la fesse gauche, et une autre, plus longue, dans le creux des reins. Sara pria Jeffrey de tenir une règle près des blessures qu'elle photographiait avec l'objectif macro.

« Il faut que vous vous allongiez sur la table », demanda-t-elle à White.

Il obéit, en l'observant attentivement.

Elle se rendit à la paillasse, se détourna de lui. Elle déplia une petite feuille de papier blanc et se retourna de nouveau face au jeune homme.

« Soulevez-vous, pour que je puisse glisser cela sous votre dos. »

Là encore, il s'exécuta, mais ses yeux ne la quittèrent pas un instant.

Quand elle lui passa le peigne dans la toison pubienne, plusieurs poils de provenance extérieure s'y amoncelèrent. Les racines étaient encore attachées au corps même du poil, indiquant que ces derniers avaient été arrachés de l'épiderme. Avec une paire de ciseaux pointus, elle découpa un périmètre de poils sur l'intérieur de la cuisse, qu'elle laissa ensuite tomber dans une enveloppe, qu'elle étiqueta en y portant les informations nécessaires.

Elle se servit d'une compresse humide pour recueillir des échantillons de fluides séchés sur le pénis et le scrotum. Ce faisant, elle avait la mâchoire si tétanisée que ses dents lui firent mal. Elle gratta les ongles des mains et des pieds, photographia un ongle cassé à l'index droit. Quand elle eut terminé son examen, la paillasse était couverte de pièces à conviction. Tout était en train de sécher à l'air dans le séchoir à compresses ou recueilli dans des sachets à pièces à conviction, qu'elle avait scellés et étiquetés d'une main désormais plus ferme.

« Voilà », dit-elle en retirant ses gants, qu'elle laissa retomber sur la paillasse. Elle quitta la pièce aussi vite qu'elle put – sans courir. Brad et Keller étaient toujours dans le couloir, mais elle passa devant eux sans dire un mot.

Elle regagna le cabinet d'auscultation inoccupé, la peur et la colère lui tenaillant le corps. Elle se pencha sur l'évier, ouvrit le robinet à fond, pour s'asperger le visage d'eau froide. De la bile lui restait dans la gorge, et elle avala une grande gorgée d'eau, s'obligeant à ne pas vomir. Elle sentait encore les yeux d'Ethan qui la suivaient partout, lui forçant les chairs comme un fer rouge. Elle sentait encore l'odeur du savon qu'il utilisait et, quand elle ferma les yeux, elle revit la légère érection qu'il avait eue, quand elle lui avait tamponné le pénis avec une compresse et peigné sa toison pubienne.

Le robinet coulait encore, et elle le ferma. Elle se séchait les mains avec une serviette en papier, quand subitement elle s'aperçut qu'elle se trouvait dans la salle d'examen où elle avait effectué les tests du kit ADN sur Lena, après le viol, l'an dernier. C'était sur cette table que Lena s'était allongée. C'était cette paillasse qu'elle avait recouverte de pièces à conviction, à peu près comme elle venait de le faire avec Ethan White.

Elle s'étreignit, en fixant la pièce du regard, tâchant de ne pas se laisser happer par ses souvenirs.

Au bout de quelques minutes, Jeffrey frappa à la porte et s'introduisit dans le cabinet d'auscultation. Il avait retiré sa veste, et elle vit son arme, dans son baudrier.

— Tu aurais pu me prévenir, lui reprocha-t-elle, d'une voix qui s'étrangla. Tu aurais pu le dire.

— Je sais.

— C'est comme ça que tu me rends la monnaie de ma pièce ? s'écria-t-elle, consciente qu'elle était sur le point de pleurer ou de hurler.

— Ce n'était pas la monnaie de ta pièce, se défendit-il, et elle ne savait pas si elle devait ou non le croire.

Elle se masqua la bouche de la main, tâchant de réprimer un sanglot.

— Seigneur Dieu ! Jeff.

— Je sais.

— Non, tu ne sais pas, fit-elle, et sa voix résonna fort dans la pièce. Mon Dieu ! tu as vu ces tatouages ? Elle ne le laissa pas lui répondre. Il a un svastika... Elle fut incapable de poursuivre. Pourquoi ne m'as-tu pas prévenue ?

Jeffrey resta silencieux.

— Je voulais que tu voies, avoua-t-il enfin. Je voulais que tu saches à qui nous avons affaire.

— Tu ne pouvais pas me le dire ? s'étonna-t-elle, en rouvrant le robinet. Elle recueillit de l'eau dans le creux de sa main, pour se laver la bouche du mauvais goût qui persistait. Qu'est-ce qui t'a retenu si longtemps ? insista-t-elle, se souvenant de son geste, de sa manière de plaquer Ethan la tête en arrière, contre le mur. Tu l'as encore frappé ?

— Je ne l'ai jamais frappé.

— Tu ne l'as pas frappé à l'œil ? s'exclama-t-elle. Son nez saignait, Jeffrey. Le sang était encore frais.

— Je viens de te le dire, je ne l'ai pas frappé.

Elle lui empoigna les mains, examina ses phalanges, en quête de coupures ou de bleus. Elles étaient vierges de la moindre marque.

— Où est ta chevalière de l'université? lui demanda-t-elle quand même.

— Je l'ai retirée.

— Tu ne retires jamais cette bague.

— Dimanche, dit-il. Je l'ai retirée dimanche, avant de parler à tes parents.

— Pourquoi?

Il accepta de répondre, avec colère.

— Il y avait du sang dessus, Sara. D'accord? Il y avait le sang de Tess.

Elle lui lâcha la main. Elle lui posa la question qu'elle avait refusé de se poser tant qu'elle était dans la pièce avec White.

— Tu crois qu'il a pu poignarder Tessa?

— Il n'a pas d'alibi, pour dimanche. En tout cas, pas un bon.

— Où était-il?

— Il raconte qu'il était à la bibliothèque, lui répondit-il. Personne ne se souvient de lui là-bas. Il aurait très bien pu se trouver dans les bois. Il aurait pu tuer Andy, puis attendre dans les bois, de voir ce qui allait se passer.

Elle hocha la tête, pour qu'il continue.

— Il n'attendait pas Tessa, Sara. Elle est passée par là, c'est tout, et il a profité de la situation.

Sara s'agrippa à la paillasse, ferma les yeux, tâcha de rapprocher cet homme, dans la pièce voisine, des coups de couteau qu'avait reçus Tessa. Elle s'était déjà trouvée en présence d'un meurtrier, et ce qui l'avait frappée, chez cet homme-là, c'est qu'il était si normal, si ordinaire. Avec ses vêtements sur lui, Ethan White lui était apparu sous le même jour. Il aurait pu être un garçon comme un autre sur ce campus. Il aurait pu être un de ses patients. Quelque part, dans sa ville natale, il devait y avoir un pédiatre, tout comme Sara, qui avait suivi Ethan White de l'enfance à l'âge adulte.

Quand elle réussit à parler, elle lui posa une autre question.

— Et Lena, quelle est sa place dans tout ça ?
— Elle le voit, fit-il. C'est sa petite amie.
— Je ne peux pas croire...
— Quand tu la verras, reprit-il, quand tu la verras, Sara, je veux que tu te souviennes qu'elle est dans une relation avec White. Elle le protège. Il désigna le mur, indiquant la salle d'examen voisine. Cette chose que tu as vue là, cet animal... elle le protège.

— Elle le protège contre quoi ? s'enquit Sara. Ce sont ses empreintes digitales à elle, sur le couteau. C'est elle qui travaillait avec Chuck.

— Quand tu la verras, tu comprendras.
— C'est encore une autre surprise ? lui demanda-t-elle, songeant qu'elle ne le supporterait pas, surtout si cela avait un quelconque rapport avec Lena. Elle a un svastika, elle aussi ?

— Franchement, commença Tolliver, je ne sais pas quoi faire d'elle. Elle m'a l'air très mal. Très mal, comme si on lui avait fait du mal.

— C'est le cas ?
— Je n'en sais rien, répéta-t-il. Quelqu'un l'a passée à tabac.
— Qui ?
— Frank estime que Chuck a pu lui faire quelque chose.

— Lui faire quoi ? demanda Sara, redoutant sa réponse.

— L'agresser, répondit-il. Ou peut-être simplement la foutre en rogne. Elle l'aurait raconté à White, que ça aurait mis sur orbite.

— Et toi, à ton avis, que s'est-il passé ? voulut-elle savoir.

— Sincèrement, qui peut le dire, bon sang ? Et en plus, elle ne veut rien m'expliquer, rien.

— Tu le lui as demandé comme tu l'as demandé à White ? lui lança-t-elle. Avec ta main plaquée sur son visage ?

La douleur qu'elle lut dans ses yeux lui fit regretter de ne pouvoir retirer ses propos, mais Sara savait que cela ne résoudrait rien. Elle voulait encore une réponse à sa question.

— Pour quel genre d'individu me prends-tu ? lui demanda-t-il.

— Je pense..., commença-t-elle, ne sachant que dire, je pense que nous avons tous les deux notre travail à faire. Je pense que nous ne pouvons pas en parler, pour le moment.

— Moi, je veux en parler, la contredit-il. J'ai besoin de toi sur ce coup-là, Sara. Je ne peux pas lutter contre toi et contre tout le monde en même temps.

— Ce n'est pas le moment, lui rétorqua-t-elle. Où est Lena ?

Il ressortit dans le couloir, lui fit signe qu'elle aille se rendre compte par elle-même.

Elle se sécha les mains sur son pantalon, tout en passant devant Brad, et elle se dirigea vers la salle voisine. Elle tendit la main pour ouvrir la porte, juste à l'instant où Frank en sortait.

« Salut, lui fit-il, en regardant quelque part derrière elle, par-dessus son épaule. Elle voulait de l'eau. »

Sara entra dans la pièce. La première chose qu'elle vit, ce

ne fut pas Lena, mais le kit de tests ADN pour les cas de viol, que l'on avait laissé sur la paillasse. Elle se figea, demeura incapable de bouger, jusqu'à ce que Jeffrey lui pose la main dans le dos et la pousse doucement. Elle avait envie de s'insurger contre lui, de lui frapper la poitrine à coups de poing et de le maudire pour l'obliger à refaire cet examen, mais elle s'était vidée de toute son énergie. Elle se sentait complètement vidée de tout, sauf de chagrin.

« Sara Linton, voici Jill Rosen », fit Tolliver.

Une femme de petite taille, vêtue de noir, se tenait adossée au mur. Elle lui dit quelque chose, mais tout ce que Sara entendit, ce fut le cliquetis du métal contre le métal. Lena était assise sur le lit, les pieds ballant de part et d'autre. Elle était vêtue d'une blouse d'hôpital verte, avec un ruban autour du cou. Elle remuait la main d'avant en arrière, dans un geste qui ressemblait à un tic nerveux, et la menotte autour de son poignet cliquetait sur le barreau, au pied du lit.

Sara se mordit la lèvre, si fort qu'elle sentit le goût du sang.

« Retire-lui ces menottes tout de suite. »

Il hésita, mais il obéit à ses instructions.

Quand il lui eut retiré ses menottes, Sara ajouta encore un mot, d'une voix qui ne prêtait guère à discussion.

« Sors. »

Là encore, il hésita. Elle le regarda droit dans les yeux et répéta sèchement en détachant bien chaque mot.

« Sors d'ici. »

Il sortit, et la porte se referma derrière lui avec un cliquètement. Sara resta debout où elle était, mains sur les hanches, à quelques dizaines de centimètres de Lena. Même sans les menottes, la main de Lena continuait d'aller et venir, comme dans une crise de tremblements. Sara avait cru que le départ de Jeffrey lui ferait paraître la pièce moins petite, mais les murs l'enserraient toujours. Cette pièce était imprégnée d'une peur palpable, et Sara sentit un froid soudain l'envahir.

— Qui t'a fait cela ? lui demanda-t-elle.

Lena s'éclaircit la gorge, en fixant le sol du regard. Quand elle essaya de parler, sa voix était à peine plus audible qu'un chuchotement.

— Je suis tombée.

Sara lui posa la main sur l'épaule.

— Lena, fit-elle, tu as été violée.

— Je suis tombée, répéta Lena, la main toujours tremblante.

Jill Rosen traversa la pièce et humidifia une serviette en papier sous le robinet de l'évier. Elle revint vers Lena, et lui tamponna doucement le visage et le cou avec la serviette.

— Est-ce Ethan qui t'a fait ça ? reprit Sara.

Lena secoua la tête, car Rosen essayait de lui essuyer un peu de sang.

— Ethan n'a rien fait, prétendit-elle.

Le docteur Rosen plaça la serviette sur la nuque de Lena. Elle risquait d'effacer des traces, des preuves, mais Sara s'en moquait.

— Lena, reprit-elle encore, c'est bon. Il ne te fera plus aucun mal.

Lena ferma les yeux, mais elle laissa Rosen l'essuyer sous le menton.

— Il ne m'a pas fait mal.

— Ce n'est pas ta faute, lui assura Sara. Tu n'as pas à le protéger.

Lena garda les yeux clos.

— C'est Chuck qui t'a fait ça ? poursuivit Sara. Jill Rosen leva les yeux, stupéfaite.

Sara répéta.

— C'était Chuck ?

— Chuck, je ne l'ai pas vu, chuchota Lena.

Sara s'assit sur le bord du lit, elle voulait comprendre.

— Lena, s'il te plaît.

Lena détourna la tête. La blouse glissa, et Sara entrevit une profonde marque de morsure, juste au-dessus du sein droit.

C'est finalement le docteur Rosen qui prit la parole.

— Est-ce que Chuck vous a fait du mal ?

— Je n'aurais pas dû faire appel à vous, dit Lena à cette femme.

Les yeux de Jill Rosen se mouillèrent, elle recoiffa une mèche de cheveux derrière l'oreille de Lena. Elle se revoyait probablement elle-même, vingt ans plus jeune.

— Je vous en prie, partez, fit Lena.

Jill Rosen regarda Sara comme si elle ne se fiait pas tout à fait à elle.

— Vous avez le droit d'avoir quelqu'un ici avec vous, lui rappela Rosen. Travaillant sur le campus, la praticienne avait dû déjà recevoir des appels de ce genre. Elle connaissait le système, même si elle n'y avait jamais eu recours pour elle-même.

— Je vous en prie, allez-vous-en, répéta Lena, les yeux toujours fermés, comme si elle avait pu contraindre la doctoresse à partir.

Jill Rosen ouvrit la bouche pour ajouter encore quelque chose, mais elle parut se raviser. Elle quitta promptement la pièce, comme une prisonnière qui s'évade.

Les yeux de Lena restèrent clos. Sa gorge se contracta, et elle toussa.

— Apparemment, tu as la trachée endolorie, lui signala Sara. Si ton larynx est endommagé... Elle s'interrompit, se demandant si Lena l'écoutait. Ses yeux étaient fermés, ses paupières si serrées qu'on aurait dit qu'elle voulait repousser le monde entier.

— Lena, reprit-elle, et elle repensa à Tessa dans la forêt, tu as du mal à respirer?

Presque imperceptiblement, Lena secoua la tête pour répondre fermement que non.

— Ça t'ennuie si je t'ausculte? Elle n'attendit pas la réponse. Aussi doucement qu'elle le put, elle palpa la peau autour du larynx de Sara, en quête de poches d'air. C'est juste une contusion, la rassura-t-elle. Ce n'est pas fracturé, mais ça va te faire mal pendant un moment.

De nouveau, Lena toussa, et Sara alla lui chercher un verre d'eau.

— Lentement, lui conseilla-t-elle, en inclinant le verre.

Lena toussa encore, en regardant autour d'elle dans la pièce, comme si elle était incapable de se souvenir d'être entrée ici.

— Tu es à l'hôpital, lui expliqua Sara. Est-ce que Chuck t'a fait du mal, et Ethan s'en serait aperçu? C'est cela qui s'est passé, Lena?

Elle avala, en grimaçant de douleur.

— Je suis tombée.

— Lena, souffla Sara, éprouvant une douleur si profonde qu'elle arrivait à peine à parler. Mon Dieu! je t'en prie, dis-moi juste ce qui s'est passé.

Lena garda la tête baissée, en marmonnant quelque chose.

— Quoi? s'écria Sara.

Elle s'éclaircit la gorge, et ouvrit enfin les paupières. Les capillaires avaient éclaté, de petits points rouges parsemaient le blanc des yeux.

— Je voudrais prendre une douche, dit-elle enfin.

Sara regarda vers le kit ADN posé sur la paillasse. Elle ne se croyait pas capable de recommencer ça. Pour un seul et même être, c'était trop. La manière dont Lena était assise là, désemparée, attendant que Sara fasse ce qu'elle avait à faire, lui brisait le cœur.

Lena dut sentir son appréhension.

— S'il vous plaît, finissons-en avec ça, chuchota-t-elle. Je me sens tellement sale. Il faut que je prenne une douche.

Sara s'écarta du lit, non sans difficulté, et s'approcha de la paillasse. Elle se sentait engourdie. Elle s'assura que l'appareil photo était bien chargé.

Suivant la procédure, elle posa ses questions.

— As-tu eu un rapport sexuel avec quelqu'un, de ton plein gré, au cours des dernières vingt-quatre heures ?

Lena hocha la tête.

— Oui.

Sara ferma les yeux.

— Un rapport sexuel de ton plein gré ? répéta-t-elle.

— Oui.

Sara tâcha de conserver une voix égale.

— Est-ce que tu t'es douchée ou rincée depuis l'agression ?

— Je n'ai pas été agressée.

Sara s'approcha, se campa devant elle.

— Il y a une pilule, que je peux te donner, lui proposa-t-elle. Comme celle que je t'ai déjà donnée.

La main de Lena trembla, se frotta sur le drap de lit.

— C'est pour la contraception d'urgence.

Lena remua les lèvres, sans parler.

— On l'appelle aussi la pilule du lendemain. Tu te souviens comment ça marche ?

Lena hocha la tête, mais Sara le lui expliqua quand même.

— Il faut en prendre une maintenant, et une autre dans douze heures. Je vais aussi t'administrer quelque chose pour la nausée. La nausée a été forte, la dernière fois ?

Lena avait peut-être hoché la tête, mais Sara n'en était pas certaine.

— Tu auras peut-être des crampes, la tête qui tourne, des pertes.

Lena l'interrompit.

— D'accord.

— D'accord ? s'enquit Sara.

— D'accord, répéta-t-elle. Oui. Donnez-moi les pilules.

Sara était assise à son bureau, à la morgue, la tête dans les mains, le téléphone calé entre l'oreille et l'épaule, et elle écoutait sonner la ligne du portable de son père.

— Sara ? répondit Cathy, d'une voix tendue, inquiète. Où es-tu ?

— Vous n'avez pas reçu mon message ?

— Nous ne savons pas comment faire pour écouter les messages, lui répliqua sa mère, comme si c'était une évidence. Nous commencions à nous faire du souci.

— Je suis désolée, maman, s'excusa Sara, en consultant la pendule de la morgue. Ses parents attendaient son appel une heure plus tôt. Chuck Gaines a été assassiné.

Cathy était trop sous le choc pour se faire davantage de souci.

— Le garçon qui a mangé tous les macaronis de ton exposé, en cours élémentaire ?

— Oui, confirma-t-elle. Sa mère se souvenait toujours des protagonistes de l'enfance de Sara grâce à une sottise qu'ils avaient commise, petits.

— Eh bien, quelle horreur ! fit Cathy, sans établir de lien entre la mort de Chuck et les coups de couteau reçus par Tessa.

— Il faut que j'effectue l'autopsie, et il y a d'autres choses encore. Elle n'avait pas envie de parler à sa mère de Lena Adams ou de tout ce qui avait pu se produire à l'hôpital. Même si elle avait essayé, elle ne se croyait pas capable d'exprimer ses sentiments. Elle se sentait à vif, à nu, et ne désirait rien d'autre que de retrouver sa famille, tout de suite.

— Tu pourras venir, dans la matinée ? s'enquit Cathy, avec un ton de voix bizarre.

— Je vais venir ce soir, dès que je le pourrai, lui promit-elle, songeant qu'elle n'avait jamais éprouvé une telle envie de quitter la ville qu'en cet instant. Tessa, ça va ?

— Elle est ici, à côté de moi, fit sa mère. En train de parler avec Devon.

— Bien, fit Sara. C'est une bonne ou une mauvaise chose ?

— Probablement la première réponse, lui répondit Cathy, de façon sibylline.

— Et papa ?

Sa mère observa un long temps de silence, avant de répondre.

— Il va bien, la rassura-t-elle, sur un ton qui était tout sauf convaincant.

Sara tenta de refouler ses larmes. En réalité, elle avait

l'impression de nager en faisant du surplace. La tension supplémentaire liée à la relation avec son père allait lui faire boire la tasse.

« Mon chou ? » reprit sa mère.

Sara s'aperçut de la présence de Jeffrey à cause de l'ombre qu'il projetait sur son bureau. Elle leva les yeux, mais pas vers lui.

Par la vitre, elle vit Frank et Carlos en train de discuter près du corps.

— Jeff est là, maman. Il faut que je commence.

Cathy paraissait toujours préoccupée.

— Très bien, dit-elle tout de même.

— Je viens dès que je le peux, lui dit encore Sara, et elle raccrocha.

— Quelque chose ne va pas avec Tess ? s'inquiéta Tolliver.

— J'ai juste besoin de la voir, lui avoua-t-elle. J'ai besoin d'être avec ma famille

Il saisit le sous-entendu : cela n'incluait pas sa propre présence.

— Nous allons devoir parler de ça maintenant ?

— Tu l'as menottée, lui dit-elle, déchirée entre la douleur et la colère. Je ne peux pas croire que tu l'aies menottée.

— C'est une suspecte, Sara. Il se retourna, regarda par-dessus son épaule. Frank scrutait son carnet de notes, mais Sara savait qu'il pouvait très bien entendre tout ce qu'ils se disaient. Pourtant, elle éleva la voix, juste pour s'en assurer.

— Elle a été violée, Jeff. Je ne sais pas par qui, mais elle a été violée, et tu n'aurais pas dû la menotter.

— Elle est impliquée dans une enquête pour meurtre.

— Elle n'allait pas quitter cette pièce.

— Ce n'était pas la question.

— C'était quoi, la question ? lui demanda-t-elle, toujours en s'efforçant de parler fort. La torturer ? La faire craquer ?

— C'est à ça que je travaille, Sara. J'amène les gens à avouer.

— Je suis sûre que tu réussis à leur faire dire beaucoup de choses, qu'ils te disent rien que pour que tu arrêtes de leur flanquer des coups.

— Laisse-moi te dire un truc, Sara. Un type comme Ethan White ne réagit qu'à une seule chose.

— Oh ! j'ai manqué le moment où il t'a dit ce que tu voulais savoir ?

Jeffrey la dévisagea, visiblement, il s'efforçait de ne pas hurler.

— Nous ne pourrions pas simplement en revenir à la situation de ce matin ? lui demanda-t-il finalement.

— Ce matin, tu n'avais pas menotté la victime d'un viol à un lit d'hôpital.

— Ce n'est pas moi qui t'ai dissimulé des pièces à conviction.

— Ce n'est pas de la dissimulation de preuve, espèce de connard. C'est de la protection de patient. Tu apprécierais, si quelqu'un se servait d'un kit de tests ADN pour me piéger ?

— Te piéger ? s'écria-t-il en écho. Ses empreintes digitales figurent sur l'arme du meurtre. Elle a l'air de s'être fait rosser par je ne sais qui. Son petit ami a un casier judiciaire criminel long comme ma queue. Qu'est-ce que je suis censé en conclure d'autre ? Il déployait manifestement un gros effort pour maîtriser sa mauvaise humeur. Je ne peux pas me laisser dicter mon boulot par ton bon vouloir.

— Non, reconnut-elle, en se levant. Ou pas davantage par le sens moral le plus commun.

— Je ne savais pas...

— Ne sois pas stupide, siffla-t-elle, en fermant la porte en la claquant. Elle ne souhaitait plus que Frank entende. Tu as vu de quoi elle a l'air, ce qu'il lui a fait. Tu dois avoir les photos, maintenant. Tu as vu les lacérations qu'elle a aux jambes ? Tu as vu les marques de morsure sur son sein ?

— Oui, lui dit-il. J'ai vu les photos. Je les ai vues. Il secoua la tête, comme s'il aurait préféré ne pas les avoir vues.

— Tu crois réellement que Lena a tué Chuck ?

— Rien ne relie White à la scène du crime, lui rappela-t-il. Fournis-moi quelque chose qui le relie à la scène du crime. Fournis-moi autre chose que ses empreintes sanglantes à elle, sur l'arme du meurtre.

Sara ne parvenait pas à surmonter un aspect, toujours le même.

— Tu n'aurais pas dû la menotter.

— Suis-je censé ignorer le fait qu'elle a pu tuer quelqu'un uniquement parce que je suis désolé pour elle ?

— Tu te sens désolé pour elle ?

— Bien sûr, lui fit-il. Tu crois que ça me plaît de la voir comme ça ? Seigneur Dieu !

— C'était peut-être de la légitime défense.

— C'est à son avocat d'en décider, lui répliqua-t-il, et si le ton de sa voix était rude, elle savait qu'il avait raison. Je ne peux pas laisser mes sentiments à son égard interférer avec mon travail, et tu ne le devrais pas non plus.

— J'imagine que je ne suis pas aussi professionnelle que tu l'es.

— Ce n'est pas ce que je suis en train de dire.

— Quatre-vingts pour cent des femmes qui se font violer subissent une seconde agression à un moment ou à un autre de leur existence, lui annonça-t-elle. Tu le savais ?

Son silence fut sa réponse à la question.

— Au lieu de l'inculper de meurtre, tu devrais chercher quelqu'un à inculper de viol.

Il leva les mains, avec un haussement d'épaules.

— Tu n'as pas entendu ? lui demanda-t-il, avec une telle désinvolture qu'elle avait envie de le frapper. Elle n'a pas été violée. Elle est tombée.

Sara ouvrit la porte à la volée, sachant qu'elle était incapable de lui parler davantage. En entrant dans la morgue, elle sentait bien qu'il ne la quittait pas des yeux, mais elle s'en moquait. Peu importait ce que l'autopsie révélerait, elle ne serait jamais capable de lui pardonner d'avoir menotté Lena à ce lit. Au vu de ce qu'elle ressentait à présent, si elle devait ne plus jamais lui adresser la parole, rien ne lui aurait été plus égal.

Elle s'approcha de l'armoire lumineuse, elle ne vit pas vraiment les radios. Elle se concentra sur sa respiration, tâcha de centrer son cerveau sur la tâche qui l'attendait. Elle ferma les yeux, chassa Tessa et Lena de sa tête, bannit Ethan White de sa mémoire. Quand elle estima avoir repris ses esprits, elle ouvrit les yeux et revint vers la table.

Chuck Gaines était un homme de fort gabarit, aux épaules larges, avec quelques poils sur la poitrine. Elle ne vit pas sur ses bras la moindre blessure faite en se défendant, il avait donc dû se faire attaquer par surprise. Le cou était ouvert, une grande échancrure, rouge vif, les artères et les tendons pendant à l'extérieur, comme des brindilles sur une vigne. Elle pouvait discerner même le tronc cérébral, dont une partie avait été déplacée par rapport à son emplacement normal.

— Je l'ai déjà passé à la lumière noire, précédemment, expliqua Sara. La lumière noire permettait de repérer les fluides et montrait toute activité sexuelle récente. Il est propre.

Jeffrey la contredit.

— Il pouvait porter un préservatif.

— Tu en as trouvé un sur les lieux ?

— Lena aurait su comment le lui retirer et l'emporter.

Elle baissa la suspension, d'un geste sec, ne dissimulant rien de son irritation. Elle régla le faisceau lumineux, de manière à mieux voir la zone autour de la blessure.

— Il y a une marque d'hésitation, nota-t-elle, en désignant l'entaille qui n'était pas allée jusqu'au bout. La personne qui avait égorgé Chuck avait eu besoin d'au moins une tentative avant de lui entamer la peau.

— Donc, en conclut Jeffrey, ce n'était pas une personne très forte.

— Il faut beaucoup de force pour entailler le cartilage et l'os, riposta-t-elle. Elle aurait apprécié qu'il évite de broder sur ses constatations, mais elle préférait ne pas l'interpeller à ce sujet devant Frank Wallace. Jeffrey avait probablement amené ce dernier avec lui justement pour cette raison. Tu as l'arme ? reprit-elle.

Il leva un sac à pièces à conviction, en plastique, contenant un couteau de chasse ensanglanté de vingt centimètres de long.

— L'étui vide était dans sa chambre. Le couteau coïncide parfaitement.

— Tu n'as rien vérifié d'autre ?

Il saisit cette pique au vol.

— Nous avons retourné sa chambre et celle de White. C'était la seule arme. La seule.

Elle étudia le couteau. La lame était dentelée d'un côté et effilée de l'autre. Il y avait de la poudre noire à empreintes digitales sur le manche, et elle distingua nettement le contour un peu effacé de l'empreinte sanglante, que l'on avait relevée avec du ruban adhésif. Mis à part cela, il n'y avait pas beaucoup de sang sur l'arme. Soit le meurtrier l'avait nettoyée, soit Jeffrey n'avait pas le bon couteau. Elle n'avait guère de mal à formuler la bonne hypothèse, mais avant de se prononcer définitivement, elle avait envie de s'en assurer.

Elle enfila deux paires de gants. La seule autre marque, sur le corps, c'était une blessure par lame pénétrante du côté gauche de la poitrine. L'échancrure était assez large pour la lame que Jeffrey lui avait montrée, mais les bords ne reprenaient pas les traces des dents de la lame. L'agresseur de Chuck lui avait probablement tranché le cou, avant de le poignarder à la poitrine. La blessure à cet endroit était en angle, ce qui indiquait que l'auteur des coups de couteau se tenait au-dessus du corps au moment de les assener.

— Ce n'est pas là que Tess a été poignardée ?

Sara ignora la question.

— Tu peux m'aider à le rouler sur le flanc ?

Il alla chercher une paire de gants dans la boîte.

— Vous avez besoin de mon aide, aussi ?

— Non, fit Sara. Merci.

Frank se tapota la poitrine, il était visiblement soulagé. Sara s'aperçut que la peau de ses phalanges présentait des coupures et des contusions. Il vit qu'elle le remarquait, et il fourra sa main dans sa poche, avec un sourire un peu contrit.

« Prêt ? » fit Jeffrey.

Sara hocha la tête, attendant qu'il soit bien en position.

Comme la tête de Chuck avait été presque complètement séparée du cou, le déplacer fut une tâche délicate. Pour corser la difficulté, le corps était rigide. Les jambes glissèrent vers le bord de la table, et Sara dut rapidement changer de place pour empêcher le corps de rouler par terre.

— Désolé, s'excusa Jeffrey.

— C'est bon, lui dit-elle, sentant que sa colère se dissipait. Elle désigna le plateau. Tu peux me passer le scalpel ?

Jeffrey savait que l'on sortait de la routine.

— Qu'est-ce que tu cherches ? s'étonna-t-il.

Elle évalua la trajectoire de la lame, avant de procéder à une petite incision dans le dos de Chuck, juste au-dessous de l'épaule gauche.

— Ce couteau, c'est la seule arme que tu as trouvée ? lui demanda-t-elle, à titre de clarification, tout en lui indiquant un autre instrument, sur le plateau.

— Oui, confirma-t-il, en lui tendant des brucelles en acier inoxydable, et elle creusa autour du point d'incision, jusqu'à ce qu'elle trouve ce qu'elle cherchait.

— Qu'est-ce qui se passe ? s'inquiéta-t-il.

En guise de réponse, elle sortit un morceau de métal.

— Qu'est-ce que c'est ? demanda Frank.

Jeffrey avait l'air écœuré.

— La pointe du couteau.

— Elle s'est cassée sur l'omoplate.

La confusion de Frank était évidente.

— La lame de Lena n'est pas cassée. Il attrapa le sachet en plastique. La pointe n'est même pas pliée.

Le visage de Jeffrey était devenu complètement livide, et son désarroi amena Sara à regretter tout ce qu'elle lui avait dit précédemment.

— Mais enfin qu'est-ce qui se passe, ici ? s'exclama Frank.

— Ce n'était pas son couteau, constata Tolliver, d'une voix chargée d'émotion. Ce n'était pas Lena.

14

Lena se réveilla en sursaut, se redressa en s'appuyant sur les mains. À chaque respiration, ses côtes lui faisaient mal, et son poignet la lançait, alors qu'il était désormais protégé par un plâtre en fibre de verre. Elle s'assit, regarda autour d'elle dans la petite cellule, tâchant de se souvenir comment elle était arrivée ici.

« Tout va bien », lui dit Jeffrey.

Il était assis sur le lit de camp en face d'elle, les coudes posés sur les genoux, les mains croisées devant lui. Elle était dans une cellule individuelle, pas dans la cellule collective derrière le poste. L'endroit était sombre, la seule lumière provenait de la guérite de surveillance au bout du couloir. La porte était ouverte, mais Lena ne savait pas comment interpréter la chose.

« Il est l'heure de prendre ta seconde pilule, lui rappela-t-il. Il y avait un petit plateau de nourriture, en métal, sur le lit, à côté d'elle, avec un gobelet en plastique et deux pilules. Il le prit, le lui tendit, comme un serveur. La plus petite, c'est pour que tu ne sois pas malade. »

Lena mit les pilules dans sa bouche, puis les avala avec une gorgée d'eau fraîche. Elle essaya de reposer le gobelet sur le plateau, mais elle avait un peu perdu sa coordination, et il dut le faire à sa place. De l'eau se renversa sur son pantalon, mais il n'y prit pas garde.

Elle s'éclaircit la gorge plusieurs fois avant de parvenir à le questionner.

— Quelle heure est-il ?
— À peu près minuit moins le quart, lui répondit-il.

Quinze heures, songea-t-elle. Elle était en garde à vue depuis quinze heures.

— Je peux t'apporter quelque chose ? lui demanda-t-il. Quand il se pencha en avant, pour poser le plateau par terre, la lumière vint jouer sur son visage, et elle vit qu'il avait la mâchoire serrée. Tu te sens bien ?

Elle essaya de hausser les épaules, mais son épaule était trop molle. Les parties de son corps qui n'étaient pas engourdies étaient raides et endolories. Même ses paupières lui faisaient mal, quand elle clignait des yeux.

— Comment va ta coupure à la main ?

Lena baissa les yeux sur son index, qui dépassait du plâtre. Elle se demandait combien de temps s'était écoulé depuis qu'elle s'était coupée en essayant de revisser la grille du climatiseur. Il s'était écoulé une éternité. Elle n'était plus du tout cette personne qu'elle était.

— C'est comme ça qu'il y a eu du sang sur ton couteau ? lui demanda-t-il, en se penchant de nouveau dans la lumière. Quand tu t'es coupé la main ?

Elle s'éclaircit de nouveau la gorge, mais la douleur n'avait fait qu'augmenter. Elle avait la voix éraillée, à peine plus qu'un chuchotement.

— Je peux avoir encore un peu d'eau ?
— Tu veux quelque chose de plus fort ? lui proposa-t-il. Elle l'examina, tâchant de saisir ce qu'il faisait. Jeffrey jouait les bons flics, maintenant, et elle avait tellement besoin de quelqu'un qui soit gentil avec elle qu'elle aurait probablement mordu à l'hameçon. Elle mourait d'envie de raconter à

quelqu'un ce qui s'était passé, mais son esprit ne parvenait pas à formuler les mots que sa bouche allait devoir former.

En lui tendant le gobelet, il reprit la parole.

— Commençons par un peu d'eau, d'accord ?

Lena but, contente que l'eau soit froide, puis elle s'assit contre le mur. Elle avait le dos endolori, mais le bloc de ciment était solide et rassurant. Elle baissa les yeux sur le plâtre, qui commençait juste en deçà des doigts et s'arrêtait à mi-hauteur du bras. En remuant les doigts, elle sentit un frémissement lui remonter dans le bras.

— L'effet du médicament antidouleur est probablement en train de se dissiper, constata-t-il. Tu veux en reprendre ? Je peux te faire établir une ordonnance par Sara.

Elle secoua la tête, même si elle n'avait qu'une envie, tout oublier.

— Chuck était B négatif. Toi, tu es du groupe A.

Elle hocha la tête. Les tests ADN allaient prendre une semaine, mais à l'hôpital, on était équipé pour les examens de groupe sanguin.

— Du type A, il y en avait sur le couteau, continua-t-il, sur le bureau et sur ton pan de chemise.

Elle attendit la suite.

— Nous n'avons trouvé nulle part de sang B négatif. Nulle part, sauf au bureau, acheva-t-il.

Elle avait retenu son souffle, dans sa poitrine, tout au fond, et c'est là qu'elle le conserva, en se demandant combien de temps elle allait tenir.

— Lena..., reprit-il. À sa grande surprise, sa voix s'érailla, et, avant qu'il ait pu baisser les yeux sur ses mains, elle vit bien à quel point il était bouleversé. Je n'aurais jamais dû te menotter.

Elle se demandait de quoi il parlait. Elle ne se souvenait

pas de grand-chose, après ce qui s'était passé avec Ethan la nuit dernière.

— J'aurais traité ça tout à fait autrement, si seulement... Il releva les yeux vers elle, ses prunelles luirent à la lumière du couloir. Je ne savais pas.

Elle réprima une toux, elle aurait aimé avoir encore un peu d'eau.

— Lena, dis-moi ce qui s'est passé. Dis-moi qui t'a fait ça, que je puisse le punir.

Elle ne put que le regarder, fixement. Elle s'était fait ça toute seule. Que pouvait-il inventer de plus, pour la punir ?

— Je n'aurais jamais dû te menotter, répéta-t-il. Je suis tellement désolé.

Elle respira lentement, elle avait mal dans les côtes.

— Où est Ethan ? lui demanda-t-elle.

Le corps de Tolliver se raidit.

— Il est toujours enfermé.

— Sous quelle inculpation ?

— Infraction à la mise en liberté conditionnelle, lui répondit-il, mais sans s'expliquer davantage.

— Est-il réellement mort ? voulut-elle savoir, en repensant à la dernière fois qu'elle avait vu Chuck.

— Oui, fit-il. Il est mort. Il considéra de nouveau ses mains. Est-ce lui qui t'a fait ça, Lena ? Est-ce que Chuck t'a fait du mal ?

De nouveau, elle s'éclaircit la gorge, mais elle savait, d'après ce qu'il venait de lui apprendre, qu'il ne subsistait pas beaucoup de motifs pour la garder en détention.

— Je veux juste rentrer chez moi, lui dit-elle. Mais le chez-soi auquel elle pensait n'était pas ce trou à rats où elle habitait, à l'université. Elle pensait à la maison qu'elle possédait, et à la vie qu'elle menait quand elle y habitait. Elle pensait à la Lena, qui n'agressait pas les gens et ne les forçait pas à commettre des actes qu'ils ne voulaient pas commettre. La bonne Lena. La Lena d'avant la mort de Sibyl.

— Nan Thomas est ici. Je l'ai appelée, pour qu'elle vienne te chercher.

— Je ne veux pas la voir.

— Je suis navré, Lena. Elle est dehors, elle t'attend, et je ne peux pas... je ne veux pas te laisser rentrer seule.

Sur le trajet du retour vers sa maison, Nan resta silencieuse. Cela ne servait à rien, qu'elle raconte le peu qu'elle savait. Pour l'heure, rien de tout cela n'importait, aux yeux de Lena. Elle avait cessé de se soucier de rien, depuis l'orage de la nuit dernière.

Elle regardait fixement par la vitre, songeant qu'elle n'avait pas roulé en voiture le soir depuis bien longtemps. En général, à cette heure-ci, elle était au lit, parfois endormie, parfois à regarder par la fenêtre et à attendre la venue du jour, mais elle n'était jamais dehors. Elle ne se sentait nulle part en sécurité, nulle part.

Nan se gara dans l'allée et coupa le moteur. Elle glissa la clef de contact dans le pare-soleil, en adressant à Lena un sourire bouffon. Nan se fiait trop aux gens. Sibyl était pareille, jusqu'à ce qu'un maniaque ne la tue.

La maison que Sibyl et Nan avaient achetée voilà quelques années était un petit pavillon comme il y en avait un peu partout dans Heartsdale. Deux chambres d'un côté, avec la salle de bains juste dans le couloir, et une cuisine, une salle à manger et un salon de l'autre côté. La seconde chambre avait été reconvertie en bureau pour Sibyl, mais Lena ne savait pas à quoi Nan employait cette pièce, désormais.

Elle resta sur le perron, en s'appuyant de la main contre la paroi de la maison, pour ne pas tomber, pendant que Nan prenait son temps pour déverrouiller la porte. Chez elle, l'épuisement devenait un mode de vie. Encore une chose qui avait bien changé.

Quand Nan ouvrit la porte, elles furent accueillies par trois bips brefs provenant d'un panneau d'alarme. Considérant le peu de souci que se faisait Nan pour sa sécurité, Lena fut surprise de voir qu'elle avait pris la peine d'installer une alarme.

Nan avait dû lire dans ses pensées.

— Je sais, dit-elle, en tapant la date de naissance de Sibyl sur le pavé de touches. Après Sibyl... et ensuite, après toi... je me suis dit que je me sentirais plus en sécurité...

— Un chien, ce serait mieux, lui suggéra-t-elle, et puis elle se sentit coupable, quand elle vit l'air inquiet de Nan. Le bruit de l'alarme, c'est vrai, ça peut aussi effrayer les gens.

— Au début, j'oubliais tout le temps de l'éteindre. Mme Moushey, en face, de l'autre côté de la rue, en a presque eu une crise cardiaque.

— Je suis certaine que c'est bien, la rassura Lena.

— Pourquoi est-ce que j'ai du mal à te croire ?

Lena posa la main sur le dossier du canapé, songeant qu'elle n'avait pas l'énergie de mener une conversation aussi inepte.

Nan parut s'en apercevoir.

— Tu as faim ? lui demanda-t-elle, en allumant les lumières, tout en traversant la salle à manger en direction de la cuisine.

Lena secoua la tête, mais Nan ne la vit pas faire.

— Lena ?

— Non, dit-elle. En allant vers la salle de bains, elle

suivit le contour du canapé, du bout des doigts. Le médicament lui donnait des crampes, et elle sentait des brûlures, comme si elle avait eu une infection urinaire.

La salle de bains était étroite, avec un carrelage noir et blanc au sol. Une baguette en bois courait sur toute la partie supérieure des murs, avec des carreaux blancs en dessous. Une armoire à pharmacie avec un miroir déformé était décoré d'une photo de Sibyl, glissée dans l'interstice du cadre. Lena se regarda dans ce miroir, puis elle regarda Sibyl, compara les deux images. Lena avait l'air dix ans plus vieille, alors que la photographie avait été prise un mois environ avant la mort de Sibyl. L'œil gauche de Lena était enflé, la coupure, au-dessous, était rouge vif et sensible au toucher. Sa lèvre était fendue par le milieu, et elle avait des éraflures et comme un hématome géant qui lui enveloppait la base du cou. Pas étonnant qu'elle ait du mal à parler. Sa gorge était certainement aussi à vif qu'un morceau de viande.

— Lena? fit encore Nan, en frappant à la porte.

Lena lui ouvrit, ne voulant pas que Nan s'inquiète.

— Est-ce que tu veux du thé? lui demanda-t-elle.

Lena allait dire non, et puis elle se dit que le thé allait peut-être lui faire du bien à la gorge. Elle hocha la tête.

— Tummy Mint ou Sleepy Bear?

Lena eut envie de rire, car il lui semblait ridicule, après ce qui s'était passé, que Nan se trouve à l'entrée de cette salle de bains, à lui demander si elle préférait du Tummy Mint ou du Sleepy Bear.

Nan sourit.

— Je vais décider pour toi, fit-elle. Tu veux te changer?

Lena portait encore son uniforme de détenue, celui qu'on lui avait remis à la prison, car ses vêtements avaient été consignés comme pièces à conviction.

— J'ai encore des affaires de Sibyl, si tu veux... Elles parurent se rendre compte toutes deux au même instant qu'elles ne se sentiraient ni l'une ni l'autre à l'aise avec Lena dans les vêtements de Sibyl. J'ai aussi des pyjamas qui t'iront, ajouta Nan

Elle passa dans la chambre, et Nan la suivit. Il y avait encore d'autres photos de Sibyl près du lit, et le nounours de Sibyl, lorsqu'elle était petite.

Nan se tenait dans la chambre, elle l'observait.

— Quoi ? demanda Lena, en gardant la bouche à demi fermée, pour éviter de se fendre complètement la lèvre.

Nan se rendit vers le placard, se dressa sur la pointe des pieds pour farfouiller dans le rayonnage du dessus. Elle en sortit une petite boîte en bois.

— Ça me vient de mon père, dit-elle, en ouvrant la boîte. Un mini Glock était rangé dans son logement intérieur moulé et tapissé de velours. À côté, il y avait un chargeur, plein.

— Qu'est-ce que tu fabriques avec ça ? lui demanda-t-elle, avec l'envie de sortir l'arme de sa boîte, pour la soupeser. Depuis qu'elle avait démissionné de la police, elle n'avait plus tenu un pistolet en main.

— Mon père me l'a donné après la mort de Sibyl, lui expliqua-t-elle, et Lena se rendit compte qu'elle ne savait même pas que le père de Nan était encore en vie.

— Il est flic. Comme l'était ton papa.

Lena toucha le métal froid, elle aimait bien ce contact sous ses doigts.

— Je ne sais pas m'en servir, poursuivit-elle. Je ne supporte pas les armes à feu.

— Sibyl les détestait, elle aussi, remarqua Lena, mais Nan n'ignorait sûrement pas que Calvin Adams, leur père à toutes les deux, avait été abattu lors d'un simple contrôle routier.

Nan referma la boîte et la tendit à Lena.

— Garde-le, si tu te sens plus en sécurité avec.

Lena prit la boîte, la tint contre sa poitrine.

Nan se rendit à la penderie et en sortit un pyjama bleu pastel.

— Je sais que ce n'est pas ton style, mais il est propre.

— Merci, dit Lena, reconnaissante de tous les efforts que consentait Nan.

Cette dernière sortit, ferma la porte. Lena avait envie de la fermer à clef, mais songea que Nan pourrait entendre le bruit et se sentir froissée. Elle s'assit sur le lit, ouvrit la boîte en bois, posée sur ses genoux. Elle passa le doigt sur le canon de l'arme, comme elle avait passé les doigts sur la queue d'Ethan. Elle le prit dans sa main, tâtonna un peu pour enclencher le chargeur. Le plâtre du bras gauche rendait la manipulation un peu difficile, et quand elle essaya de tirer sur la glissière pour charger une balle dans la chambre, le pistolet faillit lui échapper.

« Nom de Dieu ! », fit-elle, en pressant plusieurs fois sur la détente, rien que pour sentir le claquement.

Par habitude, elle éjecta le chargeur avant de ranger l'arme dans la boîte. Non sans peine, elle se changea pour passer le pyjama bleu. Ses jambes étaient tellement endolories qu'elle ne voulait pas les bouger, mais elle savait que le mouvement était le seul moyen de lutter contre la raideur et la douleur.

Quand elle entra dans la cuisine, Nan versait le thé. Elle sourit à Lena, tâchant de ne pas rire, et Lena baissa la tête pour découvrir le chien de bande dessinée bleu foncé, sur la poche du haut de pyjama.

— Je suis désolée, s'excusa Nan entre deux ricanements. Je ne m'étais jamais figuré que tu pourrais porter un truc pareil.

Lena eut un sourire pâle, et elle sentit sa lèvre se fendre à nouveau. Elle posa la boîte en bois sur la table. Le pistolet était inutile, si elle était incapable d'y placer une balle, mais de l'avoir près d'elle, cela la rassurait.

Nan remarqua le pistolet.

— Enfin, il te va mieux à toi qu'à moi.

Lena sentit une espèce d'appréhension, et elle éprouva le besoin d'éclaircir l'atmosphère.

— Nan, je ne suis pas gay.

Nan réprima un sourire.

— Oh ! Lena, même si tu l'étais, je ne crois pas que je puisse jamais arriver, dans ma vie, ne serait-ce qu'à croire que quelqu'un pourrait remplacer ta sœur.

Lena s'agrippa à la chaise, elle ne voulait pas parler de Sibyl. L'amener ainsi dans cette pièce la ramènerait, elle, à ce qui s'était passé. Et Lena éprouvait une honte cuisante à l'idée que Sibyl puisse jamais savoir ce qui lui était arrivé. Pour la première fois de son existence, elle était contente que sa sœur soit morte.

— Il est tard, fit-elle, en avisant la pendule murale. Je suis navrée de t'avoir entraînée dans tout ça.

— Oh ! ne t'inquiète pas pour ça, fit Nan. C'est assez sympa d'être encore debout après minuit, ça me change. Je me mets au lit à neuf heures et demie comme une vieille dame, depuis que Sibyl...

— Je t'en prie, lui demanda Lena. Je ne peux pas parler d'elle. Pas comme ça.

— Assieds-toi donc, lui proposa Nan. Elle lui passa un

bras autour de l'épaule et tâcha de la guider vers la chaise, mais Lena ne bougea pas. Lena ?

Lena se mordit la lèvre, se l'ouvrit encore un peu plus. Elle se la lécha du bout de la langue, se souvint comme elle avait léché le cou d'Ethan.

Sans avertissement, elle se mit à pleurer, et Nan la prit dans ses bras. Elles restèrent debout dans la cuisine, Nan la serra, la réconforta, jusqu'à ce que Lena ne puisse plus pleurer.

Jeudi

15

Ron Fletcher ressemblait à un diacre en chaire, à l'église. Ses cheveux bruns, soigneusement coiffés sur le côté, étaient maintenus en place par une sorte de gel brillant. Il portait un costume, comme s'il était là pour un entretien d'embauche, alors que Jeffrey lui avait indiqué, au téléphone, qu'il avait besoin de lui simplement pour obtenir quelques informations sur Chuck Gaines. D'après l'odeur que dégageait Fletcher, c'était un fumeur. D'après ce qu'ils avaient déniché dans son casier, au bureau de la sécurité, la nicotine était la moindre de ses accoutumances.

— Bonjour, monsieur Fletcher, fit Jeffrey, en prenant place en face de lui, à la table.

Fletcher lui lança un bref sourire nerveux, puis il mit un point d'honneur à se tourner vers Frank, qui se tenait près de la porte comme une sentinelle militaire.

— Je suis le chef Tolliver, poursuivit-il. Et voici l'inspecteur Wallace.

Fletcher hocha la tête, en se tapotant les cheveux. C'était un perpétuel défoncé, un homme de quarante ans qui n'avait jamais dépassé l'adolescence.

— Salut. Comment ça va, vous autres ?

— Assez bien, le rassura Tolliver. Merci d'être venu ici, et si tôt.

— Je travaille de nuit, leur précisa Fletcher, avec l'élocution lente et laborieuse du fumeur d'herbe. En général, je vais me coucher à peu près à cette heure

— Eh bien, fit Jeffrey, en souriant, nous vous sommes reconnaissants d'avoir bien voulu venir. Il se redressa sur sa chaise, en laissant la main sur la table.

Fletcher se retourna et regarda de nouveau Frank. Celui-ci pouvait avoir l'air imposant, quand il le voulait, et le vieux flic carra ses épaules, pour le faire bien savoir.

Fletcher se tourna de nouveau vers Jeffrey, en lui lançant de nouveau le même bref sourire nerveux.

Là encore, Jeffrey lui retourna son sourire.

— Je... euh! commença Fletcher, en se voûtant, le coude sur la table. J'imagine que vous avez trouvé l'herbe, vous autres.

— Ouaip, lui confirma Tolliver.

— C'est pas la mienne, hasarda Fletcher, mais Jeffrey vit tout de suite, à la manière dont il disait cela, que la personne n'ignorait pas que son excuse était bien pauvre. Ron Fletcher avait une quarantaine d'années et, selon son dossier professionnel, n'avait jamais conservé un emploi plus de deux ans.

— C'est la tienne, rectifia Jeffrey. Nous avons trouvé tes empreintes digitales dessus.

— Bon Dieu! grogna l'autre, en frappant la table de la paume.

Jeffrey vit Frank sourire. Ils avaient trouvé des empreintes sur les sachets, mais celles de Fletcher ne figuraient pas au fichier, ils n'avaient donc pu établir de comparaison.

— Qu'est-ce que tu vends d'autre?

Fletcher haussa les épaules.

— On va retourner ta piaule sens dessus dessous, Ron.

— Oh, mec! Fletcher posa la tête sur la table. C'est vraiment trop gros. Il leva les yeux, implorant. Je n'ai jamais eu de problème avec la justice. Faut me croire.

— J'ai déjà ton dossier, lui signala Jeffrey.

La bouche de Fletcher tressaillit. Son dossier était vierge, mis à part une contravention, mais d'autres éléments à charge auraient pu exister contre lui, sans apparaître pour autant, si aucune plainte n'avait été enregistrée. Fletcher appartenait à une génération qui croyait les flics bien plus puissants qu'ils ne l'étaient en réalité.

— À qui vendais-tu, sur le campus? voulut savoir Tolliver.

— Juste à quelques gosses, mec, lui dit Fletcher. Juste un peu chaque fois, pour m'aider à tenir le coup, vous voyez? Rien de costaud.

— Est-ce que Chuck le savait?

— Chuck? Non, non. Bien sûr que non. Il n'était pas vraiment sur le coup, vous savez, mais s'il avait découvert que je faisais ce...

— Tu sais qu'il est mort?

Fletcher pâlit, il reste bouche bée.

Jeffrey laissa passer un peu de temps, jusqu'à ce que Fletcher soit pris d'un tic nerveux.

— Tu marchais sur les plates-bandes de quelqu'un, à l'université? lui demanda-t-il encore.

— Les plates-bandes? répéta Fletcher, et Jeffrey était sur le point de l'éclairer sur le sens de la formule, mais l'autre lui répondit. Non, mec. Je sais pas qui d'autre dealait, mais personne ne m'a jamais rien dit là-dessus. Je n'en faisais pas assez pour empiéter sur le marché de quelqu'un d'autre. Sincèrement.

— Personne ne t'a jamais approché, ne t'a laissé entendre qu'on n'appréciait pas ce que tu fabriquais?

— Jamais, insista Fletcher. J'étais prudent, vous savez.

J'avais juste une poignée de gamins à qui je vendais. Je ne cherchais pas à gagner beaucoup d'argent, juste assez pour avoir de quoi m'acheter la mienne.

— Rien que de l'herbe ?

— Parfois d'autres trucs, admit Fletcher. Le bonhomme n'était pas complètement stupide, il savait que l'herbe constituait un délit relativement mineur, comparé à d'autres stupéfiants plus violents.

— Qui étaient les gamins à qui tu vendais ?

— Pas beaucoup, juste trois ou quatre.

— William Dickson ? insista Jeffrey. Scooter ?

— Ah ! non, pas Scooter. Il est mort. Je lui vendais pas de cette merde. C'est de ça qu'il est question ? Il s'agitait, et Jeffrey lui fit signe de se calmer.

— Nous savons que Scooter dealait. Ne t'inquiète pas pour Scooter.

— Oh ! ouah ! Fletcher porta la main à sa poitrine. Là, pendant une minute, vous m'avez foutu la frousse.

Jeffrey pensa qu'il allait se mouiller.

— Nous savons que tu vendais à Andy Rosen.

La bouche de Fletcher se contracta, il ruminait, mais il ne parla pas. Son regard passa de Frank à Jeffrey, puis revint à Frank.

— Pas question, nia-t-il enfin. Je veux un avocat.

— Un avocat, ça changera entièrement le ton de la conversation, Ron. Si tu ramènes ton avocat, j'amène le mien.

— Pas question. Pas question.

— Je veux dire, si je te fais inculper. Si c'est ça, tu rentres dans le système. Pas de marché. Et tu iras en taule.

— C'est bidon. C'est une incitation au délit.

— Ce n'est pas une incitation au délit, rectifia Tolliver. En principe, comme Fletcher avait demandé un avocat, c'était purement et simplement une violation de ses droits. Nous ne cherchons pas à t'épingler, Ron. On veut juste savoir ce que tu vendais à Andy Rosen.

— Pas question, mec, répéta Fletcher, les mettant au défi. Je sais comment ça fonctionne. S'il a fumé de la dope avant de sauter de ce pont, vous autres vous allez me foutre ça sur le dos... je veux dire, foutre ça sur celui qui lui vendait de la merde.

Jeffrey se pencha au-dessus de la table.

— Andy n'a pas sauté. On l'a poussé.

— Sans déconner? s'écria Fletcher, en dévisageant Jeffrey, puis Frank, une fois de plus. Mec, ça, c'est dur. C'est vraiment dur. Andy était un bon môme. Il avait des problèmes, mais... merde! C'était un bon môme.

— Il avait quel genre de problèmes?

— Pouvait pas décrocher, fit Fletcher, en levant les mains en l'air. Il y a des gens, ils veulent, mais ils peuvent pas.

— Il voulait vraiment?

— Je croyais, admit Fletcher. Je veux dire, je le sais. Je croyais qu'il voulait.

— Jusqu'à ce que?

Fletcher grimaça.

— Oh! j'en sais rien!

— Jusqu'à ce que quoi, Ron? Il a essayé de t'acheter quelque chose?

— Il n'avait pas l'argent, se souvint Fletcher. Il était comme tous les... Il rentra les épaules et se mit à se frotter les mains l'une contre l'autre... tu me files de quoi tout de suite et je te paierai mardi.

— Et donc, c'est ce que tu as fait?

— Bon Dieu ! non, mec. Andy avait déjà essayé de me baiser avant. Il avait déjà essayé avec tout le monde.
— Il avait des ennemis, à cause de ça ?
Fletcher secoua la tête.
— Il suffisait toujours de le bousculer et on récupérait son fric. Rien que pour ça, je me sentais emmerdé pour ce petit mec. Il jouait les durs et tout le merdier, mais il suffisait de le bousculer un peu et lui il était genre : « Très bien. Voilà l'argent. Ne me faites pas de mal. » Fletcher s'interrompit, se rendant compte de ce qu'il venait de dire. C'est pas que je lui aurais fait du mal. C'était pas mon trip, mec. Moi, je suis tout miel, je t'aide dans l'exploration de ton, vous savez, ton... Fletcher cherchait le mot. Non, c'est pas ça. L'expansion. Faut vivre une expansion de l'esprit. S'ouvrir.
— D'accord, approuva Jeffrey, en songeant que si l'esprit de Fletcher connaissait une plus grande expansion, ça allait baver.
— Je me sentais mal pour lui. Il avait eu des bonnes nouvelles. Il se préparait à fêter quelque chose.
Jeffrey lança un coup d'œil à Frank.
— Qu'est-ce qu'il fêtait ?
— M'a rien dit, répondit Fletcher. M'a rien dit, et j'ai rien demandé. Andy, il était comme ça. Il aimait bien garder des secrets, vous savez. Même s'il allait juste aux toilettes couler un bronze, ça devenait un grand secret, comme s'il était James Bond, putain ! Fletcher feignit de rire. Ha, ha ! Pas comme s'il était un petit mec, putain !
— Et Chuck, là-dedans ? s'enquit Jeffrey. Comment était-il impliqué dans tout ça ?
Fletcher haussa les épaules.
— Je veux pas mal parler du...
— Ron ?

Il grogna, en se massant le ventre.

— Peut-être qu'il se prenait un peu de fric, au passage. Vous savez, genre, pour le loyer et tout.

Jeffrey se redressa contre le dossier de sa chaise, tâchant de comprendre comment Chuck pouvait être lié à ces meurtres récents. Les dealers de drogue ne tuaient que les gens qui les doublaient, et en plus ils le faisaient de manière spectaculaire, pour que cela tienne lieu d'avertissement vis-à-vis des autres concurrents éventuels. Maquiller des meurtres pour qu'ils aient l'air de suicides, ce serait contraire à la bonne marche des affaires.

Le silence de Jeffrey rendait Fletcher nerveux.

— J'ai besoin d'un avocat ? demanda-t-il.

— Pas si tu coopères. Jeffrey sortit un carnet et un stylo. Il les glissa vers le vigile. Je sais que c'est ton premier délit, Ron. On va tâcher de t'éviter une peine de prison, mais il faut nous dire ce qu'il y a dans ton appartement. Si je vais là-bas et si je trouve quelque chose que tu n'as pas mentionné, alors je vais aller dire au juge de te coller la sentence maximale.

— D'accord, mec, approuva Fletcher. D'accord. De la métha. J'ai un peu de métha, elle est sous mon matelas.

Jeffrey désigna le papier et le stylo.

Fletcher se mit à écrire, en proposant en même temps un descriptif en direct de sa maison.

— Il y a de l'herbe dans le frigo, à l'endroit de l'assiette à beurre. Comment vous appelez ça, l'endroit où on met le beurre ?

— Le beurrier ? proposa Jeffrey.

— Ouais, ouais. Fletcher opina, en revenant à son bloc-notes.

Jeffrey se leva, songeant qu'il avait mieux à faire que ça. Il laissa la porte ouverte, afin de pouvoir surveiller Fletcher depuis le couloir.

— Qu'y a-t-il ? lui demanda Wallace.

Tolliver lui répondit à voix basse.

— Je vais aller parler avec Jill Rosen, voir ce qu'elle peut me confier.

— Comment va la gosse ?

À la pensée de Lena, Jeffrey sentit son humeur s'assombrir.

— J'ai parlé à Nan Thomas, ce matin. J'en sais rien. Peut-être que je vais aller voir si elle ne voudrait pas porter plainte.

— Elle le fera pas, estima Frank, et Tolliver savait qu'il avait raison.

— Toi, tu pourrais lui parler, suggéra-t-il, et Frank réagit comme si Jeffrey venait de lui proposer de gifler sa propre mère avec un chiffon mouillé. Depuis l'agression de Lena, Frank ne savait plus comment aborder son ancienne équipière. Il arrivait parfois à Tolliver de comprendre ses réactions, mais il ne voyait pas ce qui pourrait l'amener, lui, à abandonner son équipier. Il y avait des flics, à Birmingham, que Tolliver n'avait plus revus depuis des années, mais qui pouvaient l'appeler à tout moment, et il serait dans sa voiture à la seconde, en route pour l'Alabama.

— Je ne vais pas t'ordonner d'aller la voir, mais je pense que si tu lui tendais la m...

Frank toussa, mit la main devant sa bouche.

Jeffrey essaya encore.

— Elle te fait confiance, Frank. Peut-être que tu pourrais la remettre dans le droit chemin.

— Pour moi, elle a déjà choisi le chemin qu'elle voulait suivre. Il avait dans les yeux un regard d'acier, et Jeffrey se souvint combien il avait été difficile d'arracher Frank à Ethan White, la veille. Si Jeffrey lui avait lâché la bride sur le cou, à l'heure qu'il était, White serait probablement mort.

— Elle t'écoutera, insista Jeffrey. Tu pourrais bien être notre dernière chance de l'atteindre.

Frank ignora cette suggestion, avec une telle agilité que Jeffrey se demanda même s'il l'avait formulée.

D'un signe de la main, Frank désigna Fletcher, qui travaillait déjà à la deuxième page de sa confession.

— Tu veux que j'aille retourner sa piaule ?

— Ouais, acquiesça Tolliver, conscient de la forte probabilité que Fletcher puisse être un menteur très convaincant. Vas-y et cuisine-le sur l'herbe qu'il avait dans son casier. Au bout du compte, on verra bien ce qu'on peut lui coller.

— Et White ? s'enquit Frank. Tu vas le relâcher ?

Tolliver avait appelé le shérif de Macon, pour qu'il garde White en détention provisoire, car il ne se fiait pas à sa propre équipe, redoutant qu'ils ne laissent pas le gamin tranquille.

— Je vais le garder aussi longtemps que je pourrai, mais si Lena ne porte pas plainte, je peux pas aller beaucoup plus loin.

— Et le test ADN ?

— Tu sais que ça prend au moins une semaine, lui rappela Jeffrey. Et même si le test revient positif, tant qu'elle soutient que c'était de son plein gré, ça ne comptera pas.

Frank opina sèchement.

— Tu es à Atlanta, ce soir ?

— Ouais, probable, confirma Tolliver. Même si la dernière réflexion qu'il avait entendue de la bouche de Sara, hier soir, c'était qu'il la laisse tranquille un moment. Il finirait bien par se présenter un jour où elle lui dirait cela, et elle le penserait vraiment. Il espérait du fond du cœur que ce jour n'était pas venu.

Jeffrey marcha jusqu'à la maison des Rosen-Keller pour se donner le temps de s'éclaircir les idées. Cette semaine, les sentiments de culpabilité s'accumulaient, depuis les coups de couteau qu'avait reçus Tessa jusqu'à l'agression de Lena. Hier soir, dans la prison, il ne souhaitait qu'une chose, la prendre par l'épaule et la réconforter. Il savait, dans ses tripes, que c'était la dernière chose dont Lena avait besoin, et le mieux qu'il pouvait faire, c'était d'abord et surtout de découvrir qui avait déclenché tout cela. Aucune preuve matérielle n'avait démontré l'entrée par effraction dans le bureau de la sécurité. Personne n'avait d'animosité particulière envers Chuck et, mis à part l'opinion généralement partagée selon laquelle c'était un connard, personne ne voyait le motif qui aurait pu pousser quelqu'un à le tuer. Même s'il prélevait sa part dans le trafic de Fletcher, c'était Fletcher qui serait puni, et pas Chuck.

La Mustang rouge était toujours garée dans l'allée, là où Jeffrey l'avait vue, la dernière fois. Il s'approcha du perron, frappa à la porte, et attendit, mains dans les poches. Quelques minutes s'écoulèrent, et il scruta par la fenêtre, en se demandant si Jill Rosen n'avait pas réellement quitté son mari.

Il frappa à la porte deux fois encore, avant de repartir. Il était à mi-chemin, dans l'allée, quand il changea d'avis. Il se rendit vers l'arrière de la maison, vers l'appartement d'Andy Rosen. Fletcher lui avait dit qu'Andy voulait fêter quelque chose, samedi soir. Jeffrey arriverait peut-être à comprendre ce qui rendait le garçon si heureux.

Il frappa à la porte de l'appartement, ne voulant pas

déranger Jill Rosen si elle était en train d'emballer les affaires de son fils. Il essaya la poignée de la porte.

« Il y a quelqu'un ? », s'écria-t-il, en entrant dans le petit logement. À l'instar de la maison principale, si quelqu'un s'était chargé de la décoration intérieure de l'appartement d'Andy, ce quelqu'un n'y était plus revenu depuis. Une moquette orange à longs poils recouvrait le sol, et les murs étaient lambrissés de pin foncé, des lattes qui pendaient par endroits. Juste à côté de la porte, il y avait une salle de bains, et, au-delà, un salon. Des posters en lambeaux de groupes de rap étaient scotchés aux murs, un peu dans tous les sens. Deux pyramides de boîtes de bière, hautes d'à peu près un mètre, entouraient une télévision grand écran.

Près de la fenêtre, un chevalet supportait un dessin très grossier de femme nue, mais celui-ci, fort heureusement, n'était pas en couleurs. Jeffrey ramassa le cageot d'accessoires de dessin d'art, resté par terre, et il y trouva plusieurs boîtes de diluant et deux bombes de peinture aérosol. Tout au fond du cageot, il trouva aussi deux tubes de colle pour maquette d'avion, et un chiffon à l'air usé. Il renifla le chiffon et faillit s'évanouir, à cause des émanations de produits chimiques.

« Seigneur ! », s'exclama-t-il. Sous l'évier, il découvrit quatre autres bombes aérosol. Dans la petite salle de bains, il y avait quatre autres bombes de produit de nettoyage pour cuvette de toilettes. Soit Andy Rosen était un obsédé de la propreté, soit il sniffait et respirait de la colle et des aérosols pour se défoncer. Sara n'aurait rien trouvé de tout ça dans le bilan toxicologique, à moins d'avoir spécifié au labo de rechercher ces produits.

Il passa la pièce au crible, en quête d'autres signes de consommation de drogues. Éparpillé par terre, il y avait là tout l'attirail de l'adepte de jeux vidéo, ainsi que plusieurs cd, hors de leurs boîtiers. Le système audio-vidéo comprenait un lecteur de dvd, un magnétoscope, un lecteur de cd, un ampli stéréo multicanaux haut de gamme, et un système de haut-parleurs en son surround. Soit Andy dealait, soit ses parents avaient contracté un second crédit foncier, rien que pour l'équiper en électronique.

La chambre de l'appartement était divisée en deux par une série de panneaux en bois. Derrière eux, il y avait le lit, défait, avec des draps tout chiffonnés. L'odeur de sueur et de crème pour les mains au beurre de coco flottaient dans l'air. Près du lit, une lampe avait un foulard rouge jeté en drapé sur l'abat-jour, comme pour créer une atmosphère.

Les tiroirs et le placard de la chambre avaient été déjà fouillés, mais Jeffrey se sentit obligé de fouiller encore. Trois ou quatre chemises étaient pendues dans le placard, des t-shirts débordaient des rayonnages installés sur les côtés. Il y avait trois jeans à l'air usé sur le rayonnage du haut, et il les déplia, vérifia le contenu des poches avant de les remettre en place, en les lançant sur le rayonnage.

Sur le sol de ce placard, il y avait plusieurs boîtes à chaussures, contenant pour la plupart des baskets toute neuves. L'une de ces boîtes renfermait une pile de photographies et une liasse de vieux bulletins scolaires d'Andy. Jeffrey les lut, et ils étaient bien plus prometteurs que ne l'avaient été les siens, puis il examina les photos. Jill Rosen et Brian Keller demeuraient les mêmes, de cliché en cliché, mais derrière eux le décor changeait, de montagnes russes en toboggans de piscine, du Smithsonian Institute au Grand Canyon. Andy n'était présent que sur de très rares clichés, et Jeffrey en déduisit qu'il s'était intronisé photographe de la famille.

Il y avait une autre pile de photos, en noir et blanc, rangées à part, tout au fond de la boîte. Il les sortit. L'élastique qui les maintenait attachées était si vieux qu'il cassa dans sa main. La première photo était celle d'une jeune femme assise dans un rocking-chair, et qui tenait un bébé dans ses bras. Ses cheveux étaient coupés au carré, et violemment laqués, tout comme sa mère les portait quand il était au lycée.

Sur d'autres photos, cette femme jouait avec le petit, ses cheveux poussaient, de cliché en cliché, à mesure que l'enfant grandissait. Il y avait en tout dix photos, qui s'arrêtaient quand il avait trois ans. Il observa le dernier cliché, qui montrait la femme assise seule dans le rocking-chair. Elle regardait fixement l'objectif, et il y avait quelque chose de familier, dans la forme de son visage et ses longs cils. Jeffrey retourna la dernière photo, lut la date, tâchant de reconstituer le puzzle. Il observa de nouveau la femme, en se redemandant pourquoi elle lui paraissait si familière.

Il ouvrit le clapet de son téléphone et composa le numéro du bureau de Kevin Blake. Candy répondit au bout de la troisième sonnerie.

— Hello, mon chou, fit-elle, l'air enchanté d'entendre sa voix. J'étais justement sur le point de vous appeler.

— Avez-vous retrouvé la trace de Monica Patrick ?

— Ouaip, s'écria-t-elle, mais ça n'avait pas l'air de la réjouir. Elle est morte, il y a de cela trois ans.

C'était bien ce qu'il redoutait.

— Merci d'avoir essayé.

— Bien sûr, fit-elle. Je vois pas à quoi elle nous aurait servi. J'imagine que vous recherchiez une sorte de scandale ?

— Quelque chose dans ce genre-là, admit-il, en considérant la photographie, comme s'il pouvait la forcer à livrer une signification quelconque.

— J'ai épluché tout ça, reprit-elle. Brian n'est pas exactement Albert Einstein, mais c'est un bourreau de travail. Il se charge des boulots dont personne ne veut se charger. Il reste jusqu'à minuit pour s'assurer que tout est fait. De nos jours, on appelle cela de la rétention anale, mais à l'époque ça voulait juste dire que vous aviez une conception éthique du travail.

Jeffrey fourra les photos dans sa poche et remit la boîte à chaussures à sa place.

— À en croire sa femme, j'ai l'impression qu'il est toujours comme ça.

— Eh bien, elle doit être au courant, renchérit-elle. Jill était sa secrétaire, chez Jericho.

— Vous plaisantez ?

— Pourquoi irais-je plaisanter là-dessus ? s'offusqua-t-elle. Il n'y a rien de mal à être secrétaire.

— Non, pas pour ça, se récria-t-il. C'est simplement qu'ils ne l'ont mentionné ni l'un, ni l'autre.

— Et pourquoi l'auraient-ils fait ? s'étonna Candy, et là, elle n'avait pas tort. Cela ne vous a jamais surpris, qu'ils portent des noms différents ?

— Pas vraiment, lui avoua-t-il, en entendant une porte claquer dans l'allée. Il traversa le salon pour aller regarder par la fenêtre de devant. Brian Keller se penchait sur la banquette arrière d'une Impala couleur tabac. Il en sortit deux grandes boîtes blanches, et se les cala sur la cuisse tout en claquant la portière.

— Chef ?

— Je suis là, fit Jeffrey, en essayant de reprendre la conversation. Que disiez-vous ?

— Je disais qu'il est probablement divorcé, maintenant.

— Divorcé de qui ? lui demanda-t-il, en regardant Keller se démener avec ses boîtes tout en marchant vers le garage.

— De la fille avec laquelle il était marié quand il a

commencé de fréquenter Jill Rosen, lui dit-elle. Enfin, maintenant, ce n'est plus une fille. Bon sang ! elle doit avoir probablement la cinquantaine. Je me demande ce qu'est devenu le fils.

— Le fils ? répéta-t-il après elle, en entendant les pas de Keller dans l'escalier. Quel fils ?

— Le fils de son premier mariage, lui expliqua-t-elle. Est-ce que vous écoutez un peu ce que je vous raconte ou non ?

— Il avait un fils de son premier mariage ? fit Jeffrey, en sortant la photographie.

— C'est justement ce que je vous disais. Il est parti en les quittant. N'en a jamais fait mention à Bert. Vous vous souvenez de Bert Winger... c'était le doyen, avant l'arrivée de Kevin. Ce n'est pas que Bert aurait tiqué sur la situation familiale de Brian. Il avait lui-même deux fils d'un premier mariage, et laissez-moi vous dire, ces enfants étaient les plus merveilleuses petites choses que j'aie...

— Il faut que j'y aille, la coupa-t-il, et il referma le téléphone. Il comprenait enfin pourquoi la femme de la photo lui paraissait si familière.

Le vieux dicton disait vrai. Une photo valait bien mille mots – ou, dans le cas présent, un tour gratuit jusqu'au poste de police, sur la banquette arrière d'une voiture de patrouille.

Keller franchit la porte et resta si stupéfait, à la vue de Jeffrey, qu'il faillit en lâcher ses deux boîtes.

— Qu'est-ce que vous faites ici ?
— Je jetais juste un œil.
— Je vois ça.
— Où est votre femme ? lui demanda-t-il.

Le visage de Keller pâlit. Il se baissa, déposa les boîtes par terre, avec un bruit sourd.
— Elle est chez sa mère.
— Pas celle-là, fit Jeffrey, en lui tendant la photographie. Votre autre femme.
— Mon autre...
— Votre première femme, précisa Tolliver, en lui montrant une autre photographie. La mère de votre fils aîné.

16

Lena entra dans la cuisine d'un pas traînant, et toutes les articulations de son corps grinçaient comme du métal rouillé. Nan était assise à table, en train de lire le journal tout en mangeant des céréales.

— Bien dormi ? lui demanda-t-elle.

Lena hocha la tête, en cherchant la machine à café du regard. Sur la cuisinière, la bouilloire laissait échapper un filet de vapeur. Une tasse était posée sur le comptoir, avec un sachet de thé dedans.

— Tu as du café ? dit Lena, d'une voix qui n'était guère plus qu'un chuchotement.

— J'ai de l'instantané, fit Nan, mais il est décaféiné. Je peux courir en vitesse jusqu'à l'épicerie, avant d'aller travailler.

— Ça ira, la remercia Lena, en se demandant dans combien de temps elle allait sentir venir la migraine par privation de caféine.

— À la voix, tu m'as l'air d'aller mieux, ce matin, constata Nan, en tâchant de sourire. Ta voix, c'est plus un chuchotement, elle est moins rauque.

Lena s'affala sur une chaise, l'épuisement lui tirait sur les os. Nan avait pris le canapé, laissant le lit à Lena, mais cette dernière n'avait pu s'y faire. Le lit de Nan était placé sous une rangée de fenêtres qui donnaient sur le jardin. Elles descendaient toutes au ras du sol, et aucune n'avait de volets ou même de rideaux. Lena n'avait pu fermer les yeux, de crainte que quelqu'un ne s'introduise par les fenêtres en rampant et ne se saisisse d'elle. Elle s'était levée, à plusieurs reprises, pour aller vérifier les serrures, tâcher de voir s'il n'y avait pas quelqu'un dehors. Dans le jardin, il faisait trop sombre pour qu'elle y voie à plus de un mètre, et elle avait fini dos à la porte, le pistolet sur ses genoux.

Elle s'éclaircit la gorge.

— Il faut que j'emprunte un peu d'argent.
— Bien sûr, lui dit Nan. J'ai essayé de te donner...
— D'emprunter, insista Lena. Je te rembourserai.
— D'accord, accepta-t-elle, en se levant pour aller laver son bol dans l'évier. Tu vas prendre un petit peu de repos ? Si tu veux rester ici, tu es la bienvenue.
— Il faut que j'engage un avocat, pour Ethan.

Nan lâcha son bol dans l'évier.

— Tu crois que c'est sage ?
— Je ne peux pas le laisser en prison, poursuivit Lena, sachant que les gangs noirs tueraient Ethan dès qu'ils verraient ses tatouages.

Nan vint se rasseoir à table.

— Je ne sais pas si je peux te donner de l'argent pour ça.
— Je me le procurerai quelque part, lui affirma Lena, bien qu'elle ne sache pas où.

Nan la dévisagea, les lèvres entrouvertes. Enfin, elle opina.

— Très bien. Dès que je rentrerai, nous irons à la banque.
— Merci.

Nan avait quelque chose à ajouter.

— Je n'ai pas appelé Hank.
— Je ne veux pas que tu l'appelles, lui signifia-t-elle. Je ne veux pas qu'il me voie comme ça.

— Il t'a déjà vu comme ça.

Lena lui lança un regard menaçant, histoire de lui faire comprendre qu'elle n'était pas disposée à avoir cette discussion.

— Très bien, fit Nan, et Lena se demanda si cette dernière réflexion ne s'adressait pas plutôt à elle-même. Bon, il faut que j'aille travailler. Si tu veux sortir, il y a une clef de secours accrochée à côté de la porte d'entrée.

— Je ne vais nulle part.

— Ça vaut probablement mieux, approuva Nan, en jetant un coup d'œil au cou de Lena. Lena, qui, ne s'étant pas regardée dans le miroir, ce matin, imaginait assez bien quelle sale mine elle devait avoir. La coupure à la joue lui faisait un effet de chaud, comme si elle s'était infectée.

— Je suis de retour pour le déjeuner, vers une heure. Nous allons commencer l'inventaire la semaine prochaine, et il faut que je termine une chose ou deux avant.

— C'est bon.

— Tu es sûre que tu ne veux pas venir à la fac avec moi ? Tu pourrais rester dans mon bureau. Personne ne te verrait.

Lena secoua la tête. Elle n'avait plus aucune envie de retourner au campus, jamais.

Nan attrapa son sac de livres et un jeu de clefs.

— Oh ! j'oubliais presque.

Lena attendit.

— Richard Carter risque de passer.

Lena marmonna un juron que Nan n'avait sûrement jamais entendu dans la bouche d'une femme.

— Oh ! flûte ! s'écria encore Nan.

— Il sait que je suis là ?

— Non, je ne savais pas que tu serais ici. Je lui ai donné la clef hier soir, au dîner.

— Tu lui as donné la clef de ta maison ? s'étonna Lena, incrédule.

— Il a travaillé avec Sibyl pendant des années, se défendit Nan. Elle se fiait à lui pour tout.

— Qu'est-ce qu'il veut ?

— Il veut consulter certaines de ses notes.

— Il sait lire le braille ?

Nan tripota un peu ses clefs.

— À la bibliothèque, il y a un transcripteur sur lequel il peut les passer. Ça va lui prendre une éternité.

— Qu'est-ce qu'il cherche ?

— Dieu seul sait quoi. Nan leva les yeux au ciel. Tu sais à quel point il peut être secret.

Lena acquiesça, mais elle trouva ce comportement curieux, même de la part de Richard. Elle s'arrangerait pour savoir ce qu'il mijotait, et avant qu'il ne consulte ces notes de Sibyl.

— Je ferais bien de filer, acheva Nan. Elle désigna le plâtre au poignet de Lena. Tu es censée le maintenir en l'air.

Lena leva le bras.

— Tu as mon numéro, à la fac. Nan désigna le clavier de l'alarme. Si tu veux, tu n'as qu'à appuyer sur la touche « présence ».

— D'accord, fit Lena, mais elle n'avait aucune intention d'allumer l'alarme. Une cuiller tintant sur une poêle serait plus efficace.

— Cela te laisse trente secondes pour fermer la porte, ajouta Nan. Ensuite, comme Lena ne répondait rien, elle appuya elle-même sur la touche « présence ». Le code, c'est la date de ton anniversaire.

L'appareil se mit à biper, en décomptant les secondes qui restaient à Nan pour franchir la porte d'entrée.

— Super, fit Lena.

— Si tu as besoin de moi, appelle-moi, lui suggéra-t-elle. Au revoir !

Lena ferma la porte d'entrée et poussa le verrou. D'une main, elle tira une chaise et la cala sous la poignée, pour que Richard ne puisse la surprendre. Elle écarta le rideau et regarda par la petite fenêtre circulaire de la porte, par où elle vit Nan sortir de l'allée à reculons. Elle se sentait stupide d'avoir craqué devant elle, la veille au soir, mais une partie d'elle-même était contente que la jeune femme ait été là, à ses côtés. Au bout de toutes ces années, elle comprenait enfin ce que Sibyl avait pu ressentir, chez cette bibliothécaire effacée. Après tout, Nan Thomas n'était pas si mal que ça.

En se rendant à la cuisine, elle attrapa le téléphone sans fil, près de la table basse. Elle trouva l'annuaire des Pages Jaunes dans le tiroir près de l'évier et s'assit à la table. Les annonces des avocats occupaient près de cinq pages, et elles étaient toutes plus bariolées et de mauvais goût les unes que les autres. Leurs libellés conjuraient tous ceux qui avaient eu un accident de voiture ou qui souffraient d'un handicap invalidant à appeler TOUT DE SUITE.

L'annonce de Buddy Conford était la plus importante. Sur la photo, ce saligaud si roublard avait un phylactère qui lui sortait de la bouche avec ces mots : « Avant de vous adresser à la police, appelez-moi ! », écrit en grosses lettres rouges.

Il répondit dès la première sonnerie.

« Buddy Conford. »

Lena se mordit la lèvre, rouvrit sa coupure. Buddy était un fumier unijambiste qui considérait tous les flics comme corrompus, et il avait eu plus d'une fois l'occasion d'accuser Lena d'user de méthodes illégales. Il avait fichu en l'air quelques-unes de ses affaires, et dans les grandes largeurs, rien que sur des vices de forme idiots.

— Allô ? fit Buddy. Bien bien, je compte jusqu'à trois. Un... deux...

Lena se força à parler.

— Buddy.

— Ouaip, c'est bien lui. Comme elle n'ajoutait rien, il la poussa. Parlez.

— C'est Lena.

— Voulez-vous répéter ? la pria-t-il. Ma chère, je vous entends à peine.

Elle s'éclaircit la gorge, tâchant d'élever la voix.

— C'est Lena Adams.

L'avocat laissa échapper un sifflement.

— Eh bien, que je sois..., commença-t-il. J'ai entendu dire que tu étais en taule. J'ai cru que c'était une rumeur.

Lena s'écrasa suffisamment la lèvre pour que ça lui fasse mal.

— Alors, quel effet ça fait de se retrouver de l'autre côté des barreaux, maintenant, partenaire ?

— Va te faire mettre.

— On discutera de mes honoraires plus tard, ironisa Buddy, en ricanant. La situation lui plaisait encore plus qu'elle ne l'aurait cru. On t'a inculpée de quoi ?

— De rien, lui dit-elle, songeant que ça pourrait bien changer, et d'une minute à l'autre, selon la journée qu'aurait passée Jeffrey. C'est pour quelqu'un d'autre.

— Qui ça ?

— Ethan Green. Elle se reprit. White, je veux dire. Ethan White.

— Il nous fait quoi, celui-là ?

— Je ne sais pas trop. Lena referma l'annuaire, écœurée

par toutes ces pubs d'avocats. Il est inculpé d'une espèce d'infraction à sa mise en liberté conditionnelle. L'inculpation, à l'origine, c'était des chèques sans provision.

— Depuis combien de temps ils l'ont coffré ?

— Je ne sais pas trop, dut admettre Lena.

— À moins qu'ils n'aient quelque chose de solide contre lui, ils l'ont peut-être bien déjà relâché.

— Jeffrey ne le relâchera pas, lui affirma-t-elle. De cela, au moins, elle était certaine. Il ne connaissait Ethan qu'à travers son casier. Il n'avait jamais vu le bon côté d'Ethan, le côté qui désirait un changement.

— Il y a une chose que tu ne me dis pas, là, flaira Buddy. Comment il a fini par se faire repérer dans le rayon radar du chef ?

Lena laissa courir ses doigts le long des pages de l'annuaire. Elle se demandait jusqu'où elle pouvait aller dans les confidences, avec Buddy Conford. Elle se demandait même si elle devait lui confier quoi que ce soit.

Buddy était assez finaud pour comprendre ce qui allait suivre.

— Si tu me mens, ça ne va faire que me compliquer la tâche.

— Il n'a pas tué Chuck Gaines, affirma-t-elle. Il n'est pas du tout impliqué là-dedans. Il est innocent.

Buddy soupira lourdement.

— Ma chérie, laisse-moi te dire quelque chose. Tous mes clients sont innocents, tous. Même celui qui a fini dans le couloir de la mort. Il lâcha un borborygme de dégoût. Surtout celui qui a fini dans le couloir de la mort.

— Celui-là, Buddy, il est vraiment innocent.

— Ouais, acquiesça-t-il. Peut-être qu'on devrait se parler de vive voix. Tu veux faire un saut à mon bureau ?

Elle ferma les yeux, tâchant de se représenter hors de cette maison. Elle en était incapable.

— J'ai dit quelque chose ? s'enquit l'avocat.

— Non, le rassura-t-elle. À la place, est-ce que tu peux venir, plutôt ?

— Où est-ce ?

— Je suis chez Nan Thomas. Elle lui donna l'adresse, et il répéta les chiffres après elle.

— J'y serai dans deux heures, promit-il. Tu y seras ?

— Ouais.

— Je te vois dans deux heures, répéta-t-il.

Elle raccrocha, composa le numéro du poste. Elle savait que Tolliver ferait tout son possible pour maintenir Ethan en garde à vue, mais elle savait aussi qu'Ethan savait assez bien comment fonctionnait la loi.

— Police de Grant, fit Frank.

Lena dut se forcer pour ne pas raccrocher aussitôt. Elle s'éclaircit la gorge, essayant de prendre une voix normale.

— Frank ? C'est Lena.

Il resta silencieux.

— Je cherche Ethan.

— Ouais ? maugréa-t-il. Eh bien, il est pas là.

— Tu sais où...

Il raccrocha, si fort que le bruit résonna dans ses oreilles.

« Merde ! », fit-elle, puis elle se mit à tousser, si violemment qu'elle crut que ses poumons allaient lui sortir par la bouche. Elle s'approcha de l'évier et but un verre d'eau. Plusieurs minutes s'écoulèrent avant que la quinte de toux ne passe. Elle se mit à ouvrir des tiroirs, à chercher des gouttes pour la toux, pour se calmer la gorge, mais elle ne trouva rien. Elle dénicha un flacon d'Advil, dans le placard au-dessus de la cuisinière, en versa trois gélules, qu'elle avala.

Plusieurs autres en jaillirent, qu'elle tenta de rattraper avant qu'elles ne tombent par terre, et cogna son poignet blessé contre le réfrigérateur. La douleur lui fit voir trente-six chandelles, mais elle respira, pour la surmonter.

De retour à table, elle tâcha de réfléchir à l'endroit où se rendrait Ethan si on l'avait laissé sortir de prison. Elle ne connaissait pas son numéro à la résidence universitaire, et elle se serait bien gardée d'appeler le bureau du campus pour se le procurer. Considérant que Lena elle-même était en prison encore hier soir, elle doutait que quiconque là-bas veuille bien l'aider.

Deux soirs plus tôt, elle avait branché son répondeur, pour le cas où Jill Rosen l'aurait rappelée. Elle décrocha le téléphone et composa son numéro, chez elle, en espérant avoir correctement branché l'appareil. La ligne sonna trois fois, avant que sa propre voix ne l'accueille, une voix forte, étrange, étrangère. Elle tapa le code de lecture des messages. Le premier émanait de son oncle Hank, lui disant qu'il appelait juste pour vérifier que tout allait bien et qu'il était content de voir qu'elle s'était finalement décidée à s'équiper d'un répondeur. Le suivant était de Nan, sur un ton très inquiet, et qui priait Lena de la rappeler dès qu'elle le pourrait. Le dernier message, c'était Ethan.

« Lena, disait-il. Ne va nulle part. Je viens te chercher. »

Elle appuya sur la touche trois, pour rembobiner le message et le réécouter. Sur cette machine, il n'y avait pas l'heure, pas la date, parce qu'elle était trop fauchée pour se permettre de dépenser les dix dollars supplémentaires, et la touche trois rembobina tous les messages, pas seulement le dernier, elle dut donc réécouter Hank et Nan.

« Ne va nulle part. Je viens te chercher. »

Elle tapa de nouveau sur le trois, dut s'imposer d'écouter

les deux premiers messages, avant d'entendre à nouveau la voix d'Ethan. Elle plaqua le combiné plus fort contre son oreille, tâchant de déchiffrer le ton de sa voix. Il avait l'air en colère, mais ce n'était pas une nouveauté.

Elle écoutait le message une quatrième fois quand on frappa à la porte.

« Richard », marmonna-t-elle dans un souffle. Elle regarda sa tenue, s'aperçut qu'elle portait encore le pyjama bleu. « Merde ! »

Le téléphone sans fil sonna deux fois, en succession rapide, l'écran à cristaux liquides clignota, indiquant que la batterie était faible. Elle appuya sur la touche cinq, espérant que ça suffirait à sauvegarder le message d'Ethan.

Elle entra dans le salon, reposa le téléphone sur sa base. Une silhouette sombre se tenait devant la porte d'entrée, le contour de son corps était bien visible à travers les rideaux.

« Juste une minute », s'écria-t-elle, et sa gorge se contracta sous l'effort.

Dans la chambre de Nan, elle chercha de quoi se couvrir. La seule chose qu'elle trouva, ce fut une robe de chambre rose en tissu éponge, aussi ridicule que le pyjama bleu. Elle alla vers la penderie du couloir et en sortit une veste. Elle l'enfila tout en s'approchant de la porte d'entrée.

« Voilà », fit-elle, en retirant la chaise. Elle débloqua les verrous à bouton, ouvrit la porte, mais il n'y avait personne. « Oui ? » fit-elle, en sortant sur la véranda. Personne là non plus. Et l'allée était déserte.

Elle entendit le pavé de l'alarme biper, et se souvint que Nan l'avait réglée avant son départ. L'alarme était calée sur un délai de vingt secondes, elle regagna la maison en courant, et elle composa le code sur le pavé numérique, juste à temps.

Elle se dirigeait vers la cuisine, quand le bruit du verre qui se brise l'arrêta net. Le rideau de la porte de la cuisine avait bougé, mais pas à cause du vent. Une main se faufila, cherchant la serrure à tâtons. Lena resta paralysée quelques secondes, jusqu'à ce que la panique s'empare d'elle et qu'elle file dans le couloir.

Des bruits de pas craquèrent sur le sol de la cuisine. Elle plongea dans la chambre d'amis et se cacha entre la porte ouverte et le mur, scrutant le couloir par l'interstice. L'intrus s'orientait dans la maison à grandes enjambées décidées, ses lourds souliers martelaient le plancher. Dans le couloir, il s'immobilisa, regarda sur sa gauche, puis sur sa droite. Lena ne pouvait voir son visage, mais elle vit bien qu'il portait une chemise noire et un jean.

Quand il se dirigea vers la chambre d'amis, elle ferma les yeux, serra fortement les paupières, retint son souffle. Elle se plaqua dos au mur, aussi fort qu'elle le put, tâchant de se rendre invisible derrière la porte.

Quand elle osa rouvrir les yeux, il lui tournait le dos. Elle ne pouvait que le regarder fixement. Elle était certaine que c'était Ethan, mais les épaules étaient trop larges, les cheveux trop longs.

Le placard était rempli de boîtes du sol au plafond. L'intrus commença par les sortir une par une, en lisant les étiquettes avant de les empiler soigneusement par terre. Après ce qui lui sembla des heures, elle vit qu'il avait trouvé ce qu'il cherchait. S'asseyant à genoux à côté des boîtes, il lui offrit un court instant son profil. Instantanément, elle reconnut Richard Carter.

Elle pensa au Glock, dans la chambre de Nan. Richard était dos à elle, et si elle marchait en silence, elle serait peut-être en mesure de franchir la porte et de s'enfermer dans la chambre de Nan.

Elle retint son souffle, sortit de l'encoignure. Elle se retirait lentement de la pièce, quand Richard sentit sa présence. Il tourna la tête d'un coup, et se leva promptement. Un éclair de colère traversa ses prunelles chauffées à blanc, qui laissa vite place au soulagement.

— Lena, dit-il.

— Qu'est-ce que tu fais ici ? lui demanda-t-elle, en tâchant de prendre un air ferme. Sa gorge la démangeait à chaque mot, et elle était certaine qu'il percevrait la peur dans sa voix.

Il plissa les sourcils, manifestement perturbé par la colère de Lena.

— Qu'est-ce qui t'est arrivé ?

Elle porta la main à son visage, se souvint.

— Je suis tombée.

— Encore ? Il eut un sourire attristé. Moi aussi, je n'arrêtais pas de tomber comme ça. Je te l'ai dit, je savais ce que c'était. Je suis passé par la même chose.

— Je ne vois pas de quoi tu veux parler.

— Sibyl ne t'a jamais raconté l'histoire ? s'étonna-t-il, et puis il sourit. Non, bien sûr que non, elle n'allait jamais raconter les secrets. Elle n'était pas comme ça.

— Quels secrets ? s'enquit Lena, en tendant la main derrière elle, tâchant de repérer l'encadrement de la porte.

— Des secrets de famille.

Il avança d'un pas et Lena recula.

— C'est un drôle de truc, chez les femmes, remarqua-t-il. Elles se débarrassent d'un mari violent, et elles se précipitent aussitôt vers le prochain, tête baissée. C'est comme si elles ne cherchaient que ça, au fond. Tant qu'elles ne se font pas

démonter la tronche, c'est comme si ce n'était pas de l'amour.
— De quoi parles-tu ?
— Pas de toi, bien sûr. Il attendit suffisamment longtemps pour lui permettre de comprendre ce qu'il entendait par là, au juste. De ma mère, lui déclara-t-il. Ou, plus précisément, de mes beaux-parents. J'en ai eu plusieurs.
Lena recula d'un petit pas, son épaule effleura le chambranle de la porte. Elle plia le bras gauche, pour placer son plâtre bien à l'écart de la poignée en verre armé.
— Ils t'ont frappé ?
— Tous, oui, lui avoua-t-il. Ils commençaient par elle, mais ensuite ils s'en prenaient toujours à moi. Ils savaient que quelque chose n'allait pas chez moi.
— Il n'y a rien qui n'aille pas, chez toi.
— Bien sûr que si, la détrompa-t-il. Les gens le sentent. Ils savent quand on a besoin d'eux, et leur réaction, c'est qu'ils vous punissent, rien que pour ça.
— Richard...
— Tu sais ce qui est drôle ? Ma maman les protégeait tout le temps. Elle faisait toujours clairement comprendre qu'ils étaient plus importants pour elle que je ne l'étais. Il ponctua d'un rire peiné. Et ensuite, elle s'est complètement retournée, et elle leur a réservé le même traitement. Aucun d'eux n'arrivait jamais à la cheville de celui qui était parti.
— Qui ça ? s'enquit Lena. Qui est parti ?
Il se rapprocha d'elle, imperceptiblement.
— Brian Keller. Il rit de sa surprise. On est censé le dire à personne.
— Pourquoi ?
— Son petit pédé de fils de son premier mariage ? ironisa Richard, sarcastique. Il m'a expliqué que si je le racontais à

quelqu'un, il arrêterait de me parler. Il me gommerait complètement de son existence.

— Je suis désolée, fit Lena, en reculant encore d'un pas. Elle était à quelques dizaines de centimètres du couloir, maintenant, et il fallait qu'elle lutte contre son envie instinctive de fuir en courant. Le regard qu'elle lut dans les yeux de Richard lui fit clairement comprendre qu'il la prendrait en chasse. J'attends l'avocat, ici, dans pas longtemps. Il faut que je m'habille.

— Ne bouge pas, Lena.

— Richard...

— Je le pense vraiment, menaça-t-il, et il était à moins de trente centimètres d'elle. Il carra les épaules, et elle sentit qu'il pouvait vraiment lui faire du mal, s'il le décidait. Il était deux fois plus large qu'elle, au moins. Elle n'avait jamais remarqué quel fort gabarit c'était, peut-être parce qu'elle n'avait jamais perçu de menace en lui.

— L'avocat va arriver ici d'un moment à l'autre, répéta-t-elle.

Richard tendait la main par-dessus son épaule et alluma la lumière dans le couloir. Il la considéra des pieds à la tête, s'attardant sur ses coupures et ses contusions.

— Regarde-toi, dit-il. Tu sais, toi, l'effet que ça fait d'avoir quelqu'un qui t'exploite. Il lui adressa un sourire narquois. Comme Chuck.

— Qu'est-ce que tu sais de Chuck ?

— Seulement qu'il est mort, répliqua-t-il. Et que le monde respire mieux sans lui.

Lena eut du mal à avaler, car elle avait la gorge trop sèche.

— Je ne comprends pas ce que tu veux de moi.

— Ta coopération, fit-il. On peut s'aider mutuellement. On peut beaucoup s'aider.

— Je ne vois pas comment.

— Tu sais ce que c'est, d'être tout le temps le deuxième choix, lui expliqua-t-il. Sibyl n'en parlait jamais, mais je sais que ton oncle la préférait.

Lena ne réagit pas, mais au fond de son cœur, ces paroles sonnaient juste.

— Andy a toujours été le préféré de Brian. C'était lui le motif premier, qui les a poussés à quitter la ville. C'était lui, la raison qui les a amenés à m'abandonner avec maman, avec Kyle et Buddy, avec Jack et Troy, et tous les autres enfoirés qui trouvaient ça drôle de se saouler et de péter la gueule du petit pédé, le fils d'Esther Carter.

— C'est toi qui l'as tué? lui demanda-t-elle. Tu as tué Andy?

— Andy le faisait chanter. Il savait que Brian n'avait pas trouvé cette idée-là tout seul, et encore moins celle de mettre ce programme de recherche en application.

— Quelle idée?

— L'idée de Sibyl. Elle était sur le point de soumettre ses recherches au comité, avant de se faire tuer.

Lena lança un coup d'œil aux boîtes.

— Ce sont ses notes?

— Ses recherches, précisa-t-il. La seule preuve, la dernière, indiquant que c'étaient bien les siennes. Une expression de tristesse vint assombrir son visage. Elle était tellement brillante, Lena. J'aimerais que tu saches à quel point elle était douée, vraiment.

Lena ne put dissimuler sa colère.

— Tu lui as volé son idée.

— J'ai travaillé avec elle, sur toutes les étapes du chemin, nuança-t-il. Et quand elle a disparu, j'étais le seul à être au courant. J'étais le seul qui puisse s'assurer que son œuvre se poursuive.

— Comment as-tu pu lui faire ça ? s'écria Lena, car elle savait que Sibyl comptait, pour Richard. Comment as-tu pu t'attribuer le mérite de son travail ?

— J'étais fatigué, Lena. Toi, tu es bien celle qui peut comprendre, j'étais las d'être tout le temps le deuxième choix. J'étais fatigué de voir Brian gâcher toute son énergie avec Andy, alors que j'étais là, prêt à tout faire pour lui, à n'importe quel prix. Il se frappa la paume du poing. J'étais le bon fils. J'étais celui qui lui transcrivait les notes de Sibyl. J'étais celui qui les lui apportait, pour que nous puissions travailler ensemble et créer quelque chose qui... Il s'interrompit, ses lèvres se crispèrent, se réduisirent à un trait. Il essayait de refouler ses émotions. Andy n'en avait rien à foutre de lui. Tout ce qui importait, c'était la voiture ou le lecteur de cd ou le jeu vidéo qu'il arriverait à obtenir. C'était tout ce que Brian représentait pour lui, un distributeur de billets de banque. Il essayait de raisonner avec elle. Il nous a fait chanter. Tous les deux. Oui, je l'ai tué. Je l'ai tué pour mon père.

Lena ne put que lui poser la question suivante.

— Comment ?

— Il savait que Brian en serait incapable, poursuivit Richard, en désignant les boîtes. Brian n'est pas exactement un visionnaire.

— N'importe qui comprendrait ça, approuva Lena, et elle en vint au cœur du sujet. Quelle preuve détenait-il ?

Richard parut impressionné qu'elle en arrive déjà à cette déduction.

— La première règle en matière de recherche scientifique, dit-il. Tout noter.

— Il prenait des notes ?

— Il tenait des journaux, rectifia Richard. Il notait toutes les réunions, tous les coups de téléphone, toutes les idées idiotes qui n'aboutissaient jamais.

— Andy a trouvé ces journaux ?

— Pas seulement les journaux... toutes les notes, toutes les données préliminaires. Des transcriptions des recherches de Sibyl. Richard se tut, sa colère était perceptible. Brian écrivait absolument tout, dans ces journaux, et il les laissait traîner, uniquement pour qu'Andy les trouve et, bien entendu, la première réaction d'Andy, ce n'était pas « Ah ! papa, tiens, il faut que je te rende tes cahiers ». C'était plutôt : « Hum ! comment je vais pouvoir en tirer davantage de fric ? »

— C'est comme ça que tu l'as convaincu de te retrouver sur le pont ?

— Futée, constata-t-il. Oui. Je lui ai promis que j'allais le lui donner, moi, l'argent. Je savais qu'il ne s'arrêterait jamais. Il n'allait plus cesser d'exiger encore et encore plus d'argent, et qui sait à qui il irait en parler ? Richard lâcha un ricanement exaspéré. Andy ne s'intéressait qu'à lui-même, et au moyen de se préparer sa prochaine séance de défonce. On ne pouvait pas se fier à lui. Pour lui, ce serait toujours prendre, prendre, prendre encore et encore, et tout ce pour quoi j'avais travaillé, tous les sacrifices auxquels j'avais consenti pour aider mon père, pour lui apporter quelque chose sur quoi travailler, dont il puisse être fier... dont nous puissions être fiers... tout cela serait réduit en fumée, par cette petite merde pétrie d'ingratitude.

La haine dans sa voix coupa le souffle de Lena. Elle ne pouvait qu'imaginer ce qu'avait dû ressentir Andy, à se laisser prendre au piège sur ce pont.

— J'aurais pu le faire souffrir. Richard s'exprimait d'un ton plus modéré, il tâchait visiblement de paraître plus raisonnable. J'aurais pu le punir pour ce qu'il était en train de me faire... d'infliger à la relation que j'avais bâtie avec mon père... mais j'ai choisi d'être humain.

— Il a dû être terrorisé.

— Il était tellement pété au Tidy Bowl qu'il s'est à peine rendu compte de quelque chose, lâcha Richard, avec dégoût. Je l'ai juste bien positionné, avec la main, comme ça... Il vint placer sa main à quelques centimètres de la poitrine de Lena... je l'ai doucement appuyé contre la rambarde, et je lui ai injecté une dose de succynilcholine. Tu sais ce que c'est ?

Elle secoua la tête, en priant pour qu'il éloigne sa main.

— On s'en sert au labo pour piquer les animaux. Ça te paralyse... ça paralyse tout. Il est simplement tombé dans mes bras, comme une poupée de chiffon, et il s'est arrêté de respirer. Richard respira âprement, les yeux écarquillés de surprise, pour illustrer la réaction d'Andy. J'aurais pu le faire souffrir. J'aurais pu rendre ça horrible, mais je ne l'ai pas fait.

— Ils vont s'en apercevoir, Richard.

Il laissa enfin retomber sa main.

— Ce n'est pas dépistable.

— Ils vont quand même s'en apercevoir.

— Qui ?

— La police, lui dit-elle. Ils savent que c'est un meurtre.

— J'ai entendu ça, acquiesça-t-il, mais il ne parut pas se sentir menacé par cette information.

— Ils vont remonter la piste, jusqu'à toi.

— Comment ? s'étonna-t-il. Ils n'ont aucune raison ne serait-ce que de me soupçonner. Brian n'admettra jamais que je suis son fils, et même si Jill n'avait pas la tête dans le sable, elle a trop peur pour raconter quoi que ce soit.

— Peur de quoi ?

— Peur de Brian, répliqua Richard, comme si c'était l'évidence. Peur de ses poings.

— Il bat sa femme ? demanda Lena. Elle ne pouvait accepter que Richard dise la vérité. Jill Rosen était forte. Elle n'était pas du genre à se laisser emmerder, par personne.

— Bien sûr qu'il la bat, confirma Richard.

— Jill Rosen ? répéta-t-elle, toujours incrédule. Il bat Jill ?

— Il la bat depuis des années, lui dit-il. Et elle est restée avec lui parce que personne ne l'a aidée comme je peux t'aider.

— Je n'ai pas besoin d'aide.

— Mais si, souligna-t-il. Tu crois qu'il va tout bêtement te laisser partir ?

— Qui ça ?

— Tu sais bien, qui.

Lena l'interrompit.

— Je ne vois pas de quoi tu parles.

— Je sais à quel point c'est difficile de s'en sortir, lui confia-t-il, en lui posant la main sur l'épaule. Je sais que tu ne peux réussir ce genre de chose toute seule.

Elle secoua la tête.

— Laisse-moi prendre soin de toi.

— Non, refusa-t-elle, en reculant d'un pas.

— Je peux faire en sorte que ça ait l'air d'un accident, lui suggéra-t-il, en fermant l'espace qui les séparait.

— Ouais, tu as fait du si bon travail, jusqu'à maintenant.

— Tu pourrais me fournir quelques conseils, lui proposa-t-il, en levant la main, pour qu'elle ne l'interrompe pas. Juste

un petit conseil, c'est tout. Nous pouvons nous soutenir mutuellement, pour nous aider à sortir de tout ça.
— En quoi peux-tu m'aider ?
— En te débarrassant de lui, fit Richard, et elle dut laisser transparaître quelque chose dans ses yeux, car il eut de nouveau un sourire attristé. Tu le sais, n'est-ce pas ? Tu sais que c'est le seul moyen de le sortir complètement de ton existence.
Lena le dévisagea.
— Pourquoi as-tu tué Ellen Schaffer ?
— Lena.
— Dis-moi pourquoi, insista-t-elle. J'ai besoin de savoir pourquoi.
Richard attendit une fraction de seconde, avant de lui répondre.
— Elle regardait droit vers moi, quand j'étais dans les bois. Quand elle a appelé les flics, elle me fixait du regard. Je savais que ce ne serait qu'une question de temps, avant qu'elle ne leur raconte tout.
— Et Scooter ?
— Pourquoi fais-tu ça ? lui demanda Richard. Tu crois que je vais t'offrir cette longue confession, et qu'ensuite tu vas pouvoir m'arrêter ?
— Nous savons tous les deux que je ne peux pas t'arrêter.
— Tu ne peux pas ?
— Regarde-moi, dit-elle, en écartant les bras, attirant son attention sur son corps meurtri. Tu sais mieux que personne à quoi je me suis trouvée mêlée. Tu crois qu'ils vont m'écouter ? Elle posa la main sur son cou marbré de bleus. C'est à peine s'ils peuvent m'entendre.
Il eut un demi-sourire, en secouant la tête, comme pour signifier qu'on ne pourrait pas l'entuber.

— J'ai besoin de savoir, Richard. J'ai besoin de savoir que je peux me fier à toi.

Il lui adressa un regard prudent, tâchant de se décider, de comprendre s'il devait continuer ou non. Finalement, il lui répondit.

— Scooter, ce n'était pas moi.

— Tu es sûr?

— Évidemment que je suis sûr. Richard leva les yeux au ciel, l'espace d'un instant ce fut de nouveau le Richard efféminé qu'elle avait connu. J'ai entendu dire qu'il jouait au jeu du foulard. Qui est assez stupide pour encore s'amuser à ça?

Cette méchanceté empêcha Lena de baisser la garde.

— Et Tessa Linton?

— Elle avait ce sac, raconta-t-il, subitement agité. Elle ramassait des trucs sur la pente. Je n'arrivais pas à trouver ce collier. Je voulais ce collier. C'était un symbole.

— L'étoile de David? s'étonna-t-elle, en se souvenant de la manière dont Jill s'y raccrochait, à la bibliothèque. Cette journée lui paraissait à une éternité de là.

— Ils en avaient une, tous les deux. Jill les avait achetées l'an dernier, une pour Brian et une pour Andy. Le père et le fils. Il soupira fortement. Brian la portait tous les jours. Tu crois qu'il penserait à faire quelque chose de cet ordre, pour moi?

— Tu as poignardé Tessa Linton parce que tu croyais qu'elle avait ce collier?

— D'une manière ou d'une autre, elle m'a reconnu. Je l'ai vue piger. Elle savait pourquoi j'étais là. Elle savait que j'avais tué Andy. Il observa un temps de silence, comme pour mettre de l'ordre dans ses pensées. Elle s'est mise à me hurler dessus. À crier. Il fallait que je la fasse taire. Il s'essuya le visage avec les mains, il perdait contenance. Oh! Seigneur! c'était dur. C'était tellement dur, ça. Il regarda par terre, et elle sentit ses remords. J'arrive pas à croire que j'aie pu faire ça. C'était tellement horrible. Je suis resté dans les parages pour voir ce qui allait se passer et... Il n'acheva pas sa phrase, il resta silencieux, comme s'il voulait que Lena lui dise que c'était bon, qu'on ne lui avait pas laissé le choix.

— Comment tu veux t'y prendre ?

Lena ne répondit pas.

— Comment tu veux que je me débarrasse de lui ? reprit-il. Je peux le faire souffrir, Lena. Je peux lui faire du mal, exactement comme il t'en a fait.

Lena était toujours incapable de répondre. Elle regarda ses mains, songeant à Ethan, au café, et à sa colère, en effet, quand il lui avait fait du mal. Elle avait eu envie de lui rendre la monnaie de sa pièce, de le faire souffrir pour la douleur qu'il lui avait causée.

Richard tapota légèrement du doigt sur le plâtre en fibre de verre.

— Quand j'étais plus petit, j'en ai souvent eu, de ces trucs-là.

Elle passa la main sur le plâtre. La cicatrice sur sa main était encore rouge, avec du sang séché sur les bords. Tandis que Richard lui exposait son plan, elle la gratta.

— Tu n'aurais rien à faire, la rassura-t-il. Je vais veiller à m'occuper de tout. J'ai aidé des femmes comme toi, avant, Lena. Prononce le mot, et je peux le faire disparaître.

Elle sentit la cicatrice céder sous ses ongles, se peler comme l'autocollant sur la peau d'une orange.

— Comment ? chuchota-t-elle, en jouant avec le bout de peau. Comment ferais-tu ?

Richard regardait les mains de Lena, lui aussi.

— Est-ce que ça aura un effet bénéfique ? lui demanda-t-il. Est-ce que ça t'empêchera de te faire du mal ?

Elle agrippa sa main droite autour du plâtre et le plaça bas, à hauteur de la taille, en remuant les doigts.

— J'ai juste besoin de le faire sortir de ma vie. J'ai juste besoin de m'éloigner.

— Oh ! Lena. Il lui prit le menton, tâcha de lui faire lever les yeux. Comme elle ne bougeait pas, il se baissa, la prit par les épaules, son visage tout près du sien. On va s'en sortir. Je te le promets. On peut y arriver, ensemble.

À deux mains, Lena lui envoya le plâtre en plein dans la gorge, aussi violemment qu'elle put. Sous le choc avec la mâchoire, le plâtre se fendit, les dents de Richard se plantèrent dans sa langue, et la tête se projeta en arrière, avec toute la vigueur d'un coup du lapin. Richard tituba, les bras battant en tous sens, et il retomba violemment contre le chambranle. Elle détala dans le couloir, vers la chambre de Nan, claqua la porte derrière elle, et se démena avec le vieux loquet juste avant que Richard ne tourne la poignée de la porte, de l'autre côté.

Le pistolet de Nan était sous le lit. Lena se mit à genoux, sortit la boîte. Le plâtre s'était fendu sur le dessus, et elle réussit à se servir de ses deux mains pour engager d'un coup sec le chargeur de l'arme et libérer la sécurité avant que Richard n'enfonce la porte. Il déboucha si vite qu'il trébucha sur elle, éjectant l'arme de la main de Lena. Elle se précipita pour tendre la main vers le pistolet, mais il fut plus rapide qu'elle. Elle se leva lentement, les mains en l'air, et il tenait le Glock braqué sur elle.

« Monte sur le lit », lui ordonna-t-il, en postillonnant du sang et de la salive. Comme il s'était mordu la langue, il s'exprimait de façon pâteuse, il respirait laborieusement, comme s'il n'arrivait pas à aspirer suffisamment d'air. Il garda l'arme pointée sur elle, et plaça sa main libre contre sa gorge, en toussant, une seule fois. J'aurais pu t'aider, espèce de salope, crétine.

Lena resta où elle était.

En dépit de ses blessures à la bouche, la voix de Carter emplit la pièce.

« Monte sur le lit, putain ! »

Comme elle ne bougeait toujours pas, Richard leva la main pour la frapper.

Elle fit ce qu'il lui demandait, s'allongea sur le lit, un oreiller sous la tête.

— Tu n'as pas à faire ça.

Richard se plaça résolument à cheval sur le lit, en lui bloquant les jambes, pour la maintenir en place. Du sang lui gouttait de la bouche, et il l'essuya avec sa manche. Donne-moi ta main.

— Ne fais pas ça.

— Je ne peux pas t'assommer, dit-il, et il comprit que le seul remords de Richard venait du fait qu'elle était éveillée et que cela lui compliquait les choses. Mets la main sur le pistolet.

— Tu ne vas pas faire ça.

— Mets la main sur le pistolet, putain !

Comme elle n'obéissait pas, Richard lui empoigna la main et la referma de force sur le pistolet. Elle essaya de repousser le Glock loin d'elle, mais il avait l'avantage du poids. Il lui appuya le canon sur la tête.

« Pas ça », répéta-t-elle.

Il hésita une demi-seconde, puis il pressa sur la détente.

Il y eut une pluie d'éclats de verre, et Lena se couvrit la

tête des deux mains, tâchant de se protéger. Au-dessus d'elle, la fenêtre explosait.

Richard fut projeté en arrière, sur le sol. Cela se déroula ainsi : la fenêtre vola en éclats, et il se retrouva par terre. Au-dessus d'elle, un espace vide. Dans le champ de vision de Lena, rien d'autre que le ventilateur du plafond. Elle se redressa, pour voir Richard. Dans la poitrine, il avait un grand trou, et une flaque de sang s'élargissait tout autour de lui.

Lena se retourna, regarda derrière elle. Dehors, à l'extérieur de la fenêtre brisée, Frank était debout, son pistolet encore pointé sur Richard. La position en joue était inutile. Richard était mort.

17

Sara était assise au bureau de Mason, le téléphone calé entre son épaule et son oreille, et elle écoutait Jeffrey lui rapporter ce qui s'était produit dans la maison de Nan Thomas.

— Frank a raccroché au nez de Lena, quand elle a appelé au poste. Il s'est senti coupable, et il est allé là-bas pour lui parler, lui expliqua-t-il. Ensuite, il a entendu Richard crier et il a fait le tour de la maison en courant.

— Est-ce que Lena va bien ?

— Oui, lui assura-t-il, mais elle comprit, au ton de sa voix, qu'elle n'allait pas si bien. Si Richard avait su comment charger un pistolet, à l'heure qu'il est, elle serait morte.

Sara se cala contre le dossier du fauteuil, s'efforçant d'analyser tout ce qu'il lui avait dit.

— Est-ce que Brian Keller a avoué quelque chose ?

— Rien, lui dit-il, d'un ton dégoûté. Je l'ai bouclé pour le questionner, mais une heure plus tard, sa femme était là, avec un avocat.

— Sa femme ? s'écria Sara, en se demandant comment on pouvait se montrer aussi autodestructrice.

— Oui, confirma-t-il, et elle sentit qu'il était d'accord avec elle. Sans charges précises, je ne peux pas le retenir.

— Il a volé les recherches de Sibyl.

— J'ai une réunion dans la matinée avec le procureur et l'avocat de l'université, pour juger exactement des charges qui pèsent sur lui. Je pense qu'on va s'accorder sur le vol de la propriété intellectuelle, peut-être sur la fraude. Cela promet d'être compliqué, mais d'une manière ou d'une autre, on parviendra à l'envoyer en prison. Il va payer pour tout ça. Il soupira. Moi, j'ai l'habitude des flics et des voleurs. Ces crimes en col blanc, ça me passe très loin au-dessus de la tête.

— Tu ne peux pas prouver sa complicité, dans tous ces meurtres ?

— C'est justement la question. Je ne suis pas certain qu'il soit complice, reconnut-il. Au vu de ce que Lena m'a raconté, Richard les a tous endossés : Andy, Ellen Schaffer, Chuck.

— Pourquoi Chuck ?

— Richard ne l'a pas clairement formulé. Il essayait simplement d'attirer Lena de son côté. Je pense qu'il l'aimait bien. À mon avis, il a dû se dire qu'il était en position de l'aider.

Sara savait que Richard Carter n'aurait pas été le premier homme à vouloir tenter de sauver Lena et à échouer spectaculairement.

— Et en ce qui concerne William Dickson ?

— Mort accidentelle, à moins que tu ne puisses trouver le moyen de l'imputer à Richard.

— Non, admit-elle. Il n'a jamais impliqué Keller ?

— Jamais.

— Pourquoi a-t-il inventé ce mensonge au sujet de cette liaison, alors ?

Jeffrey lâcha de nouveau un soupir.

— Juste pour remuer un peu plus la merde, j'imagine. Ou alors il s'est dit que cela pousserait Brian à venir lui réclamer de l'aide. Qui sait ?

— Au labo, la succynilcholine devait être conservée sous

clef, avança-t-elle. Il doit exister un registre, où l'on consigne toutes les utilisations qu'on en fait. Tu pourrais contrôler, pour voir qui y avait accès.

— Je vais effectuer des vérifications là-dessus, lui assura-t-il. Mais s'ils y avaient tous deux accès, ce sera difficile à prouver. Il s'interrompit. Il faut que je te dise, Sara, si Keller devait tuer un de ses fils, il aurait tué Richard, et pas avec une seringue.

— C'est une sale façon de mourir, lui expliqua-t-elle, imaginant les dernières minutes de la vie d'Andy Rosen. Ses membres ont dû être paralysés en premier, ensuite le cœur et les poumons. Cela n'affecte pas le cerveau, donc il a sûrement eu pleinement conscience de ce qui lui arrivait, jusqu'à la dernière minute.

— Combien de temps cela dure-t-il ?

— Cela dépend du dosage, vingt, trente secondes.

— Seigneur !

— Je sais, admit-elle. Et c'est presque impossible à découvrir, *post mortem*. La substance se dissout trop vite dans l'organisme. Il y a encore cinq ans, on n'avait même aucun moyen de dépister le produit.

— Et apparemment, ce serait un dépistage coûteux.

— Si tu arrives à démontrer que la succylnicholine a transité par les mains de Keller, je trouverai l'argent dans le budget pour effectuer ce test. S'il le faut, je le paierai de ma poche.

— Je vais faire tout mon possible, lui assura Jeffrey, mais il ne semblait guère animé de beaucoup d'espoir. Je sais que tu vas communiquer ces nouvelles à tes proches, mais veux-tu bien attendre jusqu'à ce que j'arrive là-bas, et que je puisse en parler à Tessa ?

— Bien sûr, lui dit-elle, mais elle avait hésité une seconde de trop.

Il observa un temps de silence.

— Tu sais quoi ? lui fit-il enfin. De toute façon, j'ai beaucoup de travail, ici. À plus tard.

— Jeffrey...

— Non, dit-il. Tu restes là-bas, avec ta famille. C'est de cela dont tu as besoin, pour le moment, d'être avec ta famille.

— Ce n'est pas...

— Allons, Sara, s'agaça-t-il, et elle perçut la meurtrissure dans sa voix. Qu'est-ce qu'on fabrique, là ?

— Je ne sais pas. Je veux juste... Elle cherchait quoi lui répondre, mais elle resta sans voix. Je t'ai dit qu'il me fallait du temps.

— Le temps ne changera rien à rien, dit-il. Si on n'est pas capable de surmonter ça, de surmonter ce que j'ai fait il y a cinq ans...

— Tu présentes la chose comme si j'étais quelqu'un de pas raisonnable...

— Tu ne l'es pas, en effet, renchérit-il. Et je n'essaie pas de te pousser, je veux juste... Il s'ébroua. Je t'aime, Sara. Je suis fatigué de te voir sortir en catimini tous les matins. Je suis fatigué de toute cette foutue sarabande, où tu es à moitié dans ma vie, à moitié en dehors. Je veux être avec toi. Je veux t'épouser.

— M'épouser ? Elle éclat de rire, comme s'il venait de lui proposer de sortir se promener au clair de lune.

— Ce n'est pas la peine de prendre un air aussi choqué.

— Je ne suis pas choquée. Je suis juste... Une fois encore, elle était à court de mots. Jeff, nous avons déjà été mariés. Cela n'a pas été précisément une grande réussite.

— Ouais, maugréa-t-il. J'y étais aussi, tu te souviens ?

— Pourquoi ne pouvons-nous pas continuer comme maintenant ?

— Je veux autre chose que ça, lui lança-t-il. Je veux passer de vraies sales journées de merde au boulot, et rentrer à la maison pour t'entendre me demander ce qu'il y a pour le dîner. Je veux renverser le bol d'eau de Bubba au milieu de la nuit. Je veux me réveiller le matin, et t'entendre sortir un gros mot parce que j'ai laissé mon short de gym accroché à la poignée de la porte.

Malgré elle, cela la fit sourire.

— Tu présentes tout cela avec un tel romantisme.

— Je t'aime.

— Je sais que tu m'aimes, fit-elle, et, alors qu'elle l'aimait, elle aussi, Sara n'arrivait pas à lui dire ces mots-là. Quand peux-tu venir ici ?

— Laisse tomber.

— Je veux que ce soit toi qui le lui dises, reprit-elle. Comme il ne répondait rien, elle continua : Ils vont me poser des questions auxquelles je ne peux répondre.

— Tu en sais autant que moi.

— Je ne pense pas que je puisse le leur annoncer, avoua-t-elle. Je ne pense pas que j'en aie la force, pour le moment.

Il attendit une fraction de seconde, avant de répondre.

— À cette heure de la journée, ça va me prendre quatre heures et demie, à peu près.

— D'accord. Sara lui donna le numéro de chambre de Tessa. Elle était sur le point de raccrocher. Hé, Jeff ?

— Oui ?

Maintenant qu'il l'avait coupée dans son élan, elle ne savait plus que dire.

— Rien, lui fit-elle. Je te verrai quand tu viendras ici.

Il lui laissa quelques secondes pour ajouter quelque chose, mais comme elle s'en abstint, ce fut lui qui reprit la parole.

— Très bien. À plus tard, alors.

Sara raccrocha, avec l'impression d'avoir marché sur une corde raide, au-dessus d'un lac rempli d'alligators. Il s'était produit tant de choses cette semaine, qu'elle n'arrivait même pas à intégrer ce que Jeffrey venait de lui apprendre. Elle était partagée entre l'envie de décrocher le téléphone et de lui dire combien elle était désolée, qu'elle l'aimait, et l'envie de le rappeler pour le prier de rester à la maison.

De l'autre côté de la porte, elle crut entendre des médecins que l'on appelait sur leur bip et des codes que l'on composait. Des silhouettes floues passèrent devant la vitre, leurs images fugitives, quand ils couraient au chevet de patients, filaient comme des lumières stroboscopiques. Depuis son internat, on aurait dit que cent ans s'étaient écoulés. Tout paraissait plus compliqué, maintenant et, en dépit de cette impression très juste, la vie ici devait être tout aussi infernale, quand elle était plus jeune, et elle repensa à ces temps-là, avec nostalgie. Apprendre à devenir chirurgien, traiter des cas critiques qui exigeaient d'elle la quintessence de sa discipline, tout cela avait créé chez elle une dépendance aussi puissante que celle de l'héroïne. Rien qu'à l'idée de travailler au Grady Hospital, elle en eut une bouffée d'euphorie. À une période de sa vie, l'hôpital avait été plus important pour elle que l'air qu'elle respirait. Même sa famille lui avait paru bien pâle, en comparaison.

Prendre la décision de retourner à Grant County lui avait semblé si facile, sur le moment. Sara avait voulu être auprès de sa famille, elle en avait eu besoin, besoin de revenir à ses racines et de se sentir en sécurité, d'être de nouveau une fille et une sœur. Dans une petite ville, le rôle d'un pédiatre était un rôle confortable, où il faisait bon se glisser, et elle savait que cela lui avait procuré une certaine paix, de revenir dans la ville qui lui avait tant apporté, quand elle était petite, cette ville où elle avait grandi. Pourtant, il ne s'était pas écoulé une semaine, depuis que Sara avait quitté Atlanta, sans qu'elle se soit demandé ce que serait devenue sa vie si elle y était restée. Et, jusqu'à cet instant, elle n'avait pas compris à quel point cela lui avait manqué.

Elle jeta un coup d'œil autour d'elle, au bureau de Mason, en se demandant à quoi cela ressemblerait si elle travaillait à nouveau avec lui. En tant qu'interne, Mason était incroyablement méticuleux, ce qui faisait de lui un bon chirurgien. Mais, à l'inverse de Sara, il laissait ce trait de caractère déborder dans sa vie personnelle. Il était le genre d'homme à ne pas laisser une assiette sale dans l'évier ou plein de vêtements fripés dans le sèche-linge. La première fois que Mason lui avait rendu visite à son appartement, il avait failli avoir une crise d'apoplexie devant la panière de vêtements dépliés, qui étaient restés sur la table de sa cuisine depuis deux semaines. À son réveil, le lendemain matin, Mason les avait tous pliés, avant d'aller commencer son service, à 5 heures du matin.

Un coup frappé à la porte la tira de sa rêverie.

— Entrez, dit-elle, en se levant.

Mason James ouvrit, avec une pizza dans son emballage carton en équilibre sur une main, et deux Coca dans l'autre.

— Je me suis dit que tu aurais faim, fit-il.

— Toujours, répliqua-t-elle, en prenant les deux Coca.

Mason disposa plusieurs serviettes sur la table basse, en tenant la pizza levée en l'air.

— J'en ai laissé une chez tes parents.

— C'est très gentil à toi, le remercia-t-elle, en posant les canettes pour l'aider avec les serviettes.

Mason lui confia la pizza, pour qu'il puisse poser les serviettes sous les Coca.

— Quand tu étais en fac de médecine, tu adorais cet endroit.

— « Shroomies », lut-elle sur la boîte. Ah oui ?

— Tu y mangeais tout le temps. Il se frotta les mains. Voilà.

Sara contempla la table. Il avait aligné les serviettes pour former un carré parfait. Elle lui tendit la boîte en carton.

— Je vais te laisser le soin de la placer comme il faut.

Cela le fit rire.

— Il y a des choses qui ne changent jamais.

— Non, acquiesça-t-elle.

— Ta sœur m'a l'air bien, lui dit-il, en plaçant la boîte parallèlement au bord de la table. Elle se déplace beaucoup mieux qu'hier.

Sara s'assit sur le canapé.

— Je crois que ma mère la pousse.

— Je vois assez bien Cathy faire ça. Il déplia une serviette et la lui posa sur les genoux. Tu as eu les fleurs ?

— Oui, fit-elle. Merci. Elles sont magnifiques.

D'un coup sec, il ouvrit les Coca.

— Je voulais juste que tu saches que je pensais à toi.

Sara joua avec la serviette, sans trop savoir quoi dire.

— Sara, commença Mason, en plaçant le bras sur le dossier du canapé, derrière ses épaules. Je n'ai jamais cessé de t'aimer.

Elle sentit monter en elle une bouffée d'embarras, mais avant qu'elle ait pu répondre, il se pencha vers elle et l'embrassa. À sa grande surprise, elle lui rendit son baiser. Avant qu'elle ait compris ce qui se passait, Mason s'approchait plus près d'elle, la repoussait doucement contre le canapé, jusqu'à se retrouver allongé sur elle. Elle l'enlaça, mais au lieu de l'insouciante euphorie qu'elle éprouvait généralement à ce stade, elle n'avait qu'un seul détail en tête : la personne qu'elle tenait dans ses bras n'était pas Jeffrey.

— Attends, le pria-t-elle, en lui arrêtant la main, qui déjà s'affairait avec les boutons de son pantalon.

Il se redressa, si vivement que sa tête heurta le mur derrière le canapé.

— Je suis confus.

— Non, dit-elle, en reboutonnant sa chemise, et en se sentant comme une adolescente qui vient de se faire peloter dans le fond d'un cinéma. C'est moi qui suis désolée.

— Ne t'excuse pas, dit-il, en croisant une jambe très haut sur l'autre.

— Non, je...

Le pied de Mason s'agita.

— Je n'aurais pas dû faire ça.

— Ça va très bien, lui assura-t-elle. J'en ai fait autant que toi.

— C'est sûr, dit-il, en soufflant un bon coup. Seigneur ! je te désire.

Sara déglutit, elle se sentait comme si elle avait trop de salive dans la bouche.

Il se tourna vers elle.

— Tu es si merveilleuse, Sara. À mon avis, tu as dû l'oublier.

— Mason...

— Tu es tout simplement extraordinaire.

Elle se sentit rougir, et il tendit la main vers elle, lui recoiffa les cheveux derrière l'oreille.

— Mason..., répéta-t-elle, en posant sa main sur la sienne.

Il se pencha pour la lui embrasser, et elle inclina la tête loin de lui.

Mason recula tout aussi vite, une seconde fois.

— Je suis désolée, lui dit-elle. Je suis juste...

— Tu n'as pas à t'expliquer.

— Si, Mason. Il faut que je te dise...

— Vraiment, tu n'as pas besoin.

— Arrête de me dire que non, lui ordonna-t-elle, puis elle se lança dans une explication. Je n'ai été qu'avec Jeffrey. Je veux dire, depuis que j'ai quitté Atlanta. Elle s'écarta de lui, de peur, en restant trop près, qu'il ne l'embrasse à nouveau. Et pire, qu'elle lui rende son baiser. Je suis avec lui depuis...

— Ça ressemble à une habitude.

— Peut-être, oui, admit-elle, en lui prenant la main. Peut-être... je ne sais pas. Mais ce n'est pas la bonne manière de briser cette habitude.

Il baissa les yeux sur leurs mains à tous deux.

— Il m'a trompée, lui révéla-t-elle.

— Alors, c'est un idiot.

— Oui, approuva-t-elle. Parfois, c'est un idiot, mais je suis en train d'essayer de t'expliquer que je sais ce que cela fait, et je ne veux pas que, par ma faute, quelqu'un se sente comme je me suis sentie.

— Une volte-face, cela fait partie du jeu.

— Ce n'est pas un jeu, lui dit-elle. Et puis, Holiday Inn ou pas, tu es encore marié, lui rappela-t-elle.

Il hocha la tête.

— Tu as raison.

Elle ne s'était pas attendue à ce qu'il capitule si vite, mais elle était habituée à la ténacité farouche de Jeffrey, pas au caractère tranquille et décontracté de Mason. Maintenant, elle se rappelait pourquoi il avait été si facile de le quitter, en même temps que tout ce qu'elle avait laissé derrière elle, à son départ d'Atlanta. Entre eux, cela n'avait pas fait d'étincelles. Mason ne s'était jamais battu pour rien, dans la vie. Elle n'était même pas certaine qu'il la désire tant, à cette minute, si ce n'est parce qu'il l'avait sous la main.

— Je vais aller voir où en est Tessa, fit-elle.

— Et si je t'appelais?

S'il avait formulé cela différemment, elle aurait pu répondre oui. En l'occurrence, elle lui réserva une autre réponse.

— Je ne pense pas.

— Très bien, se résigna Mason, en lui glissant un de ses sourires commodes.

Elle se leva pour s'en aller, et il ne lui adressa plus un mot, pas avant qu'elle ne s'apprête à franchir le seuil du bureau.

— Sara? Il attendit qu'elle se retourne. Il s'était renfoncé dans le canapé, le bras toujours déployé sur le dossier, les jambes croisées, plutôt l'air décontracté. Dis à tes parents que je leur souhaite le meilleur.

— Je le ferai, dit-elle, et elle ferma la porte.

Sara resta devant la fenêtre de la chambre d'hôpital de sa sœur, à regarder la circulation sur l'échangeur du centre-ville. La respiration régulière de Tessa, derrière elle, était la plus douce musique qu'elle ait jamais entendue. Chaque fois qu'elle regardait sa sœur, il lui fallait puiser dans toutes ses ressources pour se retenir d'entrer dans le lit avec elle et de la serrer contre elle, de s'assurer qu'elle était bien saine et sauve.

Cathy entra dans la pièce, une tasse de café dans chaque main. Sara eut la vision éclair du Dairy Queen, presque une semaine plus tôt, quand Tessa s'était montrée si insupportable, si irritante. Elle avait envie de voir revenir ce moment, tellement qu'elle en sentait presque le goût dans sa bouche.

— Est-ce que papa va bien ? demanda-t-elle. Quand Sara avait évoqué Richard Carter devant leur père, il en avait été bouleversé. Il s'était éloigné de Sara, avant même qu'elle ait achevé de lui rapporter ce qui s'était passé.

— Il est au bout du couloir, lui dit Cathy, sans vraiment répondre à sa question.

Sara but une gorgée de thé, dont le goût la fit grimacer.

— Il est fort, admit sa mère. Jeffrey sera bientôt là ?

— Il devrait.

Cathy caressa les cheveux de sa fille.

— Je me souviens quand je vous regardais dormir toutes les deux, quand vous étiez bébés.

D'habitude, Sara avait toujours aimé entendre sa mère lui parler de leur enfance, mais elle avait une perception si nette de l'avant et de l'après, qu'à présent cela lui était douloureux de l'entendre.

— Comment va Jeffrey ? reprit Cathy.

Sara but de son thé amer.

— Bien.

— Pour lui, c'était dur, reconnut-elle, en sortant de son sac à main un flacon de lotion pour les mains. Il a toujours été comme un grand frère, pour Tessa.

Sara n'avait jamais eu l'occasion d'y songer, mais c'était vrai. Dans les bois, elle avait été terrifiée, mais Jeffrey l'était autant qu'elle.

— Je commence à comprendre pourquoi tu n'arrives pas à

rester en colère contre lui, continua Cathy tout en déposant un peu de lotion dans la main de Tessa. Tu te souviens de l'époque où il était parti en Floride au volant de son pick-up ?

Sara rit, mais plutôt de sa propre surprise, car elle avait oublié cette histoire. Il y avait de cela des années, Tessa était en vacances de printemps, elle était encore à la fac, et sa voiture avait été emboutie par un camion de bière volé. Alors Jeffrey était descendu en voiture jusqu'à Panama City, au milieu de la nuit, pour discuter avec les flics locaux et la ramener à la maison.

— Elle refusait que papa vienne la chercher, se souvint Cathy. Elle ne voulait pas en entendre parler.

— Papa n'aurait pas cessé de lui répéter « je te l'avais dit » sur toute la route du retour, souligna Sara. Eddie s'était exclamé que seule une idiote prendrait un cabriolet MG pour descendre en Floride avec vingt mille autres étudiants éméchés.

— Enfin, fit Cathy, en massant le bras de Tessa avec cette lotion, il avait raison.

Sara sourit, mais garda son commentaire pour elle.

— Quand il sera là, ça me fera plaisir, ajouta Cathy, plus pour elle-même qu'en s'adressant vraiment à Sara. Tessa a besoin d'entendre que c'est fini. De sa bouche.

Sara savait que sa mère n'avait aucun moyen de savoir ce qui s'était produit entre elle et Mason James, mais elle se sentait tout de même comme mise à nu.

— Quoi ? s'écria Cathy, toujours très sensible à ce qui n'allait pas.

Sara se confessa facilement, car elle avait besoin de se soulager de ce poids.

— J'ai embrassé Mason.

Cathy parut perplexe.

— Juste embrassé ?

— Maman ! s'indigna Sara, tâchant de dissimuler sa gêne derrière son air scandalisé.

— Et donc ? Cathy se versa un peu plus de lotion dans la paume et se frotta les mains pour réchauffer le liquide. Comment c'était ?

— Bon. Au début. Ensuite... Sara porta les mains à ses joues, elle ressentait encore la chaleur de ce moment.

— Ensuite ?

— Pas si bon, admit-elle. Je n'arrêtais pas de penser à Jeffrey.

— Ce qui devrait te souffler quelque chose.

— Quoi ? s'enquit Sara, car elle désirait plus que tout que sa mère lui conseille quoi faire.

— Sara, soupira Cathy. Ton intelligence a toujours été ton plus grand handicap.

— Super ! s'écria-t-elle. Je vais m'arranger pour sortir ça à mes patients.

— Ne fais pas la fière, pas avec moi, lui rétorqua Cathy, à voix basse, comme toujours lorsqu'elle était contrariée. Tu as été sans arrêt sur les nerfs, ces derniers jours, et j'en ai par-dessus la tête de te voir regretter la vie que tu aurais pu mener si tu étais restée à Atlanta.

— Ce n'est pas du tout ça, protesta-t-elle, mais elle n'avait jamais été très bonne menteuse, surtout pas avec sa mère.

— Tu as tellement de choses dans l'existence, maintenant, tant de gens qui t'aiment et qui se soucient de toi. Qu'est-ce que tu peux bien désirer que tu n'aies pas déjà ?

Voici une heure, Sara aurait pu en dresser la liste, mais maintenant, elle ne pouvait que secouer la tête en silence.

— Ça te ferait peut-être un peu de bien de te souvenir, au bout du compte, que ton cerveau, là-haut, a beau être très rapide, c'est de ton cœur qu'il faut que tu t'occupes. Elle adressa à sa fille un regard entendu. Et tu sais ce que ça veut dire, le cœur, n'est-ce pas ?

Sara hocha la tête, alors qu'en toute honnêteté, elle n'en était pas sûre.

— N'est-ce pas ? insista Cathy.

— Oui, maman, répondit Sara, et en un sens, oui, elle savait.

— Bon, approuva-t-elle, en se versant encore un peu de lotion dans la main. Maintenant, va parler à ton père.

Sara embrassa Tessa, puis sa mère, avant de sortir de la chambre. Elle aperçut son père, au bout du couloir, devant la fenêtre, en train de regarder la circulation, tout comme Sara l'avait fait dans la chambre de Tessa. Il avait encore les épaules voûtées, mais le t-shirt blanc passé et le jean usé qu'il portait, c'était tout Eddie, sans confusion possible. Sara ressemblait tellement à son père que, parfois, cela l'effrayait.

« Salut, papa », fit-elle.

Il ne la regarda pas, mais elle percevait son chagrin, aussi clairement qu'elle sentait le froid de la fenêtre. Eddie Linton était un homme qui se définissait par sa famille. Son épouse et ses enfants constituaient son univers, et Sara était tellement centrée sur sa propre souffrance qu'elle n'avait pas remarqué le combat que son père avait dû livrer. Il avait travaillé si dur, afin de bâtir un foyer sûr et heureux pour ses enfants. La raison de la réticence d'Eddie vis-à-vis de Sara, toute cette semaine, ce n'était pas qu'il la rendait responsable. C'était parce qu'il se rendait responsable.

Eddie désigna la fenêtre.

« Tu vois ce type qui change un pneu ? »

Sara vit une camionnette d'un jaune-vert éclatant, un de ces véhicules HERO mis en service par la ville d'Atlanta pour aider à fluidifier la circulation. Ils étaient équipés de pneus de rechange, de câbles de démarrage et d'un bidon d'essence de cinq litres, gratuit, au cas où vous tomberiez en panne sur le bord de la route. Dans une ville où le trajet du banlieusard moyen atteignait deux heures, et où il était parfaitement légal de ranger un pistolet dans sa boîte à gants, c'était de l'argent du contribuable convenablement dépensé.

— Dans la fourgonnette ?
— Ils ne font rien payer pour ça. Pas un centime.
— Tu m'en diras tant, fit-elle.
— Ouais. Eddie lâcha un long soupir. Tessie dort encore ?
— Oui.
— Jeffrey est en route ?
— Si tu ne veux pas qu'il...
— Non, l'interrompit Eddie, d'un ton sans appel. Il faut qu'il soit là.

Sara se sentit allégée, comme si on venait de lui retirer un poids très lourd qui lui pesait sur la poitrine.

— Maman et moi, on venait justement de parler de la fois où il était descendu en Floride chercher Tess.
— Je lui avais demandé de pas partir là-bas dans cette foutue bagnole.

Sara regarda la circulation, pour dissimuler son sourire.

Eddie s'éclaircit la gorge, plusieurs fois, plus qu'il n'était nécessaire, comme s'il n'était pas encore certain d'avoir retenu toute l'attention de Sara.

— Le type entre dans un bar avec un lézard sur l'épaule.
— D'aaaccord..., fit-elle, en étirant la première syllabe.
— Le barman fait : « Comment il s'appelle, votre lézard ? » Eddie marqua un temps. « Cule », fait le type. Le

barman se gratte l'occiput. Il fait : « Pourquoi vous l'appelez Cule ? » Eddie marqua encore un temps, pour s'assurer de son effet. Le type fait : « Parce qu'il est minus. »

Sara se répéta la chute à voix haute, plusieurs fois de suite, avant de finalement saisir. Elle se mit à rire, si fort qu'elle en eut les larmes aux yeux.

Eddie se contenta de sourire, son visage s'illumina, la musique du rire de sa fille était pour lui comme une joie pure.

— Mon Dieu ! papa, fit Sara, en s'essuyant les yeux, en riant toujours. C'est la pire blague que j'aie jamais entendue.

— Ouais, admit-il, en la prenant par l'épaule, l'attirant contre elle. Elle est assez mauvaise.

Vendredi

18

Lena était assise par terre, dans sa chambre, à la résidence universitaire, entourée de cartons, qui contenaient tout ce qu'elle possédait au monde. La plupart de ses affaires resteraient chez Hank, en attendant qu'elle se trouve un boulot. Son lit irait chez Nan, et elle dormirait dans la chambre d'amis, jusqu'à ce qu'elle ait assez d'argent pour s'installer quelque part. L'université lui avait proposé le poste de Chuck, mais, étant donné les circonstances, elle ne voulait plus jamais revoir le bureau de la sécurité. Ce salopard de Kevin Blake ne lui avait accordé aucune indemnité de départ. Elle tira une certaine consolation du fait que le conseil d'administration avait annoncé le matin même qu'il allait se mettre en quête d'un remplaçant, afin de se séparer de Blake.

La porte grinça, poussée par Ethan. La serrure n'avait pas été réparée, depuis que Jeffrey l'avait forcée, quelques jours plus tôt.

Dès qu'il la vit, il lui sourit.

— Tu as relevé tes cheveux.

Lena résista à la tentation de les relâcher.

— Je croyais que tu quittais la ville.

Il haussa les épaules.

— J'ai toujours eu beaucoup de mal à quitter les endroits où on ne voulait pas de moi.

Elle eut un pâle sourire.

— En plus, dit-il, c'est assez compliqué de demander son transfert maintenant, vu que l'université est sous le coup d'une enquête pour violation du code de l'éthique.

— Je suis certaine que ça se tassera, le rassura-t-elle. Elle n'avait travaillé sur le campus que quelques mois, mais elle savait comment se déroulaient les scandales. Il y aurait des amendes, et toutes sortes d'articles dans les journaux, pendant quelques mois, mais dans un an, les articles auraient disparu, les amendes resteraient toujours impayées, et un enfoiré de professeur irait poignarder quelqu'un dans le dos – au sens propre ou au figuré –, pour assurer sa gloire et sa fortune.

— Donc, reprit Ethan. J'imagine que tu as mis les choses au carré, avec le flic.

Elle haussa les épaules, parce qu'elle ne savait pas du tout où en étaient les choses avec Jeffrey. Après l'avoir interrogée au sujet de Richard Carter, il lui avait demandé de se présenter au poste à la première heure lundi matin. Il n'y avait pas eu moyen de savoir ce qu'il lui voulait.

— Ils ont tiré au clair l'histoire de la culotte ? lui demanda Ethan.

— Il avait tiré des conclusions un peu rapides, et ce n'était pas les bonnes. Ça arrive. Là encore, elle haussa les épaules. Rosen était un givré. Il l'avait probablement volée à une fille. Elle imaginait assez Andy reniflant autre chose que de la colle, par un vendredi soir solitaire. Quant au livre, Lena aurait pu le lire, par une de ses soirées solitaires à elle, se ménageant un moment de paix à la bibliothèque, avant qu'il ne soit l'heure de regagner son taudis et de trouver un peu de sommeil.

Ethan s'appuya contre le chambranle de la porte.

— Je voulais que tu saches que je ne pars pas, lui annonça-t-il. Au cas où tu me croiserais.
— On va se croiser?
Il haussa les épaules, évasivement.
— Je ne sais pas, Lena. Ici, j'essaie vraiment de changer.
Elle se regarda les mains, elle se sentait comme un monstre.
— Oui.
— J'ai envie de quelque chose avec toi, continua-t-il. Mais pas comme ça.
— Bien sûr.
— Tu pourrais partir t'installer quelque part et tout recommencer à zéro. Il attendit, avant d'ajouter encore un mot. Peut-être que, quand j'aurai trouvé un moyen de me faire transférer dans une autre fac, on pourrait partir ensemble?
— Je peux pas m'en aller d'ici, lui dit-elle, sachant qu'il ne comprendrait jamais. Ethan avait quitté sa famille et sa manière de vivre sans regarder en arrière. Lena ne pourrait jamais faire ça à Sibyl.
— Si jamais tu changes d'avis...
— Nan va bientôt revenir, lui signala-t-elle. Il vaut mieux que j'y aille.
— Très bien. Ethan hocha la tête, il comprenait. On se reverra, hein?
Elle ne répondit pas.
— On va se croiser?
Ses mots flottèrent en l'air comme une brume. Elle se laissa aller à le regarder, considéra son jean large et son t-shirt noir, sa dent ébréchée, et ses yeux bleus, très bleus.
— Oui, fit-il. On se croisera.
Il tira la porte derrière lui, la serrure ne s'engagea pas. Lena se leva, traîna une chaise jusqu'à la porte, et la cala

sous la poignée, pour la maintenir fermée. Elle ne pourrait plus jamais avoir ce geste sans repenser à Richard Carter.

Elle passa dans la salle de bains. Son reflet dans le miroir, au-dessus du lavabo, s'était un peu amélioré. Les hématomes, autour du cou, viraient au jaune verdâtre, et la coupure sous l'œil formait déjà une croûte.

— Lena ? fit Nan. Elle entendit la porte heurter la chaise. Nan essayait d'ouvrir.

— Juste une minute, lui demanda Lena, en ouvrant l'armoire à pharmacie. Elle dégagea la planchette du bas et sortit son canif de sa cachette. Il y avait encore des traces de sang sur le manche, mais la pluie avait presque tout lavé. Quand elle ouvrit la lame, elle s'aperçut que le bout était cassé. Non sans regret, elle se rendit compte qu'elle ne pourrait pas le garder.

La chaise sous la porte vint de nouveau buter contre la poignée. La voix de Nan se fit de nouveau entendre, une voix inquiète.

— Lena ?

— J'arrive, s'écria-t-elle. Elle referma la lame d'un coup sec, fourra le couteau dans sa poche arrière, et alla ouvrir à Nan.

Remerciements

Dans un livre, la première chose que je lis, ce sont toujours les remerciements, et je n'aime pas du tout voir une longue liste de gens que je ne connais pas, remerciés pour toutes sortes de choses que je ne comprends pas. Ayant écrit trois livres, je sais désormais pourquoi ces listes sont nécessaires. Il ne faut pas se payer de mots, mais les personnes dont les noms suivent se sont démenées à fond pour promouvoir cette série de romans, tous situés autour de Grant Count, tant aux États-Unis qu'à l'étranger, et je leur serai éternellement reconnaissante à tous.

Chez Morrow / Harper : George Bick, Jane Friedman, Lisa Gallagher, Kim Gombar, Kristen Green, Brian Grogan, Cathy Hemming, Libby Jordan, Rebecca Keiper, Michael Morris, Michael Morrison, Juliette Shapland, Virginia Stanley, Debbie Stier, Eric Svenson, Charlie Trachtenbarg, Rome Quezada et Colleen Winters.

Chez Random House (Grande-Bretagne) : Ron Beard, Faye Brewster, Richard Cable, Alex Hippisley-Cox, Vanessa Kerr, Mark McCallum, Susan Sandon et Tiffany Stansfield.

Toutes mes excuses à tous ceux que je ne peux citer ici.

Mon agent, Victoria Sanders, qui m'incite à aller toujours plus loin, plus haut. Mes éditeurs, Meaghan Dowling et Kate Elton, forment le Duo Dynamique. Travailler comme cela, aussi bien, ensemble, je considère cela comme un cadeau. Le docteur David Harper, Patrice Iacovoni et Damien van Carrapiett m'ont aidé à respecter la vérité médicale, autant qu'il est possible dans une œuvre de fiction. Le chantre Isaac Goodfriend m'a écrit « Shalom » dans vingt langues différentes. Beth et Jeff, chez CincinnatiMedia.com, sont parmi les meilleurs concepteurs / webmestres de site Internet qui se puissent trouver. Jamey Locastro a répondu à quelques questions très directes auxquelles on ne pense jamais. Rob Hueter m'a parlé des pistolets Glock et m'a emmenée tirer. Remington.com propose sur son site un service d'informations pratiques sur la sécurité des fusils, qui m'a occupée pendant des heures. À ce propos, un merci tout particulier à mes amis en ligne, dont les chants de la Sirène me distraient de mon travail. S'il vous plaît, stop. Je vous en prie.

Mes collègues auteurs, VM, FM, LL, JH, EC et EM méritent tous mes remerciements, pour m'avoir écoutée pleurnicher. (Vous m'écoutiez bien, je ne me trompe pas ?) Mon père m'a toujours soutenue, et pas seulement avec des prêts à taux zéro. Judy Jordan est la meilleure mère et la meilleure amie que j'aurais pu souhaiter. Billie Bennett, ma professeur d'anglais en seconde, mérite toutes les louanges qu'elle acceptera de recevoir – et ce ne serait pas encore suffisant.

Sur un plan plus personnel, merci au Boss, à Diane, à Cubby, à Pat, à Cathy et à Deb pour avoir fait de New York un endroit pas si horrible que cela, lors de mes dernières visites. Et vous n'imaginez pas à quel point.

Enfin, à D.A. – je pourrais t'oublier... autant que je pourrais oublier que j'existe.

Achevé d'imprimer par GGP Media, Pößneck
en juin 2004
pour le compte de France Loisirs,
Paris

N° d'éditeur : 40648
Dépôt légal : février 2004

Imprimé en Allemagne